绿 宝 石

Fall into your light

他不是偶像剧里穿着校服奔跑
在阳光下的少年，
他够野，爱流浪，
生于雨夜，又睡在风里。

天使从来都不在天上，
在人间，
天使光芒万丈。

特别观星

罗再说 / 著

（上册）

SPECIAL STARGAZING

北京燕山出版社
BEIJING YANSHAN PRESS

THE
GUANXING

天使从来都不在人间，

而是在天上，

天使光芒万丈。

第一卷　橘子汽水
JUZI QISHUI

第二卷　蜜桃冰摇茶
MITAO BINGYAOCHA

第三卷　芝士朗姆酒
ZHISHI LANGMUJIU

CONTENTS

目录

第一卷

橘子汽水

他是一道世人未解的谜题。

JUZI QISHUI

✦Chapter 1 入学

"跟我名字还挺配。"

冬季十一月，市第二学校门口。

两位家长正在与一位女老师说话，几片落叶被寒风刮得翻飞至他们脚边。

第二学校被划为"二中"，江湖人称"市二"，位于市内三环边，紧邻环城路又背靠山林，进城出城都方便。

唯一的"缺点"是，这里有一个不普通的班级，班上的同学几乎都有一些小"缺陷"。

那位女家长看起来十分为难："老师，我们家这儿子不一样，还请您多照顾照顾。"

"孩子交给我们您尽管放心。只是，我不知道你们准备多久来看他一次。"女老师说完，被问到的路家父母朝儿子驻足的地方看了看。

"这个嘛……"女家长额头上快急出汗了，"我们当爸妈的，也……不容易。还有好多事情需要我们去解决。"

路见星正一个人站在校园铁门之内。他将手指卡在铁门栏杆的缝隙里，一下一下地敲击栏杆，沉默不语。这样的动作他已经重复了快十分钟。

路妈眼眶一红，小声答道："一……嗯，两个月吧。"

尽管路见星的思维再不受外界干扰，他也听到了"两个月"这三个字。

他猛地一抬头，停住了手上不断重复的动作。

不到十分钟，路见星看见父母坐上了返程的汽车，在车内对着自己招手。

他面无表情，双手揣入衣兜内，内心深处涌上一股他难以理解的不舍。

他的肩膀上披着一件蓝色校服，额前的黑色碎发被一阵大风刮得凌乱，眼尾用彩笔点了颗深蓝的小痣。

眼看着父母的车远去了，路见星没吭声。如果他现在还小，可能全部注意力都只会在汽车的轮胎和排气管上，对家人的感情影响不了他丝毫。

可他现在已经十七岁了，他不是没有心。

路见星知道自己从小就和别人不一样。

小时候在幼儿园里，所有小朋友聚集在游戏区开心地捉迷藏时，他却对着角落里一动不动的皮球发愣。每天下午家长来接孩子，他永远是小班群里最突兀的那个。

因为他不会飞奔着跑过去投入父母的怀抱。他只安安静静地站在最不起眼的角落，对人迟钝，对外界不敏感，孤独症谱系障碍的种种症状困扰着他，连正常的感官负荷都难以承受。

在他连续一个月只吃土豆这种食物后，父母终于忍受不了，带他去了省里最好的医院做检查。全家人在父母的眼泪和叹息中度过了接下来的几个小时。

直到十七岁，路见星和父母说的话都非常少，各方面问题诸多，更无法参与正常的社会交往。父母为了治疗他的自闭症，甚至变卖了一套房产，也做好了终生照顾他的准备。而等他慢慢长大，病症逐渐好转，父母抱着再试试的心态，想要让他重新去锻炼独立性。

就在刚刚，路见星第三次转学，来到隔壁省的这所学校。

市二学校不大，主要着重于学生生活。

路见星的新班主任是一位二十五岁左右的女老师，名字叫唐寒。

"寒老师好！我们要上体育课了！""寒老师又带谁来了？""老西……我……"

一群男生嬉笑打闹着从楼梯上蹿下来，又匆匆往操场跑。路见星披着校服站在教学楼走廊边，沉默地看着唐寒弯腰蹲下给一个男生系鞋带。

系完鞋带，唐寒拍拍他的肩膀，说："去玩吧！"小男生也不答谢，飞快地跑远了。

"见星，我们这儿就是这样，应该和你平时进的班级都不一样。这里每个学生都有一点点小问题，但这些都是暂时的。听老师的话，和同学们好好相处，好吗？"

唐寒说完这些话，也为自己捏了把汗。她带过不少学生，可路见星这样的是最不好接触的。一般也不会有家长送他们来特殊班，因为他们会把自己封在堡垒之中，谁也不认。

唐寒的话，落入路见星耳中，被自动降低了一半的音量。而且，路见星现在目光都集中在唐寒颈间的深红色蝴蝶结上。

唐寒又说："见星，我们先把衣服穿好，可以吗？"路见星没接收这条信息。

一阵风从走廊里穿过，路见星披着校服利落地转身，衣摆在空气中画下弧线。

走廊、风、衣服、落叶，这是他唯一能感知到的。

把路见星安排进教室之后，唐寒拿着教案和卡片回了趟办公室。临走之前，她给路见星的胸牌上多加了两行字："路见星，十七岁，高功能，高二七班。"

旁边画了个红色的五角星——重点看护对象。

其实市二还没真正接收过路见星这样的学生。班级里学生症状多样，打架冲突是家常便饭。但路见星因自闭难以融入集体，大多数这类患者家庭会选择将孩子留在家中教养或是送到专门的关爱中心，因为那样能更好地进行干预治疗。

可路见星已经长大了。说他乖顺，他却一身反骨，从来不会去做长辈要求的事；说他叛逆、没感情，他却会因为父母的"抛弃"而将手掌心掐得通红一片。

在这所未知的学校里，冬日过于凛冽的寒风将他吹得浑身打战。他习惯了日复一日的生活方式，对突如其来的"困境"感到极为不习惯。不习惯，就会胸口闷。

在教室门口踟蹰了几分钟，路见星抱着书包走了进去，肩上的校服已经滑落到臂弯里。有同学过来帮他拿衣服，他就像没看见一样。

他只能感受到"衣服在手里"，却感受不到"刚才有同学帮助我"。

按照唐寒老师安排的座位坐下来后，路见星慢吞吞地把笔盒、书本全摆在桌上。

没一会儿，他身边聚集了一群好奇的同学。

一个女孩儿超大声地问道："你叫什么名字？"

旁边有人结结巴巴地说："路……路……路……他，他胸牌！"

路见星愣着不动，胸牌一下被不知轻重的同学扯了过去，疼得他脖颈一缩，低低地闷哼了一声。

突然，有同学像发现了新大陆，吼道："是自闭症！"

"路见星，以后我们叫你'小自闭'好不好？"

"嚯……没法儿沟通还上什么学啊？"

旁边同学议论纷纷，声音压得很低。可路见星还是听见了。他埋头收拾东西，眼尾带刀似的，在课桌上瞄出一片属于自己的区域，再安静地把不属于自己的东西一件件放到同桌的桌面上去。他根本不好奇同桌是谁，反而更喜欢铅笔刀上刻的小字。

盛什么行来着？看不清楚。

"他还来学校上课？我听说这样的都需要待在家里。""长得不错啊。精致。""又得疯一阵？"

有人开始同他搭讪："你能说话吗？""你跟我玩不？我转圈绕柱跑绝对不会晕的！"旁边有女生狂笑起来："闭嘴！你怎么不说你双手协调不良呢？"

这场面像小麻雀齐聚一堂，叽叽喳喳。

好挤。

周围同学的吵闹模糊了路见星的感知。路见星僵坐在那里，十分局促不安。

他表面冷漠，不说话，其实藏在衣兜内的手掌心已在冒汗。

为什么我桌子上的书本都掉到地上了？

为什么有人围着我的桌子讲话？我的胸牌呢？

路见星抬头，眼神略带迷茫地看了眼被"挤"到地上的胸牌。他突然把桌子挪开一些，靠着桌子站的同学一个趔趄，开始嘀咕："你不理人就算了，这是什么意思啊？"

路见星弯腰够不着胸牌，只得又把桌子挪开了点儿。

旁边同学又开始交头接耳地议论起来："自闭症都这样吗？"

路见星再迟钝，也能感觉到刺痛他的那三个字。他皱起眉头，眼神扫了过去。

也许是自始至终不发一语的路见星气场太强，来示好的同学们一下全挤到另一边桌子旁去了。他们中的一部分人也许出发点并不坏，但由于同理心缺陷，说话没有分寸。

突然，教学楼走廊上迅速跑过去几道人影。

有同学打开窗户张望，不一会儿连忙回头："哎哟，快站远点儿，关禁闭的回来了。"

话音刚落，高二七班的门口先是甩进来一只篮球。篮球轻轻砸到讲桌旁，滚了一圈之后缓缓停下，紧接着，黑板旁闪进一道人影，个头不低，再踮个脚，头顶能够到门框最上边。

路见星本来正在发呆，不知道为什么，目光忽然就跟着那只篮球飘走了。

褐色的篮球上边拿笔写了一个"SYX"。

篮球被一只脚踩住了。路见星的目光上移，掠过一双属于少年的长腿、一截裸露的腰腹……再往上，他看到一个男生正咬着衣摆擦汗。汗水从男生的下颌滑落，顺着臂膀匀称的肌肉线条浸入衣料。相比教室里其他小鸡崽似的男生，这位已过早地显露出男子气概。

但是路见星所有的注意力又回到他脚下踩着的篮球上。

"冬天打个球还这么热……"男生骂一句，松开嘴里的衣摆，扇了扇风。他这才瞄到人群聚集处，朗声道："新来的？"

一个男同学笑嘻嘻地走过来碰他肩膀，抓住了想摇他一下："哎，这就一小自闭，没劲。"

"别乱碰我。"他警告了一声，不耐烦地皱起眉头，把篮球袋踢到一旁，撑着课桌就朝路见星这边走来。原本围着路见星课桌的同学全往后退了一步，似乎都很怕他。是那种遇到小祸害，怕殃及自己的恐惧。

他走到路见星桌前，扫视了一圈人群，又低头瞄到地板上被踩脏的胸牌。

他半跪下来，捡起那张胸牌。

"这谁的？"他看了眼胸牌上的名字，嘴角一弯，念出来："路见星……"

路见星冷着脸抬起头看他："……"

他看着路见星的面孔，愣了几秒，说："跟我名字还挺配。"

✦ Chapter 2 小刺猬

"不。"

这个人叫盛夜行，脾气出了名的暴，不好惹更不服管，"躁狂症"三个字可以将他直接定义。全校大部分同学见到他都绕道而行，像躲定时炸弹。

面对同学们自带距离的眼光，盛夜行笑起来，但很快，他的笑容又消失了。

"我没犯病。"才吃了药，他好得不得了。

撂下这么一句，他把胸牌拈住，放在路见星的课桌上。盛夜行抬头，看向身边跟着自己的兄弟，勾勾手指："纸。"他把递过来的纸给路见星："擦擦你的胸牌。"

路见星压根儿没有任何动作。本来按照盛夜行的性子，直接把纸扔桌上走人才是正常的。但是他一低头瞟到路见星露出一截的后脖颈，忽然觉得这人是不是有点儿脆弱。

于是在全班注视之下，他亲自拿纸把路见星的胸牌擦干净了，忍不住喊道："都回座位，别看我！"

不就是给一个转学生擦胸牌吗？一个个都扭头盯着看什么？盛夜行深呼吸，强迫自己冷静，没有必要生气……他不能急躁，不能发怒，不能过于激动。他潜意识里知道自己不能情绪激动，但又忍不住想把投射在路见星身上的尖锐眼神全部挪开。

上课铃响，唐寒抱着一堆教具匆匆回到教室，看到路见星规规矩矩地坐在位置上时，她松了一口气。再看到旁边靠在椅子上转笔的盛夜行，唐寒又紧张起来。

她不确定自己把路见星和盛夜行安排成同桌合不合理。

如果路见星是全校第一难沟通，那盛夜行就是全校第一难管。他在这所学校念了两年，念得所有老师"闻风丧胆"，不过还好，他现在能明白自己得按时服药，情况已经好转了许多。盛夜行基本夜不归宿，自己还有一台摩托车，是学校唯一关不住的学生。

打架算是他的一日三餐，打架范围遍及全区，区里哪个学校要打架，还得给盛夜行写张纸条："请求批准。"生病不是乱来的借口，他自己也知道。

唐寒把课本放到讲桌上，看一眼将校服穿得松松垮垮的盛夜行："盛夜行同学，把校服穿好。"

盛夜行"唰"的一声把拉链一下从底拉到头，拉成立领，将棱角分明的下巴遮住了一半。

他再瞥向一边，打量起路见星。这人端坐着不讲话，喊他名字也不搭理人。

自己接下来的高中生活就要这么无趣地度过了？

不成。

他正想抬椅子往旁边挨近点儿坐，唐寒突然发话："同学们，今天班里转来了一位新同学，他叫路见星。"

全班热烈鼓起掌。

盛夜行双手有一下没一下地拍。少年袖口高高挽起，露出遍布不少疤痕的皮肤。

"因为状况比较特殊，路见星没有办法给我们做自我介绍。希望往后的日子里，大家多多照顾他，多和他讲话。见星成绩非常好，也渴望集体生活，相信他和大家一定能相处得融洽！"语落，教室内又是满堂掌声。

"还有一件事要向大家宣布，"唐寒清了清嗓子，"经年级组讨论决定，我们班从今天开始施行配对同行的办法，在同学之间进行互相干预，两两一组，会配两名老师辅导，也就是我和你们季老师。期限为一年，每个月考核一次。"

她说完这项新制度，班上又喧闹了起来。

"都安静。"唐寒拿教鞭在讲桌上打了打，"为了缩短不必要的磨合期，我宣布，同桌为一组，不满意的可以自行搭配，或者找我调换。当然，这只是辅助治疗，同龄人之间更加了解彼此。我们当老师的会尽心尽力地去对待每一位同学，也希望你们能交到更多的朋友。好了，我们继续讲上一次的内容。"

她抛下这枚炸弹后，开始翻书找课文。

其实全班都知道，在这里，交朋友比完成学业更重要。

只听进去一半的盛夜行撑着下巴侧过脸去看路见星，发现这个小男生依旧没有表情。

他不知道，路见星其实有很多小秘密。比如他比普通人情感细腻，能记住很多细节；还习惯用彩笔点泪痣，心情好点红，不好点蓝；爱戴连帽衫的帽子，走路只走直线；还喜欢像现在这样，在课堂上把老师写的板书都抄在手上。

盛夜行在一旁看得目瞪口呆。这样保存得下来？回去不是洗洗就没了？

"小自闭"不爱搭理人。

盛夜行盼星星盼月亮，好不容易盼来了个"小星星"和自己凑同桌，居然还是个不讲话的。他无趣地轻踹桌脚，路见星的眼神还是没有瞟过来，就当没他这个人一样。

盛夜行开始烦躁。

"寒老师，"他举手，把衣服立领又拉高了点儿，"我想出教室。"

"怎么了？"唐寒想，应该是他情绪上来了。她赶紧从随身携带的药兜里给盛夜行找药。

盛夜行拎着篮球袋站了起来："我就去走廊里吹吹风，不吃药。"

教室里的气氛太压抑，他待不下去。

"对了，寒老师……"他扯了扯领口，眼神锐利，"学校叫两人一组搭伙互相治疗的事，我不跟他一组。"盛夜行指了指路见星。

"他自闭，我躁狂，冰山撞火山，您开玩笑呢？"

说完，他径直往外走。

其实，在做出这个决定之前，高二年级组还专门找唐寒谈过话，专门谈最难管的高二七班，再谈盛夜行。唐寒明白，距盛夜行上一次情绪失控已有一年多了。

教学楼的走廊很宽敞。盛夜行记不清自己是第多少次上课时间出来吹风。他十来岁开始患上躁狂症，至今好几年，最开始完全不能控制自己，但在学校待了一段时间，已经学会不被情绪完全掌控。说好一点儿，就是只要不难受，就不会乱发脾气。

躁狂症属于精神疾病，患者表面看起来与常人无异，病情却十分复杂。盛夜行时常情绪高涨或容易被激惹，精力旺盛，特别好动，甚至从十六岁那一年开始会出现性亢奋的情况。发病时，盛夜行对自己的病情没有认知能力。起先他还坚持吃药，后来就直接揣了把锁，发病时把自己关进专设的禁闭室。

本来他的攻击性并不强，但由于留了寸头，又鼻高唇薄，眉骨凸起显得凶相，让更多同学敬而远之。虽然学校是住宿制，却关不住夜里飙摩托车、翻墙等样样都精通的他。

盛夜行凶名在外，可没人知道，他也会在寝室里包饺子，是小时候在老家最爱吃的蒲公英馅儿，没其他什么理由，养胃。盛夜行不像路见星有家，他没爹没妈，病症发作得也猛烈，他十二岁就被送到了社区中心，一直由远在隔壁省会做生意的舅舅当儿子养着，只是母亲去世前给他留了不少钱。

他就是传说中的"三不管"，脾气还不小。舅舅是已故母亲的兄长，舅舅家的小丫头比盛夜行年纪小很多。面对只有几岁的小表妹，盛夜行总会扯她小辫子喊一声"盛小开"。妹妹没有跟舅舅一起在隔壁省会生活，而是跟舅妈一起住在他生活的市里。为了不给舅妈多添麻烦，盛夜行几乎小半年才会抽空去探访一次。

盛夜行去走廊里透气，一站就是半个上午。等下课铃响，他又回教室拎起书包，甩到肩上就走。

住宿楼在校外，与学校隔着一条马路。他们宿舍楼下有高高的围墙，只能刷卡进，除了门禁，还有几个老师看管。因为班上的孩子大多患有精神疾病，不少家长不放心，所以选择走读，住宿生只占极小的一部分。每天一放学，校门口就聚集着一群家长。

用校内的话来说，住宿的才真是"被遗弃在世界的某一个角落"。

谁在乎。盛夜行扯着篮球袋过街。

南方的冬天湿冷，学校靠近郊区，温度更低。盛夜行穿得太少，立领校服是他唯一的御寒工具，自然取暖就全靠跑了。

他路过一栋居民楼，忽然看见眼前有东西坠落，下意识躲闪开。

盛夜行猛地一抬头对楼上喊："谁扔东西？下来！"

有个中年男人从七层楼高的地方探头大骂："哪儿来的臭小子！大白天的叫个屁！"

盛夜行提高音量："七楼那个，你扔的东西？"

"你哪只眼睛看到是我了？"那男人迅速拉窗帘关窗，骂骂咧咧地抛下一句，"你神经病啊！"

盛夜行把揣兜的手掏出来搓热，懒得吼回去。

猜得挺准。我还真就是神经病。

盛夜行的寝室是三人寝，他经常不在，就只有两个人住。除了他这个躁狂症患者，还有俩多动症患者。不过，其中一个上周被家长接回，改走读了。所以寝室空了一个床位出来。

"不祥"的预感刚刚漫上心头，盛夜行就听到门口"嘀"的一声，唐寒带着路见星进来了。

"嘿，夜行先回来了！这么快，还跑到我们前边啦。"唐寒边收拾屋子边招呼身后帮忙搬东西的男老师进屋："川哥，把路见星的被褥放这儿……嗯？见星，拎着你的箱子快进来吧。"

盛夜行心想，还真让他跟路见星一起住？路见星这种低气压没法儿相处的透明人，和他一起就相当于是单人寝。

盛夜行领地意识十分强，他排斥陌生人的入侵，更别说这个新来的还要和他住在一起。唐寒明显感觉到了盛夜行的不愉快，连忙说："夜行，老师还忘了问你，见星可以睡你旁边这张床吗？"

唐寒在什么事儿上都习惯征求学生的意见，充分的沟通和交往才能让他们慢慢敞开心扉，哪怕盛夜行非常不好相处。

盛夜行听唐寒这么问，皱起了眉。

如果我说"不"呢？

盛夜行旁边睡的是那个多动症，叫李定西，特欠挨呲儿，但和他意外地合得来。偶尔夜里翻墙出校，李定西还专门给盛夜行脚下添砖加瓦。

唐寒劝他："夜行，你们是同桌，又要搭伙治疗——"

盛夜行不耐烦了："我治不了他。"

路见星患有心理疾病，又脱不了生理疾病的干系，哪那么容易治疗？

唐寒说："他……属于高功能，没有智力障碍。"没有智力障碍的人更难相处。

盛夜行摆了摆手："老师，你问他愿不愿意挨着我。你告诉他，我有病，一发疯连自己都揍。你确定他不会被伤及无辜？"

"你能自控。"唐寒说，"而且，见星不是完全不能表达。"

的确，盛夜行这几年已经收敛了很多……并发症状少，表现出的也只是一些轻微症状，不会像以前那样砸东西、打人、从高处往下跳了。

之前他还差点儿因此摔断腿。

"到底能不能，"盛夜行扬起下巴，瞟了瞟路见星，"您自己问他。"

路见星还是不讲话，只是很自觉地把自己的行李箱拖到盛夜行旁边的床位，蹲下来，拉开箱子，开始往衣柜里挂衣服。

盛夜行："……"

唐寒看路见星罕见地透露自己的意愿，笑了笑："我就说见星一定会喜欢你！"

盛夜行抵抗无效，只能选择沉默。

寝室里一下站了四个人，人多得让盛夜行不习惯，几乎到了生理性排斥的程度。算了，过段时间他可以搬出去租房子住。之前嫌监护人手续太麻烦，他才懒得搬。

他干脆从前来帮忙的男老师手中接过路见星的其他行李，把它们全放在自己空无一物的桌子上，说："寒老师，川哥，你们回去吧。"

"啊？"

"这儿有我，"盛夜行指了指路见星，开始赶客，"我真不欺负他。"

好歹路见星十七岁了，唐寒也知道路见星有自理能力，在门关上之前，她扒住门框对着路见星说："见星，自己可以吗？"

路见星扭头看她，没点头也没摇头，目光在唐寒身上停留几秒，继续收拾自己的箱子，默认是"可以"。

唐寒放下心，留下一句"那就拜托你了，夜行"，关上门走了。

因为她足够了解盛夜行，也给予他一定的信任。

盛夜行把校服立领拉下来，看了路见星的背影一会儿，发现这人骨头挺硬……明明是个"小自闭"，却连蹲着时也挺直背脊。

路见星侧着脸，睫毛长长的，垂眼叠衣服。也就是这时，盛夜行才看到他眼下那颗蓝色的小痣，随口道："你的痣怎么是蓝色的？跟自己画的似的。"

路见星还是不理人。他的神色不同于班上其他人那样的自然，有一股拒人于千里之外的冷漠气息。盛夜行的耐心已即将耗尽，呈红色警戒状态。

收拾完床铺和衣服，路见星沉默着把自己的东西全捣鼓出来，铺了一桌子。他的东西挺多，大部分是旁人无法理解的小玩意儿，有彩笔、车模型、笔记本、棒球帽……以及一个地球仪。奇怪的是，彩笔总共十来支，却只有红色和蓝色的。

"没想到你还喜欢车，我也喜欢。"盛夜行想去动车模型，又克制住了，说，"我可以碰它吗？"路见星像是识别了"车"这个字，摇了摇头。

行吧，还不让碰了。这得多宝贝。

"你……试着跟我说一句话，我明晚带你去兜风，行吗？"盛夜行把自己的摩托车钥匙甩出来放在桌面上，试图换着花样勾他讲话，"我带你去全市最宽敞的路。"

路见星抿紧嘴唇，眼神压根儿没落在盛夜行身上，全被车钥匙吸引了。

盛夜行心想，果然没有男生不爱车。

他万万没想到的是，路见星动了动身子站起来，在套头帽的遮掩下露出尖小的下颌。

他攥紧手心，说了来到这学校的第一句话："不。"

✦Chapter 3 真香

我跟他玩不熟。
....

不？

盛夜行被逗笑了，毫不夸张地说，他在市二待了那么多年，不管男的女的，他那摩托车后座没有人不想坐。同学们平时出校限制多，娱乐活动少，大都艳羡能在马路上风驰电掣的盛夜行。

路见星是个"神人"。谁都没法靠近，跟在寝室里养了只刺猬没什么区别。算了，没劲。

那时候盛夜行还没意识到，刺猬背上的刺扎手，但它的肚皮是软的啊……被挠痒，一摊开，小刺猬晾出肚皮，又温热又好捏。

"行，爱去不去。"盛夜行又碎碎念了几句，觉得自己这个大哥哥室友当得憋屈，气得差点儿一脚踹翻凳子。他一天天的已经够烦了。

盛夜行一不留神瞟到路见星，却发现对方的眼神正黏在自己身上。

"你还看我？"他站起来，扯掉校服边粘上的棉絮，怒极反笑，"好看？"

结果，路见星抿紧嘴唇，居然"嗯"了一声，声音很小，却足以让盛夜行听见。

服了，还挺会。表达能力不太好但是内心戏还挺丰富？这种人奶球似的，外表冰冰凉，内心黏糊糊，跟自己安排到一块儿，这不是闹着玩儿吗？

盛夜行一周基本没多少时间待在学校，大都骑摩托车进市里逍遥去了，山芋都没他烫手。

盛夜行原本紧绷的全身放松了下来，他正打算说句什么，寝室门口又"嘀"一声，是李定西回来了。李定西就是个多巴胺分泌过剩的，拿大鱼叉子叉他都制不住，一回宿舍就上蹿下跳，逮住盛夜行就喊："盛夜行！"

"别扯。"盛夜行瞄了一眼自己的衣服，"松手。"

李定西松开他："老大，我有话对你说。"

"不听。"盛夜行头也不抬。

"真情告白。"

盛夜行正在系扣子的手顿了下："嗯？"

"真的，老大，你居然回宿舍住了，吾等陋舍是蓬蓬生辉——"

"闭嘴，"盛夜行嫌他吵，"是蓬荜生辉。"

"行吧……不过，你真挺久没回来住了！欸，这小漂亮谁啊？"注意到宿舍有陌生面孔，李定西放下缠手腕的绷带条，把随身携带的台球杆子立到床边。

盛夜行低头系鞋带，语气冷冷的："新室友。"

李定西："往我们宿舍塞人？老师疯了？"

盛夜行点了点头："嗯，疯了。"

李定西转过脸，笑嘻嘻地朝向路见星试图构建友谊的桥梁："嘿？"

"……"路见星还在搞模型。

"喂，新室友？我叫李定西。"李定西脸上的笑容逐渐消失，耐心也快没了。

没反应。

"你好？"友谊的桥梁塌了。

路见星继续玩模型。

盛夜行被李定西的招呼烦得脑仁儿疼，抬脚抵在他凳子上，警告道："你别他妈打招呼了，他自闭症，挺严重的。"路见星根本不理人。

但盛夜行没有注意到，当他说出"自闭症"三个字时，路见星的后背轻轻地颤了一下。

李定西问："自闭？"

"嗯，交流不了，也感受不到。"

"不至于吧，有那么严重？"没想到今天李定西像嗑了药，手脚上了发条，直接抓起拿回来的台球杆子就往路见星后背戳了一下，力度并不大。但就在他收杆的瞬间，路见星拎着一秒前还在自己屁股下面的板凳站起来，满脸阴郁地盯着他。

说是在盯人，倒不如说在盯李定西的台球杆。

这个，敢，戳，他，的，东，西。

他紧盯着台球杆，再看看李定西，花了好一会儿工夫才把这两件"事物"联系到一起，得出结论："这人戳我。"

结论一成立，路见星就迅速转移目标，单手用力挥臂，直接把板凳抡起来，紧接着李定西一声惊呼，根本都来不及躲！他要砸李定西的头。

盛夜行见事态不对，向前一步，立刻抓住即将砸下来的板凳腿："别乱动！"

厉害，直接开瓢儿？盛夜行把板凳腿往地上扯，用力钳制住他："先放下来。"

看见路见星眼里的乖戾，盛夜行总算明白了——路见星还真不是普通意义上的难相处。

"这儿没人惯着你，把凳子放下来，"盛夜行努力回想着平时寒老师是怎么对自己进行干预式注意力转移的，"去玩你的模型车。"他的语气已经压到最低。

李定西是个雷声大雨点小的，被忽然发作的路见星吓得够呛，已站到一边躲避战火。路见星这一凳子没能顺利抢下来，脸上隐约有了怒色。不过，异于常人的是，他的怒色又全集中到台球杆上了。不让打人，他潜意识里又觉得"是球杆捅我"。

看路见星的眼神一动不动，盛夜行大概明白了，他把球杆夺过来摔到地上。

盛夜行说："踩它。"路见星这回听话，抬脚就往球杆上狠狠踹了一脚，力道极大。球杆直接砸向床脚，发出"咣——"的一声巨响。

"我×！"李定西明显被吓了一跳。

"你舒服没？"盛夜行拍拍手上的灰，对着路见星指了指李定西的头，"看，这儿不能随意砸，会砸死人的。要砸砸这里，"他又指李定西的腿，"把它打断之后，三个月就能康复。"

李定西继续傻了吧唧地发愣："啊？"

盛夜行眼皮都懒得抬："啊什么啊，认栽吧你。"寝室内一阵沉默。

"救命！"李定西反应过来，跳起来抱着盛夜行的腰，"老大，你不能这么卖我！我哪知道他就一小炸药包！"

"响鼓不用重锤，你记住了。"盛夜行从兜里摸一根烟出来叼住，抹了指尖的灰，斜眼看李定西，"你还招惹他吗？"

"不惹了……"李定西说。

盛夜行点头："嗯，好好相处。我得出去了。"

"什么？你今晚不住宿舍？"

"嗯，有局。听说新修了小路，凌晨没什么人，我想去试试路。"他一皱眉，吓得李定西又赶紧放开，李定西问："老大，带药没？"

"带了。"

盛夜行拨开他的手，抓起桌上的车钥匙甩进衣兜，又拿了个手机扔给李定西："拿着。"

李定西傻了："啊？"

"你手机上周不是被寒老师收了？拿着我的。"

"我……拿着做什么？"

"被他打残了记得自己叫120。"盛夜行说完去穿鞋，瞧了一眼路见星，给李定西留了个潇洒的背影，"走了。"

"咣"的一声，门被甩上了，甩得十分暴躁。

李定西的眼神落到路见星身上，只见这人还在玩地球仪。他的头发没染过，皮肤白净，脸又小又精致，除了眼神，真看不出来他是个攻击性极强的人，仿佛刚才动手的不是他。

警惕性和求生欲迫使李定西住嘴，但他又忍不住想活动活动，干脆冲了澡在床上做起仰卧起坐。以前盛夜行在寝室，总嫌他动静大，太吵。

现在，路见星好像听不见他的"噪声"。

路见星安安静静地洗澡、换衣，摸到床上盖好被子，然后睡觉。

"路见星。"李定西翻来覆去睡不着，敲敲床板，"路见星？哎，路见星！"

"……"

"你说几句话呗？我们商量商量，你以后别揍我了。我就是想戳你一下，没别的意思。打是亲骂是爱，我……"隔壁床还是没声。

"哎，你是真的不能讲话吗？"李定西把双手交叉起来不停地搅动，他压根儿睡不着也控制不住自己想乱动的欲望。

忽然，隔壁床传出一声："困。"

"啊哦哦哦！你睡，你慢慢睡……"李定西一卜没控制住音量，感激涕零，简直快给路见星唱《摇篮曲》了。他搓搓手，说："晚安，小星星。"

路见星连个鼻音都吝啬给他。然后，寝室内呼吸声逐渐平缓、渐弱。

李定西半夜吓得爬起来看他还是不是活的。明明睡相那么乖、那么甜，不翻身也不打呼噜，连梦话都不讲几句，怎么发起飙来跟霸王龙幼崽似的。

上一个让他感到瑟瑟发抖的人是盛夜行。完了，两个让他感到瑟瑟发抖的人即将同住一个屋檐下，李定西感觉受到了威胁。

第二天大早，盛夜行风尘仆仆地赶在七点起床铃声响起之前回到了寝室。

"吱呀——"一声，门开了。他脱掉外套，甩干上边的雨露，把帽子取下来挂在床沿，最后才坐在凳子上脱靴子。

骑一夜车下来，他确实累了。城南那帮人骑车油门声音大得盛夜行险些动手打人。他讨厌聒噪。噪声一大，他便率先下了车，把车锁了，站在旁边不说话。之后，路上就没有别的车的声敢比他的响了。

盛夜行没爹没妈，大家都知道。他在这一片混大不说，人狠脾气硬，光脚的不怕穿鞋的，前段时间还未成年。

清晨，天蒙蒙亮，但寝室里的遮光帘起不了多大作用。学校在市里三环边，邻近郊区，从后门翻出去就是条宽阔的马路，常有大货车经过，晚上喇叭摁得很响，经常半夜吵醒人。对盛夜行来说，现在一听货车喇叭声比听起床号还管用。

他撸了一把头发上的水，正准备换上校服，抬眼就看见路见星从上铺爬了下来。

"小自闭"看起来脸色还可以，昨晚应该没被吵到。

路见星迷迷瞪瞪地差点儿踩空，盛夜行居然在他险些失足的一瞬间伸出了双臂，不过幸好路见星没摔下来。

"下楼梯看着点儿，别梦游。"盛夜行收回手。

这种保护欲到底哪儿来的？路见星不见得是弱者，他自己也没理由啊……

盛夜行走到阳台上，拉开窗帘，把窗台上积攒的烟头全倒进垃圾桶里，抬头望向屋内，盛夜行发现路见星已经收拾完毕，换好校服，坐在自己座位上系鞋带。他不是很会，来回系了十多次，最后干脆直接把鞋带一股脑塞进鞋里。盛夜行"啧"了一声。

路见星扭头看他。然后，盛夜行看见"小自闭"就着清晨的阳光，对自己说："早。"

盛夜行没说话，他在纠结要不要给出回应。当然，盛夜行也不知道路见星这一句问好，是他今早五点醒来后在脑海里排练过无数遍的。

此时此刻，盛夜行还紧皱着眉头。唐寒说要配对治疗，但他和路见星之间就一死胡同，根本走不通。更何况他自个儿状态不稳定，万一哪天不小心伤了身边的人呢？

路见星又不会哭又不爱说的，被揍了都不知道为什么。

很自觉的是，路见星也感觉到了盛夜行似乎刻意与自己保持距离。

上学路上，两人一前一后，中间隔了十米，却像有条无形的线在彼此之间连接着，谁都不想搭理对方，又忍不住去看对方还在不在。

市里三环外整治少，一到早晨，马路总被小摊贩挤得水泄不通，大多数人都赶时间买早饭。卖煎饼馃子的、卖醪糟汤圆的，应有尽有，盛夜行看都没看几眼，不觉得多饿。

每走几步，在前边带路的盛夜行总会扭头看一眼路见星跟没跟上。还好，"小自闭"虽然不说话，但是乖——正背着书包哼哧哼哧地跑，虽然一脸的冷漠。偶尔盛夜行停下来，路见星还险些撞上来。

市二校门口鱼龙混杂。

经常教室上课铃响了，盛夜行还在校门口磨蹭着不想进去。

盛夜行掏出纸币递给摊贩，说："可乐，谢谢您。"

路见星的眼神在可乐瓶子上停留了几秒。

"欸，你喝吗？"盛夜行故意要了瓶可乐在路见星面前晃一下，有点儿希望路见星能说一句"想喝"。路见星没有说话。

"算了，谁大早上喝可乐啊。"盛夜行把可乐瓶盖慢慢拧开，又慢慢拧紧。

路见星心想："我啊。"抿了抿嘴，他没说出口。

因为迟到了，两个人刚进校园就被保安拦下来登记名字。保安看见盛夜行倒是见怪不怪，直接把花名册递过去："高二七班盛夜行又迟到了？来，走流程办事。"

盛夜行面色不善地接过花名册，从兜里掏了个印章，"啪"的一声摁上去。上边龙飞凤舞地印着"盛夜行"。

他上高一的时候懒得签字，就直接花十块钱刻了章。因为这事儿，他还在学校里"火"了一阵，所有人都把他当作"神人"。虽然盛夜行并不享受这种感觉，他知道自己很异类。

路见星在一旁看得目瞪口呆。

这人确实是个特别怕麻烦的。

察觉到路见星好奇的眼神，盛夜行反手把可乐瓶放回连帽兜，空出手指了指花名册，说："路见星，我们迟到了。"

"嗯。"路见星眨眨眼，装蒙。

"在这儿签你的名字，签完跟我回教室上课，快点儿。"

路见星听明白了，冷着脸。然后，他弯下腰接过笔，一笔一画地写了两个方块字："星星。"

盛夜行差点儿咬到舌头，居然有种被萌到的感觉："路见星，签你大名。"

停顿了几秒，路见星耳朵一热，有些局促地划掉原本写的小名。

我是傻了吧？早晨饿肚子把脑子饿坏了？

他其实特别想吃，但陌生人太多，盛夜行不在，他根本连一张饼都买不到。

看路见星认认真真地一笔一画地写完大名，盛夜行才领着他往校园里走。

走到教室门口，盛夜行看着空荡荡的教室，一拍脑门，居然忘了今天第一节是体育课。

"走，跟我去操场。"他说完就走，也不等人。

路见星连书包都没来得及放，又急匆匆地跟上去。

看路见星跑得小脸通红，盛夜行又烦躁了起来。他放慢脚步，等路见星一级一级地下楼梯，随口聊开："你以前的学校上体育课吗？"

路见星消化了一下这句话，摇摇头。

盛夜行说："我们这儿不是一般的体育课，是练习身体协调的，应该对你有用。"知道路见星不会回应，他又说，"我们班有些同学得的病叫'感统失调'，会协调不良，吃饭做事只用一只手，常忘了另一边；还特别容易跌倒，分不清左右方向，动作很慢……"

路见星下完最后一级台阶，停下来看盛夜行。盛夜行指了指他胸牌前写的"高功能"，再指了指自己，说："你，小问题。你不会伤害到别人，问题就不大。我这才是不治之症，我一激动就毁灭世界。"

路见星翘了翘嘴角，抿着嘴没笑出来。盛夜行不知道他明不明白"躁狂症"这个概念。

因为一般来说，自闭症患者很难对别人感兴趣，但是自闭症谱系障碍分许多种，其中最严重的才是典型的自闭症，是较为严重的广泛性发展障碍疾病。外界误解最多的就是"自闭症小孩不讲话""不会关心别人""极端孤僻"。事实并不是这样的。

"你还会偷笑？多笑几次看看。"盛夜行看他逐渐靠近自己的身体，有点不习惯地往旁边挪了挪。

路见星察觉到他的躲闪，说："想得美。"

他抛下这句话，跑开了，动作倒比盛夜行还快。

"你说什么？你再说一遍！"盛夜行跟着跑了几步，气极反笑。

他运动起来还是有些不协调，但明明就挺有脾气也能讲话。有点儿意思。

体育课训练感统功能要绕柱跑、钻长木桶、跳高、摸高等，以前训练本体感觉功能，还需要堆积木。操场上的积木往往被堆得一片狼藉，体育老师看了都想立即退休。学校里将治疗训练和普通中学体育课程结合在一起是特色，但是丢了芝麻又捡不着西瓜，挺多训练对于盛夜行这种精神问题偏重的学生没什么用。

路见星弯着腰拉拉链，又"唰"的一声把拉链拉到最高处，戴上连帽衫的帽子，躲在人最少的角落里。他埋下头，努力做隐形人。

除了天生感统失调的同学需要针对的训练，其他没什么大毛病的男生凑一窝，拉着盛夜行打篮球去了。路见星融入不进去，蹲在篮球场边低头玩手机。他玩手机的动作有点儿像上了年纪的人，一只手拿，另一只手用食指点点点。

篮球场上有人喊起来："哇，小自闭不跟我们一起玩？"

"喂，夜行，"经常和盛夜行一起玩街球的顾群山说，"我真觉得我们学校就这么一个自闭症。"

"小自闭会打球吗？群山，你去问问？"

顾群山看了一眼有凳子不坐非要蹲着的路见星，莫名有点儿怵："我不去。"

"他不打，"盛夜行说，"你们少惹他。"

顾群山愣了一秒，笑了："哇，这么快就开始袒护新搭档了？老大，你胳膊肘往外拐啊。"

盛夜行斜了他一眼："你胳膊肘往里边长的？"

"嘿嘿。"顾群山挠挠头，"定西和路见星相处得怎么样啊？"

盛夜行指着李定西："看到李定西今天黑眼圈多重没？惹了路见星的下场。"

李定西打架斗殴不多，但是爱惹事招麻烦。由于他和盛夜行一个寝室，学校里敢先找他麻烦的人少，都怕哪天盛夜行兴趣上来了要护犊子，那就大家一起放鞭炮玩儿完。

顾群山好奇，戳了戳盛夜行的手肘："你和路见星说上话了？"

"没。"

他不爱搭理人，还凶得很，从今天到现在，说的话不超过二十个字，昨天更厉害，从头到尾就一个"不"和"嗯"，今天一大早一个"早"和"想得美"，还满脸写着"别搭理我"。

但是盛夜行没这么说。他不能跟着这群没轻没重的男生喊路见星"小自闭"……他是十来岁就被一群陌生人喊过"小疯子"的人。

"奇怪了，"顾群山嘀咕了一句，"都一个寝室一张桌子一组治疗了还没玩儿熟啊。"

"不熟。"盛夜行撂下这句，把校服绑在腰上，起身要走，"也玩儿不熟。"

当时他说这句话的时候也没想到日后打脸会多疼。

下课铃响，一群男生前呼后拥地围着盛夜行往楼上走，路见星还一个人蹲在篮球场旁边玩手机。他开了摄像头，正在拍从篮球场水泥地与砖地衔接处努力生长出来的一株小草。拍了几百张都不满意。四十分钟内，他一直在做着重复的事情——拍照、修图、删掉。动作丝毫不拖泥带水，又一成不变地循环着。

下一节课铃响起，盛夜行从厕所回来才发现路见星不在。

来上语文课的唐寒也注意到他旁边的位置空着，问："路见星呢？"

"操场。"盛夜行收自己的书。

唐寒听完就往教室外走，简直气急败坏，说："同学们，这节课先暂时上自习！"

没一会儿，路见星就被唐寒带回来了。他感觉到自己是"突然闯入"课堂的，下意识往后退了一步，紧盯着盛夜行旁边的座位。

盛夜行懒懒地抬起眼来，随手指了一下空位。不知道为什么，他觉得有点儿愧疚……明明是自己忘了路见星，接受异样眼光的却是路见星。但其实自己也没有义务要带着他玩儿。

路见星抿着嘴唇，大步走过来坐了下来。坐下之后，他全程不在状态，只盯着手里握得发烫的直尺，用略为锋利的一面在桌上一遍一遍地试图刻字。

"咯——"刃面磨过桌面的声音不大，路见星眉峰紧拧，一颗汗珠顺着下巴颏儿滴到桌面上。"吱——"全班同学不由自主地朝这边望来。

盛夜行扬起下巴。全班同学又转回去了。他也被吵得烦，但不想路见星又被"攻击"，只能伸手摁住路见星乱动的手，安抚性地摸了摸，说："听课。"

路见星咬紧后槽牙，耳朵似乎动了一下，他从抽屉里抽出一个本子摊到桌面上，埋头开始写字。

盛夜行没想到他这么乖。昨晚二话不说抢凳子要打爆人脑袋的是他双胞胎弟弟吧？！

上课没几分钟，前座的顾群山扭过头来，塞了个小本子给盛夜行："老大，看看我写的《二中风云》。"

盛夜行笑一声："造我谣了？"

顾群山说："什么造谣！这叫传记。"

盛夜行："谢谢，记得给我上销量。"

两个人正在压低声音扯犊子，盛夜行一只手攥着一把药，准备下课就着温水吃。

一下课，班级简直变成了菜市场，吵吵闹闹的，盛夜行嫌烦，推开凳子要站起来透气。没想到一旁哑火了快一上午的路见星忽然踹了他凳子一脚，小声道："同桌。"

整个教室都安静了，倒不是因为他说话，而是因为他踹了盛夜行的凳子。

盛夜行的怒气值"轰"地蹿到头顶。他正好居高临下，心突然莫名其妙地有点儿软，像被温水泡着。

他直接把掌心里的药一口吞下去，没就着水。咽下后，他才朝路见星开口："怎么了？"

路见星闷闷地说："听课。"

他望着前桌人的后脑勺儿，手却翻开了两份一模一样的笔记，点一点，又指了指盛夜行。

"你。"意思是"给你一份"。

✦ Chapter 4 回家

私人镇定剂。

盛夜行接过路见星抄得工工整整的笔记，一时形容不出自己的心情。

路见星确实是抄笔记给他了，但自始至终都没有看过他一眼。他目光无焦距，略显焦躁地坐在板凳上翘着凳子腿，又不知道在草稿本上画着什么，别人怎么喊他他都不应。

放学后，路见星被唐寒叫去训练室进行干预治疗。市二各方面硬件设施都非常到位，就是其中部分设施有些老旧。单独的训练室设在操场的另一头，隐藏在安静的树丛间，像误入校园的森林小屋。

为了后期治疗效果明显，唐寒还专门问过盛夜行有没有空陪同，毕竟他和路见星是室友，已经相处过一段时间。

盛夜行把篮球袋一甩，打了个哈欠："没空。"

"夜行，"唐寒语气软了下来，"最近你情绪好些了吗？"

"嗯。"盛夜行闭闭眼，眼睛干涩，"吃药就没问题。"

上回他因为发脾气砸了寝室几条凳子，又压不住说话的声音，一怒之下把自个儿关进禁闭室待了好几天，出来后人都变闷了。他在禁闭室里也想砸东西发泄，找不到东西就拿拳头砸墙，最后校医拎着箱子飞奔过来给他包扎。盛夜行就说"没事"，放任自己流血。

流血，我舒服。

面对校医略为难言的表情，盛夜行在内心唾骂自己。

我他妈是变态吧？

"要先回寝室休息吗？"唐寒看他脸色不太好，语气软了下来，"路见星的事……你不想帮就算了，老师不强求。你也没有义务必须帮他。"

"老师，我直说了，"盛夜行受过唐寒很多关照，也只好实话实说，"我治不了他。"

而且没精力管。

唐寒试图挽回："但你可以……和他一起。"

"我忙。"盛夜行又拒绝了一次。他明白，如果现在不快刀斩乱麻地拒绝掉，未来自己的不作为或许还会影响到路见星。他不能做如此吃力不讨好、害人又害己的事。

唐寒轻轻叹了口气，正要走，盛夜行忽然说："对了，唐老师，他不是小绵羊。"

唐寒看了一眼旁边沉默的路见星："小绵羊？"

"有空您找季川老师教教他防身术，少受点儿欺负。别一打架就想开瓢儿，得不偿失。"

"开瓢儿？"

"嗯，开瓢儿。"撂完话，盛夜行扭头走了。

他从兜里掏出一张褶皱的纸。是上课的时候路见星给他抄的笔记。

才进治疗室没几分钟，唐寒就快被路见星整崩溃了。

她把一只篮球、三只毛绒小狗放在一处，又加了一只玩具猫，摆出一起打篮球的造型后说："见星，你告诉我，你现在看到了什么。"

路见星瞟了一眼，用几十秒时间消化老师的问题，低头在纸上写："篮球（橘）1、猫（好看）1、狗（好看）3。"

唐寒明白了，他感受不到"群体"，也不认为物与物之间会有交流共存的关系。

她又把三张小男孩背书包上学的照片拿了出来。三张图上分别是同一个小男孩背着书包路过河边、花园和马路。唐寒又说："这三张图讲的是什么？"

等了几分钟，只见路见星眼神酷酷的，说话语调毫无起伏："A 河边，B 花园，C 马路。"

唐寒努力解码："A、B、C 是？"

"三个人。"

"他们三个人，路过不同的地方？"唐寒重复一遍，"他们是三个不同的人？"

路见星点点头。他也不能把动作联系到同一个人身上，他看万事万物都是"个体"。

他们被称作"星星的孩子"。

初次听到路见星的名字时，唐寒都觉得巧，后来才知道这是他父母特意改的，说希望儿子能在别人眼里看见自己——看见不再孤独、能入他人眼的自己。

唐寒见他眉心紧拧，已经有了些抗拒的姿态，便拍拍他的肩膀，说："见星，今天表现得已经很不错了。下周我们继续单独训练，好吗？"

"嗯。"路见星低头喝饮料，把吸管咬扁了。

让他边说话边喝水已经是他承受的极限，单线程行为模式已经是他的生活习惯。

路见星就好比一台 PC 端电脑，只能打游戏，不能连网，自己玩儿还好，碰上非人机就要出毛病。这台电脑也只能专心打游戏，连听音乐也不能同时进行。

陌生的环境总是让路见星感到慌张，但他所有的情绪都如冰沉海底，深不可测。

脑部发育出了问题不代表有智力障碍。他在努力。

回教室的路很长，路见星靠着走廊里边走，走得很慢。先天性障碍使他看路需要全神贯注，怕一个不小心就崴脚，惹来同学笑话。他的自尊心不允许这样的事情发生，他已经知道什么叫"被嘲笑"、什么是异样的眼光。他对此非常敏感。

回到教室收拾好书包，路见星去门卫传达室取了母亲寄来的包裹。他冷着脸不讲话，门卫还以为这副生面孔耍酷，直到看见他胸牌上的"高功能"才忍住，少说几句话。

放学时间，校园内人挤人，路见星把连帽衫的帽子戴得严严实实的，只想露出口鼻呼吸。他不禁想起早上跟着"那个人"走时，"那个人"像自动分出了一条宽敞的路——自己只需要跟着走就成。

刚出校门，李定西老远看到路见星一个人走，扔下一帮哥们儿就冲过去揽他肩膀，震地一声吼："我的小星星！"

路见星下意识躲开他的手，李定西很尴尬地捞了个空。他搓搓手，局促道："星星，哪有你这样对室友的？"路见星瞧了瞧他，更像在瞪。

李定西看不出来，路见星是不知道该用什么样的方式去"接纳"他。

李定西惋惜地拍拍他肩膀，揽了一下表示亲密："哎，算了。你说不了话。对了，我今晚要回趟家，我——"

路见星第一次抢别人的话："我，说，得，了。"

"啊……你说！你多说几句？"李定西热心地鼓励他。

路见星又憋不出来了。他脑子里已经想好要说什么，但就是说不出来，像哑掉了，嘴巴完完全全不受大脑控制。

"没关系啊，咱慢慢治！哦，对了，我是想说，夜行今晚肯定也不会回来，宿舍就你一个人，你别害怕哦。不过，你知道盛夜行是谁吗？"李定西说。

当然知道啊！

路见星迟疑一会儿，点了点头。

"你一个人会害怕吗？"李定西说。"小星星"又点头。

李定西刚想再说几句，脸忽然被人用整个手掌蒙住。

"李定西，造我的谣挨我的揍，没听过？"盛夜行捏住他脸蛋儿往后扯，"老子今晚住寝室。走。"

李定西被捏得疼到嗷嗷叫唤，捂着脸疑惑道："老……老大？你不是说今晚要进城吗？"

盛夜行摆手："不了。"

现在夜里每天围墙墙角都有教务处主任蹲点儿接人，保不齐他一跳下去就踩人身上了。

看盛夜行又要走，李定西没忍住："老大，你去哪儿？"

"买饭。"盛夜行说完，看了看被拦着的路见星："吃饭吗？"完了，他好像就忘了告诉"小自闭"学校哪儿可以吃饭……昨天到现在，他得有多少小时没进食了？

路见星没说话，盛夜行就当他默认了。他发现，只要把"小自闭"的毛顺着捋，他就没有要找家伙开瓢儿的意思，那就等于说"可以"。

"吃什么？算我的赔礼。我忘了跟你说在哪儿吃饭。"盛夜行也不知道唐寒有没有给路见星交代在哪里可以用餐，他甚至觉得路见星都饿瘦了。

李定西在旁边打岔："老大，你这人干事啊……"

"闭嘴。"盛夜行斜了他一眼，朝路见星重复问题："想吃什么？"

剩下几分钟，盛夜行和李定西都没说话，憋着气等路见星开口。

终于，路见星动动手指，憋出一个字："面。"

三两素椒牛肉上桌，路见星挑了碗清汤豆汤面开始搅和。他一会儿用左手，一会儿用右手，面条怎么也缠不到筷子上去。

盛夜行在一旁都要吃完一半了，看他还没吃到第一口，便伸手去夺筷子："我来。"

可是，路见星对于生活自理这方面特别固执。他躲开，用左手将筷子拿得稳稳的，动作又略显笨拙，挑起面条，干脆一根一根地吃。

他看了盛夜行一眼，似乎想说："我可以自己吃。"

一碗面吃了半个小时。盛夜行埋头玩手机，终于打通关之后把店铺二维码一扫，拎着路见星后衣领就说："吃饱了就跟我回家。"

家？

看路见星眼神疑惑，盛夜行趁机捏一把他的后脖颈，说："就是宿舍。待久了不就成家了吗？"路见星摇头，没敢多说话，跟着盛夜行慢慢地走。

出了校外市场美食街，往回走，盛夜行接受了路见星走路比别人慢这个事实，只得慢下来。他估摸时间差不多，就把苦涩的药掰开了直接干嚼着吃。

晚上宿舍围墙外人员复杂，还不知道谁会翻进去欺负二中的"神经病小孩儿们"呢。说实在的，把李定西一个人放寝室里他就倍儿放心，可换了路见星就不行。

难道是因为路见星长得太招人了？

回到寝室后，路见星也不怎么搭理人。他乖乖地洗漱、上床，台灯亮着也不关，穿着袜子就要睡觉。盛夜行从隔壁床探出半个身子，声音哑哑的："关灯。"

路见星摇摇头——不能关。累了一天是个人都犯困，盛夜行不耐烦，一种熟悉的炙热感涌上头，他快把自己大腿都掐出血了："关灯。"

"不能。"路见星忽然说话了。他头一次在学校里用两个字准确地表达自己的意思，而不是让身边的人去猜。

盛夜行啧了一声："不关灯我睡不着。"

路见星只是重复："不能。"他说着坐起来，用掌心去拢住光线，房间里瞬间暗了不少。盛夜行正奇怪那小破灯怎么还能调明暗，拉开床帘就看见路见星光着腿蹲在床尾，眼睛一闪一闪地瞧着自己……

"算了，"看他这忍辱负重的样子，盛夜行也于心不忍，直接穿好衣服下床，"我出去睡。"

宿舍楼围墙外有个小旅馆可以住，盛夜行还有会员卡。那里离酒吧街不远，导致情侣客人众多，房间隔音又不好，常常吵得盛夜行大半夜睡不着。但除去这一点，盛夜行非常享受在那里的独处，他还在那里悄悄挨过最难熬的一段时间。

"咚"的一声巨响，盛夜行看到路见星差点儿从高床上摔下来，瞪着眼看他，手里抓着把凳子。

"我开灯睡不着，没有针对你的意思。"盛夜行觉得有必要解释，"凳子放下，别打人。"他感觉，如果自己是李定西，肯定会叽里呱啦地拉着路见星一通解释，然后凳子就冲着他脑门儿下来了。

路见星放下凳子，喉咙里哽得难受。他没法儿说凳子其实是他想拿来堵门的。

他不想这个人走。他见盛夜行弯腰穿鞋了，又赶紧蹿上床，"啪"的一声把自己的夜灯给灭了。他也没说，自己不开灯睡不着，会害怕。

盛夜行瞥一眼床上那个黑色的小团子，沉默一会儿，把穿好的鞋子脱下来，朝对面上铺说："怎么关了？"

"小自闭"又不理人了。

盛夜行不多说话，又回到床上躺着。由于太累，几乎一沾枕头他就没声了。

路见星在黑暗里眯着眼，失眠了一整夜。

好想家啊。

配对治疗的事一天不取消，盛夜行就一天不安稳。

除此之外，他还意外地发现了一件事：路见星总会在自己铁心不搭理人之后，抬起头用他湿漉漉的眼神看自己，典型地吃准了自己吃软不吃硬。

大多数时候，路见星又是酷酷的。每天早上起床洗漱完毕，他就坐在桌前选画笔。他往往纠结很久选深蓝色还是铁锈红色，选好后就对着镜子在眼尾点一个小圆点。

他已经连续好几天点的都是铁锈红色，远远看去像眼尾长了颗朱砂痣。

十一月早晨的太阳出得晚，到起床时间，天空还是阴沉沉的，冷得让人不想起床。盛夜行率先下床，翻出靴子系好鞋带，裸着上身咬着背心就去卫生间洗漱了。

常年运动的少年躯体泛古铜色，腹肌也是照着杂志上的男模练的。高一前那小三个月暑假结束之后，盛夜行再一对比，觉得自己的更好看。

路见星走路没声，也学着他的样子端个盆在大冬天用冷水冲头发。

盛夜行擦干头上的水，皱眉说："你干什么？"路见星指了指自己的脑袋。

"你是冰块做的？"盛夜行伸手把盆子抢过来，看着他红润的脸色说，"有热水不用非要用冰水，生病了没人照顾你。"

过了几秒，路见星看他给自己接了热水，所有不解化成一个字："你。"

"我？你身体有我好？你让我一猛子扎长江里去游个花样都没问题。"盛夜行又洗了把脸，没耐心了，"你用热水洗。"

路见星终于感受到盛夜行好像不太"看得起"他，嘴唇咬得发白，也没吭声。男生冬天用冷水洗不是很正常吗？以前从来没有人管过他这个。老实说，他也是有身板的。

路见星还是固执地认为自己也可以用冷水洗，他偏着，没接热水。

"我和你不一样。"盛夜行再次强调。他看路见星就像看小动物，不觉得他身体能有多好。

路见星冷着脸站在原地，表情就三个字——你放屁。

"我脾气不好，话只说一遍，"盛夜行看他死偏，懒得多说，直接把热水盆推过去，"必须。"说完转身就走。

早上路见星洗头花了些时间，盛夜行系鞋带也系得异常地慢。系完，他就在门边倚着等路见星，表情还是很凶且不耐烦，活像初中那会儿要堵人打架。

路见星磨磨蹭蹭地穿好鞋，正要跟上，却发现盛夜行不见了，再下楼梯，又看到盛夜行在楼梯口等得一脸不悦。

"你好慢。"盛夜行扔下这句就走了。

两个人一如既往地一前一后，过了楼下的花店再经过香气四溢的早餐店，盛夜行故意只买了一份早餐，问他："想吃吗？"路见星握着书包带子看他，还是没憋出一个字。

不吃算了。盛夜行往路口走了没几步又折回来，暗骂一声，还是得给他买早餐吃。

接过盛夜行买的早餐，路见星从包里摸了五元纸币出来递给他，抬起头，眼尾那颗红色小痣在晨间的阳光下璀璨发亮。

盛夜行突然萌生一种想摸一摸的想法。要是患李定西那种病，盛夜行觉得自己肯定会忍不住往路见星光洁的额头上来个响亮的脑崩儿，然后，被路见星拎垃圾桶爆头，再一脸血地被送进校医院……万幸自己没多动症。

"走，跟紧点儿。"他往前走几步，又扭头划分界线，"路见星，跟丢了没人找你。"

他一个全校重点观察对象带着个"小自闭"，一过校门，所有人都望着他，盛夜行也不恼，停了步子往路见星身边挪几步，以自己的身高优势用眼神碾轧一圈，再带着不发一言的路见星冲进教室。

帮室友"站个街"，在很多时候能隐去不必要的麻烦。自从带了路见星，盛夜行早上都不踩点也不迟到了。唐寒那么照顾他，他不能带头耽误老师的重点栽培苗子。

上课上到一半，盛夜行忘了吃早上那顿药，举手说去办公室兑药喝，顺便还有私事要办。虽然他的私事一般除了请假就是翻墙，但唐寒看他情绪稳定，点头批准了。

盛夜行想请体育课的假，他边看风景边晃荡到办公室门外，身边是五楼的围栏。他垂眼往下看，生出一种想往下跳的感觉……总以为自己长了一双翅膀。

他明白自己又有点儿情绪上涌，得赶紧清干净不该有的想法。

正准备敲门，他忽然听见门内隐隐约约有人提了句"路见星"。他鬼使神差地停下，靠门边开始听。

"哎，那孩子是隔壁市来的，爸妈精疲力竭了就甩给学校。你看看，那么多特教学校，哪有把自闭症小孩儿往封闭式学校送却不送关爱中心的？"

"可不是嘛！唐寒也不知道怎么想的……班上有两个最让人头疼的小孩，那不得累死啊。哎，昨天我上课，喊那个自闭症小孩上来写题，他愣是没动。也不知道他是听不见还是理解不了我的话。从外表根本看不出这孩子有问题，太可惜了。"

一位女老师担忧地说："会不会是不想呢？我总感觉他特别好强，没有看起来那么乖顺。不过，他跟夜行住一块儿，两个人迟早得打起来。"

盛夜行听得眉头一跳。他把领口重新扣好，伸手去敲门。"咚咚。"

女老师猛地住了嘴。盛夜行面无表情地开门，靴子踏上门槛，整个身子一晃一晃的。他进了办公室，找到体育老师："老师，我请假。"

他一边掏袋子准备泡药，仿佛他只是来通知，不是请求。

老师问："请什么假？"

"修车，"盛夜行说，"我的车坏了。"

"车坏了啊……车坏了就不骑了嘛……你天天出去玩儿，多危险啊！"

"锻炼身体，老师。"盛夜行掏出冲剂泡药，倒不是什么控制性药物，他只是感冒了。

老师见他眼眶泛红，有点儿担心他情绪不稳定："可下一节体育课很重要……"

"我一直去的修理厂只有今天下午有时间。"盛夜行说。

"最近心烦？散心？"

"刚散过，"盛夜行笑了，"在外边。"

女老师有点儿尴尬，不好意思地也跟着笑："听了好一会儿？"

"嗯，"盛夜行用勺子搅拌热水，像做保证似的，"我不跟他打架。"

他还没浑蛋到欺负路见星的地步。

刚说完，身后办公室的门又开了，来的人是前几天帮忙搬宿舍的季川老师："夜行，你怎么在办公室？没去上课？"

"请假。"盛夜行补充，"去修车。"

"见星这几天情绪挺好，你不继续看着点儿他？下个月要考核了。"季川一边咬笔一边往教材上画图，教学生需要的教案更为复杂，他几乎没有多少私人时间。

"我是我，他是他，"盛夜行皱了皱眉，"别提他。"

现在人人都把他和路见星绑在一块儿。

他仰头一口把苦涩的药灌了进去，从兜里掏出一颗糖剥开了吃。

宿舍里那一大罐子糖还是盛小开给他的。高一那年他有次发病，兴奋到忘了自己是谁，犹如醉酒般把家里摔得乱七八糟，盛小开缩在角落里边哭边喊"哥哥"，盛夜行现在都记得那场面。从此，他开始半年回一次舅妈家。

"咚咚。"今天体育办公室热闹，门又响了。

季川伸手去开门，唐寒领着路见星进了屋，边走边说："我来给路见星办个单独训练体育项目的证件，他和班上同学在一起练不了。"

"为什么？你们班孩子都不带他玩儿？"

"这是一个原因，另外他也不愿意，"唐寒叹气，"而且他有很多需要单独干预的项目。"

唐寒说话的时候，路见星就站在敞开的办公室门口往走廊上望。现在正是下课时间，人来人往的，偶尔有几个人停下来看他，跟他打招呼他也没反应。

路见星正在透过人群去看教学楼边的参天大树。它正被冬日暖阳照得发亮。对于他来说，大自然总是比人类更有意思。

跟唐寒打过招呼，盛夜行忍着，无视门口的路见星。他签完了假条准备挤出办公室，突然脚步就顿住了。隔壁班的几个野崽子，像是跟顾群山打球老动手动脚的那群，正靠在办公室门口想去摸路见星眼下那颗小红痣。

今天是铁锈红色的痣。

"哎，这不是路见星吗？连球都不跟我们打的。""久仰大名啊。"
路见星侧过脸躲开陌生手指的触碰。

"我上次看到是蓝色的，"一个男生对同伴说，"怎么变红了！"另一个手脚不老实的男生凑近，直愣愣地盯着路见星的脸："路见星，你这痣还能变色啊？说句话呗？"

路见星迈腿想走，前面的路一下被堵住了。

"欸，你别一脸上火的表情啊，你们班人都喊你'小自闭'。"
路见星侧着身子，细碎刘海儿投下阴影，覆盖住眼尾那一片皮肤。
他忽然说了句："滚。"

"我 ×？你不是说他不会骂人吗？"男生朝同伴头上打了一下，又迅速掐住路见星的卜巴把他的脸扭过来，伸手去碰他的痣。

"啪"的一声，路见星推开他的手，眼中一片愠色。
青春期男生情绪一上了头就这样，完全不管错与对。
"啪"的第二声结束，路见星躲开触碰的样子略显狼狈。

紧接着，他在办公室众人的一片尖叫声中，把办公室门口靠墙放着的扫帚棍子猛地砸断，敲向领头男生的手。是没轻没重到要把人手骨砸断的力度。

一阵惨烈的叫声完毕，盛夜行已经第一个冲上去帮路见星挡开迎面的一拳。

"叫你手欠！"盛夜行双眼赤红，率先炸了起来，之前吃的镇定药没了药效似的，"都他妈退后！在办公室门口都敢乱来！"

隔壁班的这群人一看是盛夜行，一哄而散，边走边往这边瞟。

"还看？"盛夜行怒了，"当我面惹我七班的人？"

他这句话不知是说给谁听的，他下意识不愿意承认自己是因为路见星发的火。

盛夜行拳头还没打出去，路见星突然转身一下抱住他的腰，要把他往办公室里边拖。

"咣"的一声巨响，盛夜行最后一脚猛地端在门上。办公室窗框都震动了。

"夜行！冷静点儿！"最先反应过来的是季川老师，他把手被打得瘀青的男生拖进来，"先跟我去医务室处理一下。"

"小寒！你们班孩子出事啦！"唐寒听到其他老师叫喊才匆匆出来，确定俩人没受伤之后，她又想去拿路见星握在手里的扫帚棍子。

"寒老师，"盛夜行喘气，"药。"他紧握拳头，肩膀随着心跳发抖，耳廓覆上一层难言的潮红，浑身毛孔似乎都争先恐后地张开了。

唐寒惊讶道："不舒服了？"

"有点儿。"盛夜行快掐肿自己的掌心了。他想起自己以前在普通初中的时候，一犯病见谁都打，老师同学们总觉得这是他的问题，但没有人过问过是谁先挑的事。

路见星不放下"作案工具"，盛夜行身上烫得吓人，唐寒只得赶紧给盛夜行找药。

盛夜行深呼吸，看了看路见星还环在自己腰间的手，问唐寒："没药？"

"在我的办公室那边……这边没有。你等着，我去拿。"她说。

"等会儿，"盛夜行一下一下地调整自己的呼吸，"先不用去。"

他身形高大，站在门口能挡一大半的阳光，路见星正从背后搂着他的腰，半张脸都隐没在阴影里。盛夜行低头，看路见星白净的双手正在自己腰腹处不安地绞着。

又来了——明明刚才一脸要杀人模样的是他自己。

盛夜行望着他的手，不知道为什么，被需要的感觉让他稳定下来不少。

"放手。"盛夜行说。路见星没讲话，盛夜行伸手把他的手指一个个掰开，但他环得太紧了。他清楚地感觉到身后人的颤抖，只得软下声音："路见星，先放开我。"

"老师，您在门口等我一小时，您听到里边开始砸东西了，就开门进来劝架。如果没有，那就没事，我等会儿带他出来。"

"可……"唐寒对这俩孩子这种相处方式有点儿接受不了。

"他不愿意放开，"盛夜行指了指自己的腰间，"我来处理。"

办公室的老师避开后，就只剩他们两个人了。

盛夜行低下头，嗓子有些哑："路见星。"路见星没说话。

"路见星，"盛夜行又耐着性子叫几声，"你慢慢放开我，好不好？"

路见星张张嘴："不。"

"那你抱着吧，"盛夜行挺直背脊，"刚刚帮你挡架，是因为你也是七班的人。你现在这么抱着我，是因为我让你想起什么人了吗？"

路见星又说："不。"

盛夜行不太明白路见星内心对于安全感的缺失，更不能理解什么叫刻板的行为。也许只是因为路见星那时候想拉住他，于是就去做了，然后觉得抱着他舒服，就不愿意放了。

这种"抱住他"的行为意识对于路见星来说，和平时的站立、坐下没有太大区别。唯一的区别就是，他没有主动去和谁有过肢体接触，盛夜行是第一个。

但这第一个人并不知情。

"真他妈神奇，"盛夜行低低地骂了一句，"你抱着，我居然也没犯病……"

"你。"路见星冷不丁又蹦出一个字。

盛夜行叹气道："嗯？说话说完。"

"你就是，"路见星艰难开口，完整的句子说得十分吃力，"你。"

✦Chapter 5 打脸

"我头像全黑是代表夜晚。"

盛夜行沉默着，不知道该说什么。他憋住了想叹气的冲动，拍了拍路见星。怕激起他什么不好的回忆，曾经感同身受过的盛夜行尽量放柔语气："路见星，能放开吗？"

路见星僵硬了几秒，回答："可以。"

又过了几分钟，盛夜行实在被勒得难受，完全不知道路见星哪儿来这么大力气，又问："能放开吗？"

路见星的语气听不出什么情绪："不可以。"

盛夜行头疼，掌心都要被自己掐肿了，他换个方式继续问："不可以放开还是可以放开？"

路见星想了想："不可以。"

没半小时，在略为别扭的气氛之下，路见星终于乖乖地松开了手。

盛夜行觉得路见星撒娇耍赖、靠沉默抗议的技能登峰造极了——连自己都抵抗不了。他还得再跟老师强调一次，要教教路见星怎么防身，真不能再随便开瓢儿了……但好像这次出手，路见星走的是下路，是直接往对方犯贱的手上招呼去的。

还行，有进步。

盛夜行想着，打开办公室门，看了一眼守在门口的唐寒，说："他没事了。"

"我知道你最不喜欢管闲事，"唐寒愧疚不已，"这次真的麻烦你了……"

"没关系，"盛夜行吹了声口哨，朝老师笑，"我回教室了。"

临走前，唐寒看了眼跟在盛夜行身后的路见星："你真的能安抚他。"

谁安抚谁还不一定。

盛夜行没说这句话，他把校服领口又立起来，双手揣兜，拿着假条走了。

原地站着的路见星一动不动，他还有些没缓过劲儿来。

他一向是非常讨厌触碰的，从小到大表达得最多的情绪就是"不要碰我"。他喜欢穿连帽的衣服是因为背部靠上的那一块必须"负载"什么东西，自己才觉得舒服，其他任何让他感觉到不舒服的版型、质地都会让他烦躁、发闷。

现在，路见星发现自己好像喜欢用触觉去感知一小部分人的存在。听觉感知的异常导致他无法忍受任何多余的话语，也不喜欢突然的"挑衅"。这些都是他生理承受不住的刺激——打架也是条件反射。

他习惯了大多数人小心翼翼的触碰、带着善意或恶意的接近，但像盛夜行这样明确要与他划清界线的情况还是第一次见。因为同情也是一种伤害。

盛夜行明白，路见星也知道，所以彼此保持距离。

但是拥抱着别人的感觉是温热而令人满足的。

回到班上，路见星发现盛夜行已经不在了。

自己从来没有去注意过某一个人的存在，这种认知让路见星感觉到有些陌生。

教室不大，却容纳了近三十名学生，各有各的病症。路见星身上的那些"可怜之处"，放在他们之中也好像显得如此稀松平常，没有人会过多地在意。这些同学在讨论什么，路见星也不是很在乎，无论什么事儿还是得靠自己。

他们正聚集在顾群山的桌边，听这位"百事通"高谈阔论。

"我还专门查了一下情况，"顾群山的声音不大不小，没有贬低的意思，"怎么说呢，就比如我是患者，你站在我面前跟我说话，你的声音会被自动降低百分之七十，我的脑袋像装在密闭容器里。我甚至可能理解不了你说的话，也没有办法去注意你这个人的存在，我可能对你的衣服更感兴趣……"

路见星从后门进去，一言不发地坐回自己的位置。顾群山这些话早已被他自动过滤了……现在他的眼里只有桌上还没削完铅笔的铅笔刀。

也许是他在办公室门口的"暴行"传遍了整个班级，有女生看他拿刀，紧张地往后缩了缩。

有人小声嘀咕："路见星拿刀了。"路见星内心直叹气。

我拿刀又不是要削你。我削的是 2B 的……铅笔。

"据说，在美国，自闭症是第三大发展性疾病。大概每一万名小朋友中有四到五位小朋友是自闭儿。"顾群山拿书遮住脸，小声说，"所以路见星这样也不算特别罕见……"

"我们还是不要讨论了吧……"有人说。

"谢谢。"一向不开口的路见星突然出声，语气十分平静，"不要，讨论。"

"哎，路见星回来啦。"顾群山扭头看过来。"小自闭"居然讲话了！他是不想惹路见星的，刚刚那番话也是说给同学们听的，他也不想再看到有人欺负他。

顾群山挠挠头，觉得自己做得不妥，认真道："对不起。"

路见星来班上这么多天，对他什么态度的同学都有，可顾群山是第一个道歉的。路见星态度缓和了点儿，眨眨眼，想"嗯"一声"嗯"不出来，话卡在喉咙里，他只得点点头。

"我叫顾群山，和李定西一样是多动症，之前和你们一个寝室的。"顾群山指了指自己的同桌，"他叫林听。"又指指耳朵。

感觉到被拉扯，林听慢慢转过头来。他朝路见星友好地笑笑，敲了敲桌子："你好！"

林听说话的音量自然控制不住地变大。路见星听得清楚，看他自信又友善的模样，紧抿的嘴唇逐渐放松，试着张嘴喊人："林听。"

林听又笑了笑，指了指黑板，转回去了。他好像并没有听到路见星叫他的这一声。

揣着篮球进教室的盛夜行刚好撞见这一幕。他像往常那样把篮球踢到班级角落，抽凳子出来就要坐，心里忽然有点儿不舒服。

怎么就叫上林听了……来学校这么些天，路见星都还没叫过自己的名字。不服。

盛夜行看自己之前脑子一热画的那一道幼稚的"分界线"，面子上有点儿过不去。他手肘一动，把自己的橡皮擦碰掉到路见星那边，咳了一声。

路见星对人反应迟钝，但对物品十分敏锐，他看了眼橡皮擦，抬头用眼神询问："你的？"

"嗯，你让一让，我来捡。"盛夜行说。

路见星退开了点儿，盛夜行弯腰，正在想抬起头之后要怎么跟路见星讲话，忽然后脑勺儿一阵剧痛。盛夜行努力忍住闷哼，痛得眼冒金星。

缓解了会儿疼痛，他不解地抬头，腰却还是弯着的，视线一往上走，以仰视的角度打量路见星。盛夜行故作淡定地起身，揉了揉自己的后脑勺儿，还没来得及说话，路见星就开始艰难解释起来："不小心……"他指指桌面，又指指桌脚，"抱歉。"

路见星居然两口气说了五个字！盛夜行心想，这应该就是顾群山说的空间距离感知能力弱的表现了。他常常对距离的判断出现偏差，所以撞门撞墙是家常便饭，刚才应该是在他弯腰捡橡皮的时候不小心碰了桌子。

盛夜行会不会被它撞成傻子啊？路见星心想。

只见盛夜行摇摇头，说："没事，不痛。"接着，他站了起来，在座位上坐好，然后冒着被开瓢儿的风险，用脚尖点了点路见星的凳子腿。

路见星不解地扭过头。他又想干什么……

"听说你成绩挺好，能不能教我念几个字？"盛夜行翻开草稿本，拿笔往上写字，再把本子推过去，指着，"这个。"

路见星低头看了看草稿本，嘴角一勾："盛。"

"这个呢？"盛夜行又写个字。

"夜。"

"这个。"

路见星迟疑了会儿，说："行。"

盛夜行心里爽快，右手开始转笔，似笑非笑地说："连起来。"

"成夜航。"路见星下意识地说完，手背却被盛夜行忽然捏了一下。

盛夜行脸黑得像锅底："不对。"

等了将近五分钟，路见星才吃力地改口："盛，夜，行。"

成了。

路见星看他陡然放松的表情，像感知到什么目的性，嘴角上扬，没忍住一抹笑，继续低头写作业，呼吸都乱了。

装什么装，谁不知道你在想什么啊？

他懒得拆穿盛夜行的小心思，但不知道为什么，盛夜行带给自己的压迫感非常的强，他自己的不吭声也让盛夜行不想接近……但两个人一碰上就总像有丝线互相连接着，时刻能感受到对方的存在。

路见星看看盛夜行的后脑勺儿，拿中性笔在掌心画了个小小的卡通版药丸图案，捏紧了，继续写作业。看路见星认真学习了，盛夜行也不打扰他，趴着挨到下课铃响，跑到走廊上时刚好碰上季川老师。

"你校服呢？"

"给学妹了。"

季川听到这说辞，瞪得眼珠子快掉出来了："学妹？学校禁止早——"

"我们在操场上打球，有来看球的小学妹裙子脏了，我就把外套脱下来给她围上了，没别的意思。"

"做得很棒，"季川学着唐寒的语气鼓励他，摸摸下巴大笑起来，"现在小男生都喜欢见义勇为？"

"什么小男生？我成年了，川哥。"

"哎……你成天屁股后边跟一群小跟班，怎么也不见你合群？男孩子嘛，多参与到集体中来，别天天除了搞你的摩托车就是翻墙玩儿消失嘛。"

季川也不知道怎么教育问题学生。"或者，多花点儿时间在学习上——"他还没说完，盛夜行就打断他："书上不是写过吗？一个人，要活得像一支队伍。"

"是，没错。"季川扶了扶眼镜。

"也没说这支队伍要好好儿学习啊。"

一支队伍互相配合着翻墙还挺利索。

盛夜行说完就要往走廊另一头走，季川伸手拦住他："去哪儿？不上课了？"

"我舅妈给我汇的钱到了，课不上了。"

盛夜行妈妈在离世前给他留了笔不小的遗产，从他十五岁开始，舅妈就每个月给他打一些钱。盛夜行不是多能挥霍的主儿，已经存了不少。

"嗯，那你早去早回。"季川知道这小子家庭情况复杂，也不为难他，"把袖子放下来吧。外套都脱给别人了，你不冷？"

盛夜行吹一声口哨，笑了："我得翻墙啊。"

寒风吹过空荡荡的走廊，盛夜行穿着一件薄卫衣，从学校小树林里翻墙出校去银行取钱。他浑是浑，但不是莽撞幼稚的人，部分老师都偏向着他。太独的学生总是容易出事。

教室里，路见星一直趴着往走廊看，等了好一会儿也没见同桌回来，心里有点儿闷。

"老师。"他第一次举手表达自己的意愿，"我想出去。"

唐寒不放心，派了李定西跟着。从盛夜行表态开始，李定西对这个新来的漂亮小室友毕恭毕敬，完全忘了自己差点儿被一凳子砸归西的事。

李定西叹气道："唉……小星星，你说你要是能多讲点儿话多好啊。老大本来就不喜欢讲话，说话全靠吼和眼神威胁，你也不陪我讲话，寝室里待着多闷啊。"

路见星好一会儿才消化掉盛夜行就是他口中"老大"这件事。

"嗯。"路见星望着操场上奔跑的人群，撑着手肘靠上栏杆，在李定西震惊的眼神中说出三个字，"对不起。"

"哎哟，你给我道什么歉啊？我自己欠抽。本来就是我先招你的嘛，只是以后不要打人头了，很痛又不安全……容易出人命。"李定西解释，"出人命就是会死掉，你知道吧？"

"知道。"路见星点头。小时候，他偶尔站在卧室飘窗上，想往下跳，因为知道跳下去会死掉，会真正地消失在这个世界上。

他承认，从幼年期意识到自己的不同后，自己是迷茫的。他无法做出很多令自己满意的事，各种障碍接踵而至，将他原本该色彩斑斓的生活变成了黑白片，但惊人的专注力将他从深渊拉了回来。换种角度看，"特殊"不是完全不好。

"我，没有哑，"路见星指了指李定西和自己身前的距离，强调道，"会沟——通。"

李定西的眼睛亮了几分："我明白了！"

路见星抿嘴："什么？"

"意思是，好好相处的话，你还是可以慢慢变成话痨吧？"

"啊。"路见星本来想点头，又费了些工夫去理解"话痨"这个词，一时不知道表示否定还是肯定。

等到下午放学，路见星还是没等到那个"看自己不顺眼"的同桌回来。他收拾完抽屉，再瞟了眼盛夜行的桌子，花几分钟时间想了想要不要帮他收拾。如果贸然动别人的东西，会不会被讨厌？好像他们俩关系也还没有好到可以帮忙收拾私人物品。

路见星抓紧书包带，在盛夜行座位边又徘徊了会儿，手掌心都掐红了。

"路见星！"最后一位关灯的值日生嗓门儿不小，"你不走吗？"

路见星咬住校服领口，把拉链拉好，朝门口挥了挥手，坐了下来。

值日生瞧他没有要走的意思，就把教室灯全部关了，临走前还嘀咕一句："真怪。"

路见星把鞋带系紧又解开。这样的动作重复到第三十四遍，盛夜行还没有回来。

在他的生活中，重复的作息和动作是习惯，每天放学跟着盛夜行跑过校门口的小路自然也成了其中一项。

教室里的时钟已指向八点，路见星浑身打了个冷战，睡眼惺忪。他撑着手肘在课桌上趴了会儿，扫视一遍空荡荡的教室，决定自己先回去。

夜幕早已降临。

学校保卫室还没有锁大门，走廊上的伞被不看路的学生踩得七零八落，路见星踩着阶梯一级一级地下，心里默默跟着数。一级数漏了，他又折返回去重新往下走。反复循环的动作持续了无数遍，楼道里终于来了夜晚巡视的保安。

一道手电筒的光照射在路见星身上，他下意识抬起手臂挡了挡。

走廊尽头，保安室的大叔朝他喊道："快十点了！怎么还不走？哪个班的？"

路见星张张嘴，不知道怎么回应，只得靠着走廊墙角，额前黑色碎发被汗打湿，呼吸一长一短的。

"能讲话吗？"保安大叔小跑过来，担心他是身体有缺陷又发不出声的学生。

路见星首先瞄到手电筒，又注意到渐渐走近的人，立刻伸手把自己胸前的胸牌挡住了。他不想被看出来。保安大叔看路见星一个人缩在墙根不说话的模样，放轻了语调："小同学，快回去了，好吧？要不要我联系班主任？"

"不用。"路见星站起来说，"谢谢您。"他抓紧书包带要走，最后还是鼓起勇气落下一句："我回宿舍。"

保安大叔点头表示理解，目送他下了楼，在走廊上喊一句："路上小心啊！"

"嗯。"路见星低低地应了一声，也不在乎对方能不能听到。在新的学校里，他能和陌生人正常交流了。路见星心里说不出是什么滋味，突然觉得自己有一点儿厉害。

他刚出校门，大门口的探照灯就亮了。

路见星一个人独处的时候最为自在。他在人群后落单，根本看不出有什么异常，自然也不会有人给他贴上"没礼貌""小怪物"的标签。明明他只是有一点点特殊。

路见星走了没几步，天空开始飘雨，与此同时，他的手机在衣兜里震动了起来。他打开微信，发现是顾群山、李定西几个人在加他好友，还未通过验证。

路见星眯起眼，来来回回看了几遍也没发现盛夜行的申请。

雨下大了，路见星却不得不停下脚步。他无法边走路边通过验证，只得站在原地一个一个地按"同意"。雨点一下一下地砸上手机屏幕，路见星扯着校服衣袖去擦，眼睛都被雨水糊得发胀、发疼。他把班级群点开，用温热的指腹滑过屏幕，最终落到盛夜行的微信号上。路见星垂眸看着这个全黑头像的微信账号，面无表情地点了"添加到通讯录"，然后，心里莫名其妙地放起了小烟花。

他抬头过马路，感觉雨势好像小了一点儿。

雨在抚摸他。

"嘀。"

晚上十点左右，盛夜行在市中心繁华的十字路口"招摇过市"时，收到了来自路见星的好友申请。他一般不怎么管微信消息，但今天不知道怎的有种莫名的预感，就到路边停了车，跨在座位上掏手机。

夜风吹得他头疼。盛夜行的摩托车是黑白交错配色的"猎路者"CK1-125，是他成年那天舅妈给新换的，价格近一万元，特别拉风。舅妈说，之前那辆太轻便，压不住他。

他自己在年长者心里就是一座移动火箭炮。盛夜行听了直笑："人家骑摩托都是怕自己体重太轻会甩出去，到我这儿怎么就成了摩托车压不住我了？"

长腿一迈，他半边身子都靠在车上，连头盔也不取，掏手机就解锁。

路见星的微信头像是一只小话筒。

添加完成后，盛夜行主动打了个招呼："我盛夜行。"

那边儿秒回——"Hi。"

一声又酷又有点儿萌的"Hi"，看得盛夜行眼皮跳了一下。不过，盛夜行放心了，看来"小自闭"通过社交软件还是可以交流的，以后跟他说不通就用微信发消息算了。

一面对路见星，盛夜行少得可怜的好奇心就会冒出来，特别想知道为什么他的头像就设置成了一只小话筒。于是他自暴家底："我头像全黑是代表夜晚。"

路见星只高冷地回了个："嗯。"

盛夜行还没来得及回复，那边顾群山就打电话过来了。

"老大，你让我帮你找酒店，我找好了！"

盛夜行没打算把烟点燃："嗯。明早自习我不来了。李定西今晚住宿舍吗？"

"啊……他今晚在我出租屋里打牌，应该不住了。"

又让路见星一个人待在宿舍？能行吗？他之前还听顾群山科普说，自闭症患者中有百分之八十都不能独自生活。望了眼夜色里路灯照映出的绰绰人影，盛夜行用舌尖舔湿了滤嘴，原本锋利的轮廓也在昏黄灯光下变得柔和不少。

"算了，"盛夜行把没点燃的烟扔掉，"我回去睡。"

顾群山不怕死地发出灵魂拷问："老大，我怎么感觉你对'小自闭'挺有保护欲呢？就特疼他。"

"影视剧里知道太多的人都领盒饭领得早，而且，我对男的能有什么保护欲？"

只是不愿意表露出太明显的同情心罢了。

盛夜行挺怕这种同情表达得太多，会伤害到自尊心极强的路见星。

现在才十点半，盛夜行准备在市区里兜一圈再回寝室。市里的路大多宽敞，盛夜行降低车速慢慢地开，才跨区从市中心骑回学校那边三环外，就发现这边正在下雨。摩托车轮胎从地面上碾过，积水飞溅，把他一双黑靴浸湿了。

学校修在三环外的小山附近，算是城乡接合部，除了盛夜行和家庭条件好的同学，其他人极少踏出这个片区。如今入冬，市里多阴雨，又是这个时间，街道上行人更是寥寥无几。

市里是环形区划，三环开外就属于新城区与郊区，学生想入城往往得坐半个多小时的地铁。盛夜行的舅妈家在城中心，表妹也在那边念书。

仅仅是一个区的距离，就把他们的生活分割成了两半。

但盛夜行挺无所谓的，有摩托车骑，多远对他来说都不是事儿。盛夜行好强好自由，加上自身病症的原因，常常做事不考虑后果又控制不住想做。

他享受骑摩托车时那种亲身体验的震撼，不被条框所控制的不羁与野性。

对盛夜行来说，骑上摩托车，他就变成英雄。

等到了宿舍楼下，盛夜行把头盔和雨衣脱掉，晾在宿舍楼的院子里，然后敲了敲门卫的铁链："明叔，我回了。"

正在打瞌睡的明叔忽然惊醒，见是盛夜行，愣道："你室友没一起回来？"

"李定西请假，路见星在寝室。"盛夜行站在屋檐下躲雨，"查寝了？"

明叔摆了摆手："哎哟，今儿个你张妈早就开始查寝了，你寝室里没人。"

"没人？"盛夜行重复一遍，"张妈呢？"

"楼上，你快去看看。"明叔给他按开门锁。

学校宿舍一到了十一点有门禁，不能进不能出，盛夜行以前是个行走的炸药包，学校为他开了些特例。一来二去，他和宿管人员关系还可以。

盛夜行进了宿舍楼，飞跑到三楼就撞见生活阿姨张妈急红了脸。

"小盛！你可算回来了，你室友呢？就新登记的那个，白白净净的那孩子，特别俊，跟团奶糕似的，人呢？"张妈说。

"路见星吗，"盛夜行停在楼梯口，"没跟我一起。"

"对对对，"张妈掏出查寝本记录，"他去哪儿了？没跟你一块儿？"

"不熟。"盛夜行说。他低头掏手机，给路见星打了几个微信语音都没人接。

"在哪儿？"

等了一分钟，没人回。外面雨势越来越大，漆黑一片。

在他们沉默的一瞬间，远处炸开声声惊雷，闪电亮透了半边天。

"我去找。"盛夜行擦了一下脸上的雨水，"张妈，您先别通知我们老师。"

张妈看他急匆匆地上楼进宿舍，跟在后边不放心极了："你一个人？"

"嗯。"处事难得沉着的少年低头，将打湿的卫衣脱了下来。他从衣架上扯了件防水的冲锋衣，再拿了件保暖的羽绒服，直接开门就要走。

张妈拦住他给他塞伞："小盛，你带把伞啊！"

"不了，"盛夜行关门，"影响我跑步速度。"

张妈在后面边追边喊："你不骑摩托去？"

"不。"

张妈看他情绪不太稳定，小心试探道："不带药？"

"不带。"

"记得看路啊！别你小子也走丢喽！"

"方圆十里就没我找不到的人。"

盛夜行扔下这么一句，也没走正门，直接从宿舍楼下的砖头边踩着墙翻到了校外。

他动作利索，轻松越过了插满玻璃片的墙面，只剩张妈和明叔两位中年人目瞪口呆，彻底见识了这浑小子平时是怎么出去的。

学校地处偏僻，一到夜里，街上铺面营业的也少，盛夜行一路顶着雨跑过紧闭的店门，心中的不安越来越重。他喘着气，总感觉路见星就在某个地方，甚至自信到手机都没看。他以为他是能找到路见星的……却不知道是自己犯病了。

从张妈说路见星不见了的那一刻起。

✦Chapter 6 保护欲

对小路进行深入研究。

盛夜行现在正处于意志行为增强的状态，脑子里混乱得一时了无头绪，体温上升了不少。他站在街角，盯着远处黑黢黢的街道，看那儿光线昏暗，只觉得路见星就在那边，又往那个方向跑了百来米。

直到在学校附近转了快二十分钟，盛夜行才冷静下来，眼神空茫。他开始想，会不会是"小自闭"出了学校区域？是有意的出走还是无意的迷路？

他换了个方向，又往入城的方向走。那里有一座跨河大桥，夜晚人少，但是视野开阔，无树木遮掩，站在上边能同时观察到二三环之间的路。夜晚偶尔有飙车党经过，前车灯还能将路照得十分亮堂。

下雨、坡道、容易打滑的机动车……盛夜行不敢想，如果"小自闭"一个人走在路上没注意到车辆怎么办？他本来运动时的专注力就稍微弱一些。

暴雨越下越大，盛夜行发茬硬而短，淋湿了也不算难受。只是冬天夜里的风寒冷刺骨，吹过他淋得半湿的身体，再钻入脖颈间，再健壮的身体也有些受不了。

路灯闪烁的一瞬间，盛夜行在桥上看到一个熟悉的身影。

背着书包，一身蓝色校服，个子高挑，身形挺拔——是路见星。

盛夜行没喊，没敢惊动路见星，怕他是真的想出走，一喊人就溜了。盛夜行裹紧了衣服跑过去，隔着老远就看见路见星怀里抱着什么。

路见星书包湿透了，校服也湿得不行，雨水还从他头顶往身上疯狂地砸着。他的头发比盛夜行的长些，细碎的额发粘在额头上，低着眉眼，睫毛都像挂着水。

"路见星，"盛夜行不废话，直接拦了路见星的路，音量拔高，"你去哪儿了？"

路见星沉默一会儿，没吭声。

"微信为什么不回消息？找你你不回，那你加我干什么？"

"没电。"

盛夜行有点儿上火："你进城了？"

路见星抿嘴，如实回答："在三环边。"

无奈、愤怒、担忧等盛夜行几乎很少有过的情绪一齐涌上了心头。

"六点半放学，十一点门禁，这么长时间你一直在外面跑？"盛夜行一说话，雨水就往他喉咙里灌，"今晚张妈来查寝了，她急得不行。你说不需要人照顾，就是这样不需要的？！"

雨又下大了。路见星慢慢抬眼，眸底亮晶晶的："附近，没有。"

"什么没有？"盛夜行逼问。路见星摇了摇头。

"算了。"盛夜行懒得跟他废话，转身就要走，路见星又急急忙忙地跟上。

他把路见星带到一座有屋檐的报刊亭下躲雨，直接把路见星的手臂扯过来，将人牵到跟前，一脸不耐烦地说："脱校服。"

路见星抬起头，手足无措，不能理解他的行为。

眼前身材高大又面色阴沉的少年重复了一遍口令："脱校服。"

他看路见星还是没有行动，伸手拉开路见星湿透的衣领拉链，抓着他手臂把校服脱下来，然后把怀里护了挺久的李定西的羽绒外套抖了抖水，罩在路见星身上。

纵使盛夜行护得再小心翼翼，羽绒服衣摆还是被雨水浇了个透。

"路见星，"盛夜行疲惫地动了动嘴唇，眉宇间的紧张总算放下了，"以后不要给我添麻烦。"

就在他转身要带路回去的时候，路见星忽然抓住他的冲锋衣衣领，开口："等等。"

见盛夜行转头用阴郁的眼神看着自己，路见星快说不出话了："谢谢。"

接着，盛夜行盯了他许久。路见星被雨淋得完全没了以往傲气又高冷的样子，头发湿漉漉地贴着鬓角，原本拒人于千里之外的眼神也软弱了下来。

应该是太冷了，路见星还在发抖。

两人刚出报刊亭，雨势丝毫不见减弱。

盛夜行仰头望了望天，用手指捻住衣摆，直接把自己穿在外面的那件冲锋衣脱掉，顶在头上朝路见星招了招手："算了，你过来。别搁那儿淋雨，发烧没人管你。"

骗人。

路见星站在原地，指了指自己身上的羽绒衣，干哑道："不舒服。"他对上盛夜行疑惑的眼神，紧张地补充道："我，衣料难受。像小时候洗澡，也难受。"

盛夜行知道他可能是因为病症引起触觉障碍，对衣料的敏感度过高，但现在脱掉衣服回去肯定会发烧。此时的盛夜行严厉得像位家长："不能脱衣服，会发烧。"

路见星抿着薄薄的嘴唇："穿你的。"他说完，不等盛夜行同意，执拗地脱掉了身上李定西的衣服，再把怀里护着的小塑料口袋装进盛夜行衣服的口袋里。

雨声小了点儿，盛夜行的注意力转移到路见星一直拿着的塑料袋上："你拿的什么？"

"药。"路见星声音冷冰冰的，小小的。

为了防止学生发病误食其他药物，校园范围内一两公里都没有药店。

这么说来，路见星大半夜的还在外边不回宿舍，是放学去三公里外买药了？走过去的？冒着雨？

"小自闭"一天到晚都在想什么？

盛夜行抹了一把自己淋湿的头发，随口问道："什么药？"他说着，把药包打开，翻出来发现是一瓶包装已经湿透的消肿止痛酊，还有一盒活血止痛胶囊。

不知道为什么，盛夜行下意识紧张起来，掰开路见星擦雨水的手："你哪儿伤着了？"

"你。"路见星踮起脚，用柔软的手掌碰了碰盛夜行的头。

盛夜行愣了："我的头？"

"嗯，下午，"路见星抹掉唇边的水渍，慢慢地说，"桌子。"

这一晚，盛夜行的心情在这一瞬间不知道该用什么词语来形容。

像有一颗璀璨的流星，倏尔划过原本静谧的夜空。

他胸腔中部偏左下方的那颗桃心忽然像被开水灌满了，疼得发胀，又烫得热烈。眼前人的模样在雨中变得越发清晰，连嘴角挂的一滴水珠都显得那么令人心动。

"桌子撞会痛。"对方还在解释，"要用药。"

盛夜行的眼神变得复杂不已。他没有办法去问。

路见星，你顶着雨跑这么远玩儿失踪就是为了给我买药？我压根儿没受伤。

他不能这么说。如果他开口了，路见星只会反应过来他自己的行为很不可理喻，或许以后就对关心别人感到排斥。几种想法在盛夜行脑海里交战后，他握住了路见星发凉的手，再将其揣进自己的卫衣衣兜。

"我会用药的。"盛夜行沉声道。路见星松了一口气："好。"

"路见星，你跟我回去吧。"盛夜行说。

"好。"对方积极回应。

凌晨一点半，盛夜行带着一路默不作声的路见星回到了宿舍楼。他没法儿带着路见星翻墙，只得敲了敲大门的铁链，喊："明叔。"

"哎哟，终于回来了……"张妈也从门卫室的桌子上揉揉眼起身，赶紧拿干纸巾给两个孩子擦了擦脸，"去哪儿啦？"

"买药。"路见星答。

张妈点点头，知道这个小孩儿特殊，也不多问，催促道："快上楼休息吧。小路，你以后不要乱跑喽！急死老太婆我了。"

"对不起。"路见星乖乖地站着，手从盛夜行衣兜内抽了回来。

一回到宿舍，盛夜行就把灯打开，累得快要虚脱。兴许是上楼梯的动静没把握好，宿舍楼里不知道哪个同学睡蒙了胆子大，迷糊地大吼："谁他妈的大半夜不睡觉啊！"

盛夜行停了脚步，握紧拳头。楼道里的灯不够亮敞，路见星脚步快，比他多上了一级。盛夜行看着他，忽然就镇静下来，吞下了那句已经横冲直撞到嗓子眼的"你爹"。

这时，又有人被吵醒了，回吼："哪儿的野种大半夜喊麦啊！"

两边宿舍你一言我一语的，楼下还没走远的张妈又折回来，一板子敲着楼道墙上，扯着嗓门儿喊："谁不睡觉？不想睡觉下楼放哨！大半夜斗什么狠呢啊？！"

楼里顿时安静了。盛夜行听得想笑，跟着路见星上了楼。

进了宿舍，路见星第一件事就是把药拿出来放窗台上。

"路见星，"盛夜行发现"小自闭"的一举一动越来越难理解了，"你做什么？"

"晾晾。"路见星说完，像怕盛夜行不理解，有点儿急地补充，"雨停了。"

我把药盒晾干！

"行吧，"盛夜行边脱衣服边去扯干浴巾，扔给路见星，"现在已经停水了，没法儿洗澡。你把身上擦干，再喝点儿热水，然后上床睡觉。"

"好。"路见星一累，人也乖顺，接过浴巾就开始脱衣服擦身体。

路见星换完衣服，突然说："他们，什么意思？"

在路见星的世界里，人与人应该是互不干扰的。

他对"其他人"，天生就缺少好奇心，也不想知道对方的想法……但自从遇到盛夜行，路见星发现自己感兴趣的事一件一件地多了起来。

"口不择言罢了……"盛夜行喝了口热水，"想知道野种是什么？"

"嗯。"

"没爹没妈。"盛夜行想想，觉得乱骂的那些人讨厌，补了一句，"或者是有人生没人养的。"完了，说什么都像在骂他自己。

路见星点点头，指指自己，慢吞吞地说："我。"

盛夜行心头突然有石头压下来。他握住路见星的手指，说："你不是。"

"我拖累他们。"路见星说起父母，神色黯淡了些。

"哎，别想了。"盛夜行说。

路见星把袜子穿了又脱，脱了又穿，才应了声："好。"

"我妈去世得早，我爸没什么本事。我妈家里挺有钱的，走后给我留了套院子，在城南，但很多年没有人住了，我也不爱去。"盛夜行边说边低头拉拉链，"等你想通了愿意上我摩托车后座，我带你玩儿去。"

说完，盛夜行有点儿耳根发烫。

他还真没邀请过谁。顾群山和李定西这俩左右护法都没有上过他的车。

路见星听得心生向往，却不太愿意麻烦他，点头又摇头。

这模样看得盛夜行心里软软的："以后再说也成。诚心邀约，我不急在这一时半会儿。"

路见星努力地回应他的每一句话："嗯。"

路见星家庭条件相对来说较为普通，但父母从他小时候就开始奔波。十七年了，路见星的病拖累了整个家，影响了家里基本的生活。

前几年，妈妈终于迎来了第二个孩子，路见星便更像一个累赘。

来市二上学也是他主动提出的，只因为在一次班级矛盾中，有一名男生指着他大喊："路见星，你这种特殊情况的人就应该去市二！他们有个班，你知道吗？成天待班上摆什么谱？看不起谁啊？全班都得伺候你怎么着！"

当时路见星以为市二是医院，没忍住上网一搜，发现是一所学校。他利索地把学校相关资料搜集完毕，向父母表示了他想前往市二的意愿。市二学费不算高昂，可以封闭住宿，家长可以每两个月甚至半年探视一次，这简直就是为不堪重负的路家量身定做的。

洗完脸，盛夜行看到路见星眼下晕开了一圈淡淡的红："你眼睛下面的痣是画的？"

路见星点点头。

盛夜行问："之前还是蓝色的，怎么变红了？"

"开心和不开心。"路见星说，"今天开心。"

你还是小孩子吗？

盛夜行嘴角一勾，没吐槽出来，只觉得有点儿意思。

"那明天打算画什么色的？"盛夜行认真地问。

"明天，"路见星垂下眼，也认真地思考这个问题，然后舔舔唇角，说，"红色。"

临睡前，路见星坐起来，揉了揉眼。

"不睡？"盛夜行看他在床上披着被褥坐成一团。

在某些事情上，路见星的病使他格外固执："药，涂一点儿。还有口服的。"

盛夜行一时不知道怎么跟路见星说自己被撞了那一下其实没有受伤。

他挽着袖子下床："我涂药吧，我不吃药，行吗？"

"嗯。"路见星托着脸看他在昏暗的光线下抹药。

盛夜行哪儿敢真涂，只蘸了一点点药油往后脑勺儿抹，除了烧灼感，就没什么感觉了。

盛夜行特别严肃地说："路见星，我还是得告诉你，这里的人都是患者，你在外边算特殊，但在这里不会。我对你和对其他人的态度只会一样。"

"……嗯。"路见星应了一声，"冷。"

"唉。"盛夜行叹气，一边骂自己没出息，一边凶巴巴地给他盖被子。

感觉之前的话都是故意说给自己听的似的。算了。

早上宿舍楼里停水了。

天刚蒙蒙亮，宿舍楼的起床号响起，一群男生踩着拖鞋下楼领水，还没领着呢，排队的几个就打起来了。明叔几次控制无力，只好在楼道扯嗓子喊盛夜行的名字，被喊到的这位大哥穿着短袖睡眼惺忪地从寝室内出来，朝动手的几个男生瞥了一眼。人群顿时安静了。盛夜行怀疑李定西他们荷尔蒙分泌失调，非要拿打架来证明青春期多可贵，毕竟年纪再大个几岁，就没有挥拳头的冲动了。

"没事了？没事我回去睡了。"他往楼上走。

"一群孬货。哎！老大，你不上课吗？"李定西昨晚喝多了，早上六点才摸回宿舍，差点儿被明叔逮了个正着。

"不了，我请个假，"盛夜行头也不回，"路见星发烧了。"

"啊，路见星发烧关你什么事儿啊？"

盛夜行没想到，路见星发个烧都固执地要去上课，浑然不把自己生病当回事。

"路见星，你到底能不能行？"

"我行，"路见星攥着书包带子小跑着跟上，脸蛋儿在冬日清晨里发红，"我特行。"

"厉害啊，"盛夜行笑得特别坏，"你还挺贫？"

路见星看他笑得好看，脸发烫，问："贫是什么？"

盛夜行在这一瞬间对路见星又有了新的感觉。倒不是说多了多少好感，只是觉得他或许会成为路见星生命中一个重要的存在，自己在他最重要的成长期，潜移默化地用一支黑笔往白纸上写满密密麻麻的字。或者说，是在纸上画画，直到五彩缤纷。

遇上路见星，他口中的"你他妈能不能跟上我啊"都变成了"能跟上我吗"。

今日清晨阳光好，盛夜行走得懒懒散散，路见星跟在后边踩着他的影子，手里捧着一杯豆浆。路见星的轮廓颇为秀气，称得上特别俊，眉眼中透露的性格坚毅又硬气。他讨厌陌生人的触碰，在街上不小心被谁撞到，眼神都会瞬间变得特别"狼"，还挺能吓唬人。

路见星到班级已有一周，同学们对他的好奇心也逐渐减弱，觉得他除了不爱讲话、长得好看、成绩好、有点儿凶之外也没有别的特点了，索性不再在教室里讨论他。

在人多的地方路见星不爱讲话，盛夜行也知道他这个习惯，在教室里两人几乎零交流。

顾群山属于学渣，一遇到复习的课就简直满地找乐子。因为多动症的原因，他总是坐不住，高一的时候上课拿绳子捆自己，后来直接把自己跟李定西背对背捆在一起。

教室一安静，四周"静"下来，顾群山心里就极为不舒畅。他一条腿搭在课桌踏板上，想了一会儿，开始抖腿。

感觉到顾群山的桌子不断震动，盛夜行伸手拿笔往他肩膀上一敲："别动。"

"我他妈，"顾群山特别痛苦，"忍不住啊……"

"那就动静小点儿。"翻了一页书，盛夜行假装自己也特认真，"你把课桌顶起来抖，这样没声。"

"老大，你也太没人性了。"

盛夜行听得想笑，挑眉道："你才认识我？"他从抽屉里摸出一只耳机塞进校服里，从领口掏出来后用手掌扣住耳朵，侧着头摆出沉思的样子，开始听夜店里那些劲爆的电音。

"嗞啦——"顾群山每抖几次桌子，他身体的推力就将凳子往后挪一点儿。坐在后边的路见星一句话不说，把桌子往后挪。

"嗞啦——"最后一次抖动结束，顾群山扭头发现自个儿已经"抖"成盛夜行的同桌了。盛夜行取下耳机，瞥了过去。顾群山连忙回头，看"小自闭"正安静地低着头写作业，丝毫不被影响，一个人活成了最后一排。顾群山不知道为什么，觉得老大的眼神有点儿瘆人。

"不好意思，兄弟……"顾群山迅速把桌椅往前推，"小自闭，快上来！"

盛夜行不管路见星还在写字，伸臂就把路见星的桌子拖回来，对着顾群山凶神恶煞地说："别他妈叫他小自闭。"

顾群山"嘿嘿"笑了几声："那我叫什么啊，小星星？"

听完这个称呼，路见星愣着看了顾群山几眼，有些不习惯地皱了皱眉。

幼儿园里，爸妈喊他"星星"，到了小学变成"小星"，进了初中变成"见星"，到最后变成"路见星"……对于称呼的变化，路见星原本是迟钝的，但当他感到亲疏远近的变化后，逐渐对此变得敏感。

"叫路哥。"看路见星表情不太好看，盛夜行踩住顾群山乱抖的凳子腿，"听明白没？"

"知道了，老大！"顾群山被凶得还挺爽，朝路见星笑："路哥！"

班主任叫路见星去办公室。班上同学纷纷交头接耳地议论，班长管不住纪律，盛夜行敲了敲桌面，朗声道："上自习。"

"我有新消息。"

"脑袋转过去。"

"我路哥的。"顾群山故意说。

手掌放在顾群山头顶，盛夜行把他脑袋转过来："说。"

"就他以前在他们学校那叫一个猛，打架一挑五，怎么往死里整怎么来，没人敢惹他。他们学校人听我打听他，眼神都变了，感觉我寻仇似的。"顾群山声音不大，努力往盛夜行耳畔凑，"你知道数学老师那种三角尺吧，他拿那个把人家教室窗户都砸了。"

盛夜行边听边转笔："跨班打架？"看来"小自闭"比他想象中的野多了啊。

"对啊，"顾群山说，"他初二，打高一的。"

"赢了输了？"

"赢了，"顾群山总结，"我路哥就是光脚不怕穿鞋的。"

"他不会先惹别人，"盛夜行也做了个总结，"他是'人不犯我我不犯人，人若犯我我整死人'，所以被打的活该。"

可盛夜行还是被顾群山的描述激怒了。不知道为什么，路见星被一群人围着欺负的场景跃然于眼前，他甚至都能想象出路见星因为隐忍而憋得发红的耳根。

盛夜行的病状时常来得无缘无故，无意之间就会触碰到那根红线——他笔都握不住了，不知道是在心疼那会儿的路见星，还是心疼以前常出事见血的自己。

"咣"的一声响，他控制不住地将课桌踹到了一边。

全班前排的同学都纷纷扭头往后望。

盛夜行的鬓角出汗，双手攥成拳，呼吸急促，一句"抱歉"卡在喉咙里，说不出口。

躁狂症病人在发病时往往不自知，但这次他有了知觉。

"你们上自习，别看了。"顾群山赶紧挥手示意同学们转回去。

又"哗啦"的一声，盛夜行推开凳子站起来，长长吐出一口气。他把额头抵在他紧靠的那面墙上，试图用瓷砖冰冷的温度安慰自己："我去禁闭室坐坐。"

"别去禁闭室了吧……又闷又破，那是人待的吗？全校就你用了吧？"顾群山劝他。

盛夜行冷笑一声："也没别人用。"对，一般他这个病，家长都是要把孩子留在家里观察的，只有他会被送到集体生活中来。

盛夜行往外走，刚到门口，路见星就回来了。

路见星有些追视障碍，走路无法集中注意力，不看人，一不留神差点儿撞上盛夜行胸口。两个人面对面地戳在门口，你看看我，我看看你。路见星稍微矮点儿，目光平视，刚好对着盛夜行高挺的鼻梁和嘴唇。对方的双颊往下是过早显露出阳刚成熟气的下颌，领口似乎翻得有点儿乱。拉链上的"小齿轮"，好像课本上火车卧的轨。

嘟嘟嘟——

路见星走神结束，看盛夜行要往外走，罕见地先开口："不上课了吗？"

盛夜行看他许久，挤出一句："要。"

"小自闭"今天的痣是蓝色的。因为身体不舒服？

"嗯，"路见星的瞳孔琥珀似的，被上午渐渐拨开云雾的阳光照得发亮，"进来。"

盛夜行脑海里一阵天人交战，最终选择跟着路见星回教室。他站在"小自闭"身后，看他小心翼翼地把凳子挪开，仔细确定了凳子和桌子的距离后才坐下来。在以前的学校，路见星应该常常因为空间距离的障碍不小心坐空摔到地上，有好多人嘲笑过他。

盛夜行叹了口气。他坐下来，把课桌里的药放在掌心，想了许久决定不吃。

他把路见星的草稿本拿过来，单独翻了一页，喊他："路见星。"

"嗯？"路见星扭头看他。

路见星看自己的焦距已经从最开始的空茫变成了能找准目标。

盛夜行伸手在本子空白处指了指，说："以后的每天，我要是没犯病，你就在这儿画个章。"

路见星盯了他一会儿，点头。

画章还不简单？画个什么好？

他握着笔摩挲了一会儿，觉得盛夜行今天情况挺好的，用笔尖在本子的空白处写下日期"11/20"，然后在日期下面勾勒出一条弧线。他本来是想画笑脸的，又突然改变了主意，再添了一条弧线，首尾相接，纸上赫然显现出一个弯弯的月亮。

以前上图画课，老师说过这个图案对于他的含义。应该是，陪伴吧？

盛夜行看完他画的"章"，耳根子烧得有点儿痛。他觉得今天发烧的是自己。

宇宙浩瀚，星辰璀璨，能够与"星星"相衬的事物也就那么几个，更别说两个人名字最后结合起来还是"行星"。

一向以"无视所有麻烦"自居的盛夜行伸出手背，在路见星的额前靠了一下。

"好点儿了，"盛夜行说，"我去找寒老师要点儿降温贴。"

"嗯。"路见星也重复他的动作，摸了摸自己额头，坐下来。

这是被触碰的感觉。他要记好。

从高一到现在，哪怕是发病了，盛夜行也没用这么快的速度去过办公室。他此时踏着门框边缘，手指在门上一敲一敲的。

唐寒正准备去教室，看到他来，点了头示意他进屋。

"老师。"盛夜行小跑过来的，还在喘气。

唐寒扶了扶眼镜："怎么了？"

盛夜行第一次在老师面前如此紧张。

他抿了下嘴唇，喉结滚动，出声道："我想要和路见星一组。"

打脸怎么来得这么快？办公室里其他老师瞬间停了动作，都看着他。

✦Chapter 7　奶茶

校服是他的战袍。

....

市二图书馆在体育馆旁边，学霸和学渣也因此形成鲜明的对比。

唐寒接受了"盛夜行主动想要跟路见星一组"这个设定，决定找机会给盛夜行开个小讲座，但常常逮不到人。

今天她正要去图书馆拿资料，就看见盛夜行大冬天只穿件短袖正在拧可乐瓶盖。

十一月底正是寒流入侵的时间段，盛夜行仗着一身好骨肉，从不考虑保暖问题，直接把薄薄一层校服穿在球衣外边，戴上衣帽就招呼一群人："都先回教室自习。"

"还上啊，哥。"李定西起哄，"一下午没上课，回去送人头呢啊。"

盛夜行呛他："你以为你们真逃课？川哥说五点半必回，这会儿几点了？"

"五点二十五。"李定西说。

"赶紧。"盛夜行抬腿假装要踹人。

市二在一月底放假之前还得参加区里的篮球赛，盛夜行本来懒得参加，但是鼓动他答应的一个重大原因是，学校老师请求将高二七班的参赛队伍划到常规年龄段。以往几年，他们都是和福利院、社会教育组织划到一个组的。

今年他们终于和普通初高中生一样了。

被唐寒"抓"进图书馆，盛夜行的脚步声都放轻了。他一个对学习不怎么上心的人，总觉得学霸特别牛，怕惊扰了他们。

唐寒开门见山："夜行，你不是说想跟路见星一组吗？你要真心想，先听我说说。"

"我真心，您说。"唐寒还在想怎么开口，盛夜行按捺不住好奇心，问道："对了，老师，路见星……他按日期说周几那技能训练是怎么回事？"

"他患了这种病往往专注力会更强，性格也更偏执，也有很少一部分孩子很聪明，一旦想练成什么本事，就真的钻进去研究了。"唐寒说，"他说是自己算的。"

"临时算的？"盛夜行差点儿把手掐破了。

"对。"唐寒看他安静不下来，"手放兜里在捏什么？"

盛夜行抬眼："您来一根吗？"

"……"唐寒决定跳过这个话题。

从图书馆的历史书籍区绕到医学区，唐寒找了几柜书，边走边说："其实，治疗他的办法不多，比如人际关系训练法、应用行为分析疗法等等……但是路见星已经这么大了，他的个体思维已经形成。对他来说，没有能针对核心症状的特异性药物，但吃药能改变一些情绪和行为症状。"

"那我要做的是什么？"盛夜行看似漫不经心，其实把这些话全咀嚼了一遍。

唐寒说："干预他，多'侵入'他的生活。虽然对他来说，最好的时候是独处，可这样会严重影响交际能力。"

盛夜行想了想："他有交际能力？"

"微乎其微。"

"那我做的都是无用功？"盛夜行随手拿下书架上一本略显老旧的小册子。

"也不一定……你需要让他情绪波动大一些，比如笑，比如感动。"唐寒犹豫一会儿，"实在不行，哭和发怒也可以。"

"后两个挺简单，"盛夜行翻开一页，"前两个难。"

唐寒看他不靠谱的样子，有点儿紧张了："但你不能欺负人。"

"我欺负他干吗啊，他是能给人欺负的样子吗？"

倾听老师说话的间隙，盛夜行明显走了神——这本书是不知道多少年前的歌词本，随便翻开一页，他就看见一句："干脆就让我陪你淋雨。"

前边一句："不想打断你给的甜蜜。"再前边一句："我该不该现在送你回去。"

那一晚，天空忽然下起了大雨，淋得两个人成了沉默不语的落汤鸡。

当时他们一路回到寝室楼下，盛夜行趁乱摸了把路见星的手掌心，外边一圈指尖凉凉的，最靠里的掌心却暖得发热。是不是和路见星这个人一样？

"发火我见识过了，至于哭……"盛夜行合上了书，笑容蔫儿坏的，"那路见星要是嗓子哭劈了怎么办？"

想了下路见星战斗力爆表的表现，唐寒笑出来："有这个可能性？"

"就打个比方。"盛夜行咳嗽一声，"老师，他要是哭了，您可别怪我。"

"得了吧，路见星好不好惹，你还不知道？"唐寒说完，盛夜行也点点头，手指搭在衣兜里有一下没一下地磨，心中快想了一百种整哭"小自闭"的方法。

唐寒还是有些不放心："确定能配合下来？"

"能。"

"还有重要的一点，我怕你情绪上来控制不住，他被你打了都不知道为什么。他甚至也不知道你出手打他的原因。"唐寒担忧地继续说道，"但是路见星很好的一点就是他知道倾诉，也会保护自己，哪怕方式过于激烈。"

"不会。"盛夜行做保证，"我自残都不会打他。"

叹了一口气，唐寒拍拍盛夜行的背："说什么傻话？"

盛夜行说："我接触他的这段时间，感觉他是有共情能力的，他也可以直视我的眼睛。"

"对，这就是大多数人对他们的误解。"唐寒说，"他并不是没有情感，并不是不能关心人，他只是无法正确地去表达。"

上课时间，图书馆里人并不多。唐寒抱着书和盛夜行经过阅读区时，注意到一个熟悉的背影。她愣道："哎？那是见星？"

盛夜行应声抬头，得出结论："对。"

"他也会主动来图书馆学习啊……我以为他会反感公共场合。"

唐寒走过去拍了拍路见星的肩膀，后者条件反射性地猛然起身。

"你这孩子吓我一跳……"拍了拍心口，唐寒说，"我和夜行过来搬书，没想到你也在这里。"

路见星将自己的笔记本盖在借阅的书上，手上动作颇为慌张，表情却没什么变化，嘴唇抿得很紧。听唐寒这么说，他只是点了点头。

盛夜行凝视他一会儿："看书？"

"嗯。"路见星把笔记本压好，慢慢又坐下，态度冷淡又生疏。

盛夜行问："看什么书？"

路见星的耳垂可疑地红了点儿，停顿好一会儿才说："课外书。"

"好好记笔记。"盛夜行伸出手指，正想往课桌上敲一敲，不知道为什么就敲到路见星肩膀上去了。

特"差别待遇"的是，路见星对他的触碰并不反感，甚至将注意力转移到盛夜行身上。路见星说："记了。"

盛夜行不是没有看到，被路见星死死压在笔记本下的那本书是自己曾经借阅过的。标题是四个大字，具体叫什么盛夜行忘记了，但内容很简单，是解读躁狂症的。

偶遇了路见星，唐寒自然拉着盛夜行直接在图书馆里坐了下来。

她用商量的语气询问路见星："见星？老师想问你一些问题。"

路见星一听到要被"探访"，态度不大自然："好。"

唐寒问得直截了当："以前体验过什么治疗方法？可以打个比方说说吗？"

放松的氛围被打破，路见星的身体几乎瞬间僵直。

他缓了缓，学唐寒的话："打个比方说说。"

"对，打个比方。"唐寒很耐心地引导他，"你慢慢说。"

路见星又像重复给自己听："慢慢。"

"嗯，慢慢说。"

盛夜行的手肘撑着桌面，在桌下有意无意地用膝盖与路见星的膝盖触碰了几次。

最开始几下，路见星要躲，再几下他就也贴着盛夜行了。

路见星似乎才意识到——人与人之间，能用温热肌肤做交流时，就算不说话也能心意相通。他讨厌大多数人的触碰，但享受用触觉感知自己在意之人的存在。

小时候他皮肤过于苍白，缺微量元素，什么都不爱吃，三岁那年一年都没吃白米饭。一岁开始学说话，两三岁一天却只能说一个字，有时候半个字都不愿意说，说的话非常刻板，全按照大人讲的学，不怎么会运用语言。

他三岁那年，路妈带他出门玩儿，一个大姐姐觉得他可爱得跟糯米团子似的，递了只红气球给他，路见星也不知道说"谢谢"，大姐姐问他多大了，他说"三岁了"。后来，从四岁一直到六岁，无论谁问他多大了，他都说"三岁"。他并不明白一年会长大一岁。

路见星听所有的声音都一样大，出门随时戴个耳塞，不讲话也听不进话，不少人都以为小区里有一个聋哑孩子。他曾经畏惧光线，现在能直面朝阳，已经是很大的进步。面对这些，路家父母也曾做出过努力，尝试过各种中西医治疗方法，甚至求神拜佛，找民间偏方，还听信过一些土办法，比如给路见星吃灶台灰。

目光瞥到别处，路见星开始走神。唐寒看出他的态度有些反抗，只得说："很多事情你需要告诉老师，这样我们才能帮助你。"

"针灸，每天几个小时，十八针。"他指头顶，又指自己身后，"二十多针。"

唐寒想起市面上流传的那些偏激疗法，强忍着心疼问道："那血疗呢？穿刺呢？也都做过吗？"

"嗯，"停顿了好几秒，路见星说，"静脉抽血，激光全身。"

唐寒问："吃过什么药？"

"药。"路见星说。

"对，就是药，吃过哪些？可以说说吗？"唐寒耐心地引导。

"刺激脑部的，"路见星垂下眼，"一吃就涨红。"

"哪里？"

路见星说："脸。"

"最后呢？"一直沉默不语的盛夜行出了声。

路见星回答："我受不了了。"

少年变声期的嗓音略微发哑，语气却淡淡的，像在陈述别人的事。

唐寒本来就疼他，更别说鲜少听见路见星提自己的往事，眼眶一下就红了。

路见星心里莫名堵得慌，千言万语说不出口，只得小声地"哎"了一声。

他这一声又把唐寒听得想笑，又故意一脸严肃地"安排"了盛夜行一顿，把两个孩子送出图书馆，说，吃了饭赶紧回宿舍好好复习，准备期末考试。

转校快半个月，别的没怎么变，路见星的"地位"倒是从小跟班变成了能和盛夜行并排走的人。从表面上看来，盛夜行更像给路见星保驾护航的，只是他不愿意承认。

六点钟正是校门口小摊贩活跃之时，卖什么的都有，香味儿和油烟笼罩着半个街道，路见星再不关心外界，注意力也被吸引了过去。

烧烤老板在摊位上猛挥扇子："烤玉米粒儿——"

路见星闻着味儿，刹住了脚步。天知道他有多想吃！但是不能说。他在盛夜行面前还有些拉不下面子。而且他无法去跟陌生人说"我要买这个"。递钱可以，找零可以，但是要他直接地去向陌生人表达诉求，目前来说还有一些障碍。

盛夜行装作没看见，双手插兜在前边走，路见星只得小跑跟上去。

又经过一个饮料摊："燕麦热奶茶！银耳炖椰奶！香香甜甜的冬日热饮哟！"

路见星吞了口唾沫。

盛夜行停下来，从兜里掏手机出来扫码，问老板："椰奶多少钱？"

在一边不说话的路见星冷不丁来一句："奶茶。"

盛夜行皱眉："喝了奶茶睡不着。"他觉得这玩意儿又涩又腻，到底有什么好喝的？

路见星又固执起来："奶茶。"

"听话。"

"奶茶。"

"……"盛夜行想了想，对老板比了个手势，"各一杯。"

回寝室的路本来就不长，硬是给两个人走出了几公里的架势。

等终于从垃圾食品市场中脱身而出，路见星已经一手握着杯热奶，手腕上挂俩杂粮煎饼，兜里还揣了袋炸土豆。

盛夜行看他喝得眼睛都笑弯了，心里也跟着乐："知道为什么不让你吃烧烤和米线吗？"还不等路见星回答，他就继续说："因为对身体不好。"

"应该好吃。"路见星说完，抬眼看他。他的双眼皮薄薄的两层挤在一块儿，却组成宽宽的一条，看起来还挺深。

盛夜行诧异道："应该？没吃过？"

路见星："没。"

"以后哥给你买，"盛夜行又觉得他有点儿招人疼了，心中暗骂自己同情心泛滥，又说，"那你知道为什么奶茶不能喝吗？"

路见星照葫芦画瓢："对身体不好。"

盛夜行看他一口气说完话还特得意的模样，快要乐死，佯装冷酷地说："最大的原因是怕你晚上睡不着觉，知道吗？"

路见星舔了舔嘴角的奶渍："嗯。"

　

一回到寝室，路见星敏锐地感觉到凳子和饮水机移了位，让他很不舒服。他所接受的事物一向"刻板"，变化会让他感到不安。不光是这个，连张妈送上来的衣服也出了点儿问题。二中住宿生的校服一直是自己拿去洗衣房，然后在每周固定的时间被送回来。他们都活得粗糙，没那么多讲究，偶尔有一两件拿错了，可能都发现不了。

但路见星不一样。他对衣物的熟悉度以及舒适感极其敏感，是不是他的衣服一穿就能感觉到。把衣服穿上再脱下的行为重复近十次后，他终于停止了动作。

这种不安一直持续到夜里十二点，他翻身几次后，决定爬梯下床去喝点儿水。

"还不睡？"盛夜行坐起来看他。

路见星找借口："奶茶喝多了。"

"……"盛夜行按开床头灯，热得把衣服脱了打着赤膊，"跟你说过要少喝。"

路见星听懂他有些责备的意思，低头开始后悔。

茶好喝，奶也好喝，茶跟奶混在一起那就更好喝了！谁不爱喝？

饮水机和凳子的事就不说了吧……太矫情。其实路见星非常介意自己的"特殊"。

"褪黑素，要吃吗？"盛夜行想了想，又皱眉道，"算了，不能给你乱吃药。"

"要吃。"路见星伸手比画，"一颗。"

盛夜行下床拿了颗褪黑素，路见星坐在床上迷迷瞪瞪的，盛夜行只得说："张嘴。"

"好甜。"路见星还真没想到褪黑素是软糖样子的。

盛夜行光着胳膊转身爬梯上床："嗯，吃了睡。"

盛夜行从小在舅舅家院里摔大的，除了保姆，没人管他，背上疤痕七七八八，更别说初高中打的架。刀子也捅过，是别人捅的他。

路见星看他一身伤，心里像被一只大手抓紧了，也不闹腾，翻身盖住被褥，睁大眼在黑夜里直喘气。为什么会有种喘不过气来的感觉？

路见星难得想别人，伸手摸了摸自己的腹肌，指尖上一圈一圈地按压，觉得不够劲儿，下定决心要加强锻炼。他缩在被窝里，双腿夹住被角，耳根子居然红红的。

好像，盛夜行也比最开始能够接受自己一点了。

一点点。

就这一点点，已经足够令自己鼓起勇气向前一大步。

第二天起床，李定西提着盆子冲回门口，朝路见星笑："你醒啦。"

"嗯。"路见星揉揉眼坐直，光腿准备下床穿裤子。

一旁晨跑回来的盛夜行忽然开口："在床上穿好裤子再下来。"

李定西咋咋呼呼的，说："为什么啊？床上多不方便……"

"凉。"盛夜行把路见星搭在椅背上的裤子甩上去，"穿了再下来，听话。"

路见星一声不吭，抓过裤子开始在床上坐着穿。

李定西傻了半天没回过神来，"小自闭"什么时候和老大关系好了……

穿好卫衣和校裤，路见星死活不愿意穿校服。等他洗漱完毕，盛夜行已经抽完第二根烟提神。他等得烦躁，略有些不耐烦地在楼梯间喊：

"路见星！"

"啊。"路见星跑了出来。

盛夜行往上走几级，无奈道："还没好？"

路见星只穿着一件连帽卫衣，衬得脸小小的："你先走。"

"怎么了，你说。"盛夜行一时改不了平时对顾群山那群"小跟班"说话的习惯，想想又补充道，"有困难我帮你解决。"

"校服，"路见星冷着脸，"拿错了。"

"就这事儿？你穿我的，"盛夜行咬着滤嘴脱衣服，"我今天就不穿校服了。"

路见星不接校服，认真道："会被骂。"

"无所谓，大不了几千字检讨，眼睛一闭一睁的事。"他似笑非笑，"当然，你给我写。"

小半天的课，盛夜行是睡过去的，醒的时候都要放学了，校服又回到了自己肩膀上。旁边的路见星被唐寒叫去进行单独训练。

"哎哎哎哎哎，老大。"前座的顾群山晃晃他，"我路哥把龙袍脱给你当被子盖了。"

盛夜行瞥他："这是我的衣服。"

"哦，我说这么大呢，他穿着漏风似的，锁骨都露出来了。"顾群山小声说。

他老大的声音忽然变得阴沉沉："是你该看的？"

"不是。"顾群山委屈，内心很想问一句："那是你看的吗？"哎，他老大估计对路见星的锁骨也不怎么感兴趣。

"哎，小顾，"盛夜行踹一下他凳子腿，"洗衣房开了没？"

"开了啊，昨天还有批校服没发，张妈说晚上给我送来呢。"

"行，"盛夜行拍桌子站起来，"我去一趟洗衣房。"

"我也去我也去！"顾群山迅速转身。

"你坐着。"盛夜行想了下，补充道，"我要去挺久。"去找衣服能不久吗？那么多件还不一定筛选得出来。

"老大，你衣服也没发下来？"

"嗯。"盛夜行留下这句，从教室后门出去了。

"看看，是不是你的衣服？"盛夜行把校服扔他衣物框里，"张妈送来了。"

路见星搭着浴巾还在擦身，愣了，走过来摸摸看看。

盛夜行强压着心中急于被认同的感觉，催促道："是不是？"

"是，"路见星深吸一口气，面上没什么表情，"你找的？"

盛夜行摆摆手，逃避似的说："张妈找的。"

路见星停顿一会儿，发出肯定句："你找的。"

听他这么说，盛夜行突然就蒙了。校服都长一样，自己进去的时候，百来件摆在那儿，还都透着股洗衣粉洗过的清香味儿，怎么自己就百里挑一了？

怎么就在那百来件衣服面前挑了十来分钟，就把路见星这件小战袍给挑出来了？

也对。路见星当时穿这件小战袍，一举攻进盛夜行的领地。

长剑挥下，把盛夜行的"我他妈谁也不在乎"斩了个人仰马翻，片甲不留。

✦Chapter 8 乖

"你怕不怕我？"
....

"二十秒。"唐寒掐掉秒表，拿过记录本记下路见星本次测评成绩，十分满意，"其他同学可是花了十来分钟都找不到，我们见星这么快就找着了，很棒啊！"

路见星点点头，没表情，仿佛这个令人欣喜的成绩和他没有什么关系。

这次测评的内容是在一张一平方米大的画中找出一个指定人物，但困难的是，这张画画面杂乱，色彩斑斓，其中所画的小人儿有成千上万个，绝大部分人很难在短时间内将其找出。

"见星，你是怎么做到的？"唐寒知道，自闭症患者专注力比普通人高许多。

路见星没吭声，瞟向窗外熟悉的人影，好一会儿也不说话。

他在等我。

唐寒顺着他的目光朝外看，窗户贴了防窥纸，窗外人影太过于模糊："在看谁？"

路见星并没有回答完唐寒的问题，他站起来，一字一顿地说："要，回，去。"

"对，刚才铃声响了，你可以回去啦。"唐寒把测评结果勾勾画画，撕下一张纸，给路见星当作备份，鼓励道，"来市二没多久，你已经有很大的进步了。试着再和陌生人多交流，可以吗？"

陌生人？他对陌生人的感知力几乎为零，强行接触只会带来生理上的不适，因为某些频率太过于不合。路见星想了一会儿那种令人难以承受的尖锐声音，眉毛紧拧起来。

他张张嘴，直接拒绝了老师："不可以。"

为什么要社交？我不想社交。

唐寒查阅过不少相关书籍，理解自闭症患者的过于直接，也不恼，反倒拍了拍路见星的肩膀，劝道："你不想，老师也不逼你。我们可以先从接触身边的人做起，你也能够控制好很多自己的小事，可以吗？"

路见星点点头。他实在是有些不习惯唐寒的教育方式，总像教小孩儿似的，但这种耐心和温柔对他来说很受用，像极了曾经对自己充满信心的妈妈。

他不太能想得明白，为什么之前对他有信心的父母现在把他放到了另一边。为了想清楚这个问题，路见星花了好大的工夫，现在差不多能理解一点点了。

自己真的很麻烦。

"我们班同学的同理心欠缺……很多事情教也教不会。有人欺负你吗？"

唐寒看到路见星摇头，松了一口气，微笑道："那……交到新朋友了吗？"

朋友？他和盛夜行能算朋友吗……同学和室友吧？还有微信好友。

路见星高冷的"浮冰"之下，冰川海水已被一些小萌动悄悄融化。

话到嘴边，路见星只是说："没有。"

唐寒充满期待的眼神黯淡了些，惋惜地揉揉路见星的后脑勺儿，只得说："可以多笑笑，多笑笑就有了。"

等了很久，盛夜行才看到路见星贴着墙根出来，对自己展开一个似笑非笑的表情。

"小自闭"双手插在衣兜里，一张"厌世脸"，还挺酷。

路见星本来内心戏很少的，但今天不知道怎么回事，特别想追上盛夜行问一句："你拿我当朋友吗？"想完，他又忍不住骂自己一句，因为谁跟他搁一块儿都会嫌累。

"走这么慢？"盛夜行虽然看着挺不耐烦，但脚步还是慢下来了，也不知道是在催人还是鼓励，"路见星，你步子迈大点儿，盘子扎稳点儿。"

路见星学着他说的走了几步，又觉得丢人："我会。"

"照你这速度，回寝室都门禁了。"

路见星气鼓鼓的，愣要往前走。

"可以啊，路见星，脾气这么大。"盛夜行乐了，"你走快了摔了别赖我。"

他话音还没落下呢，路见星一个趔趄差点儿平地摔！盛夜行眼疾手快将人捞稳了："谁跟我说能自己好好儿走路的？！"

路见星死死咬着嘴唇不说话。他很怕谁瞧不起他，特别这个人是盛夜行。

两个人的身体接触还没超过十来秒，眼前突然从拐角处蹿出来一个人。

对方根本刹不住脚，直接跪倒在地，手臂胡乱扑腾一阵，手里的可乐洒了满地，再紧抱住路见星的小腿，大喊："他们……他们……我……我……"

此人一身湛蓝校服，胸口纯白校徽闪闪发亮，是市二的人。盛夜行还没来得及把路见星拎出来，拐角处又继续冲过来几个穿暗红色校服的，一看就是在追着打人。

领头的那个跑得太快，一脚没刹住，差点儿撞到盛夜行下巴，粗着声吼："让开！"

路见星往盛夜行脸上扫一眼，这人淡定无比，自己也稳住了："让什么让，在腿上。"

暗红色校服一看就是隔壁学校的人，但不认识盛夜行："喂，就是你，从腿上下来！"

被"追杀"的那位紧抱住路见星不放，快把眼泪鼻涕一块儿擦他校裤上了。

"进了超市不给钱！别他妈拔刀相助，识相点儿赶紧……"

"滚。"盛夜行瞥一眼他们。然后他对着地上的同学说："你先起来，别抱着他腿。"

"滚？"领头红校服一脸不爽，"喂？你跟谁说话呢啊？！"

"好……好……"男生攥着可乐瓶子挣扎着爬起来，一膝盖泥巴。

盛夜行认出来他是本班级的，但进了超市不拿钱这种事，他没办法插手。但这个被追打的男生动作迟缓，跑步姿势也不太协调，大概是感统方面出了问题的……盛夜行从兜里点了一张百元大钞递给红校服他们，把男生手里攥的可乐瓶子拧紧了还回去。

本来这破事儿他不想管的。但在路见星面前，那个男生又好歹是市二的同学，他觉得有必要拔刀相助一下。

"钱给了，可乐还了。"盛夜行转身完全遮住路见星的侧身，一胳膊搭上去揽人，跟买完菜回家似的，"走，回宿舍。"

"市二还收自闭症啊……"对方有一个人揶揄起来，"我还他妈第一次见。"

果然，这拨人确实是知道他们是市二的，还惹人。盛夜行不能道德绑架别人，自然不能强迫别人特殊对待他们。

但他明显感觉到，对方说出那三个字时，路见星走路都慢了一拍。

盛夜行忽然转身，从他们手里夺过之前开瓶的可乐，单手拧开，将气泡和液体全部直接喷在那人脸上。

"我去你妈的……"旁边几个红校服瞬间炸开，盛夜行狠狠地将瓶口抵在为首那人的脖颈处，再一拳砸向他胸口。

盛夜行的眼神锁定对方的脸："这片区很小，我惹不起的人很多，但绝对不包括你。"

路见星的手掌心早已攥成了拳头。只要红校服敢往前多走一步，盛夜行教给他的打人不能爆头等原则将全部作废。

盛夜行不想久留，直接伸手牵住了路见星。被握住手腕的他有点儿转不过弯："嗯？"

"跑啊，"盛夜行笑了起来，"路见星。"

下一秒，盛夜行扯着那个同学跑起来，三个人撒欢似的冲过街道小巷，空气中的寒意化作刀刃，刮向他们的脸颊。

到了离宿舍不远的地方，盛夜行停了下来，看路见星扶着膝盖喘气。

盛夜行摸出一根烟咬着："我看你都差点儿摔了。还好有我拎着。"

今天路见星在，盛夜行没办法不管不顾。

"你能自己走吗？宿舍到了，"盛夜行把那个男生扶好，"你应该不是走读生吧？"

走读生不会没人管。

"谢，谢谢哥……"男生弯着腰，撑了好一会儿膝盖，眼圈红红的，"嗯……到了。"

"上楼休息，有什么事儿找门卫。你最近出门注意点儿，下次你遇上的就不是我了。"盛夜行说，"还有你记好，买了东西要给钱，别瞎跑。"

"是，是，今天真的……谢谢。"他边说边鞠躬，一只脚站不稳似的。

没怎么吭声的路见星忽然往楼上抬了抬下巴，吹口哨似的呼一口气，说："上去吧。"

他看着这个陌生的同学，忽然很难受。

等男生离开，盛夜行拿火出来想点烟，看了眼路见星："你能闻烟味儿吗？"

路见星点点头，伸出手也想接一根。盛夜行用打火机敲他手："学什么坏。"

那你就可以？

路见星低下头，把冻得僵硬的手揣进兜里，没说话。

"晚上先不回宿舍了吧？那几个小驴子是隔壁高中的。"盛夜行把烟拿着，不抽，看它燃烧，"八点，最迟八点。"

路见星看他："嗯？"

"他们老师会来学校找我们，说我们欺负他们学生了。十多次了。"盛夜行笑了起来。

路见星也笑了。他也不知道为什么，看见盛夜行笑，他就控制不住开心。

"走，跟我进城去。兜一圈再回来。"盛夜行说完就往街道上走。路见星看他不去动摩托车，也不知道他要拿什么遛，直到坐着三轮车到了地铁站才知道。

现在正是下班高峰期，路见星和盛夜行穿着校服站在人群中显得格格不入。

两个青涩未褪的少年，一脸严肃，正在买票的地方挤来挤去。

城市的地铁 2 号线从东贯穿到西，他们坐到市中心下车。路见星来到新城市之后，天天闷在学校周围，几乎没有什么机会好好看看这里。

他被盛夜行一路带着下了地铁再上地面，夜幕低垂，街上行人各有各的繁忙。地铁站原来有这么多人……他们都要去同一个方向。

盛夜行知道路见星不愿意在人多的地方待着，一路上就都往僻静的小巷走。

小巷路灯昏暗，路见星却很享受被暗处包裹的痛快。明明小时候是到了晚上就不下地的，特别怕黑。以前爸爸还会哄他，等他大了，时间一长，爸爸也逐渐没有了耐心。

道路狭长，两边墙壁都是老式居民楼外露的砖瓦，尽头是阑珊灯火，隐约能望见一条波光粼粼的河流。

一到冬天，银杏叶落，遍地的金黄如阳光碎片散落在街道上，铺开满目的明亮。

路见星盯着地面上的银杏叶，执着地不去踩任何一片，像只夜里行走的小袋鼠——身前的袋子里还装着不少有意思的东西。

盛夜行发现了他的闪躲，用胳膊肘撞他："本来走路就费劲儿，还躲叶子？好好走路。"

在某些方面，路见星总是出奇地固执，看他一跳一跳的，盛夜行抓过路边垃圾桶旁的大扫帚，拎起来就在他面前扫了六七米长的路。

然后，他跑回路见星身边，嘴上还说着："麻烦。"

路见星眼睛亮亮的，蹲下来拾起两片银杏叶，把它们平摊着放在自己左手掌心，再用右手将银杏叶摆成翅膀的样子。他对盛夜行抬抬下巴："手指。"

他用右手握住盛夜行裸露在外的手腕。

盛夜行的食指伸出来，被路见星抓着，放在了两片银杏叶中间。空气静默了两秒，路见星合拢掌心，一下把盛夜行的手指和银杏叶都握在手里，突然说："抓蝴蝶。"

路灯昏黄，与对岸酒吧街的热闹相比，河边的夜晚被照映出一种闹市的寂静。

盛夜行笑了："这不是飞蛾子吗？"路见星瞪他。

"我摸摸冷不冷，"盛夜行摸着他的耳朵，心里迫切地希望这人耳朵是烫的，"怎么还冰凉的？"看路见星的表情没有任何异样，盛夜行不知道为什么还有点儿失落。

路见星没感觉出哪儿不对，点头："嗯。"

河边的风不大，枯败的柳枝垂下来，成群结队地排在河畔。路见星睁眼盯着它们，觉得它们像一个个人。他看得清路灯，对车灯的感知却颇为模糊，人行道上夜跑的人他也看不清楚，好几次差点儿撞到。

远处街头唱歌的艺人收吉他走了，路见星想到现在时间已经不早。

他咳嗽一声："查寝。"

"我给张妈发短信了，十点前把你带回去。"

"她，答应？"

"不知道，"盛夜行笑笑，"在被管教这事儿上，我习惯先斩后奏。"

路见星瞥了他一眼，没说话。

所以说你难管呢。

"你别用这种不服的眼神看着我，我还没走丢过。忘记上回谁跑三环边去了？淋了雨回来还发烧。我就得——"盯住怀里的路见星，盛夜行魔怔了似的，把那句"照顾你"硬生生地吞回喉咙里。

两个男生，说出这种话明明也没什么不对劲。毕竟是搭档。

但在路见星面前他说什么都跟耍流氓一样。

环河滨江路上夜间常有跑车路过，从方圆百米左右就开始预告，声浪阵阵，油门轰得冲天响。路见星难受地缩了缩肩膀。

"你再过来点儿，"盛夜行把校服袖子往前抓一点儿，用手掌心护住路见星的耳朵，"舒服点儿吗？"路见星倒是乖，一点儿开瓢儿的气势都没有了："嗯。"

接着他快冻僵的手不自觉地捏住盛夜行的校服衣摆。

"扯什么？"

"冷。"

盛夜行一把将他的手抓住，再无所谓地笑起来："取暖的话就把手给我。"

"……"

"真磨叽。"盛夜行嫌弃地说了一句，把路见星的一只手握在掌心里。

躲开一辆开上人行道的摩托车，盛夜行把路见星朝里边带了一下，暴脾气上来说了几句："这种人，我一晚上飙他二环十个来回不带喘的。"

路见星出声："不安全。"

"无所谓，"盛夜行看他，"病死、自杀我都想过，但我接受不了。死路上我挺乐意。"

到底是什么人才会把自己的死亡挂在嘴上？

"为什么？"路见星走两步就觉得冷，"骑摩托车。"

"我以为骑上摩托车旅行就能变英雄……我以为好好吃药就能享自由……"盛夜行踮脚朝河边看看，笑一声，"有一首歌的歌词是这么写的。"

歌词当然不是这么写的。前半句对了，后半句错了。

"我小时候住在南边，一难受就骑自行车从主干道一路飙下来，到河边走走。这条河分两边，汇在一起就合并了。我以前还老吐槽这儿的楼盘名字，望江、今望的，望过去望过来的，真没找到哪儿是江……后来才知道这条河在这里还有个特别美的名字。"盛夜行说着停下来，"我们出生那年，这儿还闹僵尸。你知道僵尸是什么吗？"

路见星想了想，把手臂抬平，往前跳了两步。拳头触碰到盛夜行的校服领口。

他弯着眼笑起来："这样儿。"

路见星的儿化音带了尾巴，听得人耳朵酥酥麻麻。盛夜行低头看自己胸膛前这对把袖口攥得紧紧的拳头。他不知道怎么的，鬼使神差地说："路见星，你再跳一步。"

"别动。"盛夜行说，"你校服后面沾上叶子了。"

"什么叶？"路见星小声问。

"银杏叶。我们这儿一到冬天就遍地金黄……好漂亮。"

路见星侧过脸打量河上一道桥，小声地数："一、二、三……"

"数桥眼儿呢？"盛夜行问。

路见星瞎较真："没有十个。"

"桥上边是饭馆。"盛夜行也跟着他站在亭子里远望那座金碧辉煌的仿古建筑，笃定似的，"以后我带你来这里吃饭。"

回去要一个小时，盛夜行算好时间就带路见星往回走了。

一到门口就传来张妈的声音："盛夜行！路见星！你俩还知道回来！几点了不知道吗？！"

"张妈。"盛夜行准备从门卫室旁边的小门溜进去，免得被批评教育。

见"小自闭"还戳在那儿，盛夜行刚想拍一把他的后腰让他赶紧上楼，结果"小自闭"先迈了步子。盛夜行手一抖，直接拍到他屁股上，嘴巴一时没收住："我……"

脏字刚刚强压下去，见路见星满眼不解地转头看他，好像真的在问："怎么了？"

"没事，先回宿舍。"

张妈催促道："见星，你先上楼去。夜行，你过来。"

又到了张妈提问环节，盛夜行已经驾轻就熟，直接坦白："我打架了。"

"人普通高中的小孩儿你去惹什么惹？家长闹到学校来你怎么办？"张妈叹了一口气，笔尖唰唰地在花名册上写字，写笔录似的，又问："为什么打架？"

盛夜行言简意赅："对方欠揍。"

"你呢？"

"不怎么欠揍。"

张妈顿了会儿，直接收笔撵人："上去睡觉。"

也就是这一天。

在所有洗漱活动完毕后，路见星动作缓慢地晾好自己的衣服，提着水桶要回宿舍，一开门就看见盛夜行洗完澡趴在桌子上，背脊弓起，呼吸急促，并不像在睡觉。

他张张嘴，想叫盛夜行的名字。路见星迟钝的感知到哪里不对劲，但他并不知道该怎么办。今天李定西被市里亲戚接走了，宿舍就剩他们两个人。

路见星咳嗽了几声，把水桶放在地上，手被里边开水的热气烧得很疼。

"回来了？"感觉到动静，盛夜行撑着桌子站起来，双眼赤红，手中的烟已被碾得稀烂。

"嗯，"路见星向前一步，"睡。"

"路见星！"盛夜行突然止住动作，抬起头，眼神定定地看着路见星。

他说："你怕不怕我？"

不得不说，他如今眼睛发红、浑身处于兴奋状态的样子十分吓人，连着紧绷的肌肉也快成了具有攻击性的武器。

"你怕不怕我？"盛夜行又问一次。

路见星想往后退一步，但他忍住了。

就在路见星还没有反应过来的一瞬间，盛夜行一脚踹倒另一把凳子。

一声巨响，桌上所有书都被盛夜行扫到了地面上。

"你……"路见星哽住，说不出话。片刻过后，他直接放弃了让自己说话这个选项，转身反手把门关上，并且锁住了。他背靠在门后，眼睁睁地看盛夜行把寝室里一直养着的一盆小草摔进了全封闭阳台，泥土飞溅到墙壁上，红陶花盆碎得满地都是。

看路见星不要命地往前跨一步，盛夜行眼神变了。他稍微恢复了点儿神志，后背紧靠着墙壁，指甲抠进掌心肉里，呼吸越来越急促："你别过来。"

路见星听话，真的没再继续往前走。盛夜行又指挥他："拿手机给季川打电话。我要去禁闭室。"

他头痛欲裂，脊梁骨像被烙铁疯狂灼烧，如被兽钳夹住了脖颈，痛觉逼迫着他在屋内四处逃窜。

路见星咀嚼着那两个字："禁闭。"

"药……"盛夜行喘着气，鬓间滴下的汗落到胸前，"桌子上有药，给我。"

路见星刚把药拿到手，盛夜行就说："扔给我。"

对口令接收较慢，路见星迟了几分钟没有动作。

盛夜行转过身面对墙壁，拳头往墙上招呼，双手的用力处血肉模糊。

他发病通常起病急骤，时间短，基本较快就能恢复正常状态，但这次感觉太不同了，像压抑了非常之久……而且一般情况下，他意识不到自己正处于发病期。

他不敢过去。一靠近路见星，他无法保证路见星不会受伤。

路见星把药拿过来，紧紧抓住他的手。路见星完全未意识到自己处于危险境地。

在某些时候，他理解不了双向的攻击性，甚至无法解读自己"为什么被攻击"，只知道盛夜行生病了。过了好一会儿，他才把盛夜行和躁狂症联系起来。再过了会儿，他也把厕所白墙壁上那些早就存在的血色手印和盛夜行联系在一起。他忽然好生气。

盛夜行的思路又绕回原点："路见星，你怕我吗？为什么你不怕我？所有人都怕我，为什么你不怕我？"一进入状态，盛夜行就难掩躁动，路见星手腕上出现了明显的红痕。

"你拿药干什么，想要我吃药？为什么吃药？"盛夜行说完，又急躁地甩开他，"你们全部他妈的都只会让我吃药！"

不是你让我拿药的吗？

路见星瞪着眼看他。盛夜行几乎是嘶吼着说出来——"你说话！"

"不怕……"路见星剧烈咳嗽起来，眼神丝毫不曾示弱，"没。"

盛夜行眼神阴鸷："没什么？你说没什么？"

路见星拽着药不放，动动嘴唇："没怕过谁。"

完全等不及，盛夜行这会儿的情绪已经到了极限。他直接抓过药，取出两颗干吞下肚，浑身的力气逐渐被药性卸掉，他瘫软似的半跪下来，手脚止不住地发抖。

他的手被路见星牵着，头却痛得要命，感觉天灵盖扯着两边快要裂开了。

"放开……"盛夜行扯开路见星的手，发怒的神情十分可怖，"我他妈让你放开我！"

路见星被他扯得跌倒在地，手掌撑着地面坐不起来。他看到盛夜行在推自己，全身的重量都压在自己身上。盛夜行满手猩红的血，把路见星的校服领子抓得活像行凶现场。

不找老师。不然会关禁闭。

市二的禁闭室，他是听说过的……暗无天日，全是虫子，没有水喝，床也是硬的——这些都是普通学校的同学告诉他的。他们说："路见星，你去市二吧，那儿禁闭室有意思得很，特别适合你待。""谁都打扰不了你，你也没武器可以拎。"

路见星打了个寒战。

盛夜行浑身瘫软，几乎一点儿力气都使不出来，他搂着路见星摇摇晃晃地站起来，使劲儿把人往门口拽。他必须让路见星先离开这里。他咬牙喊道："你出去！"

"不出去。"路见星又固执起来。

"滚，"盛夜行快要蹲下来抱头了，"别逼我再对你说第二次……"

"不滚。"路见星咬字清晰，"我不滚……"

话还没说完，脚边"咣"的一声。他的脚踢倒了门口拦着路的一把凳子。

凳子倒地，撞翻了路见星打水的桶，开水涌出，倒在路见星裸露在外的脚踝上。他穿的是长睡裤，小腿也被开水浸湿了。

路见星一声闷哼，跪坐下来，手还是死死拽着盛夜行不放。

"疼。"路见星一张脸煞白，牙床打战。

他的另一只手手背弓起来，护在小腿旁边，连碰都不敢碰。

盛夜行背靠在床边，大口呼吸着，也不知道哪里来的力气，抓住路见星另一只没被开水烫的脚踝，把他睡裤裤脚挽了起来。

路见星的小腿红得像被烤过了一样。正当盛夜行愣神的时候，路见星抱住了盛夜行的头。

他把盛夜行抱着往门边的桌脚拖，再靠上去，死死把人钳制住。路见星力气出奇地大，边抱着他边咳嗽，断断续续地说："没事了……没事了。"翻来覆去就这几个字。

盛夜行在发抖，几拳头全砸到地面上，路见星就伸手过去包住他的拳头。

盛夜行最初没意识到，所幸他吃了药力气小了，路见星哼哼几声，没喊疼。盛夜行感觉砸下去是软的，这才发现路见星的手帮他挡着，他努力控制住冲动，没再继续。他想打自己，又被路见星用尽全力地钳制住手腕。

别发疯了。

盛夜行脑子里开始回放夜店打碟的场景、自己凌晨在高架桥下飞速飙车的场景……速度与力量带来的快感，瞬间让他头脑涨到快要爆炸。

见盛夜行消停了几秒，路见星又吃力地说："没……事了。"

"你让……"盛夜行粗气直喘，被药性刺激得想撞桌角。

路见星使劲儿禁锢住他，一句话也讲不出来，只是很笨拙地哄着。小时候自己也没这么发泄过，路见星有点儿手足无措，几乎完全忘了疼。

他们这一战正处于休息阶段，隔壁寝室早就听到了这边的声音，赶紧动作娴熟地给宿管人员打了电话，连着请楼下保卫室的一块儿上来。

寝室门被打开，张妈首先扑了进来，后面跟着唐寒和季川这两位管高二的老师。

路见星没放开盛夜行，只是叫了声："他好了。"

季川是男老师，率先冲进来先把盛夜行按住，再拿软绳把他的手捆住。唐寒确认过盛夜行的伤口，叹了口气，赶紧指挥季川把没多少力气的盛夜行扶起来。

她一扭头，看路见星正在扯外套遮腿伤，惊呼一声："张妈！"

"哎哟，我的天，红成这样，烫伤了吧？"张妈也帮忙去扶路见星，催促唐寒，"赶紧，赶紧把小孩儿往校医那儿送，留疤了就不好了！"

"我……"路见星被烫得站不起来，"我可以。"他扶着床架子，眼睁睁看着季川费劲儿地把盛夜行弄起来，没说话。

他好想问一句要送盛夜行去哪里，但他本能地不会应付这样的场面。

临走的时候，唐寒没忍住，抹了把泪。这样的场面是她没想到的。

明明盛夜行已经稳定了一段时间……

两个人是被分两拨送走的。

季川带盛夜行去校医室清理手上的伤口。这时，盛夜行已经清醒，整个人病恹恹的，双手被包成了白粽子，坐在木凳上一言不发。

现在手上伤口的疼一点儿都不及心理上的折磨。他对路见星被泼了一腿开水的样子只有零碎的记忆……自己最后还被路见星抱在怀里。

平时的"老子罩着你"全反了过来，变成了"我也能照顾你"。在他最脆弱的时候，路见星义无反顾地抱住了自己。最后，两个人一起被病痛折磨得遍体鳞伤。

"自己发病了知道吗？我和唐寒商量了很久……还是不放心你一个人住，"季川说，"但是，我们也没想到你还会伤人。上一次是多久之前？"

"高一进校。"盛夜行苦笑，"还打了镇定剂。"

季川拍拍他的肩头："对。这次要不是路见星安抚你，你小子还得挨一针。"

盛夜行现在都记得那针头有多粗。他当年被猛地扎入的一瞬间，觉得自己不是人，是一头畜生。

"他怎么样了？"盛夜行问。

季川说："烫伤，估计还在敷药。他就在隔壁诊室，去看看？"

"不了。送我去禁闭室吧。"

"真要去？"季川站了起来，"等你手好了再去吧。"

"打室友、校外斗殴，再加上夜不归宿，够关我三五天了。"盛夜行声音哑哑的，喉咙里像烧着炭，疼得发紧。

季川摆摆手："手好了再去。"

盛夜行开始倔："立即执行。"

"为什么非要现在？"季川琢磨这小子的意思，"觉得没脸见路见星了？"

盛夜行沉默了一会儿，像不愿意承认似的，点了点头。

"你俩啊……唉。"季川叹一声，开始唠叨，"我侄儿比你小几岁，打了架总是认为自己牛，别人全错，根本不会从自己身上找问题。他能学学你多好。"

"我们没打架。"盛夜行动了动喉结，"是我欺负他。"

"我以为你俩是干架了。"季川惊讶了，"你都泼他开水了，他没开你瓢儿？"

"没，"盛夜行垂眼，"压根儿没反抗。"

季川不信，盛夜行扯了扯嘴角："季老师，我吃了药没什么力气，你觉得路见星要是一凳子下来，我还能坐这儿跟你讲话？"

"也对。"季川摸了摸他后脑勺儿。

半晌，盛夜行小声说了句："他其实很乖。"

Chapter 9 彩虹

我希望你，天天开心。

"相互治愈"这种事，本来就充满了未知数。

路见星忍不住又想起卫生间白墙上干涸的血迹，像涂了好几层白漆都遮掩不住的绝望。

等校医给自己包扎完伤口，他挽着裤腿在诊室里站了一会儿，拒绝了明叔的搀扶。唐寒打电话让季川帮路见星拿条裤子换，不想盛夜行非要回寝室拿自己的过来。

他高一那会儿身高一米八，现在高二蹿到了一米八六，之前的那套红色球裤短了，路见星穿着肯定刚好。况且，盛夜行知道"红色"对路见星的特殊含义。

我希望你，天天开心。

球裤裤管侧边还用白色的线特别精致地缝了个"1"，往下是盛夜行的名字缩写。

就这么一套定制的球衣，他要送人了。

回到诊室，盛夜行不好意思进去，把装球衣的塑料袋递给了季川。

季川"哎呀"一声，对路见星特愧疚，手背都搓热了在兜里揣得发红，问盛夜行："你吃的是什么药？药是你自己出去买的？"

"嗯，"盛夜行点头，"说是药效更强、更快。"

"治大脑的药能随便吃吗？你这小子真是……太胡来了。吃一颗你浑身都没力气！好在你是在寝室里边，如果在外面，出事了怎么办？"

盛夜行沉默了一阵，很想说一句"死外边"，又怕刺激一直以来对自己挺有信心的老师，干脆闭了嘴。

见盛夜行情绪紧绷着，季川也心疼。他拎着袋子，朝里边一间诊室瞟了一眼："路见星在里面，还没走。你不亲自进去道个歉？"

"您知道的，道歉没用。"盛夜行拧着眉心，"下次再说吧，我先去禁闭室待着。"

市二的禁闭室设在操场附近的主教学楼二楼某个不起眼的拐角，一到夜里，校园里夜灯亮了，会有一些光线洒进去。

夏天有虫鸣，冬天有风声，一个人坐在里面，靠在窗边发一晚上的呆，效果堪比被关在寝室里抄经文。对于盛夜行来说，这里也快被自己睡成第二个宿舍了。

盛夜行站在木凳子上，往窗外看了看。以前这里窗边都上了铁栏杆，之后好几年里，进这里的学生少了，学校就把铁栏杆拆了。市二并不是胡来的学校，学生进禁闭室一般都是自己要求的，因为家里不管、自己也控制不住。盛夜行就是个典型。

一觉睡到清晨，盛夜行把盖在身上的外套扯下来，浑身冰凉。

上课铃响起，传来了晨间的朗朗读书声。

"咚咚。"有人敲门。

盛夜行把门上递餐食的窗口打开，朝外问了句："老师？"

"老大，是我，群山跟我说你又被关了……哎，你打路见星了？"李定西特别惋惜，"你是不是要被处分了？"

"我……"盛夜行难受了。他很想说"我没打"，但这样的话他说不出口。

"寒老师还打了食堂的粥和鸡蛋拜托我送过来。"李定西献宝似的把早餐从窗口递过去，"喏，还有咱哥几个凑钱给你买的，你最喜欢吃的煎——饼——馃——子！加里脊肉、火腿肠、蟹黄肉松的呢，最豪华的了。"

"这么多料夹得住？"盛夜行接了过来。

李定西："我给你捧着拿进校园的！"

"……"盛夜行敲了三下禁闭室的门。李定西精神抖擞，也敲了三下。

在他们班，往墙上、窗户上敲三下的意思是"谢谢你"。最开始是因为林听那样的小孩儿太多，所以学校有了这么一条不成文的规矩。后来，精神方向的学生多了，这个举动被很多人遗忘，但由于班上有林听，高二七班的同学对这一条规矩还是记得特别清楚。

"老大。"李定西看看空无一人的走廊，"那你好好儿改造啊，我就先回教室了。"

"路……"盛夜行开口想问，又觉得实在是没资格。

李定西听出来了异样，赶紧说："路见星没事了！他在教室里早读，穿着你那条球裤呢。他会打篮球吗？要不要问他愿不愿意加入我们球队？"

"再说。"盛夜行回应。

李定西临走前特别认真地说："七班微风起，等爱也等你！"

盛夜行被他给逗乐了："快滚。"

他说完，瞟向禁闭室里唯一的小窗户。

雨滴砸在窗檐边，青苔的面积比他上次来又大了不少，不知道会不会长出蘑菇啊。

雨该停了，盛夜行想。

盛夜行不在教室里，路见星浑身难受，就像寝室里的摆件变了位置，他能难受一整天，偶尔控制不住地焦虑。

英语老师翻开书本，开始点名，朝第一位同学问好："早上好，李定西。"

"老师早上好！"

"早上好，林听。"

林听回答得中气十足："早上好！"

英语老师面带微笑地把前排的同学都点了一遍，继续给后排点名问好："早上好，顾群山。"

"早上好，老师！"顾群山笑嘻嘻的。

英语老师又点了点班上一个女孩儿："早上好，柳若童。"

柳若童在班上就是一个人活成了一支队伍，同桌都是自己想象出来的，永远觉得自己身边有人。得到柳若童的回应之后，英语老师又朝她身边的空位打招呼："早上好。"

柳若童笑得眉眼弯弯："谢谢老师。"

接着，英语老师瞟向路见星旁边的空位，愣了几秒，笑道："早上好，路见星。"

"早上好，"路见星慢慢地答，"老师。"

画好点名册，英语老师的声音温温柔柔的："那个，你们班盛夜行——"

"他不舒服，老师。"路见星突然出声。他呼吸略有些急促。

他好想说，盛夜行没那么吓人。

你们，不要用，这种带有距离感的眼神——看着我旁边的桌椅。

路见星头一次趴着上课，感觉心肺都要被课桌挤压得喘不过气来。

他的胳膊下压着上次在图书馆借阅的那本书，下边还有个小笔记本——能随身携带的大小。

书上说，躁狂症病人兴趣广，喜热闹，交往多，主动与人亲近，与不相识的人也一见如故；与人逗乐，爱管闲事，爱打抱不平。

路见星觉得现实也没有这样吧，盛夜行明明不太喜欢和人走得太近，管闲事还是量力而行的。握紧拳头之后，路见星又继续忍住眼部的不适往下看——

"凡事缺乏深思熟虑，兴之所致狂购乱买，每月工资几天一扫而光。"

这难道不是现代大部分年轻人都有的问题？不靠谱，他继续往下看。

"精力充沛、不感疲乏，活动增多，难以安静，或不断改变计划和活动。"

这倒是真的。虽然盛夜行话并不多，但他很享受周围的吵闹与噪音，甚至会因为一些尖锐、冗杂的声音而感到兴奋。

路见星拿便笺把这几条重要的摘抄下来，又接着往下看——"睡眠减少，即使几天不睡觉仍有很大的精力。对性的要求比平常显著亢进。"

盛夜行好像确实睡得晚起得早。书上还说这样容易得肝病。

最后一个与"性"相关……看得路见星耳根子发烫起来，开始深呼吸。

算了，也不关我的事。

又翻了一页，路见星终于找到自己想看的"如何缓解症状"，抓过笔记本开始抄，把上边什么"食用碳水化合物""维生素 B_6 及钙"等记下来，又抄了五份贴在自己课本的最后一页。

两节课上完后有一个大课间，本来是用来跑步的。但是今天早晨下了暴雨，刚刚才停，操场跑道湿滑得厉害，大课间的跑圈活动就暂时取消了，走廊、操场又成了不少学生撒欢儿的地方。

"哎！路哥！"顾群山从禁闭室回来后，扯着路见星校服往窗边走，"老大关禁闭了，是因为老大欺负你，我也给你赔不是……但是呢，你是我同学，老大叫我招待招待你。"

路见星听他这么较真的一段话，没忍住，有点儿紧张，浑身紧绷起来。

在以前的学校，"招待"就是要打架了。路见星又确定一次："招待我？"

话音一落，顾群山猛地掀开遮住阳光的窗帘，"哗啦——"一声，透明干净的玻璃窗展现在众人眼前。

顾群山凑到路见星耳畔，悄悄地说："看今天的彩虹！"

"红，橙，黄，绿，青，蓝，紫——"路见星小声地一个个数完，眼里亮亮的。

远处，城市的三环边界线上，正为他搭着一道彩虹。

路见星平时从来没注意过"彩虹"这种存在，现在却被震撼了。

发了会儿呆，他才反应过来顾群山说的"招待"是给自己"礼物"，并不是说要打架，也不是要伤害他。

那天，顾群山和一众同学陪着路见星在教室里看了好一会儿的彩虹。

盛夜行倔得很，说什么也要待满三天再出来。他还明确表示，除了老师，自己不接受任何人的探视——他不知道路见星多少次用上厕所的借口跑来禁闭室的门口。

"你没事了吧，路见星？"带路见星回宿舍的任务交给了李定西，他走在街上蹦迪似的，"还疼吗？哥哥给你吹吹！"

李定西围着路见星蹦跶个不停，路见星终于忍不住了："你，好好走路。"

"不成，一停下来我就浑身不舒服。"李定西又从左边换到右边，"我有多动症，你没有？我听说有些自闭症小孩儿也会得这病的。"

路见星横眉冷对："我不是小孩儿。"

李定西思维过于跳跃，迅速转换话题："星星，你今天的痣好红。"

摸了摸眼下，路见星抿抿嘴："嗯。"

"为什么有时候是蓝色的？"李定西瞪大了眼，"我的天，我是不是色盲啊？"

路见星笑起来："嗯！"李定西头又痛了，怀疑自己又得了一种病。

他这不说还好，这么一说，路见星就觉得自己还"挺贱"的，被揍了还一大早起来点红色。哦，对了，盛夜行要是一生病，得在本子上标记。

刚过了小吃摊，路见星就蹲下来把书包打开，在大街上拿出笔记本打叉。

李定西目瞪口呆，学霸都是在路边说学就学的？然后，他看到路见星收了笔和本子，继续昂首挺胸地往前走。李定西又"啊啊啊"地喊着追上去。

盛夜行待满三天，才把自己从禁闭室里放出来。除了关禁闭、冥想，他还趴在窗边写了份检讨——是教务处主任布置的，说要他拿回来到班上念。

下午上课铃一响，盛夜行进了教室，他把书包往讲台上一扔，震得粉笔都掉了几支。

然后，他掏出兜里的检讨，展开。

全班同学熟练地鼓掌。顾群山带头开始吹口哨，李定西大喊："好！"

跟着进来的教务处主任被气得快背过气去，拿教鞭往黑板上狂敲了几下。

"同学们，大家好。我是高二七班的盛夜行。"盛夜行表情特别严肃，"第一，我不该在校不好好儿吃药，以致伤害了我的同学。第二，我不该在校医室不配合治疗，危害大家安全。第三，我不该翻墙，还把墙翻塌了。"

教务处主任怒道："这不是重点！"

"嗯。"盛夜行咳嗽一声，继续朗声道，"第四，我对我的同学，未来应该加倍爱护，绝对不让他再受我的欺负。"

教务处主任严厉道："那你说说你接下来该做什么。"

"按时吃药，配合治疗。"

"那你翻墙呢？"

盛夜行从容应对："不能翻塌了。"

"难道不应该是走正门吗？"教务处主任一教鞭敲到讲台上，瞪圆了眼睛。

那还不是因为大门走不通？

全班都在憋笑。就是这么一份简单的检讨，硬是被盛夜行念出了"誓言"的感觉。

林听小声对顾群山说："男人的话都不可信。"

"就是。"顾群山看热闹不怕事儿大，带头又开始疯狂鼓掌。

在教务处主任的骂声和兄弟们的掌声中，盛夜行目光落到路见星头上，"小自闭"正安安静静地望着自己这边，嘴唇抿着，不知道在想什么。

盛夜行表面伪装淡定，其实手心里都是汗。

念完检讨，盛夜行回座位第一件事：擦"分界线"。

他简直觉得当时的自己就是一个小学生，屁大点儿事都要跟路见星计较。

盛夜行倒不是多顾面子的人，看路见星手一抖把可乐弄到桌子上了，赶紧找顾群山他们借了湿纸巾，往课桌上扔了十多张，擦餐桌似的乱擦一通，确定"分界线"被自己擦没了，才把脏的纸巾全部扔进垃圾桶。

路见星不是没看出来盛夜行的"掩耳盗铃"，有点儿想笑。

哼。

"看什么？"盛夜行表情挺不自然的，他搓了搓冻得发红的手背，"好好儿上你的课。"

路见星还是愣着不动。他瞪着路见星："不上课？不上课出来，我给你道歉。"

我真的想给你道歉。

但是盛夜行没说出这一句。

"要。"路见星抿抿嘴，眼神还是往盛夜行身上瞟。道歉就算了……

怎么还这么凶?

他很想问一句"你是不是还没好",但是怕伤到盛夜行,又憋回去了。

"路见星,我看看你的腿。"盛夜行撑着下巴,朝他勾手指,"来,把腿伸过来。"

路见星没动,盛夜行直接单臂伸过去把他的凳子扯着往自己跟前带——

路见星只好把球裤往上拉一点儿,语气不情不愿的:"那,就看一下。"

"就看一下。"说完,盛夜行直接钻到课桌底下,先是抓住路见星乱动的膝盖,再拽着球裤边把人扯过来。他说的"看一下"不是真的只是看看,而是要近距离观察一下伤口。

"说了让你别动。"盛夜行看过伤口,心里疼得一抽一抽的,堵得慌。

随后,他瞟向了球裤的裤腿边,上边的"SYX"三个字母有一点脱线,但还是很清楚。

路见星看盛夜行没说话,以为盛夜行生气了,也不说话了。

两个人各自朝另一个方向扭了头——一个假装看窗户,另一个假装看门外。

"哎,路哥,给你看个好东西……"下课铃响,顾群山笑着把手机递过来。

路见星迟钝了几秒,才抬头去看,顾群山在他面孔入镜的一瞬间摁下了前置摄像头的拍照按钮,大笑起来:"终于有我路哥的照片了!"

路见星还一脸蒙。旁边正在转笔的盛夜行踹了一脚顾群山的凳子腿。

"老大?"

"咳。"盛夜行瞥了一眼认真看书的路见星,缓缓立起课本,遮住半张脸，压低声音对着顾群山说了三个字："发给我。"

顾群山倒吸一口凉气："老大，你也做这生意？"

盛夜行挑眉道："嗯？"

顾群山学他立起书本，神神秘秘地："学姐学妹们花钱买我路哥的照片呢。"

盛夜行冷笑："你卖？"

"我没有！"顾群山赶紧解释，"我不跟你抢生意。"

盛夜行扳着他的脑袋："转过去。"

"哎，老大，要我说，我路哥这长相比咱学校校花还漂亮！哎，男的能用'漂亮'形容吗？"

"应该……"盛夜行看了一眼路见星，得出结论，"能吧。"

"你真不觉得他比庄柔好看？"顾群山遮掩住嘴，手上握着笔，假装在写字。

"谁？"

路见星比谁都好看好吗？

"就老来咱班看你那学妹啊，你忘啦？空气刘海儿，扎马尾的。"

"忘了。"盛夜行不爱听这些，"行了，转过去。你笔尖都飘天上了，演技拙劣。"

"男人真无情。"

——老大，照片发你，别让我路哥知道了！（哭脸。）

盛夜行赶紧把手机藏到课桌的另一边，假装睡觉趴下来回消息：

——谢了，兄弟。

"小自闭"明明性格挺孤僻的，为什么还长了笑唇？没表情的时候，嘴角稍稍勾起来像是很开心。

见盛夜行趴着不动，跟昏迷了似的，路见星拿笔杆尾巴戳戳他："救助卡。"

这是高二七班的特色，每个学生都有一张救助卡，能粘在校服内里，上边印着学生的照片、名字、班级、老师和家属电话，学校这是担心学生走失或者在校外遇到突发意外。

盛夜行的救助卡上从来没写过舅舅舅妈的电话。

哪怕是自己死在外边了，也不想他们被打扰。

盛夜行自暴自弃地想。他烦躁地摔了一支签字笔，又拎着另一支笔递给路见星："我的救助卡，"盛夜行还挺拽，"你能帮我写上我的电话号吗？电话是186——"

他还没说完，路见星就把救助卡递了回来。

白底卡片上一排清楚的阿拉伯数字，但号码不是盛夜行的。

盛夜行皱起眉头，一时没反应过来："谁的？"

"我的。"路见星说。

"那你卡上的电话……"盛夜行看了眼路见星的救助卡，看那行"186"打头的数字，愣了几秒。

路见星抿住嘴角，表情特自然。然后，他眼睛一弯："你的。"

在十一月的最后一个周末，盛夜行的舅妈带着他表妹来了市二一趟。她说，盛夜行妈妈的忌日是按农历算的，今年早了两天。旁人都以为盛夜行没心没肺，但舅妈和舅舅知道盛夜行是什么样的人，心里什么事儿算得清清楚楚，知道这小子早就把时间看好了。

盛夜行随妈妈姓，舅舅的女儿也姓盛，小模样长得好，可爱又灵气。小时候俩兄妹走路上，不少人都以为他们是亲兄妹。

盛开六岁了，隐约觉得今天的日子很悲伤，扑到门卫室抱着她哥的腿肚子就开始哭。

"哥。"她眼泪无声地流着。

"戏精小开，"盛夜行动了动腿，给逗笑了，"我都不悲伤了，你连我妈面都没见过，哭个什么劲？"他望一眼门卫室，舅妈在给唐寒打电话签出门条。

盛夜行只得耐着性子哄："怎么了？你学校里有小学生欺负你？"

"没有。"盛开拖着哥哥腿肚子一屁股坐地上，声音还带着奶音，"我也是，小学生。"

盛夜行眼疾手快把小姑娘拎起来，无奈道："多大了还往地上坐，我都快拎不动了。"

盛开是个小话痨，就是口齿不太利索，等舅妈瞟过来，她立刻抓着哥哥站好。

"别扯……裤子快被你扯下来了。"盛夜行张开手臂抱她，再单手把她扛起来。

盛开笑嘻嘻地去扯她哥后衣领："哥，你有女神了吗？"

盛夜行看一眼拿着假条跟在后边走的舅妈，掐盛开肉乎乎的脸蛋儿："你就是我女神。"说完，他拍了一把盛开的背，"我家小姑娘怎么长这么重了。"

"男神有吗？"盛开趴在他背上说，"我有男神了。"

"谁那么牛啊，"盛夜行从兜里拿出一块雪饼塞给她，笑一声，"男神叫盛夜行吗？不叫就别说。"盛开咯嘣一声把雪饼咬了一口，点点头跟着笑起来。

知道舅妈和盛开要来，盛夜行下课后把路见星护送回寝室，还在门口待了一会儿，走之前下楼买了些吃的上去。路见星说不想吃。

"那你扔了。"盛夜行盯着他眼角那颗深蓝色的泪痣，心里边有点儿哽得慌，明明都下了楼又折回来，耐心地跟他解释今天自己要离开是去见什么人、她们跟自己什么关系、多久回来、要去哪儿，等等。

盛夜行解释完，路见星才吃了一口粥，抓住了重点："八点。"

"嗯，晚上八点就回来。你乖点儿。"

校外，盛夜行抱着盛开上了舅妈的车。舅妈正和舅舅连着蓝牙耳机通话，同时询问盛夜行："在学校还好吗？今晚回家住吧，舅妈做你最爱吃的。"

"挺好的。"盛夜行迟疑一会儿，做出选择，"但是我得回学校住。"

知道盛夜行还算顾家，电话那头的舅舅诧异道："为什么？"

盛夜行挪了挪身子，把昏昏欲睡的盛开搂紧："寝室里来了个自闭症室友，需要人照顾。"

"他给你钱吗？"舅舅在那头说道。舅妈脸色骤然变了，数落了丈夫几句。

盛夜行换了个姿势让妹妹睡舒服点儿，皱起眉回答舅舅："有室友敢跟我住就算好的了，我还收他钱？"

"噢，"舅舅说，"那，袖娟，你先带夜行回家，然后去吃点儿好的，再把夜行送回去。"

盛开靠在盛夜行肩膀上，软软的双马尾垂下来，盛夜行在手机里找了首儿歌，插上耳机给盛开放歌，然后上手开始给盛开编麻花辫。

每年盛夜行妈妈的忌日，家里并不扫墓也不烧纸，就负责把盛夜行带回家。舅舅坚信，这里是盛夜行妈妈生前来过的地方，在忌日这一天会来看盛夜行。

晚饭时，舅妈做了辣子鸡丁和番茄肉丸汤，还专门杀了条鱼给盛夜行做成剁椒的，他们这片人从小就爱吃辣，盛夜行也不例外。

吃完饭陪盛开看会儿动画片，听盛开分析了一拨坏人和好人，盛夜行没忍住，笑了起来："能耐啊，那你看哥哥是好人坏人？"

盛开剥了颗糖塞进嘴里："好人。"

"但哥哥要打架。"

盛开点头："那是因为哥哥生病了……生病了就可以犯点儿错。我生病的时候，一天能吃五颗糖呢。我妈都不管我。"

兄妹俩争抢来争抢去，盛夜行吓唬她吃糖嘴里长虫虫，盛开吓得小脸煞白，跟嘴里已经长虫了似的瘫在沙发上一动不动。

外面天已经黑得差不多了。盛夜行要走，舅妈开始留人，说："盛开念叨你好久啦，这两三个月才见得到一次，有一晚上小姑娘想你想得都哭了，边抹泪边说想要哥哥。"

这么多年，盛夜行从来不允许盛开进校来探望他，充其量在校门口傻不愣登地站着，就是怕她受到一些不必要的伤害。

"舅妈，我这次真答应了室友，他挺困难的，没我不行。"

盛夜行说完还心虚了一下，明明路见星那么独立，怎么到自己嘴里就成了一小软包。

临走前，盛夜行拎着一个大袋子。他扯开袋子口，看到里面有一大盒牛奶和几瓶能在寝室放两三天的黄桃罐头，失笑道："舅妈，我都个儿这么高了还长啊？您留着给盛开喝。"

"谁给你啦？"舅妈笑起来，"给你室友带回去。"

盛夜行心头暖暖的，乐了："我室友个儿也挺高。"

舅妈说："你拿去给他，怪可怜的。"

"成。"盛夜行把手臂抬起来，用胳膊肘和盛开击了个掌："盛开，等元旦过了哥哥再回来看你。"

推开家里的门，盛夜行一步跨了出去，忽然有些疲惫。

"夜行，"舅妈不放心地叫住他，"我……我听你们老师说，你上周出了点儿状况。如果身体哪儿不舒服，一定要往家里打电话。"

盛夜行答应了，又蹲下抱了抱盛开，然后拎着一大袋子东西往车上装。

应该是这几天太累，盛夜行坐上后座没多久就在摇摇晃晃中睡着了。

在寝室楼下与舅妈告别之后，盛夜行拎着东西上宿舍楼。已经九点了，晚了一个小时。

寝室里没开灯，黑漆漆的，盛夜行瞬间警觉起来。路见星又跑了？

"路见星？"盛夜行轻声喊一句，还没来得及开灯，就看见自己的桌前趴着个人。

　　路见星的手捏着耳朵，睡觉的姿势特别奇怪。

Chapter 10 圣诞礼物

爱，彩虹和开朗的人。

....

"小自闭"怎么写个作业还把自个儿写睡着了，台灯也不开。

作业本上是英语阅读理解题，问题很简单。

盛夜行憋不住好奇心，把手电筒打开照着看。

Q：文中的"我"愿意留在寄宿家庭里是为了什么？

——回答：为了爱。

Q：爱对文中的"我"的意义是什么？

——回答：爱对我来说是一起吃饭、睡觉，在学校里看彩虹。

Q：文中的"我"希望以后成为一个什么样的人？

——回答：开朗的人。

作业本右下角画了一条小蛇，吐着芯子，身子是盘起来的。

盛夜行看乐了。人家明明是在问阅读理解题，"小自闭"却在以他自己的角度在回答问题。

爱，彩虹和开朗的人。

盛夜行把作业本合好放到一边，手臂绕到路见星腰后，一使劲儿把他抱了起来。他还没来得及把路见星放到床上，路见星就迷迷瞪瞪地醒了，抬眼皮瞅了他一眼："盛夜行。"然后闭眼继续睡。

盛夜行掐着他的脸："醒了？上床睡觉，别在下边睡。"

"盛夜行。"路见星睁开眼又喊了一声。

盛夜行答："嗯。"

路见星又闭着眼笑："盛夜行。"他很想说一句"谢谢你愿意成为我的朋友"，但是他总感觉……自己以前对朋友的感觉不是这样的。

路见星又在黑暗中趴了会儿，睡得一身冷汗，身上搭着盛夜行的校服外套。他听浴室里传来水声，这才放心地去洗漱，然后爬上了床。

路见星现在总在盛夜行去洗澡的时候上床，他不太想让盛夜行看到自己又慢又别扭的姿势。因为手脚灵活度的问题，路见星是一点一点地用膝盖磨台阶，行动时要事先想好先动哪条腿，背脊难免弓起来，有时手臂力气不够，还得把身子卡在梯子边缓口气。

好丑，姿势很难看。不能让他看到。

"盛夜行！庄柔又绕路来看你啦——"

盛夜行正在天台栏杆边吹风："早自习喊什么喊！"他看见楼下站着个扎马尾的女孩儿，她正笑盈盈地看着自己，挥挥手后就走开了。

顾群山突然站在盛夜行身后，喊了声："老大。"

"你走路没声？"盛夜行拎他后脖颈，"是不是你把庄柔带过来的？"

"不是，人家丫头就在这里等你呢。怎么样？我觉得她挺正啊。"

盛夜行皱眉："别这么形容。"

"挺漂亮、挺可爱的，你都十八了，怎么还对这些事不感兴趣？大哥，你知道咱十里八乡多少女孩儿打听市二那个摩托车帅哥——"

什么十里八乡，这儿好歹大城市三环边，算城乡接合部吧。

盛夜行打断他："没兴趣。不过，她们连我都看得上？"

"你帅啊，而且没人看得出来你——"顾群山吞了"精神病"三个字，"看着没毛病。"

盛夜行斜了他一眼："上周我还把路见星打了。"

"那不一样。对象是对象，兄弟是兄弟。"

上午年级篮球友谊赛结束后，盛夜行拿卫生纸擦完汗，对着男厕镜子魔怔似的照了好一会儿，也没闹明白自己最近怎么那么注意形象。出了厕所，盛夜行瞟了眼正围在楼梯口不往前走的队员，差点儿一脚踹一人屁股上："看什么？"

"嘘——别大声了啊！"

队员神神秘秘地回头，发现是他，吓了大跳："嘿，哥，你也来看热闹啊。"

"看谁热闹？"

"小自闭，"队员挠挠头，"就你不太熟的那个同桌。"

"哦，"盛夜行朝顾群山问，"干什么这是？"

"有女孩儿给路见星送平安夜礼物。哎，你说这些女孩儿想什么呢，不是我歧视啊，我单方面认为我路哥根本就不可能喜欢上谁……"

盛夜行没忍住呲儿了一句："都单方面的，你说什么说？"

下一秒，路见星摊开掌心，"不负众望"地收下了礼物。

"路见星厉害！"校队里一个男生先叫了起来。

路见星朝这边望了一眼，眼神挺空洞的。不就是收了个礼物吗？

看路见星那迷茫的小表情，盛夜行明白，"小自闭"根本不知道收女孩儿礼物什么意思，但他还是很不爽。平安夜下个月才到，这十一月就开始送礼物了？

得，我也要送。

班里几个女孩儿会时不时看盛夜行几眼，眼神中多少带一些倾慕。路见星不太能理解这种眼神，也扭头去盯盛夜行，盯得盛夜行差点儿呛着："看什么呢？"

"看什么呢？"路见星重复一句，像在问自己，说完又转了回去。

又卖萌？盛夜行想捏他脸的手停在半空，盛夜行属于"帅且自知"的类型，明白为什么每次自己打球时总有女孩儿送水，也明白为什么经常夜里有女孩儿给自己发微信问一句"睡了没"。但自从路见星来，已经有不少人悄悄打听他了。盛夜行不知道为什么，自个儿有点儿不爽那些人交头接耳的样子，更不想路见星被不同的人接触——虽然唐寒说这样有利于增强路见星的交际能力。

看见隔壁班女孩儿送的礼物放在桌面上，路见星连藏一下都不知道，盛夜行便没话找话："路见星，你收什么礼物了？"

"没看。"

"我好奇，我来帮你看。"盛夜行正要坐直了去拆包装，路见星却挡住了他的手，力气很大，直接把盛夜行两只手都扒了下来。他下意识认为，这是来自其他女生的，盛夜行不能碰。他有点儿搞不清楚自己在不爽盛夜行还是不爽那个女孩儿。

盛夜行一下起了火，眼神危险了起来："什么东西不能看？你对象？"

"我不知道。"路见星瞥了瞥他，"没对象。"

我有没有对象你还不知道？

他有点儿郁闷，开始怀疑是不是自己真的不会社交？

盛夜行咳嗽一声，抓过路见星放在桌面右上角的英语课本，开始睁眼说瞎话："我来看看这本书。"

看了一眼讲台上的季川老师，路见星提醒他："数学课。"

盛夜行没搭理他，眼睛瞅着英语书上一排排不太懂的文字，感觉满眼都是"他即将要有第一个喜欢的女孩儿"。

路见星侧过脸，看了一眼盛夜行"别烦我"的表情，觉得莫名其妙。

行，谁还不会发脾气了？他也有脾气。路见星把铅笔盒里的笔和橡皮拿出来，在以前"分界线"的位置搭了堵矮墙。接下来一节课，路见星真的专心做笔记，没理人。

盛夜行脸皮厚，打脸更是啪啪响，问："哎，你还生气？"

我没生气。路见星想。

没过几分钟，好像"墙"被推倒了。盛夜行的手正往路见星这边伸过来，还假装翻了一下"墙"，再凑到路见星眼前缓缓摊开了手心。

手心里有一条吐着芯子的小蛇，跟路见星自己画的那条一模一样。

路见星瞬间瞪大了眼睛。盛夜行怎么知道？他从小到大，不论是写作业还是考试，永远都要在纸的右下角画一条吐芯子的小蛇，不画不成，浑身难受。为了这事儿，他还被记过好几次零分，当年班主任还担心他高考时都改不过来。

盯了那条蛇一会儿，路见星又看了看那堵"墙"，觉得自己幼稚，伸手把文具全收回来，表情不太自然："我看书了。"

"看什么？"盛夜行现在特想烦他，"一起看。"路见星侧过身，躲了一下。

"看什么？黄色小说？"盛夜行压低嗓音，故意逗他，"来来来，我看看。"

看盛夜行越凑越近，路见星脸红了又红，强硬了起来："我没看。"

"没看你脸红什么？"

"我……"他想了想，没想出为什么。

为什么？

他还没出声，讲台上的季川老师突然拿教鞭在讲台上使劲儿敲了一下，全班顿时安静下来。季川往最后一排瞟了又瞟，又迷惑性地看了几眼班上其他同学，清了清嗓子，心中暗骂盛夜行这臭小子又不好好儿听讲。

盛夜行知道季川在盯他，于是坐直身子，把英语书收起来。

"你们现在上高中，有些同桌之间关系好我明白，但——"停顿音拖了老长，季川老师淡淡道，"这不代表你们可以抱着上课。"

盛夜行不自然地假装看周围的风景。路见星的耳尖红了红。

下课后，路见星把礼物带回宿舍，放在桌上慢慢打开。

一张贺卡，一个苹果，一双手套。

路见星慢慢地把手套戴上，看了盛夜行一眼，好像在问好不好看。

你还敢问我好看不好看？

"你喜欢这个？"

"嗯，"路见星也不笑，"我的。"

盛夜行点头："别人送你东西，你说谢谢了吗？"

"说了。"

盛夜行贼心不死一般，扬着下巴装酷："那，你心里有什么特别的感觉吗？"

"没有。"路见星重复一遍，"我的。"

"感激？有吗？"

路见星摇摇头。

"会戴吗？"

"不戴。"路见星说，"以前，都不戴。"

"感激都没有……"盛夜行长舒一口气，那更不可能有别的什么情感了。

路见星收别人送的礼物，会说"谢谢"，但他其实明白不了真正的"感谢"是什么，也不会去使用。因为他习惯了一切照旧，突如其来的物品只会让他感到不安。

像想到了什么，盛夜行从衣柜里拿出一条毯子递给路见星。

"电热毯，拿着。"他边说边喝水，"你拿这个铺床，晚上睡着暖和。别跟我说你不要，半夜冻醒抖得跟筛糠似的。"

今年冬天湿冷刺骨，明显比往年温度低了很多。路见星半夜咳嗽得肺都要咳出来了，第二天早上一张脸煞白。

面对"电热毯"，路见星表现出了些许抗拒。

盛夜行给他示范了一遍这宝藏玩意儿怎么使用之后，叹气道："你收下吧，就当我的道歉礼。我其实……一直挺想跟你说对不起的。"

路见星沉默一阵，忽然出声："圣诞礼物。"

"啊？这不是圣诞礼物，是我给你道歉的礼物，我上回欺负你了。算了，这他妈……也不能算道歉礼物，不够隆重，我就是想让你晚上睡得暖和点儿。"

路见星："……"

盛夜行一拍额头："路见星，你抓重点。"

路见星沉默了几秒，声音脆脆的："这他妈。"

这回轮到盛夜行无语了。

第二天，用了一晚上电热毯再爬起来的路见星简直元气满满。

起床号一响，他掀被子起来穿衣服的动作那叫个行云流水，盛夜行坐在床上看了好半天，终于不用担心他又一个没注意把袖子穿错了。

盛夜行的床铺和路见星的并排，中间隔了条银河似的，好在盛夜行偶尔起夜，把床前挂的小夜灯打开就能看清楚路见星睡成什么样——他有时候夹被子，有时候不夹，唯一不变的就是缩成一团、背贴着墙，也不嫌冷。

偶尔路见星大半夜起来会钻进衣柜里睡，盛夜行拉都拉不出来。

郊区往往都比市区冷，温度一低下来，人穿什么都觉得漏风，更别说校服薄薄的，一阵寒气刮过来，吹得人浑身冰冷，凉意铆足了劲儿往人前胸后背钻。

路见星正攥着袖口站在寝室楼下，左手手腕上挂着装煎饼馃子的袋子。

据李定西说，这是盛夜行花二十多块钱加了七八种肉和配料才买来的，夹都夹不住。他右手手腕上挂了杯珍珠奶茶。

当时买早餐的时候，李定西在一边吼："老大，你怎么大清早的就给他买奶茶？这玩意儿喝多了容易长胖！你看看，你瞧瞧，你摸摸我们路哥这脸，能发胖吗？"

盛夜行觉得李定西摸路见星的手碍眼，冷笑一声："把你猴爪子拿开。"

"不能发胖……"李定西收回手，"路哥这是爱豆脸。"

"胖点儿怎么了？"盛夜行把奶茶递给路见星。

没想到路见星还特别会自我管理，认真道："不能胖。"

"对，少喝点儿。你还要发育，还在长身体。"盛夜行说话特别老成，压根儿没考虑到自己也就比路见星大一岁。

李定西在旁边不怕死地问："我不也十七吗？老大，你怎么不关心关心我呢？"

"你个子够了，路见星还矮一截儿，"盛夜行瞥眼过去，"你问问路见星还长不长。"

"发育。"路见星忽然说。

"嗯？"

"五十岁。"

"发育到五十岁？"

路见星点点头。

被逗乐的盛夜行低笑道："那还喝吗？"

戳吸管的手顿了顿，路见星挺难为情地又嘬了一口奶茶，把珍珠颗粒含在舌尖卷了卷咬爆，最终还是选择把吸管又戳进去，表情严肃："喝。"

盛夜行想伸手弹他脑崩儿。

天没亮，路边除了扫地的清洁工，没别的人，路见星张嘴呼一口气出去都是白雾，还没睡醒似的用手去抓。他执着于这种刻板的动作，反反复复十来次，居然还因为抓不住有点儿动了怒。

"走路就好好看路，不要去想别的也不要走神。"盛夜行回头拽着他，"我在你身边你都天天摔跤，不在的时候谁扶你？摔多少次了你自己说？"

路见星瞪他，半天挤不出一个字，只得比画——没摔过。

"唬谁啊你？平地都能摔的路见星。"盛夜行说完，从路边花坛里捡了一根长树枝拎着，"你以后都走我右手边，和树枝平行着走。"他说完，又压低了声音强调，"不要走慢，也不要走快。"

路见星走了一步，总感觉自己跟山坡上的小山羊似的，被牧羊人拿鞭子追赶着回家。

这种认知一上头，路见星就不愿意走，还是盯着盛夜行，半晌才说："不要树枝。"

"那我给你拿个什么？你先这么试着走走。"盛夜行看路见星的步子又歪了，用树枝挡着让他回到人走的道上，"知道为什么让你走右边吗？"

"为什么？"

"左手边全是车，怕撞着你。腿还没好全。"盛夜行看一眼路见星的校裤，"你就听话点儿，成吗？"

纠结过后，一向不爱被哄着的路见星放弃强硬的态度，点点头。

顺着路灯的光，两个人绕到拐角的摊位边，老远就能看到那顶红红的小伞。盛夜行领着路见星走到摊位前，看伞下的老太太没有要做生意的打算。

盛夜行好奇了："婆婆，您不卖东西怎么还摆摊啊？"

他今年虽然已成年，但少年眉眼间的稚气犹存，下巴颏儿线条阳光硬朗，他又生得肩宽如小山，往清晨的路灯下一站，半边肩胛能挡住一大束明亮的光线。

被挡住光的老太太这才注意到两个年轻人。她慢吞吞地拎着干净抹布用银夹子刮着锅底，低低地说一句："大早上谁吃蛋烘糕呀？"

之前不太吭声的路见星吭声了："我呀。"

他不太懂"语气助词"，一个"呀"字学得还挺像样。

"您做一个，"盛夜行从兜里掏钱，"他只吃您这一家。"

老太太没动静，按了收音机，开始打量路见星。也许是路见星不寻常的走神吸引了老太太，她又看了他好一会儿，重重叹一口气，把油倒在锅里热，上面粉，开始摊糕皮。

路见星再迟钝，还是说了句"谢谢"。

"火腿、土豆丝儿，再加点儿肉松，"盛夜行把钱叠好，"不要奶油，谢谢您。"

路见星："……"

为什么不要奶油？

路见星把拳头藏进校服衣兜里握了又握，回过神来，看老太太都把糕皮卷起来准备加料，决定反抗一下"强权"，说："奶油。"

"他说啥？"老太太顿了顿，眯着眼瞧盛夜行。这个小孩儿个子高，好辨认。

"不加奶油。"盛夜行说完把钱递过去，拿了蛋烘糕，朝老太太一笑，"谢谢您。"

用掌心试了试蛋烘糕的温度后，盛夜行耳尖变得红红的，先是不让路见星伸手过来拿，说要散会儿热，不然烫。

也许是小时候误伤过自己，路见星对"烫"这个字眼儿挺敏感，赶紧收回手。

他想说"谢谢"，没说出来。

看着他的表情，盛夜行心口跟被针扎了似的："想说谢谢？"

"嗯。"

"我们班一直有个不成文的规矩，我现在教你，"盛夜行说，"像敲门一样敲三下，意思是'谢谢你'。"

路见星点点头，盛夜行把手掌摊开放在他眼前。

"啊。"路见星没太明白他的意思。

"手指拿过来，敲门怎么敲？"

路见星将食指弯曲，用关节处在盛夜行炙热的掌心内碰了碰。

他还挺小声地说："咚咚。"

路见星眼巴巴地看着蛋烘糕，等它冷下来。盛夜行已经习惯了路见星在自己后边当一个"高傲的小跟班"，总像自己长了条尾巴。

很宝贵的小尾巴。

盛夜行走得快，路见星走得慢，两个人配合的时间不够长，经常会走脱节，盛夜行走走停停地等着路见星，偶尔流露出一些不耐烦的情绪，他自己都控制不了。

把蛋烘糕全吃完后，路见星端着豆浆开始在盲道边的砖缝上练习直线走路。

他突然问了句风马牛不相及的话："为什么不能吃奶油？"

"反式脂肪酸知道吗？这玩意儿不好，"盛夜行跟上"小自闭"的脑回路说，"不利于你发育，还不容易消化。"

像是听明白了，又像是没有，路见星重复了一遍："为什么不能吃奶油？"

天色渐明，街道上的摊贩和行人多了，隔壁高中学生骑着自行车俯冲陡坡，尖叫又嬉闹着路过他们两个人。晨光从树梢间落到地面上，划过盛夜行的唇角。

盛夜行盯住路见星好一会儿，才沉下声答："路见星，回头我跟你分享一首歌。"

"嗯。"

一阵自行车的车铃声又从耳畔飞蹿而过，天色彻底明亮起来，两个人进了学校。

盛夜行刚到主教学楼楼梯拐角，路见星放开步子追了过来，把耳机线拽下来，将其中一根塞到盛夜行手里："听歌。"

"嗯？快考试了，不听歌。"

路见星有点儿不开心。远远看上去，路见星和盛夜行一人拉着一根耳机线站在台阶上，像盛夜行正在用耳机线牵着路见星走。

"听，"路见星固执起来，"你发的。"路见星还不能理解"分享音乐"，只以为盛夜行想听又没戴耳机出门，因为生病而有的那种"无法懂得"的偏执又上来了。

盛夜行看了他许久，伸手胡噜了一把路见星遮住前额的碎发，掌心抵住他温热的额头，无奈道："我们等下去楼上阳台听，成吗？"

"嗯。"耳机线从手机端口掉出来，再加上路见星兜里手一抖摁到了播放键，手机音乐瞬间变成外放，整个楼道里空旷无人，只有他们两个——

"就这样牵着你一直走（这次绝不放手）……"

"我会努力变成属于你（的流星）……"

盛夜行顿住脚步。路见星也跟着停了下来。

他仰起头看穿着校服嘴角含笑的盛夜行，忽然感觉耳朵好烫。

路见星直接说："耳朵，烫。"

盛夜行一听这话，特自然地去牵路见星的手："你牵着我。"

路见星反应慢，手机里的歌已唱到最后一句——

"我的心意不隐藏。"

"现在这样牵着，你耳朵还烫吗？"盛夜行拉着他上了好几级台阶。

路见星像是被问到了，有些不自然地摸摸自己的脸颊。

"更烫了。"路见星说。

盛夜行站在楼梯口看了路见星很久，心中油然而生了说不清道不明的满足感。

烫吧？我也烫。

他握了握路见星发凉的手，咳嗽一声："烫是正常现象，你不用紧张。"

路见星低下头，不知道为什么想偷笑，虽然他好想说"我真的紧张"。

高二七班专设的月考内容并不复杂，除了文化笔试，还有面试，面试就是简单的聊天，但需要两个合作伙伴配合完成，由老师记录下全过程。

唐寒专门增设了一门只针对路见星的考核内容——面容辅助。她把人脸面部的喜、怒、哀、乐四种表情做成纸板拼凑在一起，方便路见星辨认。观察了一段时间路见星后，她又新找了些"不屑""无奈"等表情做成纸板。

路见星这种"高功能"在她眼里总是有更大的进步空间，她也有耐心去拓展。

除了和搭档在对话方面存在交流困难的林听，还有一个让唐寒比较担心的就是柳若童。这个小女生的病不太容易形容，她有个"臆想同伴"，已和她成为形影不离的朋友。唐寒偶尔瞥见"两人"在空气中对话，倒不像旁人那样觉得惊悚，更多的是心酸。

她和学生沟通得累了，端起茶杯转身走到窗边往外看，感觉自己呼吸停止了一秒——天台上有两个穿蓝色校服的学生正并排站着，耳朵里各塞一只耳机，像是很亲密，又各自望着别处。

路见星和盛夜行站得很近。应该是不太习惯在公共场合亲近，路见星好几次挪开了想站得远一些，但盛夜行总是仗着身高优势拎着他的衣领就扯到自己身边来。

盛夜行的表情极其不耐烦，但手肘还是有意无意地往路见星那儿靠。他甚至在上午过于刺眼的阳光破开重重云层时，伸手拉了一把路见星的衣袖。

唐寒感觉心头如暖流涌过，捻了捻衣角开始掰指头算日子——自从上次盛夜行在寝室发病，他们值班的生活老师轮流在走廊上搭了小床，就为了守五楼这一间寝室。他们不敢贸然直接住进去，怕伤了盛夜行的自尊，虽然唐寒知道盛夜行并不在意。

轮到他们这一组时，走廊里已没多少人。唐寒关了教室门，招呼他们俩坐下来。

唐寒指了指面容辅助纸板，路见星开始辨认上边的情绪，反应奇快："开心，心情好。"

"那你看老师，"唐寒眯眼笑起来，"我是什么状态？"

路见星张张嘴，说："开心。"

"对，那这个呢？"

唐寒把纸板翻到"怒"，路见星犹豫一会儿："他。"

唐寒愣了："啊？"

盛夜行闻声转过来，阴沉沉的眼神一时没收住，直接锁在路见星身上。

路见星还特别不犯怵，像是在毫无压力地怼他："盛夜行。"

唐寒憋着笑点头："哦……老师懂了，是生气对不对？一种正在发怒的状态。"

"嗯。"路见星也点头。

盛夜行后悔围观了，"小自闭"怎么就没记住他温柔的时候？唉。

翻到"哀"，是一个小人儿正在流泪的表情，路见星想也没想，直接说："回家。"

唐寒没多说话，又换了个"乐"。

这回路见星想了好久。他抓过打分的红笔在小人儿的眼尾下点了个红点，盖上笔帽，垂着眼眸，又是一阵沉默。许久，他才说："想对一个人好。"

唐寒乐了。她第一反应是路见星有了喜欢的人，但又觉得不可思议。她研究过课题，国外有好多对生活在一起的自闭症夫妇都难以理解

"爱"，只知道对方和自己密不可分。

唐寒还记得路见星刚来时曾在办公室里一个人趴着不动，根本不愿意与他人沟通。不管谁靠近他，他都只有一个意思："求你，让我一个人待着。"

当唐寒问"最想和搭档说的一句话"，盛夜行率先抢答："不要钻衣柜。"

看路见星不说话，盛夜行开始在唐寒面前翻小账："路见星，下次咱能不钻了吗？还有，背贴着墙睡觉不嫌凉？"

路见星："锁。"

盛夜行："啊？"

"有本事，"路见星说，"你锁了啊。"

"脾气不小啊……"盛夜行又无话可说了。

路见星晚上睡觉没太多安全感，这有什么办法？

他养成了钻衣柜的习惯那就只能钻衣柜啊。还能钻到我床上？

考完试，唐寒拿过纸笔，给盛夜行和路见星都打了不低的分数。

分数下批注道："缺乏准确互动、对药物控制力不强、对课程积极性不强。"

这三条指的都是盛夜行。路见星在某些方面理解不了也难以感受，但是盛夜行不一样。他除了躁狂状态，平时情况和常人无异。偶尔，盛夜行会表现出一些对自身状况的"夸大""信心"，这些都是他自己认识不到的。

两年来，盛夜行自从明白了自己有这个问题，干脆将其纳入了原本的性格。

今天不知道为什么，路见星突然就爱上了被阳光照耀的感觉。

盛夜行。

他默默在心底念着，眼神往球场上瞟了瞟，好一会儿才将目光锁定。

路见星的追视功能有缺陷，为了看清人，便往前多走了几步。他无法判断远近，脚下一不注意，差点儿磕到花坛边。

紧接着一声尖叫，不知道从哪儿飞来的篮球猛地砸到他旁边的杆子上，又反弹回场内。场边翻计分牌的同学喊了起来："刚刚出界了！这一趟重新发球！"

盛夜行踮脚准备投球，忽然瞥到差点儿被砸的路见星，直接抬手对裁判喊："停一下。"

"老大，我们这球回防传得正好呢。"顾群山嘀咕。

盛夜行运球后退着跑："我说，停一下。"

"行，"顾群山朝队员喊，"都休息几分钟！"

带着球跑到场边，盛夜行看路见星没什么表情地站在那儿，突然有点儿心疼。

所有人看他，只会觉得他高冷，除了长得好，没什么别的优点。但没人知道，他内心深处多么渴望被了解。甚至在早餐摊前被老板笑着问"好不好吃"，他都会高兴好久。

路见星的眼神没什么焦距，飘飘忽忽地，不知道在看什么。

盛夜行跑过去，他才算有了点儿反应，怔怔地看着已经跑到自己跟前的人，没说话。

"站这么近看什么？嫌校医院急诊窗口太少了不够你挂的？"盛夜行脾气上来了说话特凶，刚歇口气，又说，"这儿是篮球架，万一谁没投准，球不就是往你身上砸吗？"

路见星："……"他看了看盛夜行锁骨上的汗，伸出手往盛夜行耳畔扇了扇。

怎么冬天还能跑这么热？篮球有那么好玩儿？大声和队友说话传球是什么感觉？

他有好多话想问，但没有开口。盛夜行被他的动作弄得一愣："你做什么？"

"热。"路见星又说，"看你热。"

盛夜行脱口而出："我……我看你也热。"面对路见星满是问号的眼神，盛夜行直接指着他们对家的球筐，说，"路见星，你看那边的篮筐。"

"嗯。"

"你站那边儿去，"盛夜行推他，"我要往那边投球，我是我们队进攻的小前锋。"

路见星像是在询问："所以？"

"你站在篮球架下面，我保证……"盛夜行有点儿不好意思，"我每个球都能进。"

"如果，"路见星笑了一下，"没有？"

"我要用球砸到你了，你就……今晚可以钻衣柜。"盛夜行开始签口头协议。

路见星说："电热毯。"

"嗯？什么电热毯？"

"电热毯只有一个，"路见星比了个"1"的手势，"我们，两个人。"

盛夜行："对，所以呢？"

路见星："一起用。"

盛夜行："……"

一起睡觉？这什么剧情？想了好一会儿，盛夜行点了点头。

算了，谁他妈在乎。

再次返回场上，路见星已经站在盛夜行要投球的篮球架下。

接过发球，盛夜行直接传球后一鼓作气以破竹之势攻下路，杀得对方球员直接犯了怵。在连着四五个快攻进球之后，盛夜行才歇下来，朝路见星看了一眼。

路见星挺乖地站在那里，却有种生人勿近的架势。

虽然是课余小比赛，但因为路见星观战，盛夜行开始认真起来。他一认真，校队里就没有人打得过他，只得眼睁睁看着他把两队的比分拉开。

结果实在毫无悬念，路见星的注意力又被操场边的自动贩卖机吸引了过去。

他把校服拉链拉好，直接跨出球场就往那边走。

顾群山撞了撞盛夜行："老大，路哥走了。他一个人逛逛没事吧？"

"嗯。他最近状态挺好的。"

——你等会儿去吃饭，别瞎跑。

——[饭人][饭人][饭人][饭人][饭人][饭人][饭人][猪头人][饭人][饭人]

发送过去好几分钟后路见星都没回。盛夜行边打球边惦记着，在队友的走位联防中连着又发了两条消息：

——哎。

——不好意思啊，手误按了个猪头。

Chapter 11 叽

叽叽叽叽叽。

一场比赛打完，天色已经暗了。

"夜行。"教练喊了一声，看这小子还在发愣，本来想拿笔端敲一下他的头，发现与他身高有距离，教练只得敲敲他的肩膀，"发什么愣？该你写了。"

校队的规矩，比赛结束后每个人要给场上另外九个队员写建议，标签无非是"带球太飘""动作花哨""菜比打球"等。可是盛夜行全场的注意力都不在队友和对手身上，他拿着笔看了看队友们期待的眼神，一时不知道写什么。

"给我笔，"教练夺过笔，长长一声叹气，"你啊……从中场开始就走神了。老师给你写个'注意力不集中'，没问题吧？"

"嗯。"盛夜行的眼神还没看过来，时不时踮起脚往场外乱瞟，"您写。"

——在哪儿？

路见星应该是在玩手机，回得也迅速：

——寝室。

——你就自己回去了？你吃饭了没有？

盛夜行正要继续打字，李定西突然从后面搂住他的脖子，拍拍他肩膀："老大，到底是哪个妹子啊？庄柔，还是之前城北那个姐姐？"

顾群山扑上来："老大喜欢'萝莉'还是'御姐'啊？"

"我怎么觉得老大喜欢高冷的呢。"

"就他这性格，俩人天天干什么？盖被子纯聊天啊？睡电热毯啊？"李定西翻了翻白眼。

什么御姐？什么高冷的？怎么都能盲猜到睡电热毯这一条？

盛夜行忍不下去了："别瞎掺和，就一小孩儿，得照顾。"

顾群山"嗷嗷"地跳起来："我知道了！先是朋友后是妹儿，最后变成小宝贝儿。"这群没经历过盛夜行式大风大浪的队员开始吹口哨，听得盛夜行脑仁疼。

下午六七点，天已经逐渐变黑，远处霓虹灯闪烁，行路人的脸被涂抹上一层玫瑰色。

市二的位置又偏又诡异，明明巷口街道旁瓜果摊味美香甜，也有穿校服的少年匆匆而过，猫狗儿多，可周围建筑总笼罩着一层难言的"死气"。

从来到这个学校的第一天起，盛夜行就听说过好多不好的传闻。有人说这里"不祥"，把一大群有问题的、被上帝遗弃的残次品聚集到了一起，使尽了无用功也挽不回什么。

盛夜行不在乎。他骑摩托车自南朝东，乘风而下，就没想过别的，病症使他时常像喝醉了酒，迷迷糊糊的，眼瞳却清明又不甘屈服于欲望。

从他家到学校的这一段路三四十公里，他每天都想过可以死在这条路上。他不是偶像剧里那种穿着校服奔跑在阳光下的少年。

他够野，爱流浪，生于雨夜，又睡在风里。

三根烟抽完。才学会抽烟那会儿，他经常被烟味儿辣到。曾经脾气暴，什么都忍不住，现在自己每天就只需要想三件事——

我今天吃药了没？"小自闭"在干什么？我什么时候死？

挺好的，生活就是这么简单。

天已经黑得差不多。盛夜行揣着兜绕了远路，想去买点儿面包。这么冷的天，李定西和路见星这俩小祸害肯定又要赖床。

市场门口有一盏灯还没关，摊位前似乎是在卖别的什么东西。

"老伯，这……怎么卖啊？"

老伯缓缓抬起头，捋起袖口伸进去挑："啊，要哪个？"

"没染过色的有吗？"

"有，我给你找找。"老伯把手伸得更深了点儿，"头顶染红了行吗？"

"行。"头顶染了红，跟戴了顶圣诞帽似的，这不正好吗？嘿，他还以为这玩意儿只有小时候的小学门口才有的卖。

盛夜行付了钱把这小东西揣进校服衣兜里，小心得像捧了一簇小火苗。

副食店的铁卷帘门关了三分之一，上边挂着一个脏脏的圣诞老人玩偶。如果盛夜行没记错，他去年、前年都在这里看到过这个玩偶。

今年还是你。

"吴哥，我再买个东西。"盛夜行咬着烟招呼老板，"这儿有没有袜子？"他说着，校服衣兜里忽然有活物动了动，他赶紧用手掌心捂进去轻轻摁住："别乱动！"

"最近都买袜子，什么原因？"吴老板嘀咕一声，"要哪种？"

盛夜行挑了张照片给吴老板看："圣诞袜，能装东西的。"

"啊……这玩意儿没有，回头我进点儿货，你再来看看？"

"成，多谢吴哥。"盛夜行皱了一下眉头，把手机塞回口袋里。他咬住校服领口拉下拉链，再把他手里捧着的一团小活物兜进衣服里，心里还有点儿紧张。

这么小个东西，在外边吹了这几步路的风应该死不了吧？

"都几点了，老大！我都先回来了，你跑去哪儿了？"

"农贸市场。"盛夜行躲过李定西撞过来的力道，"路见星呢？"

"刚刚出去拎开水了……"

进了宿舍坐下，盛夜行看路见星那儿满桌的断头毛线，一缕一撮地全纠缠在一处，他伸手薅了一把，疑惑道："这是什么？"这俩不省心的人猫在寝室干什么？

"啊……路见星今天下午回来拿了双新袜子剪完，就开始扯线头。"

盛夜行想象了一下"小自闭"拿起一把剪刀扯袜子，有点儿心惊肉跳，继续问："他剪袜子做什么？跟你说了没？"

"我问了，他没吭声。"李定西打了个哈欠，端着脸盆从盛夜行旁边绕过去，"老大，我去洗洗澡啊，路见星应该快回来了。"

盛夜行看了一眼桌上被剪掉的袜子，决定把他怀里的小活物放进去。袜子大小正适合，盛夜行越看越满意，又找了个挂钩贴到床头上。他还在毛线头里挑了几根暖色调的，撮成长条，给小活物的脖颈上系了个蝴蝶结。

"盛夜行。"

他刚偷偷摸摸做完这些事，就听到背后有人喊自己。

路见星把裤腿挽得老高，跟插秧的似的，上半身校服宽大，额前的碎发都被打湿粘住了。他攥了攥衣袖，盛夜行发现他掌心捧着一个小瓶子。

"你拿的是什么？怎么又把袜子剪了？"盛夜行严厉起来，"在宿舍里拿把剪刀很不安全，知道吗？"

"嗯。"路见星抿嘴唇，"圣诞。"

"啊？"

"圣诞节。"他重复一遍，举起手里的水蓝色玻璃瓶，突然按住泵口对着盛夜行喷了一下，"香水。"

这玩意儿跟防狼喷雾似的，味道挺好闻，但猛地这么一下刺激得盛夜行后退了几步："你给我喷香水做什么？"

"好闻。"

"但不能随便往别人身上喷，你……"他还没教训完，路见星又打开衣柜喷了喷，又往自己床上喷了喷，然后嘴角带点儿笑容，把香水瓶塞到盛夜行手里。

路见星张张嘴，没说出来话。盛夜行也不吭声了，就等他说下一句。

"送，"路见星努力镇定下来，指指盛夜行，"你。"

热的。盛夜行只能感觉到这瓶香水……是……热过的……

"你还热了一下？"盛夜行难以置信地看着他。

路见星很乖地点点头："嗯。"

"那，我谢谢你。"盛夜行稀罕这瓶香水，将其在手中握了握才说，"你以后……别往床上喷，跟空气清新剂似的。香水不是那么用的。"

"以后，就是你的。"

"嗯？"

"味道。"路见星突然说着，闭了闭眼，"好睡觉。"

盛夜行真的很想拿笔记本记一下路见星在他面前卖萌装乖的话。谁扛得住？

"袜子呢？"他深吸一口气，"是你剪给我的圣诞袜？"

"嗯。"

算了，说什么"你看看你的床头柜""猜猜我给你买了什么"，这些话根本就不适合路见星，盛夜行直接伸手把他的小礼物从床头取下来递到路见星眼前。

路见星低头去看时，心里的触动无法用语言来描述。

是一只小鸡。

路见星上幼儿园、小学时在校门口见过的那种黄色幼崽，毛茸茸的，眼睛黑溜溜，脚踩在软软的袜子上，头顶顶着个红色小帽。

"送给你的……喜欢吗？我今天去副食店，还喊吴哥给我找圣诞赠礼了，结果没有，说以后有了再通知我。"

"那就明年，"路见星捏了捏包裹小鸡崽的袜子，继续说，"我也去问了。"

盛夜行想起老吴说最近很多人问过,只得说:"怪不得。"

"圣诞节,"路见星说,"是月底25号。"

"嗯,你先养着。"

"活的。"

"对,不喜欢?"盛夜行瞥了他一眼,又迅速挪开目光,"不喜欢也没用,我已经买了。"

路见星满脸疑问,还没开口,盛夜行又来了一句:"月底可以宰了煲鸡汤……还是说你比较喜欢吃黄焖鸡?"

他说完这句,路见星感觉自己掌心里的小鸡崽好像"叽"了一声。

路见星:"……"

煲鸡汤……这得养到明年圣诞节。

没过几天,盛夜行就开始后悔给路见星买了这只小鸡。

李定西也喜欢这只鸡,说它是寝室里比路见星更脆弱的活物。他把自己新鞋的鞋盒倒腾出来,从被褥里扯了不少棉花,再垫上卫生纸,说给它还原一个温暖的养鸡棚。

路见星更好玩儿,他挑了双新鞋把小鸡放进去,要把小鸡放在鞋里养。

李定西问为什么,路见星回答:"它冷。"

李定西:"它不冷。"

路见星:"它冷。"

李定西:"它……它真的不冷!"

听完,路见星瞥了他一眼,淡淡道:"我冷。"

只要李定西把小鸡弄出来,路见星就面无表情地再把小鸡放回去。

一直闹到十一点熄灯,盛夜行躺在床上看这两人折腾。看路见星嘴角抿着的笑,他心中舒坦不少,觉得"小自闭"应该是喜欢这件礼物的。

晨间七点半，已穿好校服系好鞋带的盛夜行站在楼道里等人。

"路见星？"听里面没回应，盛夜行不耐烦地又敲了敲门，"再不出来我就走了。"

话音刚落，门猛地被打开，路见星头发乱乱地站着，一只脚踩在门框上，鞋带散乱，校服兜里还揣着一只小鸡崽。

盛夜行沉默一阵，指了指他的衣兜："你要带它去上课？"

路见星点点头，抓过书包就要往外走。盛夜行伸手又把他推了进去。

"站好，别乱动。"盛夜行蹲下身子，捉住路见星的脚踝，"脚伸过来！"

路见星被吼得一愣。盛夜行满脸不耐烦地帮他把两只脚的鞋带都系好了，再满脸不耐烦地站起来，对他说："以后不会弄就叫我，别耽误时间。"

路见星还没回过神来，看盛夜行转身要走，又急匆匆地往前跨一步，门还没关就撞上了盛夜行的背。

好香。

路见星动动鼻子，闻到了自己昨晚送的香水味儿，突然就忘了自己在急什么。

他把校服衣兜护好，用手心感受着那一团温热的毛茸茸生物，仰起脸说："早上好。"

盛夜行又没脾气了。他检查了路见星有没有把衣服全部穿正确，捏了捏他的脸："走吧。"

进教室放好书包，路见星把兜里的小鸡崽捧出来塞进课桌抽屉里。他还把校服外套脱了，一股脑塞进抽屉，算是做了个软垫。

盛夜行把路见星搭在大腿上的手抓过来摸了摸："你不冷？"

看路见星没回答，盛夜行把自己的衣服脱了搭在他身上："别鸡没感冒你感冒了，我没耐心跑那么远给你买药。"

这时，路见星慢吞吞地把盛夜行的校服掀开，朝他眨了眨眼：

"上次。"

"上次什么？"

"那样，"路见星示意他靠过来钻自己怀里，"暖和。"

盛夜行明白了，路见星的意思是说，像上次在三轮车上那样用一件衣服裹住就暖和了……但这里是教室，哪能那么明目张胆的？

看盛夜行没反应，路见星也没感觉不对劲儿，只是把校服脱了还给他，再一个人趴在课桌上玩儿笔。有同学路过后排，眼尖瞧见了路见星抽屉里有小东西在动，特大声地喊："路见星！你抽屉里的是什么？"

这下班上后排的同学全围了过来，但他们只敢围路见星。

盛夜行把路见星的凳子往自己这边挪了挪，瞥了一眼围过来的同学，没说话。

"你带什么好玩儿的来啦？"

"给我们看看吧，路见星，还没上课呢。"

路见星愣着，不知道如何回应，感觉又回到了刚转学来的那一天。他紧张地抓紧了桌角，把校服袖口攥进掌心内，半个身子直接趴倒在桌面上，不吭声。

"鸡。"盛夜行忽然说，睨了一眼所有人："我说完了，你们能回座位上了吗？"

他看着众多好奇的同学，心中某一块地方又软软地凹陷下去了，长叹一口气："路见星有一只很小的小动物，正放在抽屉里。现在马上要上课了，等会儿老师来了就得被收走。所以等下课了我再劝他给你们看看，行吗？"

他们点点头，嘻嘻哈哈地散开了。

"路见星，"盛夜行用胳膊肘碰碰他，"你哪里不舒服？"

他看到路见星趴着，手里拿着手机正在给自己发微信。

——我想一个人待着。

盛夜行回复：

——想回寝室吗？

——趴着。

——行吧，那你先趴会儿，有什么事叫我。

他握着手机又看了会儿，路见星并没有再回复。路见星现在和盛夜行坐得非常近，因为刚刚盛夜行伸手把路见星的凳子往自己身边挪了挪。

路见星还是趴着，偶尔侧过脸来看他一眼，继续把脸埋进自己的手臂，一动不动。

长大了，趴着已经算好的。小时候他动不动就躺地上装死或是拿头去撞地板。

路见星偶尔回想起来，都不能理解自己这样的举动。

课间不少同学都围过来要看那只小鸡崽。

盛夜行在得到路见星的允许后，把那只小鸡捧在掌心里郑重地拿出来。学校为帮助学生学会"去触摸"，在校园里放养了一些温驯的猫狗，但小鸡是第一次出现在校园里。

好奇心驱使着他们越靠越近，有女孩儿还会夸奖说小鸡非常可爱。

路见星半趴半坐着，看到了大部分同学善意好奇的眼神。

被注意的感觉原来这么好。

被喜欢的感觉，原来也这么好。

下节课的老师是季川，课上中途突然在教室某个地方听到了诡异的——鸡叫。

从小鸡崽开始发出第一声啼叫起，路见星就迅速坐直身体，把课桌稍微往自己这边靠了靠。盛夜行也心虚地挺直脊背，拿书遮了遮路见星这边的动静，掐住自己喉咙猛地咳嗽。

"咳咳咳——""叽叽叽叽。"

小鸡的叫声越来越明显，盛夜行用脚尖轻踹前桌顾群山的凳子，顾群山也跟着开始"掩面咳嗽"。

全班大部分同学也听到了鸡叫，一瞬间，教室里展开了一场此起彼伏的咳嗽大赛。

路见星还有点儿蒙。干什么这是？

✦Chapter 12　哥哥

好朋友和哥哥。

　　和他们待了不到二十四小时的鸡崽还是被发现了。

　　"哎，我还说下课把它弄到走廊上去来个'小鸡快跑'呢……"顾群山嘀咕着转过身，"路哥？"

　　路见星没说话，眼神挺吓人。他想大喊大叫。他不后悔把小鸡带来教室，同时也想不清楚这之间的因果关系，他开始联想——鸡崽如果不和大家见面，就不会有害怕的感觉，就不会尖叫，使它自己暴露。

　　路见星越想越生气，得出结论：这只鸡也有自闭症。

　　"路见星，把它拿出来，先放到办公室去。"季川说着，看了一眼盛夜行，"不可以带动物来教室里上课。你同桌应该也很清楚。"

　　猜都不用猜，这只鸡肯定是盛夜行搞来的。

　　对于路见星来说，原本柔顺的棉绒毛衣能瞬间变得粗糙无比，连风吹过树梢的声音进了自己的耳朵，也会像火车在隧道中长鸣——他甚至会惧怕突然凑近的呼吸声，那比指甲磨过黑板的噪声还让他觉得刺耳。

　　季川老师讲话太快了。路见星看了看盛夜行，眼睛红了一圈，一句话都没说。刚刚季川的话在他听来就是胡言乱语，他连半个字都听不清楚。

　　"先把鸡放到办公室。"

　　盛夜行看了一眼季川，给路见星复述："放学了，我们再去拿，可以吗？"

　　所有人耐心地等了一会儿，也没等到路见星的回答。

"路见星？"盛夜行喊他。

路见星抬起眼皮，嘴唇动了动："烧开水。"

"嗯？"

"开了，啊啊——"

他把校服蒙到头上，趴在桌子上耸起肩，喉咙里爆发出一声长而尖锐的惊叫。盛夜行心头一颤，连忙伸手去抓他肩膀："路——"

"你先别碰他！"季川匆匆去讲台上把手机拿下来，"夜行，你看着他。之前你们班主任给我发过一个，一个……说是感官超负荷……"

"你先别通知班主任。"盛夜行说完，手悬在空中，肘部贴着路见星的背，摸也不是，不摸也不是，只得轻轻地用指腹在路见星后脖颈上点了点。

他点一下，路见星就抖一下。他点两下，路见星又发出一种近似于小兽哀叫的声音。

同学们中有的在议论，窃窃私语的声音在大多数人沉默时特别刺耳，路见星的胳膊和肩越缩越紧，突然从他右耳里掉出来一个指甲盖大小的黑色耳塞。

一直戴耳塞上学？教室里议论声越来越大，盛夜行把耳塞捡起来用纸巾包好，朝教室内吼道："都安静！"

与此同时，课桌边的凳子也被踹了个底朝天，看得盛夜行失了神。

他没有想踹凳子——怎么就控制不住？

唐寒的办公室离教室很近，她接了电话端着个垫了纸巾的小盒子就来了。她十分耐心地小声跟路见星讲小盒子的用处，不管路见星怎么颤抖，她一直用手轻轻地抚摸他的背，才努力让他镇定下来。

唐寒的表情自然，没有怜惜也没有难过，只是把路见星的偶尔发作当成平常的事，所以路见星一抬头，看到的是老师坦然温柔的表情。盛夜行算是学到了，首先得足够镇静。

去办公室之前，唐寒拿着装满沙子的负重袋给班上的部分同学，说他们最近需要一点儿有效的治疗，上课下课都得把负重袋放在大腿上，她会调监控检查。

"啊……"顾群山小声嘀咕，用膝盖顶了顶沙袋，又想起被捆在凳子上的艰难岁月。

"用上吧。"盛夜行看了他一眼。

办公室里。

路见星的身体感觉是矛盾的，有时候高度敏感，比如你拿湿纸巾碰他一下，他就会被凉度刺激到痛哭；有时候又反应迟缓，别人叫几遍他的名字他都没有任何回应。

终于在唐寒第十三次喊出"路见星"三个字时，他才有了点儿反应。

"最近是怎么了，见星？上周考核面试表现挺好的，笔试怎么交了张白卷？"唐寒避开了今天发生的事，不打算再提，"不想写吗？还是握笔不舒服？"

路见星低头开始玩儿印了"市二"两个大红字的搪瓷杯，说："都，不。"

"语言治疗仍然是你的干预治疗中最重要的部分。"唐寒说，"交流的时候语速尽量放慢，这对盛夜行的情绪稳定也有帮助。"

路见星点点头："慢，慢，讲。"

"对，试着慢慢地说话……说清楚。"

唐寒递过来一把染过色的豆子，路见星的掌心被堆得痒痒的，他没忍住，笑了笑。

唐寒看他笑了，心也放下了，说："见星，你的感官输入还需要更多时间去适应……这些东西可以放在校服兜里揣着，每天时不时就摸摸。"

路见星停顿了快有一分钟，才说："好。"

"喜欢封闭空间？"

路见星点头。

"钻衣柜不是不可以……明天老师送床被褥和枕头过来，给你垫软一点儿。喜欢盛夜行那种床帘吗？能遮光。"唐寒说完，向他征求意见。

听完，路见星的眼睛亮了亮。

"还有，寝室里是不能养动物的，见星。喜欢小动物的话，我们给你安排接触动物的课。"

他的目光挪到办公桌上的小盒子内，黄色毛茸茸的小鸡崽正撅着屁股晒腿。

过了许久，他才低低地说一句："我的。"

"你自己去买的？"

路见星权衡一二，决定不出卖盛夜行。可他一走神，唐寒立刻看出来了不对劲儿。

没和路见星多说什么，唐寒忍着笑，完全能想象盛夜行去买小鸡的样子。

路见星转身出了办公室，差点儿一头撞到盛夜行胸膛上。

盛夜行："你又不看路？"

路见星："……"

唐寒看盛夜行自己来"撞枪口"了，直接喊他进办公室聊。

盛夜行亲眼看着路见星回了教室，才折回办公室。

唐寒笑了笑，说："今天看蒙了？"

"真蒙了。我都不敢相信路见星能尖叫出那么高的分贝。"

"上学对他来说，其实挺痛苦的。表面孤僻好斗，只是因为怕被伤害。"唐寒说，"你站在他旁边按一次打火机，那种'咔咔'声就会震到他，从而脑内循环一整天，然后一整天都眼前蹿火花。偶尔出现幻觉，他会感觉自己是悬空的。"

盛夜行愣了好半天，说："是我的疏忽。"

唐寒拍拍他的肩膀，感慨道："这和你没有任何关系，夜行。你也是孩子，你有权利去安排自己的生活。你现在能和路见星相处下来，我们真的感到惊喜。"

回到教室，盛夜行请季川转发了那篇讲"感官超负荷"的博文，趁着下课时间让顾群山开始抄写。

"老大，感官超负荷……意思是会不舒服？"顾群山拿着书凑过来。

"应该是。快拿个本儿，我说，你记。"

顾群山把草稿本甩过来，盛夜行照着书上内容小声地说："当他失去平衡或方向感时……不对，我怎么知道他有没有失去？"

"二、皮肤泛红或突然苍白。"盛夜行念着，又停了。

"三、坚持拒绝活动，心跳加速或脉搏突然下降。四、歇斯底里地哭喊、胃难受、恶心呕吐。"

"焦虑和生气。哎？他很少生气。"

"我感觉我路哥是悄悄在生气，就等着爆发呢。"

"六、开始不断鹦鹉学舌或说一些熟悉而不相干的词。这还真有……经常学我讲话。"

盛夜行想起路见星老迷迷瞪瞪地重复语句，有点儿难受。之前他还以为路见星是卖萌和发愣，没想到这是他整个人都被浸泡在"超负荷"中的表现。

"还有最后一条，对温度不敏感，没说冷也要检查保暖情况……"盛夜行眯着眼念完，顾群山开始笑："老大，你这是给人当老妈子呢还是当搭档啊？"

盛夜行瞥了他一眼，没说话，嘴角抿着笑。

给他当哥哥。

这个想法一出，盛夜行愣了好半天没缓过神。

当同桌可以、当室友可以，怎么自己的定位就偏偏到了"哥哥"上，是不是因为最近的关心过于……特别了？

好朋友和哥哥。

这是到了要交心的关系，不是闹着玩儿的，也不是随便可以用自身缺陷搪塞的。

他不信有能长时间忍受自己的人，能遇到的概率太低。太低。

第二天上学，盛夜行监督着路见星把那只小鸡放在门卫室里"寄养"。明叔给路见星解释了好半天"寄养"是怎么回事，最终他得出结论：就像爸妈把自己放在这里一样。

临走时，路见星还抓着盛夜行的衣角说，鸡会不开心。

李定西在旁边冲路见星傻笑："叽——你这小鸡叫得还挺响亮。"

路见星跟着鹦鹉学舌："叽。"

李定西逗他："叽叽叽叽。"

"叽叽叽叽。"路见星笑了一下，特配合。

李定西来劲了："叽叽叽叽叽叽叽叽！"

路见星嘴角勾了勾，用眼尾挑衅地看李定西，不跟着学了。

李定西大喊一声："哎哟，路见星，你挺坏啊！"

路见星瞬间躲到盛夜行身后，攥着盛夜行的校服轻轻地扯。

李定西觉得这寝室没法儿待了，"小自闭"什么时候和老大关系这么好的？！

上午随堂突袭考作文，路见星又交了张奇怪的卷子。该写作文的地方半个字他都没写，用铅笔涂得潦潦草草，依稀看得出来是一个男孩儿骑在车上，风掀起校服的一角，露出一截儿精壮的腰腹。

盛夜行盯着卷子看了好半天，画中人骑的这个车……怎么看怎么像摩托。

骑车的人小小的，下眼睑边用红笔点了颗痣。

难道画的是我？希望我开心？

盛夜行带着满腹疑问，用胳膊肘碰碰路见星的，后者瑟缩一下，不愿意讲话。

他沉浸在自己的世界里，小蛇盘踞在卷子页脚，被画成了一个打结的姿势。

考完作文考选择题，路见星迅速写完了。盛夜行一直暗中瞟着他，心想总算没什么问题了，突然听路见星在旁边开始念答案："A！D！A！C！C！C！"

这一石激起千层浪，班上众人开始窃窃私语起来："哇，学霸念答案了——""这什么神仙操作？""别说了，不想挂科就快照着写呗！"

唐寒停下了巡考的步子，用教鞭敲了敲讲台示意："都先停笔。"

"C！"路见星又说完一道题目的答案，冲盛夜行乐，"D！"

他和路见星对视片刻，笑了："今儿不烧开水改公布答案造福群众了？"

"啊。"路见星被自己呛了一口，不念了。

"水烧开没？"盛夜行压低嗓音学路见星昨天模仿水烧开的声音："啊——"

"开啦。"被调侃的人回应得小小声，理直气壮地把答案用笔全涂了。

晚上放学，盛夜行要参加篮球训练，只得把路见星送到校门口，再好好儿跟他说了一遍要走的路。

临走时天要黑了，他看路见星走出去几步，又纠正道："路见星，别踮脚走路。"

路见星点点头，突然凑过来在他脖颈处狠狠地嗅了一下，闻到自己喜欢的味道之后满意地点点头，转头又走了。

这种味道对他来说是慰藉，也是安全感的保证，至关重要。要是哪天没闻到，就可能成为路见星烦躁和大吼大叫的原因。

他愣神似的在校门口的塑像下站了好几分钟，盯住自己的脚，琢磨先出哪一只比较好。他依稀记得，李定西也不回寝室，所以今天寝室只剩自己一个人了？

没有人在寝室。

这种认知让路见星下意识地抗拒。他想在校门口站着等盛夜行晚上集训回来。目光扫到大树下的花坛有一圈座位，他也不怕冰屁股，直接坐了上去。

正值放学，花坛边坐的大多数人都是等孩子做训练的家长。路见星旁边还有个空位，再旁边就是跟他一个班的女孩儿柳若童，只不过他并没有认出她来。

好冷。路见星缩了缩手，正盯着不远处卖肠粉、面条的小摊发呆，肚子咕咕地叫。

今天盛夜行忘了带他买饭就走了。

"让开！"

一直安安静静的柳若童突然出手去推另一个前来坐空位的大叔，女孩儿清亮的嗓音化作尖叫："啊！！！"

高二七班的同学中有一部分有精神疾病遗传，比如盛夜行，所以家长也不一定都"精神状况良好"。

"啊——"柳若童又一声尖叫。

在场所有人都未意料到，柳若童用尽力气去推拒这个大叔坐到自己身边，眼眶发红，嘴里不停地喊："这里有人，这里有人，这里坐着我的朋友……"

"神经吧你！小姑娘！这里哪有人？"大叔被推搡着不让坐，火气一下就上来了，抬腿就往空的位置踩，"老子偏要坐！"

柳若童几乎是歇斯底里地惊叫起来，抱住大叔的腿不放，后者也被惹得发了狂，抬腿就想往柳若童身上踹："放开！疯子！"

周围的群众一下散开了不少，神色惊恐万分。

"让开！让开！"柳若童失声地喊着，腰腹突然被猛踹一脚，趴在地上起不来。

大叔的火气被彻底点燃了，他冲破身边几个成年人的阻拦，拼了命地往地上的女生身上踢去。场面触目惊心，只有几个家长敢帮忙，三四个成年人撕扯在一起，那个大叔疯了似的，一边怒吼一边疯狂地往花坛的空位上踩。

"疯了吧！报警啊快！""学校保卫室的呢？！叫保卫室！"

路见星听到周围一阵乱吼，艰难地捂着耳朵站起来，却被那个大叔一拳抡到花坛边。

好痛。

路见星没吭声，转身去校门口拎了个手柄一米长的铁撮箕，又折回来。

谁在哭？

哭声尖锐刺耳，路见星耳膜被震得发疼，他低头，看到在地上趴着哭的女生。

下一秒，那个铁撮箕被他抡过肩膀，少年身躯如一头蓄势待发的幼豹，用所有力量将沉重的利器精准出手砸到那位大叔的背上。

一点儿都没砸偏，路见星默默地算了一下距离。

再一下。只听几声尖叫之后，人群中有人爆发似的吼着："流血了！见血了！"

紧接着有人跟喊："杀人啦！"

我没有啊。

路见星有些茫然地把带血的撮箕往地上一扔，完全忘了柳若童，他紧攥着校服袖口，再将背脊开始流血的大叔踹到地上摁住他的背，挥起拳头就要往人后脑勺儿上狠砸。

"住手！"校园保安里有三四个正在巡逻的，从校内冲出来，率先按住了正要下猛拳的路见星。路见星迅速躲开，再蹲到旁边，抹了一把脸，抹得眼下带着鼻尖全是猩红的血。他站起来没说话，目光冷漠又决绝。

最后学校报了警，叫了救护车，把路见星、柳若童和那位大叔都送到医院去做全身检查。所幸除了那位大叔，两个孩子并无大碍。

等那位大叔的家属来医院认领时，发现他果然是某位学生家长，有精神病史。

路见星手抖。他依稀记得，那一夜盛夜行发病时，也是和这人发病时一样的眼神。

混沌又疯狂。

唐寒睡衣都还没换就从教师公寓里跑来了，头发被风吹得全贴在脸上。她在询问期间下楼去接了两杯热椰奶给两个孩子。

唐寒握住柳若童的手，小声问她："童童，你的朋友需要什么饮料？"

"和我一样就好。"柳若童悄悄说。

"好。"唐寒笑了笑，又去买了一杯。

路见星大致地明白了旁边女孩的病症，一时间心口堵得发胀。

唐寒看着不说话的路见星，拿着温水蘸棉质纸巾，把他脸上干涸的血迹一点点擦掉，长长地叹了一口气。还好现在是冬天，先动手打人的那位大叔穿得也厚，要不然伤的就不只是皮肉了。

脸上的血擦得差不多了，路见星也快把大腿揪青了。他极其反感老师这样的触碰，也讨厌棉纸巾……他难受得想大喊大叫，却全部忍了。

现在不能发作。不可以。

唐寒安抚好两位学生，认真道："见星，为什么要动手？因为女同学被欺负了，对吗？"

路见星并没有点头，只是说："痛。"

"什么痛？"

"她痛，"路见星花了十秒说出答案，又顿了顿，"也打到了，我。"

唐寒长叹一口气，说："那个男人有精神病。"

"我。"路见星蹦出一个字，说不下去，只得把书包里的手机翻出来。

微信消息出现在屏幕上，盛夜行问他："在哪里？"然后是十多个未接电话。

路见星有点儿委屈。

他深呼吸一口气，看了看从始至终一直在发抖的柳若童。

他很想告诉她：人的大脑都是不一样的，所以你并没有错。

也正因为我们的不一样，我们的生活才这么有意义。

曾经有不熟悉盛夜行的人问过李定西，为什么盛夜行得了躁狂症那么多年，真正发作的次数却两只手刚好数得过来？

李定西说："兄弟，你觉得十次太少了吗？"活火山得挑日子喷。

当盛夜行领着校队的一群男生出校门时，天已经完全黑透，九点了。校门口议论纷纷的人却还没有散去，地上血迹斑斑，他们得知这场冲突的主角之一是市二唯一的自闭症患者路见星。

今天盛夜行大概是吃药吃得少了，再加上把路见星扔到校门口的愧疚，他卸了篮球袋就握拳往地上砸。地上又多了些血。

李定西他们几个拽着他的腰就往旁边空地上拖，围观群众散的散、跑的跑，不少路人还嘀咕，说市二的学生一个比一个吓人，以后还是绕路走为妙。

季川和唐寒送两个孩子回宿舍，路见星仰着头往五楼望，突然说："亮了！"

"什么亮了？"季川有点儿摸不着头脑。

"他们宿舍灯亮了，"唐寒笑笑，"路见星想室友们了。"

听到这句话，路见星转过头来看唐寒，咧着嘴也笑了一下。

他长相生得好，谁都不愿意相信这是一个被神遗忘的少年。

他平时也不爱笑，总是一副对这个世界都不感兴趣的样子。唐寒第一次看路见星笑成这样，眼泪突然夺眶而出。

路见星笑完，又想起今天打架的事，表情瞬间变了。

他急忙发出几下呜呜哼哼的声音，头也不回地直接上了楼。

他用钥匙开锁特别麻烦，得把手机手电筒打开，蹲下来对着插进去。路见星今天情绪不稳，捣鼓了十多分钟插不进去，抬腿就准备踹门，又想起今天那位大叔踹女生的动作，停住了脚。

门会痛吗？哦，我的脚也会。

他抬起手，往门上敲了三下，条件反射地想到盛夜行教他的"在我们班敲三下是谢谢"，小声地跟着念："谢谢。"

"吱呀——"门一开，盛夜行正满脸阴郁地站在桌子边，衣领乱得不成样子。

路见星嘴里还没说完："谢谢。"

盛夜行愣了几秒："你说什么？"

路见星没说话，正准备关门回自己的床位边，突然被盛夜行掐着肩膀抵到墙上："路见星，你给我看看。"

盛夜行的动作已经尽量放缓了，但他知道自己情绪还在暴躁边缘，绝对又把路见星弄痛了。

他愤恨地看着自己的手，又将路见星的下巴捏住，声音都变粗了："你有没有受伤？"

他好像在生气。

路见星慢慢意识到这一点，没回答盛夜行的话，挣扎着要躲开。

他退一步，盛夜行跟着进一步，最后路见星脱了鞋，拉开衣柜门，把自己塞了进去。

盛夜行眼内红血丝多，他抓住被路见星箍得死紧的柜门把手，怒道："你说话！"他十分暴躁地抬起手，往柜门上狠狠敲了几下，"路见星？"

"咚咚咚——"

片刻，衣柜里传来路见星小心又低哑的声音："不客气。"

盛夜行："……"

对峙几分钟，盛夜行愤怒地抓过李定西桌上的圆规，一个人进了寝室卫生间。

半小时后，路见星才从衣柜里出来。他怕得把浴巾都裹到身上，拼了命地闻衣柜里遗留的香水味儿，企图寻找往日的安全感。

等他自己缓过劲儿，才发现盛夜行不见。床上没有，椅子上没有，出去住了？

这个想法让路见星又烦又恐惧，他原地打转了几分钟，才听到厕所里有动静。

寝室里没有开灯，路见星摸着床边的爬梯，又摸过桌沿，扶着墙走到卫生间门口，但门锁了。他往后退了点儿，一脚将本来就不太结实的门锁给踹断了。

盛夜行正在卫生间的角落低着头洗胳膊，上边被圆规划了又细又长的伤口。伤口在渗血，地上一小摊浅红色的血混着水，正往地漏里流。

路见星看不清有多少道血水，他走过去，蹲下来，抓过盛夜行满是伤口的胳膊，用指腹去揩血。

他突然知道这个学校存在的一小部分意义是什么了。

伤害自己这种事他不是没做过，十来岁刚懂事又找不到发泄方法的时候，他的大腿皮肤就没有完好过。他近乎自虐地天天站在家里阳台上听风声，听在他耳朵里会被放大无数倍的尖锐风声。

盛夜行发病了，盛夜行需要发泄。他需要用拳头砸到墙上，需要通过伤害别人来刺激自己的神经，需要用重物落地的爽快来释放自己的冲动。

"你出去吧。"盛夜行看了路见星一眼，"我再忍忍就好了。"

路见星没动。

"我让你出去，"他的声音哑得吓人，"你忘了上次吗？还想被揍吗？腿好完全了吗？"

"没有。"路见星往盛夜行身边靠了靠，淋浴头的水也把他的衣服全淋湿了。

盛夜行没有推开他，只是沉默着，用一手猩红去摸他的脸。他看路见星被水淋得睁不开眼，想给他擦擦，但手上带血，红印越擦越多，把路见星长得过分的睫毛粘在了眼皮上。

一股腥味儿。路见星垂着眼，任由盛夜行胡乱地甚至略带粗暴地用手去擦自己眼睛上糊成一团的水和血。他只觉得鼻子酸酸的，眼前越来越模糊，眼睛里有什么液体在往外流，很像小时候自己一个人被孤立在小朋友队伍之外时的感觉。

那一天路见星还没明白流泪的含义。

盛夜行没有起身去关淋浴头，路见星也没有。

"我们睡觉，"路见星比画，"我开。"

"开什么？"

"热的。"路见星指了指自己的后背，"不冷。"

"电热毯？"盛夜行问。路见星点头。

"路见星，"盛夜行盯着他看了好一会儿，喉结动了动，说，"你要跟我一起睡觉？"

路见星眼睛亮亮地看他，没点头也没摇头，他自己站起来，注意力被仍在滴水的淋浴头吸引过去，伸手又把开关拧开。

"哗啦啦——"他们俩又被浇了一身。

"下雨，下雨！"路见星指了指花洒，将双手举过头顶，做了个"遮挡"的手势："伞！"他看看同样满脸是水的盛夜行，把自己的"伞"挪到盛夜行头上。

盛夜行突然环住他的腰身把人往自己跟前一带。

路见星被拉拽得措手不及，手搭上了盛夜行的脖颈，被水呛得一阵咳嗽。

"路见星。"盛夜行低声喊他。

"路见星，你到底知不知道这叫什么？"

卫生间在这一刻仿佛只剩花洒出水的哗啦声和两个人的心跳声。

路见星并没有思考太久。

"躲雨。"他说。

雨又大，砸到身上又痛，淋了还要感冒，当然要一起躲雨！

还是说……只有雨砸到我身上会痛？

盛夜行上床的时候差点儿被烫死，他连忙关了电热毯的电源，问路见星："你不觉得特别热？"

"热，"路见星都在流汗了，"我有，温差。"

"温差？"盛夜行想起书上说的温度感知偏差，心都揪起来了，"所以你是怕我凉？"

路见星耳朵热热的，逞强道："没有。"

盛夜行一挨着路见星睡，路见星睡觉必须背贴墙的臭毛病就被纠正了。

"呼——"盛夜行听他鼻腔长呼一声气，心脏擂如重鼓。

"盛夜行。"路见星嗓音哑哑的，语气急促，像憋得慌了必须要说句什么。

盛夜行也开始喘气，从喉咙间磨出一个字回应："嗯？"

路见星沉默一阵。他忽然说："我，我……"

"不急，慢慢说。"盛夜行侧过头去往他脖颈间呼气，再吐气。

路见星突然讲话声音特大："我有温差！"

盛夜行："……"

我知道你有！行了，乖乖睡觉吧。

盛夜行一睁眼就看见了路见星的后脖颈。睡衣是浅灰色，衬得路见星的肤色更白了。

头一次起晚的路见星也特别积极，睡得浑身软绵绵地爬起来，自己穿上衣服、裤子、鞋子，第一次提前站在门口等盛夜行把晨起一根烟抽完。

盛夜行微微侧过身子，身后的阳光露一点儿进屋，照得他一身校服金灿灿，连脖颈至肩膀的那一溜线条都在发光。

路见星只觉得心跳仿佛骤然一滞，眼前晨光炸成烟花，满脑子就两个字：

好看。

盛夜行思考过，在他青春期最重要的十八岁，身边突然多了一个同样又暴躁又孤僻的"小自闭"，是上天给的折磨还是折磨，还是折磨。

昨晚"淋雨"过后，他发现是礼物。

那种用数层包装纸包得特别严实的礼物，易碎而珍贵。

临出门前，盛夜行把盛开给自己的护肤乳翻出来，撕开包装，挤在手心里揉散了，招呼路见星过来："冬天皮肤容易干燥，我给你抹点儿东西。"

路见星往他身边靠了靠，点头。

"你皮肤好得跟女孩儿似的，得好好保护。"说完，盛夜行用双手掌心捧住路见星的脸，轻轻拍了两下，"我给你抹上了，你自己再把它抹开。"

什么东西……这么腻。路见星露出嫌弃的表情，把自己左半边脸蛋儿上的揩下来，抹到盛夜行的脖子上。

盛夜行闪躲不及，无奈地用手将护肤乳拍散，问他："你不能忍受这个味道？"

路见星没动，晃了晃身子，不明所以地往窗口看了看，才摇摇头。

"那沐浴乳？"路见星又摇摇头。

"那我呢？"盛夜行靠近了一点儿，"我靠近，可以吗？"

不错，"小自闭"今天点的是红痣。

那颗痣明艳艳地点在眼尾，墨水未干，亮泽非常。

路见星敏感的嗅觉捕捉到了一缕皂香，想起来这是小时候自己曾在浴室里偷闻过一天的味道。六岁的时候有一段时间他喜欢玩香皂，拿一块，用直尺一片片地切，再一片片摆在皂盒里，一盆浴就把皂片全扔进去哗啦啦地到处洒水，边洒边喊："喜欢！喜欢！"

路见星踮了踮脚，深吸一口气，享受盛夜行"肆无忌惮"的靠近。他垂下眼看盛夜行胸前的胸牌，抿住唇角笑，再顺着轮廓往上用目光描摹对方凸出的喉结——喉结上下滚动了一次。路见星再往前站一点儿，那喉结又滚动了一下。

他抬手用指腹轻触，掌心贴住盛夜行的喉结，五指再微微收拢，托住盛夜行下巴颏儿。

"喜欢，喜欢。"路见星大声地说，"好闻，喜欢。"

高二七班上课搜出一只鸡来，教务处主任知道后，点名要路见星写检讨，还得公示。

于是下课后路见星扶着围栏下楼，先把A4白纸贴到告示栏上，贴好了再掏出笔，往纸上写了三个字："我错了。"

路见星在校告示栏上直接贴"我错了"仨大字的事传遍年级组，教务处主任气势汹汹地赶过来，拍门拍桌子一通训斥，最后还是不得不放软语气要求路见星重写一份。

盛夜行睡醒后听说了这事，差点儿没乐死。他在课桌下捏了捏路见星的大腿，说："不能这么写，你再多添点儿字。"

路见星被捏得腿一颤。他从抽屉里抽出一张纸，带了笔就往楼下走，再贴一张在告示栏上："不该养鸡。"

得了，这下全校都知道高二七班路见星养了鸡。

第二次失误的结果是，盛夜行陪着路见星站在告示栏边把检讨剩余的三百字补齐。

路见星直接上网搜了一次"检讨书"，他对着模版改成了关于养宠物的，写得手酸腿疼。写到一半，他突然把手机塞给盛夜行："拿着。"

"写完了？"

"背下来了。"路见星说完继续默写。

盛夜行："……"

手机屏幕还亮着，界面停留在搜索页面上，盛夜行手一抖点了搜索框，下边弹出几个曾经搜索的词条："室友 / 室友好看 / 室友躁狂症 / 同桌好看 / 同桌躁狂症……"

盛夜行："……"

"小自闭"对他还挺好奇？他按下"室友躁狂症"这条，第一个搜索结果就是"离你室友远一点"。

说得挺中肯。

顾群山和林听两人看到了盛夜行的伤口，不用想就知道是怎么回事。

自残嘛。李定西说，高一那会儿盛夜行天天在寝室里砸墙撞门，现在拳头握紧了一看，手背手指上全是伤口，跟滚过刀子似的。

路见星又拿小本子记仇了，他在"发病次数"后边画了月亮，还多加了标注："自残。"

"你怎么了？"

路见星用手指戳了戳自己的胸腔处，平日冷漠的脸绷出一层绯红："你……"

林听扶了扶耳塞，把路见星拉到课桌前，抽出一张白纸。

林听用水彩笔在纸的一端写了"痛苦"，再在另一端写了"兴奋"。

他尽量放柔语气，说："路见星，你现在什么感觉？"

路见星听见林听叫自己，迅速安静下来，往纸上看。他有点儿蒙。

顾群山抓过盛夜行挽起袖子的胳膊，将盛夜行的手腕摆在白纸中间，加重语气再问一遍："路见星，你心里现在什么感觉？你到底是开心还是难过？老大对你这么好，你……"

路见星攥起拳头，猛地一下砸到"痛苦"二字上。

难受，堵。

像有谁用手把自己的心脏撕碎了。

他抓过盛夜行的手臂，动作小心翼翼的，将校服袖口捻着顺下来。等衣物完全遮蔽住手腕，路见星摸出手机往盛夜行的手臂拍了一张，小声说："是这样的。"

他需要记住的是这样的——看不见伤口的手臂，盛夜行的手臂。

在路见星翻相册的时候，盛夜行瞟到相册中有许多张同样的照片。

受好奇心的驱使，他摊开手朝路见星说："手机拿给我看看。"

路见星点点头，把手机递给了盛夜行。盛夜行这才发现，那张照片是自己和摩托车的合照，自己曾经发到朋友圈里的。

照片上的自己，肩宽腿长，半靠在摩托座垫边。他微微侧着脸，过高的山根与下颌线形成极为凌厉的线条，正咬着一根才点燃的烟，边戴手套边笑。

盛夜行有些吃惊地退出单张照片的页面，去看了下整个相册，从头拉到尾地迅速浏览一遍，再看了看相册照片总数：1335。可路见星手机里就没多少其他照片。

他压低声音问："这张照片……你为什么存了一千多张？"

"想存。"路见星不觉得有什么不对劲。

"怎么存这么多？"盛夜行的气息要不稳了。

路见星答："一排一排地复制。"

盛夜行坚持不懈地追问："你复制了多久？"

"一个小时。"

当天夜里，盛夜行跑到寝室阳台上站了快半小时，连着抽了五根烟。

路见星躺在床上辗转难眠。第一是因为盛夜行不在身边，第二是因为他对深夜里的噪声十分敏感，打火机的声音足够让他醒来无数次。

在床上滚了半把个小时后，路见星攥着被角睡着了。

他不知道的是，盛夜行用软件把自己原本漆黑一片的微信头像加了颗浅黄色的星。

Chapter 13 我的光

市二出奇迹。

盛夜行最近开始频繁地在夜里出去，回来时已是清晨。

有一回，他碰到早晨起来冲澡的李定西，哥俩在寝室里大眼瞪小眼。

李定西沉默许久，才开口问一句："老大，你又跑出去了？你真别出去飙了，多没意思，大冬天的，待外边你不嫌冷啊？你一个人也太野了……"

"出去转转。"盛夜行把冲锋衣衣领扣子解开。

"你到底求个什么啊？爽？"

盛夜行刹住了脱口欲出的"求死"，深吸了一口气。

说来可笑，他最近好像没那么想死了。以前总觉得死亡离自己很近，或是死于一场车祸或是死于一次械斗，再痛苦点儿无非是药吃多了出现副作用。

可现当下，说到感受死亡，他倒觉得不如生活有趣。

他把皮手套取下，朝对面床上瞄了一眼。路见星正睡着，突然翻了个身，不太安稳。

"求刺激。"盛夜行说完踩上爬梯，确定路见星没有踢被子之后，招呼李定西拿早餐。

"路见星昨晚怎么样？"

"还是背贴墙睡呗，怎么劝都没用。哦，还有睡觉时非要捏着自己耳朵。"李定西笑一声，"不过昨晚他给我泡了杯果汁喝。"

盛夜行冷笑一声："别炫耀了。他昨晚给你泡果汁的时候我还没走。"

"哎呀，这可是大事件，需要记录。"

"他也给我泡了，"盛夜行强调，"不是只给你。"

李定西："……"

平安夜的前一天，路见星的父母从隔壁省过来了。

他们开车抵达的时候不是上课时间，说是碰巧路过市里就来看看。路见星对固定行程中突然的变化难以接受，拉着盛夜行站在校门口不知道该停下来还是继续走。

正是放学时间，路家的车停在马路边，路母小声地叫了一声"星星"。

这个称呼被叫出口的一瞬间，路见星往后退了一步。

他首先接收的事物永远不是"人"，所以对打招呼和交流会感到唐突。除去乱糟糟的人群、语速流利的对话，路见星先感受到的是马路上汽车飞驰而过扬起的灰尘、头顶雾蒙蒙的天空，以及盛夜行几乎散了一半的鞋带。

他并没有回应母亲，而是低头踢了踢盛夜行的脚后跟。随后，他因为回寝室的计划被打断而开始烦躁不安。

五分钟后，路家父母把路见星带进学校保卫室里躲避凛冽的寒风，单方面说起了路见星离开后两个月家里发生的事情。

路见星怔怔地听着，眼神落在门卫室等待的盛夜行身上。

后脑勺儿黑黑的。头发很短，摸上去很扎手。耳朵冻红了，他睡觉不捏耳朵。

脖颈好看……脖颈歪了一下，他在看什么？

肩膀宽，靠一下舒服，能挡住整个我。

"儿子？！"路父出声打断了他的神思。

路见星被吼得回过神，扭头看向父母，"嗯"了一声，然后他看见母亲的眼眶红了。

"我……妈妈很开心，"中年女人连忙拿出纸巾擦了擦泪，伸手去握住路见星的，"今晚和爸妈一起住酒店可以吗？你弟弟画了新的画，说要拜托爸爸妈妈送给哥哥呢。"

路见星摇摇头。他不能容忍自己已被改变的生活再遭受一次改变，哪怕是一点点"插曲"都会让他不安。

他看到母亲就难受，像喉咙被命运扼住般难受。

他永远记得七八岁时有小半年的时间自己经常往木地板上撞头，需要去楼下诊所敷药，母亲忍耐多年的委屈终于崩溃决堤，她不断地问医生"我是不是不会生孩子"。

他其实并不怪父母对他怎么样，只是烦自己。

现在路见星越来越独立，也逐渐明白了"每个人是一个个体"。

他拒绝回答一切问题，父母也理解，但是他们脸上的失望让路见星十分受伤。每一个和他说话的人，都难免会掩藏不住这种情绪。

除了盛夜行。

从门卫室出来，路家父母邀请盛夜行搭他们的车去宿舍。路母感觉盛夜行不是什么好孩子，但又碍于儿子好不容易能交到朋友，他们不知道该用什么态度去面对盛夜行。

"你想上车吗？"盛夜行见路见星迟迟不愿意上车，侧过头耐心地问他，"想上车就告诉我，不想的话我们还是走回去。"

路见星没说话，他把父母带来的一罐牛奶打开，递给盛夜行。

最后路见星还是没上车，他和盛夜行并肩走在街道上，父母开着车在后面悄悄地跟着。路见星对声音极其敏感，他回头，眼神中是说不出的落寞。

现在是两个月见一次，以后就不知道是多久能见一次了。对于父母，他仍然心怀感激。虽然他们总希望他能多交些朋友，但从来没有问过他"你想不想交朋友"。

一路跟到寝室楼下，路家父母将他们带来的棉被、食物全从车上卸下来。

临走时，他们与路见星和盛夜行站在宿舍楼下互相望着，谁也没有先迈步。

"说句话吧。"盛夜行捏了捏路见星的耳朵。

"小自闭"的耳朵跟开关似的，捏一捏就叫唤，特别管用还好捏。

路见星张张嘴，没出声。

盛夜行试图引导他："你说，你会照顾自己。"

"你会照顾自己。"

盛夜行："……"

路见星："……"

"再见！"盛夜行说了一句，在过于寒冷的空气中呼出白雾。

路见星侧过脸看他，朗声跟了句："再见！"

搬食物和棉被上楼时，路见星一句话没说，眉心紧拧在一起，"哼哧哼哧"地喘着气，靠在楼道边的栏杆上擦汗。出乎意料的是盛夜行很有耐心，在每一层都安静地等他。

"啊。"路见星又喊亮了灯。

"嗨。"盛夜行跟着喊。

"哈！"路见星又喊。

盛夜行看他抗拒了一路的表情，试着问了问："为什么不和叔叔阿姨说话？"

"他们总问我，自闭。"路见星挺直了背脊走路，喊亮楼道里的灯，又认真道，"一直问我，自闭。"

盛夜行笑了："可这没什么大不了的，生病而已。"

"不喜欢，"路见星说，"不喜欢。"

盛夜行摸出钥匙去开宿舍门，转头说一句："你不喜欢别人提。"

路见星点点头，走到寝室卫生间，伸手拧开了水龙头，闭上眼听"哗啦啦——"的声音。

他心中的难过好像这些流水，不停地涌出来，再落入看不见的深槽管道。

水声让他恐惧又平静。

他放了一会儿，仰起脸朝盛夜行笑。如果谁再问，就这样回答好了！

平安夜的前一天，市里电视台来做活动，摆了几台摄像机在校门口，说给高二七班买了不少课外书，还说明年年初要积极报道各个学校和市中心的互动往来，等等。

学校的喷泉开了，从校门口到主教学楼一路都被扫得干干净净。红底黄字的横幅拉在头顶上空，枝叶随风，不少陌生访客架着机器在校园里来回跑。

盛夜行按时在办公室吃过药，正站在走廊上往下看。

季川佯怒道："药物是辅助你大脑情绪稳定的东西，固定时间吃的和随身吃的药要分开，知道吗？"

"知道了。"

"还有，不许去校外买些乱七八糟的药。"季川长叹一声，看一眼这不省心的小子，"夜行，下周元旦放假两天，有什么打算没？"

"骑摩托。"

"……换一个。"

盛夜行无奈："还有什么可做的？"

哦，还有跟路见星玩儿。

"骑自行车、打篮球赛、远足，或者去市里吃一顿好吃的饭……都是很好的选择啊。"季川说，"你也可以回你亲戚家。"

盛夜行把最后一个建议否了："不行，最近我太不稳定了。"

"不对，我刚刚说的远足不行，"季川挠挠头，"你一个人可不能跑远，谁知道你小子还回来不回来！你们现在年轻小孩儿最喜欢做什么？去唱唱歌也行啊。"

"好。"盛夜行笑了一下，"我决定了，去唱歌。"事实上他决定元旦和路见星去一个远点儿的地方，唱歌包房空间太小，声音太杂，两个人都会受不了。

算是大胆，算是肆意妄为，也算是给新一年的他们画上一个冒号。

故事要慢慢写，病也要好好治。

烟盒里还有三根烟，盛夜行忽然不想再抽了。

上课期间有摄影师在教室门口兜兜转转。

路见星瞧见门口有人拎摄影机，浑身触电似的抖了一下。

这节课是把盛夜行能念叨睡着的英语，老师对他们的私人情况了解不够深，说是电视台需要拍摄专访片，问同学们是否都能接受拍摄。市二不比普通高中，学生在某些方面"自尊心"会更强，有的人不愿意被拍摄，便被唐寒接去了休息室自由活动。

一轮筛选下来，路见星还在原地坐着不动，盛夜行还在睡。

对于路见星，外界总是更好奇。打听到市二收了这样的学生，电视台负责人说要和年级组商量一下看看能不能接触一下路见星。

那位负责人表明来意后，唐寒还没继续说下一句，就听见路见星说："不要。"

"没别的意思，只是一次专访，"唐寒解释道，"见星，如果你不愿意——"

"不要！"路见星回应的声音近乎尖厉。

"路见星，你只需要和这些叔叔聊聊天——"教务处主任也挤过来劝他，"他们也对这方面比较上心，希望你可以配合一下。"

"吱——"路见星抗拒地往后一挪凳子，发出刺耳的声响。

唐寒不再说什么，安静地退到了一边。电视台的一个编导扯着话筒线凑上来，急道："也许了解一下你的情况，对其他和你一样的孩子能有帮助……"

和我一样？

我是独自一个人，没有人和我一样。

路见星眯起眼看围在身边的一圈黑影，又挪了挪凳子，突然感觉无处可藏。

他想起昨天在校门口见父母的情形，又一下一下地往盛夜行身后躲。

挡住我。你可以挡住我。

盛夜行一直板着脸在旁边听，碍于唐寒在场，不好发作。他见"小自闭"靠过来，便自然地将身后的人挡在墙角处，尽量放柔语气："寒老师，麻烦您带这些人走。"

"小盛，路见星没有说不行，"教务处主任以为路见星不再说话是他因为听到了可以帮助其他孩子，正准备开始劝说，"这只是一次专访，很有意义的。如果他能出镜，或许更多家庭愿意把孩子……"

"主任。"盛夜行耐着性子听完，"我能替他决定。"

昨天路见星在父母面前是什么表现，盛夜行不是不知道。昨晚睡前，路见星早早地把电热毯温度调好，洗完澡一个人躺在床上打滚。

盛夜行从后边抱住他，睡了没几分钟两个人都喊热，路见星扯过床头的纸给他擦汗，擦了没两下，眉眼间有了遮掩不住的笑意。

最后疯闹得迷迷糊糊，盛夜行把怀里的人松了点儿，伸手捏着路见星的耳朵，哑着嗓子说："其实，父母也很难。"

路见星沉默良久，说了三个字："我知道。"

教室课桌前的大人们已散去，有几个编导正满怀歉意地收话筒线与三脚架。教室内剩下来的同学还很多，纷纷交头接耳，朝后排墙角这边不停地张望。

盛夜行扭过头去看仍不作声的路见星。

我知道，你也很难。

电视台的专访活动持续了三天，校园里并未庆祝圣诞节。平安夜当晚，市二宿舍楼道里出现了一些装饰物、随处乱扔的红袜子等等，张妈从一楼收到五楼，边收边骂："你们这些臭小子！都给我回屋里待着去！袜子到处扔，张妈没钱给你们塞礼物！"

三楼高一的同学伸出头来吼："张妈——要糖！"

张妈一听，又回喊："要什么味儿的啊——"

"要草莓味儿。"盛夜行接了一句，跨进寝室大门。

楼道里明叔的熄灯号响起来，宿舍楼一片"鬼哭狼嚎"："平安夜这么早就熄灯啊——""四楼的吼什么吼！有本事你上五楼来吼啊！""今天盛夜行回来没啊——"

盛夜行被吵得头疼，站楼道里回应一句："你爹回来了，闭嘴！"

已经查寝查到一楼的张妈一声怒吼："小盛！"盛夜行跑进屋，关门。

他回来得晚，已经十一点多了，进屋发现路见星还没睡。

"想什么呢？大晚上不睡觉。"盛夜行没开灯。

路见星已经从怕黑变成享受黑暗，夜里睡觉也不会再开灯了。

"平安夜，"他说，"是平安吗？"

"是。"盛夜行的声音在黑夜里格外低沉，开始乱编哄他，"在这一晚失眠的人，都会平平安安。"

"圣诞树，红绿红绿红绿红绿……"

"什么红绿红绿？"

"红绿红绿红绿红绿。"路见星一直念叨，盛夜行被他复读机似的语气逗笑了："你在说什么东西？圣诞树？"

"啊。"

"校外就有，就我们宿舍后边那咖啡馆，老板挺时髦的。"

"想。"路见星嗓子哑得不舒服，声音发软，朝盛夜行说话像撒娇，又重复一遍，"想。"

想看看圣诞树。

路见星说"想"，那就该马上照办，可是张妈还在楼下，盛夜行站阳台上观察了好久，才决定带他下楼。

盛夜行随口逗他："路见星，你有没有觉得我们俩名字特别——"

"配。"

盛夜行听他这么说，猛地一下止住脚步。

"你说的。"

哦，对，那是开学的第一天。

他都快忘了，当时他压根儿没把路见星放在心上，还当着全班人的面拒绝与他同组，他对路见星的偏见和其他人一样，以为他"刀枪不入"。

他清了清嗓子，继续说："我们两个人的名字呢，就是像现在这样，在大晚上走啊走啊走，等脚都走软了，再抬头一看，我×。"

"我×。"路见星又开始有样学样地飙脏话。

"别，"盛夜行笑得快控制不住表情，"你还是少说这句，唐寒听了不得一巴掌把我拍死。"

被教育的人没搭腔，也跟着笑，捏了捏他的手掌心，说话声音黏糊糊的："再抬头一看。"

"再抬头一看，天上有星星。"

路见星努力回应："嗯。"

"我在语文卷上看过一篇文章，说，仰望星空，俯视地下，作者发现那种'地上死去一个人，天上就丢星'的说法，特别自作多情……作者说，天空的星远比地上的人要多，就是全地球上的人都死了，星空依然光芒万丈。[1]"

---

1 出自毕淑敏散文集《星光下的灵魂》。

盛夜行说着，也不管路见星能不能听懂、跟不跟得上："可对我来说，这段话是反的。"

天上的星星不计其数，地上的人只有一个。

天空是陆地，陆地上才是我们的天。

他只是用指腹蹭了蹭路见星的指尖，长呼一口气，让白雾从唇缝中轻轻飘出。

"抽烟，"路见星眼睛发亮，"抽烟。"

盛夜行又呼一下："还挺会想，你也抽一口？"

路见星深呼吸，张开嘴，学着盛夜行吞云吐雾的模样："呼——"

盛夜行也笑了，跟着路见星的节奏吹："呼——"这明明更像加湿器！

两个人站在宿舍楼下，身影并立，脸庞都被夜色悄悄镀上一层浅淡的光。风吹过，稍微高点儿的影子靠向矮了小半个头的那个，两个黑影交错在一起，被夜灯拉得好长好长。

一仰头，路见星忽然想起小时候幼儿园里老师教的："星星点灯，照亮我的家门，让迷失的孩子找到来时的路——"

"笑什么？"盛夜行边走边问。

路见星说："没什么。"

现在市二宿舍楼的安全措施做得很到位，围墙顶端插满了玻璃碎片，盛夜行才顺着砖块一踩上去就看到了，搓搓手又翻了回来，对路见星说今天还是不出去了。

他自己翻来翻去整得满手血肉模糊没有关系，但是他不能带着路见星。

于是，他们俩干脆在宿舍楼道里坐了会儿，没几分钟路见星就被生物钟打败，眯着眼喊困，一步步地上楼梯，险些趴在栏杆上睡着。

两人回到寝室之后，盛夜行开始心烦意乱。等到夜里三点，他翻身下床，从桌上取了一罐汽水打开，仰头全喝了。他决定等天亮了上三环外飙一趟晨间车。

冬天天亮得晚，离起床号响还有半小时，盛夜行给李定西发消息，让他等会儿记得带路见星把早饭买了乖乖上课。

宿舍楼大门一开，楼下就传来摩托车发动的声音。

盛夜行穿得薄，他把校服揉成一团塞进书包里背上，身上只套着一件纯黑连帽卫衣。他将帽子戴上，把领口松散的系带拉紧打了结，露出下颌和鼻梁。

盛夜行的唇角和路见星不同，方向往下，没表情就像心情特别差，再加上他眼皮内双、卧蚕明显，还喜欢皱眉，看人的时候又懒得掀眼皮，满脸就写着两个字——帅、凶。

李定西说，盛夜行看人的眼神像要找行凶目标。盛夜行笑了笑，没说话。

他心里门儿清，最混蛋的是自己。自己"坏"就算了，现在还想拉上"小自闭"。

这一天，唐寒敏感地发现路见星对校园里来的一大群陌生人强烈排斥：他不再认真听课，走路要扶墙，甚至在走廊上有学生奔跑而过时难受地捂住耳朵。

她放了路见星半天假，说他可以回宿舍休息，还可以在门卫室和那只小鸡玩一会儿。

盛夜行把他送到寝室楼下后，要回去上课。他走到马路边发现路见星一步不差地跟在自己后面，看得直笑："你先回宿舍好不好？下课我就回来。"

六点半放学铃响，盛夜行不打球也不打架了，快速把课本往抽屉一扔，"咣"的一声将凳子踹到课桌前，甩篮球袋上背，系紧了鞋带就往校门口跑。

宿舍灯大亮，路见星正端着两碗粥在自己的桌前发愣。

他扯不开包装袋的结，沉默了好一会儿才扭头看盛夜行，低声说："回来。"

"嗯，回来了。这是什么？"盛夜行惊奇地看桌上的粥，"哪儿来的？李定西回来过？"路见星表情酷酷地靠在床铁架边，摇着头。他像是下一秒就要提拳头招呼人。

盛夜行看到他的表情就想笑。路见星的眼神扫过来，冷冷的："没有。"

"这是你去买的？"

路见星点点头。

"你开口问的？怎么买的？"

路见星站直，指了指身前的空气，又指指自己，再从兜里掏出纸币要递给他。

盛夜行明白过来："厉害啊，路见星。下次能开口说吗？你就说：'老板，我要一份粥。'"

"哑巴。"路见星冷不丁一句。

"嗯？"

"老板看我，说：'哑巴。'"

"什么时候？"

"我走，"路见星笑笑，"走好远，好远，好远，好远。"他不停地重复这两个字，一个人径直走到寝室阳台上，又走回来，像还在模仿刚刚买东西的经历。

盛夜行算是听懂了。路见星感官感受不正常，听觉敏锐，走远了都能听到粥摊老板吐槽说的两个字——"哑巴"。说这些话的人却以为他听不到。

"路见星能自己买东西"的喜悦和"路见星被说哑巴"的气愤混杂在一起，让盛夜行感觉到无力，抬头却还看见路见星捧着粥在一口一口地喝。

"不烫吗？你吹吹再吃。"盛夜行提醒。

路见星这才像能察觉到烫了，噘嘴吹了吹粥，又改拿勺子一点点儿往嘴里倒。

盛夜行的气愤淡了一点点。

“吃。”路见星主动招呼他，眼神没往这边瞟。

要不是盛夜行也有粥，不然都不知道他在跟谁说话。盛夜行的气愤又淡了一点点。

没几分钟，路见星一舔唇角，扭头看他。他朝盛夜行露出一个笑容：“好吃。”

盛夜行“嗯”了一声，也学着他的样子乖乖低头喝粥。

以后不去那家买了。

元旦迎新晚会定在十二月三十一日晚上。

课间，李定西捧着一盒校外翻墙送进来的糍粑，推了推盛夜行的凳子：“老大！”

盛夜行还在冬眠中。这位睡一上午了，现在都要到中午放学吃饭时间了。

不对劲，盛夜行最近越来越嗜睡了。他改变战略，又去敲路见星的桌子：“哎，路哥。”

在作业本上画完第十条小蛇，路见星对李定西置若罔闻。

“路哥，最近他，”李定西特小声，指了指盛夜行，“是不是经常吃药？”

见事情和盛夜行有关，路见星才抬起头瞄了一眼。

“他那些药吃多了不好，你得看着点儿啊。我老被我爸妈叫回亲戚家，都没法儿在宿舍住，只有你帮我们哥几个照顾照顾他。”

李定西说完，见路见星还是没什么反应，终于没忍住，长叹了一声，小声嘀咕：“唉……你又听不懂更听不进去，我费这劲儿给你说这么多有什么用呢？”

不是的，我听得懂。

路见星握紧了笔，还是没说话。

"别睡了，老大！"李定西一激动起来浑身不消停，又往后撞了一下凳子，路见星眼神如刀飞扫过来。李定西权衡了几分钟，为了自己的项上人头，决定等盛夜行自然醒。

没等几分钟，盛夜行把蒙住脑袋的校服抓下来，揉成团塞进抽屉，慢悠悠地抬眼，刚想悄悄把手往路见星大腿上放。

李定西见他醒了，连忙凑上来："老大，庄柔要唱歌。"盛夜行还不太清醒，努力眨了眨眼才发现跟前围了一桌子的人。他朝桌前的人扬了扬下巴："都往后退退。"

"老大，庄柔要唱歌！唱——"

"你说柳若童要是没生病多好，她那么漂亮，跳舞肯定特好看！"

校队里一个队员挤过来，一身的汗。

"滚滚滚，哪个班的回哪个班去，"顾群山拿手肘推人，"我们班好几个女生都挺好看的！"

校队里来的那个男生回撞了顾群山一下，正想说点儿什么，眼神瞟到一旁安安静静写作业的路见星，突然说："顾群山，我说……你们班男生也挺好看啊。"

"来我们班别惹路见星啊，他一拎凳子你就完事了。"

盛夜行无语，招呼傻愣在一边的校队男生过来。他喊了一声："路见星。"

别人怎么叫都得不到回应，盛夜行只是喊了名字就让路见星转过了头。

盛夜行暗爽，握住那个男生的肩膀说："这是我校队的副队长，五班的，叫展飞。"

"你好……"展飞搭一句腔。

他是正常班的，也愿意和高二七班的朋友们玩。他对路见星的了解全部来自"传闻中",今天一见面倒感觉路见星并没有那么"封闭",眼睛也很有神。

路见星淡淡地看他一眼,转头继续做作业,算是知道了。

李定西忍不住,往盛夜行这边瞟:"你跟他说他也……"

盛夜行只是讲:"至少我说过了。"

至少我朝他表达过了。

中午放学,盛夜行带几个人一起去校门口吃刀削面。

顾群山和李定西对路见星热情到了极致,拿酱油又添小葱的,完全把他当成"团宠"对待,也不需要盛夜行再单独去询问路见星需要什么。

盛夜行将他和路见星的面端回来,就听路见星突然嘀咕了一句:"庄柔。"

"庄柔怎么了?谁?"

盛夜行问完,好一会儿才想起来是李定西说的那个要唱歌的女生。难道路见星很在意?

眼见着其他队员要落座了,盛夜行在路见星耳边低低地喊了一声:"路见星。"

他吐息温热,嗓音沙哑,路见星听了只觉得有一股冲劲儿自背脊冲上脖颈,把他脑袋里的想法全用一只手攥住了。

一群男生吃饭,无非边聊边笑,还有几个傻的偶尔被汤呛到。

路见星一句都没听进去。他的脑海里似乎开始循环某首歌,歌曲音量大如潮浪,席卷原本安静的沙滩,一切曲调在耳畔哗啦作响。他甚至听不见盛夜行在和他们说什么。

路见星吃面是一根一根地挑着吃,挑不起来就拿筷子把面条裹起来往嘴里塞。

他吃得费劲儿,桌上有男生好奇地看他,但他感受不到那些目光。

哆哆哆,咚咚咚——他把左手放在自己的膝盖上,跟着节奏打拍,右手依旧捉着筷子在面碗中搅动。他在走神，好一会儿才反应过来盛夜行在餐桌下偷偷牵住了自己的手。

路见星搅面的筷子停下来。下一秒，他把自己的筷子放好，又拿了一双新的筷子伸进盛夜行的碗里。路见星在桌上其他男生的注视下，把盛夜行碗里的香菜全挑了出来。

他记得开学时第一次和盛夜行吃面，对方就把这些绿色的小玩意儿全夹了出来。

顾群山惊了。桌上瞬间安静下来。香菜全部挑拣完毕，路见星冷冷地抬眼。

他们在看什么？

他把筷子往碗里戳了戳，在桌上男生们惊呆的眼神中开口——"吃。"

路见星低头开始数葱花有多少块，数完了才拿筷子又去裹面。

桌下，盛夜行温暖粗糙的指腹摩挲着路见星柔软的掌心，还悄悄地捏了三下。

是"谢谢你"的意思。路见星开心地回握住盛夜行的手。

晚上七点。

由于经费和演出原因，校方搭的迎新晚会舞台和一般公司年会的舞台大小差不多。学生能出的节目少，对音响设备、舞台灯光的要求也低，但学校还是没少给学生们发荧光棒方便他们捧场。主持人虽然由老师挑人梁，但也有些过于紧张的学生在舞台上支支吾吾，说不出话。这种事在其他学校就是演出事故，但在市二再正常不过。

"说话啊，妹妹。"展飞把瓜子往后递："李定西，这是你们班的女生？"

"对啊，为了这次晚会她准备了快半年吧，去年就想上台了。"

李定西接过瓜子盘，低笑道："小声点儿吃，要是让唐寒发现，我立刻把你遣送回家。"

高三来看迎新晚会的人少，七班被安排得离舞台不远。顾群山、李定西这种坐不住的人，被唐寒拿了沙袋压腿，坐在凳子上哪儿去不了。

展飞好奇："我看她没几句台词啊。"

"就七句，练了半年。"李定西说，"你看啊，现在台上走秀的也是我们班的，小时候有点儿抽动，看不出来吧？"

"是不是隔太远了啊？"

"他治疗得挺好，十二三岁就好了。他是因为从小被班上嘲笑，长大了有心理阴影，不愿意说话，再加上其他并发症……"李定西长叹一声，"不过他很坚强。"

展飞笑一声："哎哟，市二出奇迹嘛。"

"市二出奇迹"是学校里边经常传的一句话，最开始是一种安慰方式，结果几年下来人们发现真的有学生好转。盛夜行记得唐寒的微信签名就是这五个字。他仰头看向漆黑一片的天空，然后直视前方光芒四射的舞台，一时说不清心里什么感觉。

"荧光棒这一头和那一头扣在一起就是个手环，"李定西正在手把手地教路见星，"你喜欢手环就做手环，不喜欢手环就做项圈，还可以拿我们给你做的呼啦圈……"

路见星有点儿蒙：玩法这么多？

"你别听他的，我来给你弄。"盛夜行动作略显生涩地弄好一个手环，"兄弟，换个红的给我。"展飞正看演出起劲，赶紧把红色的荧光棒递过去。

盛夜行做好一个红色的手环后，朝身边低声喊："路见星。"

路见星不明所以地扭过头，盛夜行拿红色手环在他眼下轻轻点了一下。

"开心一点儿，别这么丧。我觉得……红色比较配你。"

或许是因为知道今晚会十分吵闹，路见星眼睛下面的痣是蓝色的。

夜色茫茫，路见星的侧脸忽明忽暗。令盛夜行意外的是，路见星今晚没有因为人多而烦躁不安，反而十分专注。

路见星非常享受操场上的这股青草气息。

舞台灯光没往这边照，所有人的目光都集中在舞台上，李定西他们几个男生被民族舞表演惊艳得连嗑瓜子都忘记了吐壳。

路见星正准备开始认真观看演出，没想到盛夜行又靠了过来："喂，唱歌的那个女孩儿的节目已经过了。你猜我听没听？"

好想知道！

"唐寒老师找我说要多引导你说话。路见星，你是不是很在意这件事？"盛夜行看他充满求知欲的眼神，乐了，"你说出来，或者朝我表达一下你的意见。"

路见星瞅着他，表情有点儿冷酷。

所有节目表演完已经九点半左右，市二花重金租来的电子显示屏终于起了作用。

主持人老师在宣布完弹幕要求后，打开微信弹幕通道，操场上顿时人声鼎沸，之前被冷风冻僵的小树苗们全部"活"了过来，打开手机就开始噼里啪啦地发弹幕——

希望新的一年里，我的哆哆哆能被划出分类！

+1，还有抽动症！

我打赌上上条是高二七的顾群山发的哈哈哈哈哈哈哈哈2333333！

万一是我们李定西呢？

新年愿望是明年高二可以转到其他高中普通班随班就读！

一定可以的！记得想我们。

蹭一波~希望明年能每周回家不给爸妈添麻烦：（。

都要笑起来：）！

"老大，你的新年愿望是什么啊？快，赶紧发个弹幕！"李定西把手伸过来拍拍盛夜行的肩膀，"我的愿望是明天早上寒老师给我压的沙袋能不这么重……"

"展望过去，没什么好说，观望未来，也没什么好期待，"盛夜行无所谓地笑笑，"新年愿望是争取明年不自杀。"

这不能发上去，太扫兴了。

舞台上的弹幕滚动得很慢，每一条都能够看清楚。

路见星听了盛夜行的回答，心里像被一根针刺了一下。

顾群山连忙说："老大，这一年才开始呢，你想想别的！"

盛夜行沉默许久，才说："二○一九，那就希望长长久久。"

"嗯。"

路见星应了一声，也没问是什么长长久久，他下意识将对象定位于他们二人，其他的事和外来因素与他无关。

操场风大，路见星被吹得咳嗽了几声。

盛夜行拎起毛毯站起来，揉了揉路见星冰凉的耳朵："我去接杯热水。"

路见星点点头，一动不动地盯着弹幕墙，上边不少文字看得他特别想笑。"心酸"或者"难过"的情绪他能察觉，但表现得迟钝，就只能将笑容挂在脸上。

他盯了没一会儿，屏幕上方突然划过一条——

路见星加油。盛夜行。

盛夜行让人很有距离感，但同时也很有号召力，在校园内具有极大的影响力。且不说其他同学，光校队男生就十来个，大家开始跟风刷屏——

> 路见星加油！！！！！！！
> 高二七路见星加油！欢迎你来市二！！！！！！！
> 2019啦！我们一起加油！一闪一闪亮晶晶！
> 其他班级的同学们也天天开心！
> **谢谢！**

路见星对"物"异常敏锐，立刻捕捉到了数十条滑过屏幕的文字信息。

他形容不出来现在的感觉，心像被一只手掌捂得热热的，足以抵挡操场上刮过的寒冷夜风。

操场内口哨声此起彼伏，直至全校同学开始刷那句曾经被他们拿来自嘲的话——

> **市二出奇迹！**
> **市二出奇迹！**
> **市二出奇迹！**

路见星被震住了。

他深呼吸再回头，看盛夜行正开着手机手电筒，举着那一道光亮站在后排。

你也要加油。

学着盛夜行样子将校服领口拉到顶，路见星捏弯了手中的荧光棒，默默地在心里又说了一句。

我的光。

✦Chapter 14 大勇敢

想"路冰皮儿"越来越好是真的。

市二的迎新晚会上了当地新闻，元旦中午放学前就有报社的人来采访。

路见星往身边空荡荡的座位瞅了一眼，突然有点儿不安。他朝站在窗台边的盛夜行招招手，后者停笔，用手指在胸前做了个走路的动作。路见星指了指自己旁边的空座位。

盛夜行收了本子过来挨着他坐："怎么了？不舒服？"

路见星摇头。盛夜行的存在会让他安心。

呼——真的好多了。

好不容易挨到放学，唐寒在讲台上按照花名册依次点了全班的名，点一个说一句"元旦快乐"，也训练学生对他人表达祝福。最后她点到路见星，后者站起来半天没吭声。

顾群山悄悄提醒："路哥，说一句'新年快乐'就好了！"

"新，"盛夜行拿书蒙住脸，小声道，"你说，新。"

路见星咬紧嘴唇，急得发抖。他明白自己需要立刻冷静，不能着急和动气。他经常会想，为什么人类有手脚有眼神，却一定要用语言来表达。他想着，手抖得更厉害了。

旁边好几个同学都在提醒他，也小声说："新。"

盛夜行又提醒道："新。"

唐寒安静地等他说出一个字，眼神充满期望和鼓励。

过了三四分钟，路见星紧攥起的拳头放松下来。他动动喉结，许久没说话的嗓子有些发哑："……新。"

声音不大不小，大部分同学都能听见。因为教室早已安静得落针可闻，就等他说话。

下一秒，李定西带头跳起来接过路见星的话，和全班同学齐声大喊道："新年快乐！"

接着，大家叽叽喳喳地朝老师送祝福："新年快乐，寒老师！放假啦！"

"放什么假？元旦结束你们还得回来。今天路见星很棒，你们也很棒。"

唐寒收了课本，朝台下的路见星递过去一个眼神，温柔地笑笑。

下课铃响，他们的元旦假期正式开始。

"李定西！你又犯病了？课外书又忘教室里了，得亏你们班人叫住我。"展飞从五班教室门口拐过弯来，拿了本封皮掉了的玄幻小说，"你丢三落四的毛病全校都知道！"

李定西气鼓鼓的："我就没好过！"

正在看热闹的顾群山笑得露出一口白牙，伸手搭上李定西的肩膀："行了，你还是多配合唐寒老师吧……你这'成年轻微脑功能障碍'，我怎么觉得越来越严重了？"

"我这叫'多动症'。"李定西说。

展飞接嘴道："学名是'成年轻微脑功能障碍'。"

李定西瞪过去："能闭嘴吗兄弟？"

"行，"展飞耸耸肩，"我也没什么资格说你。"

"哎，来来来，"李定西看盛夜行一直在听他们讲话，"你们知道贴吧上那些群吗？就是一大堆患者交流经验。"

"知道知道！"展飞接茬。

"昨晚我加了一个关于多动症的，本来最开始都在说该怎么治疗，结果突然有人开始拿手机拍晃动小视频，你们猜怎么着？"

旁边还叼着烟的盛夜行瞥他一眼："怎么着？"

"过了没几分钟，"李定西的表情特神秘，"群里的人都开始拍，还比谁抖得厉害、抖动快……这不是有病吗？"

展飞没忍住，打岔道："本来也有。"

"你别秀优越感啊……"李定西试图为自己的病友讨回公道，"这两个'有病'不是一个意思……"

"我也加过，"盛夜行说，"群里的人不打字，只发语音，一来就开始说哪些名人也是躁狂症，说自己憋了三个月的气把病憋好了，说躁狂状态是撞邪了，能和天神通灵识……"

李定西："这么逗？那你们其他群友怎么回复啊？"

盛夜行嗤笑一声，"让人赶紧吃药去。"

"哎，你说，'小自闭'他们那样的有群吗？"

展飞没说话，顾群山接道："你说呢？自己聊都费劲儿，还群聊？每个人发省略号吗？"

李定西："我觉得应该是句号。"

盛夜行掏出手机，把路见星的聊天界面打开："人家能文字交流，别他妈瞎造谣。"

"哦……"

盛夜行的眼神全落在路见星的微信头像上，还是一只卡通的小话筒。路见星一发消息就特别搞笑，像网游界面里的喇叭在讲话，每说一句就要花点儿钱似的。

盛夜行放慢脚步走在人群最后面，伸臂把路见星往身前带了带，悄声问道："你能跟我说说，为什么头像是这个吗？"

路见星今天不太想说话。

盛夜行准备发微信把问题重复一遍，没想到路见星主动发了消息回复他。

——怕被采访。

盛夜行想起圣诞节他对"被询问自闭症"的抗拒，决定避开这个问题：

——那为什么你的头像还是一只小话筒？

——用话筒做头像，对方会感觉，我的文字很大声。

——像在向全世界说话。

打完这二十多个字，路见星额间出了细汗，他扯了点儿纸巾擦擦，怔愣了几秒又停下来，他察觉到盛夜行一直在看他打字。自己异于常人的举动让路见星有些难受。

与他对视几秒，盛夜行低头解锁了手机。盛夜行发的消息只有一句。

——虽然我没有用话筒头像，但我也在向全世界说话。

在向我的全世界说话。

在宿舍楼下集合完毕，盛夜行点了点校队兄弟们的人头，喊一声"自由活动"，元旦假期就算正式开始了。

头一次遇到完全不训练也没作业的假期，李定西兴奋得上蹿下跳，以至于他上了亲戚来接人的车还在狂拍车窗，用嘴形对展飞、顾群山大吼一声"江湖再见"，又从天窗里伸出脑袋来对路见星喊："路哥——元旦快乐！"

盛夜行把面无表情的路见星拉到身后。

李定西远远地抛个飞吻："老大也再见！"

"他真没问题吗？感觉他最近腿抖得跟踩缝纫机似的……"展飞不放心地目送着李定西，回头指指宿舍楼，"没什么事儿我就回去了。"

盛夜行点点头："假期愉快。"

他说完，朝路见星勾了勾手，两个人一前一后地上了五楼宿舍。

把校服换下来后，路见星扯了扯系得过紧的围巾，有点儿紧张地站在门口，敲了敲墙，意思是"我好了"。

"嗯，我也好了。"盛夜行把骑行手套戴上，"把现金揣好，别掉钱了。"

"好。"路见星捂住口袋。他转头朝门看看，还是没忍住，伸手敲了敲。

以前李定西还会跟路见星说"我们在室内，现在要出去，外面没有人，所以不需要往外敲门"，但路见星根本听不进去。他依旧固执地在每天出门前敲一下寝室的门。

他知道，尽管这一动作在旁人看起来十分愚蠢，但对他而言非常重要。仅仅是一个敲门的动作，会让他感受到新的一天开始，能因此充满斗志。

把摩托车从停车棚里挪出来，盛夜行抓着头盔直接扣到路见星脑袋上。路见星不舒服，非要取下来，盛夜行拗不过："那我们速度就慢慢的，不能提速了，不刺激了。"

路见星很不想戴头盔，知道可以不戴时还笑出了声。透不过气的窒息感会让他想呕吐。

"猎路者"摩托车轰鸣声响起，他们的脚边被激起一阵又一阵的灰尘。这动静成功地吸引了路见星，他的注意力全落在灰尘上了。摩托车的噪声在他脑海里放大了无数倍。

正在路见星发愣之际，盛夜行把外套脱下来围住路见星，再把袖口拉至自己身前打了个结。

路见星："……"

盛夜行："这样就不会掉了。"

车缓缓行驶在道路上。盛夜行发誓，这是他这辈子第一次把摩托车开得像小电驴。

寒风刮脸，路见星感觉敏锐，戴着外套的大帽子，把自己的脸蛋儿捂得严严实实。

"路见星，你别睡着了啊，一睡着就变重，我真怕你掉下去。"

路见星在盛夜行的后背上蹭了老半天，才出声道："说说。"

"说什么？"

路见星抬手，用手指在盛夜行的背上画了个"病"字，戳了一下。

"你写的是什么？"盛夜行的笑声散在风里。

路见星不厌其烦地写了无数遍"病"字，写完一个戳一下。

"问我的病吗？"

路见星戳了他两下，意思应该是"对"。

"这么想了解我？"

路见星又戳了他两下。

盛夜行深吸一口冷空气，边骑车边说："我啊，我躁狂症，我一兴奋起来就很爽，很飘。我非常易怒，甚至会滥用暴力。"

路见星在身后握拳："打！"

"打什么打？"盛夜行被逗得不行，"打谁都不打你。"

又骑了一会儿，见"小自闭"不作声，盛夜行怕他真的睡着了，就继续说："你会不会好奇我是为什么生病？"

"嗯。"

"遗传，我爸就有精神病……我躲不过的。"

"啊。"

"对，我说一句话你就发出点儿声音，好歹让我知道你没睡着，能听得懂。"

"哈。"

"你哈两下？"

身后立刻传来路见星冷漠的声音："哈哈。"

盛夜行都能想象出"小自闭"躲在帽子里露出"别惹我"的凶恶眼神。

"关于我爸……"

"你爸。"

"对，"盛夜行满不在乎地笑了一声，像在说与他无关的故事，"我爸比我严重多了，他一发病就能把家里家外砸得很烂，许下很多他根本完成不了的承诺……那时候我家附近还有邻居，都说我爸吃软饭，他当场发作，狂到六亲不认，有一次他还把邻居打进了医院。得这个病的人，一般都受不了别人说他有病——"停顿几秒，盛夜行说，"其实我也是。"

路见星垂下眼睑，深呼吸一次，目光不知道落到了什么地方。

"但是我忍下来了。"盛夜行也不管他听没听，就是想说，"其实很多患者是不会主动吃药的，而且很抗拒，我一开始也是。以前我舅妈经常把药加在水里、菜里，但药的味道太重了，我一尝就吐了出来，排斥加上自尊心受挫，我更加激动到无法自控。"

路见星把他抱紧了一点儿。

"刚开始的时候我被送到医院里限制了人身自由，我就恨所有人……特别恨。特别是被约束带绑在床上的时候。"

路见星又悄悄松了一点儿抱住他的力度。

"路见星，我有时候会羡慕你。"

你不知道恨，反而更轻松。

盛夜行在精神病院待过，也遇见过被误当成精神疾病患者被送到医院的小朋友。他们年纪尚小，不懂"欺负"是恶意，更不懂"为什么被欺负的是我"，他们甚至要花好长一段时间去理解某一个恶毒的举动、一句伤人的话。

可路见星不一样，他十七岁了。他早已经历过这些，他有攻击性，对自己的保护采取一种主动暴力的方式，所以他和周围人关系越来越恶化。

"药很难吃。"盛夜行接着说，"我初中开始吃药的那段时间，整个人昏昏沉沉的，一天要睡好多个小时，没有力气。现在你经常看我上课睡觉，真的不是因为我多困。"

路见星了然道："是因为吃了药。"

"会变胖。"盛夜行已经习惯路见星的突然出声了，"初高中我拼命运动、参加集体比赛、健身、晨跑，就是很害怕药物导致我变胖。"

"胖。"

盛夜行决定为自己的身材辩解一下："这叫壮。"

路见星盯了他的肩膀一会儿，松开手臂比画肩宽，像在表达"盛夜行，你块头这——么大"。但盛夜行正在认真骑车，没看到。

如果换作从前，盛夜行绝对想象不到自己会将假期耗在寺庙里，还是骑摩托车去，还背着个路见星，还一路上耐心地和对方说话，还任人把自己的腰勒得快喘不过气来。骑车骑到一半，天空开始飘雨，自己还把车上唯一一件雨衣取下来搭在对方身上。

还……感觉特别开心。

他们要去的寺庙在市内二环开外，是历史悠久的唐代佛刹，挺出名的景区。盛夜行从小就听舅妈说在那儿许愿求福特别灵，每年有许多从全国各地赶来还愿的善男信女。

盛夜行不是什么多纯良的人，但他现在想求一次健康平安。

节假日城里三环内查得严，盛夜行只得选择一条从三环外绕过去的路，难免要走一些不太宽敞的小道。这种路上常有重型卡车经过，扬起的灰尘铺了整条街，盛夜行需要放慢速度，再回头确定一下"小自闭"是否乖乖戴着帽子。

在行车途中，他瞟到一家蛋糕店推出的新品叫"冰皮月亮蛋糕"，说是里面裹了整颗草莓，咬一口会爆汁。从外边往内里咬去的口感是先含一口冰激凌，香香软软的。

路见星的本体难道是这个？这个冰皮蛋糕精。

"哎。"他没忍住喊了一声:"路冰皮儿。"

可惜"路冰皮儿"没搭理他。此时此刻的"路冰皮儿"正在与听觉做斗争。

他能听见盛夜行的话,能听见马路上远近皆有的喇叭声,能听见耳畔风声呼啸,但这些声音在他听来都是相同分贝,吵得他一时提取不出信息。他在发愣。

盛夜行胆子大,松了几秒机车手把,将腰间打结的袖子扯紧了点儿,朝身后说:"路见星,抱紧一点儿!"

说完,他给车加了速。这辆"身躯"庞大的"猎路者"在马路上卷裹风尘,自坡道俯冲入辅道。他们头顶是贯穿城市南北的立交桥。现在还不是堵车高峰期,一辆又一辆汽车从立交桥上下来,往大路上行驶。

路见星从捂得严实的帽子里露出一对亮晶晶的眼,观察许久,突然说:"车在滑滑梯。"

盛夜行惊异于他的想象力,只得想破头跟上他的脑洞,特严肃地说:"我们都是小饼干。"

路见星:"……"

盛夜行:"车是传送带,我们要去工厂加工。工厂就是市二,市二让我们浇上果酱变得更好吃。"

他越说越扯,自己都编不下去了,感叹一句"小自闭的世界还真不好融入"。他还真挺怕"小自闭"听完觉得"好吃",张嘴一口咬到自己肩膀上。

路见星纠正他:"不是去市二。"

"那,我们就是潜逃的小饼干。"

盛夜行说完也被自己的傻劲儿给惊到,又加快了行驶速度。

过了将近半小时,盛夜行抱起迷迷糊糊的路见星下车,然后吹了一声口哨:"到了。"

从停车场上山的路很窄,一路长满青苔的岩石,路见星每走一步盛夜行都看得心惊胆战，表面上还是要装作毫不在意。

"你怎么了？"

路见星一直低着头走，非要去踩景区地砖的缝："有病。"

盛夜行："我也有病。"

路见星："你有病。"

盛夜行已经开始直面自己的问题，被误伤也没有任何不爽："对，我有病。"

"我有病。"学人说话是路见星的一大技能之一，连神态都能模仿到位。

看他一脸冷漠地说傻话，盛夜行又想逗他了："你和我都有病，连起来叫什么？"

路见星特别大声："倒霉！"

盛夜行叹了一口气，揪他脸蛋儿："不是。"

以前是觉得挺倒霉，现在不了。

现在是不幸中的万幸。

两个人走到售票窗口拿学生证买完票，路见星手掌心都是汗。

他无比庆幸今天游客并不多，不然他可能会直接堕入无尽的焦虑。

他望了一眼身前的一棵棵参天古树，都快忘了上一次接触大自然是什么时候了，毕竟去哪里自由活动一向都不是他能决定的。他小时候容易走丢，长大了容易出走。刚才盛夜行讲到家庭，倒是勾起他不少的回忆，有好的，也有不好的。

满目新绿，他精神放松，顺利进入走神状态。

"我们家没有精神病史，你却生一个有病的孩子出来，你让我怎么给我爸妈交代，我路家脸往哪儿搁啊？啊！孩子是你生出来的，你生成这样！说是自闭不讲话，你看他那些行为跟智力障碍有什么区别？！还天天跟我讲'贵人语迟'，他多大了都？路见星六岁了！连句'爸爸'

都没叫过！我不想一辈子就拖着这一个儿子，你自己看着办。"

路见星记性不是特别好，能让他在意的事也十分少，但年幼时爸爸在书房里的咆哮一直让他记忆犹新。那一夜，他安静地站在卧室里听。

小朋友的神情木讷呆滞，其实他什么都懂了。但他不明白，为什么在这样的炮火与硝烟中，父母能再生出一个儿子——一个健康的、没有任何问题的小弟弟。

上小学那会儿，路见星记得妈妈像市二的许多家长一样选择在学校附近租房住。有一段时间他离不开妈妈，走哪儿都必须跟着妈妈，人家房东一看就知道他这个小朋友有问题，更不愿意租了。

家里离学校太远，去学校又天天守着水龙头，一上课就哭，路见星干脆不想去上课了，采取消极抵抗。早上一叫他起床，他就撅屁股赖在床上，哪儿都不想去。

盛夜行抽完一根烟，路见星还在灵魂出窍。

他们不逛风景区，只是直奔主题去烧香的地方，还必须上一道有数十级的长石阶。

路见星一头雾水地跟着盛夜行走，盛夜行回头看到他不说话的乖样，感觉自己哪天兽性大发把他拐卖了他都还会软绵绵地喊一声"夜行哥哥"。

盛夜行看着他，又有点儿说不清感觉了。

阶梯并不算陡，但是石阶数就已经让人累得够呛。游客不多，大多是中老年人，年轻人里女孩儿占多数，他们两人显得特别扎眼。

盛夜行万分庆幸自己和路见星走路速度够慢，甚至比不过老年人，不然会被当成夕阳红旅行社导游。他目测了一下石阶级数，"唰"的一声将外套拉链拉好，半蹲着身子。

盛夜行朝身后说："上来。"

百来阶的古刹长梯，盛夜行背着路见星跑了上去。

这和普通训练的负重跑，和以前背发高烧的盛开飞奔去医院，感觉不一样。

完全不一样。

上石梯登顶，到殿前要捧三炷香，这样才虔诚。

盛夜行有点儿混账到想拿三根烟作数，又看了看旁边的路见星，决定自己还是得真诚一点儿。他买了香烛折回来，自己握了一把，给了路见星一把，让他等会儿跟着自己拜一拜就好了。他说，这里很灵，可以许三个新年愿望。

石阶上人不多，但主殿前的香火很是旺盛。所有人都望着殿内金尊像虔诚拜了拜，互相并不交谈。路见星看到盛夜行从兜里摸打火机点香烛的样子，像在点烟。

火星跳跃，盛夜行眉眼间的戾气莫名地消散了，更多的是认真。

想"路冰皮儿"越来越好是真的。想"路冰皮儿"也是真的。

"咚——"撞钟声起，盛夜行压低声音对路见星说："我们可以许愿了。"

求神拜佛对于路见星来说很新奇。他决定让自己这次的诚心诚意保佑盛夜行。

希望盛夜行早日进入稳定期，不打架，不自残。

完毕。谢谢您。

路见星默念完毕，认真地鞠了躬。他的神情近于漠然，站在殿内的角落看盛夜行站起身，低头玩儿撞钟僧人送的小佛像卡片，好像世间所有事都和他无关。他的指腹顺着卡片边缘摸了一圈又一圈，正面反面来来回回摸了二十多次，才乖乖地收了手。

没有人看得出来他也带着一颗诚心去祝福另一个人。

盛夜行活了十八年算是修了一身"反骨"，没想到自己有一天也会带人来寺庙，相信这些东西。临走前他还特意打电话咨询了一下舅妈，对方的意思是，信则有，不信则无。

看路见星特上道地拜完，盛夜行问他："许了几个？"

路见星比了个"1"。

"可以许三个的。"盛夜行说。

路见星没说话，头也不回地往外走，也不知道要等人。

他不能太贪心，一个就足够。

从正殿出来还需要下楼梯，路见星闷声不响下了第一阶，撑着膝盖弯腰不动。

盛夜行刚把外套上的香烛灰抖干净："走不动了？"

路见星说："来。"

"干什么？"盛夜行问。

背你下去。你一次，我一次，公平。

路见星怕不出声盛夜行不能会意，还做了个踩平衡球时的动作。盛夜行沉默了一秒。

"来。"路见星说。

"不是，你知道我多重吗你就敢背我？这么高的阶梯，你摔坏了怎么办？别说唐寒，光李定西他们——"

"来。"只重复这一个字的路见星十分坚定，"试试。"

"那这样，"盛夜行上前一步，将胳膊搭上对方的肩膀，"我的腿就不夹上去了，就这么吊着背，你要是要摔了我好拉住你。"

路见星突然抖了一下，因为盛夜行说话的吐息在他耳边。

"你抖什么？"盛夜行耍流氓似的又靠近他耳朵一些，嘴唇都要蹭到他耳垂了，故意压低嗓音慢慢地说了声，"太近了吗？"

太近了。

盛夜行的手臂稳稳地挂在路见星脖颈上。

"走吧。你确定你能使上力？"盛夜行的掌心正恰好碰着路见星的喉结，他瞬间紧张起来，用温热去感受那一小处凸起。这里可是路见星说话时会有动静的地方。

盛夜行更重更壮，但是路见星好歹也有一身少年的肌肉。他用双手在胸前握住盛夜行的手腕，弯了弯身躯，确定把人"背"稳之后，他就颤悠悠地往下一阶踏了一步。

"厉害，"盛夜行趴在他耳边说，"路见星。"

介于青涩与成熟之间的男音入耳，挠得路见星心尖痒痒，酥酥麻麻的。这种心跳加速的感觉过于清晰，让他感到好奇与萌动。他缩了缩脖子，伸腿往下一阶坚定地迈了一步。

他的样子像要上战场的士兵，身后是他最坚实可靠的盾。

一生难遇，千金不换。

"小自闭"今天不是"小自闭"，满脸汗和泥的样子也和小漂亮不搭边。

今天是小勇敢。

等今年夏天满了十八岁，就是大勇敢了。

路见星的后脖颈起了薄薄一层细汗，在阳光下亮晶晶的。

他抿紧下唇，把快要滑下去的盛夜行又往上提了点儿，又下一阶。

我也可以。我也能够。

Chapter 15 饲养员

黏人。

说实话，盛夜行遇到过横的，但没遇到过路见星这么横的。

才从石阶顶背到中途路段，他就感觉到路见星的吃力，喉咙里时不时小声发出"哈""哼"等用力过猛的音，乐得他憋笑都快憋不住了。他让路见星停，但路见星不停。

他猜路见星是想跟他切磋，但他实在忍不住了，怕自己一个用力把路见星压趴在台阶上，就劝他："我知道你特别厉害，但你费劲儿也没多大意义，因为怎么比也是一个我能背五个你。"

路见星停了脚步。

"得，四个你。"

路见星没动。

盛夜行和他讨价还价，笑一声："那……三个你？"

路见星小心眼儿病一犯，真不愿意走了。

"行吧，两个你。不夸张。再少我就不同意了。"

就这样，路见星背到一半，盛夜行就下来了。路见星背盛夜行累得够呛，盛夜行吊着路见星脖子也累，两个人撑住膝盖弯腰站在石阶中间对望一眼，也不知道是谁先笑了出来。

碰到有游客经过，路见星躲闪不及，不小心往下连着踩了好几级台阶，完全出乎盛夜行意料地靠自己极弱的平衡感站稳脚跟，微微喘气。

他背对盛夜行站得笔挺，不算宽的肩膀上像承担了什么重量。

"路见星。"盛夜行吹了一声口哨，叫他。

路见星抖了一下肩膀，再缓缓侧过头瞧了他一眼，没有讲话。

刚转学的时候，他明明是一个被叫名字也不会答应的人。

他们的日子过一天少一天，盛夜行还不想弄得太明白。

两个人同时在发愣，路见星率先回过神，像突然想到了什么，蹲下去摸地砖上的石头。

景点的地砖被做成浮雕，形为月下蛟龙出海，双角中央托一龙珠在上，栩栩如生——这么一幅作品在路见星眼里也只不过是一条龙、一轮月、好多水、一颗球。

他伸手去摸摸那颗球，盛夜行也跟着蹲下来哄他："地上东西很脏，你先起来。"

路见星充耳不闻，东摸摸西找找，从路旁树下抓了四根掉落的树枝，将其拼成一个正方形，又扔了几颗碎石在正方形里面，抬头将目光投向盛夜行。

有话想说？盛夜行干脆也蹲下来看他。

路见星点了点一颗石子："触觉板。"他说完，又摸了一下另一颗，"羊……角球。竖抱桶。跳袋。"

盛夜行没太明白，只知道路见星在向自己介绍关爱中心的训练器材，市二的体育训练室里也有。只见路见星把正方形开了个小口，指了指自己，再用手指跨进三角形，几下撞掉了摆得端端正正的石头。他张张嘴，没说话，只是盯着盛夜行看。

盛夜行彻底犯难了。他看路见星喜上眉梢的表情，又结合两人之前关于治疗训练的谈话，决定大胆猜一下："你想告诉我，你很喜欢这些器材？"

路见星没反应。

"那……"盛夜行想想，"你想告诉我，你小时候进训练室就是这样横冲直撞？把这些器材都撞飞了？"

路见星的眼神闪了一下，仰起脸朝天空笑。看来是猜对了。

"路冰皮儿，你小时候上学哭吗？"盛夜行瞅他一眼，想捏一把他的脸，但忍住了，虽然挑眉的动作特别欠揍，"哭吧？肯定还哭得打嗝儿。"

路见星还没来得及接收到自己的新外号，就开始忙不迭点头。

哭啊。哭还不听劝，谁的话都听不见，停下的唯一原因是哭累了。

放个屁都能把他自己吓哭。小学的时候他特别好吓唬，但一上课就烦躁，哭得特别凶。老师没办法，只得把学校洗手间里的水龙头打开。他就站在水龙头那儿用手指接水，感受水流顺着手指往下滑……这个动作能持续一上午。

这么多想讲的话，在他嘴里最终化为一个字："啊。"

路见星愣了一下，快把嘴皮咬破了。

怎么这样呢？被盛夜行那样鼓励的眼神看着，他好像就又不会讲话了。

"没事，"盛夜行心中钝痛，抬起胳膊把他拉到跟前，认真道，"不着急，以后慢慢说。"

从寺庙景区出来时已经是傍晚时分，盛夜行载着路见星绕开下班高峰期会堵成糨糊的大路，抄近道找了家做炒菜的小餐馆，说过节得好好儿吃一顿。

菜上得很快，炒肉、煲汤、凉拌菜、烧菜和蒸菜通通上桌摆盘，要什么有什么，算是新年伊始的一个好兆头。路见星抓着筷子愣了好一会儿，最后把筷子落在凉拌鲫鱼这道菜上。他完全惊异于为什么鱼也可以做凉菜。

"没吃过凉拌菜？"

看他好奇的表情，盛夜行才想起来不少自闭症患者肠胃不好，赶紧要了碗开水来温温。

见路见星吃得眉开眼笑，盛夜行又紧张道："烧豆腐，没吃过？"

路见星"嗯"了一声。

"黄瓜？"

路见星摇头。很多东西不是父母不给吃，是他不敢吃，也不接受自己最喜欢的土豆被取代。以前他一吃没吃过的蔬菜就闹，闹完就吐，有一回吐得差点儿栽进厕所里。

"茄子？""西兰花？""宽粉条？"

路见星全否了，没继续搭理他，低头拿勺子扒饭。因为说话、做事只能选一件，路见星吃着吃着就停下了筷子，朝盛夜行指哪个菜好吃。

盛夜行让他边吃边夸，同时做两件事试试。结果路见星一开口就条件反射地停筷，气自己气得不行，手再一抖，夹到的豆腐全掉了。

最后这顿晚饭是路见星埋的单。

结账的时候，他拿着张一百元的钞票叠好放到老板手里，说话的声音大得小店面里吃饭的人都听得见："十七！"

老板被吓得动作一顿，手指飞快地在计算器上点来点去，诧异道："还真是找你十七块……怎么做到的？算得比我还快。"

路见星在看菜单时就记了价格，吃饭期间一直在心中算来算去，为了最终鼓起勇气去找老板埋单。他想说"感谢"，却不知道怎么说。

晚上九点半，两个人一路瞎晃着回到了市二附近。张妈在微里群发消息说当晚查寝不挨个儿查了，改为抽查，谁抽着谁倒霉。

班群里一阵跳跃欢呼，总觉得那些倒霉蛋绝对不是自己。顾群山直接在他们小群里甩坐标，说多妈新给买的双屏电脑到了，让兄弟们过去打游戏。他还特意点了盛夜行，说好久没聚聚了。盛夜行无语，难道不是天天都见面吗？

盛夜行领着路见星进门时，出租屋里烟雾缭绕。

见两个人同路，顾群山惊了："节假日你俩还做康复训练呢？"屋里就四五个男生，面前摆了啤酒瓶，全围成圈坐在台式电脑前观战，一看见盛夜行进屋，就都站起来了。

"对，累一天了。"盛夜行面无表情地套上鞋套，把路见星往身后带一下，皱眉道："屋里的人都掐烟，不然我就带他走。"

"别别别，哥……展飞，快关门上锁，绝对不能有一个逃兵！"

展飞抬起下巴："烟灰缸在桌上。掐了掐了都掐了。"

顾群山边说边跳："老大，我们就等你呢，没想到你把我路哥也带来了。"

一个男生把一打啤酒放桌上："群山，老大都来了，这酒够不够我们糟蹋的啊？"

"不够再叫外卖，"顾群山直接打开一瓶，对路见星说："路哥喝酒不？"

"不喝。""喝。"

两个不同的回答同时响起，前面是盛夜行说的，后面是路见星说的。

展飞没忍住笑："真能喝？"

"他胃不好，少灌点儿。"盛夜行说着抬起头，眼神往屋内扫一圈，那意思完全不是"少灌点儿"，完全是"谁灌他谁吃不了兜着走"。

路见星没搭理盛夜行怎么说，他找到最边缘的空位盘腿坐下，剥了颗开心果开始发呆。

"哎，我今天在隔壁学校瞅着个女生特别可爱，好想上去要微信号啊。"在场的一个男生拍拍胸膛靠在沙发上，"你们找过谁要微信号吗？"

"要什么微信？没那个资格。"展飞喝啤酒一杯接一杯的，"高攀不上。"

盛夜行咬碎了嘴里的冰块，笑了笑，没说话。

"穿着市二的衣服，能找谁搭讪？"顾群山接展飞的话，"很多人特别看不起我的出身，我也不怪谁。"

展飞正在跟李定西打视频电话，李定西发现自己一走，这群人就开始聚众拼酒，气得要死。碍于在亲戚家，他只能拿杯果汁，呐喊道："让我们举杯邀明月，天涯——"

"天涯海角也没你的地儿，"盛夜行伸手去挡摄像头，"拿杯果汁就别出来丢人了。"

李定西"哎哎哎"了几声还是不死心："老大，你们说什么呢？"

"沉重的话题。"盛夜行说。

"到底说什么呢？"

"说什么时候把你踢出我们球队。"

"别，我都听见了。要我说，融合教育才是最好的。你看那些跟我们年纪差不多大的人，挺多都动不动想死，觉得没活头了，那是因为他们不认识我。"李定西越说越较真儿，"他们要是认识我，看我这么惨还活得这么积极向上，那可不得更加珍惜生命了吗……"

展飞摁键杀了顾群山的一个狼人卫兵："问题是……没人愿意让孩子跟我们玩儿。"

顾群山怒了："哎，李定西搞演讲刺激到你了，你杀我干吗呀？"

"杀你好玩儿。"展飞说完，把游戏手柄递给盛夜行："老大，干他。"

盛夜行也笑，接过游戏手柄朗声道："干什么干？你们这游戏太血腥。玩儿什么杀人卫兵，没意思。血都喷到屏幕上了，手断了还不打马赛克，这像话吗？都别打了，都坐过来看。"他说着，觉得喝酒喝得热了，拉拉链脱下外套就甩在一旁沙发上。

"来，路见星。"盛夜行端着键盘坐到一言不发的路见星身边，吐息间略微有些酒气，"哥教你玩儿《超级玛丽》。"

盛夜行刚贴着路见星坐下，屋内瞬间鸦雀无声，其他人都往他这儿看。

看什么看，没看过带未成年隔离不良信息的？

"得了吧，哥，那叫《超级马里奥》。"展飞扔了颗花生米到嘴里嚼起来，"你没碰过这游戏就别净化心灵了。"

盛夜行沉默了几秒，说："有没有《黄金矿工》？"

"没有。"顾群山惊得掉下巴。

"……《森林冰火人》？"

顾群山："真没有！"

盛夜行："《狂扁小朋友》？"

"老大，你饶了我吧……你这真的是大爱无疆，舍己为人。平时这种血腥战争游戏不是你最喜欢的吗？你还说你一拿武器爆头就特别爽，每次玩得眼睛通红，跟嗑了药似的。现在说太血腥了不行？要玩 4399 小游戏？"怎么着，"路冰皮儿"对这些过敏吗？

被叨叨的人咬着滤嘴不吭声，丝毫不受干扰，搂过路见星就直接退出现有界面去找益智类游戏入口。

"啫，打游戏前先喝点儿酒，"展飞吹一声口哨，"方便发挥。"

顾群山开始吹牛："《超级马里奥》这种游戏，我喝断片儿了都能打通关。"

展飞倒了酒，兴奋起来又吹口哨："赏脸喝一个？"

盛夜行起身拿开瓶器，压低嗓音冲展飞说："我要喝醉了，你背路哥回去？"

"背？"展飞吓蒙了。盛夜行给人当保姆了？

"不然你以为……我这腹肌怎么练出来的？"盛夜行笑一声，"就只有我背得动。"

他把路见星当小菩萨似的供着，对方也把他牵进了自己的世界。

盛夜行一喝酒就兴奋，啤酒灌多了有点儿上头，等他回到路见星身边坐下时，发现路见星还在望桌上的啤酒。

盛夜行不太想路见星碰酒，但他以为他是口渴了，就问："要一点儿啤酒吗？"

"游戏有蘑菇。"路见星说。

已经习惯了他这种对话模式，盛夜行见怪不怪："或者我给你一点儿可乐，行吗？"

"手机信号差。"路见星直勾勾盯着手机里李定西模糊的脸，小声说了一句。

都卡成 ppt 了！

"路哥说什么呢？来，拿着。"顾群山喝得有点儿高，倒了一杯啤酒加冰块递过去。

路见星接得快，晃了晃酒杯观察一遍金黄色气泡，再伸舌头舔一下杯沿，含了冰块在嘴里翻来覆去地咬，左边腮帮和右边腮帮都藏了冰块，鼓起来像个仓鼠。

路见星不是没喝过酒，只是很少喝啤酒。他上初中那会儿因病长期失眠，就喝爸爸的白酒，逐渐喜欢上了晕晕乎乎的感觉，也喜欢汹涌袭来的睡意。但他喝酒很有度，不会让自己断片儿，免得给父母添麻烦，自己肠胃也不太好。

今天，他望着小出租屋内一群和自己一般大的少年，突然想醉一回。

盛夜行看到他脸色发白，皱眉道："要不要回去？"

没想到路见星没吭声，反倒扶着沙发站起来，举着啤酒杯，看了看盛夜行。

屋内的人一看是路见星主动要碰杯，全都赶紧手忙脚乱地站起来。

"啊……那我来说几句。新的一年到了，大家能聚在这里我也非常开心，嗯，该说的话也在迎新晚会上说过了，欢迎路见星来市二，也希望你早日康复！"

顾群山爽快说完，被展飞一个眼神瞪过来砍个半死："你傻啊，这病他妈的康复不了。"

"啊……那，"顾群山喝得有点儿高，挠挠头道，"那就为我们无处安放的青春，也为我们迷茫的未来，干杯！"

展飞冷漠吐槽："青春疼痛电影看多了吧？"

整杯啤酒直接灌下肚，路见星擦擦嘴角抬起头来，半天说不出一个字，但他发现所有人都在等他开口，他努力了一下想说点儿什么，结果还是没说出来。

他像突然被阻断了表达能力，只得握着空酒杯又坐下。

出租屋里的灯已老旧，光线昏暗，酒在路见星的鼻梁上投出浅淡的影。

也许是他乖顺久了，盛夜行还有点儿不太习惯他能一口气干掉一杯，也快忘了他是那个能开学第一天就想爆室友脑袋的人。说不出话让路见星烦躁不安，他拿着桌上的果汁、可乐、雪碧一通乱兑，再拿一小瓶绝对伏特加进去晃晃，仰头一口就闷了。

"他……真没问题？老大，你不管他喝酒？"

"他想喝就喝。"说是这么说，一玩儿起罚酒划拳，盛夜行就去拦递给路见星的酒，最后直接说："路哥的酒我来喝。"

展飞看他这么拦，不乐意了："哪有你这么玩儿的，路哥愿意让你挡吗？"

盛夜行说："我喝他喝都一样。"

一直没吱声的路见星动动嘴唇，眉心都拧起来了："喝个屁。"

"嗯？喝醉了怎么还骂人？"盛夜行低声哄他，乐得想笑，"路冰皮儿，你这里头是黑芝麻馅儿还是草莓馅儿的？"

路见星看了他一眼，又把眼神往天花板上抛。哎，小顾家这个灯还不错！

几番"轮回战"下来，出租屋内的空易拉罐倒了一地，冰桶内的冰块全化成了水。

凌晨三点半，整栋楼里所有的窗户都熄灭了灯，全世界像唯独他们还醒着。

展飞瘫在沙发上发扑克牌，手软得不行，喝到最后干脆不发了，把扑克牌朝空中一洒："我不行了。"

"孬。"盛夜行笑一声。

展飞手臂搭在顾群山肩膀上说："把剩下的瓶子喝空了就结束战斗吧！"

路见星一个人蹲在一边，正拿啤酒当饮料喝。

他一听要结束战斗了，就赶紧把手里的酒喝得见底，眼睛直勾勾地盯着桌上的雪碧。

"你不要喝了。"盛夜行从桌下伸过手来。

也许是酒精作祟，他第一次没经过路见星的同意就亲密地触碰了他的身体。他撩开路见星的衣摆，悄悄摸了摸他小腹，凑近了低声耳语道："肚子都喝鼓了。"

路见星赶紧收腹。盛夜行一声不吭将他的腰揽过来，动作强硬得不容商量。

屋内灯光太黑，大家又都喝得快不省人事了，压根儿没注意到他们俩的小动作。

"哎，群山，别喝了。"展飞看顾群山还在添酒，急了。

"老大，你还记得吗……上次我跟你说我加了群，还笑嘻嘻地跟你讲……"顾群山根本不听劝，手里的啤酒瓶还在往外漏酒，"我看他们那些发病的行为觉得好笑，然后发现自己其实也是这样……我一辈子都逃不开这些症状，我每天小心翼翼的，好怕被陌生人看出来我不对劲儿……"

"加群挺好玩儿的，我觉得我自己也挺搞笑。"盛夜行冷笑一声，语气听不出情绪，"谁又不是呢？"

顾群山喝完最后一口，说："新的一年，又要开始丧了。"

"又他妈要开始丧了。"

啤酒瓶在地毯上滚了两圈，停下，盛夜行又踹一个滚过去，一环撞一环，清脆地响了好几声，像是他们的生活破碎了再碰撞的声音——原本就磕磕碰碰的生活。

展飞夺过酒瓶放到冰箱上，转身过来扶人："喝醉了怎么还搞汇报演出呢？你们班这群人每次喝多了就出洋相！"

"得了，我和路见星进杂物间去睡，我记得有张小床。"

盛夜行看路见星醉得快坐着睡着了，便站起身来扶人。

"你和路见星挤？"展飞站起来脱短袖，"你比我们四个都壮，会不会太挤？让冬夏和路见星睡吧。"

盛夜行直接说："没有我路见星睡不着。"

展飞："……"

一群喝醉的男生挤一个洗漱间简直就是灾难，盛夜行干脆带路见星在客厅里等他们完事儿。盛夜行实在是有点儿犯烟瘾，脱了上衣就咬烟，含在嘴角也不点，时不时用眼神勾路见星一下，以寻求准许。

他知道路见星不会准确接收到"我能不能抽烟"这种信息，但就是想锻炼他的这种互动，说不定哪一天路见星能在和他对视一眼后点头说"可以"。

等展飞拖着两个洗漱完毕的酒鬼进主卧，盛夜行才裸着上半身进了洗漱间。喝酒喝到一半他就觉得热了，衣服越脱越少，连呼吸都变得不顺畅。

他迅速洗漱完毕让出空位，招呼路见星进来洗脸刷牙，自己则挤进了浴室。

盛夜行最终没忍住，点燃了那根烟。他知道自己喝得有点儿多了，路见星也是。

此时路见星正一脸蒙地站在洗漱台前，把挤好牙膏的牙刷往嘴里送。他只知道盛夜行脱了上衣，穿着长裤，正开着热水在云烟氤氲的浴室里抽烟。

热水不断地冲刷着瓷砖，与掸下的烟灰形成漩涡。

元旦的第二天假期几乎被他们匆匆睡过去。再一睁眼，已经是下午六点多。

冬季天黑得早，路见星洗漱完出卫生间，身上披着一件盛夜行的外套，袖子空空，晃晃荡荡。他站在出租屋的窗边，学着盛夜行的样子嘴里叼着一根烟，踮起脚来往外望。

宿醉让他眩晕、头痛，也让他爽快。

远处晚霞落红，天际现出紫色。在南方的城市难以望见"窗含千秋雪"的景，路见星也没看过雪，只依稀记得电视里雪的样子。楼下街道上小贩们的摊车上冒起阵阵白烟，他开始想，为什么盛夜行生气的时候不冒烟——越想越觉得好玩。

路见星回头看一眼还在沉睡的人，轻轻地吹了一口气。

以后不要生气了。我也不会让你生气。

晚间七点，在盛夜行醒来前的十分钟，路见星揣着几张折得又软又皱的纸钞下楼，找了家卖海味小馄饨的店。出门前，他费劲儿回想了一遍昨晚一起玩的人数，拿张纸记录下来，一到馄饨店就把纸递过去，再比画了一下。

见老板投来同情的目光，路见星赶紧磕磕巴巴地开口："不是，不是哑。"

路见星在市二多少有点儿名气，有学生一看到他就了然了，给老板小声说了几句。

"那他咋的还能说话啊？"老板粗声粗气的，意识到自己太大声之后迅速压低音量，"自闭症不是都不理人吗……还能自己买馄饨？"

路见星听力过人，一听到这些，数馄饨碗的动作就停了一下。

老板放下舀馄饨的勺，在腰间毛巾上擦干净手，边回头边说："弟弟，你喜欢画画不？哎呀，你看店铺白墙上这些乱七八糟的，都是我儿子画的。我听说得你这种病的小孩儿都挺爱画画，还画得特别好，有空你可以来找他交流交流啊……"

店内的气氛大概沉默了十秒，路见星才头也不抬地回答道："不画。"

不是所有自闭症患者都是天才画家。

他动动嘴唇，最终找不到沟通的方式，只得机械地指了指自己的嘴，再看老板。

但可以，讲话。

"嘿！没事，说话嘛，这种事慢慢来，但你别让这功能退化了，得多说！勤说！"老板也怕说错话，赶紧将话题回到馄饨上，"你一个人买这么多吃？要不要辣椒油呀？"

路见星点点头。老板先是惊异于他的饭量，转头又心想可能这种孩子有点儿古怪，只得拿大漏勺在高汤锅里舀了好几个新鲜虾仁："来，叔多给你捞点儿虾仁啊！"

路见星捧着馄饨碗站了好一会儿，才反应过来自己被赠予了"礼物"。

他将心中排练过许多遍的"谢谢您"说出口，再跟了句"结束"。

每说一句话对他来说都好像作为机器人在完成任务，他总是忍不住在心中加一句"结束"或者"完毕"，而今天他却在陌生人面前不小心说出来了。

路见星愣了几秒，发现周围人没有在嘲笑他。大家都很忙，没人有时间在乎谁。

老板继续为下一位顾客盛馄饨舀虾仁，买完馄饨的顾客也匆匆忙忙。

路见星学着他们的样子，把自己买的五碗馄饨打包盖好，提回了出租屋。

这时，展飞、顾群山和冬夏也都醒了，一脸茫然地看路见星拎着五碗馄饨上楼，面面相觑。

顾群山最先反应过来，赶紧推门进杂物间喊盛夜行起床，说路见星主动买了晚餐。

"几人份？"盛夜行正坐在床沿穿衣服。

"五人份，"顾群山说，"大家都有……他已经能自己买东西了？"

盛夜行沉默了几秒，闭了闭眼："之前买过一次，被人说是哑巴。"他说完，心像被紧攥住了，"这次最好没有。"

"我该……怎么说？"顾群山看起来十分紧张，"跟他说'谢谢你'？"

"嗯，"盛夜行低头穿鞋，"就像平常朋友之间，不用搞特殊。"

他希望他是个人，而不是病人。

四个人给路见星道过谢，全端着馄饨狼吞虎咽。吃完，盛夜行带路见星回了寝室。

因为平时玩儿得野，不习惯集体生活，顾群山单独在外面租房，相对自由，夜里十一点又打电话问盛夜行要不要翻墙出去玩，说附近新开了酒吧，感觉昨晚没喝尽兴。

路见星已经睡下了。他还是保持后背贴墙的姿势，一只手捏着自己的耳朵。

盛夜行挂了电话又抽了根烟，在外面站得一身湿气。他抓过毛巾擦干微湿的头发，瞥到路见星书桌上还有个未合上的笔记本。

他本来只是想看一眼路见星又悄悄记了什么，结果他扫了几排文字就愣住了。

路见星把从网上搜索到的关于"同桌躁狂症"的词条摘抄在了本子上，他觉得可行的就拿红笔打钩，不可行的画叉。

> 告诉老师，要求换座位。（×）
> 让他去精神病院。（×）
> 回家告诉父母，让他们另找学校，要求保护好你。（×）

路见星每一个大红色叉都画得力透纸背。盛夜行继续往下看。

和他单挑。（✓）

小刺猬把肚皮露出来晾久了，背上的刺偶尔也觉得痒痒，想扎人。

看到这里，盛夜行突然有点儿迷茫。要是自己跟"路冰皮儿"真的干起来了，他是用反手一个擒拿把对方摁住，还是动之以情、晓之以理，还是让他打、让他打、让他打呢？

他在黑暗中退后几步，摁了李定西床头许久没有人用的小夜灯，屋内一角便有了点点亮光。盛夜行踩着床梯，坐到路见星身边，用手臂轻轻将他翻个个儿，再把他不小心撩起来的后背衣物全扯下来，盖好被子。

手掌心抚触路见星的后背，盛夜行能感觉到他这一片贴墙的肌肤都是凉的。

本来正准备睡下，盛夜行突然猛地停止住了动作。他干脆盘腿坐在床尾，盯着那小夜灯。

就不该把这玩意儿打开，不打开也看不清路见星的脸，也就没这么多事。

他再尝试一次躺下。

元旦假期结束，高二七班一大早就开始收作业。

对于这种做法，顾群山表示强烈反对。他记得，这次的作业也不算作业，就是要给自己安排一点儿事做，最好写成报告交上去。自己元旦干吗了？喝酒、打游戏，还吃了顿路见星买的馄饨。这么一想，这光阴浪费得还有那么点儿价值。

盛夜行站起来放篮球袋的动作太大，里面的一张纸被扯出了来，落到地面上。

"别动，"盛夜行在后面说，"我来捡。"

纸都飘到跟前了，顾群山没有不瞟一眼的道理。

老大的语气听起来有点儿紧张。顾群山两眼放光，更好奇了。

他冒着被开瓢儿的风险迅速蹲下去，边蹲边说："老大别动！小弟我来替你捡！"

这什么玩意儿?

纠正行为：

（1）拒绝与陌生人接触。

（2）反复喊亮宿舍楼道声控灯。

（3）看书时，眼睛与纸面贴得太近。

（4）脾气有点儿大。

余留问题：

（1）蹦单字。

（2）睡觉捏耳朵，浅眠易醒。

（3）黏人。（已画掉）

生理问题：

（1）走路时稍不留神仍然容易摔跤，对空间距离感知较弱。

（2）温差感知能力弱。

进步：

（1）握笔不手抖，能熟练书写。

（2）经常笑。

（3）能在五分钟内回答问题。

（4）已掌握一些日常词汇。

（5）不随便开瓢儿。

（6）黏人。

"黏人"既是"问题"也是"进步"？

顾群山捡起这张纸，惊了："哎，我的妈……唐寒说还要整这些？这什么啊？"

"你就写我嘛，那还不简单？"林听趴在桌子上大声给他支招，"你就写'听不到''说话声太大'。"

"真布置了这个作业？"顾群山不死心地问。

"没有。"盛夜行把纸抢过来，"这是课余作业。"

顾群山有点儿蒙。这写的是路见星？

顾群山："这到底是什么东西？"

盛夜行："饲养手册。"

顾群山："……"

一旁趴着休息的路见星暗暗咬住牙，让腮帮鼓起来，再悄悄地动了动耳朵。

✦Chapter 16 答案

他是一道世人未解的谜题。
....

一月中下旬，临近期末，冬天最冷的时候已经过了。

盛夜行情绪不太稳定，没敢擅自停药或减少用量，一上课又只得趴着睡。

唐寒经常在课间过来给他加一件外套披上，时间一久，路见星也学着唐寒，把自己的衣服脱下来给盛夜行盖上。

有些时候，盛夜行是被捂醒的。唐寒给披一件、路见星再给披一件，热得他一身汗，抬起头来往教室扫一圈，最后把目光落到同桌身上。

被盯住的人只是端着学校发的水果，拿塑料叉子在果肉上戳眼儿。戳就算了，还非要每一排都戳得对称，讲究深浅，戳满一面就换一面，根本不打算吃。

盛夜行沉默着坐直身子，用食指关节敲敲桌面，小声吹口哨："路见星？"

路见星不搭理他，继续戳水果。

"喂，别玩儿了，都戳烂了还怎么吃？"他把自己的水果盒推过去，"你吃我的吧，我不太想吃。"他不爱吃水果，每次想扔了又老被唐寒说浪费食物，如果路见星爱吃就好了，自己每天的水果盒都会有去处。

路见星还是不理他，竭力要把每一排眼儿戳得整整齐齐！

"还有十分钟就放学了，你再不吃我就扔了。"盛夜行放了一句"狠话"，装模作样地把水果盒往自己这边挪。安静了好一会儿，盛夜行又把水果盒推过去，催促道："你看这苹果，富含矿物质和维生素。这梨，止咳的。这西瓜，贼甜——"

顾群山转过头："哎，冬天还有西瓜呢？反季节啊，不健康。老大，你别让路哥吃了。"

盛夜行还没来得及解释，路见星就抓起叉子叉了块红西瓜，直接往他嘴边送。

盛夜行不好意思让路见星喂，只得拿过叉子。能怎么办呢，还不是得吃。

一口没嚼完，盛夜行就听路见星闷哼了一声。

"哼唧什么？"盛夜行把西瓜咽下去，紧张起来，"你怎么了？"

路见星摇摇头，眼睛发红。

自己太丢人了，又把食物喂到自己下巴上了。

塑料叉子做工粗糙，尖头难免有毛刺，他嘴边的皮肤全被刮红了。路见星本能地抗拒所有能伤害自己的东西，一脱手，"啪"的一声，叉子连带水果盒都摔到了地上。

他看起来很痛，正单手攥着校服衣摆发抖，脸色煞白。

为了不让其他同学看出异样，路见星拿试卷遮住了半张脸，努力让自己镇定下来。

顾群山看他把水果盒摔了，低头要去捡地上已果盒分离的"残骸"。

盛夜行制止他："顾群山，你先别动。"

"啊？"

"你转过去。"

"这地上——"

"转过去。"

盛夜行在顾群山转过头去之后，凑到路见星耳畔，把纸巾塞到他手中，沉声道："水果是你不小心摔的，叉子也是，你今天要不要试着自己捡一下，收拾一下？愿意就去做，不愿意就摇头，我来弄。"

路见星愣了十来秒没动作，好一会儿才点点头，撑着课桌蹲了下去。

他的空间距离感知有点儿弱，直到纸巾被水渍浸透了，他才意识到已经碰到需要捡拾起来的垃圾。好凉，甚至刺得痛。

路见星在地上蹲了好一会儿，像朵蘑菇似的，才把脚边的水果全捡起来扔进了垃圾桶。

顾群山往后瞟了瞟，居然看见盛夜行拿着拖把进了教室，又把拖把递给了路见星。

"喂……林听，"顾群山对着林听的耳朵说悄悄话，"你说，最近老大为什么都让我路哥自己干啊？"语毕，他还加了句，"你小声点儿答。"

林听点点头，尽量压低音量发表自己的意见："要锻炼吧？见星要是不多训练训练，以后毕业了怎么办？不说远了，就说寒假了怎么办呀？"

"哦，寒假。"顾群山说。

林听"嗯"一声，继续写作业，自言自语道："要放寒假了。"

路见星认真地拖完地板，出了一身汗。

他听力好，回到位置上又趴了好一会儿，直接开启与世隔绝模式，说什么都不起身。

他满脑子都在循环播放顾群山和林听说的那五个字——"要放寒假了"。

意识到"会与盛夜行分开一段时间"后，路见星陷入了前所未有的焦虑。

吃完午餐回来，他把衣服脱得只剩一件衬衫，整个下午都在走神，无论谁说话，他都听不见，还一直在本子上画小蛇，周围一有人路过，他就烦躁，又跺脚又晃椅子。

盛夜行最开始还劝他把衣服穿上，别着凉，后来就干脆不劝了，路见星脱一件他接一件。他能感受到路见星的不愉快。

等路见星脱到只剩一件了，盛夜行才问："真不冷？你到底在气什么？"

"冷。"路见星说，"我冷。"

"裤子也只穿了一条……"盛夜行朝他裸露的脚踝上看了一眼，"这鞋穿了一周，明天换一双好不好？"

路见星的衬衫薄到趴着会勒出腰线，脚踝也露在外边，冻得浑身都哆嗦。

他只是说："不。"

"穿衣服。"盛夜行强硬起来，把厚外套往他身上拢，"感冒了没人会照顾你。"

"就穿这个。"路见星答非所问，低头去摸自己的鞋面，"白的，黑的。"

盛夜行穿黑鞋，他穿白鞋。

"你不能只指着一双穿，白鞋有很多双，可以换着穿。还有，你现在只穿这么点儿会感冒。"盛夜行深吸一口气，"路见星，我的耐心有限。"

路见星动了动胳膊，拿铅笔在纸上一笔一画地写，边写边念："不——要——寒——假——"之后无论谁再怎么劝，路见星翻来覆去都是这四个字：不要寒假。

教室门一开一关的，冷风不停地往教室内钻，路见星已经冻得嘴唇发白了。

他没什么精神地趴着生气，盛夜行气得攥拳头。他忘了，路见星这支"镇定剂"能让自己冷静，也更容易被刺激，被激发出那种毫无源头、不受控制的情绪。

顾群山怕再这么下去两个人得打起来，就赶紧去办公室叫唐寒老师。

唐寒把路见星带到了办公室，她的桌下放着烤手的小太阳。

她招呼路见星坐过来："说说吧，今天怎么回事？"

路见星快把手掌心掐红了也说不出话。

唐寒忍住叹气的冲动，从抽屉内拿了一套图片出来，朝路见星晃了晃："见星……我们先让沟通变得简单一点儿。看看这张图片，上面画了什么，告诉我。"

"球。"路见星的注意力完全无法集中，匆匆瞟一眼，又开始往走廊上张望。

唐寒试图吸引他的目光："告诉我，谁在踢球？"

"人。"

"男孩儿、女孩儿？"

"男，"他指了指自己，"人。"

唐寒想笑，又意识到路见星确实快成长为真正的男人了，只得说："你是男人，但图片上的是一个小男孩儿，他看起来只有六七岁，对吗？"

路见星凝视了一会儿那个小身影，点头。

"连起来试一试？"

"男孩儿，踢球，在。"

"'在'放到中间，想清楚再开口，不着急。"

"男孩儿在，踢球。"

"快一点儿试试，像平时听我们讲话那样。再来一次可以吗？你能做到的。"唐寒看他急了，连忙安慰，"你看你平时和夜行他们讲话，有时候就很自然也很迅速。现在是老师要求你去描述图片，是在和你聊天，你想怎么讲就怎么讲，用你自己的方式。"

听到"夜行"两个字，路见星很用力地眨了眨眼。唐寒自然捕捉到了这一细节："嗯……也不一定是和他。想想和其他同学讲的话？"

"夜行，"路见星捏住自己冰凉的手掌心，"我和夜行，讲话。"

唐寒问："想和夜行讲话？"

路见星避开了这个问题，又回到照片上："阳光下，灿烂。有，男孩儿，踢球。"

"阳光很灿烂？"唐寒笑起来。这图并没有表现出阳光灿烂，路见星开始表达联想思维了。

"嗯。"路见星盯着图，还是说得有些磕巴，意识到了漏了一个字，他又认真地补充道："在，踢球。"

他记忆中的"男生"，总是在冬日灿烂温暖的阳光下跑得一身热汗，站在篮球架下神采飞扬地笑——望着自己笑。

唐寒到最后也没能问出来路见星为什么不愿意放寒假，只当是这个孩子对"不允许环境改变"的执着。劝他把衣服穿上后，唐寒就让他回了教室。

和前几次谈话一样，路见星前脚刚走，盛夜行就主动找上门了。

他明明担心，却非要装作不太在乎，靠在办公室门口，看似随意地喊一声："寒老师。"

唐寒捧着热茶进办公室，冲他笑："问路见星的事？"

"我只是想知道他为什么不愿意放寒假，"盛夜行共情能力弱，很少能站在别人的角度想问题，"还有为什么不穿衣服。"

"不是他不想说，让他对情绪做出解释，已经超出了他的处理范围。"

"他什么都没说？"

"嗯。"唐寒喝一口茶，认真道，"但是，他说了一句'夜行'。"

盛夜行应了一声，没什么表情，却已经开始紧张了。

"先进来坐，在门口站着冷。"唐寒招呼他，"我了解过情况，说是路见星小时候并不讲话，现在我们看到的他的表现，都是经过十多年有针对性的密集干预的结果。"

"可是他有时候能说完整的句子。"

唐寒摇摇头，继续道："教他发出声音和发元音的难度是一样的。从他能说'嗯'或者'啊'这样的语气助词开始，就说明他离讲话不远了。现在也是训练出来的结果。你不会知道，为了讲简单的一句话，他会先在脑海里排练多少遍。但关于他的思维，我们都没办法理解，只能引导他讲出真实想法。"

"他有时候……很多想法挺有意思。"盛夜行说。

唐寒点头："对他，我还在探索期。"

盛夜行补充道："人与人想法都不同，你们老师也不能否定他的天马行空。"

"对。如果他语言方面暂时有退步，也很正常。不要着急，会慢慢变好的。"

"嗯。"

"冬天快过完了……"唐寒叹道，"小半个学期下来，他进步已经很大了。多亏了你。"

盛夜行沉默几秒，才点头："他也……帮了我很多。"

"离寒假没多久了，这段时间少让他喝牛奶，也少吃面食。"唐寒说，"消化有病症的人多少都有点儿感情问题，我得多注意。回头还得跟他家长说说。"

盛夜行像想起了什么，问："口腔也需要强化？"

"你知道？"

"没，听说的。"他还是不太愿意承认这是自己专门从网上查到的。

"嗯，"唐寒说，"多监督他用吸管，偶尔吹吹口哨。这是两个强化口腔肌肉的绝佳运动。"

盛夜行走了神。

"听到了吗？"唐寒看他没放心上，笑了，"在想什么？"

盛夜行咳嗽一声，说："好。"

"作为老师，我有一定的责任，可每个自闭症孩子表现出来的情况都不一样，每颗星星都是一个谜。"唐寒把头发捋到耳后，轻轻叹气，"就像你望天上的星，你知道它在那里，也看得到它，但就是与它隔了几万光年。除了看见，你一无所知。"

临走前，唐寒小声地对盛夜行说："夜行，我不会落下任何一个学生。所以，你和见星都要坚持下去。"

"好。"盛夜行没忍住，终于问了这么个问题，"寒老师，要是他一直只穿一双鞋怎么办？"

唐寒有点儿蒙，一时答不上来，好像这并不在盛夜行需要管的范围内。盛夜行也觉得自己问得奇怪，便清了清嗓子："当我没问。"

"这应该叫……"唐寒想想，"刻板行为，固定对象。"

盛夜行本来在走神，一听这话瞬间愣住了。对象？什么对象？

"哎，"唐寒突然出声，"等一下。"

她很想告诉盛夜行，路见星非常在乎他，在乎到一听到他的名字就会使劲儿眨眼睛，会重复那两个字，会很容易被牵动情绪。但她已经不太想把路见星的治疗工程强加在盛夜行身上了。两个孩子的磨合期已过，还能不能继续互相帮助下去就看接下来的一段过渡期了。

路见星是盛夜行的一盏灯，可这盏灯需要自己亮。

盛夜行停下脚步："怎么了？"

"没什么，你先回教室吧。"唐寒说。

盛夜行关了办公室的门，有点儿后悔下午那么急躁地就对路见星发脾气。

他只是没穿衣服，自己就快急出病了，以后还得了啊！

到了七班门口，盛夜行并没有急着进去，他准备再在走廊上吹一会儿风。

偶尔有疯跑的学生冲过去撞到他的肩膀，总会被他的眼神吓跑。也许是性格里的冷漠和暴戾堆得久了，他只是瞥一眼，都足以让同龄人感到害怕。他也不想这样。

这节课是季川的，他正端着茶杯过来，见走廊上就只剩盛夜行一人：

"不进去上课？"

"要。"盛夜行站在窗边，眼神往教室内瞟，"我再站会儿。"

神了，"小自闭"好像在玩儿手机。还笑得特别……那种笑是怎么回事？

原本又大又漂亮的眼睛快眯成一道缝了，连呼吸都是含糖的。

"给你十五分钟。"季川看了眼手表，在一旁提醒道。

盛夜行光盯着路见星看。他还在玩手机。他在认真打字。他好像又笑了一下。

他打字的时候还念念有词的，说话很小声。

妈的。他在给谁发消息？

盛夜行正气得一股无名火没地撒，季川突然伸出手在他眼前打了一个响指："你小子听我说话没？再给你十五分钟，完了进教室上课。"

盛夜行还没来得及答应，他兜里的手机响了。是路见星发的消息。

——老师有问你，那张图写了什么吗？

——你有说，阳光很灿烂吗？

路见星收了手机，趴着发呆。

"谢了您，"盛夜行收了手机，拍拍季川的肩膀，"十五分钟不够，这节课我逃了。"

季川连忙扶稳险些被盛夜行撞翻的茶杯，愣道："啊？"

"我得去买点儿东西，等放学就关门了。"

扔下这一句，盛夜行边笑着边往走廊尽头跑，又往翻墙的地方去了。

学校选址偏僻，最近的一家耐克店在离校二十多公里的商场里。盛夜行没时间回宿舍骑摩托，只得坐三轮车去。一进店，他没有看货架，直接跟店员描述。

"买鞋，"他说，"要纯白的，鞋带颜色有点儿偏米黄，鞋底厚，气垫的，鞋边缘有一圈凸出的斜纹，鞋侧面有个勾。"

"这款是有的，"店员边找边说，"是这个吗？"

店员托着一双鞋到盛夜行面前，他确定道："是这双。四十二码，拿三双。"

店员看他还穿着校服，迟疑道："三双一样的？"搞批发？

"嗯，换着穿。"盛夜行像想到了什么，"再拿双四十四码的，一样的。"

店员已经不知道他要怎么买了："还要一双四十四码的？"

"嗯，我穿。"

李定西今晚又没回寝室，只剩盛夜行和路见星两个人。

看到四双一模一样的鞋放在一起，路见星还有点儿蒙，他闹不明白为什么之前还好好的，现在和盛夜行单独待在一起就紧张，连话都说不利索，只得用冷酷来伪装自己。

况且，要放寒假的事实还在困扰着他。

深呼吸，放松，再深呼吸，张嘴，还是吐不出半个字。

他想要去交流的欲望在喉咙里横冲直撞，寻不到话头，无从说起。

盛夜行对路见星说："这双我穿，另外三双都是你的。快试试看合不合脚。"

路见星不懂为什么盛夜行会送自己鞋，他抓着鞋不肯往脚上套。

盛夜行又哄："因为你不能总穿一双鞋，所以我就买了三双一样的。明天穿新的好吗？"

"只有一双。"路见星说。

"我知道你只有一双。"盛夜行耐性子解释，"可现在是四双了，它们都是一样的，所以换着穿，好吗？"

路见星在固定依赖这一点上非常固执："一双。"

见他还是不愿意转弯，盛夜行试图换一个思路去哄："你不想和我穿一样的鞋吗？"

唐寒说过，对付路见星需要逆向引导。对他赞同的事，怎么问他他都没反应，但是一旦说了他不赞同的，他可能会被刺激到要说一两句话。天知道盛夜行问出这句"自恋"的话时，心跳得多快。

对普通人来说只需要摇头或点头的问题，路见星回答得很难。他花了十多秒去反应，再开口说："想。"

脚踝被盛夜行轻轻握住，路见星脸红得紧张，连忙说："我……"

我自己可以来！

盛夜行的掌心太烫了，力道又大，路见星挣脱不开。

"想自己穿？"

路见星点点头，又稍微侧了点儿身，努力想掩藏住自己发红的耳朵。

可他忘记了，人是有两只耳朵的，一只藏住了，另一只又露出来了。

盛夜行看路见星缩着脖子像只兔子，又觉得好笑，知道他害臊了，赶紧站起来让位："那你自己穿？现在鞋带会系吗？"

路见星深呼吸："会。"

"改天我给你录个系鞋带的视频，你跟着学几遍，说不定就会了。"

路见星板着脸答："好。"盛夜行看着他穿鞋，没敢挪步。

不一会儿，宿舍楼下喧闹无比，一群男生凑在一块儿尖叫、呐喊，像在哄抢什么东西。盛夜行走到窗前，看到明叔在楼下发独轮车。

他往屋内瞧一眼："路见星，我在门口等你，你系好了找我。我先下去帮你领一个。"

每天晚饭后推半小时手推独轮车是学校的新安排，说这是练习力量和平衡感，和训练前庭觉有关。这项锻炼不只针对路见星，更多的是帮助学校里部分感统失调的学生。

路见星系了无数遍鞋带，终于自暴自弃地把鞋带一股脑全塞进鞋里，干脆不系了。

他想不通，明明就可以全塞进去，为什么非要系起来；吃饭明明可以就用勺子解决，为什么非要用筷子？还有，将物品放在固定的地方能让自己平静，为什么要换位置？就放那儿不行吗？可能只是为了让自己看起来不那么怪异。

也像人和人之间，孤独一点儿很好，为什么需要交流？

他以前向医生问过这个问题，对方说："只是因为你没有理会过沟通的乐趣。"这个回答让路见星郁闷了一段时间。

他出门跑着下楼梯，差点儿摔在楼道里，路过的同学朝他喊："路见星！你跑什么跑！""路见星！你保镖呢？""你也能玩儿独轮车啊？"

这些话语，是开玩笑还是真心嘲讽，路见星压根儿听不出来，只自顾自地往楼下跑。

后面追上来的同学还缺心眼儿似的加油打气："我今天不能输给路见星！""傻，今天是单独训练，人家才懒得跟你比！""独轮嘛，溜就完事儿！"

"路见星！你领独轮——"小男生还没说完，就看见盛夜行拎着独轮车站在楼梯口，瞬间嘴"瓢儿"了，"车了没啊……没领我帮你。"

盛夜行眼神阴鸷，将三个隔壁班面孔扫了个遍，再提了提手里的独轮车。他那样子像要拿车子抢人，吓得那三个人赶紧贴墙根往外走。

杀气腾腾的盛夜行放下独轮车，朝他们瞥了一眼，没说话。以前打架基本都是同龄男生被他揍服，他没怕过谁，也不会怕。现在路见星被一群不熟的男生嘲得一脸蒙，盛夜行倒有点儿怕了。他怕路见星把那些不着调的笑话听到心里去。

路见星动了动腿，看见盛夜行在第一级台阶那儿站着，突然就不知道该怎么动作了。盛夜行看出了他的紧张，干脆把独轮车放下靠着墙根，说："跑下来吧。"

路见星还是有点儿不敢动。之前他随便怎么撒欢儿跑都无所谓，但现在他不想一趔趄摔到盛夜行眼前。他最近状态不稳，干什么都特别丢人。

"路见星，我接着你。"盛夜行向前一步，"除了我，没人看见。"

他算是看明白了——"小自闭"洗澡、爬床梯避着自己，连下楼跑个步都要避着自己，就是怕丢脸。这个年纪的男生自尊心特别强，更何况是在最不想拖累的搭档面前。但是，盛夜行现在需要把路见星的惯性思维调转过来，他们之间需要的是，只在对方面前露出脆弱、需要保护的一面。

路见星最终平稳地跑完了最后几级台阶。

他脚步平稳地走出楼梯间，然后回头看盛夜行有没有跟上。

"急什么？"盛夜行看他着急了，笑得不行，"空地还很多，有位置的。大家都在训练自己的，没人会说你做得不好。"

"嗯。"

"不用紧张……慢慢来，"盛夜行说，"有的是时间，就怕你不想练。"

路见星被说中了心思，实诚地点点头，伸手去接盛夜行领的独轮车。

让独轮车保持平衡，对于正常人来说并不困难，但对路见星来讲是一大挑战。

这和小时候玩的平衡木、触觉板或是大龙球不同，独轮车是有一定重量的。路见星庆幸自己没有疏于锻炼，他完全能依靠蛮力去维持短时间平衡。

三圈下来，车倒了四五次，路见星耐心即将告罄，朝盛夜行投去求救的目光。

"再多转几圈？你这才练多久？唐寒明天要检查的。"盛夜行正叼着没点燃的烟站在一旁观察他，"要是等会儿你不想玩了，你就说'结束'或者'完毕'。"

路见星大声道："结束！"

"嗯，这么快？"

"……"

"撒娇卖萌都没用，况且你眼神还这么吓唬人，"盛夜行在他后脑勺儿上摸了一把，拍了下，"乖乖推满十五分钟，给你点儿奖励。"

路见星："……"

十五分钟……那不得推到手酸脚疼啊？路见星斟酌了一下，决定讨价还价，左手比个"一"，右手比个"〇"，朝盛夜行扬下巴，神情严肃得不容商量。

"多五分钟加一杯奶茶，"盛夜行松口，做出让步，"还是加珍珠的那种。"

路见星一愣，直接把右手张开，将时间又还原为"十五"。

他想喝点儿甜甜的饮料，能让心情变得更好。

训练完毕，路见星如愿以偿地喝到了热奶茶，盛夜行则在一边靠着墙喝冰可乐。

盛夜行看他正铆足了劲儿吸珍珠，觉得好玩儿，便随口喊他："路冰皮儿。"

"哎。"路见星回应得十分洪亮。

"哎？你哪儿学的？"盛夜行笑了，自己本来就是随便喊喊，没想到能得到回应，"怎么还有东北口音了？"

路见星又不吭声了，盛夜行边走边叫："路哥？"

"……"

"路开瓢？"

"……"

"小自闭。"盛夜行冒着被揍的风险说完这句，轻声道，"你……现在还对'自闭'这个词语感到排斥吗？"

路见星并没有正面回答问题，而是仰起脸，笑了："啊——是我啊！"

"是你啊。"盛夜行也笑。看样子他慢慢能坦然面对了，这是个很大的进步。

路见星还是抓着不放："是我啊。"

"是你啊。"

"是我啊。"

"嗯。"盛夜行捏他后脖颈，低头看自己的脚，"是我们啊。"

回到寝室，盛夜行把好久没用的笔记本电脑翻了出来。

今天唐寒布置的另外一个作业是用电脑做几个颜色深浅不一的几何图形，还有一篇文章需要纯手打到图片文档上。盛夜行十分钟就搞定了，但是路见星做起来就难了。

"我把画图软件给你打开了，你先试着把这个正方形、圆形画上去，"盛夜行脱了上衣，踮起脚去床边拿背心，"我洗个澡，稍后就来。"

画图对路见星来说并不难，但要按着鼠标在电脑上画图，确实需要练好几遍。

在他忙完三个几何图案之后，盛夜行才披着毛巾出来，边擦头发边看电脑。

盛夜行把唐寒打印出来的文章资料平铺到桌面上："一千四百字的文章，给你两个小时的时间可以吗？"

电脑打字对路见星来说较为陌生，他没有回答，捋袖子开始一个键一个键地摁。

他双手的协调问题很大，想要连贯性打字算是天方夜谭，每个拼音字母都得挨个去点，有时候还打错，就得全部按删除键，重来。

折腾到夜里十一点，男生宿舍切断了电源，路见星还没弄好。

一千四百个字的文章，他才打满四百个字，就已经累得手酸脖子疼。他开始焦虑。

盛夜行看他着急，只得安慰道："再打一百个字就休息？我明天跟唐寒解释。"

路见星摇头，默不作声地开始摁键盘上的删除键，直接删了五十个字。

无能。他对自己的无能感到了愤怒。

"别乱摁……你这字打了这么久，一摁又没了。"盛夜行抓他的手，"只剩三百多个字了。"

路见星烦，烦得头都要炸了。他咬咬牙，把纸张拿过来看，又开始笨拙地在电脑上打字，每一次按回车键都敲得巨响无比。打完一排，他说一声"结束"。

打完五排，他又按删除键，把打了半小时的字全删了。盛夜行不太能明白他的举动。

"住手，"他感觉到路见星在没来由地发脾气，但也知道对路见星没有什么道理可讲，"你如果不想打字就直说，不要删掉，不然明天还得重新来。"

"放，"路见星的嗓音变得尖锐起来，"放！"

盛夜行的言语根本不受控："路见星！"

"放！"

盛夜行不得不放开他的手。看路见星发狠似的把之前打的字又删除一百个，再重复性地把删除的字打一遍，按键都是一个一个地按，又急又躁。

盛夜行在旁边沉着脸色看，手指却快要把掌心挠破。这种情况还是第一回，盛夜行试图抱着路见星安抚一下，但路见星又不让他近身。

在混乱的"不自知"中，盛夜行猛地合上笔记本电脑，抓起鼠标砸到了一旁。

"啪！"紧接着，寝室里床腿挨着栏杆那一块被砸得一片狼藉。

路见星停下来，气得面色泛红，想说话又说不出，只是急得掐住盛夜行的手不松开，又眼睁睁地看着盛夜行把书本全摔了。

"别，"路见星身量还算高，勉强止住盛夜行砸东西的动作，"别砸！"

盛夜行大口大口地喘着气，只觉得脑子里有一根弦被烈火烧得滚烫，胸腹、背脊全出了冷汗。只需要一拨动，那根弦就开始疯狂震颤，影响得他无法控制自己的行为。

被路见星摁得半跪在地上，盛夜行声音都变得低哑："我……我刚刚……"

"你。"路见星嗓音干涩，也蹲下来，完全凭借本能靠在盛夜行身边说，"刚刚，砸了，好多东西。"

盛夜行头痛得快要呕血，几近失语。

"砸，"路见星停顿了几秒，用掌心去摸摸盛夜行的额头，"不好。"

这么烫。他总感觉对方没有在犯病，是在发烧。同样地，盛夜行不觉得自己发作了。

"躁狂"不只是他的病，还是年月深久埋藏在身体里的毒药，渐渐改变了他原本的性格。说实话，盛夜行总觉得自己发病的时候很爽，感觉要毁天灭地似的，能想一些平时都不敢想的事，和接触过的那些病友一样，在自己看来可笑至极。

但爽归爽，药还是要吃。他的药量已经比最开始减少很多，但他还是会突然情绪失控。

他和路见星的这两种病，就是仇亲，最受折磨的是亲近的人，现在变成了他们两个互相折磨。

收拾完残局，盛夜行催促着路见星上床睡觉，自己去阳台站着抽烟吹风。他试图让自己更清醒一点儿。一根烟抽完，他回寝室吃了今天的药，又在黑暗中站了好一会儿。盛夜行吃了药犯困，他闭着眼给路见星掖了一下被子，转眼便堕入梦境，连一句以往每晚都说的"晚安"也没来得及在心里讲。

等觉睡到一半，半梦半醒间他听到了敲击键盘的声音，还有低低念叨的人声。

听了一会儿，盛夜行才突然感觉到身边的位置是空的，他瞬间惊醒，坐起身往床下看。

路见星正坐在电脑前，一个人将头垂得很低，双手都放在键盘上。他一边小声念，一边敲击键盘，神情十分专注。盛夜行没忍住喉咙的不适，咳嗽了一声。

路见星闻声转头，发现盛夜行醒了，主动开口说道："我，做完了。"

"什么做完了？"盛夜行愣了。

"作业，"路见星顿了顿，"全部。"

"一千多个字你打完了？"

路见星端着电脑，模样特牛气："嗯。"

盛夜行下意识抓过刚差点儿被自己砸烂的手机。

凌晨四点五十七分。路见星一个人把作业弄好了。

盛夜行突然想起唐寒的那句话："你能看见他，但你对他一无所知。"

"你很棒，"盛夜行攥紧被角，才睡醒的嗓音微微发哑，"路冰皮儿，快上来睡觉。"

路见星笑了一声，慢吞吞地收拾电脑，也学着他的"沙哑感"，悄声说："好哇。"

盛夜行往旁边躺了躺，让自己的背紧贴着冰冷的墙，毕竟前胸怀抱是留给路见星的。

关于唐寒的那句话，盛夜行想给出回复。

他是一道世人未解的谜题。

但答案在我手里，也只有我知道。

蜜桃冰摇茶

我想保护你，我的耐心都给你。

MITAO BINGYAOCHA

☾ Chapter 17 拆组 ✦

今天画的蓝色痣。

第二天，除了交作业，路见星没忘了在自己的本子上画一个月亮。

毕竟昨晚上盛夜行乱砸东西了……这个习惯非常不好。

为了配合操心同桌现状的心情，路见星晨起后拿了只蓝色水笔往眼下点了一下。

冬天过得太久，他的皮肤被捂白了一点儿，由于吃好喝好了，气色也相对好了不少，不像一开始来的时候那样稍显病态。

他眼下的水笔痕迹未干，一转头面向阳光，那颗蓝色的泪痣在悄悄闪亮。

走到校门口，盛夜行看路见星眼下的痣，心里不舒坦："早餐想吃什么？今天都依你。"路见星没注意他说了什么，只顾着去瞧马路上开过的车。对他来说，人也是风景。

盛夜行伸出手指在路见星眼前晃了晃："路冰皮儿？"路见星微微回了神。

"摊煎饼？包子？粥？还是豆浆、油条？选一个。"

路见星大声地重复道："选一个。"

说完，他没等盛夜行就往卖粥的铺子走，边走边掏自己的钱，像是决心要自己买。

盛夜行干脆不跟着了，长舒一口气，靠在店旁边的树下，看路见星能不能独立完成。

路见星买东西还是困难，把钱放在收银台上就不说话了，几米开外的盛夜行都能感觉到他动作的僵硬。好几分钟过去，路见星也没说买什么，直到被后面的顾客挤到一旁。

"不好意思，借过。"盛夜行背着书包过来，把路见星拉到身后，"两份南瓜粥，打包带走。谢谢。"

他说完准备掏钱，身后忽然伸出一只手，里边攥着一张二十元的人民币。

盛夜行没接，那只手往他腰身靠了靠，坚持不收回去。

"你来给？"他问。路见星的手又轻轻靠了一下，把纸币攥得死紧。

付过钱，盛夜行带路见星出了粥铺。

上课铃响，盛夜行朝身后爬楼梯的路见星说："还有五分钟迟到，你自己走还是我背？"

背？那也太丢人了。好歹他十七岁一堂堂男子汉了，被同桌背上楼算什么事。

路见星老想起上次被背的经历，觉得盛夜行越做越自然，那以后自己走路怎么办，都需要别人照顾吗？路见星没答话，只是把书包带子攥紧了，表示可以自己来。

经过努力，路见星在上课铃响之前跟着盛夜行进了教室。

唐寒有意锻炼路见星的社交能力，经常在下课后让他帮老师递交文件。唐寒也明白，适量的夸赞和鼓励，能让孩子更快地重拾自信。大课间路见星又被唐寒叫出去了。

"哗——"一声，盛夜行前座的凳子被撞开。

路见星不在，盛夜行睡得不踏实，有点儿动静就醒了。他垂眼看地上好像有个手机。

市二并不像许多高中那样在教学楼禁用手机，而是很支持各位同学用手机交流的方式对更多朋友敞开心扉，从而解开一些心结。

"哎哎哎！好好说话，别砸手机。"顾群山指了指正在战火中的冬夏和另一位同学，继续劝，"多大个事，你们……"

"要打架我奉陪啊！"其中一个男生叫嚣道。

冬夏怒了："你那朋友圈是能随便发的吗？你对全班的健康状况多了解？"

"我们班……"语速变慢，男生有点儿站不住脚了，"应该没心理疾病吧……看着都挺乐观嘛。"

"生什么病都是有可能的，你戴什么有色眼镜？病是生理性的，还不明白吗？什么叫得抑郁症就是因为心理阴暗、不够乐观、不会开导自己？你活在几百年前啊？！"

冬夏看见路见星进教室了，继续怒道："你看路见星，他弱智吗？他一辈子不说话吗？他记不住谁对他好，记不住自己该干什么吗？他门儿清！偏见就是偏见，我他妈小时候有抽动症，长大之后很多行为不受控，所以才来到这里。可我现在改了，我现在可以不抽抽了，不老耸肩了，我下学期还能回普通高中！不是所有人都一样的！"

讲理是讲理，可是人一愤怒起来就容易口不择言。

路见星的注意力全在他后半截话上，前半截的"攻击"力度一下就弱化了。

从小到大，被说"笨蛋"也不是一次两次，他早就习惯了，也没想过要去反驳什么。

小时候，路见星对学习比较排斥，因为无法交流。后来大了点儿，接受了"需要学习"这一设定，他就将学习放进了日常的固定行为中，尽管吃力，但也不觉得特别困难。

人总是要自己推着自己向前走。父母会老去，老师会休息，自己跑得慢、做得吃力，就应该尽力去拥抱阳光。他知道，还有无数双眼睛看着自己，无数有困难的家庭互相关怀着，都期望看见其他同类能够越来越好，那样自己才有希望。

他的神思还未结束，那边同学拿起书已经开始互砸，邻座女生纷纷躲避。

"干什么！"季川老师刚进教室，赶紧招呼道："停手！全都站好了！"

学校里打架，老师一到场基本就宣告战斗结束。

唐寒被叫来善后，路见星拿了笔记本便走出教室追上去。他也说不清什么感觉叫"倾诉"，只是迫切地想要让老师知道——盛夜行状态不好，盛夜行需要帮助。

唐寒皱眉看完本子上记录的发病次数，虽然寥寥可数，但已经足够成为将两人分开的理由。

交涉之前，唐寒给路见星泡了杯茶，小声问："见星，在听老师讲话吗？"

路见星快把茶水都喝干了，才说："嗯。"

"当时老师安排你和夜行互助，主要是因为他早就进入稳定期了……后来发生的一些事，我们也没预料到。"唐寒叹了一口气，继续说，"这次应该不算发病，只是在发脾气。这么多年，他的脾气也受了生病很大影响……等这学期结束了你们就拆组吧，这个险不能冒了，尽管你们已经帮了对方很多。"

拆组？

"夜行虽然患病，但他责任心够强，也有保护和照顾同学的能力，非常懂事，大部分时间也比较冷静……这些我们都是考虑过的，在相处的时间里，你也越来越开心了。"唐寒的眼神十分温柔，"见星，不管今天你能不能听进去，老师都想说一句，谢谢你，配合我们的工作，也没有放弃过自己。"

路见星是个棘手的孩子，各方面都是。

她的工作非常需要耐心以及信心，为了帮助路见星，她查阅了无数资料，看过无数纪录片，也在周末去关爱中心待过，只希望能尽职尽责。

其实不只她，市二所有的老师都非常尊重自己的职业，都在为学生努力。

"许多方案我们还需要探讨……你先回教室上课吧。"唐寒递给路见星一块巧克力，笑道，"不过，一切的意愿在于你和夜行。你们能健康快乐地在市二度过高中生活，这是我们的愿望。"

"拆组"这两个字困扰了路见星大半天。剩下的时间，他全耗在了画小蛇上。

各自在书桌旁玩儿到十一点熄灯，盛夜行才察觉出路见星不对劲儿——从六点多放学到现在，除了吃饭时说了一句"要葱"，别的什么都没讲。

洗过澡，盛夜行端着板凳坐到路见星身边，看他用湿纸巾擦眼下的痣，沉声说道："今天一天都不开心，所以不想讲话？"

路见星这次并没有采取沉默抵抗，反倒点了头。

"有什么不开心的……可以说说吗？"

"……"

"我今天也很不开心，因为你点了蓝色的痣。"

"……"

"你还是不愿意讲。"

路见星听到"不愿意"三个字，总算有了点儿反应。

可他并不看盛夜行，眼睛瞧瞧左边再瞧瞧右边，最后垂眸，研究自己的膝盖。

"算了，不早了。"盛夜行疲惫不已，"睡吧。"

"睡。"路见星说完，回头去接盛夜行递过来的被子，准备往床上甩，不然两个人盖同一床会感冒的。他没注意到自己在床尾坐着，原本掀开的床帘突然掉下来遮住了整张床，他一回头，脸贴上床帘，把布料顶起一小块。

盛夜行抬头就感觉床帘快贴到自己脸上了。是被路见星的脸顶起来的。

"小自闭"隔着床帘看什么？

"别动。"盛夜行再一次说。两个人一瞬间都停下了动作。

布料不算厚，盛夜行能察觉路见星悄悄呼了一口气——温热，又粗重。

路见星的手也在抖，他突然就使不上劲儿了。

他主动关掉夜灯，小声说："刚刚，是我在那边。"他盯着黑暗，也不知道对谁说这句话。

盛夜行没回答，只是把被子弄好后安静地躺下来，路见星已经入睡了。

第一次感觉到什么叫身体贴这么近，心却隔那么远，盛夜行还是决定去理解路见星。

虽然今天很不愉快，但盛夜行还是在心里对路见星说了一句。

我知道。

我知道，那边，是你。

拆组的事情让路见星心心念念，一晚上都没睡好。他的专注力全在"要分开"上面，还没有考虑到盛夜行会怎么想、盛夜行愿不愿意，只自己生闷气，但更多的是无力。

明知不应该再互相影响了……可就算盛夜行始终是个定时炸弹，他也想说他不害怕。

第二天早上，路见星比往常提前半小时就醒了。他轻轻挣脱盛夜行的怀抱，爬梯子下床，洗漱后把手机打开，看盛夜行给自己录的视频——系鞋带的教学视频。

盛夜行醒的时候，看到寝室地上摆了几排鞋——李定西的、自己的，还有路见星的。清晨的阳光透过窗帘洒进来，依稀能看清楚路见星蹲在地上满头大汗地在干什么。

路见星把全寝室鞋的鞋带都给系了。

盛夜行先是愣了几秒，决定不打扰他，然后躺回床上开始憋笑。

"路冰皮儿"，真行。

自从唐寒提出要自愿拆组，路见星上课的劲儿更足了，怕哪里没做好又被叫去谈心。

期末将至，各科目的复习也进入冲刺阶段，同学们唯一能够放松的项目则是上一些锻炼课。盛夜行早晨去骑摩托车，回来时肩上还挂着透明雨衣，半遮面的户外面罩没取下来，就这么从后门开进了市二的停车场。

停车场有标号，盛夜行选了个路见星生日月的数字，把车开过去停了。

盛夜行一路拎着篮球袋，挎个书包回到教室，这时第一节课已经结束了。

"服了，"他低头取下牛皮骑行手套，将防摔护具也取下来，边整理边骂："我他妈就不该买这么多装备……"

"要我玩呢，就是人菜瘾大。"李定西摇头晃脑，"要你玩呢，就是实至名归。"

盛夜行瞥了他一眼："少贫。"

"闭麦，"盛夜行捏他，"调静音。"

"我一多动症你就喊我少讲话，有没有人权啦？"

林听看了一眼闷不吭声的盛夜行，从兜里掏出两个未拆封的耳塞。

盛夜行懒得跟李定西贫，低头研究今天的锻炼项目。

平时没兴趣仔细看，可今天他看一眼昏昏欲睡的路见星，突然有了阅读流程的冲动。

他嫌冷，面罩还没摘，只露出一双眼睛。顾群山发作业本路过，看盛夜行正侧着头和路见星讲话，头微微仰起来，面罩都被勒出些许轮廓。

顾群山遭受了视觉冲击，立刻凑过去拍马屁："老大，你这侧面轮廓已经不可以用硬朗来形容了，我想想，应该是，刀削的似的。"

"嗯，"盛夜行点头，"中午吃刀削面吧。"

顾群山一砸作业本："成！"他正准备走，又看到盛夜行的眉眼含笑。

有什么好高兴的？今天的训练项目以前都做过，不至于这么开心吧？

"老大，我怎么感觉你最近不对劲儿啊。"顾群山边说边下定论，"你看看你，笑得能开朵花了。"盛夜行脱校服外套的动作停了几秒。

路见星盯着他看了好久，隐约发出一点儿声音，像是在说某个字。

"嗯？什么？"

路见星睁大眼睛认真打量他，半晌才憋出一个字："酷。"

班长领着全班一起去了训练室。训练室的器材多种多样，海绵地垫踩上去也十分柔软。第一个项目是搭档要裹在同一床被褥里朝同一个方向打滚，要求动作一致，不然其中一个滚得慢了、用力了，两人就难以一起朝侧面挪动。

"左边二十下，右边二十下……"盛夜行攥着清单看，"在翻滚过程中，将墙这头的小教具搬运到另一头……"

说实话，以前他常常蒙混过关，今天还是第一次想要认真完成。

"我说清楚了吗？"盛夜行念书完毕，低声在路见星耳畔讲话。

吐息发热，刺得路见星一缩脖子，没看人，只是答了句"嗯"。

"我们在被子里，其他人都看不到……你把手给我牵着，我们一起朝另一边翻滚。"

盛夜行说完，也不顾路见星同意不同意，悄悄从被子里去握路见星的手。

十指交握的那一瞬，他们听见老师说"这组快一点儿"，听见同学说"老师，我滚不动了"，听见哥们儿说"路哥和老大那一组也太慢了"等等——

翻滚耗体力，两个人也不怎么交流，一用上劲儿、找准契合点，运动起来就完全符合要求。

被褥里又暖和又有安全感，路见星滚得高兴，滚了几圈终于支撑不住，躺下了，朝盛夜行突然说："卷心菜。"

盛夜行现在已经能自动翻译他的话，笑了："他们像卷心菜，是吧？我也觉得。可大家的头一直露在外面，我觉得更像生鱼片卷。"

路见星："卷饼。"

盛夜行："易拉罐。"

路见星继续想："蟹肉棒。"盛夜行怀疑他早上没吃饱。

"呼吸，"路见星深吸一口气，又缓慢地将其吐出来，"呼吸……"

"对。"

"啵。"路见星将上下唇轻轻分开，发出一种轻微的拟声，"啵！"

这也太难猜了。盛夜行想来想去："鱼在吐泡泡？"刚刚他提了生鱼片。

路见星一听他这么说就没再继续"啵"了，反倒从地上躺着翻滚回来，表示再来几圈。这种配合运动的机会实在少，而身下的海绵软垫、身上的羊绒薄毯都让他感到舒适。

还有，原来和别人在封闭空间里挨着的感觉也如此好。

第二个项目是"你画我猜"，老师说要过年了，大家可以跟搭档说一些新年祝福。

祝福不祝福的，盛夜行听不进去，他逮着了机会揪路见星的手，让他摊开掌心。

手心全是汗。也不知道是什么时候出的，有那么热？

"我先写字，你来猜猜看是什么字。"盛夜行想了想老师的话，重复道，"你去摸任何东西的触摸感很重要，同样地，在接受触摸时，你的感觉也很有意义。"

盛夜行说完，花了几分钟慢慢写字。

三个字，很少，却是肺腑之言。

路见星先是眉头一皱，随后才将手心上的汉字想清楚。

"你会，"路见星吃力地念，"好。"

"不，"盛夜行点点他的手掌心，"是你会好。"

在盛夜行的注视下，路见星突然开口道："你也会。"

盛夜行没有回应，而是按照老师的要求，又用手指在路见星手掌心写了个字。

"我——"路见星拖长尾音念着，"会——"

盛夜行点头表示正确，鼓励似的将写字的速度加快了点儿。

"陪——"路见星张了张嘴，花了几秒钟去反应下一个字，"你——"

"我会陪你。"

这四个字像某个开关，摁开了"拆组"这两个字在路见星脑海中的按键，莫名的情绪又倾泻而出。路见星努力平缓呼吸，控制住想左晃右晃的肩膀——为了让自己在一群同龄人中间看起来不那么怪异。

轮到路见星拿指头写字，他非常谨慎地考虑一会儿，伸手画了个"门"。他正想再画两个小人儿在门里面，又感觉有更重要的回应尚未做出，就有些焦急地看向盛夜行的掌心。

"我来抹掉它们，"盛夜行合掌拍了拍，"现在可以重新写了。"

"写！"路见星把食指伸出来，"写。"

"嗯，想写什么就写，我来猜。"

路见星的指腹发凉，在掌心上滑动的感觉十分舒服。

盛夜行将他指尖的轨迹牢记于心，记完却发现路见星不动了，他只写了一个"好"字。

"是'好'吗？给我的回应？"盛夜行问。

"嗯。"

好。

我会陪你，你说"好"。

第三项活动是触摸食物训练，这在高二七班还是第一回。由于高二七班本来就属于调皮的班级，每次任课老师都害怕触觉训练的教具被偷吃，好在今年孩子们都有进步。

今天这项活动低于盛夜行的行动水平，他只得趴在一旁看路见星训练。

路见星眼神淡漠又疏离，却总在不经意间流露出一些兴奋。他好像对什么都好奇，又好像什么都与他无关。盛夜行太好奇了。他真的非常想知道这个人在想什么。

路见星摸草莓果酱、黑森林蛋糕、生番茄、南瓜子，还摸鸡蛋，最后干脆把蛋打了放碗里用筷子搅和，搅和成混合物。蛋糕很软，果酱很甜。

"都摸完了？还有什么食物？手边的，大家再拿手去触碰触碰。"老师说。

"我把教具吃了怎么办呀老师？"班上有男生喊。

"还挺甜的。"李定西抿一口嘴角的果酱。全班哄堂大笑。

"再领啊，"老师倒大方，也跟着笑，"不过，你领了还吃，就没有第三次机会了。"

"食物触摸训练完毕，但我们下节课还可以继续。想留着的同学们可以把食物自己拿回去试试。"

老师的余光瞥到闪出教室的两个身影，惊叫道："路见星、盛夜行！你们去哪里？"

盛夜行的脚步压根儿没停顿。早已习惯为盛夜行当后盾的李定西霍地站起来，认真对老师说："老师，我老大……不是，盛夜行说想上厕所。"

老师："可……他没打报告。"

李定西："我知道的，他一急着消失就是想尿尿。"

老师："那路见星呢？"

李定西有点儿难为情了："他……我也去上个厕所！"他也不知道啊！

男卫生间里，水龙头未关，还正在哗啦啦地流水。

盛夜行顺手拧紧水龙头，又扑了些冰水在自己脸上。他需要片刻清醒。

随后，盛夜行急躁地端开厕所隔间的门，揪着路见星歪斜的校服衣领，把他推入隔间。

盛夜行十分清晰地意识到自己没有发病，各方面情绪都很正常，用力不会手抖，踢踹不会腿软，清醒到连呼吸的深浅都让他足够伪装镇定。

"你……"没想到是路见星率先开了口。

"路冰皮儿。"

路见星没有再望向别处，而是真真实实地将目光投向了他。

"你别怕磕伤我，你想怎么推就怎么推，隔间就这么丁点儿大，"盛夜行喘着气，"打也行，开瓢儿也行，你别憋着……你试着，讲讲话。"

路见星眼睛红了，只是瞪着盛夜行。盛夜行咬着牙骂了一句，瞬间又想把话吞回肚子里。他见不得人脆弱，特别是路见星。

盛夜行一拳头捶到隔间门上："你难受，你就骂。"

路见星还是不吭声。他说不出来什么，感受不了什么，他只知道："我需要他，我想他，我们互相不可或缺。我甚至离不开他。"

一开始看是盛夜行占了上风，因为他几乎是把路见星抵在墙上，可从路见星翻身压他开始，他才明白，路见星也有情绪。

"算了……你今天没开我瓢儿就不错了。明明隔间门能打开，对吗？"盛夜行问。

漫长的沉默后，路见星点头。

突然，厕所隔间外有了点儿动静，门被推开了。

李定西气喘吁吁的："老大，你打路见星了？"

"没啊。"最里边那间传来盛夜行懒洋洋的声音。

李定西累得五官都快扭曲了，天知道他多担心："那怎么回事？"

盛夜行淡淡道："我想上厕所，裤拉链卡了。"

"哈？那你为什么不叫我？我好歹……"他好歹和盛夜行一起洗过澡！

"路见星有经验。"

"什么经验？"

"他也卡过。"盛夜行左手抱着路见星，右手去摁冲水键，"好了，我尿完了。你能去门外等我吗？"

"啊……行，"李定西挠挠头，"那我在门口等你们！"李定西心中诧异，课间相约一起上厕所不是女孩子才干的事吗？

☾ Chapter 18 落星 ✦

祝你新年快乐。
····················

路见星没感觉哪里不对劲儿。

盛夜行对他还是和以前一样，该照顾的照顾，该学习的学习，并没有明显的变化。对于路见星来说，迎面走来一个人，他也不能很快分辨出"这个人是谁"。但只要那个人是盛夜行，只要他站在走廊上望着自己笑一下，他好像就能听见小烟花在耳旁炸开的声音。

他正在发愣，差点儿被迎面来阳台晒衣服的李定西撞一个趔趄。

"哎！"李定西侧身撞到旁边的墙上，疼得抽了抽，"路哥，你怎么站路中间啊……疼死我了……这谁他妈扔地上的拖——"李定西突然想到寝室里就他们三个人，不就是盛夜行扔的吗？他及时闭嘴，把毛巾甩到肩上搭好。

李定西往回看了看，小声对路见星招手："路哥，我能把手放你肩膀上吗？"

路见星的眼神闪了闪，没说话。

盛夜行正在戴着耳机打游戏，李定西再三确认后，赶紧把胳膊搭路见星肩头上，压低声音说："路见星，你跟我说实话，那天在学校厕所……"

路见星原本望着别处的眼神回来了，斜睨着李定西，带着警告意味。

"别凶我，"李定西被他唬人的眼神吓到，讪讪道，"我就想问，老大是不是打你了……"

"没有。"路见星说。

"那他上厕所……那么急匆匆的干什么？还拉着你一块儿。我们年级只有女生才结伙上厕所。"李定西左瞧右看，"你……"

"没有。"他重复道。

"他欺负你要跟我说啊，他没轻没重的。我平时是听他话，但关键时刻他还挺看重我的意见。老大这个人呢，其实就是看着凶，心软得很，最温柔的就是他了，你别——"

李定西还没说完，路见星就重重地点头，表示赞同。

看路见星肯定的眼神，李定西像受到鼓舞似的继续说："以前每次老大出门，我都说我想吃蟹黄小包，他说不给我带，最后还是悄悄买了。"

路见星没吭声，李定西更来劲了："还有啊……我们外出打比赛，他可护着我了，老说什么'没人管你'，一遇到对方队员冲我唬劲儿了，老大第一个挡在我面前！"

"那是我怕你被罚出场，"床边突然传来盛夜行的声音，"你被罚出场了我们队就没个能打的得分后卫了。"

"你看！"李定西指指盛夜行，"他就是死那什么嘴硬！"

想了想，路见星说："鸭子。"

李定西："嘎！"

"行了，连路见星都能跟你唬一块儿。"盛夜行吹了声口哨，"睡觉吧，你俩。"

李定西一进浴室，盛夜行就顺着床梯爬下来了。他盯着愣在阳台上的路见星，抬抬下巴示意自己同排的床，笑道："愣着干什么，上来睡觉啊。"

床帘可以拉起来使并排床位互通，但是床帘鼓起的部分总会让人生疑。

盛夜行先是眼看着路见星慢慢爬上床再蹲到床尾，在路见星稳坐上床垫时拍了拍他的肩膀："先别动。"路见星条件反射性地立刻停下所有动作。

盛夜行纳闷了，路见星到底是怎么做到每一次被人靠近都像第一次的？

路见星没看他，也没有表现出任何攻击意愿，抄起抱枕抱在怀里。

放假的日子越来越近，期末考试是笔试，进行得很顺利。

高二七班的纪律也足够好，唐寒检查过一遍没有白卷后就收了卷子。

离放假还有一天，盛夜行请假回家，说是舅舅回来了。

路见星还不太能接受盛夜行这么快就赶着回家，破天荒地低头开始打字。

汉字如同某种秘密，他如果能打出来文字，就能让自己按读音讲出来。

"多久回？"路见星问。

盛夜行抖了抖肩上的篮球袋，冲路见星说："我这算提前走……所以，下次回来可能是开学时间了。你有什么问题一定要找我。"

你有什么问题一定要告诉我，又是哄小孩儿语气。

现在上着课，路见星没法儿跑出去祝福新年快乐，也明白盛夜行等会儿回寝室就会把东西全收走，连床单被套都不会留。路见星难受着，低低地"嗯"了一声。

最近日子过得太舒坦，他都快忘了拆组的事了，可越憋越难受，这都只能一个人消化。那时候路见星没想到，唐寒能找他，肯定也找过盛夜行。两个人要忍受的或许都不比对方少。

盛夜行舅舅回市匆忙，时间也不等人，盛夜行回头看了一眼路见星。这人还在写作业，就是手有点儿抖，字迹不太走心。他在后门那里站了一分钟，路见星也没转过来看他。

舅妈的车就停在宿舍楼下。

估计盛开在家等着哥哥投喂，现在还在被窝里黏糊着，没起来。

到家后，盛夜行拎着行李箱要往楼上走，碰到了出门买生抽的舅舅。

盛昆够精明，识人眼光毒辣。而盛夜行总给他一种"一针见血"的压迫感，他调笑道："夜行长大了呀。"

"先上楼，我去买吧。"盛夜行说。

三个人上了楼，盛昆又开始折腾他淘的年货，盛开已经在餐桌边上扒拉着桌布，等待开餐。

"夜行，把年货搬一下。"盛昆扯下门口贴的对联和福字，边撕胶纸边指挥，"去年贴的这都什么呀……'春来回大地'……"

"舅妈写的，"盛夜行剥开一瓣柑橘，塞到盛开嘴里，"舅舅，今年你写？"

盛昆拍掉纸屑，佯怒道："你写！你都高中生了，还不能写个毛笔吗……"

"不写。"盛夜行说，"盛开写。"

盛夜行含了瓣柑橘在嘴里，去抓盛开的小辫儿，用手指将小辫子绕住，用指尖轻轻在小姑娘后脑勺儿敲了一下。妹妹辫子软，还挺好揪。

半小时后，盛家门口贴了一对字迹歪斜的春联。

也不管路见星会不会看微信，盛夜行还是照常汇报行程：

——我到家了。妹妹写了对联，拍给你看。

"我出门吧，除了生抽，还缺什么？"盛夜行把家钥匙揣进兜里。

"缺不干胶，再买点儿酒，咱爷俩喝点儿。"盛昆说着，正费劲儿地拿铲子去铲干净去年的春联撕下后留的印子。

舅妈进厨房炒菜，头也不回地喊："夜行！再买点儿葱！"

"能不放葱吗？"盛开边吃冬瓜糖边接嘴，"哥哥跑外边多累啊！"

"再不听话你跟你哥一起去！"

"去，我想去！"盛开整个人往她哥哥腿上挂，抓住了不松手，"哥……"

"起腻。"盛夜行嘴上是这么说，但还是给盛开拿了顶毛绒小耳帽扣她脑门上，说，"你要学人家卡通电影里的女主角穿礼服，可以，但你别这么冷还穿这么少。"

"她很勇敢。"盛开一屁股坐在地上，开始穿鞋。

"但你不能感冒了。"盛夜行把盛开抱出楼梯间，"电影里女生都是公主，有超能力的。"

"我是吗？"盛开问他。

"你当然是，"盛夜行笑笑，"小公主。"

从家里到菜市场有段距离，盛夜行又边走路边发了句：

——出门买菜。

再一次坐上三轮车，盛夜行的心情妙不可言。他看了眼旁边靠着自己快睡着的妹妹，伸手捏了一下她的脸。

恭喜盛开获得全市第二好捏的脸蛋奖，第一名是……路见星。

想到这里，盛夜行又把手机掏出来，点开和路见星的对话框，打了句："我想你。"

盛夜行总怕过于明显地示好会给对方带来麻烦。他的大拇指悬在"发送"键上方。

三轮车本来就容易颠簸，车一抖，盛夜行手就直接按了下去。

"×。"

"哥？怎么啦？"盛开挨着她哥，睡得迷迷糊糊。

看了眼妹妹，盛夜行长叹一口气："没什么。"

他这才注意到屏幕上落下了一颗小星星。手机软件还能这么浪漫？

盛夜行想再发一次"想你了"看看，又担心路见星对此反感。

那头，路见星盯住手机屏幕，看着接收"我想你"之后的微信界面，正有小黄星哗啦哗啦往下掉。

他一愣，嘴巴开始数数："一、二、三、四、五……"

其他落丢的数不清，但他数了……十八颗！

盛夜行走的第二天，学校正式放假。

校门口人来人往，家长领着孩子和行李，一起往家的方向走。

路见星只背了个双肩包，脚边放着登机款的行李箱，里面是些没来得及换洗的衣裳。他一个人站在校门口的树下，轻轻踮起脚，沿着路面透水砖的线踩来踩去。

左右左，左右左。

他想起自己来到市二的第一天，等待也是如此漫长又不安。

看见来接自己的父母，路见星紧绷的情绪终于放松了一点儿，他开始学着主动去把行李箱拎起来往后备厢里放。

父母对他主动做事的态度惊讶了几秒，只是连连说"好"，声音颤抖，听得路见星莫名心酸。

他接受情感干预较早，并不是永远都无法体会到情感。

对他来说，曾经孝顺的唯一方式就是不给父母添麻烦。可是如今，他觉得自己可以试着帮父母做一些力所能及的事。在外人看来的"举手之劳"，对他来说可能就是前进了一大步，毕竟这条路在一开始是窄的。

路见星裹着厚外套坐进车后座，在车启动时往玻璃上哈了一口气，伸出手指画了两下。

他想就着市二的背景写一个"再见"，但还没来得及写完一个字，车就开走了。

路见星换了个舒服的姿势靠在座椅上，头侧着，盯紧不断倒退的窗外风景。

他隐隐约约感觉父母在讲话，可不知道他们是不是在对自己讲。

他正在出神，衣兜里的微信提示音开始响个不停。

原来是李定西拉了微信群聊，一个是他们经常一起玩儿的男生凑的叫什么"NBA明星球员群"，另外一个是宿舍群，三个人的。盛夜行把群名称改为"宿舍群"，李定西手快，给修改成了"我爱我家"。盛夜行又改回"宿舍群"，李定西坚持不懈地改为"幸福一家人"。盛夜行继续改回"宿舍群"，李定西终于把群名敲定为"家和万事兴"。

路见星看得有点儿蒙。

李定西是话题大王，又对什么都好奇。他先在群里问："你们放假都干什么了？"

盛夜行说陪妹妹放摔炮，李定西拍了一张自己买的鞭炮，说："老大，你买这个可以放屁的炮没啊？你一点燃，就是'噗——'的一声，太可乐了！"

盛夜行发了个菜刀表情，说自己带着个小丫头，问他能不能拍点儿仙女棒之类的小烟花。

"哎，路哥呢？我路哥呢？"手机打字的速度跟不上李定西的倾诉欲，他直接开了语音，"路哥，今年开学你早点儿回来啊，如果遇上元宵节，我老大能给我们包顿饺子吃，蒲公英馅儿的，特别养胃。"

"元宵节不该吃汤圆？"盛夜行回。

"饺子也成嘛，"李定西说，"你包那饺子多好吃。"

"就包过一次，你暗暗惦记了挺久？"盛夜行又回了一条语音。

路见星本来打算回家再听李定西的语音，可现在盛夜行发来了，他就有点儿忍不住。他把音量开到最小，想要听一听盛夜行会说什么。明明他才提前走一两天，却像好久不见了一样。

盛夜行的声音好听，少年感很足，又偏低沉，偶尔自带高冷，温柔起来更加要命。

"那今年大年十五我们煮点儿汤圆吃，还是翻墙叫外卖？"李定西那边像在厨房里帮着长辈忙活，"妈！给我葱！……哎，路哥，群都拉了，你说句话呗。你喜欢吃什么馅儿啊？我提前几天让我妈准备准备。"

"你管好自己，"盛夜行那边倒是很安静，"他不能吃太甜的，糯米也得少吃，汤圆的话，你就别想了。"

李定西叹了一口气，说："糯米吃多了对胃不好……我想起来了。

算了，我费这劲儿拉群聊干什么，跟私聊有什么区别？我路哥都不发言的。"

"今天放假吧？都这个点了，你路哥估计正在他爸妈车上昏昏欲睡。"

"也对，他是要回隔壁省的……路上一定比较累。他今天围巾都不围一个，我看着都冷。"李定西叨叨个没完，"老大，今年我有空来找你放摔炮吧？盛小开多喜欢我啊，上次一见面围着我喊哥哥。"

盛夜行冷冷回一句："她是叫你'抖哥'。"

"还挺会人脸识别……要是下次带路哥回去，盛小开得怎么喊啊？'冰棍儿哥哥'，'雪糕哥哥'？空气都给我说冷了……路见星，你是不是在偷听？"李定西说着，嘴里被塞了块腊肉。

"李定西，"盛夜行忍无可忍，"阿姨没拿腊肉堵你嘴？"

"啊……"李定西迅速嚼了两下，"堵了！"

车内空调温度很高，路见星在衣摆上蹭了蹭掌心的汗，发送消息：

——没有。

这不叫偷听，我是正大光明地听！

李定西笑了："偷听了就偷听了嘛。我路哥就是这么可爱。"

盛夜行甩了个"你很皮"的表情包过去，路见星也没再回复，李定西担心他这句话没说对，赶紧发消息：

——@路见星？？？哥

盛夜行打字回道：

——别@他了，可能正在忙。

李定西手一抖，又把群名称改成了"世界和平"。

这一年除夕夜前，路见星都没怎么出门。

他每天在家里看书、吃饭、睡觉，心情好的时候看看落日、晚霞。偶尔遇上窗外飘雪，他还能在阳台上站站。好在亲弟弟听话，也不太闹他，房间门一锁，几乎就与世隔绝。

弟弟小，很乖，只知道哥哥身体不好，具体的也不太明白。他搬着自己的玩具车、挖掘机、刀剑模型放到哥哥房间门口，再乖乖回阁楼玩别的玩具。路见星偶尔出门用卫生间，被堵得走不动路。起先他还很蒙，一脚能将玩具踹飞几米远，还会被吓一跳，后来他就尽量学着蹲下来捡玩具，将它们堆到不挡路的位置，再贴着走廊墙慢慢地去卫生间。

临近春节，父母常常外出做年终结算，弟弟也被送到亲戚家帮着带，路见星一个人在家里守着，倒也乐得清闲。

阅读能力对路见星来说很珍贵，他大部分时间都在读书。他现在能跟着念完一段长句子。小时候父母担心他舌位高，口腔训练做了不少，现在他长大了，咬字还算清晰。

放假一周，路见星和盛夜行基本没有太多交流，都是在互相问在做什么、到哪儿去玩儿了之类的。路见星发的内容几乎都是两个字——"看书"。

他对对方假期生活的记忆很模糊，依稀只记得一句："我想你。"

那天，微信界面落了好多星星。

一转眼，小年夜已至，群里开始刷红包。路见星找了个软抱枕捂着肚子，靠在床头，目不转睛地盯着屏幕，也没有伸手去点开红包。

他逐渐习惯看别人用文字交流，像是体会到了沟通的乐趣。

一群青春期男生凑在一起难免爱占一些幼稚的便宜。展飞发了个六十六元的红包，留言叫"我的儿子们抢"，群里其他男生也无所谓，领了红包赶紧喊"展爸爸"。

为了争回一口气，盛夜行也跟着发"展飞儿子收"。

展飞领了二十块，公开喊了声："老大，你怎么也玩儿上了，去年不是还觉得幼稚吗？"

盛夜行每天心情都挺好，笑着回："我没说过我成熟。"

接着，在新一轮红包雨后，屏幕上突然又弹出一个盛夜行发的红包，上面的备注是"路冰皮儿的"。

这个红包自然没人敢动，路见星紧张得吞了口唾沫，试着点了"拆开"，收获了他人生中第一个微信红包。

展飞："哇，果然在窥屏！"

李定西："我们见星儿闷骚着呢……你回你那边省里了？"

路见星："嗯。"

群里因为路见星的突然出现又热闹了一阵，消息刷得飞快。路见星被手机屏幕的光刺得眼睛疼，决定过一个小时再玩。直到夜深，他都忘了再把手机拿起来。

睡前，小区外街上隐约传来音乐声，让路见星略有些烦躁。小时候家里不住在这边，房子更旧一些，家属院里有很多小孩儿。那时是千禧年后，城里还没有禁止燃放烟花爆竹，人们经常买鞭炮放，炸得整条街热热闹闹的。他以前趴在窗户边上看，并不向往。

现在各家生活条件好一点儿了，搬迁至各处，邻里之间往来也少了，不太走动。大城市每逢佳节便容易空城，更少些过年的气氛。街道的树上挂满灯笼，从窗台望下去，火红色的圆球星星点点，照亮了稍显冷清的路。

路见星看了一眼手机时间，这才发现屏幕上弹出来许多条信息。

第一条是盛夜行发的音乐分享，是一首钢琴曲，还有一大段话。那些话很零碎，有些前言不搭后语，路见星怀疑盛夜行喝了点儿酒。

——这首歌是我初中学校放学时校园广播站总会放的，一放就代表放学了。我那会儿脾气不好，还叛逆，一放学总是第一个冲在前头，是不是特别傻？

——现在一听这歌，我就老想起风往脸上吹的感觉。

——冰冰凉凉的，很自由，也能让我镇静。

——书上说，对你，要"温柔地坚持"。"温柔"，我尽量，"坚持"，我想要去做到。

第三条是语音信息。

"哥哥的室友路见星哥哥！祝你新年快乐！"是一个颇为娇憨的女童音，"我是盛开！盛夜行的妹妹！"盛开喊麦似的喊完一通，小声嘀咕："哥，还说什么啊……"

"不是亲妹胜似亲妹。"盛夜行的声音也传出来了。

"我，不是亲妹胜似亲妹……路见星哥哥，我哥哥很喜欢你，有空来我家玩，好好哇？"

盛开的声音带着小孩儿特有的干净透亮，听得路见星的心情不自觉好起来。

盛夜行好像敲了一下盛开的头顶，严肃道："是'好不好'，不是'好好哇'，跟你说了不能这么讲话。"

"他听得懂就行了嘛……"语音的最后一句话，盛开是这么说的。

盛夜行没说"你路见星哥哥还真不一定能听明白"。

最近的一条消息是十秒小视频。摄像头角度很低，看样子是盛开拿着拍的。

盛夜行正蹲在家里客厅的大落地窗前，往玻璃上哈了一口气，用食指在上面勾勒出一个爱心的形状，再扭过头看着摄像头。他唇角带笑，少见地显出阳光的一面。接着，盛夜行把手也伸过来，在摄像头上点了一下。

这一点，点得路见星眼皮一跳，拿手机的手都不太稳了。他感觉这个动作很熟悉，像自己离校那天也做过，只不过没有完成。

他看着手机，觉得像在手机里养了一只霸王龙盛夜行，对方正隔着手机要和自己击掌。

盛夜行又发了条语音过来，问他："路见星，你看视频了吗？"他还说，"打字难，就拍小视频吧。寒假二十一天，争取每天发一个。"

路见星愣了一会儿，愣得打了个哈欠，眼里的液体盈出了眼眶，睫毛湿漉漉的。

他的手机还在循环播放这个视频。他左手拿着手机，用右手食指点了点视频最后盛夜行像是藏在屏幕"里"的手指。

"呼哈——"路见星往空气里吹了一口气。

当然看了啊。

除夕夜，城里已经走得没剩多少人了。盛夜行在除夕之前跑了趟医院做检查，本来想试着停药，但医生不同意。他这段时间基本不喝酒了，在家里陪妹妹，骑车更方便。

盛夜行的舅妈叫文袖娟，平时做饭做得勤，但年夜饭这种重要的饭局还是选择拒绝独自操刀，要求盛昆和盛夜行给她打下手，三个人一起做。往往这种时候，盛开就在客厅里乖乖地玩玩具，偶尔趴到厨房门口讨口肉吃。

盛昆给她夹熏肉，盛开吃了好大一块，被咸得眉眼直皱，一旁淘米的舅妈忍不住怒道："小开多大点儿就吃熏肉？那能行吗？你个当爹的，你也不看看就往她嘴巴里喂……"

"小孩儿就得糙养，"盛昆觉得她无理取闹，"我们大人不也照样吃吗？"

"大人跟小孩能一样吗？这东西有营养吗？"

舅妈像真的动了怒，锅铲都在洗碗槽边甩得直响。

盛夜行看了眼呆愣住的盛开，忍不住插嘴道："别吵了，盛开还在这儿。"

"又不是耗子药，吃得死人吗？我跟夜行他妈小时候就爱吃这个！盛开这孩子就是你惯出来的，这么娇气，喝口凉水都能打嗝儿！"盛昆火了，他不太能容忍妻子在小辈面前挑战自己的权威。

文袖娟也不是多软弱的性子，一听更炸了："我闺女，我爱怎么养就怎么养！"

"我说，别吵了。"盛夜行拧起眉心，把包饺子的手擦干净，走到门边蹲到泪眼蒙眬的盛开身旁，摊开手，叹了一口气："来，乖，吐哥哥手里。"

盛开张嘴，把熏肉吐出来，放声大哭。把手里的东西扔了，盛夜行洗了洗手，拿纸巾擦了擦掌心，回头朝盛昆和文袖娟说："我等下过来帮忙，现在我出去吹吹风。"

舅妈也意识到了家长不该当小孩儿面吵架，连忙说："哎，夜行，多穿点儿衣服再出去。"

盛开蹲下，把自己的红靴子鞋带系紧，小声道："哥哥，我也去。"

舅妈正在加汤煮菜，挑了块板栗塞到盛开嘴里："外边多冷啊，你跟着吹什么风？"

盛开嘴里鼓鼓囊囊的，说不出话。她不想留在这里。

她回头看看爸妈，眼神里带着点儿畏惧。她年纪小但是懂事，爸妈之间不同寻常的低气压让她难受。

盛夜行拍了拍妹妹的后脑勺儿，把自己的外套脱下来披在她肩上："扯着点儿，别把衣摆拖到地上。"

"好！"盛开把哥哥的衣服裹紧，跟屁虫似的追上去，"哥哥等我！"

盛夜行蹲下，把妹妹抱进臂弯，去阳台上嗑坚果。

南方春节期间已过了冬季最寒冷的时候，阳台上风并不大，白天偶尔出太阳，照在身上格外暖和。盛夜行负责敲坚果，盛开负责吃，没一会儿小姑娘就眉开眼笑，忘了父母吵架的事。盛夜行记得他小时候所经历的一些不好的事，明白盛开不可能忘记，只是暂时性地不愿意去想起。他伸手摸摸妹妹毛茸茸的后衣领，低头给路见星发消息。

——带妹妹吹风。你呢？

从大年二十九开始，路见星就不怎么回消息了，给他打电话他也接，只是不讲话。

他时不时发张照片过来，都是他一个人在房间里看书或者写作业的。

路见星姗姗来迟地回复了一个小视频。画面中是他的弟弟正在堆乐高，边堆边摇旗呐喊，说："哥哥也来玩。哥哥，你也堆一个城堡！"小男孩儿虎头虎脑的，和路见星只眉眼相似，被养得白白胖胖的。最后一秒，路见星的声音出现了："嗯。"

视频晃动得厉害，几乎就是只用大拇指按住拍摄键就完事了。盛夜行明白，路见星应该是想给自己看看他的亲弟弟。

他们越长越大，各自长成了拥有一条小尾巴的男子汉。

盛夜行拿手往盛开脸上捏一把，抖抖冻僵的手指，开始打字：

——什么时候带我去你家，我带你弟弟堆个宇宙飞船。

他回头往盛开在客厅里的玩具角上"咔嚓"拍了一张，继续打字：

——看，盛小开这些飞机、房子、坦克，一半都是我给她折腾的。

连着发了两条消息还不够，盛夜行把手机话筒放在盛开嘴边，吹一声口哨："盛开，还是昨天那个哥哥，你给他说'新年快乐'。"

"啊？哦，好的！"盛开正在吃盐焗腰果，腮帮子鼓得像只仓鼠。她伸出舌头舔了一圈唇畔的盐渍，眉开眼笑地朝手机话筒道："祝小开的哥哥最喜欢的哥哥，新年快乐！"

盛开能感觉到哥哥很在乎这个人，所以理所应当地把称呼改成了"哥哥最喜欢的哥哥"，绕得她自己都有点儿晕。

"可以啊，盛开，小小年纪挺有眼力见儿啊？"盛夜行调笑了一句，掩藏不住嘴角咧开的幅度，"那你记住了，这个哥哥叫路见星。"

除了你，这个哥哥也是我最想要保护的人。

"我记得……你昨天说过了！"盛开上蹿下跳的。

没一会儿，盛夜行收到一段语音消息。十秒里前七八秒全是沉默。

直到最后，路见星才慢慢地说了一句："新年快乐。"

也许就是在这一瞬间的平行时空里，他们狂奔过月台，各自踏上朝向对方的路。

让这不长不短的二十多天也能匆匆过去。

吃过年夜饭，盛夜行把从舅妈舅舅那儿领的红包放入口袋。接下来，一家人坐在沙发上看《春节联欢晚会》，他和盛开一起负责消灭茶几上的开心果、瓜子、奶糖和冬瓜条等。他不怎么爱吃炒货，过年抢着吃是因为怕盛开吃得太多，影响长个儿。

春晚对于盛开来说还没有太多意思，满目红色与金光灿灿，闪得她眼睛泛酸，没一会儿就趴在哥哥的膝头睡着了。盛开睡相乖巧，舅妈拿了条绒毯给她盖上，再指挥盛昆把女儿抱进房间。小孩子开开心心地睡了，一家人表面无忧无虑的除夕夜就算过去了。

还没坚持到十二点，舅妈也开始打哈欠。

"夜行，我们先进去休息了，"舅妈站起来，喝盛夜行给她倒的茶，"你如果出门，就小点儿声关门，别吵醒妹妹。除夕夜没什么人，你也别在街上飙车了，啊？"

"好，舅妈放心。"

微信群"家和万事兴"提示音响了，是李定西在群里发了根点燃的香烟。

李定西说："点火。"

盛夜行笑笑，也从兜里摸一根拍下来："我还没点。"

李定西发语音："我这边忙完了，家里人都睡了。哎呀，这个年过得越来越没意思……我今年五福都没集齐。老大，你妹妹也睡了？你家怎么这么安静呢，一点儿声都没有。"

盛夜行感觉烟被泡湿了，又换一根叼上："我家里人都睡了，就我醒着。"

"哎，你等着。"李定西说。

没过半小时，李定西拎着两瓶饮料，坐在盛夜行家楼下。

冬天夜里冷，盛夜行下楼的时候给李定西带了件外套。两个人喊亮楼道口的灯，双双坐在单元门前，把瓶子碰了一下。

盛夜行认真道："我今天饭桌上都没跟我舅喝。"

"行吧，我就想，大过年的，得跟你见见。我们现在应该来一下年终总结……对吧？"李定西的话痨属性又开始了，"你看，我们宿舍三个人能凑在一块儿也挺神奇的……我一直以为路见星得真跟我干一架，谁想到能相安无事地过小半学期呢？"

"你也干不过人家。"盛夜行呲儿他。

"哎，老大，你怎么这么说呢？"李定西摸摸自己下巴，"不过，确实是啊，每次他洗澡、撩衣服的时候，那腹肌……你说他没偷偷练仰卧起坐我都不信。"

"下次别看了。"

"啊？"

"没什么，"盛夜行耳朵不自然地红了，"路见星……他身上有一种力量。"

李定西点点头，悄悄说："我以前看学校标语，老有那种'小就小了，弯就弯了，花儿朵朵开'……曾经觉得希望都挺渺茫的，现在倒感觉……确实会各自开花。"

"他长得就跟朵花儿似的。"盛夜行继续做年终总结。

"哎，老大，说真的，你对他是真的好，他对你也真的好。"

"至今我都不知道他的病是怎样的。他可能只是占了一个特征，其他的问题都是因为这一个特征而逐渐出现的。"盛夜行紧皱眉头，"我还真看了不少案例，也试着找我的医生问过情况……他说，各有各的病法，什么情况都有可能出现。"

"他能感觉到我们对他好吧？"

"有时候能，"盛夜行轻声道，"他还知道给我挑香菜出来。"

"我觉得今晚站在这儿的应该是三个人。要不要给路哥打个电话？"

"不了，他可能都休息了。"

"好吧，我今天……除夕，真的特别开心。我爸妈特别好，我家里人都特别好。"李定西慢慢地朝后躺去，"老大，你也特别好。以后那些伤害自己的事就别再做了。不然我揍你哟。"

盛夜行伸手往已经躺在地上的李定西头上摸了一把："喝多了吧你。"

凌晨一点多，盛夜行叫了辆车把李定西送回去，再自己打车回来。

他回到家时，把盛开踢得乱糟糟的被子重新盖好，再冲了个澡才睡下。

他从没觉得寒假这么漫长，这么难挨。

除夕夜里，盛夜行做了一个梦。

他梦到路见星从隔壁省偷偷坐着高铁过来了，脸上有血，说是走路不小心摔的碰的。见面时，路见星站在月台上看着他，眼神并不飘忽，反倒十分坚定有力。

正月初一过后的习俗是盛夜行习惯了的，家里也规矩，哪天请客、哪天请财神爷，全都分得清清楚楚。盛夜行偶尔推拒不了亲戚就得喝酒，一喝醉了就看好几次去隔壁省的票，最后还是努力劝说自己冷静一点儿。

他一大男生冲到路见星家去，路见星还不一定愿意见他。

正月十五，元宵团圆日。等年一过完，他们也差不多要收假了。虽然才上高二，但是学校给他们的假期并不多，说是要让他们提前适应高三生活，为最后的高考冲刺做准备。

元宵节，盛夜行休息了一天。因为他发了低烧，正浑身不舒服地窝在被窝里，床头柜上摆满了盛开送过来的零食、玩具，还有一台平板电脑，上边播放着动画片。

"拿走，你自己看，"盛夜行把被子裹好，声音很闷，"你哥我都十八了，不看狗大队。"

"这个叫汪汪队！"盛开往嘴里塞了个果冻，嚼吧两下吞了。

"全称叫什么？立大功对不对？"盛夜行只想尽快赶走这只小麻雀。

"嗯。"盛开又咬了块威化，特别乖地点头。

"开妹儿，"盛夜行伸一只手出来扯妹妹的小辫子，"立什么大功啊？你好奇吗？"

"好奇啊！"

"那就拿出去看看吧，好像下一集就得播了。"盛夜行勉强支撑着坐起来，把平板电脑的电源拔了，递给盛开，"拿出去看，哥哥睡会儿。"

盛开跑出房间，盛夜行迅速锁了门，抓着手机回到被窝里，重重地叹了一口气。

小朋友的注意力挺好转移，也挺好骗，真好玩儿。

也不知道"路冰皮儿"小时候发愣是什么样子，肯定跟个小冰雕似的站在那儿，嘴唇紧抿，皱眉不语，稍微靠近就奶声奶气地抗议："不要碰我。"

盛夜行撑在床上，发软的手臂都有些承载不住身体的重量。上次生病是多久之前？他身体好，没怎么发烧感冒过，偶尔受凉，也总采取以毒攻毒的方式，吹吹风就好了。

今天这一烧，烧得盛夜行感觉心肺都好似火烤，喉咙里成串的小火苗疯狂往外冒，眼皮子都是烫的。

"嘀嘀嘀——"

正在他躺着走神时，手机语音通话的通知忽然响了。只响了一下，发起人是路见星。

按错了？一般只响一声就是手滑……但是，如果不点他的页面看，也不会手滑。要不回一个过去？

假期和上学时的如影随形简直天差地别，盛夜行得抓紧机会问问他的情况。他们班很多人突然就不来学校了，选择在家静养。他很怕路见星的父母反悔，要将他留在家里。

他回拨过去，五六声后，电话接通了。

"路见星，"盛夜行清了清嗓子，沉声道，"你刚刚给我打电话了？"

路见星刚才正盯着盛夜行的微信名片发呆，一不留神，就按下了通话键。

蓦然听到盛夜行的声音，他点了点头，又反应过来这不是当面讲话，就小声道："嗯。"

他张了张嘴没吭声，过了几秒才说："你，生病吗？"

"你听出来了？"这回轮到盛夜行愣了。

"嗯。"路见星回答得很快，"明显。"

"昨儿太累，傍晚我就睡下了，那小丫头拉我起来放鞭炮，只能去郊区。我偷懒，起床没怎么穿衣服，套了件短袖就带她出去野了。"盛夜行烧得浑身冒汗，咬咬牙努力让自己的声音听起来不那么脆弱，"结果一回家，今天就发烧了。"

盛夜行说话时刻意将语速放得很慢，路见星便开始慢慢消化他的语句信息。

在他的印象里，像盛夜行这种风里来雨里去的人是不会生病的，怎么吹个风就发烧了？

他纠结了一小阵，开口说："大过年的。"

"你怎么学到这句了？"盛夜行笑得咳嗽，"'大过年的''孩子还小'……这些不是票选出来的最那什么的借口吗？"

他说完，路见星没再搭话。盛夜行意识模糊着，也没吭声，两个人保持沉默，通话超过了五分钟。过了一会儿，等盛夜行翻身，路见星没忍住，说了句："盛夜行？"

一拿起电话，彼此之间仅剩的沟通方式就是语言。

路见星非常紧张，他深呼吸，再放松，又喊了一声："夜行？"

这句倒把盛夜行叫醒了一点儿，他"嗯"一声，哑着嗓子笑出来："我还真没想到……有一天会是你主动叫我的名字，还叫了两次。"

"大过年的。"路见星又重复一遍。

"老说这个……是因为叔叔阿姨最近爱说吗？知道过年是什么？"

"嗯。"

"我脑子不清醒，再打会儿就挂了。"盛夜行决定不再瞎闹他了，却还是忍不住说了一句，"你知道还有多久才开学吗？"

"三天。"

路见星又回到源头发问："过年是，什么？"

"春节……是团圆的节日，就是每一年的岁首，"盛夜行保持着通话状态，举起手机上网搜索，对着耳机麦克风蹩脚地念，"什么'万物本乎天，人本乎祖'……春节是最隆重的传统佳节……"

电话那头的路见星安安静静地听着，突然笑了一声。

"嗯？"盛夜行被他笑愣住了，紧张道，"你笑什么？"

"这些，我知道。"

路见星沉默着，没有与手机听筒挨得太近："以前，爸妈也讲。"

"你别笑话我，我是真的头痛。"

盛夜行把手机放在耳畔，闭着发烫的眼皮，被路见星笑蒙了。

"可……"路见星说话有些吃力了，他也学着盛夜行清了清嗓，"不明白。"

"不明白春节？我……再给你讲一遍吧。"盛夜行说。

路见星不喜欢被曲解意思，着急了就大声说话："不是！"

"那是什么？你慢慢说。"

"我，"路见星哽了一下，"不知道……"

"那我先挂电话了？"盛夜行叹了一口气，"再不挂电话，我他妈就要说胡话了。"

路见星沉默了很久，直到盛夜行主动挂了电话。

电话那边，路见星把手机端端正正地放在桌面上，望着熄灭的屏幕发愣。

绿 宝 石

Fall into your light

特别观星

罗再说 著

SPECIAL
STARGAZING

下册

北京燕山出版社
BEIJING YANSHAN PRESS

蜜桃冰摇茶

"我想保护你，我的耐心都给你。"

MITAO BINGYAOCHA

☾ Chapter 19 长大 ✦

"那你是哪种爱？"
....

收假的前一天晚上，盛昆开车载着外甥和闺女去市里看电子烟花演出。

电子烟花燃放长达四十分钟，花样几乎不重复，在高空燃放的可看性极强。盛开起先听说不是放真的烟花爆竹，气得压根儿不想看，结果到现场被迷得挪不动步子。

盛夜行拿手机全给路见星录下来了。都是十秒小视频，刷屏似的发过去。

——今年没怎么看到烟花吧，你们城里应该放不了。

——你是没在我身边，不然我就带你去网吧玩儿蜘蛛纸牌了，赢了就有得看。

还没等路见星发消息问，盛夜行就急着解释：

——一种游戏，赢了就有烟花看。

另一边的路见星正窝在床上拿着手机看盛夜行发过来的电子烟花视频。

被窝里很闷，热得他满掌心都是汗。他看得眼睛都疼了，把手机放下歇会儿，擦干掌心的汗水，他又接着看了好多遍。

路见星在收假的前一天坐动车回了市里。

由于盛夜行说了要来接他，路见星勇敢地朝家人表达了可以和同学一起去学校的意愿，父母大喜过望，说把他送到动车站就回去。

一开始，路见星受不了动车的声音，后来才慢慢适应。两个小时的路程不算远，他盖着围巾睡一觉就到了。只是他对动车上小孩儿和乘客的脚步声过于敏感，戴上耳塞也没睡好。路见星没生气，坐起来往窗外看看，数完树木数农村房舍，时间一晃而过。

下了动车出站，他老远就看到了出站口一脸焦急的盛夜行。

一个寒假不见，盛夜行好像又长高了点儿，也瘦了，精气神很足。他一身黑色，头发长长了，还是好帅。

"没剪头发。"这是路见星见到盛夜行后的第一句话。

"我倒是想去剪。"盛夜行接过被路见星拖得七扭八歪的行李箱，笑了，"我那天带着盛开去给她剪个什么'公主切'，我舅问我剪不剪，我说想剪回寸头。我舅吓得赶紧给我塞了几百块红包。"

"哈哈。"路见星笑得很捧场。

"傻乐什么？你都听不懂，"盛夜行递给他一杯奶茶，"晚点十分钟吧？奶茶都凉了。"

"听……听得懂。"路见星努力辩解。

"那你说说什么意思？"

"死……"路见星眼神亮亮的，望着他，"死舅！"

盛夜行差点儿笑出声："看不出来你懂得还挺多啊。"

正想多聊几句，路见星的手机响起来了，是李定西打的。

"哎，路见星，我刚陪人逛书店，看到一本书挺好。要不带给你一本当新年礼物啊？"

盛夜行咳嗽几声，在偷听。

李定西继续说："叫什么《霸王龙喂养手册》，讲养盛夜行的，你感兴趣吗？"

路见星沉默。

"哎呀，你肯定特别好奇，我先给你讲讲。"李定西把书页摊开，一本正经道，"说它们在地球上会觉得冷，得穿八十个成年人分量的羽绒服。还有啊，它们要吃鳄鱼，得放养，还要给它们铲——"

铲什么？铲屎！因为对声音敏感，路见星的电话拿得远，还开了扬声器，盛夜行全听到了。他凑到电话边冷笑道："李定西，没完没了了是不是？"

"吓我一跳！老大，你怎么也在旁边？"

"开学了啊，开学了我就肯定在他身边。"盛夜行咳嗽一声，病才好点儿，嗓子还是哑的，"我来动车站接他。"

"我也到动车站了，你怎么不来接我啊？"

"你也不敢一个人回学校？"

路见星耳朵红了，还是要争一口气："我敢。"

"你听听，人家星星说他敢！"李定西不甘示弱。

"停，"盛夜行一声喝住他，"你多大了？你跟路见星争什么争？"

"你别老拿路见星当小孩儿，他比我小不了几个月。明明就是你偏心眼儿！不公平！"

李定西想闹。他想不通，怎么几个月间俩人关系就好成这样了，那自己往哪儿搁啊。他本来想钻空子和路见星搞好关系，盛夜行倒好，直接奔动车站接人了。

"老大，你是打算和路见星在外边住一宿，明天再回学校吗？"

"本来是这么打算的，因为今天挺累了。"盛夜行买了瓶水蜜桃饮料，拧开，递给路见星喝，边放钱边用肩夹着手机，"但是……我考虑到他对酒店环境不太熟悉，会受不了，就算了。我先带他回宿舍，我把宿舍收拾收拾。你多久回来？"

"我今晚吧。"

"明早？成，明早回来吧。"盛夜行睁眼说瞎话，把手机挪开一点儿，对着路见星说："李定西明天早上回来，你今晚跟我回宿舍住。"

路见星一听两人又要单独相处，耳朵热热的，不过他还是点头应下来："嗯。"

电话那头的李定西："……"

"怎么了？说话。"看路见星答应，盛夜行心情好得吹了声口哨，"你不说话我就挂了。"

李定西委屈："挂吧，我也想挂了。"

盛夜行没忍住笑了："那你挂吧。"

李定西悲痛地说："明早见啊。"

"嗯，明早见。"

吃过晚饭，折腾回宿舍，快九点了，收拾收拾准备第二天下午去报道。

看路见星乖乖蹲下放行李，盛夜行把药盒拿出来研究医生开的药片。他按医嘱掰了几颗放在桌面摊开的纸巾上，起身拿水杯去接一点儿温水。

路见星刚把衣服挂好。他看盛夜行拿药出来，心里好奇，伸手去摸了几下，没摸几下就想吃。他看到盛夜行试了什么，就特想自己也去试一下。

他潜意识里觉得两人应该是同步的。起床要，睡觉要，吃饭要，上学要，吃药也要！

"别动，这是我吃的，你不用吃药。"盛夜行端着杯子赶紧过来，想要去拿路见星捏在手里的药片。

"我吃。"路见星说。

盛夜行皱眉："不行。"

路见星没说话，攥着药蹲下来，也皱眉了，掐住自己的手就张口咬下去！

他咬得特别不给自己留面子，那劲道像真的要把表皮都撕开。

"你又突然咬自己干什么？"看他手腕子都快被咬得瘀血了，盛夜行赶紧抓住他，"胃反酸？头晕？不舒服了？"

路见星摇头。他就是烦！像突然不能感知到自己的身体在哪里了。

盛夜行给他解释："我吃的那种片是药。"

"要吃。"

"开学第一天你别跟我闹……"

不知道为什么，路见星的声音也变得锐利起来："要吃！"

"你不能吃，"盛夜行突然像被戳到某个点，直接怒道，"我让你别跟我闹！"

路见星的呼吸急促起来，他抓住床栏杆，不放手了。

"手，手放开。"喘气的不止盛夜行一个，他的眼睛又快气红了，"床栏杆上有铁刺，容易割破手。"

路见星听懂了，眼神躲闪地朝盛夜行这边瞟，但就是不放开。

"我让——"话说了一半，盛夜行想起他听唐寒说的"少命令"，试着改了一下语气，"能不能试着把手放开？"

像听明白了但还要与盛夜行对着干，路见星非要往上摸，非要试试有没有刺能扎手，站起来就还要往上蹭。

胡乱地摸了没两下，他一声闷哼，再把手松开，一屁股坐到地上，掌心摊开，已经流血了。盛夜行顿时像脑仁儿里点着了炸药。

他霍地站起来，靠在床梯边往下蹲，最后也坐在冰冷的地砖上。

"路见星！"他低吼一声，不由分说地把路见星的胳膊抓过来，逼着他把手掌心摊开，强压着怒意道，"为什么？为什么我说什么你都不听？你明明知道不能继续摸了，你他妈非要把手弄上去，又全是血，疼一下舒服了吗？疼一下你爽飞了是不是？！"

感觉自己被吼得莫名其妙，路见星愣道："是！"

"你还学会气人了，我……"盛夜行烦躁到想扇自己耳光。

"是不是上次看到我在卫生间自残你有阴影了？你觉得我爽了，你就也可以伤害自己？"盛夜行一脚踹到床梯上，"这是铁！生锈的铁！你不知道扎着了后果有多严重？！"

"……"路见星不是有阴影。

"路见星，"盛夜行看他疼傻了似的立在那儿，伸手抓他，"把手拿过来。"

算了，单方面吵架，没意思。

"我……"路见星张张嘴，想说点什么，急着把手往脸上一抹。

盛夜行急道："你别往脸上……"

这一抹，路见星半边脸上都有了血渍。

这场景完全和盛夜行那夜的梦重合了。

看着路见星白净脸上突兀的血痕，盛夜行忽然有点儿挫败。他一下子又不气了。

像每次发完脾气一样，盛夜行默默地起身，把自己踹翻的凳子扶起来，又把拿来捆床梯的泡沫软条摆正，朝路见星招招手："过来，我给你弄一下伤口。"

盛夜行不知道为什么每次路见星犯浑都是在晚上，也不太懂他为什么非要执着于舔一下药片。等他推拒着把路见星摁到桌子上，盛夜行才发现他眼里隐约含着委屈。

路见星像头鹿似的瞪着眼睛，单手攀在盛夜行肩上，把受伤的掌心摊开。

明明就是快成年的大男孩儿了，干什么都还跟小孩子一样没个准，乖的时候又特别听话。盛夜行越来越了解他，就陷得越来越深。

"哎，我他妈真的是……"长叹一声，对上路见星发问的眼神，盛夜行厚着脸皮继续说，"……拿你没办法。"

盛夜行从常用医药箱内拿出碘伏和棉签，边上药边说："下次你再不听话，非要去做伤害自己的事，我就采取强制措施。比如——"

路见星受伤了心情还挺好，接嘴道："比如！"

"在外边怎么没发现你接话挺利索？"盛夜行笑笑，"比如把你捆了扔床上面壁思过去。"

就这样啊？路见星还以为自己得挨顿打，伸手比画："一个。"

"嗯，就这一个。其他的……我不忍心。"

仗着路见星不太听得懂，盛夜行说话毫无顾忌，脸皮厚了什么都敢说。

路见星也翘着嘴角笑。

路见星把电脑拿了过来，花了一点儿时间才说："你去，洗澡。我打字。"

"有话想说？"

"嗯。"

十多分钟后，盛夜行冲完澡回来，电脑上显示一排字，正是路见星给的关于拥抱的解释。兴许是从小未曾感受到过这种爱意，盛夜行又开始羡慕路见星。

他把毛巾搭上肩膀，一身潮气还散着热气："说完了吗？想说的就是这个？你的意思是，你拥抱我，就是你像家人一样爱我？"

路见星又在电脑上打出一排字，逐字念出："爱，的意义，广泛。完毕。"

"那你是哪种爱？"

路见星有点儿犯难，不就是朋友之间的友情吗？

"没事，以后慢慢说。"盛夜行故意逗他。

眼前只看得到盛夜行短硬的头发和高挺的鼻梁，路见星呼吸急促了一点儿。

感觉到对方的小动作，盛夜行又压低嗓音笑道："路见星，你闭上眼。"

由于凑得太近，路见星有点儿紧张地往后退了一下身子，可他的背已经抵着桌子边，再也退不动了。盛夜行看他没有闭眼，直接伸出一只手去强制性捂住他的眼睛。

随即，他轻轻在路见星脸颊上摸了一下，然后他没忍住，笑了。

"那今天我也要教你一件事。拥抱是爱的意思，是一种对家人和朋友的亲近表达。"

路见星听到盛夜行的嗓音哑哑的，像又发烧了。

好像盛夜行的喉结动了几下，他都能感觉到。

收住笑容，盛夜行突然认真地说："路见星，你记住了。"

节后初春，天气没那么冷了。开学第一天，一早就有学生捧着寒假作业本蹲在宿舍楼下临时抱佛脚，说是清晨刺骨的寒风能让自己更加清醒。张妈踹了几个臭小子的屁股，说："早干吗去了？"

李定西拎着行李箱往楼上跑，嘴里还叼着片吐司面包。

"七班李定西……"张妈拎着花名册看了好一会儿，"站住！你怎么早上才回来？！"

李定西把嘴里的吐司吞了，单手拎起行李箱要上楼："住得近嘛！"

李定西打开宿舍门，发现路见星正光着腿站在阳台上晒短袖 T 恤，看着都冷。

他寻了个凳子坐下，累得气喘吁吁："早啊……我李汉三终于又回来作孽了……"

路见星回头冲他眯了眯眼。

"你怎么不说话呢？"李定西搓搓手，"你和老大在一起话就多。"

说了几分钟没人回应，算了。

感情这种事……得慢慢培养吧，不能急。特别是对于路见星这种"小朋友"。

李定西给路见星怀里塞了花生糖："路哥，我妈可反感我吃这些了，我都是偷偷带的，就这么几块了……哎，你喜欢吃甜的吗？"

隔着糖纸包装，路见星沉默着把条状的花生糖掰开，朝李定西扬了扬下巴。

这还是早上，他的眼神特别亮。路见星看李定西愣着不接，才开口："分享。"

"哦，对，分享分享……"李定西笑嘻嘻地伸手关上门，"我老惦记着你开学的时候揍我呢，刚刚突然场景重合，我一时有点儿没回过神来！"

"哈哈。"路见星已经学会了如何尴尬地笑。

"哦，哈哈。"李定西嘴角也一抽抽，"算了，收拾收拾上学了。"

路见星开了瓶新买的漱口水。拧开瓶口，他凑上去闻了闻。

青柠味儿的。好香！

液体的颜色也好像果味儿饮料，尝一口肯定很甜。想着想着，路见星突然口渴了。

他伸舌头舔了一圈儿唇边，又下意识摸摸自己的肚子。

"哇……你还用这个，我以为丫头才用。"这一连串小动作看得李定西心惊肉跳，忍不住出声提醒道，"路哥，这不能吞下去，知道吧？"

路见星点头："嗯。"

"刷牙要这么刷，"头上几根头发都还没有压下去，李定西夹着外套就挤到洗漱台边，抓起路见星青柠味儿的漱口水瓶，假装要往嘴巴里倒，"仰头，然后张开嘴，喉咙像煮开水一样——咕噜咕噜咕噜咕噜——"

路见星看傻了。

"你试试？咕噜咕噜咕噜——"李定西仰着头也不觉得脖子痛。

路见星也把脑袋仰起来，从喉咙里艰难地发声："咕噜咕噜——"

李定西一阵狂笑。盛夜行完全是被闹醒的，他在床上侧躺着支棱耳朵听了好一会儿："才早上六点，你俩闹什么？"

"对不起，那我小声点儿……"李定西缩了下脖子，又忍不住想说自己的新春见闻，"路哥，你们年夜饭吃什么了？火锅吗？我一个人吃了老长一根香肠！"

按道理说，路见星家里是应该吃火锅的，但因为弟弟太小，路见星肠胃又不太好，除夕那晚就吃得比较简单。本来路见星没有"年夜饭"的概念，但听李定西这么一说，他突然觉得，和父母坐在一起，加上旁边的弟弟，还有点儿合家欢乐的意思。

"对了，我今年在家吃饺子吃到硬币了。"李定西说，"吃到硬币呢，就是很幸运的意思。我说过啦，老大会拿蒲公英做饺子馅儿，下回——"

"不用等下回，就这回，"盛夜行顶着棉被坐起来，"你上来，我拿硬币塞你嘴里，保证你今年红红火火、天天开心。"

李定西举手投降："好好好，我闭嘴。"

睡到七点半，盛夜行裸着上半身下床，眇了一眼两个已经换好校服的室友。

其中一个正在努力与鞋带做斗争，地上还摆着自己录的教学视频……有了视频，路见星也不会再因为忘了动作而急得面红耳赤。

盛夜行下床去冲澡，开了热水，浴室里热气缭绕。

"路见星，"盛夜行把门开了一道缝，朝宿舍里吹了声口哨，"路见星！"

"啊。"被喊到的人动作一顿，把没系好的那边鞋带一股脑塞进鞋里。

盛夜行问："你过来一下可以吗？"

"哎呀。"李定西正趴在桌子上奋笔疾书，抬头的时间都没有，"老大，我正在赶生死时速呢，就帮不了你了啊……拿东西出来就行了嘛……"

已经习惯了寝室里第三个人的不间断叨叨，两个人都选择假装没听见。

路见星刚靠近浴室门口一点儿，自己的校服领口就被攥住了。

"路——见——星？"盛夜行热衷于在他耳边说悄悄话。

"路冰皮儿"该不会是看自己的身体看入神了吧？

不可能的。明明他自己的身材也不错。

"喂，"他用湿手捏了捏路见星的脸，"喂——"

回过神的路见星发出疑问。

盛夜行也不跟他扯了："我忘了拿毛巾，可以帮我拿一下吗？"

"刚刚，就可以说。"几秒后路见星才反应过来。

"说什么？"

"说了，我就拿过来。"

"哦，"盛夜行的脸皮厚度已经无人能及，"叫你好玩儿啊。"

他能看出来，路见星明显脸红了。今大他的路见星穿着件鹅黄色卫衣，套头的，稍微缩一点儿脖子能把脸蛋儿藏进衣帽边缘，衬得脸更小了，巴掌似的。

他今天的痣，是红色的。

盛夜行的心情也好了起来，问他："你今天很开心？"

"嗯。"

"开学就这么开心？"

"嗯！"

开学有你，当然开心！

路见星没说，只是伸手摸了摸眼尾的痣，感觉有点儿烫手，又烫心尖儿。

路见星帮他拿来了毛巾，又愣在浴室门口。

"去吧，我马上冲完澡出来。"盛夜行捏了下他的耳朵，"是青柠味儿的吧……我看到漱口水瓶子了。"

"嗯。"路见星略带慌张地回应，转身朝寝室里面走。

阳台上的窗户没有关严头，清晨有风吹进来，抚摸得他耳廓都凉凉的，特别是刚才盛夜行手上沾着水捏的位置。

更凉了。也好甜。

今天也是青柠味儿的！

下半学期开学，除了拆组的事，年级组还安排了一次高考志愿统计。

考虑到高二七班的特殊性，老师们对这个班的关心更多一些，也在给班级重新树立高三冲刺方案，还说要把班级名字加一个"花蕊班""星球班""飞翔班"之类的称号，说是给市内其他学校做榜样。

唐寒想到"聚是一团火，散是满天星"这句话，就回复了年级组，说把高二七班暂定为"星球班"。

路见星的变化她能看得到，她也希望班上其他孩子能和路见星一样有较大的进步。

李定西边抄作业边说："群山。"

"嗯？"顾群山应了句，"你能闭嘴吗？怎么一样的病我就话不多呢？"

"每年的开学季，就是屠宰现场。我们一只只快乐的小猪，就这样被老师用寒假作业这样的刀亲手送入——"李定西继续。

"送入什么？"唐寒拿着教鞭，手里还握着决定生杀大权的红笔。

"送入——"李定西哽到了，"快乐的天堂。"

寒假作业检查完，班上最后一排靠墙又站了七八个，包括李定西和顾群山在内。

顾群山捧着作业本在李定西背上写字，李定西回头："你什么时候写得完啊？"

"我写五页，你写五页……寒老师太狠了，桌子都不给我们一张。"

"有桌子的时候你们不写。"盛夜行坐着翻手机。

"老大，你这是坐着说话不手疼，我春节天天要放鞭炮要领红包，给我小侄子剥碧根果都要两只手呢，我哪有时间写作业啊？"顾群山说。

林听突然传了一张志愿表过来："路见星，盛夜行，你们俩的。写在后边就行，一人一个大学名字。"

"我的大学……"盛夜行甩了甩纸张，皱眉灵魂质问道，"我能考上大学？"

旁边埋头研究的路见星捧场道："嗯。"

"算了，人要有梦想，我先写个吧。"他写完志愿调查，把纸张传给了路见星。

过了几分钟，盛夜行趴着快睡着了，路见星才用手肘顶了他几下，表情有点儿尴尬。

盛夜行以为他是不敢把表传给下一位同学，接过那张纸问道："写完了？"

"你，"抿了抿嘴唇，路见星想笑又没笑出来，"我……"

盛夜行低头赶紧看看自己是不是拉链没拉好："你怎么了？"

"抄错了，"路见星说，"志愿，的字。"

"志愿的字错了？"

路见星有点儿不好意思："……嗯。"

抓过志愿册子一看，盛夜行才发现刚刚路见星什么都没想地照着他的志愿抄，连大学的名字都跟着抄错了。

"你……"盛夜行心跳得好快。看路见星咬嘴唇的样子，盛夜行动了动喉结。

在教室里要怎么办？

盛夜行在上课时间不断地走神，开始了认真的脑内研究。他没忍住一笑，又用手遮了遮脸。

他想努力控制面部表情。他觉得自己笑得像个傻瓜。

唐寒看离下课还有十来分钟，决定与孩子们交流下假期生活。

她摁开腰间的小蜜蜂扩音器，将期待的目光投向了同学们。

"过年期间你们都玩儿了些什么？可以跟老师分享吗？"

"鞭炮！炸得我呀，那叫一个……""数压岁钱。""帮亲戚带小孩儿。""你带什么小孩儿呀，你自己都是小屁孩儿。""我妈说我还没工作就还是小孩儿！"

同学们有的和家里人飞去海边度假，有的和家里人一起放鞭炮看烟花，有的还和父母一同做了年夜饭，说那是一年来吃过最好吃的一顿，有热气腾腾的白果煲鸡汤、入口即化的红糖糍粑、甘甜滋味的八宝饭，等等，连咬进嘴的香肠腊肉都腻得化在心口了。

家人团圆。没爹没妈的盛夜行听得有点儿心酸。

他烦躁地摸了摸自己的耳朵，长吁一口气，把目光转移到桌上，再瞧瞧同样不说话的路见星，小声道："你别听他们臭显摆。想放炮吗？哥下次带你去放。"

路见星低头望着自己的课本发呆。关于过年，他只记得盛夜行给自己录的烟花视频、弟弟堆得乱七八糟的乐高玩具，还有年夜饭桌上一口热热的糯米饭。

盛夜行用手肘顶了一下路见星的胳膊，悄悄吹了声口哨，像个流氓。

路见星转过头，咳嗽一声。然后，他把手从校服袖口里伸出来，将握紧的拳头摆在盛夜行眼下。盛夜行蒙了。这是干什么？要揍他？

路见星用关节在桌面敲了三下。他记得敲三下的意思是"谢谢你"。

"谢谢？"

"炮。"路见星说悄悄话。

盛夜行："……"

路见星怕他听不明白，脸都憋红了，半天蹦出一个字："砰。"

盛夜行抓过中性笔，在自己的掌心写了几个字。

然后他学着路见星把手掌伸过去，缓缓张开掌心，里边写了"谢谢你"这三个字。

盛夜行看路见星的眼神就知道他有没有看懂，他刚用空的那只手拿起书本，就蓦地感觉自己掌心一热。

路见星低头，往盛夜行手掌心写字的位置摸了一下。他还很乖地闭上眼，睫毛微微颤抖着，像莲花瓣里托着月亮。

随后，路见星抬起头，朝盛夜行笑了一下，笑得眼下那颗红痣都被牵动了。

盛夜行愣怔着，被他盯着的少年趴在桌上有一搭没一搭地撕草稿纸，眼神干净纯澈。

在盛夜行看来，那是所有人不曾见过的明亮。

路见星好似又堕入了某个异度空间，开始寻找自己的事做——他把红、橙、黄、绿、青、蓝、紫这几种颜色成条状地画在一起，一画就是一下午。整个笔记本翻开，全是小彩虹。

彩虹，在盛夜行看来是一个符号。盛夜行的性格不允许他将自己囚禁在一个固定的框架内，他习惯了随心所欲。面对路见星，他觉得自己挑了一块铁板。

自从李定西发现宿舍楼下边有墙可以甩外卖进来，他又睡不着，就老在半夜拉着盛夜行起来吃夜宵。

"老大，出去转转？"李定西从外卖纸袋里挑了个热狗递过去，"你看你的车都落灰了，冷了它一个寒假，还不拉出去遛遛啊？"

"不遛了，才开学你就想惹事？"盛夜行摸了摸新剪的寸头，扎了一手，"再说了，我妹说这几天和舅妈来看看我。谁知道她什么时候来。"

李定西笑了一声，从床上翻下来："来了会打电话啊。"

盛夜行眯起眼往窗外看："不成，我妹见不着我会哭。"

"……你好善良。我还记得你说拿蒲公英包饺子馅儿是因为舍不得杀猪。"

盛夜行往他后脑勺儿敲了一下，扯着嘴角笑："我随口一说你都信？"

李定西继续叨叨："看着你最凶，干什么都像要吃人似的……其实我们谁不知道你最心软啊。"

"谁都不知道。"盛夜行嗤笑一声。

怎么老说这个？最近对他们太温柔了？

其实盛夜行自己不觉得，但有了路见星之后，他的脾气好了太多。

这个观点，李定西没有直白地说出来。

第二个学期路见星对各方面都熟悉了，对很多活动也不再那么抗拒。唐寒开始安排一些"接触活动"的单独课程给他。

课后，唐寒将与路见星关系近的几个男生叫到办公室里，询问近况。

李定西提问道："如果我真的被路见星招惹到了，很生气，怎么办？"他说着，朝盛夜行瞟了瞟。后者紧皱着眉，没有说话。

"他做出反常行为时，只是正在遭受焦虑与恐惧，以及许多他不能表达出来的痛苦……他的本质是好的，"唐寒叹了口气，"在控制不住自己之前，先想想这些。"

见几个男生都不讲话了，唐寒继续说："当然，我不要求你们必须让着他。你们都是平等的，你们也有权利去宣泄自己的情绪。你们只需要记住，平等才能得到尊重，尊重了才能去理解。"唐寒的话停了下来，将目光缓缓落到每个孩子头上，然后继续说道，"理解了，才有爱。"

开学除了要交作业，学校还给高二七班安排了一篇小作文，说是让每个人写一写自己的进步和变化，成绩会算入寒假的作业考评。

唐寒给了全班同学两节课的时间写，但字数只规定五百字，说要同学们用心慢慢写出自己的开心和不开心，这样更能方便老师沟通治疗方案。

一个小时过去了，路见星什么都没写，本子上画满了小蛇。他画得起劲又忘我，盛夜行也没有去提醒他要写作业。这项作业对路见星来说本来就吃力，接近于不可能。

盛夜行犹豫了一会儿，开始认真书写。他发誓，自己考试写作文都没这么用心过。

那日，盛夜行写道：

他比来的时候胖了点儿，白了点儿，身体长高了，脸上长肉了。

他开始习惯和我说话，却并不理其他人。

他向我分享他的生活、独立完成作业，像想要去证明什么。

他变得不那么挑食，能晚上关灯睡觉了。

最开始他洗澡会喊疼，现在能蹲在那儿享受流水的感觉。

他学着不害怕风，不戴帽子了。

他会坐我的摩托车后座。

他记性好，又不好。

他记得住我几点训练完，却记不住自己几点该吃饭。

他给我挑香菜、买馄饨、拿矿泉水，给我留一些我并不爱吃的糖果。

写到最后，盛夜行发现他并没有写到自己。

他闭眼想了一会儿，看了看交作文的时间，最后才缓缓落笔。

我好像真的长大了。

我变得好爱吃糖果。

最后这张纸被盛夜行叠起来，收进了自己的语文书里。

发下来的两张纸，一张全白，另一张写满了字。

最后，两个人都没有交。

☾✦ Chapter 20 我的命 ✦

我身边。
··········

说起"长大"这个词，盛夜行总是迷茫。

从小到大，似乎从来没有人教他要如何去长大、该怎么做人，他就像被随意播撒的种子，任由风吹日晒，飘到哪儿就到哪儿，至于有没有长成歪脖子树，并没有人在乎。

久而久之，他性格里的躁动因子与自由如风也被刻入骨血。

在上高二之前，他从没有明显地意识到自己成长了，没有责任感，也极少被他人牵动情绪。在他眼里，众生皆迷茫，所有事物都与他无关。

现在，他与他的摩托车依旧在夜里驰骋，只是后座上多了一个人——一个会紧紧抱住他腰身的人。

他在成长过程中跌跌撞撞了十八年，终于在漆黑一片的路途中看到一盏灯。

这盏灯并不是太亮，明明近在眼前却像挂在天边，同夜空里的星星一样。

他并不贪心，他只想要这盏灯陪他一起走下去，别的、多余的，都不要。

开学半个月，暖春成功来临。

在高强度的训练下，盛夜行他们校队一群男生早就天天热得开始穿短袖。阳光好了，风也暖和，可春雨难免多情，常常小雨一下就是小半天。

"啪。"盛夜行将球拍到橡胶地上，低头看了眼掌心里的泥渍。

他默默算了算临近比赛的时间，把心里的不愉快又压了下去。

下着雨，他不放心路见星一个人回宿舍。盛夜行看了看手机，还有几分钟高二就放学了——这段时间他感觉路见星的状态不太稳定。

接过顾群山递来的冰水，他朗声道："教练，我得回教室一趟。"

教练很少见他请假，愣道："什么事儿？"

"有事。"

"你的事？"

"嗯，"听教练这么问，盛夜行几乎没思考，"我的命。"

在场的人安静了几秒，然后接着各自练球、喝水，装出一副没有听明白的模样，私下却互相使眼色，脸上挂着学生时代的八卦笑容。谁啊？整得盛夜行"冲冠一急为红颜"了。

教练看了看表："去多久回来？"

"不耽误训练，"盛夜行抹干额上的汗，"去去就回。"

"那行，你去吧。我们再多休息五分钟。"

盛夜行几乎是跑着回了教室。等下课铃一响，他就把路见星揪出来。

两个人穿着校服站在走廊上对视几秒，盛夜行抢先开了口："我今天得训练，我先送你回宿舍。都下雨了。"

路见星朝校园内看一眼，春雨丝丝飘落，根本不需要担心。

盛夜行看得出他在想什么，搂着他往前推："别磨叽，走。"

"我有，"路见星指了指地上，"伞。伞。"

"道路湿滑，人又多，最近进城的大卡车也老从这儿过，你一个人回去不安全。"

盛夜行不由他多说，抓起伞推着他往教学楼下走。

见只有盛夜行一个人急匆匆地从操场上回来，路见星好一会儿才反应过来，他应该是为了送自己回宿舍，请假了。

路见星握着伞柄，深吸一口气，攥紧了盛夜行的校服袖子。

正是下课时间，一堆同学在走廊上挤来挤去，吵吵嚷嚷，闹得路见星不太舒服。

他想跟紧盛夜行，很害怕被人潮挤丢，因为他现在脑子有点儿晕。

盛夜行把路见星带到墙根儿贴着墙走，然后一只手拿书，伸臂将身后的人护住，这才顺利地下楼梯。因为难以忍受人多嘈杂，平时路见星都走得晚，盛夜行也等得有耐心，可今天留给盛夜行的时间确实不多。

刷完校卡出门，路见星坚持撑着伞，不愿意让盛夜行被淋到分毫。

走到最后一个路口，路见星看了眼一直不变绿的人行道红灯，说："回去，回去。"

"现在是送你回去啊。"盛夜行稍微低着头站好。

路见星比他矮，打伞的后果就是伞骨都快敲着他头顶，站都不好站。

"你。"

"我回去？"

"我，自己回。试试。"

"不行。"

路见星咬紧嘴唇，真的不想再耽误他的时间了："试试。"

"都快要到了，我得看着你回去。"

盛夜行伸手拉了他一下，今天地面滑得很，保不齐路见星就会摔跤。

他的小冰皮儿多宝贝？这么易碎，摔不得。

路见星最近学会了赖床，睡醒了非要在床上躺几分钟再起，然后迷迷糊糊地站在洗漱台前，低头先把盛夜行的牙膏挤好放到那儿，也不管李定西有没有在寝室住，也要给他挤好，就觉得特好玩儿。

盛夜行固执地将路见星送回宿舍楼下，看了看时间，估计回去要被罚绕操场蛙跳了。

盛夜行看他一个人拿着把伞站在那儿，突然就挪不动步子了。

"时间不早了，等会儿训练完我就回来。想吃什么告诉我，我等下给你点外卖，让四楼的肖亭送上来。"春雨很细，细到能垂挂在他微颤的眼睫毛上。

"我……"路见星哽咽了一下，手心攥紧了校服袖子，一米八的大男孩儿在淅沥小雨中笑容浅浅的，"等你。"

盛夜行笑一声："等我干什么？我回来都很晚了。"

路见星突然很大声地说："一起吃！"

"好吧，我听你的。"盛夜行往后退了两步，"我先走了。"

盛夜行没再朝后看，蹲下系紧鞋带就往回跑了。

他一走，雨似乎下得大了一点儿。

路见星磨磨蹭蹭地上了宿舍三楼，轻轻地敲过每一根楼梯护栏，嘴里也跟着数："四十七、四十八……"数到"四十九"，他忘了前边数的什么，赶紧退回第一级台阶，又重新数："四十、四十一、四十二……"

楼上冲下来两个同学，侧身撞了路见星一下，嘴里喊着："路见星一个人回来啦——"

路见星被撞得没站稳，又往下掉了一级。那两个同学或许并无恶意，但路见星听得背脊一凉，鼻尖泛酸。他悄悄握紧拳头，将手放入校服兜里，重重地咳嗽一声。

四十几了？再重新来吧。

他退回一楼，数了数十二根栏杆，数到第十三根，张了张嘴，数道："十三、十四、十五、十六、十七……"

他踮着脚踩上第十八阶，书包肩带已经滑落挎到臂弯里了。路见星揉揉手心，站在第十八级上一动不动，喃喃道："十八！十八……"

对！盛夜行，十八岁。

盛夜行呢？

他朝身后看一眼，没有发现熟悉的身影，才想起来盛夜行去训练了，要晚点儿回来。

外面下了雨，晚上路又黑。

盛夜行需不需要人接？

不知道什么心理作祟，路见星突然想折回去走一遍从学校出来的路，把步数全部重新数一次。他得倒回去重新走，等他走到校门口了，盛夜行应该也结束训练了。

走出宿舍楼，路见星站在宿舍区门口吹了会儿风，树梢有雨落到他的脸上。

路见星伸出手背摸了摸自己的脸。

好凉！是因为这个，所以喊自己冰皮儿吗？

他在路上鼓起勇气跟小摊贩老板买了点儿吃的。这样盛夜行就不会挨饿了。

绕过第一个路口，路见星靠着巷道老旧的墙根儿走，注意力被撕得只剩白胶和残片的广告海报吸引了过去。有汽修学校的广告，有三无药品的宣传贴，还有三环外洗脚城的联系电话……他挨个儿大声地读上面的字，一路上引来不少人侧目。

红墙砖瓦、几棵曾在风雨中飘摇的小树、二十四小时营业的副食店……路见星靠着自己的记忆走到岔路口，突然脑袋像死机了一样，找不着路了。

天色明显暗了，时间已是晚上七点。

应该是要训练到九点的。没事，还有两个小时可以走……可以慢慢买东西。

路见星数着路灯往回走，身边行人越来越少，他都没有意识到自己走错路了。他对静物一向敏感，在陌生街道里没走几步就发现了一个从未见过的深蓝色垃圾桶，旁边蹲着个半大的小孩儿。也许此处街道过于偏僻，路灯老旧，灯光昏暗到路见星看不清楚这个孩子是男孩儿还是女孩儿，只隐约发觉有个人在那里。

那个蹲着的小朋友抬起头，露出一只眼睛瞧他，随后一怔，朝他走了过来。

是盛开。可这个时间她本该在家里吃妈妈做的饭，或者抱着玩具熊复习小学功课。

她淋了雨，眼睛很红，呜咽着喊了句："哥哥……"

路见星愣怔在原地，朝她勾了勾手指。小女孩儿仿佛瞬间找到了救星，先往前跑几步然后蹲下去，抱住路见星的腿就不撒手了，一双白鞋沾满了泥泞。

"我叫盛开，我找我哥哥……"盛开又说，嗓音软软的。

盛开？

看了好一会儿，路见星才反应过来这个小女孩儿好像是盛夜行的那个妹妹。

他难以记住同类，在他的印象里，隐约有这么一个梳辫子的丫头，六七岁的模样，眼圆脸皮白，嘴唇红艳艳的。

她怎么在这里？

而盛开见过哥哥拍的照片，她认得路见星。开学那天，哥哥还拍了宿舍照片，配文字"回家"，照片上就有这个哥哥模糊的面孔。虽然他眼神有点儿呆，但长得很好看。

"我……我找我哥哥，"盛开年纪小，和不太熟悉的人讲话还有点儿含糊，"你能带我去找我哥哥吗？是哥哥的……的室友吗？"

路见星蹲下来，紧皱起眉。风声、雨声、女童过于清越的讲话声……刺得他耳膜生疼。他没说什么，但是注意到了盛开冷得发抖，就默默地把自己的衣服脱了。

"我哥哥的宿舍楼……我找不到了，带我去吧，好吗？"盛开的辫子全散开了，腿袜上满是泥。

路见星把校服给盛开披上，停顿了几秒没说话，最后终于说出："别……别动。"

"好。"盛开感觉暖和点儿了，"你可以带我去找我哥哥吗？"

路见星点头，又摇头，因为他也有点儿找不到路了。他今天出门没带手机。他没说别的话，转身就要往学校的方向走。

盛开裹着市二的校服，在他后面边喘气边走，一张小脸憋得通红，眼睛里也全是泪。

夜里九点十分，盛夜行以最快的速度从校门口往宿舍楼跑。雨早就停了，不知道为什么，他心里发慌。他冲到宿舍楼下，抹了把额头上的汗，扯开校服领口，长长地出了口气。

但是，五楼自己宿舍的灯为什么没亮？手机忽然响了起来。

"夜行，你妹妹有没有来找你？"是舅妈。

盛夜行嗓子都哑了："盛开？没来。我刚训练完。"

"她……今天我有急事，放学没去接她。她老师说她要自己回家，可现在都……都九点了……"舅妈说话的声音已经带着哭腔。

"您的意思是盛开不见了？"那边舅妈又说了些话，盛夜行感觉自己被脑海里的轰鸣声震得头昏眼花。他没太多耐性再听下去，直接把篮球袋和书包甩给同行的展飞，戴上卫衣帽子就要往宿舍楼外跑。

保卫室的明叔拿着只手电筒冲出来："哎！夜行！不准出去了！"

手电筒的光线照在他身上。盛夜行觉得这不是光，是闪电。

刚才舅妈说的话，像一道闪电从他天灵盖击到背脊，疼得他眼睛一热，再遮挡了视线。

明叔还没歇口气，身后的张妈又惊诧道："小盛！路见星没和你一起回来？"

轰隆一声——盛夜行感觉第二道闪电又劈了下来。

路见星怎么也没想到，自己又走丢了。

本以为能找回去，可这马路越走越窄，他一时不太分得清方向，干脆停下了脚步。

市二晚上八点左右正是热闹的时候，可现在店铺该收摊的收摊，街道上人并不多。以前他也自己上下学过的，只是次数很少，偶尔记记路，但转身又忘了。

他快被盛夜行养坏了——宠坏的坏。

盛开在后边跟得很乖，不闹也不乱叫，她能感觉到这位哥哥迷路了，没敢多吭声。路见星一紧张就不容易沟通，皱起眉四处张望的样子和她那个霸王龙哥哥有几分相似。

头顶的天空像泼了化不开的墨，天色早就彻底暗下来了。

为了避免突降大雨，路见星决定先把自己包里的一个本子拿出来。他解开胸前的卫衣系带，先把本子放在小腹那里紧贴着，免得下雨把本子淋湿。

这个本子对他来说尤其重要，上边写了盛夜行的发病次数、病症解决办法，还有一些他平时记录的盛夜行今天穿了什么、说了什么，哪怕图案歪扭难辨，他自己回头再看也不知道画了些什么东西。

> 三月一日，黑色高领毛衣，校服。
> 三月二日，深蓝连帽拼色卫衣，校服。
> 三月三日，白衬衫加灰色毛衣，校服。
> ……

一页页翻过去，看见衣着仿佛就能立马想起来盛夜行那天的模样。

盛夜行今天穿了件黑金的短袖，手臂戴着纯白的加长护肘。除非是高强度训练，否则盛夜行不轻易戴护肘，说感觉跟缠绷带似的，看着刺眼睛。

记下来吧。笔呢？没笔。

夜风钻入路见星半敞开的衣领，冷得他一哆嗦，手抖。

"哥哥，你在藏什么呀？"盛开裹着市二校服凑了过来。

路见星没说话，看了她几眼，再把本子捂住，将卫衣系带重新捋直弄好。他打不了结，手在领口处弄了老半天都没系上。盛开踮了一下脚想帮忙，路见星顺势蹲下来。随后，他看见一双白白的小手在自己领口翻飞了一阵，乖巧地打了一个漂亮结。路见星又站起身来，用掌心碰了碰盛开的后脑勺儿。他对女孩儿细软的头发有些好奇。

"哥哥，"盛开见他亲近，将校服袖子递一截儿给路见星握在手里，"这样就不怕丢啦。"

"问问。"

"问什么？"

"路。"路见星说完就不肯挪步子了。他害怕盛开独自跑开，便蹲下来小心将她护着，嘴上又重复一遍，"……问路。"

盛开眼里满是泪花："我害怕。哥哥去问，好吗？"

路见星朝远处挑了挑眉毛，动了动喉结，盯住盛开："我……"

我有问题。我……

他的眼尾上挑，眉心偏宽，整个人的气质明明是懒散的，但他有时又过于小心，走一步都要多多掂量。但现在这个无处可去的小女孩儿要依靠自己。

"哥哥，不然我们明天早上再去找我哥吧……"盛开正晃荡着校服袖子玩儿，"明天早上他们很多学生都从这里过，我们就跟着他们走呀走，肯定能找到我哥……"

想法是不错，但怎么可能带着盛开在外过夜？路见星深吸一口气，突然感到无力。他把双臂垂到身侧，手指不知道该怎么放了。

他带着盛开在路灯下又站了几分钟，连一位晚归的同学都没见着。似乎是生物钟的影响，盛开靠在他腿边快要睡着了。

路见星看她眯着眼站不稳，就干脆蹲下来，学着平时爸妈抱弟弟的样子张开双臂，要去搂盛开的膝盖弯。刚抱起来离地没半米，路见星就感觉这个岁数的小朋友这么抱容易摔，又换了个姿势让她先站地面上，从后面背她。小孩儿困了就想睡觉，被背得理所应当，双臂自然而然地环住大哥哥的脖颈。

等大哥哥背稳了，盛开单手从兜里掏了个棒棒糖出来，咬掉包装，把糖直接送到路见星嘴边，害羞地说："请你吃，谢谢哥哥。"

路见星嘴角带笑，回头朝背后看了一眼。盛开看着他的笑脸呆住了。路见星咬住糖，默不作声地朝前走几步。

他想起弟弟常常坐在爸爸的脖颈上大喊："小满儿骑马马！"爸爸笑得很开心。

自己小时候肯定没有这样过，骑了也不会喊。

弟弟叫小满儿，妈妈说希望一切圆满，完完整整的，也意味着月亮。

弟弟是月亮，哥哥是星星，这辈子能互相扶持。

年夜饭上爸妈这么说，路见星只是抿着嘴不说话。他不拖累弟弟就不错了。

家到底是什么定义，他好像逐渐有了点儿感觉。

"离家，出走吗？"路见星背着盛开走了几步，突然问她。

盛开闭着眼咬糖："啊？"

"你。"

"嗯。"盛开又睁开了眼，泪汪汪的，"我爸妈吵架了。"

路见星沉默。

"我爸妈啊……就是哥哥的舅舅、舅妈，他们老是因为哥哥吵架。我爸觉得他养了我哥这么多年，我小姑的遗产他可以保管，我妈觉得是哥哥的就是哥哥的……"盛开声音越说越小，到最后呜咽了，"我不敢告诉我哥哥……你帮我转达，我都告诉你了。我怕我哥哥生气，我哥哥可凶了。"

路见星闷闷出了声："不凶的。"

"凶的！小时候我偷吃个冬瓜糖他就训我老半天，说牙牙会长虫虫……我被人拿扫帚打了一下，他拎棍子还了人家好几下，我妈还赔医药费了。"盛开小声嘀咕着。

"……"

"你会帮我告诉我哥哥吧？"见大哥哥没什么反应，盛开又补充道，"你吃我的糖了。"

路见星没说话，只是稳稳地背着她。他低着头，视线全集中在脚边的砖线上。

他得仔细看路，避免自己摔倒把盛开给伤着。

糖还挺甜的。

但他背着已经睡着的盛开站在十字路口，不知道往哪儿走。

他不想给盛夜行添麻烦，很不想。

可是，自己好像就是个麻烦。

盛夜行这次没像上回那么傻，自己犯了病往外瞎跑。

夜里风凉，才运动完又一身的汗，他冻得直倒吸气。一回生二回熟，盛夜行叫上校队的几个兄弟，分头散开找。学校老师那边已经通知过了，季川和唐寒已经出去找了。

临走前，展飞回头吼了盛夜行一句："你先去找你妹妹？"

盛夜行跨坐在摩托车里扶着把手，闻言动作顿了一下，喉结狠狠滚动了一下，感觉心都要裂开了，从没这么慌过。没错，于情于理，他都该先去帮着舅妈找妹妹。

队里有弟兄问："路见星有什么经常去的地方？"

"我……"

我身边。

盛夜行哽了一下，冷静道："就学校和宿舍这段路，他往返得多，平时都跟着我，我去哪儿他就去哪儿。"

"他都没有自己的活动？"

"没有。"

"老大，你别骑车了吧……我总感觉你现在不稳定，"顾群山用脚踩稳地面，让自行车稳住，"或者我陪你进城去？"

"不用。"盛夜行伸腿去踩油门。

"老大，你先去找盛开，我们去找路见星。"李定西按响了自行车铃。

盛夜行还是不放心，只是说："我先去周围转转。"

"哎，等会儿。"展飞拦住他，"你先把头盔戴上。"

盛夜行甩开他的手，情绪隐约有些躁了："戴头盔到路上路见星认不出我。"

"你扯什么犊子？"展飞气得想撞他了，"你不戴他也认不出来！"

"认得。"

"认什么啊？上回放学我叫他名字，喊了五六遍他都没回头。"

队里另一个男生也搭腔："路哥又不认人的……"

"你是你，我是我，"盛夜行还是固执地把头盔挂在身后，"他认我。"

"认你个屁！"

"别废话了，"盛夜行说，"走。"

展飞看他非要走，就扔了自行车："你真他妈别拿命开玩笑……飞摩托哪有不戴头盔的？！这边三环外晚上到处都是重型大卡车，谁要是视线盲点没注意把你撞了怎么办？！"

盛夜行回头："我又不是没被车撞过。"

他都快踩油门儿了，衣摆又被校队的兄弟拉住，谁都不让他走。他们都熟悉盛夜行的脾气，这不戴头盔地出去，横竖是一个死。

展飞边退边朝身后吼："明叔呢？叫明叔来拦人！"

盛夜行看一眼被拽住的衣摆："松手。"

"别疯了！"顾群山火了，拿起头盔就往盛夜行头上套，"现在最让人担心的是你！"

盛夜行红了眼，也吼起来："是我妹妹，是路见星！"

"戴个头盔有那么难？你死外边了怎么办？"展飞跳了起来，"你他妈的！"

"滚，"盛夜行怒道，"丢命的是我！"

展飞脾气也暴："那你去找你妹妹，路见星——"

盛夜行差点儿把头盔取了砸过去："路见星归我管！"

"他自己都不知道！"

青春期的男生个个都是炮仗，一点就燃，盛夜行先一拳头过去的时候展飞没能躲开，结结实实挨了一下。

展飞还手，又一拳砸到盛夜行胸前："凭什么你就要那么拿别人的事当事！什么事都从来不会考虑自己！不戴头盔他就认你？！别搞笑了，谁不知道路见星——"

盛夜行憋着气，双目赤红，死死地把展飞压着躺到地上，没吭声。

他愤怒，自己的理智永远追不上情绪。他现在不该动手的，他该乖乖戴上头盔骑摩托出去，去找他的妹妹和朋友。可他控制不住。他想让所有人知道他不会出车祸，他能找到人，他不需要任何人管束，他能驾驭一切——

"吐气，老大，"顾群山看出来不对劲儿，赶紧过去蹲着劝，"再吸气……"

李定西也跟着说："你别着急啊，这才两个小时，可能路见星出去吃面了。盛开，盛开被你舅舅接走了……"

盛夜行的拳头已经从展飞身上转移到了地上，地上满是沙石土粒，硌得手指关节处全是血。他镇定了一会儿，松一口气，主动把展飞扶了起来。

"我先去找，别耽误时间了。"盛夜行说。

顾群山还是态度强硬地去拉他："找个屁，你……"

盛夜行正要不管不顾地骑摩托冲出去，市二男生宿舍楼下的门铃忽然响了。

晚归的人才会在门口按铃。李定西脑子还算清醒，第一个回头。

一个熟悉的身影站在宿舍楼下，腰弯得很低，背上还背着个小孩儿。

顾群山先叫了出来："路见星！你他妈跑哪儿去了？！"

瞬间几辆自行车倒地，不知道是谁先抬脚踹的。紧接着，众队员松了一口气。

李定西着急地跑过去，站近了摸了摸路见星的脸，又看看他背上的女孩儿，朝盛夜行大喊："老大！背上是盛开！"

"快，快给老师打电话，别找了！"顾群山快吓死了，"人自己回来了！"

是盛开，确实是盛开。那双摇摇晃晃的小白鞋，是寒假在商场里买的。

路见星的头发被吹得很乱，刘海儿快遮住眉眼了，可他没有空余的手去捋。

惊喜之余，顾群山率先问他："你走哪儿去了？自己找回来的？"他觉得自己问得太急，又放缓语气："你刚刚在哪里？"

李定西也问："怎么回来的？"

路见星吃力说道："我，我找回来的。"

"那你是不是因为之前找不到路了才这么晚回来的？"

"她，"路见星出声，"妹妹。"

"路哥嗓子都哑了……给点儿水！"顾群山朝身后吼。

"来了！"队员匆匆跑去保卫室接水，"我顺便跟明叔说一声！"

"哎哟……"顾群山回过神，又盯着路见星，"什么妹妹？"

"盛，夜行。"路见星说。

盛夜行还愣在摩托上没动。不是他不想动，是他觉得自己动弹不得了。

他形容不出来这一瞬间的感觉。

挺魔幻。他左肩膀扛的人和右肩膀扛的人莫名其妙凑在一起了，大的背着小的，小的睡得还很香。大的腮帮子里还含着棒棒糖，小的嘴边只剩根棍儿。

盛小开这小兔崽子也是个心大的，一个人在外边被夜风吹着也能睡着。

离了摩托往前走几步，盛夜行快跪下来了。

☾ Chapter 21 红蓝

二〇一九年三月，我们都很好。

距离路见星和盛开只有两步之遥时，盛夜行停下了脚步。

走得近了，他才敢确定眼前的就是他要找的那两个。他暂时还没有心情去好奇为什么这两个宝贝会阴差阳错地凑到一块儿，他选择蹲下来，掏出手机给舅妈打电话。

"喂，舅妈。"盛夜行的声音疲惫不已，"盛开在我宿舍楼下，我同学把她带回来了。"

舅妈在电话那端哭一阵歇一阵的，声音还有些许哽咽："好好好，我现在过来接她……大概四十分钟。"

"嗯，"又松一口气，盛夜行把手上的血擦到短袖上，"对了，您别骂她。"

"这次她太不乖了，还好是遇到你同学，不然遇到坏人怎么办……"

"她一直很乖，可以偶尔不乖一次。"盛夜行说。今天的事是肯定有原因的，妹妹算是自己看着长大的，脾气性格他都明白，她不可能无缘无故地跑出来找自己。

"叫——"

"舅妈，"盛夜行难得打断长辈讲话，"没有必要。"看了看还站在夜风里的兄弟们，盛夜行握着电话说，"您过来吧，我守着盛开。"

李定西凑到路见星身边，先去挪盛开的手臂："哎，路哥，你也背了挺久了，你先把盛开放下来，我们把她抱去保卫室休息。"

路见星不肯让别人碰盛开，侧身朝旁边躲了一下。

李定西瞪大了眼："嘿，你……"

背上瘾了还。

路见星还是采取躲避态度，往后退了两步，不愿意把盛开放下来。

盛夜行终于过来了，站到路见星身后，拍了拍他的肩膀："我来吧。"

感觉到盛夜行靠近，路见星警惕的神经才稍微放松点儿。他垂着眼看自己的脚，将身体后倾，睡得迷迷糊糊的盛开落到盛夜行臂弯里，背上轻松不少，像某种交接仪式。

盛夜行低声说了句："辛苦你了。一起进来。"

他的声音疲惫又温柔，路见星听得心头一跳，耳朵像被羽毛抚摸过。

等盛夜行进保卫室后，路见星才重重地"嗯"了一声。

他将双手垂在身侧，指端在校服裤缝点了又点。

要不是三人都还处在需要念书的年纪，盛夜行挺想带着盛开和路见星跑路的。

他们会去看海、看山、看河流，在山脚草丛里摘几朵蒲公英，将它们吹到如梦似幻的夜空中。

盛夜行把盛开放在保卫室里让张妈照看，又出去找站在原地不动的路见星。

他把自己的外套披到路见星身上，摸摸路见星的手，皱眉道："冷吗？"

路见星没反应。

盛夜行故意压低了嗓音，佯装凶他："还不打伞？你要是感冒怎么办？"

"咳咳。"路见星假装咳嗽两声，再抬眼，望着盛夜行的脸。

盛夜行并不去问他在"失踪"时去了哪里，只是将他手臂、小腿、后脖颈等容易受伤的地方全检查了一遍。盛夜行放下心来，还是没忍住问他："自己找回来的？"

路见星点头，别过头去，不再有其他动作。现在路见星什么都听不进去，他只觉得烦躁。他把衣角捏了又捏，站在原地狠狠地攥紧拳头。

他说不上现在的焦虑感从何而来，也许是因为自己认识路了，也许是因为他想庆祝，一口气堵在心里，突然像又回到了幼时险些丧失语言能力的那段时间。

他想要回寝室待着。他需要封闭又熟悉的空间。

"回去。"路见星指了指楼上亮起的窗口。

盛夜行点头去搂他的腰："我送你上去。"

路见星开始重复用词："一起。"

"是一起上去，我送你。"

"睡觉。"路见星攥他衣服。

"我得等妹妹……我先送你上楼，李定西陪你，我等下就上来。"

盛夜行的耐心也快到极限了。路见星不肯走，像个喝醉的人，没走两步又停了下来。

"别紧张，你看，"盛夜行想了想，从兜里把自己的手机掏出来调到相册界面，低声哄道，"这是上次我们一起出去玩儿的时候拍的照片，对不对？你手里的芝士蛋糕很好吃，你舔了一口就开始抿嘴唇。"

路见星现在正处于沉迷影像的年龄段，看见自己的照片就挪不开目光。

往往这些留下欢乐时光的照片能让他想起当时的情景，心情也会跟着舒缓不少，逐渐忘却当下的焦躁。

盛夜行点了一张出来，又说："还有这次在美术室，唐寒老师陪你把所有的牙签都涂成了红色的，你很开心。"

"睡觉——"路见星拖长尾音，拉他的手。

"都到楼道口了，你和我乖乖上去。"

盛夜行想让李定西把路见星稳住，他一个当哥哥的，不能把妹妹一个人扔到那儿。

这楼道口他们一起走了无数遍。每当楼道内的昏黄灯光照亮他们的眼，偶尔重叠的身影会被缓缓拉长。

他们像两只互相扶持回家的小兽，已找到归途。

盛夜行第一次觉得这几步那么难以跨越。

"听话。"盛夜行只会在耐心即将耗尽时使用这个词，因为他知道路见星会听。

两个人谁也不爱闹腾对方，只是想依赖对方。

走到三楼楼道里了，一直张嘴想讲话的路见星忽然停住了脚步。

他将手指放在栏杆上敲出清脆的声响，发声道："想你，想你。"

楼道里的"混响"将路见星的嗓音衬得温柔，盛夜行没忍住，咬了一下舌头。

他不知道路见星那两句"想你"在心中预演了多久，从他敲自己的裤缝开始。

似乎是在外面走久了，路见星的脸有点儿凉，脖颈处的衣料也是湿润的，从他喘气的声音来听，他的确有点儿咳嗽。

盛夜行觉得路见星就是全世界的光。

路见星迷路后的忐忑与恐惧，他不必说，无助与想念，他也不必说。有盛开陪着反而是好的，至少他不是一个人。

路见星也发现，只要见到盛夜行，他就什么都不怕了。

盛夜行揉了揉路见星的头顶。

将路见星送上楼，盛夜行又匆匆跑回保卫室，一直等到舅妈来接盛开。舅妈并没有对盛开的离家出走做出解释，倒是盛夜行在她离开时拉了一下她的手。舅妈一回头，盛夜行什么也没问，只是让她路上小心。

盛夜行回到寝室里时，李定西和路见星早已睡了。清晨五点半，盛夜行骑摩托出去跑了一圈，回来时带了全队的早饭以作感谢。

发完早饭，离上学时间还有一会儿，校队几个人都穿着篮球服站在宿舍楼下的小花坛边吃。展飞注意到盛夜行落了单，就拍拍屁股坐过去。

"哎，高一有学妹找我处对象，我说，算了。"展飞开始没话找话。

盛夜行看他一眼："怎么不谈？"

"早恋没什么意思。"

"你又没谈过。"盛夜行眼皮都不抬，"早恋怎么没意思了？"

"啧，"展飞无所谓地笑，"你说得像谁小时候没喜欢过人似的。"

"嗯？你说说，是什么样的。"

展飞抹了把脸，笑着说："她是我同桌，小学的时候报了萨克斯班，我也就跟着去报，反正都是一个教室。以前每周二下午放学我就扯着她的红领巾跟了她一路，每次开始学了，我就只盯着她的脸看，觉得这丫头真好看……一学期下来我只学会了《两只老虎》，她都会《东方红》了……"

"你说得这挺有意思啊。"

"说到喜欢的人……我还没见你对哪个女生心动过。因为生病不想拖累人家吗？"

"也不是。"盛夜行坐着低头，盯住地上的烟头，"不完全是。"

"那是什么？"

"之前没遇到，也没想要多个包袱。"盛夜行说。

展飞愣了一下，笑开了："哈哈哈哈，兄弟！对象对你来说是包袱？"

"包袱也分甜蜜的还是痛苦的，对不对？"盛夜行瞥了他一眼，嘴角带笑。

展飞的笑容坏起来，用胳膊肘撞他："你这话说得……像有明确的目标了？"

盛夜行擦干沾到嘴角上的汽水，拧紧瓶盖，再把汽水瓶摔到脚边空地上。

"没有。"他答。盛夜行擅长藏匿感情，但如果周遭有朋友好奇，他就会痛快地承认。可是现在情况特殊，站在他那条河对岸的人只有好朋友路见星，他们还在共渡难关。

恋爱可以谈，但是没必要。

盛夜行叹了一口气，选择转换话题："昨天……挺谢谢你的。"

听他这么一提，展飞似乎是想起了被盛夜行一拳头砸中的痛感。他严重怀疑盛夜行的拳头是钢筋混凝土灌出来的。

"哎，"展飞捂脸道，"那是兄弟该做的。"

"之前路见星丢过一次，我也出去找过。"沉默几秒，盛夜行继续说，"那天是夜里，下了很大的雨。"

展飞说："上次，他去哪儿了？"

盛夜行停顿："遛弯儿吧。"

他只是为了给我买药。他跟在盛怒的我身后走回来，被雨淋得发烧。

他现在买东西都是日渐练出来的，那一次却一开始就敢去那么远的地方给我买药。

"真麻烦……"展飞叹一声，挠挠头，"真挺麻烦的。"

"还好。"

"说真的，你像他爸。"

盛夜行笑了一下，没说话。展飞看盛夜行有些走神，用手指掐住他的手腕抬起来审视一番，说："你瞅瞅你的手！昨晚弄的吧？全是伤口。"

"嗯。"

"我去明叔的保卫室拿一下医药箱！你也不知道处理，都肿起来了……"展飞跳下花坛，边走边回头说，"没事往地上砸什么，你拳头硬还是地硬？"

"拳头硬。"

等展飞抱着医药箱出来，路见星和李定西也从楼上下来了。

李定西满面愁容地"路过"盛夜行身边，小声道："老大，路哥下个楼梯老费劲儿了。"

盛夜行没说话，正蹲在地上让展飞给他的伤口消毒。不小心沾上酒精，盛夜行没忍住，倒吸了一口凉气："嘶……你是不是还记恨我……"

"对不住，大哥，"展飞赶紧又拿纱布去擦，"重新来，重新来。"

李定西在旁边看戏："展飞，你行不行？不行换我来。"

展飞说："行，谁说我不行了？男人不能说不行。"

被吵得脑仁儿疼，盛夜行低笑道："你们课外活动挺丰富啊。"

"还行。"展飞还是埋头拿棉签擦创口，往盛夜行身边挪了点儿。

远处，路见星正站在宿舍楼门口的树下，用手去抠树干上快要枯落的树皮。他从一下楼就注意到盛夜行了。

路见星收回目光，只接收到两个信息：盛夜行受伤了，有其他人靠近盛夜行。

心里……有点儿难受，像被打了一拳，再浇点儿酸酸的调味料。

得回去。

"哎！"李定西回头朝楼道口看了一眼，"路见星！你干吗去啊？"

路见星停下脚步，蒙着回头，好一会儿才答："回去一下。"

"哦……"李定西挥挥手，做了个"上去"的手势，"快去吧！"

李定西回头道："大概是忘东西了吧……老大，今天你不在，路哥早上收拾东西收拾了半把个小时，倒是乖得很……"

"对他得有耐心。"盛夜行说，看了一眼自己被纱布绷带包成粽子的拳头，皱眉道，"我真的要这么去上学？"盛夜行感觉手已经开始疯狂地出汗。

展飞快速转移话题："他怎么又上楼了？"

"要不你们先走，"盛夜行看了看时间，"还有半小时才上课，来得及的。"

"但是——"

"我等他。"盛夜行找了块亮面砖墙靠好。

"你不像等他的，"李定西嘴角抽抽，"你像堵他的。"

盛夜行咳嗽了一声，眼神不自然地往四周瞟瞟，把校服立领的拉链往下拉了点儿，将领口翻好，勾勾唇角，问："这样看起来像好学生一点儿？"

"要我来说……"才跑下楼吃完饭的顾群山挤过来，竖起大拇指，"老大，你这个寸头就很有杀气……像那种小学门口堵小学生要保护费的，还不收零钱！"

"只收整的。"展飞说。

"山，你也太精辟了。"李定西为顾群山点赞。

跟着来的冬夏也说："还有你这双眼睛，戾气太重了，得戴个眼镜装斯文。"

盛夜行冷笑道："墨镜？"

冬夏："大哥，是近视镜。"

众人一走，盛夜行又等了几分钟，等得急了，他掏出手机给舅妈打了个电话，询问了一番今天妹妹的情况。听到妹妹还是照常上下学之后，他总算放心了。

等路见星下来，盛夜行发现他眼下的痣是蓝的。

水笔的痕迹还没干，明显是才点上的。凑近一些看，盛夜行看得出来那片皮肤微微发红。

难道刚才是红色的？怎么给画成蓝的了，哪里不开心？

盛夜行也没多问，领着他一路出了男生宿舍区，往马路上走。路过一个小巷口，路见星不但没有跟上脚步，还朝后退了一下。

盛夜行一靠过去，路见星就挨着盛夜行走，靠得十分近。

盛夜行感觉出他的不对劲，直接上前一步牵住他的手："昨天在这里迷路了，对吗？"

路见星点头："嗯。"

"我带你走。"盛夜行看着他安慰道，"不要怕。"

路见星试着朝前走了几步，捏紧盛夜行的校服袖子，他记得自己在这里的无助与崩溃，难受得后脑勺儿隐隐发痛。

盛夜行边走边回忆。书上说，需要一些新鲜的、没经历过的事情和快乐来掩盖他的紧张，和"影像记忆"同理，那些不好的印象需要被身边的人有目的性地转移走。

于是盛夜行找了巷道里某个有大树遮挡的隐蔽之地。

他先是站定了脚步，面朝路见星，哄劝似的说："你环住我的脖子。"

路见星没动，盯着盛夜行的"粽子手"。看出他担心，盛夜行说："没事。"

路见星还是不动。盛夜行干脆上了手，把路见星的胳膊搭上自己的双肩。校服衣料太滑，盛夜行抱了两次都没抱动，路见星却很耐心，像个玩具似的任由他捣鼓。

几分钟后，盛夜行把路见星抱起来转了圈。

路见星先是一惊，随后，注意力全被眼前不断变幻的景象吸引了。

没几秒他就觉得晕，索性把头埋到盛夜行的肩胛处，像缩进属于自己的蚌壳。

空中失重的感觉很爽，他像是胆子也跟着变大了一点儿。

一圈，两圈，三圈……

直到被放下，路见星都还记得盛夜行脖颈处的味道，闻起来犹如置身于碧海蓝天，不知道是什么香。

盛夜行看他不说话，找话问道："好玩儿吗？"

路见星眼神清冽，弯了弯唇角，紧盯着盛夜行。

盛夜行深呼吸了一下。他只觉得路见星眼角下的蓝色扎得他眼痛。

他正以为路见星要说点什么，没想到路见星突然转身要往巷道外跑。

盛夜行眼疾手快，一把将他拉住，道："你去哪儿？"

路见星咬咬牙："回去。"

"又回宿舍？回宿舍做什么？"盛夜行诧异道。

没说话，路见星等了好一会儿才指了指自己眼下的蓝痣，眼神却没有看向盛夜行，不知道是在和谁表达。

盛夜行："……"

现在青春期的小孩儿都这么多变吗？一大早换了三次情绪。

这到底是开心还是不开心？

路见星眼神飘忽着，嘴里小声道："红点点，红点点。"

"过来。"盛夜行抓住他臂膀的手并没有放开。

路见星："？"

"路见星，"盛夜行手臂一用力，将他拉到跟前，"我来给你弄。"

盛夜行的手指触碰他的眼尾，一用力抹开，那个蓝色的小痣就消失了。接着，他从自己的衣兜里掏出一只红色水性笔，比着路见星平时画的大小，在路见星的眼下点了一个红色的点。

盛夜行没忍住，骂了一句自己缠着绷带的手，抖得跟筛子似的。

别抖啊兄弟，给点儿面子。

他点得不太好看，像画了个小实心圆。看路见星没反应，盛夜行脸上倒烫起来了，他吞吞吐吐道："以后……以后的红色，我来给你画。"

好早之前我就送过你红色的球衣，是希望你天天开心。

现在干脆让我就这么守着你吧。

路见星第一次被人在脸上画东西，眼神里满是新奇。

盛夜行鼓起勇气，说："只要有我在，你就——"

"就，"路见星突然接嘴道，"天天开心。"

晨风过巷，阳光格外温柔。

两人站在巷道内贴满小广告的墙壁边，路见星的笑颜耀眼。

"呼。"盛夜行学他呼气，垂下眼笑了，"呼呼。"

路见星学他："呼。"

"吹走不开心。"盛夜行摸摸他的脸蛋儿，心底被烫出了幼稚的成就感。

"好。"路见星说。

盛夜行看他越顺毛越乖，称赞道："乖孩子。"

"这是什么啊……"李定西凑近，手指摸上路见星的侧脸，"今天怎么点得跟拔了火罐儿似的，这么大一个。"

路见星不习惯别人的触碰，侧身躲开，把脸藏在立起的书本后面，眼神都变凶了。

"哎，见星，你知道什么叫拔火罐吗？就这么大一红印儿。"李定西得寸进尺，整个上半身快挤到桌面上去。

"哎，别挤。"顾群山在前座顶住板凳往后挪了一下。

"就这么大，"李定西边说边拿手比画，还趁机捏了路见星一下，"印身上的。"

原本趴在一旁看戏的盛夜行抖了下课桌桌面："别挤。"

他话音刚落，路见星突然起身，吓得周围站得近的几个男生一哆嗦，赶紧往后退了几米。这位兄弟的发作水平他们都略有耳闻，不敢胡乱招惹。

几个人一起后退的动静不小，路见星已经明显察觉到了。

他顿了顿，用手指捻着衣服下摆，低头把滑到中间的拉链重新拉到锁骨处，再捋平了衣摆坐下来，看向众人的眼神十分迷茫。就拉个拉链至于站起来吗？

一个刚挪开的小男生背对着路见星低声耳语："喊……"

"我以为要被开瓢儿了。"另一个说。

路见星听力不差，心头有些添堵。

不过，他想起唐寒老师说过，要让缺陷变成推着自己走的动力。

盛夜行朝挤过来看热闹的同学们挨个儿使了眼色："你们围着是有事找我？"

围观群众一哄而散。

盛夜行发现，自从路见星开始亲近自己，就会用手背来贴自己，不是那种带有商量意味的"一起玩好吗"，反而是直接的"来玩"。

盛夜行去捏路见星的手，路见星疼了，抱怨道："疼！"

李定西从洗衣房回来，还多问一句："怎么了？哪儿疼？"

"他咬舌头了。"盛夜行咳嗽一声。

"啊？"李定西放不下手里的游戏机，"没流血吧？"

盛夜行掐住路见星的下巴颏儿，看一眼唇角，回答："没有。"

盛夜行的目光没挪开，开始挠他的痒痒肉儿。

李定西的眼睛还在游戏机屏幕上停留着，根本不抬头："老大，你别欺负我路哥啊。"

最近路见星喜欢上了涂唇膏，因为天气有点儿干燥。

在教室，偶尔盛夜行还给路见星写小纸条，近乎"苦口婆心"地告诉他在教室里要注意，想用了就说想去厕所，他会跟着去。

路见星算是贪恋上这种潮湿的触感，有时涂得很用力，有时又是轻轻的。

盛夜行问他为什么那么小心地涂。路见星只说，雪糕会化。

整整一周，路见星都在用嘴唇去吻餐巾纸、矿泉水瓶盖、酸奶勺子、自己的短袖等物品，他不是不懂，但像是想要用唇部的触觉去感受差别，并且乐此不疲。

周一，盛夜行正在寝室桌的日历上画完圈，并且批注：

二〇一九年三月，我们都很好。

字迹工整，规规矩矩。在路见星来之前，他每个月的圈都是胡乱画完的，有时力透纸背，他还能把日历单扯下来撕个粉碎。旁边的批语密密麻麻，情绪是潮涨潮落，大部分时期都地处低谷，字迹如针尖扎人，痛得他喘不上气。有一段时间，除了绝望，还是绝望。

高二七班教室够大，学生不多，课桌之间挨得并不太近。盛夜行和路见星常年坐在最后一排，偶尔走个神儿被前座林听提醒一下，两人视力够好，倒也能跟上老师的讲课节奏。

盛夜行打了路见星那个"记仇本"很久的主意，时不时把本子拿过来翻看，发现自己的名字后边记录得很少，只有零零碎碎几个小的月亮章，存在感非常低。

虽然说少发病是好的，但盛夜行还是想趁机多找路见星说点儿话，接近一下。

这节课是手工课，班上大家各忙各的，都在想怎么把"工艺品"折腾出花来。

盛夜行低声喊了路见星几句并无回应，干脆撕了块小纸片写好字递过去。

纸上一个字——"在？"

下面是两个选项：在或不在。还专门画了方框，旁边写着"请打钩"。

路见星没像从前那样在方框处打钩，而是在纸上写了个歪歪扭扭的"在"，并且小声念出来，再更小声地跟一句："完毕。"

"完什么毕？"盛夜行低笑，又怕被授课的老师看到，只得拿手掌遮住半张脸，"机器人似的。"路见星止埋头写字，想把他手里的纸花瓶上写满"152"。

"这'152'是什么意思？"盛夜行好奇。

路见星先是没吭声，过了一会儿才说："十一月、十二月、一月、二月、三月……"

喜欢从侧面回答问题是路见星的一个"小问题"，盛夜行也乐得去猜意思，摸了摸鼻子，故意说道："我来猜猜，'152'是来学校多少天的意思吗？"

"嗯。"听到他的解释，路见星眼睛亮了亮，又重复了声，"嗯！"

被认同完毕，盛夜行又想逗逗路见星："路冰皮儿，机器人得'嘀嘀'两下，知道吗？"

路见星："……"

哪有那么容易上当？不嘀！

"来，"盛夜行说，"我们制订一个新制度。"

路见星："新制服。"

"不是制服，是制度，"盛夜行解释，"游戏规则。"

路见星重复："规则。"

"对，"盛夜行屈起手肘撞一下他的胳膊，"比如我稳定三天，你就给我添朵红花什么的，再奖励点儿额外的。怎么样？"

路见星皱眉，似乎开始思索这个颇有深意的"额外的"包含了什么。

"额外的。"他在询问。

盛夜行说："比如和你吃一顿早餐之类的？"

路见星思考了一会儿，从校服兜里伸出掌心都是汗的手，掌心向上，做了个微凹的手势，像是托着一阵风。

一阵微风，吹得他心痒痒。

Chapter 22 朋友

今年冬天结束得很顺利。

"哎，路冰皮儿，"盛夜行说，"其实……"他总感觉自己讲什么都是在欺负人，不自在地摸了摸鼻子，认真道，"其实，除了'我可以牵你的手吗'，还有其他的说法。"

路见星表示有疑问。

"你还可以说：'我可以拍拍你吗？''你可以拍拍我吗？''我可以抱你吗？''你可以抱抱我吗？'……"盛夜行比画了一下"拍"和"拥抱"的区别，严肃地说，"这些句子，你都可以使用。"

路见星还有点儿没明白过来，但能接收到盛夜行期待的眼神。他哽了一下喉咙，把手放在膝盖上坐得端端正正，像小时候准备被老师抽起来回答问题似的说："好。"

不管盛夜行说的是什么，路见星都先说一句"好"。

可是他说"好"的时候，眼神都是飘的，走心没走心，盛夜行全都看出来了。

盛夜行听得想捏他脸蛋儿："你真听明白了？"

"好。"路见星又重复，低头玩儿手指，玩儿了没几秒又觉得不舒坦，就趴在课桌上长吁一口气，仍旧没看盛夜行。盛夜行暗暗发笑。

行啊，还学会敷衍了事了。

明明寝室里的所有灯都已经关上了，但不知道为什么，路见星还是能看得清盛夜行的脸。

今日睡前，盛夜行还趴在床头小声地说："路冰皮儿。"

"啊。"

"哥我给你整的小夜灯呢？怎么不开了？"

夜灯本来是挂在路见星床头的，床帘一拉，就只有床上有光。路见星现在学乖了，睡觉时虽然会滚来滚去，但不会再去衣柜里躲了。以前经常睡到一半盛夜行就找不到人了，下床拉开衣柜，发现路见星坐在柜子边上发愣，像是想把自己往里塞又塞不进去。

路见星一闭眼，像全世界都黑了。他犹豫了几秒，回答："不怕。"

盛夜行朗笑一声，刻意逗他："你真不怕？比如什么鬼啊、蝙蝠之类的？"

"鬼。"路见星说，"弟弟是，爱哭鬼。"

行，还会嫌弃弟弟了。

"这么说你弟，他今晚得做噩梦，"盛夜行想想，"那我家盛小开是胆小鬼。"

路见星恍惚了一下，回过神来："我不是。"

的确，路见星胆子挺大的。在对外界处于未知状态时，他总是先挑起"事儿"的那个人。有时路见星自己能做很多事，能单挑、能磕磕绊绊地表达、能自己系鞋带，盛夜行感觉自己特没用——说来还挺矛盾，毕竟这半年来很多事还是他教路见星的。

唐寒说，进步都是水滴，汇聚在一起就会变成小河。

床帘内没什么光，睁眼也一片漆黑。

"说真的，有时候我会想，你什么都会，胆子还大……我还需要照顾你吗？"

路见星想了会儿，把盛夜行的手放到腰间把自己抱稳，认真地说："这样。"

"嗯？"

"就这样，"他讲话速度很慢，"这样。"

抱着我，就好了。

照顾都是互相的，没有谁有义务要顺着谁。

他深知自己前进的阻碍，更不想趴在盛夜行身上让他背着渡过这条水流湍急的河。

双方沉默一阵，盛夜行突然出声："太懂事不好。"

路见星"嗯"了一声。

两个人不知道怎么的，过了凌晨两三点还特别有精神，不停地重复同样的对话。

明天周日，他们早上也不跑操，可以睡到日上三竿，全身在被褥里包裹得暖烘烘的。

盛夜行先问："困了吗？"

路见星说："不困。"

没过一会儿，盛夜行又问："现在困不困？困了就告诉我。"

路见星没再答，扭头望着他，眼神亮晶晶的，像藏了一汪清泉。

不困。

他们两个人其实都有点儿犯困，但都不想睡，就想靠在一起，谁都舍不得先闭眼。

"我有点儿饿。你饿吗？今晚我看我买的那两碗牛肉面你都没吃多少。"

路见星顿了几秒，说："不饿。"

他这句话刚说完，肚子就叫了起来。他有些不好意思地翻过身去，将肚子贴在床上。过了几分钟他才缓过劲儿，笑了自己一声。

"别折腾了，跟哥哥我下楼，"盛夜行翻身坐起来穿外套，"给你翻墙弄二两馄饨进来。"

到了宿舍楼下，时间快过凌晨三点，已是夜深人静。盛夜行牵着路见星小跑到宿舍楼围墙根儿，指了指快被翻塌又重修过的墙面，看着表，说："我知道外边百米处有个夜宵摊，你在这儿等我几分钟。"他回头看路见星穿得少，又准备脱自己的外套。

路见星意外地注意到了他的动静，哑着嗓子说："……不冷。"他知道盛夜行这几天有点儿咳嗽，毕竟春天是疾病高发期，动辄就容易小感冒小闹腾一阵子。

"我初中那会儿带人翻墙，翻一半一个比较胖的兄弟卡在墙上了，耽误了不少时间，"盛夜行笑着喘气，"后来，我骑墙上正准备往下跳，一低头看见我们校长拿个手电筒蹲在地上望着我，叫我下去。"

路见星也笑，嘴角翘了翘。

"然后……"盛夜行搓搓发凉的手掌心，一边说一边特自然地攥住路见星的手，"然后我没下来，我翻回去了。翻回去就算'翻墙未遂'，不叫'翻墙出校被抓'。里边是学校，外边是街道。"他双手撑住可供踩踏的石板，回头问路见星，"你吃什么味儿的？"

路见星说："辣。"

"行，清汤馄饨。"盛夜行头也没回地说。

"……"

"胃不好半夜就别吃辣了。"盛夜行决定再问一下路见星的意见，"清汤和海味儿的都可以，你选一个？"

路见星没有回答，眼神定定地看着围墙边的一棵小树，伸手去抠了抠树皮。

盛夜行叹了一口气，没几下就翻出去了。回来时他拎着打包的袋子，落地差点儿把汤水都洒出来。路见星接过自己那份，将馄饨放到花坛边，鼓起勇气捏住盛夜行的手。

因为足够默契，盛夜行知道他想干什么，就张开掌心抬手，做个"单手投降"的姿势。

"要谢谢我？"盛夜行笑问。

路见星屈起指关节，正准备往他的掌心上敲三下："……嗯。"

还没等路见星敲完第三下，盛夜行突然用了点儿力气将他的头摁到眼前，捏了捏他的后脖颈，沉声道："市二的规矩是敲三下表示感谢，但那都是对外的。对内只有你和我，规矩是抱一下表示感谢，明白吗？"

路见星愣了几秒，回答："好。"

路见星逐渐接受了自己的好友，他把这些都归类于亲近与善意，虽然他听别人说过，有些人不适合有牵挂，他知道自己也是这样的人。

这一晚，为了不影响李定西，两个人蹲在宿舍楼门口吃完了夜宵，都心满意足地摸了摸自己的肚子。盛夜行看着路见星笑，觉得这是读书时最满足的瞬间。

夜风肆意，空气燥热。

夏天在远方的拐角站着，等待与少年牵手。

周日没课，寝室里三个人一起睡到了中午。窗帘一拉开，阳光飞泻入阳台，楼下时不时有学生拿着不锈钢饭盒飞跑过去，筷子和勺子敲出"叮叮——"的声响。

盛夜行和李定西先买了饭回来。盛夜行脱鞋，爬上床梯，发现路见星半睁着眼还在赖床，便长叹一声，捏了捏他藏在被子里的腿："起床了。"

路见星不想起，缩成一团往墙边靠，让盛夜行碰不到自己。

"晚上有自习，"盛夜行催他，"快起床，我买了你爱吃的，等会儿饭菜都凉了。"

路见星又翻一个身："……嗯。"

盛夜行继续碎碎念："你不上课也不能睡太久，会不舒服。"

路见星采取闭麦抵抗政策。盛夜行拽了一下被角，又怕他凉着，只得摸了摸他额头。

"中午了。"路见星鼻音很重。

"嗯，得起来吃——"盛夜行的"饭"字还没说完，居然又被路见星接了嘴。

路见星拿被子蒙住头，也不知道说给盛夜行还是说给自己听："该睡午觉了。"

盛夜行："……"

路见星最近好像爱上吃方便面。整整一周，他不和盛夜行出去吃饭，专门买桶装方便面吃。盛夜行找唐寒提过，唐寒只说适当看着点儿，过段时间路见星兴许就会吃腻。路见星连课也不上，把所有品牌的方便面口味抄在本子上，吃一个画一条，一周下来画了小半页。有些买不到的进口品牌，他就在后面画个重点符号，像是发誓以后一定要去吃。

有一次老师问同学们的梦想，顾群山就说："开小卖部啊，老师！"

老师问为什么，顾群山答："这样才养得起我们见星儿。"

盛夜行踩上顾群山乱晃的凳子腿，打趣道："你们见星儿……不需要你养。"

旁边听课的路见星还在事不关己地转笔。全班一阵大笑。

本来笑笑也就过去了，直到盛夜行发现路见星的购物单上写满了各种味道的方便面，他才意识到问题的严重性。

不成，这样下去迟早得进医院，一进医院路见星就紧张，他不能让路见星紧张。

回到寝室，盛夜行问路见星关于方便面的问题。路见星就说："今年冬天。"

"今年冬天。"盛夜行耐心地重复。

路见星磕磕巴巴的："天。"

"天什么？"盛夜行在笑，也不催他，"慢慢说。"

"冬天……"路见星把滚烫的开水和曾发热的脸颊联想到一起，双手揣进兜内，朗声道，"结束得很顺利。"

他看寒夜里凛冽的风，看从未下过雪的天空、翻卷至脚边的落叶，他观察路上穿得略显臃肿的行人，能真真切切感受到冬天来过。他感知世界的方法多种多样。

　　唯一与常人不同的是，他会将所得信息都妥善安放，因为那都是他的宝藏。

　　末了，路见星加上一句："完毕！"

　　"完什么毕？完蛋吧你。"盛夜行抓过购物单，将其拧成长条往路见星的额头上敲了一下，佯怒道，"知道方便面吃多了很不好吗？"

　　路见星："……"

　　盛夜行逗他："还学会转移话题了？"

　　路见星没吭声，拿塑料叉子在方便面桶上深深划出一道道划痕。

　　李定西正在床上看书，看见盛夜行这么一下，惊叫起来："开眼了！你舍得打他了！"

　　"这算打？"被说得有点儿紧张，盛夜行把手指摁到路见星额头上，确定没什么事儿之后才说，"不是谁都跟你一样没轻没重。"

　　李定西继续说："至于吃方便面……老大，你也别管他，等他吃腻了不就不吃了吗？"

　　"他肠胃本来就不好。"盛夜行看一眼寝室里烧水的水壶，考虑要不要把插头拔了。没热水了，路见星就没法儿吃。

　　李定西从床梯上跳下来，抓过路见星买的方便面看了几眼，笑了："你这吃得也……你挺辣啊，见星儿？"

　　"辣什么？"盛夜行踩到寝室门槛上，身子晃一下又站稳了，"好好说话。"

　　"看得我馋嘛。"李定西说。

　　"那，"在旁边玩塑料叉子的路见星突然出声，"你吃。"

　　李定西愣了几秒，表情由呆滞转为狂喜："我吃？"路见星跟他分享食物？他惊喜地赶紧回头看一眼盛夜行，得到他的肯定后才转过来抓住路见星的手臂，又重复地问一遍："你把这个，让给我吃？"

　　路见星咳嗽了一下，努力抬了抬眼，将目光转移到李定西脸上，肯定地答：“……嗯。”

怎么了，不喜欢？可是，刚刚还在说想吃。

他像是怕李定西觉得不好意思，把方便面桶往前推了推。

“愣着干什么，接着啊。”盛夜行用胳膊肘在李定西背上戳了一下。

“哎，谢谢……”李定西把方便面桶接过来抱在怀里，深吸一口气，再呼出来，那架势像要吹个鼻涕泡。

那天，李定西抱着那桶方便面一时不知道说什么好。他甚至都舍不得吃——总觉得这对于自己来说十分有意义。

今天是周五，校队组织了夜跑活动，说要锻炼跑步速度，挺久没练这种单项了。

“哎，几点了？”李定西边走边穿中筒袜，他等会儿要去踢球，“老大，你晚上怎么安排？”

“六点四十，我带路见星去外边下馆子。”盛夜行把护腕取下来，挂到床边挂钩上。

穿好鞋袜的李定西扒着门框想溜：“好，那……那我先——”

“面，”盛夜行点了点桌子，“吃了再走。”

李定西看到路见星的目光正跟着自己，赶紧凑到盛夜行身边耳语：“这盒我想留着珍藏，我舍不得吃。”

“他盯着你呢，”盛夜行悄声说，“你今天要是不吃，下次他就不跟别人分享了。”

“行吧，反正我也饿了。”李定西刚要去端方便面碗，路见星就把方便面接过去，意思是他去接水。李定西担心他会被开水烫到，紧张地跟了一路。

“红的，”李定西教他，“摁下去就出水。如果你觉得烫了点儿，可以加凉水……但方便面就是要用开水来弄，煮软了才好吃！”

“你别教了。”盛夜行在身后提醒。怎么还教上了？

把方便面桶掀开端至饮水机水龙头下，路见星的指尖在红色热水的按键上点了又点，动作停下来。路见星思忖片刻，突然生气了。

别人都会的事情自己却不会。难过。

以往他会把情绪全部挂在脸上，或是从喉咙里发出"哼哼""嗯嗯"的声音，但他今天克制住了。路见星想，自己可以像盛夜行一样有一点儿自制力。

可在这些想法前，他的表情已经有了明显变化，根本控制不了。

"怎么了？"李定西感觉他突然僵住了。

路见星深呼吸数次，微微颤抖着把方便面桶递到李定西手上，再侧过脸将求救的目光投向盛夜行。盛夜行知道他有点儿不开心，正要开口问，没想到路见星却说："吃饭。"

饿了，想吃饭了。

去商圈饭馆的路挺长，盛夜行用围巾和毛线帽将路见星裹成粽子，再让他上自己的摩托车后座。路见星今天心情不太好，盛夜行担心风会影响他的情绪，于是就放慢了速度，将摩托车骑出了小电驴的架势。

因为不能吃太辣，盛夜行找了家口味较为清淡的餐厅，点了一份汤，说给他补充点儿营养，这周方便面吃得太多了。

路见星一边喝汤一边点头，盛夜行每看他一眼，他就把汤咽下去，再说："不呛着。"

"省心，"盛夜行叹了一口气，"你现在是真省心。"

不好吗？

像看出来疑问，盛夜行又说："省心是挺好，但你有困难就说，不要都一个人担着。"

路见星点头吃下去一片藕，喝了口茶，眼神盯住窗外来往的车流与行人，喉结上下滚动一阵，似在吞咽，没给出什么回应。

"我们是朋友，"盛夜行说，"所以需要帮忙就找我。"

他其实还想说，不要找其他人。但他觉得这么想太自私，让路见星多和其他人讲话是件好事。

他刚说完有点儿心慌，就低头夹菜，目光全在筷子夹住的排骨上，没有注意到在自己说完"是朋友"之后，路见星的眼神从窗外转回来，悄悄地看了自己一眼。

摩托车停在停车场内，他们还需要走过一条街。这条路并不长，路灯昏暗无比。

路面似乎才翻修过，每一棵树下都留了一个不大不小的树坑。以往两个人走路还会前言不搭后语地说几句，现在盛夜行全神贯注地盯着脚下的路，生怕路见星摔着。

不到一百米，路见星连着踩空两个坑，都被盛夜行眼疾手快地拽着拎上正路。

"路见星，"盛夜行无语了，"你能不能别看我了，好好走路可以吗？"

路见星一只脚还踩在树坑里，嘴上答应道："好。"

可是，你不看我，怎么知道我在看你？

"近视吗？"问话至一半，盛夜行想起他的眼神，改了口，"不近视吧？"

路见星摇摇头。

"跟小朋友似的，走路还摔跤，"盛夜行忍住不笑他，"上次问你是不是走路能稳稳的了，你怎么说可以？"

这路有坑啊！路见星嘴一瘪，答非所问："没有人。"

"什么没有人？"盛夜行问。

"认识我。"路见星说。

八点了，天黑得很，这街上就没什么人。他和路见星走得很近，校服又足够宽敞，自己手里还拎着个口袋，到底是不是牵手，从远处确实看不太清楚。

两个人驻足没多久，身后突然响起一阵阵自行车的车铃声。

"丁零零——丁零零——"耳旁风声阵阵，来的是穿别家校服的球友，正背着球袋往城里街球场赶去。现在周五晚上，正是各大高中抢场子争面子的好时机。

"盛夜行！你对象啊？"领头的先捏稳了刹车，从盛夜行后边慢慢骑过去。

眼神乱瞟的小伙儿们也没注意男女，就看身高差觉得是盛夜行带了个妹子。

"弟弟。"盛夜行侧身朝路见星面前挡了一下。

领头的学生点了点头，松开刹车又蹬起来，边吆喝："走了！赶明儿二环场子约斗牛啊！"

盛夜行点头，抬胳膊招呼道："行！"

又传来几声车铃响，四五个人的小骑行队飞驰而去，偏僻的街道又平静下来，仿佛刚刚那群少年从未来过。

路见星还站在树坑里没动。他看得出来盛夜行侧过身子挡住自己的姿势，也能理解这个动作的含义，索性就站在那儿戳着了。

看他不讲话，盛夜行低笑起来，扶住他的肩膀。路见星身子一斜，差点儿又没站稳。

盛夜行凑过去沉声道："明明……就有人认识你。"

☾ Chapter 23 初夏 ✦

夏天是潇洒的好时节。

到了四月，路见星吃方便面的习惯渐渐改了过来。

盛夜行带领校队参加了一场篮球赛。高中男生在体育竞赛中都力求得到认可，全场打得风生水起，对自己的动作姿势要求极高。偶尔有人看到镜头，还会边退后边比个胜利的手势。

李定西就是其中一个。他穿着市二的主场球衣，绕过场内三分线，持球冲入，后撤步一退，近距离跳投，再朝来不及防守的对方球员点了点头。

顾群山拦截下一个球，回传给盛夜行，大喊："走！走！走！三号补位！"

"三号鞋带散了！"

"系啊！傻瓜！"

"行了，都少嚷嚷几句，"盛夜行打小前锋，他已经跑得一身汗，"跟进！"

李定西才进了球，还没恢复状态，站在场边撑住膝盖喘气。看队友掉线，顾群山赶紧跑过去拍他屁股，提醒道："别摆了，后边那个举手机的姑娘在拍老大，没拍你。"

场边有个穿格子裙的女生站在台阶上，正举着手机往这边不停地望。像接触到李定西的眼神，她也笑了一下。

"那是我才认识的女生，人家真的在拍我！"李定西压低嗓音，摸摸自己的脸，嘀咕一句："我也挺帅啊……"

"是挺帅的！"顾群山又拍拍他屁股。

"别动手动脚的，"李定西侧身躲开，朝场外回了个阳光的笑容，回头警告顾群山，"爸爸我不想跟你搞。"

"爸爸明白。"

"儿子乖！"

顾群山一时不服，正想怼回去，从防线外跑来串跑位的盛夜行凑过来，往顾群山耳边小声说了句："队内不准谈恋爱。"

顾群山："……"

怎么回事？！

下半场开局不到十分钟，盛夜行又连续进了三个球。他这六分，将双方紧咬的分数迅速拉开，连对方啦啦队的欢呼声都减弱了。对方球队败势已定。

这场比赛是跨区校园友谊赛，本来规模就不小，再加上有市二校队参与，又引起了电视台的注意。篮球场边摆满了摄像器材，在比赛中途已经迫不及待地开始采访学生。

路见星坐在第一排最边上的位置，手里拿着瓶水。他看得手心全是汗。

他不断地把瓶盖拧开又拧紧，手心红痕遍布，也不觉得疼。因为室内场馆的回声会让他感到不适，所以他不太坐得住，看一会儿就要去场外转转再来。他也很想一直看盛夜行打完全场，但过于尖锐的叫声使他难以忍受。

刚才市二的女生们呼声很高，似乎是盛夜行进了一个"3+1"的球。满场尖叫欢呼，替补席上的毛巾全被挥到了场上，矿泉水瓶因为观众太兴奋而脱手，扔得脚边到处都是。

这会儿路见星正好从门口进来，他站在球场边愣了几秒，准备往看台上走。

噪声如洪水猛兽，从四面八方涌来，像是要将他吞噬、溺毙。他一个趔趄，还没站稳，毫无防备地撞进了一个人怀里。

盛夜行在全场注视下跑过来给了他一个拥抱。

盛夜行还拍拍他的背，让他快回到观众席上去。因为盛夜行拍背的动作实在"够兄弟"，市二的学生也经常见这两个人一起上下学，周围没人起哄，倒是很多人注意到同样相貌出众的路见星。

对方队员是盛夜行经常在街球场的熟人，见球场上的"异状"，他赶紧问道："谁啊？"

"我同桌，"盛夜行说，"私人教练。"

"私教？"对方笑起来，"教你什么？"

"他……"仰起头，盛夜行做了个抹脖子的动作，"他想让我和你们速战速决。"

"挑衅？"

"嗯，"盛夜行单手持球来了个虚晃，"来。"

盛夜行一路从线内接球冲进三秒区，又得两分。由于被打得节节败退，对方球队要求暂停，市二的球队终于可以休息一会儿。盛夜行边走边咬开手上缠的护腕松紧带，把护腕扔到凳子上搭着，然后灌了两口矿泉水，朝看台上望。

"老看什么呀？"展飞打趣一句，用手肘捅了下盛夜行，"小自闭就在那儿，跑不了。"

"挺久没人这么叫他了。"

"你在，谁敢这么叫？"

盛夜行沉默良久，盯住熄灭下去的手机屏幕，又"嗯"了一声。

"兄弟，"见盛夜行没说话，展飞又补充道，"你场上看看也就行了，场下还用眼神一直追着……"

回完手机消息，盛夜行把目光挪到展飞身上，语气略有些僵硬："担心他而已。"

"盛夜行，"展飞突然很小声，"你有没有听说过，男生在球场上得了分，他第一个看的人往往是他最重要的朋友。"

盛夜行心头一跳，镇定回答："不。"

展飞压低了嗓音追问："不是？"

盛夜行："开场，打球。"

关掉手机，路见星一下站起来，把手里的矿泉水瓶扔进垃圾桶。他走出看台，打算去场馆内的自动贩卖机给盛夜行买瓶果汁。

好像那个更甜，更有味道。盛夜行应该喝最好喝的饮料。

路见星鼓捣了贩卖机挺久，也不开口问，不会买就让后面排队的人先买，自己站在旁边观察到底该怎么弄。直到比赛快要结束了，路见星才买好一瓶橙汁，拿好了准备往回走。

"嘟——"裁判站在场中中线处，吹哨结束了比赛。

接着，裁判拿着话筒朗声宣布："全场比赛结束，市第二中学获胜！"

盛夜行领着全队与对方球员握手拥抱，笑容满面。

他知道，这才是他想象中高中生该有的生活，而不是一个人死守在角落里。自以为是的"与众不同""生死由天"，其实都是摧毁自我的暴风雨，他在努力克制。

场馆内欢呼声过于刺耳，路见星后退了几步，干脆站在门口等。

盛夜行被簇拥着出来时已是十分钟后。李定西率先抓住路见星的胳膊，惊叫道："路哥！见星儿！我的路大宝贝，你怎么跑外边站着了？我们几个找你找疯了快！"

"对啊！"冬夏也挤过来，"不是叫你不要乱跑吗？"

路见星点点头，也没说为什么站外面。他愣了几秒，把橙汁递给盛夜行。

盛夜行也跟着愣了一下，接过橙汁笑着说了声"谢谢"。

李定西心里又不平衡了："怎么就买他一个人的啊，凭他今天是全场最佳球员？我今天也很累！"

"我今天得了六分。"冬夏也开始觉得路见星好玩儿了，过来讨赏。

"路哥能自己买水就不错了。"顾群山搭腔："哎，路哥，我喜欢喝可乐，下回啊，下回。"

"我喜欢芬达。"冬夏说。

李定西紧随其后："你给盛夜行买什么样的就给我买什么样的。"

他有点儿没明白盛夜行看自己的眼神怎么那么凶。兄弟之间争个宠怎么了？好委屈。

回宿舍要坐学校包的车，校队的位置早就安排好了，不方便调动。路见星坐在单独的位置上给自己系好了安全带。

比赛过后，市里开始升温，四月在暖风的追逐里迎来初夏。他们所在的城市地处南方，天热得很快。

教室里，路见星仰着头看头顶转动的吊扇。以前学校的吊扇是小电扇，弧形的，还会摆头。现在的这个扇叶大，转得快，三片叶子能转成白盘，能转得他迷迷糊糊——他看得久了，睡意渐浓，没一会儿他就趴在桌子上睡着了。一到夏天他就犯困。

他知道过不了多久，市二校园内的参天大树上会传来蝉鸣声，晚风会发烫。自己会变得爱出汗，需要天天洗澡，不然身上黏黏糊糊的，非常不舒服。

不一会儿，他又发现自己放在课桌上的水杯在"闪动"。阳光透过水杯散发光芒，一整个下午路见星就拿着水杯不停地晃荡，观察水面折射出的点点星光。

盛夜行原本想提醒他听讲，但看他玩儿得挺开心，也就没多说什么。

开心是最重要的。至少对于盛夜行来说，让路见星开心是最重要的。

事后记不记得无所谓，但路见星那一瞬间的愉悦、兴奋，就足以让盛夜行感到满足。

下午放学，展飞提议说要去游泳馆兜几圈，来庆祝夏天如约而至。

初夏，一群男孩儿游完泳再去吃吃烧烤，简直是比在空调房吃西瓜还爽的娱乐活动。

"游……游泳？"顾群山听完愣了好几秒，特别小声地说，"我没带泳裤，改天再约。"

"没事，我也是白斩鸡身材。"冬夏火上浇油道。

"谁……谁白斩鸡了，"顾群山不服，"把你衣服撩起来，我好歹猛吸一口气还有腹肌呢。"

展飞直接拎着他后衣领把他捉过来，说："店铺门口泳裤才十块钱一条，哥给你买！"

李定西又回头问盛夜行："老大，你去吗？"

盛夜行正陪着路见星同行，走得速度要慢些。他其实挺想去。但他不确定路见星会不会怕水，没有办法替他做决定。他也不能当着兄弟的面，让路见星扫他们的兴。

"你们去吧，我今天有点儿累了，昨晚腿磕伤了还没好。"盛夜行说，"我和路见星去逛逛，等你们游完出来吃烧烤。"

"我也去逛逛！"顾群山叫起来。

"你掺和什么？游泳去。"盛夜行不想"二人世界"被打扰，从兜里摸了张五十的纸币出来递给展飞，"给小山买五条，换着穿。"

顾群山："……"

那天傍晚，落日来得格外迟。最后一缕阳光落在盛夜行挺拔的背脊上，在路见星眼里闪闪发亮。高树夹道而立，被夏风吹得哗啦作响，从豆绿变成墨玉绿。

盛夜行被汗打湿的球衣背心黏得他感到有点儿热，汗水都从发梢滴了下来，他决定等下买两杯酸梅汤喝。

盛夜行侧头看了一眼正在扯领口扇风的路见星，他正热得轻轻喘气、脸颊发红。

这一刻盛夜行才彻底感觉到，夏天是真的要来了。

等天色全暗下来，路见星手里的蛋烘糕又被多加了好几个口味。他的校服袖口被盛夜行挽至肘部。路见星对于口味的搭配完全是乱来，凭着自己的猜测去选择，弄了些豇豆裹奶油的、肉松夹冰糖粒的，盛夜行看着都想笑，不知道等会儿展飞他们要被呛成什么样子。

在游泳馆门口等了不到十分钟，四个人头没擦干就跑出来了。

李定西被凉风吹得一哆嗦，惊叹一声："夏天真爽！"

"小心感冒，"展飞瞥他一眼，"脑子进水了一样。"

冬夏帮腔："对，还没到夏天呢。等会儿夜里就冷了，你先拿卫生纸把头发擦擦。"

"我不管，天气稍微热点儿就是夏天。"

路见星不吭声地站在一边，注意力全被超市门口花花绿绿的泳衣吸引了。见他发呆，盛夜行把蛋烘糕分了出去，示意他们慢慢吃，说是路见星买的。

光吃蛋烘糕不够，在去烧烤摊的路上，展飞又买了两个口口脆西瓜。

顾群山抱着西瓜轻轻地敲了敲，盛夜行无语道："它能给你开门？"

"你看你就缺乏生活常识，这是想试试沙不沙、甜不甜！"顾群山说完，指了指其中一个，"这个甜！"

老板一尖刀将西瓜劈成两半，那架势，几个人看得眼睛都直了。

展飞迫不及待地舀了一勺果肉送进嘴里。

盛夜行掏钱："老板，拿两个番茄，要大的。再加一袋白糖。"

李定西推推他的手肘："干什么？"

"切开番茄，弄成片再撒白糖，特别好吃。"盛夜行拍李定西的后脑勺儿，"蒲公英馅儿的饺子没包成，回宿舍给你和路见星弄点儿吃的。"

李定西兴奋极了，握拳道："老大，你终于意识到我还在长身体了！"

"路见星比你小，"盛夜行睨他，"他吃四片，你吃一片。"

李定西："……"

一群人一起玩儿的时候，路见星总是最安静也最不走心的那个。他有时候走在人群的最边上，有时候又被簇拥着，被当成重点保护对象。

他和盛夜行偶尔落单已经让另外四个人习以为常了。

过马路的时候，盛夜行像要说什么，稍微低着头凑过去讲话。吹过的风很干燥，贴在发热的脸颊上有很微妙的触感。再抬头，盛夜行突然发觉顾群山挑的西瓜确实很甜。路见星愣了几秒，也继续往前走。

烧烤摊离游泳馆不远，过一条街就到。李定西说这家是全市最好吃的烧烤摊，是沧海遗珠，五花肉烤得半焦不硬，一入口，油都化进嘴里，必须整一口酸奶或啤酒才过瘾。

路见星肠胃不太好，才吃了冰的，盛夜行不敢让他再吃太多烧烤，就麻烦老板娘煮了一碗蘑菇清汤面。他自己要了一瓶快冻成冰块的北冰洋。

路见星被橙色的液体吸引了，伸手够了够，想要试一试。

盛夜行嘴上正叼着吸管，再用开瓶器将瓶盖起开。

"那，"盛夜行取下嘴里的吸管，直接递给路见星，"就喝一口。怕你胃疼。"

"嗯。"路见星把吸管插进瓶子里，低头喝了一小口。他说了声"谢谢"。

烧烤上来，肉菜摆成一摊，热油还吱吱冒着泡。

"真热，穿多了。"冬夏开始扯领口，"夏天又好玩儿又闲，就是太热了。"

展飞咬了块掌中宝，说："得了，多享受享受。等你再大点儿，关于夏天的记忆就只剩下热了。"

"大学回来也能玩儿嘛，"冬夏说，"如果我考得上的话……"

展飞摇摇头，说："有的大学不放暑假的。"

"什么大学？"李定西拿筷子给路见星夹了几筷子烤好的韭菜，说壮身子的，多吃点儿。

"对啊，什么大学不放假？"顾群山被辣得疯狂喝水。

展飞回答："军校啊。"

李定西点点头，像是想到了什么："哎，展飞，你……你生理和心理上是没什么问题的，去试试看？"

"成啊。赶明儿招飞我就去。我要能选上，还能和校长合影呢，胸口挂这么大个红花。"展飞开始在胸前比画。

"飞，你看你这名字起得多好，一定能飞。"李定西又开始乱拍马屁。

冬夏不放心地补一句："听说特严格。"

李定西："没事，亲爱的飞，你慢慢飞。"

盛夜行听不下去了，打趣道："你要想和老头子合影，明天跟我翻一次墙。"

"别这么损，"展飞昂起头，"我那是光荣。"

游完泳、打完球再吃一顿烧烤几乎是校队标配。

夏天是潇洒的好时节。

路见星一身的汗水已被风给吹得差不多干了。他靠在盛夜行边上站着，手里拿着瓶没喝完的北冰洋。橙色的液体在玻璃瓶中晃荡，路见星嘴里的回甜还未散去。

"明天上课的照片你们准备了吗？"李定西问他们。

顾群山拿出一张从教室里往外拍的照片，指着上面的蓝天白云说："这云，特别像孙悟空的那朵筋斗云。"

李定西："……"

这次美术课作业是交一张近期自己拍的最喜欢的照片，说要印出来贴到班级美术角上展览半个月。李定西想了想："算了，等学校后池子里的荷花开了我再去拍。"

"后池子里的荷花什么时候开？"展飞在宿舍楼前停下脚步，突然说。

"哎，"冬夏的思绪也被拉远，"你们说，今年还有螃蟹可以钓吗？"

"哎，有吧。"李定西叹气。

盛夜行说："明年就没有了。"

李定西问："为什么？"

"明年就毕业了。"盛夜行说。

等我们走了，那些就没有了。

盛夜行以前叛逆，放了学就领一群男孩儿去江边踩水，他记得水浪一波接一波地涌上来，轻轻打着脚背。那时候，早恋还是禁忌，忍不住想倾诉也会讲一个惯用开场白：

——我给你说一个秘密。

——好啊。

——我喜欢你。

——哇！

幸运点儿的，会得到一句：

——我也喜欢你。

然后，基本就没有然后了。

再后来，儿时可以分享的秘密变成了被遗忘在岁月里的玩笑话。

再再后来，他们开始有了藏起来的秘密。

第二天，美术课。

高二七班的作业先从第一排开始交。老师边收边点评，路见星被昨天的"筋斗云"弄得挺好奇，一上课就盯着窗外的白云看，看着看着就睡着了。

他再一醒来，作业已经点评到班级中央的排数。路见星睡得一脸红印。

"脸怎么红了？"盛夜行使坏，故意拿手背去碰他脸，又试试额头的温度，诧异道，"没发烧没喝酒的，怎么还脸红了？"

"我，"路见星加重了语气，"热！"

盛夜行像是这段时间温柔体贴惯了，狼皮一扒下来，就显得异常蛮横："是不是觉得我管得太多了？"路见星选择以沉默应对。

"你要是怕我生气，就拿我的手机多来几张自拍。"盛夜行觉得自己还挺重视颜值的，他想以后发火时多看看这个"人形灭火器"，不少问题都能迎刃而解。

美术老师拎着一张照片，拿起小蜜蜂话筒夸赞道："这张人物拍得不错。"

"哇……"顾群山愣了，这不是盛夜行吗？

盛夜行视力好，分辨出这张照片应该是上次去寺庙烧香的时候拍的。

当时他抱着头盔，靠在摩托车上低头用纸巾擦扶手上的灰。拍照时阳光正好，人影显眼，他的鼻梁高挺，眉眼深邃，腿长肩宽，活脱儿在摩托车店拍户外广告的模特。

行，这绝对是路见星拍的。

他还记得路见星一张照片要复制上千张存起来的癖好。不过，他去哪儿印的？明明这几天也没离开过他身边。

美术老师温柔地看向教室最后一排："请问，这张照片是盛夜行同学的吗？"

盛夜行有些慌了，一时不知道要不要先把这张照片认下来。犹豫再三，他才慢慢举起手，朗声道："嗯，我的。"没想到话音刚落，坐在他身旁一脸没睡醒的路见星也跟着开了口："我的。"说完，他笑了一下。

"……"盛夜行低头看他。盛夜行不知道路见星在笑什么，反正挺甜的。

"路……路见星？"美术老师艰难地念出花名册上写得歪扭的人名，继续开口夸道，"构图和光线都很不错，把盛夜行同学的优点全部放大了。请问这张照片是在什么情况下拍摄的呢？可以说一说吗？"她知道路见星的情况，问话是试图去引导这孩子接收一些外界信息。

全班陷入安静，不少同学扭过头来，往后排看。

见路见星已经完全不在状态了，盛夜行只得举起一只手示意，等老师点头了才解释道："老师，这张照片是我和他去寺庙里烧香的时候拍的。"

"摩托车是你的？"美术老师问。

"嗯。"盛夜行答。

顾群山看美术老师正在调试投影仪，他撞了下林听的胳膊肘："你看，我们拍的照片要被投上去！"

林听轻轻张嘴出声："啊……"

这句还没说完，盛夜行的单人照就被投上了屏幕，尽管分辨率不高，但难掩盛夜行相貌出众。

顾群山又忍不住感叹："真帅啊。"

美术老师把同学们上交的作业投影出来，开始挨个点评。

美术老师点评了什么，盛夜行半句都没听进去。

终于点评到最后一张，盛夜行听完美术老师的鼓励式"吹捧"，再去看路见星的反应。他似乎有点儿兴趣，像在认真听老师讲话，正目不转睛地盯住大屏幕。

"拍得很好，"盛夜行压低嗓音，"我很喜欢。"

路见星又有点儿不自在地转橡皮，转完橡皮转削笔刀，好一会儿才迟迟地应答："嗯。"看样子是有点儿害羞。

盛夜行又来劲了，想验证一下那句"高冷是因为害羞"。他撕下一张纸，用中性笔在上面狂乱地留下几个字：

谢谢你，把我拍得那么帅。

路见星低下头，用手指一个字一个字地比画跟读。

"谢——谢——"他读得有点儿大声，后排转过来好几个脑袋，"完毕。"

没一会儿，盛夜行收到一张来自路见星的纸条。上面画了两个球体碰在一块儿。

这是什么？他疑惑地看了看路见星。

盛夜行说过，他们两个人之间的感谢方式是拥抱。他都记得。

路见星一下午上课都很认真。

下午校队依旧疯闹到了晚上八点，盛夜行和李定西负责把路见星送回寝室，三个人在小吃摊解决了晚餐。路见星吃米线是一根一根地挑，又细嚼慢咽，另外两个狼吞虎咽完的"粗糙小孩儿"就在一边抱着腿等。

吃饱喝足，李定西路过辣卤摊时根本挪不动步子："辣卤不错，买点儿。最近夏天了，晚上得整点儿宵夜。"

盛夜行掀起衣摆，伸手进去摸，严肃道："那这是我这学期最后一次陪你吃宵夜，我得戒了。再吃腹肌就没了。"

李定西接过辣卤店老板称好的食物，挎着书包边跑边喊："有的，有的！"

一般这种"聚众"活动，路见星都被明令禁止参与，所以等宿舍一熄灯他就早早睡下了，还是被盛夜行哄睡的。

他哄到后边，路见星开始很慢地讲话，虽然毫无逻辑，却让盛夜行心里舒坦不少。到最后，也不知道是谁哄谁了。

临近五月，天很闷热。

路见星记得小时候的床都是有蚊帐的，偶尔妈妈会为他扇一整夜的蚊子。和往常一样，如果盛夜行不在，路见星就习惯贴着墙壁睡，现在倒是很少钻衣柜了。自从有了盛夜行这个人肉靠垫，路见星睡眠质量直线上升，还离不开盛夜行脖颈间的香水味儿。

今天盛夜行哄完一走开，路见星就莫名其妙地又醒了。

这种依赖的感觉很糟糕，又让人上瘾。

夜里十二点，李定西提着几瓶冰啤酒和辣卤，招呼冲完凉的盛夜行下楼。

宿舍楼内的灯光很暗。盛夜行的短袖还卡在脖颈处，夜灯依稀勾勒出他胸腹的轮廓。他的肌肉饱满有力，线条匀称，看得李定西特别愁。他不知道，为什么都是经常一起喝酒的兄弟，盛夜行的身材就和自己的不一样。

"睡了？"李定西小声发问。

"嗯，应该睡了。"盛夜行拿毛巾擦头发上的水珠，"他今天挺累。"

李定西点点头："见星儿不是肠胃不好嘛，也不适合熬夜喝酒。"

"对，应该是睡了的。"

我一哄就睡了。

盛夜行将毛巾缓慢地擦过颈窝、喉结，仰起头，目光游向路见星的床位，心里软软的。

他说不出来这是一种什么感受。

像一颗伤痕累累的心被贴上了好多创可贴，又像一颗硬如磐石的心被春雨淋得绵软。

"嗯……"盛夜行从鼻腔中长舒一口气，穿好短袖招呼人，"走吧。"

"哎！老大，往哪儿？"

"宿舍花坛边上，老地方。"

轻轻一声，宿舍门关上了。路见星在床上睁着眼，安静地调整自己的呼吸。他刚刚就醒了，在盛夜行起身去洗澡的时候。

就这么睁眼躺过一两点，路见星终于熬不住倦意，换了个趴睡的姿势伏在枕头上，也不知道在想什么。

他把夜灯打开，再揉揉眼，眯着一只眼主动给盛夜行发了一条微信消息：

——我醒了。

那边也不知道"战斗"到什么程度了，盛夜行秒回：

——嗯。

路见星继续打字：

——早回。

——嗯。

——还好吗？

盛夜行给路见星回复单字的情况很少见，路见星稍微迟钝一些，没觉得有什么不对劲，握住手机又浅眠了一会儿，手机又震动一下：

——喝多了。

他的少年或许正晕晕乎乎在哪棵树下乘凉。这个样子实在是帅不起来。

路见星瞧着屏幕蒙了会儿，不知道要怎么回复。

李定西喝多了，在跟垃圾桶说话。盛夜行倒是安静，只是抱着手机说个没完。

打字打到最后，他被初夏夜里的凉风吹得稍微清醒些，站起身来甩了甩脑袋。旁边，李定西还在向垃圾桶倾诉衷肠。

楼道门口的灯光昏暗，盛夜行看不清眼前的路，干脆带着李定西在石阶上坐了下来。

喝酒上头，人往往都满脑子一个念头：做自己想做的事。不管不顾。

医生让盛夜行不要饮酒，盛夜行以往克制，但他今天就是想喝。

浑了。

盛夜行又回一句：

——你知不知道，有些话是因为我想说，才去喝酒，而不是因为喝了酒才想说。

路见星十分钟没回复。又过了两分钟，盛夜行快被风彻底吹清醒了。

李定西正张口唱些盛夜行听不明白的粤语歌。还有一句华语歌，盛夜行隐约听出来是小时候听过的。李定西哼哼唧唧的，手臂搭上盛夜行的肩膀，小声地唱："多少人为生命在努力勇敢地走下去，我们是不是该知足……"

其实他们都知道，比他们辛苦的人多了去了。

盛夜行沉默一阵，沉声道："该知足。"

路见星二十分钟没回复了。

凌晨三点，两个人快被风吹得偏头痛，该回寝室消停了。正要收了酒瓶子去开防盗门，盛夜行看到里面站着两个学弟模样的人，像是溜出来拿外卖的。

楼道里光太暗，对方也没看出来他是谁："外卖？拿进来吧。"

盛夜行有点儿站不住，不想说太多，只得说："麻烦开一下门。"

李定西附和道："谢——谢——"

"那门口外边有钮，拧一下就成，"另一个男生低头玩儿手机，边退边摆手，"自己没长手吗？"

"哎，你怎么说话？"李定西虽然喝得多，但意识还是有的。

那个小学弟一听，"哎哟"一声，冲起来了："我怎么说？送个外卖屁话那么多！"

李定西听得要竖中指了，一脚踹到门上，怒道："开门！"

"我去开门，你站稳。"盛夜行酒劲儿也有点儿上来，撑着墙去把门锁拧开。

趴在门上的李定西没站稳，一下就扑了进去，先结结实实挨了一拳。

☾✦ Chapter 24　急诊 ✦

你一个人，围着我转。
....

展飞赶到校急诊室时，已是凌晨四点半。他本来正梦见自己在明年的某一天经过三轮"比拼"成功过了招飞，结果还没来得及去报道，就被顾群山一个电话吵醒了。

季川老师也到了。他披着一件薄风衣，急匆匆的险些撞上同样在找人的展飞。

病房内，李定西正恹恹地靠在床头，侧脸被唐寒拿着冰袋冰敷。

盛夜行倒是要严重一点儿，大腿和小腿都上了束缚带，挣脱不了，胳膊搭在床沿，被医生缠了纱布。他的床头柜上放着一个碟子，里面是才挑出来没多久的玻璃片。

"盛夜行，你怎么又搞得一胳膊血？！"季川还没等展飞开口，率先着急了。

唐寒知道事情的来龙去脉，心里也发苦，只说："他都上束缚带了，就别说他了。"

"上束缚带干什么？又有症状了？"季川问。

"打了架非要去骑摩托，定西去拽他，夜行直接把酒瓶摔地上了，"唐寒说得头疼，"两个人磕磕绊绊的，夜行摔倒垫底下了。"

季川觉得事情没这么简单："就这样？"

"就这样。"李定西出声。

展飞看那些快碎成碴儿的玻璃，瞠目结舌："哥们儿，你这……摔玻璃厂里了？"

被数落的人半合着眼，疼得都没精神了，哑声道："累。"

"怎么打个架嗓子还哑了，喊的？"展飞上前一步。

从外边接了温水的顾群山端着一盘纸杯进来，取一杯放在盛夜行床头，问道："老大，你还喝水吗？"

"谢谢。"盛夜行困得快睁不开眼了，但消毒水的味道实在刺鼻。

"对方是什么人？"展飞瞄一眼顾群山。

李定西说："高一的学弟。"

展飞："牛啊，你俩被学弟给干趴下了？"

"怎么可能？！"李定西反驳。

"那两个学弟呢？"顾群山好奇道。

季川护崽，越看自己学生越心疼，在旁边嘀咕一句："互殴的话，性质就有点儿恶劣了……这样，我明天得把人叫去德育处问话。"

"还不算打起来！"李定西捂住侧脸的红肿，疼得倒吸冷气，"我一开门扑进去，他以为我要揍他，直接给了我一拳，打完了才发现是我，想跑又被老大给拽住了。"

"然后？"展飞问。

"老大一拳砸人肩膀上！那小学弟准备还手，一看是盛夜行，都他妈要吓厥过去了……"李定西说，"当时那学弟的表情就是'妈呀，怎么是你'。"

"意思是，一共就两拳？"展飞打断他。

李定西点头，继续回忆："嗯，老大喝了酒站不稳，就放他上楼去了。"

"还好没出大事……"展飞松一口气。他接到消息时，以为两个人已经躺在重症监护室好兄弟一生一起走了。

"小问题。"盛夜行摆了摆完好无损的那只手。他当时喝了酒，脑子里一片混沌，好在控制住了，也被李定西拉住了，不然事情会闹大。唐寒不允许他再骑车，盛夜行也挺自觉地把兜里车钥匙摸出来上交，说等过几个月再去取车子。

今天太冲动，也丢人，束缚带是他自己要求上的。盛夜行都忘了自己多久没用这东西，以前总感觉被绑在病床上就像被钉子钉在耻辱架上，现在倒觉得这是个好东西。

看到唐寒打哈欠，盛夜行开始赶客："都五点了，看过了你们就回去休息。"

"明天周末。"顾群山弱弱反抗。

"没什么大事的话，我和季川老师先回教师公寓，"唐寒接过展飞递来的背包，叹了一口气，"夜行，你和路见星最近相处得还好？"

"挺好。"盛夜行顿几秒说，"老师，今晚的事别告诉他。"

隔壁床的李定西叫起来："那不行，见星儿一个人在寝室呢。过两三个小时他就醒了，发现没人怎么办？"

盛夜行也忘了自己多久没有外宿了。

顾群山往外看了看天："等到了七点，我把他接过来？换我和展飞。"

盛夜行只能妥协："……也行。"

他的"路冰皮儿"足够敏感，靠借口完全哄骗不了。算了，他先休息会儿吧。

等天蒙蒙亮，盛夜行醒了一次。展飞睡在陪护床上，顾群山挨着李定西，手里的冰袋早已化成水。夏天天亮得早。盛夜行躺着，却睡不着了。

昨天下午，舅妈来了电话，说在首都那边找到一个很不错的医生，让他飞过去看看，可能要待一小段时间，或许三五天，或许几个月。盛夜行问他还读不读书了，舅妈说治病比读书重要。盛夜行没再多说什么，只是应了下来。

他不能说："舅妈，我觉得治不了了。再怎么折腾也没用的那种治不了。"他不忍心去打击家人的信心，那是他在这世界上仅剩的亲人。

七点半左右，顾群山领着路见星到了。

路见星只穿着一件短袖，袖口宽大，一晃，手臂像在扇风。也许是病房的闷热让人压抑，路见星站了没一会儿就去阳台上透气了。透了十分钟，他都不愿意进来。

盛夜行解开束缚带下床，扶着墙走过去，突然被路见星一把抓住手腕。

路见星微微昂着头，露出一截白皙的颈项。

夏日晨间的清风一过，盛夜行似乎闻到了他身上青涩的少年气息。

"先进去吧。"盛夜行将目光挪向别处。

路见星没有动。他看着盛夜行包扎过的伤口，表情变得有些痛苦。

"我知道你担心我，但是你穿得太少，站在外面容易被吹感冒。你不喜欢吃药，对不对？先把手放开，乖乖跟我进屋，你想知道什么我都告诉你，好不好？"

尽管已经放柔语气，但听起来还是心急。

顾群山和李定西都傻愣在那儿，睡眼惺忪的，不敢相信盛夜行还能这么温柔。

他们从没见过他对谁这么迁就过、耐心过。还有，现在虽然才初夏，但也不至于被晨风吹感冒！是不是有点儿过了？居然还用上了"对不对""好不好"这种商量哄劝的语气。真见鬼。

"打。"路见星牵过他的手，在掌心写字给他看。

是打架了吧？

"小摩擦。"盛夜行说。

路见星："打。"显然没信。

盛夜行："遇到学弟下楼拿外卖，我们喝多了，一来二去推搡了几下。"

"打！"路见星有点儿生气。

"……确实，是打架了，"盛夜行放弃抵抗，"但没出事。"

路见星一步跨进病房内："家里？陪你。"

"家里？"盛夜行本来挺紧张，一听这话倒笑了，"我就受个外伤，不用叫家里人来。"

路见星着急，比画了一下："长辈。"

"长辈？除了我舅舅、舅妈，家里真正算长辈的就我姥姥。她前些年去世，临终前还惦记我的病，我舅实在没办法了，骗她说我有得治，她才安安心心地走。"盛夜行说。

路见星听懂了部分，点头："姥姥。"

"去世了。"盛夜行语气很淡。

"去世。"路见星重复。

"嗯。"盛夜行点头。

"舅……"

"没事，不用叫我舅舅。"盛夜行笑笑，"他也不太管我的。"

"我，"路见星吃力道，"早醒了。"他说着，用手势比了个"二"。

二？凌晨十二点还是两点？

盛夜行还以为他是早上醒的："一起来就发现我不在？"路见星点点头。

看了一眼继续睡得打呼噜的李定西，发现顾群山已经走了，盛夜行放下心来，又回过头来问路见星："怎么发现的？"

"因为……"路见星说。盛夜行耐心地等他讲。

"好像，所有人，定西、群山、展飞、冬夏……"

路见星的语气慢而温柔，头一次主动讲出身边朋友的名字。

"嗯。"盛夜行低着头，用手去捂胳膊上缠着的纱布。

他不想打断路见星，他能感受到他的"倾诉欲"——这种几乎不可能有的"倾诉欲"。

又注意到这抹刺眼的白，路见星微微皱眉，愣了好半天，长长地呼出一口气。

晨风拂过，天色像是又亮了一点儿。

☾ Chapter 25 五月 ✦

我想保护你，我的耐心都给你。

五月，夏天真正到来了。

学校课程安排得紧凑，很多高三学生去校外冲刺班补课，在不同时间段慢慢"撤退"出了校园。一些高三学生拿着写满同学名字的花色校服，挨个串班签名，也有来高二找学弟学妹签名的，盛夜行是其中之一。

一上午他写了四五件，实在应付不过来，干脆躲到高二的走廊上靠着栏杆吹风。

没一会儿，展飞拿来两瓶碳酸饮料，说是新出的蓝莓味儿。

"谢谢。"盛夜行接过，仰头灌了一口。

展飞说："现在甜吗？"

"什么？"盛夜行一下没回过味来。

"甜。"展飞写给他看。

"现在甜，"盛夜行点过头，又咽了一口汽水，"蓝莓的味道也甜。"

"想过以后吗？"展飞直接问。

盛夜行没有应答，只是垂下眼，把手中的易拉罐攥得快要变形了。

"别装，"展飞把脸侧到一旁，"你和路见星。"

"嗯，想过……"盛夜行拉长语调，"也没想过。"展飞听得胸口有点儿闷。

盛夜行缓缓道："想了的不现实，等于没想。"

展飞点头，问："那打算呢，理想的是什么？"

盛夜行不犹豫地回答："考到同一个大学，然后带他做康复训练。"

"能康复？"

"不太能。"

"现实的呢？"

"可能考不上大学，"盛夜行说，"而且关于以后，他描述得很粗略，但大致是等自己成年了，想靠努力变得普通一点儿，不想这么特殊。"

"这么看来，路见星不是那种完全没有想法的人。"展飞站定。

"他不说，不代表不明白。"

"他对你呢？"

盛夜行想点头，又不太确认，只得靠自己的理解答道："朋友或者说哥哥。我想照顾他。为了照顾他，我才想照顾我自己。"

展飞嘬了一口汽水，那气势像喝酒似的："比我们兄弟好？"

盛夜行提起瓶子和展飞碰了一下，爽朗笑道："都好。什么事都瞒不过你，好兄弟。"

展飞和盛夜行默契地碰了一下拳。

五月的阳光热烈，晒着太阳有种被抚摸的触感。盛夜行伸手去接树梢间洒下来的碎光，眼神越飘越远，望向校园外的高层建筑与桥，再将目光落到飞驰过马路的汽车上。

外面的世界很大。但容得下他们的又有多大呢？

盛夜行和展飞撞了下空荡荡的易拉罐瓶，开口打破沉默："对了。"

"嗯？"展飞看他。

"明年招飞你一定要报。"盛夜行说。

关于即将面临的人生岔路口，展飞确实有这个打算，但没有太过在意。听盛夜行主动提起来，他反而好奇了："你这么上心？"

"嗯，因为我也想，"盛夜行笑一笑，"但是我过不了的——精神、生理，各方面。"

展飞的呼吸一窒，过了好一会儿才点点头，像是听进去了："好。"

因为市二的特殊性，老师们更注重学生的生活，对学业的要求其实不高。

展飞的成绩过一本线都吃力，在听了盛夜行的意见之后才开始减少课外娱乐活动，偶尔顾群山打球约不到人，还会抱怨几句。路见星过了好几天才搞明白这是怎么回事。

"快高三了，可以多看会儿书，分数总能提上去一点儿。"盛夜行把课本翻折的页脚为他抚平，"你看，展飞都好好儿学习了。"

路见星盯住课本："难。"

盛夜行还以为他说招飞的事，边点头边问林听要笔记。

见"路冰皮儿"不吭声了，盛夜行把他的手机调到微信界面，说："以后你不想看书的话可以多在手机上看看新闻之类的，养成阅读的好习惯。实在不行，你可以给我发微信，就算你在我面前，我也会回复你。"

路见星没理他，他就打开微信发消息：

——你以后没事，就给我发这个表情包。

盛夜行不要脸了，直接把表情包发给路见星。反正，不要脸这种事会越做越习惯。

那是一张很土味儿的中老年专用表情包——一杯咖啡旁边放了朵白玉兰，图片上飘浮着红字："朋友在干吗？"

这种和谐的气氛又持续了一周。

傍晚放学回去，李定西不在宿舍。盛夜行一进屋就撞见路见星蹲在床边跟朵蘑菇似的，盛夜行打趣道："路冰皮儿，你又把寝室里鞋的鞋带全系上了？"

停下脚步一看，路见星手里拿着一把被卸下来的鞋带。

盛夜行："……"

路见星："头发。"

盛夜行点了点头，薅一把他略为凌乱的额前碎发："头发是挺长了，明儿放学带你去理发。"他说着，在屋内开始找东西，"李定西在网上给你买的那件斗篷呢？记得带上。"

每次路见星理发都会被剪下来的头发扎得大喊大叫，偶尔会憋得一脸汗水，等坚持到理发师弄完了，才说一句"难受"。

路见星握着一串拆下来的鞋带，甩了甩，又重复道："头发。"

盛夜行这才跟上他的节奏，鼓励道："这么拿着看，确实有点儿像头发。"

"琪。"路见星说。

班上有个叫什么琪的女孩子是及腰长发，走起路来一甩一甩的。

"路冰皮儿"居然还会注意到别的女孩子？

见盛夜行抱着一件外套，路见星的眼神又闪了闪。

盛夜行镇定下来，面不改色地继续给他捋："记得你认识我那天，我穿的什么衣服吗？"

"……"

"校服。"见路见星不讲话，盛夜行又说，"别人穿的是校服，我和你穿的就是舍服。"

路见星点头，好像懂了，又好像没懂。

盛夜行伸腿把寝室门重重关上了，凑过去，低声道："你闭上眼。"

"？"路见星发出疑问。

"女……男，男生，"盛夜行编得快嘴瓢了，"男生闭上眼睛，就是想要亲一口。"

路见星瞬间眯起眼，睫毛还在颤抖。

盛夜行险些笑出声，但还得板起面孔严肃道："是闭上眼，不是眯眯眼。"

路见星还是不闭眼，就眯着。

"算了，我来遮。"盛夜行说完伸手去遮住路见星的眼睛。

路见星反应过来自己被骗了，边躲边大声笑。

路见星睁开眼，眼神飘忽不定，小声道："烟花。"

"嗯？哪里？"盛夜行往阳台的方向望。

这还没天黑啊。才七点。

路见星指自己的眼睛，又闭上眼。

在闭上眼睛靠近你的时候，好像看见有人在放烟花。

盛夜行又想起舅妈说在首都找到医生的事，小心地问道："如果我要离开几个月，你害怕吗？"

路见星迟疑了好一阵，点点头。

"害怕是一种情绪，就像害怕失去，害怕黑夜……我知道你是有的。"盛夜行说。

因为生理原因，路见星有很多"畏惧"之物。

"我长这么大，什么都没怕过。"盛夜行看着他，脱口而出，"但我第一次鼓起勇气去做的事，就是在楼道里牵你的手。"

眼神闪了闪，路见星像是听明白了，主动摊开自己的掌心。

盛夜行叹一口气，选择握着他的手。

说说话啊。说几句也行。

他第一次觉得原来当面交流也会有很多捉摸不定的情绪。

以前，唐寒在每次单独辅导时总会告诉路见星，千万不能产生自我厌倦情绪。

唐寒说："这么多人都喜欢你，你也要努力地去喜欢你自己。"

除了吃方便面，睡前必须打一小时《俄罗斯方块》也成了路见星的日常娱乐活动。

最开始，盛夜行还会给他规定游戏时长，只有半个小时。可到时间了，路见星仍然不愿意放下手机。夜里玩儿手机太伤眼睛，一熄灯盛夜行就会去把手机拿过来。

有时路见星会听话地盖被子睡觉，有时则会采取一些过激的动作，譬如打、咬、抓之类——盛夜行发现，与他人关系的日渐亲密并不影响路见星无处安放的攻击性。

路见星偶尔也会有一些威胁性的身体语言，比如把拳头握紧了放在侧身旁，说话提高音量，忍不住仰起头，等等。他似乎在头上突然安了个小引线，火苗一触碰就会燃起来。

盛夜行怀疑是不是天气太热的原因，路见星有点儿反常。但他问也不问不出所以然。

午饭时间，盛夜行打算等人走光了再出教室。他能感觉到人群带给路见星的超负荷压力，吵闹、汗味儿、过于刺眼的光线……甚至是球鞋底磨蹭地面的声音都能刺激他。

哪怕路见星不说，盛夜行也知道这段时间路见星不开心。

等到楼道里空无一人，正午的阳光已暗淡了几分。

"路见星，站过来点儿。"

盛夜行背着书包站在楼道口，长而有力的臂膀露出来，被白日光线晒出健康的麦色。

路见星手上拎着根上节课做手工用的皮绳，说什么都舍不得放下。

"人都走了，要不要坐到栏杆上往下滑？"盛夜行拍了拍黑色的楼梯栏杆。

路见星往下走了一级，更加好奇了。他见过其他同学因为赶时间或者调皮，从最上面的栏杆上往下滑过——他羡慕别人的平衡感，也好奇那是不是和滑滑梯一样。

"你坐上去，我从后边护着你，"盛夜行说，"慢慢下来。"路见星没搭话。

"是要坐栏杆的滑梯，还是要自己走台阶下来？"盛夜行换了一种方式问。

盛夜行发现，开放性的问题会让路见星不知所措，所以他在日常对话中养成了安排好一切的习惯。往往问一句"今天想要吃牛肉面还是鸡翅包饭？"会比问"今天想吃什么？"效果更好。有时，盛夜行说出的是建议，他会耐心等路见星开口。

听完，路见星走到栏杆边，腰靠着栏杆，抬腿坐上去。

盛夜行牵住他，再用另一只手挡在他身前，说："滑吧，慢慢地滑。"

在滑下半个楼层的过程中，路见星并没有像盛夜行以为的那样容易摔下来，反倒滑得比较平稳，只是路见星将盛夜行的手握得非常紧。一松开，掌心已全是汗水。

天气越来越热，教室里也越来越让人透不过气来。

"别咬袖子，"盛夜行抿住嘴唇，趴在课桌上哄劝道，"袖子挺脏的。"听到"脏"，路见星焦躁的情绪缓和一些，松了口。没几分钟，他又伸手到头顶想要去抓头发。

"怎么了这是？"李定西眼看着路见星在座位上不安分了一下午。他快怀疑路见星是不是被自己"传染"了。

"最近状态有点儿不太对，有空我找唐寒老师聊聊。"

李定西小声道："老大，今早我们吃的包子都是见星儿自己去买的。"

"好。"盛夜行点点头。

又有进步了。他的每一次主动，都是挑战。

盛夜行伸手扯了一下路见星的后衣领，看似漫不经心地说："今天早上自己去买包子的行为很棒。下次麻烦你，帮我买打火机。"

"对身体，不好。"路见星冷冷地说。

"行，"盛夜行笑了，"那你想给我买什么就买什么。"

"嗯。"

"别弄了，"盛夜行扣住他的手腕，用指腹在他脉搏的位置轻轻摩擦着，叹气道，"头发可以抓，但轻点儿抓。"路见星揪住自己刚剪过的头发，趴回桌上。

他就这么趴着不动，盯着盛夜行快露出头皮的短寸。

学校里留短寸的男生并不多，大部分都是时髦的"两边铲""子弹头"等等。盛夜行嫌夏天热，直接剪了个贴头皮的。要不是顾群山拦着，路见星怀疑盛夜行能把头发剃光。

路见星嘴角含笑。他闻到盛夜行校服领口的香水味儿，心里安稳了一点儿。

存在的。在嗅觉和视线里，这个人都是存在的。

教室里太热，还没挨到下课，路见星就把校服脱了。脱完校服，他又开始解衬衫袖口。

冬夏买了雪糕回来，看得路见星眼睛都直了。

"哎，老大，他能吃吗？"

盛夜行无情地拒绝："肠胃不好，别给他吃。"

路见星深吸一口气，一脸冷漠地强调："……是我吃。"

"哈哈哈哈哈！"顾群山第一个没忍住笑。

冬夏也打趣道："哎，咱路哥会反抗了。"

"一直都挺牛的，"李定西说，"都不知道他俩谁听谁的。"

盛夜行看了李定西一眼："互相的。"

见"路冰皮儿"的目光就没从雪糕盒子上挪开过，盛夜行只得先退一步："那先在嘴里含一会儿再咽下去，知道吗？"

"好。"路见星很配合地点头。

但当雪糕拿到手上，路见星拼尽全力用勺子舀了一大口往嘴里塞，也没有含着，直接吞下去，气得盛夜行愣了几秒，旁边围着的人全部哈哈大笑起来。

没想到大家一笑，路见星也笑了。他好像慢慢开始能区分开"善意"与"恶意"了……

他笑得有点儿害羞。他抬眼迎上盛夜行的目光。盛夜行只觉得他的眼眸晶亮。

放学后，盛夜行跑去校队拿球衣球鞋。教练通知他把每个队员上次比赛赢的奖状给拿回去。要不是情况不允许，盛夜行还真想问一句能不能多给一张空白的，他想给路见星添个"最佳啦啦队"的标签，以示表扬。

盛夜行拿着一摞奖状去吃饭，小心翼翼护着，怕给溅上油点子。路见星主动分担，自己也想要保护几张。于是两个人就在吃饭时把奖状藏进校服里，用胸口护着，弯腰站在炒饭摊前狼吞虎咽。之后，两个人又一起迎着晚风一路跑回宿舍。

现在盛夜行还偶尔拿树枝给路见星行走路线"别着"，路见星还是会摔跤，只是摔了能迅速自己爬起来，不喊疼也不尖叫，倒是满怀愧疚地跟在盛夜行身后走着。

回到宿舍没多久，路见星看了会儿书。他觉得夏天夜里的风吹得自己一身黏黏的，不太舒服。合上书本，路见星打报告说："洗澡。"

"去吧。"盛夜行点头。

路见星得到许可，端起自己的盆子要往浴室走。

"等一下，"盛夜行叫住他，"游泳镜没拿。"迟疑一会儿，路见星把盆子递了过来。

盛夜行扯了挂在挂钩上的游泳镜扔了进去，催促他："快去吧。"

因为对水过于敏感，路见星在洗头、洗澡的时候会害怕水流不慎进入眼睛，所以盛夜行搞了个游泳镜给他护着眼睛。

路见星刚进浴室洗澡，李定西就拎着哑铃鬼鬼祟祟地走过来。

盛夜行说："什么事，你说。"

"老大，我终于知道为什么早上我俩用剃须刀，见星儿都隔老远站着不动了。"李定西悄悄耳语。

"为什么？"盛夜行想了一下。李定西留的是日韩风格男生头，碎发较长，全落下来能遮住眉毛，有时候洗完头干不了就会用吹风机吹。有时候开着吹风机讲话听不太清，他又大嗓门儿，交杂在一起就成了让路见星不太受得了的噪声。

盛夜行问："震动的声音会让他不舒服？"

李定西说："干脆我们都换成剃刀？用刀片刮。哎，不过，夏天一过，见星儿就十八了，他也有要用剃胡刀的那一天吧……"

"嗯，我会跟他说刀片怎么用。"

"不安全！"

"那我给他刮。"

李定西差点儿把哑铃丢出去。他刚想说什么，寝室门就被人敲响了。

张妈站在门口，手里还拿着手电筒，悄声朝里喊："小盛，你舅妈来了。"

☾ Chapter 26 分开 ✦

他们仿佛瞬间飞驰过十八年。

明明是之前打过招呼的事，盛夜行却没有做好准备去面对。

他单脚刚跨过寝室门槛，校服衣摆就被拉住了。是路见星，力气还不小。

"晚上楼下挺冷的，别让你家长等。走吧？"张妈提醒着，"哎，路见星和李定西也在……你们寝室出了名的皮，今儿还到齐了，挺难得啊。"

盛夜行点点头，脸上没什么表情："嗯，麻烦张妈了。"

说完，他回头，握了握路见星拽住自己的手："怎么了？"

"我……"路见星的目光似要将盛夜行望穿，"我也去。"

"我舅妈来了，应该是家里的事。也有可能是……"说到这里，盛夜行才反应过来路见星这几天焦躁是因为什么。是这样吗？因为不敢确定，他的语气中带着猜测意味："你是想和我下去一起听听舅妈要说什么？"

"嗯。"路见星点头。

张妈"哎呀"一声，伸手想把路见星牵小孩儿似的牵过来："下面多冷呀，没事就别去了，乖哦。"

路见星侧身躲开了张妈的手，眉眼皱在一块儿，像受了特别大的委屈，一句话也不说，只掐着盛夜行的手。

沉默了几秒，他才磕磕绊绊地说一句："我想要……跟着。"

"定西。"盛夜行抬头朝屋内喊。

观察"战况"的李定西高喊一声"到",原地立正,问道:"怎么了,老大?"

盛夜行挥手:"把我床边那件外套取下来给路见星搭上。"

从身后带了一把路见星的腰,盛夜行拍拍他:"……走吧。"

楼道里的灯坏了一个,二楼就没多少光亮了。盛夜行索性从后边搂住路见星的腰,指挥着他贴栏杆走。两人下楼没几分钟,天空开始飘雨,土地散发出阵阵潮气。

盛夜行帮路见星将外套披好系牢,小声询问了几句"冷不冷"。路见星摇头,固执地跟在盛夜行身后,像看敌人似的望着半敞开的保安室门。

盛夜行看出他情绪不对劲儿,只得伸手捋了捋他额前的碎发:"……别紧张。"

"嗯。"路见星低头。

盛夜行往后侧了下身子进门:"舅妈,来了。"

"夜行,"文袖娟点点头,从板凳上起来,"刚刚收拾去了?"

"嗯,耽误了一会儿。舅妈,这是我室友路见星,跟您提过的。"

"记得,我让你提牛奶回去那次?"

盛夜行看了一眼正在往外瞟的路见星:"是,您让我多照顾点儿。"

"哎哟,真俊。"文袖娟没忍住,夸了一句。

听到被夸奖,路见星耳朵红了。他朝盛夜行身后退了几步,给文袖娟让出空间来,自己把搭在身上的外套裹紧点儿,抬头看窗外下雨。

下雨。下雨了!

哗啦哗啦哗啦哗啦……

路见星不知道在脑海里数了多少个"哗啦"。他看到窗外地上积了些雨水,再有雨珠溅入时,水面会鼓起透明易破的泡泡。他披着盛夜行的外套,心底也在冒泡泡。

文袖娟说了下家里的情况,最后提到去首都治疗的事。盛夜行接过明叔泡的温茶，道一声谢，问文袖娟："去见医生的初定时间是多久？"

"先见一面，他得看看你怎么样。"文袖娟说，"治疗时间长的都比较严重，算是直接从这边转院过去。"

一提到住院，盛夜行就想起双腿被束缚带捆住的日子，心里一阵反感。他压了压嗓子，说："我现在问题不大，但可以去看看。已经五月中了，干脆就暑假去。"

"暑假去的话太晚，"文袖娟否了，"抽个周末去。"

盛夜行只能选择快去快回，便答应下来："嗯，那就这周。"

文袖娟说："行，那回头舅妈把钱转你，咱把票订了。"

"您带我去？"盛夜行把茶递给路见星抿一口。

路见星挺自然地接过茶，没有注意到文袖娟在看自己。

听侄子发问，文袖娟点头："对。"

"我自个儿去吧，您还得上班。"盛夜行说，"您把地址和联系人电话发给我。"

"首都可远了。"文袖娟不同意。

盛夜行听到这话，有点儿无奈："舅妈，我成年了。"

临走前，文袖娟递给盛夜行两箱橙子，说是专门带盛开去乡下摘的，让他分给室友。

路见星憋了一晚也没憋出一句"舅妈好"，只得跟着做苦力，陪盛夜行把橙子拎回寝室。

早上盛夜行吃了药，趴在桌上睡了一上午。他睡醒起来，发现李定西捧着书本在他课桌前发愣，看样子站了挺久。盛夜行才睡醒，还有点儿蒙："我没叫你守着我啊。"

李定西见他醒了，跟摁了开关似的跳起来："老大，今天，今天见星儿跟我说话了！"

"以前没说过？"

"不是以前那种！今天他……他跟我说了……"李定西开始掰手指数数，"十一个字！"

"他不是不能说话，要看他想不想说。"

语毕，盛夜行从课桌里拿出自己摆弄已久的小木头。这块木料是他专门去买的，刀具也买了一套，什么平口刀、核雕刀、锋利薄片的也有，能拿来钻这些小物件。他打算弄个摩托车木雕，也算打发时间。

看盛夜行漫不经心，李定西差点儿冲上去摇他的肩膀。"不是，重点是他说了什么！"李定西打了个响指，学路见星的语气，冷冷道："他说：'你好，可不可以教我，买机票。'"

两人足足沉默了五秒，盛夜行艰难地开口："那你教了没？"

"……教了。"李定西声音小小的。

盛夜行气得把核雕刀直接插到木料上："他没轻没重，你怎么也跟着！"

"老大，你是不知道，见星儿拎着这么长一个簸箕在身后藏着……"李定西比画完，抱着头，"我怕他开我瓢！"

盛夜行把核雕刀抽出来，在初具雏形的木料上敲敲打打："万一你路哥只是想倒个垃圾？"

李定西大声道："我不信！"

"他……"盛夜行一脸纠结地站在唐寒办公室里。

"路见星？怎么了，"唐寒忙着批阅作业，"说吧。"

盛夜行挑眉："能坐飞机吗？"

"一般来说，不建议出远门。火车噪声也非常大，怕他吃不消。"唐寒皱眉，"他要跟你一起走？我记得是你要去首都治病？"

盛夜行迅速转移话题："老师，今天教室清洁剂是不是换过了？感觉他不太舒服，一进教室就趴那儿。"

唐寒放下了笔，叹气道："别担心，我给后勤那边打个电话问问。"

"我感觉他挺烦躁的。"

"你观察得比我们老师都细。"唐寒说。

最后盛夜行买了新的清洁剂送给保洁部。

路见星自然不知道这些，课余时间全耗在买机票上边。

他出远门都是坐车，还没坐过飞机。小时候他姥爷家挨着市区内的军用机场，一到晚上有夜航训练，各类机型低空飞过，总会吵得路见星睡不着觉。他听姥爷讲歼20、讲黑鹰、讲伯努利原理，没听进去一星半点儿，注意力倒全被飞过的声响吸引，任由其如洪水猛兽般将自己吞没。有时，路见星又贪恋这种让自己疼痛上瘾的噪声，他会趴在房间阳台上数数，飞过一架数一架，嘴里时不时发出模仿螺旋桨旋转的声音。

"轰隆隆隆——""嗡嗡嗡——""突突突突——"

有时声音尖锐，路见星就说是飞机在哭，天空中那些云层，是留下的眼泪。

不少高三学生从五楼搬走了，整个走廊冷清到仿佛只有他们寝室还住着人。

顾群山他们正在打牌。冬夏、展飞手里握的扑克牌不打"斗地主"，专打"开火车"，说顺着玩儿就行。玩了一会儿，展飞开始拿个纸放杯到桌上，用卫生纸蒙住纸杯杯口。如果骰子在烧完一个洞之后都没有落下来，那就传给下一个人。

盛夜行推开他们宿舍门进去时，展飞正低着头洗牌。

盛夜行故意拖长尾音，"顾群山，出来一下。"

顾群山语气可怜巴巴的："老大，单独修理啊？"

"嗯，"见他走出来了，盛夜行拍拍他的肩膀，"有事跟你说。"

"下周我得走一段时间，就拜托你们帮我好好儿顾着点儿路见星。"

盛夜行把嘴里未燃的烟拿下来，夹在手掌心。他也意识到这句话的意义。

托付？也不算。是信任与保护。

"……怎么，怎么想起来找我说？"顾群山给路见星普及过民航知识，这会儿心里有鬼，说话都不敢大声了。

盛夜行笑了笑："定西很少回宿舍住，展飞又忙着准备招飞，冬夏心性像小孩儿，更不靠谱。想来想去，也就只有你了。"

"真打算自己一个人走？"

"嗯，或许一周，或许两周……或许一个月，又或许一年。"

说到这里，盛夜行被楼道里的冷风吹得一哆嗦。

"好……"顾群山想起之后的分别，有点儿失落。

说好有时间带好哥们儿兜风的，但现在这些愿望都落空了。

"我感觉你现在挺好啊，"顾群山忍不住说，"没发病也没多大脾气！"

"可我……是定时炸弹。"盛夜行伸手往顾群山肩胛上轻敲二下，"民航的事也别跟他科普了，没用。"

"行，我知道了。"顾群山说。

回到寝室，已是晚上十点。路见星刚拿着浴袍进卫生间，门就被盛夜行急匆匆撞开了。

"也许是还没把我当朋友。"盛夜行沉声道。

原本，他只是说给自己听。没想到路见星突然扔了文具盒过来。

"咣——"一声，床架抖了一下。盛夜行先是忍了，却终于在路见星又甩了一包抽纸过来时，将衣架直接甩飞到阳台上。衣架直接撞上玻璃窗户，发出沉闷的声响。

虽然说这些武器都没有砸到对方，但屋内已一片狼藉。

"你扔，"盛夜行喘气，"你想砸的、看不惯的、看不起的、欺负你的，你全往我身上扔！"

吃了表达的亏，路见星再生气也说不出话，只想扔东西。他讨厌被揣测、被误会。

正在盛夜行气到肢体都快僵硬的时候，路见星突然凑了过来。

路见星放开盛夜行，语气愤怒："可以镇定，一点儿吗？"

刚才他们失去理智般地互相攻击，发怒，又拼了命地想要将对方治愈。

路见星见盛夜行没有动，又去拉他的手，重复道："可以吗？可以吗？"

盛夜行眼眶红了。

"咚咚咚。"寝室门突然响了。

"怎么没人？"李定西看门缝里透出光，伸手从书包里找钥匙。

"哎，我……我这钥匙怎么塞不进去，怎么又卡了！"李定西似乎是拧不动门把，抱怨道，"老大找的什么开锁工人，上次是不是把我们仨爱巢的锁给弄坏了！"

"咯。"又一声结束，李定西的钥匙拧动了门把。

路见星还处于眩晕状态。盛夜行轻轻抱着路见星，小声道："定西进来了。"

路见星像泄了气的球，吐出一口气："呼——"

看他又发出稀奇古怪的小声响，盛夜行觉得有意思，伸手轻轻地捏住他的脸："紧张？"

"敲门，"路见星重复，"定西，敲门。"

"你怎么就确定是李定西？"

"习惯！"路见星话音刚落，宿舍门被推开了。

"哎……老大，你怎么不给我开门啊？"

李定西刚用钥匙开了锁，盛夜行反应快，先用胳膊肘去顶阳台上的开关，室内的灯灭了。卫生间灯没关成，隐约透出的光亮能望见墙上的人影。

李定西进屋第一件事就是看人影是否熟悉。

"老大，你和见星儿站那儿干吗呢？鬼鬼祟祟的。"

直起腰身，盛夜行又把宿舍的灯依次按开，像从黑暗中走出："试戴项链。"

"项链？什么项链？"李定西好奇道。

老实说，朋友之间也有占有欲。一发现他们两个有秘密，李定西总忍不住想去探究。

盛夜行伸手将颈项间戴得好好儿的挂坠扯断："小时候在院子里打架赢的铁片和狼牙，偶尔拿着玩儿。"

他摊开掌心，把挂坠在空中甩了半圈，又转过身挡住想要走开的路见星。

"戴上给定西看看。"盛夜行低笑道。

接着，他屏住呼吸靠近路见星，再将挂坠的带子在路见星后脖颈系好。

周末，盛夜行联系了路见星的父母。他说话直接，表明路见星想陪自己一起去外地看病。他说两人相处习惯了，怕离开太久不放心，大概小半个星期就回。

电话那头的路家父母沉默很久，似乎不太相信儿子有了所谓的"好朋友"，这也太稀罕了。路见星还没听完父母的话，就率先说道："我想！"

盛夜行尝试引导："想什么？真想跟我一块儿去，你就好好跟叔叔阿姨说。"

路见星急了："想要去！"

"在学校待着不好吗？从小你没怎么出过远门，"路妈紧张了，"这次还那么远……"

"喜欢，喜欢！"路见星喉咙都干了，"喜欢和他——"

他那句"喜欢"什么还没说完整，盛夜行就先把电话掐了。

路见星望着他，盛夜行也直勾勾地看着路见星。谁能想到，盛夜行居然慌到一时不知道怎么接话，直接挂断了电话。

"路冰皮儿，这是你亲爸亲妈，"他叹了一口气，伸手捋开路见星细碎的额发，他认真道，"你要慢慢说。"

"啊。"路见星莫名感叹一声，光洁的额头全露了出来。

他好奇地瞪着眼瞧盛夜行，像在询问为什么。

"你现在还不知道，"抬起手臂，盛夜行摸了摸他冒尖的短发，"或许在某一天就能明白了。"

盛夜行再次打电话和路家父母说明了此行的计划，说当晚把车次、住宿地点、医院的名字都编成短信发过去。

"现在能买到火车票吗？"盛夜行和李定西两个人靠在床边努力刷票。

"现在只剩硬座，你看成吗？"

算了，"路冰皮儿"那屁股那么金贵，圈在家里都得娇养。

"看看动车？买一等座。"李定西开口道，"动车最好的是特等座，四个人单独一间，有窗帘遮光，还能躺着。"

盛夜行灵魂发问："包间里除了乘客，还有别人吗？"

"还有乘务员小姐姐，超级漂亮。"李定西神色暧昧地撞了他一下。

盛夜行问："你上次坐特等座是多少岁？"

"十……十五六吧……"李定西抿住嘴唇，害羞了。

盛夜行："……"

"一等座很多人在一块儿。"李定西开始琢磨，"老大，你要是真带见星儿上首都，还是特等座吧？"

"特等座的座位都是分开的？"

"你老挨着他干吗啊？室友当得跟监护人似的。"

"监护人？"

"对。你又像他监护人，又像他保镖，又像他——"

盛夜行想笑，明明路见星凶神恶煞的时候更像保镖，他眯起眼道：

"把话说完。"

"哥哥！"李定西不急不慌地说完。盛夜行笑了。

因为路见星的感官问题，盛夜行把出行计划调成了困难模式，决定坐动车去首都。

一个刚成年的人"拐"带个即将成年的，都穿着运动装站在车站检票处。

人潮涌动，又各自匆忙。两个人都没独自出过远门。

十七岁的路见星心里也有特别的人，那个人就是他心底世界的缩影，因为视线所及的其他地方皆模糊一片。他记得对方下巴上有一块疤，记得一起吃饭时要把香菜全部夹出来，记得每天特别准备的苹果，就是记不清有关自己的。

为了出行方便，盛夜行给路见星套了件宽松的冲锋衣，照常把拉链拉到顶，套头帽戴起来。车站人多，路见星害怕气味刺鼻，拿了个口罩捂好口鼻。盛夜行还给他戴了新买的耳塞，这一套下来堪称"全副武装"。

路见星有时候莫名执拗，今早出门非要背双肩包，里面装着他的画笔、地球仪等小物件，说什么都不肯拿出来，盛夜行也就随他去了。

早晨出发时，李定西和展飞几个男生站在宿舍楼下跟了他们俩一路，那架势像他们俩要转学走了，再也不回来。

一路领着路见星排队取了票，盛夜行再领着他去过安检。

"把包放进那个黑箱子里，传送带会把它们送到对岸去。"盛夜行把行李箱放上去。

"里面会有人，"路见星说，"把它们打开看。"

他并不是在表达疑问，而是在肯定自己的观点。

"有透视的机器——"话说到一半，盛夜行又笑了笑，"我没进去过，我也不知道。或许是有的。"

"哦。"应一声，路见星点头，把包取下来放到传送带上。

过了安检，盛夜行率先拎过背包，路见星却拽着书包带子不放手，直勾勾地盯着。

盛夜行试图开导他："这么沉，压肩膀上久了会很痛。我来背。"

路见星皱了皱眉："我自己，可以。"

也是，都这么大了。

盛夜行伸手揉了一把他后脑勺儿，嘱咐道："那你背好包，跟紧点儿。"

等到了候车室的座位上，盛夜行才把口罩扯出来戴好。他很少戴这种东西，拎住绳带扯了老半天。路见星看到他口罩戴歪了，动作自然地伸手扶了一下。

人多不舒服，他一声不响地往盛夜行身边凑了凑，突然道："午饭好吃吗？"

盛夜行早被他没头没脑的话将习惯了："现在才早上，你再看看时间？"他朝不远处的炸鸡店望了一眼，"你今天想吃炸鸡还是面条？"

他很少给路见星买油炸食品，可今天好几个路过的乘客都拎着炸鸡，路见星眼神一直往上瞟。

路见星捂住口罩跟过去："鸡。"

盛夜行逗他："读'闸'还是'诈'啊？"

路见星耳朵都憋红了，从牙缝里磨出一个字："……鸡。"

盛夜行点好餐就去了餐厅外的吸烟区，回来时发现路见星撕开了蘸料包，直接把调料含在嘴里，桌上的炸鸡动都没动过。

"我说，"盛夜行坐下来，"你这样吃不觉得齁吗？"

他说着要把蘸料往鸡翅上淋，路见星固执地阻止他："不可以！"

"嗯？"

"生气，"路见星腮帮子都快鼓起来，"会生气。"

盛夜行："……"

随后，路见星慢条斯理地把一包蘸料全吃完了，再戴手套去剥掉炸鸡上的脆皮，只啃里边的肉。他本来还想把翅中、鸡腿分一下类再吃的。

排队进站的等候区非常拥挤，路见星很乖地跟着盛夜行，用手腕钩住行李箱，率先进了闸口，站在电梯处等盛夜行，不让人多费心。

进车厢找好座位，盛夜行把外套扯出来搭到路见星腿上。

"要坐好几个小时，困了就靠我肩膀上睡。"

"嗯。"应答完，路见星稍稍侧了侧头，发现以他们俩的身高差，自己把头搁在盛夜行肩膀上正好。

"对了，要上厕所也告诉我。"

路见星转过头看窗外："……什么都告诉你。"这语气不是妥协。

动车驶出了城市边界，头顶的电子屏不停显示着时速。车厢内有小朋友过生日，父母拿着个最小尺寸的蛋糕给她切开，邻座的两个小朋友也有份。

路见星本来都闭上眼睡了，听见有小朋友低声唱生日歌，便睁开眼想要看看。

童年就是这样吧，过生日的那一天，巴不得让全世界都知道自己长大了。

等到真正长大了，又想在过生日那天把自己藏起来，不被任何人找到。

路见星想起自己的十六岁生日，一个人在家里的墙角站了小半天，毫不领情地把父母头头的蛋糕晾在一旁。他不是不想吃，是舍不得吃，总觉得吃完蛋糕生日就结束了。

"唉。"路见星收回目光，叹了口气。

极少听到"路冰皮儿"叹气，盛夜行惊奇地看了他一眼："羡慕小朋友了？"

路见星摇摇头，悄悄捏紧盛夜行的手心。

"我去一下厕所，"盛夜行松开手，站起来，"坐好等我，哪儿都别去。"

路见星有点儿慌："不。"

"十分钟。"

"五。"路见星张开手掌比画数字。

盛夜行擦干手上的汗："成交。"

没一会儿，盛夜行就从过道里挤回来了。

他侧着身子往前走，身后藏着个什么东西，等走到了座位边，他才把东西端出来。

"吃吧。"盛夜行拍拍手上的蛋糕屑，目光不自然地往飞速后退的窗外景色看去，"条件比较艰苦，就只在餐车找到这个。"他摸了摸兜，摸到两根烟。

反正动车上也不能抽，打火机也扔了，要不要再把这两根烟插蛋糕上？

路见星端着块枣泥蛋糕愣在那儿，奇怪盛夜行怎么犹犹豫豫的。

深吸一口气，盛夜行把那两根烟插了上去。路见星纳闷地看。

"就这么吃吧，"盛夜行说，"生日快乐。"

路见星像被这两根烟震住了："今天，不是。"

盛夜行突然靠近一点儿，装作不在意："那我家路冰皮儿，每天都过。"

路见星呆住几秒，点头应下来："好。"

明明还是大中午，远处天色却暗了下来。他们仿佛瞬间飞驰过十八年。

☾ Chapter 27 北上 ✦

田野，山，电线杆，麻雀，夏天。

在盛夜行的印象里，铁路、长途公路往往是充满奇遇的交通工具。人足够多，故事也足够多。他们的这一趟单程耗费近十个小时，抵达首都时已接近夜里九点。

路见星自动进入了一种低气压状态。起先他还乖乖靠在盛夜行肩膀上睡觉，没一会儿，他就被狭小的座位挤得不太舒服，想叫又知道不能发出噪声，只能捂住嘴蜷缩在座位上低声地抽动。说不上是疼还是压迫感过重，他感觉自己直不起腰。

等到下午两点，路见星直接把外套顶在头上，闷得喘不过气来也不放开。

他将头朝着靠窗的方向，并不去黏盛夜行。

盛夜行递过来耳机，问他要不要听一些轻柔舒缓的歌。路见星打掉耳机，不耐烦地皱眉，然后又悄悄地伸出一只小拇指，在盛夜行的掌心里点了点，再蹭一蹭。

"靠过来点儿？"盛夜行给他调试海绵耳塞，"我抱着你睡，就快到了。"

路见星攥着外套靠过去一点儿，长舒一口气。

"不好。"他喃喃道，"不好。"焦虑不好，烦躁也不好。

下午四点，唐寒来过一次电话，询问了中停站点，再确认了一次多久出站，说那边会有人来接他们。盛夜行放心了一点儿。

和路见星独处让他开心，但是他担心自己不能完全照顾好他。

车厢里大部分人都在休息，后排一个中年男人却在用外放刷小视频，特别吵闹。有几位乘客出言劝阻过，但没有效果。一般噪声到路见星这儿会被放大十倍，他调了好几次耳塞都没用，终于忍不住站了起来，拧开可乐瓶喝了一口。

一喝水，他听自己的吞咽声，能转移一点儿注意力。

咕噜咕噜——

盛夜行穿着外套站起来，靠在过道边，冷冷地朝声源方向看了一眼。

那位大叔本来跷着腿占道的，抬头将目光迎了上来。

"您能用耳机吗？这儿车厢里的人都要休息，"盛夜行捏紧座椅靠背，"太吵了。"

"大家都没说话，就你提意见？我寻思我也没见你休息啊。"那位大叔说。

盛夜行的呼吸快了几拍："我弟弟在休息。"

也许看得出来盛夜行是学生，大叔鄙夷地盯着他："你这么高，在那儿走来走去的，我不嫌吵？！"

盛夜行没话说。因为怕人，路见星喝水、吃东西全是盛夜行去弄，进出频繁或许打扰到了别人，可这不是对方没素质的理由。

见盛夜行不说话，那位大叔又瞪圆了眼睛，说："耳机？公共场合我想怎么就怎么，我没钱买耳机，你给我买一个！"

盛夜行还是没吭声，抬手扯掉自己的耳机，直接抛过去。在围观群众的惊呼声中，耳机落到大叔脖颈处。当面被甩这么一下，大叔气急败坏："扔老子脸上了！"

"麻烦用耳机看视频，"盛夜行努力镇定，"别他妈吵。"

盛夜行面相太凶，眼神更是狠戾，吓得大叔不敢往前，颤巍巍地立在那里，张口就喊："乘警！怎么没有乘警？"他又慌着去抓旁边拿手机的陌生小伙儿："拍下来了吗？拍下来了吗？刚刚是他先攻击我，对他先打我！"

"……我没打你。"盛夜行捏了捏拳头，却感觉自己袖口被一只手拽住了。

大叔又叫起来："神经病！"

这一声像刺激到盛夜行的某根弦，他一下没忍住，举起手要再扔什么东西，手腕又蓦地被路见星摁住。他其实是想扇自己一耳光。

旁边群众看出来他想要攻击的动作，小声叫了几句："动车上别打架呀……"

"行了，小伙子，我们感谢你，但是你也别太激动……"旁边一位阿姨说道。

"坐下，"路见星的瞌睡彻底醒了，他急得浑身发冷，"坐下！"

路见星知道，人越多，盛夜行越兴奋。

僵持几分钟后，那个大叔被盛夜行攻击性极强的模样吓得没再多说什么，盛夜行这才浑身脱力般地坐下来，靠着座椅，手抖得厉害。

"路见星，"盛夜行半合着眼，哑声道，"我想吐。"

他好想去跑步，想去飙摩托车，想大声告诉所有人他能独自出来旅行了，想打电话告诉唐寒他控制住了没有和别人起冲突。他还想骂自己——明明中午吃东西吃很多的时候就应该感觉不对劲儿了。

盛夜行没忍住，一抬手，想往自己脸上来一耳光。

"嗯。"路见星低头捏捏他的指尖，从大拇指到小拇指，每个指腹都捏了一遍。

盛夜行显得非常挫败而后悔："我没事。"

凝视他许久，路见星张张嘴，说："……吃药。"

"我没事。"盛夜行在说这句话的时候底气有些不足。

路见星瞪着他："复诊，复诊了吗？"

盛夜行这才意识到，他的路见星已经是一个学会质问的监护人了！

"……这个月的复诊忘了去。"盛夜行眼睛没那么红了，看起来还是凶得唬人，说话却委委屈屈的，"这不是要去首都吗？"

"安静，安静。"路见星着急，"该……休息了。"

我不想让你伤到自己。

他表达不出来。

路见星谨记着唐寒曾经提醒过的"三别"——别争论、别讽刺、别激怒。

语气放软一点儿，亲切一点儿，好好儿跟他说话，先让他停下来。

车厢归于平静。

盛夜行走进过道时，两侧的乘客都小心地躲了一下。他进了厕所，趴在洗手台前将袖口捋起来，又用清水冲遍了手腕，洗了又洗。然后，他开始催吐，把喉咙里、胃里令他不舒服的"负担"全吐了出来。然后，他接了凉水漱了几次口，掏了几颗在餐车买的口香糖含住，后脑勺儿隐隐作痛。他靠在洗手间门板上，想抽烟。他闭了闭眼。

盛夜行回到车厢座位上时，路见星正睁大眼睛看窗外不停倒退的景色。他安静地坐了下来。

路见星并没被他影响到，而是越看越开心，用平常的音量惊道："稻草人！"

"看到了。"盛夜行说。

"田野……"

路见星又说："山！"

"嗯。"盛夜行答。

"电线杆，麻雀。"

"夏天。"

路见星："白云！"

"像什么？"盛夜行随口提问。

"李定西的屁股。"

"不一般都说棉花糖吗？"盛夜行笑了笑，突然想起他的路见星并不一般。

盛夜行凑过去一点儿，陪他认真地看："我们已经到北方了。"

他才说完这句，车厢又陷入一片黑暗。

"隧道。"路见星的语气有些兴奋，"好黑。"

"喂。"盛夜行又凑近一点儿。一股淡淡的薄荷香。

车在隧道里穿梭而过，轰鸣声巨大到令路见星难以忍受。盛夜行抱着他，再用手掌心小心地捂住他的耳朵。等重新"天亮"，盛夜行才放开路见星。

路见星耳朵红红的，又扭过头去看窗外的景色，长叹了一声。

"你叹什么气？"盛夜行笑笑，"别看风景了，那些都是要过去的。快看我。"

路见星不看他，还是叹气。

"五一"去首都的人很多，旅行社也多，不少接站的人举着旗帜、横幅，手捧鲜花，都用同一种期盼的目光望着出站口。

说实话，盛夜行有点儿被这种场景震撼到。他以前不知道，原来"盼望"的眼神能够如此热切，人与人之间的关系能这么满怀希望。

好像他从来不觉得被谁这么需要过——在遇见路见星之前。

盛夜行听行李箱滚轮滑过地砖的声音，心情莫名愉悦起来。

"欢迎，南方的朋友——销售公司——春秋旅行社——首都三日游——"

路见星每过一个接站处，就大声地念。由于他戴了口罩，周围又足够吵，很少有人听得清他在喊什么。

盛夜行快笑死了。

他帮路见星调整好歪扭的口罩，伸手把掌心举起来，认真地说："欢迎路见星！"

路见星止住脚步，眼神亮了下，点点头继续往前走。盛夜行愣了半秒。

哎，好像没人教过他击掌？

他又追上去，说："我一举手，你就把掌心拍过来，我们击个掌。"盛夜行再一次抬手，"欢迎路见星！"

"欢迎！"抬起手心碰上去，路见星感受到他湿热的汗，眼睛快弯成一道桥了，"我们！"

路见星显得很兴奋，丝毫不管行李，铆足了劲儿往前冲，盛夜行拖着行李跟着跑，等好不容易两个人速度一致了，盛夜行才低头看一眼路见星。

欢迎，我们。

他想。

在出站口，盛夜行远远就瞧见了来接洽的工作人员。

路见星看着身后人来人往，又看了看站外完全陌生的城市，突然就在旋转栅栏前停下了脚步。他的手指搭上冰冷的栏杆，用指端敲出声响，好像是三下，又好像是四下。

外面天已经黑了。空气燥热，环境陌生。

路见星很烦。每当日落，他就能清晰地感觉到一天结束了。这对他来说是一种能将情绪藏匿进黑夜里的解脱。

"怎么了？"盛夜行察觉到他不对劲儿。

路见星摇头，跨步出了出站口，站在车站广场上看自己的影子被灯光拉长。悬挂在站名下方的大荧幕不停滚动播放着车次信息，远处黑夜里卷来暖风，吹得他感到窒息。

盛夜行从包里翻了件外套出来给他披上，又抱着胳膊靠过去，压下肩头挨了挨路见星："不喜欢这里？不喜欢我们就回去。"

也不是不喜欢。

"呼。"路见星用力呼出一口气，往前走了两步。

盛夜行像在车上那样伸出手："手给我。"

大概是人太多，路见星并没有做出回应，而是选择站在盛夜行身边，一脸戒备地去打量周围的环境。

从广场中央跑过来一名工作人员，是个三十岁上下的漂亮姐姐。

"跑死我了……进站接人还必须要买票，我刚从售票处换了票出来，还好没把你俩搞丢！"她扶着腰歇气，拨正凌乱的刘海儿。眼神在两个人之间游离，她最终把目标锁定个头稍微高点儿的盛夜行："盛夜行是吧？"

"嗯，您好。"盛夜行点头。

"叫我晨姐就行，"晨姐笑了笑，"现在小朋友都这么稳重？"

"十八，"盛夜行听得太阳穴发胀，指了指路见星，"路见星，十七。"

晨姐用好奇的眼神打量完路见星，小声道："对，唐寒老师跟我提过会多一位同学过来。但是，文阿姨联系我们的时候没有提过他。"

盛夜行点头："嗯，是我自己要带过来的。他家长也同意。"

"啊，哦，这样……怪不得后来改成标准间了，"晨姐亲和力十足，"唐寒老师还专门叮嘱，要把这位小朋友看好。"

路见星动了动食指，在盛夜行掌心内抠了几下。

哎。也不是小朋友吧，十七岁了。

"对，得多费心了。"说完，盛夜行稍微侧了侧头，放低音量，"他的具体情况，唐寒老师提过吗？"

"提过，"她笑了笑，目光落在两人牵着的手上，"但是……"是生理原因吗？

被长辈这样打量，盛夜行的回应倒很大方："我们得互相照顾。"

"互相？"

"互相。"

"也是，俩都这么大了。走吧，先带你们吃个饭，再送你们回去休息。"

盛夜行点头："谢谢姐。"

"客气什么！"晨姐招呼他们。

"这次是给我看病……"盛夜行顿了一下，没说下一句。

这都是次要的，主要是他带路见星出来玩儿，算放风了。

等吃过饭回到酒店，已经快到平时学校熄灯的时间。

大门一关，路见星就把埋进被窝的脸露出来，紧皱着眉头，一张脸憋得通红。他像在憋气，又把头往褥里拱。

盛夜行单膝跪上了床，用臂弯去捞他，边拖边笑："你在干什么？不闷？快起来洗个澡，洗完睡了。"

路见星长吁一口气："……潜水。"

"嗯，我猜猜。"盛夜行放缓语气，拍了拍床，"不够软？"

路见星摇头。他的眼神在两张床之间来回挪动，最后落到床中间的床头柜上。从床上站起来，他走到床边跳下去，用手扒了一下床头柜，发现它是可以挪动的。

"别动那个！"盛夜行喊完，拦腰去抱他。两个人双双倒在另一张床上。

被压在最底下的盛夜行喘着气，收紧了怀抱，朝路见星耳畔小声地表达着："我和你，睡同一张床，所以别去挪床头柜。知道了吗？"

路见星镇定了一点儿，眨眨眼："一起。"

确定好床位，路见星盘腿坐在沙发上，弯腰打开地灯。地灯的光从下往上，昏黄柔和，映得他一张脸越发显小。

盛夜行就坐在对面的凳子上看，边看边用指缝夹住勺子模仿抽烟的动作，想咬在嘴里狠狠吸一口。他想用烟雾留住这一刻良辰美景。

路见星把书包抓了过来，把里面的东西一股脑倒在床上。身份证顺着床沿落至地毯上。

盛夜行捡起看了又看，瞪圆了眼睛："生日？我记得你跟我说你是冬天生的。"

"夏天，也可以。"路见星低头玩儿耳机线。

盛夜行说："成年不是随便闹着玩儿的。"

"嗯。"

"月底。"盛夜行用手指弹了弹证件。路见星笑着点头。

证件照上的路见星看起来不过十三四岁，一看就是还没长开的小男孩儿。

不知道是不是因为照证件照不能点痣，照片上的路见星看起来非常不开心。他前额的黑色碎发被黑色发夹别了起来，隐约支棱的几根模糊不清，而且他皮肤够白，整张稚嫩的面孔上有一种"阴郁"气质。

现在他不一样了，现在光是眼神就充满希望。

"你念初中的样子……"

拎着身份证比对现在路见星的脸庞，盛夜行突然有点儿明白什么叫长大。

每个人的脸上都带着他所见过的世界，从眼神中能够看出他的经历。

路见星正乖乖地立在那儿让他比对："嗯？"

"挺可爱。"盛夜行挑眉，"还挺叛逆。"

像一到夕阳西下，就徘徊在附近小巷内不愿意回家的小孩儿。

"我给你看看我的。"盛夜行说着从兜里掏出手机，先点开空间相册把初中的照片调出来，"初二生病时期，虽然现在也没好。"

好奇心驱使路见星主动凑近了一点儿。

照片上的盛夜行挺惨，正坐在病床上，左脸上的纱布还在渗血，右手用绷带裹了一圈又一圈，活脱儿一个大白糯米粽子，还是不蘸糖的那一类。

谁要看这个？！

又翻一张，是盛夜行小时候站在楼梯上压腿。他后面有一扇门，一个身形魁梧的中年男人正站在门边望着他的背影笑。

路见星伸出手指戳了一下照片："人。"

"我爸。"盛夜行第一次介绍他的父亲。

"你爸。"路见星重复道。

"我爸在我很小的时候天天带我看武打片，还说大了要送我去少林寺，以后让我长大了去当什么空降兵，然后……"盛夜行说着说着，不想说了。

他收了手机站起来，关了走廊的廊灯。盛夜行脱掉上衣，裸着上半身站在衣柜边拿行李箱里换洗的衣服，边整理边回头说："明天早上，我要去一趟医院。我去看看什么情况，你就先不跟我去，好吗？"

"嗯。"

"你早上醒了之后再睡一觉，我就回来了。"

"？"路见星瞪圆了眼睛。

"回笼觉。"盛夜行安抚他。

路见星吸吸鼻子，紧绷的神经松懈一些："哦。"

"你先去洗澡吧。"盛夜行说，"我还得收拾一会儿我俩的衣服。"

然后，他陪着路见星去了浴室，调试好水温之后再退了出来。

浴室里，路见星整个人被热水蒸出了绯色。淋浴头的水喷溅而下，路见星抹了把脸，开始有些出神。

明明就是十八岁的少年人，他的双肩宽得却像能够扛起一切重量。

路见星洗完澡拿起毛巾搭上肩膀，抓过洗漱台上的矿泉水瓶，拧开，仰头灌了一口。盛夜行正站在浴室门口，准备进来洗澡。

"洗完了拿这个擦擦，擦完去床上等我给你吹头发。"

路见星往前走一步，光着的脚底踩上柔软的防滑垫："……嗯。"

浴室是玻璃门围起来的，路见星才洗完，玻璃起雾，整片玻璃门变成了"雾面"。

盛夜行掌心打出泡沫，正准备一股脑往脑门儿上胡噜，突然就看到眼前玻璃门上的雾面被路见星写了三个字："谢谢你。"后面画着一个简简单单的笑脸。

路见星的睡眠障碍又来造访了。他不熟悉现下所处的环境，床垫也太过柔软，这让他觉得自己快要陷入无边的黑暗。房间里的钟表嘀嗒作响，浴室洗漱池内还有流水滴滴答答，楼下汽车启动的声音也清晰可闻，在这种环境下，盛夜行的呼吸声变得好听了。

"药。"路见星提醒他。

"你比我记得还清楚……"盛夜行躺了下来，"今天不吃。"

"……"

"真的不用！临走前寒老师交代过，我这不算私自停药。明天我再去问问医生，好吧？"

"嗯。"路见星妥协道。

盛夜行撑着手肘斜躺过来，问他："我们来总结一下。今天开心吗？"

"开心。"

"我们在哪儿啊？"

"外，外地。"

"首都！"

"首——都——"路见星学他的语气，最后一个字的发音让他将嘴唇噘起来。

盛夜行看到他快笑出来了："多说几句吧，今天的开心、不开心……"

"今天早晨，车站上……天很亮。"路见星在黑夜里淡淡道，"我看到鸟。很热，吵，车声嗡嗡嗡……"

这么长一句话听得盛夜行又惊又喜，他低笑道："嗡嗡嗡，那是小蜜蜂。"

沉默了几秒，盛夜行问："你今天其实很想和晨姐说话，对不对？"

路见星不作声。

"你看，你偶尔可以和李定西、展飞他们交流，是因为时间长了熟悉了。但对于才见了一面的人，你就没有办法。"盛夜行说，"可以明天试着跟晨姐打个招呼吗？"

"好。"

"你要先叫她的称呼，每句话说短一点儿，适量使用手势，她能更明白你的意思。"

"……"

"还有很重要的一点。"

"感受差异。"盛夜行困到闭上眼讲话，"你有的能力，别人不一定有。不是说你就比其他人要糟糕。这个世界是在不断变化的，我们也会。等过了这个坎儿，我们会越来越好，超级无敌爆炸好……"

超级无敌爆炸好！

他开始好奇人与人之间到底为什么会纠缠在一起，自己的"异常"是以什么为判定基准，他们这种磕磕碰碰的"陪伴"还能坚持多久。

很多感情是有终点的，但遗憾没有尽头。

突如其来的问题如洪水泄闸般冲击着路见星的思维，他攥紧了被自己揉皱的被子，浑身冒冷汗。盛夜行应该是太累了，强撑着睡意给路见星掖好被子，嘴上很轻声地说了句"晚安"。

片刻后，路见星身后响起均匀而熟悉的呼吸声。他看房间内一片漆黑，不远处沙发下地灯光线柔和、昏暗，稍微照亮了他的即刻小世界。

早上，路见星醒得晚。

洗漱完回来，他从床上拿睡衣，这才注意到床头留了便笺，是盛夜行的字迹。

早饭在桌上，中午回。

路见星望向餐桌，上面果然摆着一些全麦面包和牛奶，也许是怕他吃不惯，桌上还放着一碗清汤馄饨。路见星把早饭一口气全吃了，拍拍肚子，打算冲个澡。

一进卫生间，他就看见镜子上也贴着一张便笺，依旧是盛夜行的字迹。之前刷牙洗脸太匆忙，他根本没注意到。

　　对着镜子笑两下吧，我能看到。

真的吗？

路见星带着这样的疑问，微微咧嘴，还拿温水捋了一把头发，露出光洁的额头。

有点儿帅！

他是"有点儿帅"，盛夜行是"巨帅"。

路见星加上自己的粉丝滤镜，回想起盛夜行的脸，开始不自觉地朝着镜子傻笑。

洗完澡出来，他伸手去够毛巾，毛巾里边也掉了张纸条出来：

　　毛巾湿了就不要再用。

这种"发现感"大大激起了路见星对房间的兴趣与好奇，他放下手头的一切事情，开始翻箱倒柜，差点儿把咖啡伴侣的料包都抓过来撕掉。

路见星在熨斗下、雨伞内、衣柜里、台灯灯罩下，甚至晾衣架的夹子中都找到了盛夜行临走前留的纸条，内容多种多样，路见星印象最深的就是：

　　今天也很美好！

这办法还是唐寒教盛夜行的，她说，如果"家长"不在家，小孩子容易紧张，那就在一些不经意的地方留些字条，这样能让小孩子感受到被在乎。路见星虽然早就不是小孩子了，但还是经常被盛夜行看作小孩子，出于本能地去照顾与保护。

路见星把一袋咖啡伴侣倒在白瓷碟上，再用勺子沾了一点儿水淋上去，再敲敲打打。他一遍又一遍地滴水，将碟子上的粉末整得黏稠甜腻，丝毫不觉得无聊，就这样一直玩儿到中午饭点。

中午十二点，盛夜行和晨姐一起回来了，说接路见星出门吃饭。

上午咨询很顺利，医生说盛夜行的状态挺好的，应该不用留下来治疗。

盛夜行晨起情绪亢奋，忘记把自己的资料和药物带过去，这下还专程回来拿。

他刷卡推门进来前，做好了房间里已被弄得一片狼藉的准备，毕竟路见星的好奇心旺盛，可他只看见一条扔在地毯上的裤子——一条湿漉漉的裤子。

路见星懒懒地靠着沙发背，正把衣摆撩起来晾肚皮。

"怎么乱丢裤子？"盛夜行走过去把他衣摆放下来，揉了揉他的小腹，再捏捏他的鼻子，"露肚子容易着凉，说了多少次了？"

"五次……"路见星脸红了一下，掰着手指头数，想努力回忆露肚子是在哪些时候，数了没多久他就选择放弃，注意力落到桌上没吃完的曲奇芝士条上。他吃了几根芝士条，又拿起手机开始看新闻，有时候一个页面一看就是十分钟。新闻是路见星了解世界的窗口，他得努力踮脚看窗外的景色。

"张嘴。"盛夜行把维生素喷雾拿了出来。他看盛夜行拿药，不得不凑过去，舔了舔唇角张开嘴："啊——"

路见星被喷了几下，不愿意再弄了，转过身滑下床去穿拖鞋，往桌子旁边走。

"你——"刚说一个字，盛夜行就止住了。

路见星把棒棒糖拆了，正想用打火机的明火将硬糖烤化。

"玩儿吧，小心点儿，别烧到手。"说完，盛夜行站起来准备去换衣服。他知道专注于做一件事的路见星八成是不会理人的。路见星真的坐在那儿烤了好几分钟。

"火烤棉花糖才好吃，"盛夜行托着腮，边看边说，"没吃过吧？下回我带你去公园吃。"路见星瞥了他一眼。

我吃过，在我很小的时候。

晨姐在一旁默默观察着两个孩子相处的模式，心里略微感到惊异。

上午在医院的时候，盛夜行条理清晰地说了一遍自己这么多年来的经历，无非是叛逆、疯狂、不服管、特立独行，唯独没有让人感觉到他内心的柔软。

她见过的患者不少，大多都是年纪轻轻就开始与之做一生的斗争。

晨姐想起盛夜行背包里的束缚带，轻微地叹了一口气。现实归现实，悲观归悲观，从现状来看，盛夜行算是控制得比较得当的。他自己正在努力从这个深渊里一步步爬出来，他有发病后的愧疚，有想要好转的决心，有去面对世界的勇气。

"等会儿吃完饭我还得去医院，你把这个揣好。"盛夜行把唐寒做的卡片别到路见星长袖衫胸前的小口袋里，"我就去两个小时，去了就回来。你不能出房间。如果你发现自己不在房间里了，又找不到我，手机也联系不上，就把这个给身边的人。"

异地不同于市二那样的封闭式校园环境，唐寒为了万无一失，把市二的资料卡又做了份更详细的，让路见星随身携带。

卡片上有写路见星的名字、家庭成员联系方式、害怕的东西、感官障碍、药物食品的服用需求，等等。在卡片的最底部，唐寒还写了他的喜好以及接近、安抚他的方式。

据调查统计，自闭症患儿走失的概率高达百分之九十二，谁也不能确定路见星是剩下的那百分之八，况且他也突然消失过几次。

十岁的时候，他就相信自己能够做得更多。妈妈在取晾干的衣服时，他就默不作声地盘腿坐在妈妈身后的沙发上，把上装、下装分好类，再笨拙地叠好。偶尔衣料的触感让他难受，他会把衣服胡乱地搭在沙发背上。超市是他去不了的，所以他的日常活动范围比较小，陌生的地方都不爱去，当初跨省转校来市二也是下了非常大的决心。

唐寒说，教育是教他怎样去做，在这之前，不要设想他天生就会。

晨姐靠近一点儿，想要和路见星说说话。在来之前，盛夜行就告知过她，路见星的问题不是一天两天的事，接触一下可以，想要交流沟通的话还真得看缘分。

因为他真不一定理人。路见星对拥抱的感觉是常人的十倍，他能更清晰地感受到怀里的存在。

对于陌生人，他会接受不了对方的气味、拥抱的力度，这些都会使他不适。

"可以抱你一下吗？"晨姐放柔语气朝他招招手，"我会轻轻的。"

盛夜行让开，给晨姐和路见星的接触距离腾出空位。

他也不表态，就以鼓励的眼神看向路见星，希望他能多接触其他人。

路见星顿在那里，过了会儿才说："没关系。"

晨姐紧张得双颊发红，靠过去轻轻地抱住了这个男孩子。相比晨姐，路见星再一次感受到盛夜行拥抱自己时的坚定有力——善意和珍惜，他看得明朗清晰。

☾ Chapter 28 成年 ✦

青春永远不会结束。
·····················

中午饭点，晨姐带他们找了个有当地特色的餐馆。

路见星对腥膻味儿较为敏感，但丝毫不觉得这儿的羊肉涮着有味儿。他先是拿勺子舀了点儿麻酱蘸着吃，又觉得腻，就低头一口一口地抿盛夜行给他盛的汤。

北方的麻辣汤锅没多少辣味儿，路见星吃得很不习惯。

晨姐点了一大桌子菜，一边涮肉一边给他们俩夹菜，让他们每样都尝尝。

盛夜行借口去上厕所时，把账给结了。最后，晨姐被告知已经结过账时，她略有些慌乱地站在前台扭头朝店门口望，两个少年正站在店门前安安静静地等她。

个头稍微矮点儿的那个穿着纯白的短袖 T 恤，宽大的袖口被北方的热浪吹得像半面旗子，在午后阳光下随风而动。盛夜行穿的是黑色的，背景板似的站在路见星身后，头微微低着，嘴角噙笑，不知道正在跟路见星说什么。路见星怔愣着听了一会儿，也笑了。

明明就是两个近乎"完美"的孩子。

这一幕，在晨姐的教育生涯中留下了很深的印记。

吃完饭，盛夜行陪路见星回酒店午休。一到房间，路见星就像不困了似的，热得脱掉长裤，躺在沙发上把电视摁开，再打个滚。舒服！

酒店沙发的皮质触碰感良好，冰冰凉凉的。

客房部送了水果上来，盛夜行接过果盘，分给路见星一个青枣。路见星拿着青枣进了卫生间，不知道又洗了多少次。洗完出来，青枣在路见星掌心颠簸几下："农药味儿……"

盛夜行凑过去闻，没觉得有什么味儿，便懒懒地靠在沙发上："小狗鼻子。"

夏日午后充足的光线自酒店遮光帘的缝隙泻入房内，不偏不倚地落在路见星身上。他盘着腿，眼神发亮，金色的光线犹如利剑，从他额间顺至下颌。

路见星笑着偏过头，侧颜被过度曝光，轮廓更加明晰。

"别动！""别，动……"两个人几乎是同一时间说了同样的话。

盛夜行下意识地道歉："对不起。"

他艰难地支撑住自己的身体，稍稍挪开一点儿，翻身坐到地毯上，捂着胸口喘了一会儿才摇摇晃晃地站起来。他突然又明白了"突然亢奋"是什么意思。

我可以控制自己的。我不是病痛的奴隶。

他对自己说。可下一秒，路见星被一股称得上蛮力的力道猛地推到沙发扶手上。

他急着起身，额头一下磕到地灯灯罩上，烫得他一缩脖子。

盛夜行愣了一秒，路见星连忙捂住自己额头上被烫到的部位，滚下沙发蜷缩起来。路见星掐住自己的脖颈，喉咙里发出痛楚的呻吟："啊……"他刚侧跪上地毯，盛夜行也手忙脚乱地从沙发上扑下来，抓住路见星捂着额头的手，嘶声道："我看看！"

"……"

"脑袋转过来，路见星，给我看看。"

路见星本来痛觉就更敏感，这下更是痛得都说不出话来，只一个劲儿躲。

盛夜行脾气上来，干脆直接压住他的手，掐住他的下巴，把他脑袋扳过来看，额头上发际线那儿有一道明显的红痕。

估计是灯给烫的，不太像撞伤。

盛夜行扑到茶几旁的座机边，正准备给前台拨电话要礼宾部的人去买药。

"叮叮叮——"这时候，盛夜行放在茶几上的手机响了。

路见星捂着伤处去看，屏幕上正闪动着李定西的微信头像，是视频通话请求。

路见星按了"接受"，把手机举起来，学着盛夜行平时给他们打视频电话的样子。

"见星儿露个脸！你怎么拿鼻孔对着我们啊？"顾群山挤了过来，"见星儿的鼻孔都这么好看，这形状，这椭圆，一看就是那种鼻梁高的……"

展飞："够了啊你，适可而止！"

顾群山："好看还不让说了？"

李定西不爽地翻个白眼，目光又落到屏幕上，"哎，老大呢？路见星，你额头怎么了，怎么捂着？"

"啊。"被点名的人手一抖，把额头露了出来，还给个特写。

李定西率先叫起来："我×！"

"见星儿，你把手机给盛夜行，"展飞受不了他们一惊一乍，只得耐心地引导他，"我们有话想跟他说！"

路见星抬眼，视线与恰好回头的盛夜行撞上。

只见盛夜行双眼发红地站在座机边，肩膀有点发抖，手足无措得像个孩子。

"他，"路见星摆正了摄像头，深吸一口气，有些着急，"他！"

"他怎么？慢慢说，"展飞凑近，"他不在？"

路见星一字一顿地说："厕，所。"

"现在不能接，是吧？那我们等会儿给他打！"展飞说。

挪开目光，路见星重重地"嗯"了一声。

"你们在首都怎么样？"

"……好。"

李定西不甘心地把脑袋挤过来，咧开嘴朝视频对面笑："那就行！我看你发的视频了，我们都很喜欢！"

说来也很惊喜，这几天路见星时不时会用手机录一段小视频发到他们的兄弟群里。虽然这些视频基本都是镜头晃得没法儿看的，压根儿不知道在录什么，但路见星至少会分享了。用微信录小视频还是李定西教他的。

路见星没注意到李定西说了什么，刚准备去关视频通话，突然感觉额头上一热，是盛夜行正半跪着摸他的伤痕边缘。他原本紧握在手里的手机就这么滑下来，跌落到地毯上。

湿湿的，有点儿热，伤口也没那么疼了。

盛夜行急躁地把手机打到一旁的沙发底下，再轻轻抱着路见星……好像这样能让他稍微放松一点儿。他真的很想问一句："路见星，你本体是镇定剂吗？"

亮着屏的手机还在沙发底下闪烁着，视频电话里传来一众兄弟的热切问候——

"喂？！"

"见星儿？怎么了？"

"你不开心也不要砸手机呀，上次在宿舍就跟你说了……"

在首都治疗的第五天，晨姐带两个孩子去了一趟郊区农场。她说，在农场晒一天太阳、摘摘果子会很有趣。

起先路见星不愿意多动，就戴顶草帽站在树下扶着扶梯，仰头看盛夜行给他摘甜果吃。到后来阳光不那么刺眼了，他开始顶着帽子从草丛里跑出来，自告奋勇地去摘果子。

摘完他也不吃，只是问能不能把这些都带回市二分给同学们吃。

盛夜行盯着他看了一会儿，说："你开心就好！"

结果一袋子水果拎回酒店，还没到夜里，路见星就翻下床全拿起来吃光了，盛夜行只好大半夜找礼宾部买健胃消食片。

翻身跪上床，盛夜行的手从路见星的睡衣边缘探进去摸他的肚皮："舒服点儿没？"

完了，不会开始暴饮暴食了吧？

"啊，"路见星顺势坐起来，把脸凑过去，再舔了舔嘴唇，"甜。"

"嗯，吃了水果嘴角当然是甜的。"喝完一口温水，盛夜行解释道。

路见星提要求："尝尝。"

"好吧，尝尝。"他低头拿来仅剩的一颗樱桃，忽然有点儿感慨。

真是一个小朋友。

原本可以回去了，可文袖娟想让盛夜行再多观察几天。盛夜行看路见星在外地的兴奋劲儿，就答应了。

相处的这段时间内，盛夜行逐渐明白，一个人的成长需要周围人引导，并且是长期"锻炼"项目，让路见星追上同龄人不太现实，但只要让他不断学习、接受教育，他就能有所突破。他们都需要一双手，将对方从摇摇欲坠的绝望边缘拉回现实生活。

整个五月，路见星也被晨姐带着去看了几次医生，做了几次训练，随时帮助他学习、进步。时间一长，两人与医院那边也熟悉了一点儿，可以自己过去。

首都有不少书店，盛夜行每隔两天就带路见星去转，买几本回去念给他听。最开始路见星不愿意张口，盛夜行就指着汉字让他一个一个地发音。

今天一大早路见星就跟盛夜行出门了。

晨姐有事，路见星就主动提出要陪盛夜行去医院，还在路上买了豆浆和馒头。

清晨的阳光如碎片落下来，黏得他后脖颈汗涔涔的，头昏沉沉的。

盛夜行边走边看药瓶上的字，一个字一个字地念给路见星听，路见星的注意力却全在不远处的洒水车上。他看见洒水车后面有一道彩虹，亮晶晶的，还有行人拿手机拍照。

盛夜行刷开了一辆共享单车，刚跨上去，路见星就说："我……我推你。"

"行。"盛夜行侧着坐上坐垫，抱着手臂看他，"我这么重，你能推得动？"

路见星睨了一眼："都是男的。"

"去年你第一回上我的后座，旁边没有人，天上悬着灯。你在我的后座，默不作声得又像不在座上，"盛夜行吹了一声口哨，"我第一次觉得紧张。"

路见星抹开脖颈的汗，垂下眼看车轮边的寸寸光影推移，一下子笑了出来："哦——"

他把尾音拉得好长，也不知道有没有听进去。

夏风吹过，树叶哗啦啦地响，光斑落在路见星的侧脸上，美好得令盛夜行心头突跳。

"今天点红的了？"

盛夜行把他的脸扳过来，看了又看，掌心的热度烫得路见星一愣。他端详着，伸出指腹摸了两下："怎么还有点儿凸出来了……你不会是点太多了，真点上了一颗吧？"

路见星压着眉骨睬他，过一会儿憋出一句："……凝墨。"

真点上还不好啊，那就真天天开心了。

首都的道路宽阔平坦，路见星推着自行车走得毫不费力，心情好得想哼小曲。盛夜行握着扶手掌握平衡，时不时扭过头看一眼路见星。

两人路过一座公园的门口时，卖酸奶卖雪糕的小摊子开工了，路过的小学生围过去，胸口的红领巾都扭到后脑勺儿去了。

"去买根冰棍儿吧，"盛夜行突然说，"分我咬一口。"

"好哇。"路见星眯着眼答道。

每天回酒店的时间也不会晚，大概在傍晚时分。天边的火烧云使得整座城市灿烂铺金，浓重的闷热感让路见星极为不舒服，他一路上急匆匆地往前走。

放下贴在脸颊上的冰镇饮料，路见星也不穿拖鞋，光着脚踩着浴室的瓷砖。

"一脖子汗，"盛夜行把浴室衣架上的毛巾取下来递给他，说，"洗澡去。"

路见星拿了换洗的衣服正要去洗，盛夜行又三下五除二地脱完衣服，"不要脸"地往浴室里挤，"一起！"

汗从鼻尖掉下来，路见星无言以对。冲完澡出来时，已经到了七点。

夏天昼长夜短，天也暗得晚，盛夜行将钢勺插进口口脆西瓜，拉开窗帘，对还在吹头发的路见星说："今天的晚霞真漂亮啊。"

路见星用手在雾气氤氲的玻璃镜上点了点，画了一圈笑脸。

"吹完头发快来吃西瓜，保鲜膜都起雾了，"盛夜行倒了两杯水，"喝绿豆汤吗？我叫个外卖。"路见星捧着水杯坐下来，摇头。

窗外天穹之间的红橙色晚霞正烧得旺，映得他脸庞都沾染了颜色。

手机又在桌面上震动起来，路见星犹豫了几秒，按下接听键，把手机立在旁边固定好镜头，然后低头，一言不发地吃西瓜。

"见星儿接视频电话了！啊啊啊！"李定西先叫起来，满是惊喜的脸出现在屏幕上。

聊天室就六个人，开视频的就有五个：冬夏、顾群山、李定西、路见星和盛夜行。

李定西说展飞备考努力得很，为了过招飞，年底还要去做手术，得矫正一下视力。

"去过首都看医生就是不一样啊，路见星都能接视频了……哎，老大，医生给你怎么治的？"冬夏捧着碗芋圆，正吃得吧唧嘴。

"聊天，做心理建设……还能有什么？"盛夜行趴在落地窗边的沙发上，回头望路见星一眼，"不过，我那个医生见了路见星几次，说这小孩儿还挺灵光的，挺不一样。"

冬夏继续问："你的束缚带还用吗？"

"没用了，"盛夜行说，"我感觉我好多了。"

顾群山忍不住插一句嘴："冬夏，你害妹听说过'首都'什么概念啊？！"

冬夏一肘子撞过去："你怎么乱说方言呢？"

"我说的是普通话啊。"顾群山一趔趄，差点儿摔个屁股墩儿。

盛夜行憋着笑故作嫌弃道："我就来看个病，给你们说得像观光旅游。"

"老大还让你吃冰棍儿吗，见星儿？"顾群山又开始哪壶不开提哪壶。

"嗯。"路见星热得不想讲话，感觉汗都要顺着胸口流向肚脐眼了，"薄荷的。"

"哎，你们多久回来？"

"五月底的票，"盛夜行说，"陪他在这边把生日过了。"

路见星习惯了倾听，在听别人讲话时眼睛会亮亮的。

一听"生日"这两个字，他的眼睛都发光了。

三天后，五月二十五日，是路见星生日。

这天，盛夜行没让路见星跟着去医院。他拿完药正准备从诊室离开，多问了一句："医生，那个，我……晚上睡不着的话，能不能多吃点儿药？"

躁狂类的药物吃了嗜睡，这一威力盛夜行早就体验过了。

"你这药吃了是嗜睡，不是催眠，"医生看了他一眼，"这药是精神类的，能多吃吗？"

"不能。"盛夜行说。

"药吃多了不好，能不吃就尽量不吃，"医生扶了扶框架眼镜，劝慰道，"睡不着的话就听点儿舒缓的音乐，不要睡得太晚。"

"行，"盛夜行攥紧手里的东西，打了声招呼，"我先走了。"

出了医院，盛夜行去买了根黑色马克笔，把兜里装的摩托车木雕的后视镜涂成黑色，在车身上写上"猎路者"三个字。

这就是他自己那辆车的型号名，没想到挺赶巧，他真成猎"路"者了。每天早上他都比路见星先起床，在浴室偷偷刻一点儿，想在路见星生日这天送给他，这下终于大功告成。他手里的木雕早已不像上个月那样粗糙了，边角都细细打磨过。

"路冰皮儿"绝对喜欢。

盛夜行不觉得长大是一件多么好的事。

如果可以，他甚至希望属于路见星的十八岁永远不要到来。

但长大是命运。

早上盛夜行出门的时候，路见星还没醒，盛夜行没能及时说一声"生日快乐"。

盛夜行拎着蛋糕回到房间时，路见星正拿着手机，有点儿蒙地看班上同学在群里刷屏，一起祝他生日快乐。

"是我说的，"盛夜行把蛋糕拎到桌上放好，"你要得到很多祝福，很多很多。热得一身汗，找去洗澡。想吃点儿什么？"

"蛋糕。"

"等下一块儿吃。"盛夜行深呼吸，用衣摆擦了擦掌心的汗，从兜里把小木雕掏出来，看似随意地说，"喏，送你的。"

"啊。"路见星双眼都发光了，他实在太想念被唐寒没收了车钥匙的摩托车了，那是盛夜行的"七彩祥云"，能载着自己去很远很远的地方。

"装……"他捧宝贝似的把礼物接过来，看了看行李箱，完全不知道把它放在哪里。

"放行李箱里就行，回市二了摆寝室里。"盛夜行说，"喜欢吗？"

路见星点点头，但还是重复在说："装！"看他眼神完全已经黏在木雕上边了，盛夜行笑着问："装箱子里啊。你非要拿着？"

路见星只是说："身边。"

"装你衣帽兜里吧。"盛夜行一挥手。

"丢了。"丢了怎么办？

"我刻了挺久，你别弄丢了，"盛夜行抬眼瞥过去，"丢了的话，哥再给你整个。"

别说整一个了，"整"个世界都行。

盛夜行洗完澡出来，路见星抓着他新研究完的玩具——吹风机，自告奋勇地要给盛夜行吹头发。盛夜行顶着寸头哭笑不得，又觉得不能打消他的积极性，便伸手把他揽过来，再乖乖低下头："吹吧。"

吹风机在盛夜行头顶响了会儿，路见星又默默地把吹风机收好。他手里还握着那个"猎路者"木雕。

意思是，今天开始他就十八岁了？

想想都好笑，六岁的时候，他还觉得自己是三岁，妈妈花了好多时间给他解释人一年会长一岁这一事实。

"天快黑了，"落地窗外夜幕低垂，"现在你十八岁了。"

天快黑了，星星也都出来了。盛夜行拨弄路见星鬓角的头发，揪一把他的耳朵："听说过几天学校有个活动，我们回去参加还来得及。"

"嗯。"路见星抱着木雕，答应了下来。

"生日快乐啊。"盛夜行语气紧张，"话就不多说了，都得用行动证明。"

以前路见星还没成年，对盛夜行来说还是小孩子。

十八岁一过，再回头来看世界，一切都会不同。

他想像哥哥一样保护他。

"行动。"路见星突然说。

"对，"盛夜行坐在床上倒饮料，"新的一岁，要更好地陪着你。"

"我陪着你"真的是个很美好的承诺，代表两个人会在一起。

盛夜行倒饮料的手顿了顿："十八岁……你成年了，你知道吗？"

"知道。"

有浅浅的影子落在路见星眼睑下。他摇摇晃晃地走几步，坐在盛夜行旁边。

窗外万家灯火，落地窗窗帘没拉上，盛夜行也懒得去床上，直接拽着被子拖到地上。被褥非常干燥，但人体传递了潮湿、温热。

夏天，生机勃勃。

路见星感官灵敏，他听到盛夜行说："这大半年其实天天晚上都睡得不舒服。"语气还带了点儿委屈。

路见星挪挪身子，眼里有红潮，他也不说话，就这么定定地看着盛夜行。

盛夜行坐起来，靠着床头："胳膊疼，得找人按按。"

没想到路见星伸手要去拽他："我来。"

他一个没注意，路见星按到他胳膊上，伸手压了两圈。

"别、别太使劲儿了……"他话还没说完，路见星突然冷冷地抬眼。

盛夜行吞了口唾沫，认真道："……好痛。"

再一看时间，已经凌晨了。关灯躺下来，盛夜行伸手从后面抱住路见星，说一句："真好啊。"

路见星觉得他抱得太紧，掐了掐他的手臂。

"就是真好，没什么原因，"盛夜行低头把下巴搭在路见星肩膀上，

"现在的氛围和人值得我说这样的话。"

"紧……"路见星快被他勒得喘不过气来。睡觉的时候，盛夜行喜欢把手掌放到路见星小腹上，路见星总下意识地深吸一口气，呼吸不太畅快。

"放松，"盛夜行拍拍他小腹，"全是腹肌又没赘肉，你吸什么气？紧张？"

睡意袭来之前，路见星小声地答："嗯。"

"睡吧，晚安。"

上午，盛夜行穿衣服的时候，看到自己胳膊上绯红的印记——是被用力摁出来的指痕，是路见星弄的。

那个会说有趣的话、会笑得恰到好处的人，那个被说"不正常"的人。

九点了，夏天明朗敞亮，阳光从走廊窗户里偷偷钻进来，铺洒在他的肩膀上。

盛夜行丢完垃圾回到房间门口，抬眼看着紧闭的厚重大门，随后拿卡把这扇门刷开了。

"青春散场时是需要一个人关门的"，但他认为，只要年少时想要保护的人一直在身边，青春就永远不会结束。

今天，路见星正式十八岁了。

五月顺利结束。

他们的懵懂时代也宣告终结。

第三卷

芝士朗姆酒

市二出奇迹，比如我和路见星。

ZHISHI LANGMUJIU

Chapter 29 返程

能分开我们的只有死亡。

五月的最后一天，他们离开了首都。

临走前，盛夜行带路见星又走了几遍医院到酒店的路，看朱墙乌瓦，回忆悠闲又漫长。

盛夜行说，等毕业了还要来一次，再把走过的路都走一遍。路见星点头答应，注意力全在路过的越野车改装的 LED 大眼灯上。

晨姐来送行，等两个孩子进站了还一直站在外面久久不愿离去。

在火车站换票的时候，有乘客突发心脏病昏倒，还好救护车赶来得及时，同行亲属哭喊声一片，路见星好奇心上来拽都拽不走，就站在那儿满眼好奇地看。

"走了，"盛夜行去拽他袖口，"不要看了，不礼貌。"

路见星对"不礼貌"这三个字还是较为敏感，他挪了挪步子，随着盛夜行往站内走了几步，还是没忍住，问了出来："会死吗？"

"应该不会吧。"

"啊……"

"啊什么？走，找我们的站台。"

盛夜行拉着他头也不回地往前冲，一时间有点儿害怕路见星会问出"死亡"是什么之类他解释不清楚的问题。

对于这个话题，深有体会的盛夜行保持了长时间的缄默，直到上了动车，盛夜行才把车票递给路见星，让他试着去找位置。尽管动作慢，但他还是把座位找到了。

盛夜行拉上了遮光帘，侧过头哑声道："对于死亡，你有概念吗？"

"嗯。"

"回头我把盛开的一本书给你吧，老少皆宜。我自己到现在都不能接受我爸妈不在了，也理解不了为什么我是孤儿，只能被动接受死亡。"

路见星更困惑了。

那人在死的时候是什么感觉？

他的眼神清亮亮的，盛夜行只能依靠自己对他的了解来做出判断和解读："对死的人来说是一瞬间，但对他身边的人来说，这是个漫长的、持续一生的过程。"

"死亡就是分开。"路见星低头，看了眼两个人像来时那样交握在一起的手。

盛夜行默契地回应一个眼神，捏了捏路见星发汗的柔软掌心，笃定似的说："能分开我们的只有死亡。"

希望他不要太依赖我。

如果有一天我发生什么意外，就不能继续陪他了。在我不在的时间里，希望他学会自己照顾自己，自己爱惜自己。

像念电影台词似的说完这些话，盛夜行调了个舒服的坐姿，低声喊人："路见星。"

自从有了"冰皮儿""见星儿""路哥"等风格各异的绰号，路见星很少听盛夜行直呼他大名，不由得紧张地扭过头去看他。

"没什么，"盛夜行笑起来，嘴角上扬，"挺好的。"

回学校这天，火车站到郊区的路变得十分长。盛夜行本来正靠着窗户看景色，不知道怎么就晃到路见星肩头靠上了，他一闭上眼，睫毛落了一层傍晚霞光。

晚上兄弟们给他们俩接风，冰啤酒、烧烤、卤味全安排上了，把寝室楼下的圆花坛摆得满满当当。张妈路过，还塞了俩麻辣兔头。唐寒和季川老师也来了，说看看情况。

"接风宴"办得草率又潇洒，大家垫着报纸席地而坐。路见星被簇拥在中间，一言不发地坐在小凳子上玩儿消消乐，只吃烤茄子，把里边加料的豇豆、野山椒全挑出来吃。

盛夜行负责"演讲"，讲了一遍首都见闻，对病情倒是一笔带过。

路见星吃了好多烤茄子，盛夜行就要翻墙出去买健胃消食片。他喝了酒，顾群山拦腰拖住他，双方僵持不下，十多分钟后盛夜行才下来，眼神还很飘忽。

"明天就举报你。"顾群山气鼓鼓的。

"没什么好收的了……我还在想唐寒老师什么时候把摩托车钥匙还给我。"

顾群山没好气道："等你好点儿。"

盛夜行"哦"了一声说："算了，我找外卖跑腿的帮我递进来。"

顾群山一把拉住盛夜行的手腕："哎，不是……你这么顾着他，为了什么啊？"

盛夜行任由手臂被人拽着，脸上的表情还挺酷："为了祖国的明天。"

"你这控制欲啊……"顾群山一缩脑袋，挠了挠自己的后脖颈，"天蝎座真恐怖。"

"天蝎座怎么着你了？"

"没什么，挺好的。"

"你什么座？"

"我……"顾群山脸红得有点儿诡异，"处男座的。"

"我看你是糨糊做的。"盛夜行放下可乐罐，重新抹了汗要上场，"多吃点儿肉，桩子扎稳点儿，你看你身体脆成什么样了，一打防守就被突突，再这样把你发配边疆挥毛巾去。"

顾群山一听要被弄到替补席去，赶紧站直了表决心："别别别！我不想守饮水机，我得打首发。"

"就这点儿出息？"盛夜行敲他后脑勺儿，"明年要是我不打了，你得打主力。"

"为什么不打了？"

"还不一定。"盛夜行朝路见星所在的地方看了一眼，路见星好像又在发呆。

成年了，路见星开始思考一些以前不会想的问题，比如早知道自己是这个"毛病"，还不如不出生呢……但一这么想，他又觉得对不起妈妈，又赶紧把这点儿不孝的苗头摁回去。

十八岁的世界，好像确实不一样了，曾经他总以为自己三岁，离十八岁还有好多个三年。路见星可以开房了，可以上网了，可以判刑了，可以大喊一声："我他妈不是小孩儿了。"

路见星拿筷子蘸了点儿酒在唇边舔舔，有一搭没一搭地听他们吹牛，从恋爱聊到《英雄联盟》，再从手游聊到怎么在英语听力课时不睡着。说实在的，路见星的成绩不怎么样，一听外语就打瞌睡……

有时候他挺纳闷儿，大多数人一听说"自闭症"就觉得那好像是一个天才群体，怎么自己就菜菜的，像什么都做不好。

路见星养成了一个新习惯，每天傍晚一定要去天台看夕阳西下，有时是六点半，有时是七点，不让任何人跟着。

他去的天台是曾经和盛夜行牵手的那个，贴满《市二学生行为规范》的那面墙已经被重新粉刷过，上面又被调皮的学生写了些 QQ 号、微信号，还有几句不知道调子的歌词。

路见星在第四次上天台时带了便笺本，唰唰写完就把便笺贴上去。写废的，他就拿来叠纸飞机，一扔进夕阳里，不一会儿就随落日而去了。等待够了半小时，路见星就下了楼。

盛夜行板着脸在楼梯口等，问他："怎么爱上傍晚了？"

"过一会儿，就能睡觉。"路见星说着抿抿嘴唇，长长地呼出一口气。

夏天过于燥热，热得他头昏目眩，像浸泡在烧开的水中。

第二天早上，盛夜行在早读时间跑上了天台，想看看这个地方到底有什么玄妙之处。

路见星的便笺纸是鹅黄色的，黏在一堆 A4 打印纸中十分醒目，字迹也歪歪扭扭，盛夜行一看就能认出他的字。

盛夜行撕下那张快要失去黏性的便笺纸，迎着光亮，认真地逐字念了出来。

一闭上眼，世界便远远离去，只有你的温柔之重，永远在试探着我。

嗯？还会写这些了？

狂喜之后，盛夜行冷静地拿出手机在网上搜了一下，发现这是一位叫谷川俊太郎的日本诗人写的。

这也算是共情能力在进步吧。盛夜行手痒，想把这张便笺纸带走保存……手在便笺旁犹犹豫豫好久，他才忍住这种冲动。

就让这些话永远留在市二的夕阳下，一切保持原样最好。

由于下学期高三，市二推迟了暑期放假时间，并且不打算给高二学生放多长的假。

路见星对此很满意，他也不太想回家。倒不是因为不想见父母，仅仅是因为他受不了动车站闷热拥挤的人群、陌生的汗味儿、音量几乎穿破耳膜的广播。

六月，校园里换了新绿，盆栽挤在一块儿，被跑过的学生撞得东倒西歪，路见星就趁着上学时间再把它们一个个扶正，然后站在盆栽旁盯着叶子，不知道在想什么。

展飞和盛夜行不同班，就喜欢大课间跑到教室外的走廊上喝汽水。

从自动贩卖机买了水出来，两个人碰一碰易拉罐。教学楼对着操场，刚好能看到路见星站在绿化带旁没动静。

展飞挑眉道："哎，你弟。"

盛夜行轻笑一声，说："对，我弟。"

"不过，他又在干什么……"展飞好奇道。

扶盆栽也就算了，有一段时间路见星还喜欢搜集回形针，哗啦啦全给扣连成项链，也不戴，就一圈一圈地收藏着。外面一出太阳，路见星就把那些回形针都拿出来晒晒，看光线把它们照得发亮，他心里就舒坦。

"他啊，"盛夜行侧过身子喝了一口饮料，"强迫症犯了。"

俩人没聊一会儿，路见星就上楼了。他走路走得慢，在走廊里也要贴着栏杆走，走到展飞面前便停下了。

"看看吧，今天挺漂亮的。"展飞把他拉到盛夜行身边。

盛夜行低声问道："刚才干什么去了？"

"聊天。"

和盆栽聊天。

"哦，"盛夜行习惯了他的思维方式，"聊什么了？"

"展飞和李定西混在一起会变成绿色。"

"那我呢？"盛夜行边笑边看他，薅了把路见星脑门儿的碎发，"我和你混在一起是什么颜色？"

就当他以为路见星要说"黑色""白色"之类的纯色调时，路见星却说："你，彩色。我们混在一起……彩色。"

"我是彩色？你是什么颜色？怎么混在一起还是彩色？"

"透明，"迟疑一会儿，路见星淡淡道，"我是透明。"

盛夜行正想安慰几句，听到路见星又说："还好弟弟不是透明的。"

果然血浓于水，路见星虽然和弟弟关系生疏，但他还是会常常想起弟弟来。

在和唐寒老师的交流中，盛夜行了解到路见星弟弟在当时算超生，家里被罚了不少钱，他父亲也把工作丢了。

"你弟弟还挺值钱。"盛夜行捏捏他脸，"透明又值钱，那是什么啊？"

"钻石。"脑筋一点儿都不糊涂，路见星问，"值钱？"

"嗯，叔叔阿姨生弟弟的时候，被罚了点儿钱。"盛夜行答。

路见星动了动耳朵，看起来非常疑惑。生孩子为什么要罚钱？

盛夜行按住他悄悄动的耳朵，上手觉得又软又好捏："因为……没有得到允许。"

这说得路见星更蒙了："允许？"生孩子为什么还要得到允许？

盛夜行没法儿跟他解释，只能选择闭嘴，说："以后再告诉你。"

路见星点点头。阳光落到他过长的睫毛上，世界都亮晶晶的。

展飞在一旁看着他们。和盛夜行做兄弟这么长一段时间，他头一次那么强烈地能感觉到盛夜行的情绪——那种"在乎"的感觉。

"上课了，"展飞把易拉罐投掷入垃圾桶，"我先回教室。"

正如李定西所说，日子只要过对了，时间就会变得很快。

七月的某个下午，篮球场地板热得灼人，顾群山正在换袜子，被烫得嗷嗷叫唤。盛夜行正在篮球场上"大开杀戒"，挡拆完毕准备下一步战术。

"接稳，"盛夜行长传，"掉了罚一百个俯卧撑。"

篮球场旁边是操场，跑道上冲过来一位同班同学，扯开嗓子大喊："盛夜行！快——路见星打架了！"

什么？"路冰皮儿"都多久没用武力解决问题了，怎么又开始了？

盛夜行把水瓶捏住，回头朝队友点个头："今天就先这样，明天继续。"

得意门生旁边跟着条小尾巴的事，教练略有耳闻，于是在旁边点头道："没事，你快去吧，别真出事。"

"我和你一起去！"李定西扔掉毛巾。

"我也一起！"顾群山也说。他鞋子都还没穿好，直接拎着战靴就跟着跑，穿着袜子的脚底踩在地上，李定西忍不住想笑。

盛夜行跑了几步，回头招呼他们："走吧。"

顾群山跑得上气不接下气，撑着膝盖站在办公室门口，指指里边："怎么不进去？"

"我，"盛夜行紧张得不行，"有点儿不敢进去。"

"啊？为什么？"

"他是被打，还是打别人？"

"肯定是打别人啊！你家路见星什么水平你不知道？"

说是这么说，可盛夜行总觉得路见星的性子都被他惯软了。

盛夜行还是敲了门，没等到里面老师说"请进"就急着推开门进去，一进去就看到路见星半边脸都被毛巾捂着，他正一动不动地站在办公桌旁，面无表情。

还好。还行。还是以前那种独孤求败、大哥求砍的样子。

盛夜行松了一口气，大步走过去："我来了。"

路见星往旁边挪了挪，他有点儿不想让盛夜行看到自己这个样子。

"消息挺快啊。"对面桌坐的是对方班主任，她喝了口茶，"你们班路见星在食堂门口搞了场自由搏击赛呢。"

盛夜行诧异道："食堂？"这个时间，路见星一般都在教室自习。

"他买水去了。"唐寒指了指放在沙发上的七八瓶矿泉水。

盛夜行环视了一圈办公室，直接望向对方班主任："人呢？"

"干吗呀，还想打啊！"对方班主任有点儿惧他，"你们班路见星没什么事儿，我学生才倒霉了，现在还在医务室。"

"问题不大吧？"盛夜行又问，这句是对着唐寒问的。

"还——哎，"唐寒碍着对方班主任在，不好说，"等会儿再去看看。"

"好的。"盛夜行说。

唐寒眼尖，一眼看到顾群山踩得脏脏的白袜子，无奈道："顾群山！怎么回事，你的鞋呢？"

"我……"顾群山心里一咯噔，从身后把鞋扔到地上。

"快穿上！"

"好的，老师！"

李定西没憋住笑，路见星也跟着笑。

唐寒看了一眼那位面色铁青的班主任，不得不训斥几句："还像不像话了，穿个袜子就来办公室！快穿上！"

盛夜行也不纠结了，转脸望着路见星："怎么回事儿啊，路见星？"

"说我，不行。"路见星抹了把脸上的汗，"说你，更不行。"他讨厌被背后议论，会在某一瞬间让他有被世界抛弃的感觉。

"高三了——"盛夜行把"别打架"三个字吞入喉间，"算了，他们说什么了？"

"暴——"

这话都还没说完，盛夜行一下抱住他拍他的背，连哄带劝的："没事没事，慢慢说。"

路见星："不是。"

盛夜行："嗯？"

不是要抱抱！

路见星把脸都憋红了，才说出下一句："暴力狂带了个小自闭。"

"这也太不像话了。"顾群山默默地怼一句。

李定西也开始喊："不会说话就别说话！抽他们去！"

对方班主任一拍桌子，怒道："抽什么抽？还嫌事情不够乱是不是，不想毕业了是不是？！唐寒，你班都是什么学生？"

顾群山忍不住了，反击道："我们班什么学生您不知道吗？"

"你……"

"别说了，"唐寒有气无力地说道，"都出去。"

"对不起啊，寒老师……"李定西嘀咕着，"这都暑期了，怎么学校里低年级的学弟还没走完……"

盛夜行皱皱眉，口气很呛人："不是学弟，是我们年级的。"

唐寒厉声道："夜行。"

顾群山用手肘顶了盛夜行一下，悄悄地说："老大，我们私下再说。"

"私下也不许说，"唐寒瞥一眼盛夜行，"这届高三已经毕业了，现在你们高二升上来的就是高三生，个个都是成年人了，真不想毕业？"

唐寒缓过一口气，将目光投向路见星："见星，还疼吗脸上？"

"不疼。"路见星默默地回应，"暴力狂带了个小自闭。"

重复完，他郑重地把温热的手指搭在盛夜行手腕上，强调："你没有。"

你早就改了啊。

长长地叹一口气，盛夜行回道："你也没有。"

办公室里的众人都沉默了一阵。

路见星脸上破皮的地方一上消炎药就发红、胀痛，疼得他直抽抽。

唐寒听到上课铃声响了，赶紧招呼他们："夜行，你们先回教室上课。"

"他的伤口还没处理好。"盛夜行冷声道。

"夜行，你们听话一点儿，先回去吧，"唐寒揉揉额角，"我陪他去。"

路见星扭过头看向盛夜行，点点头，闷闷应了一句："嗯。"

在医务室处理完伤口，唐寒带路见星回教室，路上问他："犯错了，打算怎么办？"

"惩罚。"路见星淡定道。

"对，你不可以打架。都十八岁了，很多事情你需要自己负责了，拳头不能解决问题……这事儿确实是对方做错了，但你看你的脸都伤到了，会有很多人心疼的。"唐寒怜惜地看着眼前这个孩子。

真的吗？会有很多人心疼我？

路见星脚步顿住了，眼神朝走廊上望："罚站。"行吧。

唐寒给他找了个罚站的位置说，站半天，放学就乖乖回宿舍。路见星说，好。

课间，李定西开玩笑，拿了本课外书就顶在路见星头上，逗趣道："哇，见星儿，你也有被罚站的这天。"

路见星不敢动，怕书本掉下来，嘴角还是噙着笑："有哇。"

盛夜行把书拿了下来，心里早软成云朵一般，伸手碰了碰路见星的脸："不热吧？"

大夏天的，还自告奋勇站走廊上，太阳晒着不说……万一他那个"仇家"看到怎么办？算了，路见星根本就不在乎"面子"。

当天夜里下了雨。窗外风声呼啸，天空偶尔被雷电照亮。

路见星脸疼得翻来覆去睡不着。睡前他让盛夜行吹了几下脸，好像也不顶用。

明明小时候爸妈都是这么给自己吹的，还很管用啊。

也许是路见星翻身的动作太大，盛夜行也感受到了他的不安，就从被窝里爬出来，靠着床脚，伸手摸了摸路见星冰凉的脸蛋儿。他没说"快睡"，也没说"很晚了"，只是摸了几下路见星的脸。

路见星记得那种被呵护的感觉，一会儿热，一会儿凉，没几分钟他就昏昏沉沉地睡着了，因为安心。

迷糊间，路见星在想……以后他一定要给盛夜行买好多好多篮球，让他不用再去和队友抢那一个。

Chapter 30 少年

尽量永远去保护他。

....

这一年七月，市二只给高三年级放了十天假，剩下的时间全部返校上课。

但由于高二七班的特殊性，课程安排得并不紧张。

打架事件中两个孩子都是轻伤，当面和解就没事了。和解当天，唐寒还专门让顾群山把盛夜行支开，害怕再造成什么冲突。

路见星当着双方班主任的面，要求和自己互殴的同学亲自说"盛夜行不是暴力狂"，并且对着路见星连说两遍"盛夜行，对不起"。

等对方支支吾吾地说完，路见星才点头，与他握手言和。

盛夜行听唐寒讲了经过，憋笑憋得难受，嘴上还是说："老师，我一定好好监督他。"

但盛夜行不知道，和解完的那天下午，路见星心情异常地好，跑到学校天台围栏上坐着看云朵和天空偶尔飞过的鸟。

路见星太开心，再加上肢体协调能力有限，险些屁股一滑滚到楼下去。他的盛夜行哥哥差点儿永远失去他。

八月，学校后面的荷花池开了，李定西拍了很多照片，为发个朋友圈绞尽脑汁，最后憋出了一句"出淤泥而不染"，再配上拍得特直男的九张图。

路见星在他们的怂恿下也发了一张图，言简意赅："好看！"

他发完朋友圈，父母的电话就过来了，言语中带着欣喜。路见星愣着说不出话，匆匆挂了电话，然后蹲在荷花池旁边发呆。

他看蜻蜓掠过水面，再掠过他的发梢，最后落入夏天。

课桌上的书越摆越高，路见星学得很累，经常没一会儿就趴在桌子上睡着了。

"中午回去睡吧。"盛夜行拿胳膊肘碰他，"教室里开了电风扇，你一身汗，睡觉会感冒。"

路见星假装没听见，抓了本书蒙在后脑勺儿上。

"行，你睡啊，"盛夜行撑起手臂用自己半个身子挡住这边，"我给你打掩护。"

困意席卷，路见星没一会儿就睡着了。

最近两个人经常聊天到凌晨，简直毫无时间观念！

不过，路见星不太明白"进入高三"意味着什么。

直到很多年以后，他回想起高三，才明白过来离去的不只是那三年，还有只属于他们的特殊的少年时代。

校门口新开了一家火锅店，一放学盛夜行就领着队员往店里跑，专门点了鸳鸯锅，再慢悠悠把白汤锅底那边转到路见星面前。虽然说路见星强调过很多遍，他们家那边也吃火锅的，他不怕辣，但盛夜行只肯妥协到用白开水过一遍辣锅里的食物，洗了再吃。

吃完火锅，一群男孩儿又骑车绕着城外的路，夜风吹得一身热汗都贴到皮肤上了，他们才在张妈的骂声中乖乖回去点名。

才洗完澡，盛夜行就凑过来，路见星就拿手肘抵他："看书。"

"你都走神了，"盛夜行说，"还看什么书啊？"

谁还不能走神了！

路见星嚼了颗薄荷味儿的糖，抬眼睨他，再把手上的课外书塞到盛夜行怀里。

"怎么了？"

"念。"路见星把糖咬碎，将糖渣子吞下去，又揉了揉眼。

"看太久了眼睛不舒服了？"盛夜行问。

他没说话。

"念。"他重复道。

"得，我念。你成天看的都是什么书。"盛夜行翻了几页，暗自松了一口气，这可比之前路见星看的那些什么电器维修说明书、药品说明好多了。

"一旦住院，就意味着你从此失去了人身自由。'病人不能出去'这个规矩，我是进来以后才知道的，这让我一瞬间就有了进监狱的真实感。陪护和探病的时间也有严格规定[1]……"读了几句，盛夜行就不读了，看了眼封面标题就把书收了起来："关于精神病院的？少看这些。"

路见星说："陪你。"

盛夜行捋开路见星的碎发，把眉眼露了出来："你还想以后陪我住精神病院？"

路见星缓缓地点一下头。

"我没那么严重……"

就算要去，也不会带他一起去啊。

"算了，不看了，来滴眼药水。乖啊，把头仰起来，"盛夜行拿过桌上的滴眼液，弯下腰捧起路见星的脸，"给你滴一点儿，会舒服很多。"

"苦的。"路见星强调。

"药当然是苦的。"盛夜行说。

之前每次滴眼药水，总会有一些淌下脸颊流入他的嘴里，路见星舌尖一舔，就能感觉到难言的苦味儿。盛夜行小心翼翼地给路见星滴好滴眼液，准备去拿点儿纸巾给他擦，回头就听到路见星特大声地喊："我哭了！哭了！"

---

1 出自左灯《我在精神病院抗抑郁》。

盛夜行失笑道："这是药，不是眼泪。'哭'这个字不能挂在嘴上。"

"药，苦的，"路见星认真极了，"眼泪也是。"他眼圈红红的，像真的哭过。

盛夜行慌得回头把搁置一旁的那本书拿起来胡乱地翻了几下，刚才自己拿起来的那几页折痕明显，盛夜行一下就翻到了。

书页下方明显有被什么液体浸染过的痕迹，纸张微微皱了一小块。

这一页的最后一段写着——

　　光天化日之下，欢声笑语中，你却在盘算着怎么结束这一切。

　　很妙，这种被全世界隔离的感觉。

　　任凭谁，对你做什么，你体会到的都是一种隔靴搔痒般的无力感。

盛夜行没吭声，把书放到自己枕头边，侧过身子沉声道："书我没收了，以后都别看这种书了，知道吗？"

路见星还是瞪着眼看他，唇色有些发白："我……图书馆，借的。"

"明天我去还了。"盛夜行说。

"好。"路见星点头。

宿舍门又被敲响了。

李定西在门口边拍门边喊："老大，你怎么又锁门啊？躲寝室——"

帮他搬蛋糕的顾群山打断他的话："这走廊上，还是公共场合，你注意点儿文明用语。"

"噢……我明天生日，我最大。"

"你是个成年人，这楼道里还有小学弟呢，你对人负点儿责任行不行？"

顾群山托住蛋糕，害怕把这脆弱的食物给颠坏了。

盛夜行开了门，把毛巾搭上肩膀，冲门口吹口哨，说："今天知道回来住了？进来吧。"

"我怎么感觉有股味儿……"顾群山动动鼻子。

李定西补充道："荷尔蒙的味道！"

"对对对，太准确了。"顾群山表扬了他。

"别贫。"盛夜行一毛巾抽到顾群山后腰上，把蛋糕接过来放寝室里的凳子上，挑眉道，"今天怎么不在家里住？"

"为了庆祝我战胜病魔十八周年！"

盛夜行瞥他："真的？"

"你也没战胜啊，"顾群山补刀，"顶多平手。"

盛夜行伸手去弹路见星后脑勺儿，朗声笑道："路见星，别看书了，来过十九岁生日了。"

路见星蒙了几秒，写字的动作仍不停歇，嘴上还是说："这么快！"

"对啊。"盛夜行说。

"老大啊，"李定西走过来轻推了盛夜行一把，"别逗我们见星儿了，被你玩儿得傻不拉叽的，一见你就笑。人家以前那么酷。"

"一见我就笑还不好？"

"又不是见我笑，当然不好了。"

"他是看你搞笑才笑，"盛夜行回推了一把，"他看我，是因为见到我就高兴。"

李定西瞬间丧着脸，戳了自己脸蛋儿两三下嘀咕道："我是挺搞笑的。"

盛夜行翘了翘唇角："对了，我想起来了，上个月有一天我和展飞在走廊上喝饮料，路见星走过来观察了一会儿，你猜他说了什么？"

"说了什么？"在旁边骑凳子上打手游的顾群山突然插嘴道。

盛夜行答："说你和展飞混在一起是绿色的。"

"混在一块儿就是绿色的？"李定西说，"哎，那我是黄色还是展飞是黄色啊？"

"这不扯淡吗你，除了你，还能有谁是黄色的？"顾群山说。

李定西瞪顾群山，不满道："滚一边去，你别干扰我们星儿的判断……"

没想到，路见星写作业的笔停下来了，表情十分冷酷地说："你，黄色！"

李定西是个好孩子，从小就是。

七八岁那两年，他的病症发作到了小孩儿时期的顶端，爸妈都拿他没办法。二〇〇几年的时候，对这方面的治疗普及度还不够高，爸妈把他送到医院待过一段时间。那会儿少儿频道还在放《鸭子侦探》，李定西就天天拿个放大镜在院里找什么东西，久了倒还真的静下心来，能在院中的藤条椅上坐个把小时。他坐也没坐相，妈妈就给他手里握一条冻糕。李定西边吃边坐，晒晒太阳，没多久就睡着了。等他睡着了，爸爸再把他抱屋里凉席上。

童年里的夏天就这么晃悠着过去。

思绪转回，李定西动静颇大地吹熄盛夜行点的一根烟，又小心地许了个愿。

本来盛夜行是想在地上立一排烟的，但李定西说，点十八根烟太浪费了，一根就够，以后都点一根。

展飞说："你想清楚啊，十八岁一生就一次，真不点满？"

把火机按响，李定西笑得身子一歪，说："就当我一岁吧，谁想长大啊？！"

南方的八月，奇热无比。

李定西直接将脸贴在教室的瓷砖墙上，贴一下喊一声"爽"，路见星和顾群山也愣愣地跟着贴，一下课教室里就贴了一排人，像被什么粘到墙上了。

唐寒一进屋看这阵仗，还以为墙里边有什么东西，拿教鞭挨个儿审问了好久，大家全把目光投向李定西，最后闹剧以李定西在教室里后墙边站了半节课告终。

"都多大了还罚站……"林听说话声大，说得顾群山赶紧捂他嘴巴："是李定西自己要求的。"

"他又得去找唐寒老师要沙袋了，上课放腿上，"林听说，"不然又想到处跑。"

顾群山敲了敲笔，小声道："我总感觉定西越来越严重了呢……"

犹豫过后，林听反驳道："没有吧？"

"真的，按理说到这年龄应该已经……"顾群山越说越小声。

身后的盛夜行抬头，伸腿轻踹了下前座凳子腿："别乱说。"

他把腿收回来，打开手机想看还有多久下课。手机一开，想干什么他全忘了，眼神全落在路见星的微信头像上。

盛夜行没事就研究路见星的朋友圈，路见星也研究他的。

两个人捧着手机在对方朋友圈里进进出出，时不时望对方一眼，好像在说："你怎么不发东西？"

路见星也不知道发什么，他的朋友圈就一条——上回被逼着搞的荷花图。

愣了一秒，盛夜行见手机屏幕上的小头像变化了下。好像……是他自己。

他有点儿脸红，故作镇定道："你什么时候把头像换成我的照片了？"

路见星冷淡无比："刚刚。"

"你再换个朋友圈背景吧。"盛夜行推推他，开始得寸进尺，"全黑，你这看着也太冷漠了。"

路见星："？"

你不是喜欢黑色？

手指动作几下，路见星的头像又是一变，和背景图一块儿变成全黑。

盛夜行："……"

路见星："睡觉。"

路见星打了个哈欠，现在学会了打掩护，翻开大练习册就扣到自己后脑勺儿上，在桌面趴着睡了。

盛夜行看了看自己头像上那颗幼稚又Q弹的小星星，默默地选择了继续使用。

下午，班上发生了一件不可控的事。

有位同学突然发作，摔完凳子摔桌子，把图书角的桌子都推到了地上，尖叫带喘，唐寒来了都没把他控制住。他一脚踹开凳子，"咣"的一声吓醒了正趴着睡觉的盛夜行，盛夜行没发作，倒是路见星抄起凳子就要往声音源头砸过去。

还好顾群山眼疾手快，拦腰抱住路见星，边往后拖边喊："冷静！冷静！"

路见星眼睛红红的，握着拳也在极力忍耐，最后鼻腔内哼哼几声，乖乖坐下了。

那位同学被"押送"走，路见星像无事发生过，下课就去了趟小卖部，回来后在门口发了半小时呆。

"管管吧。"李定西看一眼教室里靠后门的位置，小声道，"一下课就去小卖部买了十多袋奶糖，全一个味儿的。这吃下去不得齁死啊？"

盛夜行停下笔："全吃了？"

"第五袋了，"李定西比个数，"拦不住。"

为什么生气要吃糖？

盛夜行走到路见星面前，别的也没多说，只是讲："我也想吃。"

路见星二话不说，把剩下的几袋全塞到盛夜行怀里，眼神诚恳。

梗着脖子吃完糖，盛夜行赶紧喝了好几口矿泉水，努力把那股齁劲儿压下去。他现在打个饱嗝儿都是奶糖的抹茶味儿。

最后一节课有大课间，班上挺多同学都处于睡醒之后的兴奋状态，撞得桌椅板凳歪七扭八。

路见星正坐在位置上看书，桌脚一被撞歪就去扶正，反反复复二三十次，看得顾群山都烦了，一脚蹬到旁边桌椅腿上，大声道："别他妈撞了，要疯闹去空地闹去！"

"你们班还有人给路见星出头呢？"被斥责的男生尴尬地笑一声，又朝旁边抱着足球的男生说："对不住了啊，我先撤。"

顾群山脾气也冲，翘着凳子腿回了一句："我们班还有人串门儿呢。"

"行了，外班的，"林听说，"还不是看夜行去了办公室，才敢这么横。"

顾群山摇摇头说："老大现在脾气也好了。"

大课间结束，盛夜行端着唐寒的茶杯和电脑进来，把教具放在讲台上，下台回到座位上。趴着睡觉的路见星抬起头，瞄了盛夜行一眼，笑了下。

"偷笑什么？"盛夜行翻开书，低头小声说，"唐寒老师说你今儿打架了，特别不乖，让你下课了去库房搬器材到训练室。"路见星点点头。

盛夜行把书立起来点儿，悄悄地："你怎么不叫我陪你去啊？"

"陪我去。"路见星说得挺僵硬，眼睛却亮着。

"我不会忍心拒绝你的。"盛夜行笑着也点点头，说，"下课就去。"

市二的校园库房在操场周围，是单独的一个小厂房，里边除了特殊班级需要用的感统训练器材，也放了不少体育器材。库房内篮球一筐一筐的，看得路见星两眼发直。

"这也太闷了。"盛夜行捏着鼻子挡住路见星，"里边全是灰，我们拿完就走。"

"好。"路见星皱着眉。

盛夜行拍拍袖子上的灰："唐寒老师还说，有你喜欢玩儿的，一起拿走，明天用。"

"好。"

"三角形滑车、独脚凳、踩踏车……现在还玩儿这些？我们都这么大了，"盛夜行边看清单边说，"你小时候玩儿过吗？"

"嗯。"路见星回应，"会摔！"

"你老摔？"

"嗯。"

"我看你现在治得挺可以啊，第一天就抢人，今天又抢。"盛夜行蹲下来，伸手敲了敲他的脑门，严肃道，"你打人手会疼的，你疼我就心疼，知道吗？"

"烦，"路见星站得腿都要僵了，"很烦。"他不喜欢听人吵吵，觉得特别烦。

盛夜行一时语塞，等了会儿才说："那我生气的时候，你怎么忍下来的？"

路见星没吭声，按照清单上勾画的笔迹去找独脚凳。

盛夜行追上去拽住路见星的手臂，沉声道："以后有什么事儿先别急着动——"

路见星止住脚步转过身，眼神飘忽落在库房里落灰的桌凳上，然后扫视过盛夜行全身。最后，他蹲下身子，动作略显笨拙地把盛夜行散开的左脚鞋带系上了。

路见星微微松了一口气，抬起眼，眼尾被手指的灰抹得发黑："动什么？"

"动手，尽管动手，"盛夜行突然说，"我善后。"

七点半，差不多小件大件清点完，两个人准备出来锁库房的门。

"差不多了，我给寒老师拍张照，让她再点点，"盛夜行说，"你站着休息会儿。"

"好。"路见星找了个干净的柜子靠了靠，抹了抹汗。

还没等盛夜行掏出手机拍照，敏锐于常人的听力就给路见星敲响了警钟，他突然感觉门口好像有人，下意识将疑惑的目光投向盛夜行。

盛夜行不知道他想表达什么："怎么了？"

"人，"路见星说，"门外。"

"没事，可能是夜跑的学生。"

不过，现在是放学时间，谁没事来操场？

路见星看了眼紧闭的库房大门："锁，看看。"

盛夜行闻言，伸腿去踢门，发现门锁震了一下，再去推门，已经弄不开了。

"钥匙。"路见星把库房钥匙递过去。

摆弄了几下，盛夜行皱眉："不行，这是从外边被锁上了……"

八点，天彻底黑了。

天黑了，库房里灯光微弱，路见星昏昏欲睡。盛夜行靠在门上，看着早已清点完毕的训练器材，犯了难。

平时这个点，巡视的保安还会来转转，今天怎么没动静？锁门的又是谁呢？缺德。

库房在操场面对马路的位置，多余的光亮皆从路上车灯而来。路见星站到窗户那儿去往外看，也不讲话，嘴里念念有词。夜里风来，封闭空间里的空气稍微好些。

盛夜行抹了把耳后的汗："要不然我们把门砸开？"

"白色，"路见星说，"银色，香槟色……"

扔下抹布，盛夜行大步走过去，好奇道："你在干什么？猜汽车的颜色？"

路见星没搭理他，说出下一辆车的颜色："白色。"

盛夜行接嘴："黑色！"

"灰色。"

"红的！"话音刚落，盛夜行看飞驰而过的车辆，"还真是灰的。"

两个人在库房里猜了会儿车，路见星实在无聊，挨着盛夜行又站了几分钟。

看路见星有点儿缺氧，盛夜行怕了，说："不待了，砸窗户吧。"

"你知道。"

"我知道怎么出去……就想跟你多待会儿，我看你猜车也猜得带劲。不然再猜会儿？"

路见星眉眼弯弯地："好哇。"

盛夜行："……"

于是，他又陪路见星在窗口站了会儿，两个人才去选了凳子，把凳子腿卸下来，拎着像钢管似的就往玻璃板上砸。他们俩力气都不小，没两下就把窗户砸出了个窟窿。盛夜行用校服包住手，把剩下的玻璃碎片扒下来。

校园后操场黑，也没什么灯，盛夜行撑着窗沿先翻下去，再站在窗口伸手接路见星。他本来以为路见星会怕，没想到路见星也学着他翻了窗户，特麻利地出来了。

夜晚的操场一片安静。

盛夜行穿着件背心，拽着路见星一路跌跌撞撞地在跑道上跑。操场内照明灯很暗，夏夜的细雨过后，青草地溢出股泥土香气。

"现在能跟着我跑起来了？"盛夜行边放慢脚步边笑，"我还记得你刚入学那会儿走路都要我拿个树杈给规范着，就怕你摔跤。"

低头盯脚，路见星反驳："没摔过！"

盛夜行又说："跑步走路要看前边，越看脚你越紧张。"

"哦……"路见星说完，拽住盛夜行，绕到他身后将胳膊环上去，

"背我！"

"行，以后你多提点儿这要求。"盛夜行简直求之不得，他半蹲下去，一甩胳膊就把路见星扛到背上了，"搂紧，要是碰见老师……我就说你腿折了。"

操场灯越来越远，他们周围也越来越暗。

路见星攀在他耳畔真诚提问："为什么折了？"

盛夜行使坏捏了下路见星大腿根，笑道："破窗而出！"

回到宿舍时已经九点。盛夜行先把路见星送回五楼，再去找顾群山。

盛夜行在一楼自动售卖机买了汽水，扔了一瓶给顾群山，扬起下巴道："你仔细想想，最近学校里有没有谁说要找我麻烦。"

"说笑呢你，谁找你麻烦敢提前打招呼啊？再说了，谁敢找你麻烦。"

盛夜行抿了下瓶口："还真有。"

"怎么了？！"顾群山猛地起身。

"先别激动，"盛夜行把他拉回来坐下，低声问，"今天路见星有和谁起冲突吗？"

"没啊……"顾群山回想一阵，猛拍大腿，"我想起来了！有个外班的，来我们班的时候起了点儿口角。"

盛夜行持怀疑态度："口角？"还有人和路见星起口角？

顾群山认识的那人在二楼被找到，直接把他从寝室里叫了出来。

他一看到盛夜行就有点儿怂了，随即低头道歉。

盛夜行只留了一句话："别再找路见星麻烦，今天的事不会报给学校。"

他爆发还好，路见星爆发是真玩儿命，谁也玩儿不过。

盛夜行回到寝室时，路见星床上的床帘已拉拢了。

"那个锁的事，保卫科的人来找过我了，"盛夜行不自在地摸摸鼻子，"说是不知道里边有人，锁错了。"

路见星耳朵尖，还没睡着，正在等他，从床上探出头来应了声："好。"

"行，乖乖等我啊，"盛夜行端起澡盆，"我先去洗个澡，你累了就睡。"

路见星说："好。"

库房窗户玻璃碎了一地，自然有人问责，盛夜行挑了下课时间找唐寒，只说和路见星在里面待得太久，发现钥匙打不开门，没办法就破窗出去了。

唐寒端着茶看了他一阵，慢慢道："要不是人家班主任找我，我还真信了你。"

盛夜行怔愣："您知道了？"

"昨天下午最后一节课刚好是他们班的，班主任今早被叫去查监控，就看到他们班孩子了。"

"嗯，昨晚我找人聊过了，"盛夜行靠在办公桌旁，"这事翻篇儿。"

唐寒睨他一眼："你说翻就翻？"

"别问责，也别跟路见星说，"盛夜行说，"过去了，没必要。"

唐寒眉心皱着，先心疼起俩孩子了："怎么没必要了？万一那屋子不通风？万一玻璃划伤了？"

"路见星这种人，以后在社会上对头越少越好，"盛夜行说，"他需要善意——全世界的。"

还有我的保护。

唐寒一猜就是这个理由，眼神闪烁道："但你不可能永远保护他。"

"那我就——"盛夜行手上动作停了停，说，"尽量永远去保护他。"

"独立"对路见星来说是个陌生的词汇。对他来说，比学历与外貌更重要的是社交能力。

唐寒迟疑了一会儿，问他："对了，夜行，你最近有没有感觉李定西有点儿问题？"

"情绪上吗？"盛夜行琢磨，"还好啊。"

"得有空带他去检查检查。"唐寒说。

"好，回头您跟他说就行。"

唐寒把茶喝完，轻柔道："还有，估计下个月冬夏就要转校了。"

盛夜行接水的动作明显停滞，没多会儿他才反应过来，回答："挺好。"

"不好奇自己什么时候能走吗？"唐寒问。

"不好奇，"盛夜行笑笑，"总会有那么一天。"

唐寒："那一天远吗？"

盛夜行："远吧。"

"大脑是最精密的仪器，半点儿出不得差池……在这种情况下，一点点的小错误都会引起病症，就比如我们常说的抑郁症、精神分裂、双向情感障碍，等等。"话说了一半，唐寒伸手拍拍盛夜行的后背，叹息道，"没有人想生病……很多问题是生来就有的，也有后天的，他们无法选择。"

盛夜行说："嗯，我们只是生病了而已。"

"对，"唐寒继续道，"包括正常人……他们在生活中也会有各种各样的烦恼和压力。他们也说自己'抑郁''躁狂'，经常会有人讲'啊，我自闭了'，这些都是世界赠予人类的一部分：千奇百怪的情绪。"

盛夜行点点头。见学生不讲话，唐寒又强调道："如何正确面对自己的情绪，这就成了一生必修的课题。"

"控制自己很难。"盛夜行说。

"没错，很多正常的成年人都做不到自控，更别说你们了。"

学校里又开始抓抽烟的学生了。

市二"烟枪"不少，经常聚集在各年级的各个男生厕所内，胆子大点儿的在天台，经常一下课，教导处主任去厕所一抓一个准。唐寒拿盛夜行没办法，只得拜托路见星监督。

盛夜行被憋着戒烟了一周，就在上学的时候拐到巷子里和李定西点了小半根。

路见星拿着买好的包子馒头过来，捉住盛夜行的手指就要闻。手指还没凑上去，路见星过于常人的嗅觉就发现了。

"不……不自觉！"扔下这么一句，路见星贴着墙根儿自己朝前走了。

傍晚放学回寝室，趁李定西不在，路见星跑到阳台上往下看了看后院摆放着的摩托车，眼里快冒桃心了。

盛夜行冷不丁从身后冒出来，在耳边说："今天我抽烟，你和唐寒老师说了？"

"嗯。"路见星一动不动。

"可以啊，路见星，会告状了，"盛夜行把剥好的橘瓣塞他嘴里，继续道，"你说，罚你什么？"

"罚？"嘴里一阵酸甜，路见星眯了眯眼。

"你最怕什么？"盛夜行问。

"一天不和盛夜行讲话。"路见星恍然大悟，伸手指往自己唇角抹一把，"罚我一天不和盛夜行讲话。"

盛夜行赶紧说："那不行！"看路见星疑问的目光，盛夜行假装生闷气，转过脸怨念，"你帮着唐寒老师对付我，我的心都碎了。"

那哪能是惩罚呢？

路见星伸手捏捏他衣袖，表情挺认真地说："想骑。"

"骑我的车？"盛夜行问。

路见星动了动嘴唇，又说："我想。"

盛夜行故意逗他："那是我的摩托车，又不是你的。"

路见星掰掰手指，冲盛夜行眨眼："我的就是你的，你的，就是我的。"

"真的？"盛夜行反问。

"真的。"路见星确定。

Chapter 31 早恋

"我不早恋，好好学习。"

冬夏转学那天，市二迎来九月第一个周末。

夏天似乎在逐渐退场，天气变得凉快了些。几个哥们儿逃了课，去宿舍陪冬夏收行李。最开始大家还说说笑笑，收拾到后边大家都不吭声了，也不知道下次相遇是什么时候。

从宿舍把行李拖到校门口，冬夏顾着看脚下的路，喉咙哽咽，说不出口话。

来校门口给冬夏送行的同学不少，大家议论纷纷，看上去很开心。毕竟能离开这个环境，说明冬夏恢复得还算不错，能够回到正常的生活。

只要在慢慢变好，他们就能看到希望。

冬夏的父母看起来喜气洋洋，不断地朝前来送行的老师们道谢，接着就是一些客套话，感谢他们几年的栽培什么的。

冬夏面无表情地站在一旁没吭声，只盯着站在人群之后的几个兄弟，挥了挥手。

这么多学生，就他一个人没穿校服，身上只穿着件短袖。他在阳光下暴晒了会儿，不知道是被刺着眼睛了还是怎么了……他偷偷侧过脸用手腕抹了下眼泪。

兴许是忘了自己没穿长袖校服，冬夏破涕为笑，用一种"再看老子揍你"的眼神又望向在围栏内盯自己的兄弟们。

展飞先"哎哟"一声，说："哭什么，这是好事。"

"对，回去好好念高二，来年考个好大学，我们就是你学长了。"

顾群山笑了几声。

"一辈子都别见我们了。盛夜行心想。

他没这么说，只是淡淡地接了句："一个人在新学校好好的。"

"嗯……"冬夏吸吸鼻子，将目光挪到盛夜行身边的路见星身上，扒着围栏认真打招呼："哎，见星儿！"

"啊。"路见星慌张着抬头。

"有缘再见了啊。奇了怪了，比起这群兄弟，我还比较放心不下你。"冬夏勉强笑了笑，"不过，有老大照顾你，我就不多嘴了。微信你加了吧？有空常联系！"

"好！"路见星的声音奇大，"联系！"

盛夜行也点头："你放心吧。"

展飞举起胳膊挥手："不过，在新学校出什么事儿还是得先找我们！"

"记得给我们打电话，"顾群山做了个接电话的姿势，"随叫随到。"

"好！"冬夏说。

说来奇怪，直到很多年以后，路见星都记得冬夏走的那一天。

冬夏穿着件专属于少年的短袖白衬衫，转身上车，树叶随风被卷到车轮下方，阳光倾泻满地，拢住他半张稚嫩的脸庞。然后，冬夏关上车门，也关上了他的小前半生。

冬夏走了之后，他们几个人安静了半天，后知后觉地开始沉浸在名为离别的氛围里。

他们和一般的孩子不一样，交到朋友不容易。他们被混乱地聚在一起，又突然被分开，从始至终浑浑噩噩，都没办法彻底做自己的主。

不过，还好，他们都没变成在街口拐角大排档里骂骂咧咧的那类人，还心怀希望。

市二出奇迹，这句话在混乱中一直被坚信着。

学校不知道哪根筋搭错了要高三学生也去跑操，本以为逃过一劫的高二七班只得每天按时到位。

不对，现在已经是高三七班了。

高三学习时间紧张，大课间缩短，普通班级还要上晚自习，盛夜行他们班却经常闲得没事做，常有人靠在班级门边望风景。偶尔有外班的女孩儿红着脸路过，只有庄柔会停下来，大方又主动地跟盛夜行打招呼。

庄柔申请了校篮球队的"经理人"职位，一来二去和这群男生来往频繁，偶尔也能和盛夜行搭上几句话。盛夜行总感觉，这女孩儿也不是说不通的那一类，终于在一个无人的课间把刻意路过七班的庄柔拦下来，率先递过去一瓶葡萄汁。

手里拿着饮料，庄柔还没吭声，盛夜行先发制人："柔姐留步。"

庄柔看了看四周，没人，眨巴眼，悄声回应："勇于追求。"

"我不早恋，"盛夜行朝后退一步，"好好学习。"

庄柔一愣，拧开瓶子，没喝，继续聊四个字的："我不相信。"

"是真的，"见说不通，盛夜行只得真情实感地添一句，"特别真。都高三了，你我都少往篮球场跑。"

"你现在思想觉悟挺到位？"

"那必须。"

庄柔往后退一步，伸手竖了个大拇指，握着葡萄汁瓶身道了谢，转头折返回去，朝自己班级的方向走了。

盛夜行眼看着庄柔走远，觉得这丫头脑袋后边的马尾都快甩自己脸上了。

下午还没放学，盛夜行就被叫去教导处办公室了。

主任还是那个曾经被路见星气得半死的主任，表情严肃，气度不凡，不凡就不凡在抓谁不好，偏偏要在早恋的问题上抓已经成年的盛夜行。按理说，高三学生谈恋爱一般是管不住的。

主任先喝了口茶，气定神闲地陈述："有同学反应你和一位女同学关系不明朗。"

盛夜行吹了声口哨，背着手站得身形笔挺："不认识。"

"我都还没说是谁，你就说不认识！盛夜行啊，你现在高三了！好不容易熬到高三，还早恋，毕业证不想要了？"

一顿连珠炮似的话语攻击完毕，主任又装作冷静地在办公室里走来走去。

盛夜行有点儿忍不了他皮鞋摩擦在瓷砖地板上的声音："主任，您能不能别转了，我难受。"

"你难受什么你难受！你们七班学生——"

一听到要主任要发"地图炮"了，盛夜行猛地抬头盯住他。大概是他双眼发红的缘故，主任成功被唬到了，一边说着"没大没小"，一边配合地坐回自己的座位。

盛夜行松了一口气："主任，第一，我没早恋，第二，我已经快十九了，成年人了，我会为自己的行为负责任。"

主任一拍桌子："十九也不是正常谈恋爱的……"

盛夜行字正腔圆地辩论："国家法定结婚年龄二十二对吧？谈个三年再结婚刚刚好，怎么就不是了？"

"别跟我绕！"主任很少亲自训斥这样的学生，慌得喝了一口茶，"就你最会忽悠人。"

盛夜行唇角一翘，没忍住，笑了出来："您错了，我们班李定西最会忽悠人。"

门口的偷听小分队不乐意了。

"怎么乱出卖人呢？"李定西站在门口探头探脑，"忽悠谁了我……"

偷听这种事他没少干过，挺多前线消息都是他偷听来的。见身边的展飞他们都默默当听众，李定西又忍不住道："哎，要说早恋，主任怎么不抓我啊？"

展飞回头瞥他一眼："你家早恋十八岁？和谁？"

"二班那个。"李定西说。

"谈了？"

"还没。"

"哦，搞暧昧。"展飞得出结论。

李定西最不喜欢优柔寡断了，差点儿肘击过去："别污蔑我！"

"别想了，"展飞捅他一下，"影响发育。"

李定西立刻做无辜状："谁想了？再说了，我成年了！"

办公室内。

"主任，今天的早恋教育就到这儿，您看成吗？"

"我什么时候停，需要你来指教？"

"不是，青少年吧，都有反骨，您再多说几句，"盛夜行回头朝办公室门抬抬下巴，挑眉道，"门外那群人就也想搞对象了。"

展飞听到主任皮鞋发出的脚步声，瞬间带着人朝旁边教室的门框那儿一躲。

"老大这招杀敌一百、自损为零啊，"李定西悄声冷静分析，"转移火力了。"

展飞一耸肩："他是怕情绪上来了说漏嘴。"

话音刚落，办公室的门就开了。盛夜行满脸阴郁地从里面走出来，站在走廊上张望了几秒，回头关上办公室的门，直直走向兄弟们藏身的地方，勾了勾手指。

他也没像以前那样说明情况，只是在展飞和李定西额头上各点一下。

"听见没，别早恋。"

"哎，老大，"李定西搓搓手，凑了上去，"上次见星儿拍的你那张摩托机车照，我拿去发了条微博，转发还挺多的，好多人私信打听你呢。"

盛夜行皱眉:"没泄露隐私吧?"

"那倒没有,有分寸的。"李定西满眼期待,"我想请你和见星儿吃饭!"

不吃白不吃,盛夜行点头应下来,又摸摸下颌线,小声说:"原来长得帅真的可以当饭吃。"

正好,摩托车钥匙到手了,吃完饭带"路冰皮儿"兜风去。

拿回车钥匙的第一个周五下午,盛夜行就载着路见星去跑了一趟车,顺带在学校附近发现了一座新修的湿地公园。按照公园简介说,明年还会养几只黑天鹅。

因为发现了好地方,所以盛夜行在周六叫了一群人一起去公园里转悠转悠,说高三压力大,多放松放松。他们去湿地公园待了一下午。

傍晚落霞漫天,远方天空烧出淡红色,盛夜行骑着摩托载着路见星,在公路"非机动车队"的最前端狂轰油门,后面尾随着一串骑共享单车的弟兄。

骑摩托路过街道上的小商铺,暖风熏人,路见星坐在盛夜行后座上昏昏欲睡。

困意再重,他也知道要抱紧身前男人的腰腹。

这段时间内,路见星逐渐地愿意去观察周围环境,奇怪新颖的物件也常吸引他的注意力,偶尔看街头小孩儿抽塑料陀螺,一看就看到天黑。

摩托车路过人多的街道,速度渐渐慢了下来。

盛夜行怕路见星摔下去,拿校服外套围住他的后腰,再拿校服袖口在自己身前打个结,远远看去有点儿像当爸的背了个小崽子。

这样是挺安全,但总把路见星勒得慌。他把手放在袖口的结上,不舒服地哼哼几声,摸摸盛夜行汗湿的背,正想说话,视线就被街道两旁一些微光所吸引。

他注意到商铺门前斜挂的镜子，扯了扯盛夜行的短袖衫，问道："镜子，干什么的？"

盛夜行觉得"辟邪"两个字跟他讲不通，整理了一下词汇道："镜子能改变光的方向，这个摆放是特别有讲究的。他们这么挂，应该就是为了逢凶化吉、转危为安，能让不好的事都变没。"

路见星听蒙了，还是重复一遍："镜子，干什么的？"

盛夜行叹了口气，说："照的。"路见星"哦"了一声。

本来他们想早点儿回宿舍休息的。但是，夏末的夜晚太危险，四处都是烧烤摊。

大家不约而同地停下车来撸袖子开吃。

一群长不大的男孩儿回到寝室时，已经过了夜里的查寝点。

唐寒接到张妈电话，一声令下，罚抄三遍《市二学生行为规范》，领头的抄十遍。其中第一条就是"特殊班级的学生不得晚归"。

唐寒说："就这一句，盛夜行这个领头的抄五十遍！"

盛夜行也会买很多根笔芯并在一排握着抄这种小把戏，没一会儿就抄写完毕。

路见星握笔稍微困难些，仍在低头一笔一画地写。字不太好看，但他写得很认真。

抄完《市二学生行为规范》，路见星把桌上一直没怎么用过的镜子挂在床边，吓得李定西够呛。常人都知道镜子不能对着床，李定西也怕有什么脏东西跑出来。

李定西问他想干嘛，路见星还说："方便照。"

李定西做了一番心理斗争，说："见星儿，我们打个商量，每天晚上我睡觉就把这镜子翻个面，早上再翻过来，成吗？"

"为什么？"

"因为……"李定西喉头哽咽，"我害怕。"

路见星小小地纠结了一下，最后做出让步："好。"

周日,九月的天空依旧烈日炎炎。

湿地公园附近有新开发的楼盘,各种乱七八糟的产业链也跟着兴盛起来。盛夜行骑摩托兜风,看这条街上全是小吃摊,油烟呛鼻,道路也被乱停放的车辆挤得水泄不通。

城市的拥挤总让人窒息。路见星戴了头盔还戴着口罩,露出一双眼睛东张西望。

今天他和盛夜行出门没带那几个小尾巴,两个人单独出来晃悠。李定西说,这周是"秋老虎"最后一次来,得好好享受阳光,夏天快过去了。

"哎哟,看着点儿路。"一个手里拎蒜的大叔从摩托车前过,惊得盛夜行一踩刹车,拿脚点了点地面,点头道:"您先走。"

大叔皱着眉从摩托车侧挤过去,手上的豆浆砸了出来,溅了一地。"妈的!"他愤懑地骂一声,把满腔不快挂上脸,瞧了眼路见星露出来的眼,又瞪着盛夜行:"毛都没长齐就骑摩托了!挡路!"

路见星:"……"他被喷得有点儿蒙,侧过头来看这位大叔。

"喂,"盛夜行伸腿点地,一手拨开头盔面罩,压低了眉骨,"长没长齐,要不要试试?"

说完他的眼神更狠了些,这招儿吓唬人特别管用。

早晨行人多,盛夜行骑得慢。炫酷的重型摩托车把手上还挂着袋红豆红糖花卷。

"不……不计较了,"大叔知道自己碰上硬茬子了,"现在的小孩子事儿怎么这么多,我走了……"他边说还不忘占便宜,伸手去摸摩托车把手上挂的花卷。

路见星竖着耳朵听着。

接着,他感觉整个摩托车车身一震,盛夜行似乎是摁住了什么东西。

"我的。"盛夜行说。

"也是我的。"路见星认真地接嘴。

"噗。"盛夜行没忍住，笑出了声。把花卷重新挂好，盛夜行伸腿去踩油门。

发现没好戏看的大人被摩托车声浪惊得作鸟兽散，旁边几个四五岁的孩子以好奇又艳羡的目光打量盛夜行的"猎路者"。

一路骑出街道后，路见星微微松了一口气，他不太习惯被那么多人注视着。

"为什么，"路见星歪了点头，攥紧盛夜行后背的衣料，"不，给他？"

"谁？"盛夜行没听清。

"大叔。"

"讨厌不劳而获的人。"

"不劳而获。"

"对，就是什么都没做却想要去得到的人。"

"哦——"得到答案的路见星拖长尾音，兴奋地继续道，"花卷！"

"对啊，花卷，你喜欢吃的，"盛夜行也迎着风笑，"我大清早跑了好几家早餐店才买到，怎么能别人说拿走就拿走了，是吧？"

路见星在身后乖乖点头："嗯。"

盛夜行发现了，如果常常用疑问句结尾，路见星会比较爱回应一些。

到了湿地公园，路见星率先跳下摩托，再自告奋勇要把盛夜行从车上抱下来。两个人一起在窗口买了学生票，排队期间一人一口，把红豆花卷吃完了。

路见星咬一口就喊一声"甜"，眯得眉眼弯弯，喜滋滋的。

过了安检口，迎面就是个环湖小岛，环湖绿道上能骑自行车，湖里边还能划船。为了避免路见星一头栽进湖里骑成水上漂，盛夜行否定了前一种活动，理智地选择了第二种。

"哎，对了，"买完船票，盛夜行说，"最近我怎么没见着你点痣了？小习惯戒掉了？"

路见星听懂了，手捏着衣摆犹豫半晌，突然把衣摆撩开，匀称结实的腰腹全暴露在光天化日之下，像个急不可耐的帅哥暴露狂。

盛夜行急得猛地侧身一挡，捏住路见星的脸，故作凶狠道："你干嘛？！"

"点点。"路见星说。

盛夜行问："什么？"

"点啊，"像是不管盛夜行拉不拉得住自己，路见星又铆足劲儿把衣摆撩开，指了指自己小腹上的口红印，"这儿了。"

盛夜行一低头，见他小腹上有一点儿浅淡的红印。

这绝对不是红笔涂的，倒像是拿口红点了一个实心圆。

口红？哪儿来的？平时也没看路见星和什么女孩儿接触啊。

盛夜行伸出胳膊就钳制住路见星："老实点儿！"

路见星："？"审犯人？

盛夜行换了个方式问："怎么想起来用口红点在这儿了？"

路见星和他对视了几秒："大的开心。"

因为距离太近，盛夜行这才听出路见星的嗓音有些沙哑，应该是这几天玩儿得太疯了。

要换作大半年前，盛夜行绝对不敢相信路见星也会有嗓子哑的时候，还是因为用嗓过度。

昨天他们一群人在路上撒野，骑自行车领头的展飞率先扯嗓子吼了句："每当夏天我吹着温暖的风！"

李定西也跟着喊："吹着温暖的风！"

顾群山喊："温暖的风！"

路见星跟不上节奏，就靠在盛夜行背上懒懒地跟着号："风！"

盛夜行听得快要笑死了，都快忘了下一句是什么。

他只记得歌词里依稀有一句——年少轻狂能多久。

歌词另外写了什么他不知道，他只知道，他的答案是，很久很久。

盛夜行耐心着继续追问："什么大的？"

路见星没吭声，看风景去了。这下更需要耐心了。

盛夜行喝了口矿泉水，理了理路见星说的话："你的意思是，脸上的红痣很小，但在肚子上用口红点一个印就是大的快乐，对吗？"

路见星"啊——"了好一会儿，才扭过头盯住盛夜行说道："嗯。"

阳光映在路见星眼里，亮闪闪的。盛夜行忍不住问："那口红是你借的？"

"嗯。"路见星答。

"哪儿来的？"

"二楼。"路见星重复一遍，喊麦似的，"二楼！"

他这么一说，盛夜行才想起来他们男生宿舍二楼有个小学弟，之前开学因为爱穿粉色的衣服，还会化妆，在校园里"小火"过一阵。

盛夜行深吸一口气："他怎么样？"

路见星毫不犹豫："很好。"

"你去借口红，是去了他的宿舍，对吗？"盛夜行很好奇路见星的看法，"看到他挂着的裙子了吗？"

那位学弟的裙子还被同寝室友拍到网上嘲笑过，照片都传到他们高三这儿来了。路见星不知道他为什么要问得这么详细，但还是点点头。

盛夜行迟疑一阵，不知道该不该去试探路见星的观念："学弟化妆、穿裙子，你觉得怎么样？"

"漂亮。"路见星说。

"嗯，"盛夜行点点头，仰起脸笑，"我知道了。"

幸好。

身后有人骑着自行车一闪而过，路见星微微侧着头，刘海儿被风掀起一绺。他正发呆，突然听到不远处的人工湖里有什么动静。沿路的湖水波澜四起，层层漾开。

"救命！"远处有人喊。

盛夜行皱眉朝湖那边的方向望了一眼："怎么了？"

路见星定定地站着，听到周围几个人也惊慌地叫喊起来："有人落水了！救命啊！有人快要淹死了！"

路见星没挪步子，像没有任何感觉。

Chapter 32 破绽

我和你就不叫祸害，叫互相救命。

盛夜行拖着路见星小跑到湖岸边的浅滩上。

环湖公园里树梢被风拨动着，偶尔有树叶落至湖面上。路见星变得出奇专注，像再也接收不到其他任何信息。

等他反应过来那些尖叫声和呼救声代表什么之后，他后知后觉地紧张起来，才抬起头朝湖里望。

"救命！"

"有人掉水里了！"

整个过程不超过两三分钟，但路见星的慢半拍刺得盛夜行眼睛有点儿疼。

盛夜行已经把上衣脱干净了，他也没多说话，边解带子边脱鞋："等我一下。"

他正要一个箭步蹿出去，路见星突然拽住他的手腕不放，晃了晃头，声音略微发哑地问："干什么？"

"游个泳，"盛夜行摸不清他的"范围"在哪儿，"捞个人。"

路见星松了点儿力气，眼睛红红的，还是不放。

旁边围观群众看热闹不怕事儿大，喊起来："哎呀！松开呀！"

"坐船！对，对，先坐船过去！"

"松开啊，小弟弟！要死人了！"

"死人"这两个字一击即中，刺激了路见星，他猛地收紧力道，目光冷冷的，越过人群穿过盛夜行，不知道在看哪里。

"放松，我很快就回来。"盛夜行完全可以甩开路见星再跳下去，但他还是心软地停了几秒，用另外一只手把路见星的手指一根一根掰开。再不去救那人就要沉了。

盛夜行掰开之后，腕子上发红的指痕清晰可见。

他三步并作两步跑到湖边，有几个不敢下水的小伙子七手八脚地把船只推过来："这儿这儿！"

一群人慌忙地划船过去太慢了，盛夜行看船差不多往水里走了几米就站起身，把船当作跳板，直接踩稳船头，抓起船桨就朝落水者那边递了过去："抓这儿！"

盛夜行发现落水者只露出个发顶，他回头朝岸上望了一眼，"扑通"一声跳入水里。

已经是秋季，湖水冰凉，底部却像有一股力量托举着盛夜行向前进。

前一秒，他听见岸上路见星失控地尖叫——"啊！"

那个分贝，比第一次李定西差点儿被开瓢儿时的尖叫还高。

盛夜行水性好，童年时是在游泳馆混大的，救生知识也学过一些。他拽住落水者的胳膊，再从后把他往上一提，钳制住他的前胸，先把他的整个头部拽出水面。

"船桨，船桨！"船上的人朝盛夜行递桨。

"拖！把他们往回拖！"船上的人又喊。

盛夜行胆子再大也有分寸，他小心翼翼地抓住船桨不敢乱动。湖水没至他的肩下，怀里搂着的落水者看起来三四十岁，呼吸微弱，眼睛已经被不太干净的湖水糊得睁不开。

不到十分钟，盛夜行和热心群众拖着落水者到了岸上。围观的群众里有医生，捋起袖子就凑过来了，盛夜行侧身让开，第一件事就是回头去找路见星。

盛夜行这会儿全身上下全部湿透，耳廓也滴着水，他光着脚往前跑一步，地上就多一个湿印。

不过他顾不上了。只是救人而已，路见星的尖叫声却让他有种劫后余生的错觉。

"哎，不知道怎么跟你解释……"盛夜行张开双臂把路见星抱住，安慰地拍拍他的背，"对不起啊，这次我没说明白就跑了。"

"没事。"路见星闷闷说了一句。脸贴在盛夜行前胸上，路见星动动鼻子，注意力转移得飞快："好臭。"这水太腥了。

"我先把衣服穿上，"盛夜行低头去捡衣服，"穿好我们就赶紧走，不然又上个新闻什么的，不低调。"

路见星把裤子递给他："嗯？"

"什么'市二高中生奋不顾身勇救落水大叔'赶明儿学校得给我戴个大红花了。"

"哈，哈。"路见星很配合地笑了笑。

"笑得这么勉强。"

"哈哈！"

盛夜行憋着笑把衣服穿好，抹了把脸上的水，朝路见星放电："穿好了，跑吧？"

太阳还未落山，盛夜行一脸湿漉漉的，轮廓被光映射得发亮。

真帅啊，路见星想。看这"没心没肺"样，路见星心里像哪一处变得软软的了。

盛夜行拽着路见星挤出人群，围观的人似乎没注意到这两个孩子先跑了，还有人喃喃自语道："哎，落水的还没醒呢，是不是被岸上那孩子给耽误了，愣是不让他哥下去救人，自私的呀——"

另外一位插嘴道："就是啊！人命关天这种事，几分几秒精密得很呢！"

"闭嘴。"盛夜行狠瞪了一眼。

盛夜行有点儿控制不住自己的情绪，撞开了这位挡路的群众。

阳光没那么强烈了。环湖公园门口没多少人，大路前空出一片地，路见星正坐在摩托车后座。

盛夜行微微侧着头，鼻梁硬挺，睫毛湿润，后脑勺儿发茬还在滴水。他"啊——"的一声让自己放松了全身心，嘴角翘了起来："你，是不是不让我抽烟？"

"嗯。"路见星应了一句。

"镇定，这样会让我镇——"

路见星垂下眼，领口被风吹得翻飞，硬凹出一种颓败的美感。

"这，才镇定。"他说。

被窝不是青春的坟墓，烟草才是！再也不抽了，谁抽谁孙子。

两人回到学校宿舍不到一天，电视台的人又开着小面包车来了。

一群工作人员牵着话筒线，拿着反光板和摄像机，逛菜市场似的挤入高三七班，最后将目光锁定最后一排趴着睡觉的盛夜行。

路见星见状，表情冷酷地往盛夜行头上盖了本摊开的书，踢了踢顾群山的凳子腿。

112呼叫113，请求掩护！请求掩护！

顾群山心领神会，坐直了身子，挡住了盛夜行大半边身子。等这群人走近，路见星才慢吞吞地说："看书睡着了。"

前座憋住笑的顾群山补充道："我们大哥学习特别辛苦，争分夺秒的，一下课就睡了。"

路见星看了顾群山一眼。其实盛夜行都睡了一上午了。虽然说药效带来的"肥胖"能被盛夜行用运动消解，但嗜睡让他不得不屈服。

"大课间再找他吧，"顾群山当起了新闻发言人，"我们都叫不醒他的。"

路见星在一旁配合地点头。

到了学校给盛夜行颁奖那天，盛夜行都没搞明白为什么电视台的人能找到他，明明他那天已经跑得飞快了。

学校在一周一次的全校大会上给盛夜行颁了奖，盛夜行也在全校师生面前"声情并茂"地阅读了一遍德育处老师写的发言稿。

他念一句，校队那群臭小子就疯狂鼓掌一阵子，搞得校长好几次夺过话筒大喊"安静"。在校长第六次警告时，李定西终于止住了带头喝彩的动作。

"在老师们的教育下，小小的我才得以成长，如果有下一次，我也会——"

盛夜行念到此处，停顿了一下。他想起了路见星的尖叫声，突然有点儿念不下去。

路见星还在现场呢。担心他的人要是听到"我也会奋不顾身地去救"会怎么想？

要是普通人，可能会理解这样的做法，但是路见星不一样。人类的大脑精密无比，任何环节出错都马虎不得，而路见星偏偏又是这种出了错的。

盛夜行抖了抖发言纸，直接跳到最后："感谢老师，感谢父……"他又卡住了。

"感谢付出过又不计回报的兄弟们，"盛夜行直接说，"没有你们的陪伴，我就没兴趣去学游泳，更学不会救人。"

底下同学们像是被逗笑了，李定西边跳边喊："不客气！"

校长皱着眉维护秩序："安静！"

盛夜行停顿了几秒，又落了句："感谢路见星。"

高二七班的人全往路见星这儿望。

"是他给了我这次行善积德的机会。"

可是路见星正低头看自己的掌心纹路，也没抬头，他已经能感受到别人的注视了。

下一秒，全操场响起雷鸣般的掌声，都是为了盛夜行。

路见星嘴角一翘，笑容幅度很小。他心里软乎乎的，也不知道在得意什么。

不客气!

当天下午,李定西被喊去了办公室。

第二天上午,唐寒的课全部由季川代上,传闻她带李定西去医院做检查了。

下午,唐寒带着面无表情的李定西回到了班上,让顾群山他们几个帮李定西把课桌书包都收拾一下。路见星刚睡醒,揉了揉眼,再把疑惑的目光投向盛夜行。

盛夜行见过许多中途转校或者直接转院的同学,一看唐寒的表情就知道是怎么回事了。

"完了,"他把板凳坐好,趴下身子低声道,"有其他症状了。"

"啊。"路见星发出单音节。

一下课,顾群山等人就迅速地把李定西围起来,都特别自觉地没有多问。顾群山开口,也只是问他要不要喝点儿饮料,李定西说想喝甜一点儿的牛奶。

盛夜行说:"我翻墙去买。"

没半小时,盛夜行就从后操场那边的砖墙后拎着一大袋牛奶回来了,给每个兄弟发了一袋。盛夜行左手插吸管喝奶,眉头皱得紧紧的。

盛夜行抬眼道:"说吧,你去哪儿。"

李定西咬断吸管,把断在嘴里的那一截吐了出来,恹恹道:"精神病院。"

顾群山沉默了几秒,说:"你到底是怎么回事?"

"双向,"李定西苦笑,"我也不知道为什么……"

盛夜行:"这么突然?"

李定西:"嗯。"

"好吧。"盛夜行点头,"还能在寝室待多久?"

"下周走。"

"为什么一定要去里边待着?"

他们这群人,平时说到医院都很敏感,老神神秘秘地讲"里边",一来二去就习惯了。

盛夜行也把吸管抽烟似的叼上,叹了一口气,继续问:"医生叫的还是你自愿的?"

"我自愿的,"李定西垂着头,"我现在这状态也没法儿学习,得吃药,得跟和我一样的人待在一起。"

展飞提问:"为什么?"

"去和他们待在一起,或许我会觉得我那点儿烦心的破事不算什么,"李定西说,"这样或许会心情好一点儿?"

盛夜行点点头:"先去待着吧,舒服了再回来。生个病也没什么,别被它打败了。"

病痛、外人所看见的可怜,都是他们需要亲历的,是他们生命的一部分。

唐寒在开学第一天就告诉过他,如若甩脱不了,那就坦然面对。

控制情绪、控制思想,把对苦难的怨念化为斗争的勇气,才能控制住自己的人生。

盛夜行经常会这样想——这个被摧毁的人凭什么是我?

对,不能是我。每一天都有新的奔头,就将自己治愈的可能。

他把烟头在脚下捻碎,又捡起来,用纸巾包着,扔进了垃圾桶。

这一次短暂又匆忙的兄弟聚会将要散场。

李定西喝完最后一口奶,把目光投向默不作声的路见星,故作轻松道:"见星儿,你有没有什么想对我说的?"

路见星笑了,然后沉默。

"算了。"李定西突然悲从中来,摇摇头,想伸手让顾群山扶一扶自己。

"好起来。"路见星突然将音量提得很高，又笑了，"一定！"

看路见星弯弯的眉眼……李定西有点儿想哭。

离李定西离开还有几天时，路见星把头像换回了小话筒。

盛夜行的头像还是那"黑夜里的一颗星"。

既然都和兄弟们说清楚了，李定西也不再抗拒在他们面前吃药，每天乖乖按时服药，吃完就坐在座位上把手机拿出来打游戏，边打边和队友连麦对喷，没事卖个萌，完全看不出来他有什么问题。

日子平缓地过着，但李定西知道他即将面临人生里的一大转折。

在大多数人的生命里，重要的时刻总是悄无声息，安静得让人感受不到巨变。

招飞初选开始，展飞一大早就要被家里人接走。李定西还没睡醒就被展飞叫了起来，一脸蒙地坐在床上。

展飞伸手敲了敲他的床边挡板，小声道："我就来给你们道个别，我得去体检了。"

李定西清醒一点儿了："这么快？去哪儿啊？"

展飞挠挠头："什么航空医学体检中心……"

"查什么？"

"耳鼻喉、眼睛什么的，"展飞咬着包子，"你继续睡吧，我就是来跟你说一声，所以没叫醒夜行和见星儿。听说你今天也要走了，我都不知道什么时候还能再见你一面。"

李定西笑起来："有空就去医院看我吧。"

展飞点头："一言为定！"

李定西："一言为定。"

"祝你成功，"李定西坐着挥手，"我能不能吹牛说我有个哥们儿开轰炸机就靠你了。"

展飞："轰炸机没有舰载机酷。"

李定西："都行吧。"

"那么，"展飞回过头来，眨了眨眼，"我能不能吹牛说我有个兄弟在精神病院当大哥大也就靠你了。"

宿舍门悄悄关上，李定西往后一栽，倒在枕头上，哼哧哼哧喘气——他好难受啊。

下午，季川和李定西的家里人带李定西去医院体检。

李定西一被接走，拿着木雕小摩托在课桌上定点转圈的路见星便停下了动作，然后趴在桌子上沉默了很久。

他玩儿了木雕玩儿瓶盖，最后把瓶里的饮料一口气喝光，轻轻打个嗝儿，哼了几声小调，剥开一颗薄荷糖塞到嘴里。

盛夜行看他把试卷写完了，也没多说什么，继续低头看书，另一只手放在路见星腿上。

路见星抄起笔，在纸条上写了两个字——沉闷。

"夏天沉闷吗？"盛夜行抬眼问。

"夏天不沉闷。"路见星想了想，如此回答。

"那什么沉闷？"

"心里。"

盛夜行松一口气，心里又有点儿窃喜："意思是，你看李定西走了，心里很不舒服，是吧？"

路见星没回答，转过脸继续玩儿木雕摩托。

盛夜行突然听路见星嘀咕了一句什么。

"你在说什么？"

"没什么。"

没一会儿，路见星又嘀咕了，盛夜行还是没听清："你说了什么？"

路见星："没什么。"

盛夜行："……"

路见星不搭理他，照葫芦画瓢似的，学着盛夜行那天的语气小声道："感谢路见星。"

"哈。"盛夜行笑一声，心里烫得发胀。

晚上回寝室之前，盛夜行拉着路见星在路上买了点儿辣卤。回到寝室后，路见星去洗澡，盛夜行也挤着进去洗。等到洗完出来，两人满头大汗，路见星觉得自己白洗了！

路见星刚咬了一口辣卤，盛夜行就特别放肆地按着他的肩膀凑过来："今天李定西不在寝室。"

路见星反应了好一会儿，才想起来李定西下午去体检了，叹了一口气。

以后都不在了。

"还会叹气了？"盛夜行失笑道，把李定西没喝完的果酒拿过来灌了一口。

到了睡觉的时候，盛夜行一回头就看路见星正躺在床上，眼神干净，嘴里念念有词，听不清他在说什么。

这种"干净"让他又心疼了。比起最开始的"呆滞"，路见星已经好了很多。

"我说，"盛夜行把被子拉过来，缓缓躺下，"希望我这辈子不要再祸害别人了。"

路见星："哦。"

盛夜行补充："我祸害你了吗？"

"祸害。"路见星说。

"我和你就不叫祸害，叫互相救命。"

回想了一下那天落水的人扑腾的样子、叫喊着救命，路见星开口："落水？"

"嗯，"盛夜行靠近点儿，用鼻尖顶他下颌，"我的第二次生命是你给我的。"

"为什么，这么说？"

盛夜行突然顿住了，然后低低地笑了几声，悄声道："在我的世界快要崩塌的时候，我也愿意为了你再努力一把。"

路见星有点儿被震住了。再怎么"两耳不闻自己事"，他也被震住了。

他感觉盛夜行的这句话像一只滚烫的手侵入自己胸腔，将心脏抓得又痒又热，自己被热到鼻腔都在冒气。

怎么就那么想掉眼泪？

两个人一路扶持确实不容易，尤其是他们处于这么一个环境，无论遇到多大的困难和挫折，他们都觉得正常，只要"活着"就行了。

明明同龄的孩子前途无量，未来光明，他们却什么都没有，只有黑暗里，属于对方的一双手。

路见星忽然想起曾经无数个安稳入睡的夜晚，盛夜行总是看着自己先睡了再睡。

之前的每一晚，盛夜行看着寝室窗外的点点光亮，会不会有想去触摸的冲动？

果然，秋天是个让人忧郁的季节。

盛夜行被路见星抱着东滚西滚瞎闹腾了一阵子，折磨得不行，他捏住路见星的脸，威胁道："叫大哥哥。"

路见星困了，匆匆就范："大哥哥。"

"这就对了，"盛夜行坏笑，"不但大，还是哥哥。"

路见星："……"

"再叫一次。"

"……"

不叫了！

"本来也是哥哥，"盛夜行搂住他，"以后就叫'夜行哥哥'，行不行？"

路见星正要回答，寝室里突然出现了一个突兀的人声："老大，你别让人满足你的恶趣味行不行？"

盛夜行听出来是顾群山，立刻反应过来："才进来？"

他不是锁了门的吗？门锁坏了？

顾群山的声音带着点儿笑意："嗯，刚进来。你给谁打电话呢，还'夜行哥哥'？"

"给我妹，有事吗？"

路见星捂着自己嘴，已经学会不吭声，假装不存在了。

Chapter 33 小路

写给三年后的自己。
....

盛夜行无比镇静："你早点儿回去休息吧。"

"啊，哦，好！"顾群山去抓宿舍门把手，逃也似的出去了。

楼道里的"长明灯"未灭，将长廊的墙壁照得通透。亮白的光线如剑般划破了房间内的黑暗。

那天夜里，盛夜行拿出手机放了首吉他指弹的纯音乐，陪路见星规规矩矩地躺下。

凌晨一点左右，路见星鼻息平缓，悄悄进入了梦乡，而盛夜行辗转反侧，难以入眠。

李定西是第二天下午回来的。

他带着医生开的单子，面色略显苍白，与他曾经活蹦乱跳的模样判若两人。

一回到宿舍，盛夜行先是把李定西的单子拿过来看了一眼，再把单子搁到桌面上，拍了拍他的肩膀，什么话都说不出口。

李定西才初期就想要去医院待着，必定是有自己的想法。不管是怕影响到家里人还是不想让朋友们担心，盛夜行都相信李定西能够自己做出正确的决定。

李定西回来时带了三块提拉米苏蛋糕，三个少年就直接坐在地上一起吃。

路见星的方便面瘾过完了，最近他嗜甜，今天一言不发，只是拿着勺子在舌尖反反复复地舔。

看他吃得开心，李定西便低着头笑，把自己蛋糕上那颗还没动的小樱桃摘下来，放到路见星的盘子内。

路见星屈起手指，在地板上"咣咣咣"地来了三下。

李定西大声道："不客气！"

路见星也很大声："没关系！"

"没关系不是这么用的。"盛夜行说着，又朝李定西说："别惯着他，再吃得蛀牙了，你今天上午不在，路见星差点儿把上次我买的速溶奶茶都喝完。"

盛夜行平时不爱吃甜，但想到蛋糕是李定西买的，就还是往下吞。

李定西笑嘻嘻地说："让他吃！我供得起！"

"不需要你供。"盛夜行几口就把蛋糕吃完了，"真要说惯他，你还不如留下来，什么医院的就别去了。真有那么严重？"

"暗无天日啊！"李定西看了眼时间，把手机扔到一旁，摇摇头，说，"那感觉，比以前篮球赛输了还难过。"

以前区里打比赛，队里互相都还在磨合，李定西特别看重输赢，每次都拼命想要把第一名和 MVP 收入囊中。最开始盛夜行就锋芒毕露，老被李定西揪着一对一单挑，一来二去，李定西被盛夜行打服了，紧跟着一大群男孩儿也被打服了。

盛夜行沉默了许久后说："到底什么感觉？"

"什么都做不好，很沮丧。"李定西说着，叹了口气，"你说我这好不容易跌跌撞撞地长大了，又摊上这事儿。就像攒了很久的钱，想要出去旅行，却发现身份证都搞丢了。"

旁边不吭声的路见星把蛋糕吞入喉间，莫名其妙地跟了一声："唉。"

李定西翘起唇角笑了笑。盛夜行揉了把路见星的后脑勺儿，然后收回手，握紧成拳，要和李定西碰一碰："争取不自杀。"

李定西见状，把拳头送过去，嘴上答应得爽快："好！"

"对了，还不能割腕，"盛夜行强调，"我试过，很痛的，血流了很多，却死不了。"

盛夜行没看到，当他说"我试过"时，路见星的肩膀抖了一下。

李定西问："很疼？"

盛夜行回答道："嗯，疼到没知觉，然后护士就破门而入了。以前我们那儿，上厕所都锁不了门。"

李定西听得手腕发胀，点点头："好……"

盛夜行口吻淡得仿佛不是在叙述自己的事："别忘了高一那年跨年时我们的愿望，争取——明——年——不——自——杀。"

"好。"

盛夜行松了一口气："嗯。"

"为什么是我啊……我明明挺好的，"李定西哽咽了一下，"就突然有一天，一个人待着都想哭。"

"之前怎么不说？"盛夜行问。

"让兄弟们为自己担心很失败。"李定西放慢语速，哀叹般地说，"就像你，总能独自扛下很多事。我也想像你一样。"

盛夜行都想揍他了："哪能一样？你这是生病，不是其他事。"

"没关系，"唉声叹气中，李定西垂下毛茸茸的脑袋，"反正……我一直都不是正常人。"

"嗯。"

"我们都不正常，不是吗？"

面对兄弟的"灵魂拷问"，盛夜行迟疑了一会儿，用路见星能听清楚的音量说："也不一定吧？"

路见星从始至终没有参与讨论。他只顾着玩儿勺子，奶油糊到嘴角了就用舌尖去舔，强迫症似的，每次舀起来的蛋糕块大小都一样，小了大了就重来，绝对不允许有一点儿不同。最后一块小蛋糕入腹，他满意了，抬起头来看好像没继续说话的两个人。

李定西不知道为什么低着头哭，眼泪啪嗒啪嗒往蛋糕上掉。盛夜行呢？也好像很伤心，流了点儿眼泪，沾湿了眼角。

李定西走的前两天，市二搞了一次全校书信活动。

本来这次活动是五月就要进行的，但因为种种原因耽搁，终于拖到高三七班的孩子都回来了。让唐寒有些遗憾的是，冬夏没能赶上。

吃完早饭，盛夜行把自己的摩托车推出学生宿舍，嘴里咬着个红糖馒头，再给路见星嘴里也塞一个。路见星更拽，咬着馒头，眼神十分不屑，手里拎着没装多少本书的书包。他一甩，把书包搭在了肩膀上。

路见星穿着篮球鞋，双腿一晃一晃的，脚腕在清晨的阳光下白得近乎反光。

他已经比最开始来市二时长了点儿肉，个子也在半年多里蹿高了，气色红润，不说话时又酷又萌，一说话嘴角带点儿笑，眼尾点的痣也逐渐固定成深红色，仿佛每日都是艳阳天。

偶尔看路见星点了深蓝色，顾群山就拿书把自己的脸遮住，神神秘秘地回头——"路哥。"

路见星写字的笔停顿一秒，抬眼瞥一下顾群山，意思是："干嘛？"

顾群山又把板凳挪近点儿，用指腹按了按路见星的侧脸："怎么今天变蓝色的了？我记得老大跟我说过，红色是高兴，蓝色是不高兴，是吧？谁惹你了？"

路见星不说话，嘴角的弧度略微向下。

顾群山作势要把鞋脱了打人："看我不扒了他的皮！"

路见星使坏，勾勾手指，做了个"靠近点儿"的手势。顾群山又狗腿地凑近。

像是某个开关被触发，路见星面无表情地用超大音量在教室里朗声道："盛——夜——行！"

声音大到所有同学都转过头来看他们，发现并无异样后又匆匆转过去。

大部分人已经习惯了"小自闭"变成"大喇叭"这个事实。

被喊到的人从桌子上懒洋洋地撑着手肘，冲顾群山挑眉："有事吗？"

"没，没事，"顾群山立刻拿书挡脸，"我刚刚问他咱高三七班班上谁最帅来着。"

盛夜行确实才醒，揉了揉眼："真的？"

"真的！"语毕，顾群山已经转回去了。

盛夜行审视的眼神又转向路见星，路见星怔了两秒，"嗯嗯"地胡乱应了，又补充："真的。"

上课铃还没响，盛夜行伸手去拿路见星的矿泉水瓶，拧开抿了一口。

路见星看了他一眼，已习惯了两个人喝一瓶水。

盛夜行注意到路见星从早自习开始就在写小作文，便好奇道："你在写什么？"

前座的顾群山像听到了，"啧"了一声，自顾自地摇摇头。

盛夜行伸腿往顾群山凳子腿踹了一脚。

路见星突然像害羞似的遮住自己写的字，把笔帽盖好，决定等会儿再继续写。

他趴着，从臂弯里抬起头，眼神亮亮地："活动，的题目。"

盛夜行这才想起来是唐寒布置的——写作文。

题目是《写给三年后的自己》。

大清早，盛夜行一下床就跑到宿舍的全身镜面前照镜子。

他撩开背心下摆，把匀称有力的胸腹肌全露出来，才放心地呼了一口气。长期服药会导致发胖这个问题困扰了他太多年，他每天做梦都怕自己会变成球，会走不动路。

但现在这些担心还算多余，因为药物只起镇定作用，他主要还是得靠自己稳定和调节情绪，内分泌失调等问题也需要他自己去克服和接受。

他在混乱和焦躁中成长，自我控制的过程漫长而痛苦，但他挺到现在，一直在路上。

盛夜行有时候觉得自己都不太像躁狂症患者了。

昨天他为了躲路见星，跑到高一教学区域的阳台上透气，被季川抓了个正着。

季川说："我现在抓你抽烟，你都不跟我谈上三天两夜了。"

盛夜行就很抱歉地笑了一下："我以前是那样？"

"嗯，还好你爱打篮球，大不了冲到我面前跟我来几招儿，带球过人、抢断、空接什么的。要是你喜欢唱歌，那么我们整个高三就都别想上课了。"季川唇角松动，笑了，"你说你激素高，容易兴奋。我学学你啊：'老师，别管我！我发泄完就好了！'"

"没想到我这么有自知之明。"

"嗯，后来你就不爱讲话了，爱动手了。不过还好，你都是对自己动手。"季川把另一根电子烟咬上，"高一那年，你自己把头磕破的英勇事件，就不用我再说了吧？"

"不用了。"带贬义的英勇事件还少吗？

盛夜行接过季川递来的口香糖，舔了舔唇角，只觉得黏甜。他问："什么味儿的？"

"哈密瓜。"季川瞥了一眼绿色包装，"生活苦，得甜一点儿。"

盛夜行垂眼，盯住包装上那个卡通的哈密瓜图案，"嗯"了一声。

"其实也还好。"他说。和太多人相比，他这点儿苦，什么都算不上。

"定西确诊那天，我和他在面馆吃了二两面，喝了两瓶可乐，他也说可乐很甜。"话说到一半，季川摸摸鼻子，面孔隐没在白雾里，"我告诉他：'会好的！人都会生病，你只是情绪生了病而已。'然后你猜他说了什么？"

"说什么？"盛夜行问。

季川说："他说：'我应该不会好的。'"

"我太能明白他的感受了……"盛夜行长叹了一声。

李定西的情况他能看出来，属于稍微轻一点儿的，和他自己的程度一样。可是，这种清醒状态下的情况往往最令人难受，因为知道自己在做什么、在痛什么，却束手无策。

但幸运的是，后来他真的变好了。

市二校园后有一个盛放着荷花的池塘。

可惜，那些花朵并非出淤泥而不染，反而被不太干净的水槽蹋得七七八八，"秋老虎"一过，异味儿顺风扑来，学生们怨声载道，苦不堪言。

路见星最开始要戴口罩，后来对这种气味越来越敏感，一路过池塘就皱眉跺脚，有时甚至会从喉咙里发出"咕噜咕噜"的声音，眼神凶得像要随时准备提刀去砍人。

自闭症患者多为视觉导向型，于是盛夜行想了个法子——买了个七彩的风车给路见星拿着。

风一过，七种颜色一转，路见星就安静下来了，用手指扳着风车叶片，一片一片地数："红……橙……黄……绿……"

然后，路见星再拿着风车进教室，把风车插在课桌斜上方的螺丝钉槽里。

学生时代，课桌更新换代，难免有上一任"桌主"在桌面留下的洞眼。市二条件就那样，课桌能用的就继续用，路见星每天上课都拿橡皮擦狠命地擦桌面上的铅笔印，再把橡皮屑全扫进桌面上的洞眼里。

风车一插到桌面上，路见星的桌面成了高三七班一道靓丽的风景线。

教室窗户大开着，秋风过，吹得他的小风车呼呼乱转。

偶尔盛夜行中途睡醒，一睁眼就看见那小风车安静着转得飞快。他的目光再向下挪，路见星正全神贯注地玩儿橡皮，侧颜秒杀他所见过的美好的一切。

朦朦胧胧间，盛夜行想起了天使与彩虹的搭配。

就这么一下，他的心好像又被世界吻了个遍。

为了送李定西，校队教练带着一群孩子到校门口火锅店开了一次荤。

啤酒、荤素菜、豆奶等全上了桌，教练拿着啤酒瓶给学生们来了一次激情演讲，李定西带头叫好，折腾得整个包间热热闹闹，每个人都在笑。

吃到一半，汤锅内加了两次水，盛夜行注意到李定西开始只吃不说，没什么表情。

"哎，说话。"盛夜行用胳膊肘推他，"你现在一不吭声，我们就紧张。"

李定西喝了口奶："我感觉我上午的时候情绪挺好的，一到晚上就又有点儿失落……我要垮了。"

"垮个屁。"顾群山嘀咕了一句，给李定西下了盘他最喜欢的虾滑，"都看过医生了，看过就没事了。"

李定西突然指着自己说："吃药会让我看起来很木讷吗？"

"不会，它会让你面无表情，"盛夜行冷笑一声，"只会让你看起来很酷。"

顾群山在一旁做了个扶墨镜的动作——和老大一样酷。

"我好讨厌这样的自己，好讨厌，"李定西的话语含糊不清，"以前我只觉得自己话太多、太开朗，根本就没往这方面想……"

"别想那么多，"教练夹菜给他，"好好去放松一下，回来还能继续玩儿球呢。"

李定西捂脸道："玩儿不了了，我没救了。"

教练："不要这么说。"

"那要怎么说？"李定西像某个开关被摁开了，猛地站起来，浑身发抖，"我也不想钻牛角尖，但是……"

"纸，拿纸，"盛夜行招呼顾群山，"给他拿张纸。"

因为盛夜行以前常有事没事身上就出血，顾群山这群兄弟就习惯了备纸，没想到有朝一日能用到李定西的眼泪上。

等卫生纸都糊到脸上了，李定西才反应过来自己又应激流泪了。

他把眼泪擦干，赌气似的坐在一旁："我只想自己待着。"

"我们陪着你的。"盛夜行说。

李定西点点头，又摇摇头。确诊书上的"双向情感障碍"让他不得不接受现在的自己。

他突然感觉手心凉凉的，一低头，是路见星在捏他的手掌心。再抬头去看路见星，李定西发现路见星并没有看自己。

路见星低着头吃力地嚼盛夜行给他夹的一块毛肚，眼神专注，像完全不在乎周围发生了什么。

安慰人，路见星有他自己的方式。

吃完火锅，一群人又骑车回了宿舍。

路见星说想自己骑，跨上自行车又像什么都不会了，便脸红着下来，最后认命地坐上盛夜行摩托车的后座。他把卫衣帽子扣在头上，只露出半边尖小的下巴，舌尖一卷一卷的，偶尔把泡泡糖吹成泡，再吸进去重新咀嚼。

从市二刮来的夜风越发凉了，也不知秋天何时会过去。

路过小卖部，路见星像骑马一样勒住盛夜行的腰身，说要下车。他进小卖部买了染料、铁盒、蜡烛，用塑料袋装好了，又匆匆跨上车，说："我好了。"

回到宿舍，三个人洗漱完毕，正在想要不要今晚早点儿休息。

路见星把他买的东西拿出来倒在地板上，再蹲下来，朝李定西说："做灯。"

"做什么？"李定西愣了愣。

"灯，月球灯。"

"我陪你？"

"嗯。"

"那，那老大呢？"李定西抬头看了眼盛夜行，后者已经爬上床准备睡觉了。盛夜行最近基本都不熬夜了，怕长胖。

路见星没管他也没吭声，拿来安全剪刀就要开始捣鼓。

"纪念。"他忽然又说。

"给我做纪念？"李定西惊喜道，"我可以带去医院吗？"

路见星仰起头，拖长一个音："嗯——"

看着两个人在桌上裁剪、压线、折线、组装，盛夜行拿手机给他们拍了个十秒短视频，发到了朋友圈。

配的文字是："或许月亮也可以自己发光。"

盛夜行收了手机，从床上坐起来，认认真真地看两个人的互动。

其实路见星还是很少和李定西交流，只是自顾自地做，没有说太多话。说是合作，更像他要独立完成，但这对于路见星来说已经很不错了。

通过这晚，盛夜行总算是想明白了。

一直以来，所有人都以为路见星是一颗星，但其实他不是。

他是太阳，让月亮发光，让暗处拥有光亮。

这段时间，唐寒模仿职能治疗师维达（Veda Nomura）给学生们出了一张信息反馈表，在电脑上制作好后打印了很多份，用于每次作业和课堂之后的辅助指导。纸张共分两面，第一张写布置的作业名称，下面第一个问题是："我觉得我完成得 _____。"。

选项：非常好、好、不好、我没有能力完成。

第二个问题是"关于这次作业，我认为它 _____。"。

选项：有意思、无聊、过于困难、感觉很酷。

路见星勾选了"非常好""有意思"，还在"感觉很酷"前面也打了钩，再画个笑脸。

第二张纸写的建议，选项：私下说给老师听、用电脑打印出来、和班级一起完成、画出来或者借助教具展示出来。

路见星歪歪扭扭的笔迹并没有在任何一处空白画钩，而是选择在"其他我想说的话"后，一笔一画地写下——"我想说给盛夜行听。"

唐寒收到路见星的这张表时，第一时间就拿给盛夜行看了，随后沉默许久。她并没有往其他方面想，只是单纯在思考。盛夜行把反馈表收下，问能不能把这张表给他。

晚上回到寝室，他把这张表收入文件夹。文件夹是他在校门口吴哥小卖部里花一块钱买的牛皮纸袋，封面很幼稚地写着"勿动"两个字。

文件夹里面有很多小纸条、小作文，还有几张冬夏拿拍立得拍的照片。小纸条都是路见星上课时传给他的、写过回复的，小作文则大多是平时唐寒布置的作业，他自己不愿意交，就全留着了。

照片有他们在游泳馆的、夜里出去骑车的、在寝室楼下喝酒的，其中有几张路见星很上镜，五官俊秀，唯一不足的是眼神空洞又安静，安静到几乎所有人都能感觉到他的不同。

两天后，在上课期间，李定西被家长悄悄接走了。

李定西最后在兄弟微信群里发了一条消息，说是回见，不告而别是因为不想看到大家舍不得他的样子。他臭屁了几句，又说："或许戛然而止能更让人想念吧？"

盛夜行回复："那么，相见不如怀念。"

李定西立刻就慌了，连忙说："不行不行，你们还是要来看我！"

然后他们都说，好。

李定西走的第三天，年级组从优秀学生作业中挑选了一些出来，做了个特别展览。

盛夜行听说路见星那天努力写的小作文上了榜，他等不到下课就借口要上厕所，跑出了教室，一路冲到操场旁的展览区域。他从第一张纸开始看，一张一张地找路见星写的。

一直逛到第三块大展览板，他才在一张不起眼的作文纸边停住脚步。

也许因为字体难认的关系，这张纸被挂在边缘，还好，右上角贴着一朵年级组给的优秀评分花。

盛夜行像看情书似的，有点儿紧张。

"写给三年后的自己，"盛夜行小声地念出来，"你好啊，三年后的路见星。"

要换作自己，只想问自己一句话——兄弟你还活着吗？

如果非要有下一句，那应该是——你还陪着他吗？

写给三年后的自己

学生：路见星

班级：市第二学校高三七班

你好，大路。

如果你能遇见三年前的我，要说一句：加油！

我不知道，你现在能不能养活自己、还快乐不快乐，我也不知道你还为不为成长发愁。

就像三年前，你也为这些问题烦恼！

希望三年后，你不再是"小路"，你长成了"大路"，能指引更多的人去该去的地方吧！

"大路"会让人明白，健康和爱是评判幸福的唯一标准。书上说，你的内心里必须先接受自己，然后才能找到适合你的地方[2]。

幸运的是，你已经接受了并不完美的自己。

你可能不会痊愈。

你可能话越来越少。

你可能失去方向。

但你要勇敢，像盛夜行一样。

这是一封十八岁写给二十一岁的信，字不多，还歪歪扭扭，语句不太通顺，没有错别字，还有满满的正能量。

落款是"小路"。

盛夜行盯住落款看了很久，悄悄揉皱了纸张边角。

---

2 出自查尔斯·R.克洛斯《满是镜子的房间：吉米·亨德里克斯传》。

Chapter 34 悄悄

因为你，我悄悄地长大。

路见星的小作文在学校里拿了奖，唐寒挑了两句重点语句出来朗读。

路见星也不差，还是专心在座位上坐着玩儿他的木雕摩托。

老师念完了，全班鼓掌，不少同学扭头看他，他也像感觉不到他人的视线。

路见星用手压住摩托车车背，让它的轮胎从桌面上滑过去，嘴里发出很小声的"呲——"。

"呲——"完，他就眯起眼睛笑。

盛夜行看到他在伸手找什么，就把水彩笔套盒摊开，递了过去。路见星挑了只红色的，捉笔就往摩托车上涂，涂了几笔又换成紫色的。

全班同学都在看他，唐寒在讲台上也没说话。

"美术课，他自己上美术课。"盛夜行指了指路见星，"老师，你们继续上语文课。"

路见星再低低地说一声"呲——"，顺着桌沿把摩托车挪啊挪，最后停在盛夜行平放在桌面的胳膊上。少年的肤色偏深麦芽色，肌肉曲线明显，路见星沿他的手臂把摩托车"开"至他胸前，把车停下了。

"语文课。"路见星自言自语一句，把书翻开，准备认真听唐寒老师讲课。

"笨蛋。"盛夜行沉声调笑了一句，伸手把他的书掉转过来，"书拿倒了。"

路见星："……"

李定西和冬夏走后的第一个月，过得缓慢至极。

市里正逢雨季，下了一场暴雨。

冬夏在新学校过得不错，好像还想早恋。他说，早恋不是看恋的是谁，主要恋的是那个状态，是校服的裙摆，是白衣飘飘的年代。

他说，谁的青春不迷茫啊，早恋能让两个人一起变得很好。

然后他和那个女孩儿一起考了全年级倒数几名，高三恋爱计划被班主任及时扼杀在了摇篮中。每每提及此事，冬夏就作绝望状，在群里发一句："问世间，情为何物，直教生死相许……"

李定西利索回复："那你去死吧！"

冬夏呛他："你怎么不去？"

李定西又回："我答应了老大的，今年不能自杀。"

冬夏："那明年？"

李定西琢磨……明年也不行。明年他家小姨生宝宝，他得当小妹妹的护花使者。他羡慕盛夜行有盛开那么久，他也要有可以保护的人了。现在，他只需要快点儿好起来！

李定西那边进展得也不错，除了医护人员每个小时就要来查一次房，还把他的月球灯关掉，没有什么大问题，他出入都挺自由。那边要求晚上八点就入睡，相比在校时常凌晨出门喝酒的日子，他还不太习惯。

李定西平时不想吃药，就在护士来的时候把药片藏在舌头底下，但总是在被迫张开嘴检查时露馅儿。

医院里每天都有人问他："你有病吗？"李定西非常肯定地说："我没有。"

然后他又被转到一个似乎病情更严重的病区，天天待在里边兴风作浪，一看到护士就是那种"我不太想出院"的表情。

唯一的问题就是，他的手腕上一直带着环，不太自在。

李定西说他那边雨声好大，冬夏说自己忘了带伞。

盛夜行侧卧在床上看微信群里的消息，说不出心里是什么滋味，但仿佛只有这样，他才能感觉到他和他的"战友们"是在一起的，还能彼此照应。

可医院、普通高中、特殊班级明明已经是三个不同世界的了。

　　大雨封路，从市里各个地方赶来的任课老师们也容易迟到，这时候班上就有同学站在走廊里望风，方便教室内的同学们疯玩。

　　班上同学已经会逗路见星了，常扔个橡皮过来："路哥，刻个章吗？"

　　路见星就很大声地回答："不！"

　　"路哥，美术课作业给我看看行吗？"

　　"不！"

　　"路哥，放学一起吃饭吧？"

　　"不！"

　　路见星一脸冷酷，表情和言语都在表达拒绝，但还是有耐心和同学讲几句。

　　盛夜行把凳子腿翘起来，抬眼道："他比较想和我吃。"

　　"嗯嗯。"路见星附和。

　　他出完声，盛夜行瞟他一眼，刻意严肃道："那么可爱干嘛啊？"

　　路见星又"哎呀"一声，把脸埋进臂弯里。

　　暴雨使市二校园内积水过深，到了放学时间，同学们都只能脱了鞋挽起裤腿走路。市内教育局迟迟不下停课通知，师生们还得硬着头皮继续上课。

　　有"中二"的同学跑到教学楼下张开双臂，仰天长啸一句："让暴风雨来得更猛烈些吧——"周围一阵狂笑。

　　路见星不一样，他躲在屋檐下，低头看着雨水溅到鞋边，再蹲下来用卫生纸将鞋擦干净，眉心紧拧着，不知道在想什么。

他对水的感觉反反复复，有时爱，有时厌恶，发丝粘上皮肤的感觉让他难以忍受，更别说雨水特有的咸腥味儿。

不知道是什么原因，盛夜行最近总会忘记带东西，比如这段特殊时期非常需要用到的伞。路见星能惦记，但惦记着惦记着就被转移了注意力，只能拿一支水笔在盛夜行掌心写上"带伞"。可是，这好像起不了太大作用。

盛夜行想起来这回事，还是因为下课打哈欠时看到的。

挨到放学时间，两个人就站在满是积水的教学楼前相顾无言。

一般情况下，盛夜行会义不容辞地把路见星背起来，哪怕路见星觉得自己作为男孩儿不用这么娇气。可是昨天骑车的时候，盛夜行把脚踝刮伤了，今天早上才去校医室上的药，纱布还是干干净净的。

积水不深，但是有下水道口，雨水够脏，刚好能没过脚踝。这一脚下去，伤口感染了就麻烦了。路见星像是真的认真思考了一下，把校服拉链拉开，脱掉了校服。

雨逐渐小了，淅淅沥沥的，从屋檐上滴下来落到路见星眼睑下，看起来像他正在哭。

盛夜行被这一光景夺去了目光，还没反应过来："你想做什么？"

路见星没说话，踮脚，把校服搭在盛夜行头顶，再像爱抚宠物似的摸了摸他后脑勺儿。随后，他转过身，缓缓道："我，背你，出去。"

盛夜行僵硬地动了动嘴唇："我可以叫群山他们……"

我也可以，又不是没背过。

路见星"哼"了一声，再固执地半蹲着不起来，动了动托在身后的手掌。

"我的脚伤没那么严重，"盛夜行说，"可以往水里踩。"

路见星皱眉，佯装不耐烦地催促他："快。"

他怕盛夜行死活不肯地跟他矫情，干脆直接一脚踩进水里，人又比盛夜行矮了一截儿。

"成，"盛夜行把校服顶好，上半身贴近路见星的背，"背好了，别摔，不然我俩都得栽雨里。"

路见星点点头："嗯。"

两个人一起使劲儿，总算背了个端正。

"呼。"路见星出一口气，又"嘿"了一声，把盛夜行背好。

盛夜行没再说话。雨水带来的不适让路见星每一步都走得很艰难，也很扎实，他走得一深一浅、一快一慢，半点儿不敢分神，所有注意力都在脚下。

出校的路他走过没有千遍也有百遍了，平时他记不住，就全是盛夜行带着走的。从一前一后变成并肩，两人中途经历过多少辛酸不用多说。

到现在，他总算跟上了盛夜行的脚步，还能够帮上一点点忙。

盛夜行略显别扭地趴在路见星背上，喊他："路冰皮儿。"

"嗯。"路见星回。

"见星儿。"

"啊。"

停顿几秒，盛夜行继续嘴欠："路哥。"

"噢。"路见星还是回答。

"小路。"

"嗯。"

盛夜行深呼吸，带着笑说："大路。"

路见星的脚步顿了半拍，没有做出回应。

"我看啊，用不着三年后了。"盛夜行收紧胳膊，声音低沉沉的，"你现在就是。"

而且，你已经很勇敢了。你做了很多半年前你做不到的事。

校医室关着门，盛夜行换药的希望破灭了，他就寻思等会儿回去路上找个诊所再包扎一下。

每次看到路见星一脸紧张自己的样，他就想对自己好点儿。

就好像他们对自己好点儿，对彼此好点儿，这个世界也能对他们好点儿。

对此，盛夜行从不屑一顾变成了深信不疑。

十月到十一月，盛开由文袖娟领着来过一次市二。

盛开给路见星带了一箱 AD 钙奶，说这是她最喜欢喝的饮料，她也想给第二喜欢的哥哥喝。路见星笑着接过，在小姑娘摊开的掌心轻轻敲了三下。

盛开说："我知道！意思是'谢谢'！"

当天晚上，盛夜行在路见星同意过后，拎着两瓶 AD 钙奶出了寝室，和顾群山在宿舍楼下的花坛边谈心。自从李定西走了，顾群山就担当起了"定期为老大排忧解难"的重任，顺便聊聊自己的人生。

顾群山非常能接受两个哥们儿玩在一起，还调侃盛夜行，有没有当成"大哥哥"。

盛夜行听完差点一口奶喷他脸上，再抬起眼，堵回去一句："好奇心这么重？"

"也不重……"顾群山挠挠头，"你真的拿路哥当朋友？"

盛夜行咬住吸管把最后一口喝光，说："你觉得是什么？同情心？"

"是吧！"顾群山说，"那你们之间的友情是什么？"

友情是什么，这个命题太浅薄。

一个人一生会与各种各样的人交朋友，能交心、维持一生的友情很少，只有彼此的也很少。

"不仅仅是友情吧。"盛夜行说。

顾群山闻言哽了一下，小心翼翼地问："还有亲情？你把他当弟弟？"

盛夜行："弟弟？"

顾群山："……难道是儿……儿子？"

盛夜行快无语了："我跟你产生不了思想上的碰撞。"

"别啊，老大！我特别乐意听。"顾群山拽住盛夜行的衣角。

"少这么八卦，"盛夜行说，"知道我俩是哥们儿就行。"

"当儿子也行啊，见星儿又帅又可爱，我也想有个这样的儿子。"

盛夜行抹了把额间细汗，无奈道："兄弟，你口味太重了。"

顾群山嘿嘿一笑："还行。"

盛夜行捏了一下他的耳朵，放弃争辩。

深秋来临，盛夜行迎来了十九岁生日。

舅妈从市里来了电话，说她和舅舅已经协议离婚，盛开被判给了经济能力更强的舅舅，但平时还是由舅妈带着。盛开之前给路见星打过"预防针"，但路见星转身就忘记了。这也怪不得他。

盛夜行正在寝室阳台上通完电话，嘴都被他咬破了。

"至于你妈妈留给你的财产，这些年你上学、吃穿用了一些，剩下的都划到你的账户上了。"舅妈说着，有些哽咽，"十九了呀，你呀，你也长大了。"

十九年，瞬息之间。

盛夜行没有问有多少钱，只是淡淡地答："明年就二十了。"

他觉得自己说了句干巴巴的废话，有些沮丧地叹了口气，安慰舅妈说："您一个人带盛开应该挺辛苦的，等我高考完，您如果有时候太忙，就把盛开给我带几天也行。"

"哎，那多麻烦你。"除开舅舅这一层，舅妈本来和盛夜行就没有血缘关系，她和舅舅离婚了，与盛夜行略微疏远了些。

"不麻烦，"盛夜行低头看着窗沿上昨夜遗留的雨露，"盛开毕竟是我妹妹。"

"说到高考，你有什么打算吗？"舅妈问。

盛夜行说："我成绩差，但也不算没救，努力一下读个本科还是可以的。"

舅妈放心地应了声："你这么认为，舅妈就放心了。你还是愿意考个大学的吧？"

"当然。"盛夜行说。

"那……"舅妈犹豫再三，还是开口了，"你什么时候回家看看？盛开挺想你的。"

"不是才见过嘛，"盛夜行笑了，"告诉她，哥哥有空就回去。"

其实他自己有点儿笑不出来。除了舅舅舅妈离婚的消息，在他生日的这天下午，唐寒还打了电话过来，说路见星的父母在学校附近租了套房子，有意让路见星在高三下期走读。她说，他们还请了专门辅导路见星的家教老师，想让路见星冲刺一下本科，这么天天在班上玩儿可不是办法。

盛夜行问唐寒，是不是以后路见星就不在宿舍住了。唐寒说，是的。

后来，唐寒又打了个电话来，说路见星不愿意配合，问盛夜行能不能劝劝他。

"我不想劝，他搁我身边待着挺好的。"

"你得为他的前途想想。"

"前途"是盛夜行不喜欢听到的词，因为这个词好像和他们这种人就没有什么关系，他们只需要"生下来，活下去"就行了，没有时间考虑未来。

但一切都在往好的方向发展，谁也不能拖谁的后腿。

为了庆祝"路见星来校一周年"以及盛夜行的十九岁生日，还没挨到周末，一群处于水深火热的高三男孩儿又蹬着自行车去了烤肉店。

天气逐渐转冷，盛夜行都不怎么爱骑摩托车了。

每次他骑摩托，都得拿围巾把路见星的脸蛋儿、脖颈全用料子包起来，不然路见星会被风刮得难受，继而在后座上使劲儿掐盛夜行的腰。

每每提起"高中生活"，盛夜行总想起那些和兄弟们一起在夕阳落下骑车、一起在训练室做活动、一起在天台上吹风的场景。

以前唐寒经常拿沙袋去压顾群山和李定西的大腿，俩小孩儿被折腾得嗷嗷叫，却还是咬牙坚持下来，一觉得自己没救了就乖乖跑到教室窗口去自我罚站，然后对着教室内好奇张望的同学们笑。现在只剩顾群山一个人，他都不乐意去站着了。

日子平凡，梦想卑微，最平静普通的反而最难得。

李定西说他们病区的有些人会接受电休克治疗，治疗完之后的短时间内能忘记一切，他自己也很想去试试看。他这一想法吓得顾群山大周末偷跑去了医院。

他摇着李定西的肩膀，不停地问："我是谁？""我和你在篮球队打的是什么位置？""我们今年该上高几了？"，等等。问得李定西一愣一愣的，再说出正确答案。

李定西的主治医生还说，要是李定西再不配合治疗，出院时间一拖再拖，小心回去念书的时候被降到高一年级，给李定西的兄弟们当学弟。

"我还想当学弟呢，我们学校那些学弟，一个个猴精似的，上蹿下跳，我高一的时候可没他们那么精力旺盛。"李定西说着，眼神往窗外飘了，"不过，等我返校了，你们都毕业了吧？那我回去干什么？"

思及此处，李定西心里像被一块不透气的抹布蒙上了。他大大地呼吸几口气，蜷缩在病床上一下下发颤，手抖腿抖，不争气的眼泪悄悄打湿了枕头的一角。

这边在搞简陋派对，一群人"欢聚一堂"，吃到烤肉店快要打烊。

为了方便路见星研究"烤一块肉翻几下合适"，一群人专门选了有两只电烤炉的桌子。其他人谈天说地，路见星就负责烤吃的，他认真专注，每一片都烤得正好合适。他安安静静地看着，看大家在谈笑间推杯换盏，看大家说到了什么好笑的地方哈哈大笑。

大家笑，路见星也翘着嘴角，眼神落到明明没有人的地方。

笑到后面，大家又都沉默下来，不知道是谁起的调，开始哼什么

"长亭外，古道边，芳草碧连天"，盛夜行笑着打破这悲伤逆流成河的气氛，说："还没到毕业就这么伤感，到时候真各自散落天涯了不得哭个半死，不至于。"

他们又聊了一会儿未来，一来二去，众人达成共识，考不上大学的人决定曲线救国，投身社会建设的各行各业。

路见星推开凳子站起身来，把自己烤好的最大一块里脊肉夹给盛夜行。

在众目睽睽之下偏心，路见星不觉得有何不妥。

他木木地坐下，再把蘑菇片和茄片放到电烤炉上，继续玩儿游戏似的烤着。

天气凉，容易感冒，盛夜行开始提前半小时起床，带着两件外套领路见星早起晨跑。唐寒说过，多锻炼总是好的。

路见星最开始还赖床，非要让盛夜行给他穿衣服。

起先，盛夜行还能将就他、随着他来，后来就不干了，说："不能太宠着你。"

路见星被叫醒后还是一动不动地坐在床上，头发乱成鸡窝，困得眼睛都舍不得睁。

盛夜行又给他把上衣套在肩膀上，说："我去洗漱，你自己穿好。"

等他洗漱完回来，路见星的衣服还套在脖子上，睡得正香。

市二早上六点就开校门了，两个人摸进校园操场，在运动器材边又摁腿又拉伸的。

盛夜行高一截，运动天赋高，动作稍微快一点儿，路见星在身后跟得吃力。

盛夜行跑几步回头一下，发现路见星正盯着自己的后脑勺儿，两人相视一笑。

他们是可以一起为了活下去而奋斗的人。

他们的青春恢复力惊人，有无限的可能性。

十二月中旬，路见星的父母又来了一趟学校。

路爸路妈说，出租房里边都安顿好了，就等着路见星上下学过去。可他们每次来接路见星，路见星就像没看到他爸妈来了似的，悄悄靠着墙根儿想找遮挡物糊弄过去。

什么幼稚、机灵的办法都用尽了，他就是为了躲爸妈。

接下来的好几天，路见星和盛夜行日复一日地上学、放学、回宿舍，没有过多的交流。路见星乖乖地到训练室接受唐寒的单独治疗，也到篮球场边等盛夜行打完球，再一言不发地与他一起去吃晚饭。

他像突然又回到了刚来市二的那段时间，不说话、不被影响，做个透明人。

唐寒也注意到了路见星的改变，又跟路见星父母打了个照面，说这个小孩儿最近情况不是很好，住宿改走读的事不可以操之过急。

晚饭吃面，盛夜行端了碗豆汤面给路见星。他撞撞路见星的胳膊，趴下来，试探性地问道："你爸妈给你请家教了？让你住外边？"

这个问题可得谨小慎微地问，因为上次不知道是戳到了路见星脑子里的哪根弦，盛夜行一提到，他就开始尖叫，叫到最后歇斯底里，张妈和明叔都从楼下赶上来，问他们宿舍出什么事儿了。

盛夜行打开寝室里的灯，支支吾吾地说，路见星做噩梦。

"别回避，你得跟我说说你的想法。"

路见星抗拒着不回答。盛夜行不想逼他，但还是说："你是成年人了，不能一遇到问题就采取逃避的方式去面对。"

很多时候，和路见星沟通，是需要适当言语刺激的。路见星点头："面对。"

"去吧，挺好的。"盛夜行也不知道在安慰自己还是在安慰他，"你还是要来教室的啊，我们还是能见面，只是晚上不在一起而已。"

路见星仰头翻白眼。

"你想，我的学习能力不比你差，我努力一下，你也努力一下，说不定我们还能读一个学校。"

"……哪里？"

"嗯，就市里的锦大吧，二本，分不高的。"盛夜行认真道。

"好。"嘴上说着"好"，路见星还是悄悄皱了眉。

盛夜行见有突破口了，乘胜追击道："家教就是一对一地教你。你想想，如果唐寒老师只给你一个人上课，效果是不是更好，效率也很高？"

路见星又闭麦了："……"

他像是在和自己生闷气，白皙的耳廓连着下巴、脖颈，上至侧脸那一块正在泛红。

"皮卡丘的脸颊也有两团红色的，叫'电气袋'，知道那是拿来干什么的吗？放电的。"

盛夜行说着，往路见星微微鼓起的腮帮上戳了一下。

路见星一侧头，略微干涩的嘴唇碰到了盛夜行的手指。

干脆不去了吧。

盛夜行险些脱口而出。

"我放电了吗？"路见星突然说。

"你那不算，"盛夜行接过老板娘递过来的红油馄饨，握住筷子搅拌几下，侧过脸朝路见星眨眨眼，"这才算。"

似乎是对"分开"这个词太敏感，自己又被这个词吓唬过太多次，路见星吃面，吃着吃着就哽咽了，努力把快溢出眼眶的不明液体给逼回去。

记忆中自己流泪的次数屈指可数，路见星也闹不明白现在是怎么了。

曾经"舍不得"这种感受离自己明明那么遥远——现在能对周围的事物有一套自己的认知方式了，到底是好事还是坏事？

快乐也好，难过也罢。他总算感觉，自己像是真正地"活着"了。

Chapter 35 独立

友情真奇怪。

几番周折和劝说下来，路见星总算松了口，答应每天放学后去父母租的房子里接受三个小时的课后作业辅导。

在学习这件事上，路爸路妈是挺愿意花钱的，一请就是市里重点高中的名师。除了课时费，他们考虑到小孩儿的特殊性，还多给了这位老师一些补助，只不过这位老师并没有收，反倒开始和家长畅谈教育的意义。

就是听说了这些事情，唐寒才觉得这位老师还算靠谱，又找了一次盛夜行，让他去做路见星的思想工作。

路见星答应了下来，但说晚上还是要回宿舍住。对他来说，要更改现在的生活轨迹是一件异常艰难的事。为了不让盛夜行过多操心，路见星还自告奋勇地要自己从出租房回宿舍。盛夜行答应了，并且表态："这是十分钟的路程，我只给你二十分钟的时间。"

于是，每天夜里九点多，从出租房到宿舍的这一小段路，经常都是路见星一个人背着书包走。盛夜行跟在路见星后面，与他保持几十米的距离。

他看路见星一个人走，一会儿把书包甩下来沿着墙摩擦又摩擦，一会儿又停在有窨井盖的地方止步不前……有好几次，盛夜行差点儿就冲上去把他抱住了，但他没有。

他们之间仿若又回到了从前，虽然仍是一前一后，但位置已被调换。

夜色下，街巷中，盛夜行偷偷摸摸地靠着砖墙角，校服背心蹭了一墙的灰。

偶尔距离没把握好，跟得近了点儿，盛夜行就要放慢呼吸，仰起头紧张几秒，因为他知道路见星的听觉比普通人都要敏锐。

天气冷了，盛夜行打完球浑身是汗，风一吹，没几天就感冒了。

"独立"是唐寒在教育阶段给孩子们的最高命题。

对此，盛夜行持保留态度。他不认为"独立"是一个个体人类必备的技能，就像他自己，医生总说他最好别一个人待着，至少得在发作的时候有一个能给他拿药的人。

盛夜行不信，偏偏要自己待着，时间一长，他能按时吃药，能在发作后找个墙角蹲着反省，直至后来不需要总是吃药。倒不是说药不好，只是那些药永远在一遍一遍地提醒他："你有病——"

每每想到此处，盛夜行就忍不住感谢上天，没有让路见星吃药。

有时候他的手抖到难以控制，那些药会一粒一粒地散落在地上。盛夜行就得趴在地上，视线恍惚，一粒一粒地找。十二三岁的时候，他找着找着，少几粒或者因为手抖拿不起来，他就趴在地上发脾气，想哭又挤不出眼泪。再难挨，用拳头砸砸冰冷僵硬的地面、从喉咙里闷哼几声也就过去了。

盛夜行不敢想象，如果他和路见星的病症对调，会是怎样的光景。

对路见星来说，"独立"是他与生俱来的技能，甚至因为独立过度而让他变得渺小、孤单。

所以，在盛夜行心中，让路见星"学会依赖"才是最好的课题。

友情真奇怪。

让典型的独居动物变成了依赖同类体温的黏人精。

时间一长，路见星能自己走了，盛夜行还是不放心，掐着时间点去接人，有时候还带点儿小汤圆、章鱼小丸子之类的食物。

路见星没法儿边走边吃，就得停下来吃一口，歇口气再继续走，笑得盛夜行腰都直不起来，还得在路见星"冷酷"的眼神中把食物喂到他嘴边。

"烫！"盛夜行看他被烫得一哆嗦，连忙把手里的汤圆扔进垃圾桶，递纸巾过去："跟你说了特别烫，吹吹再吃，怎么我一放你嘴边你就张嘴吞？"

路见星鼓着腮帮子瞪他，刚刚烫得他舌头扯着喉咙管都发胀。

说完这一连串，盛夜行才想起来路见星可能没接收到"信号"，心生歉意，张望了下四周："需要喝一口能凉下来的矿泉水吗？"

"哈。"路见星呼出一口气，原地跳了几下，"打你。"

盛夜行诧异道："打我？"

路见星听完盛夜行的复述，干笑了几声，眼神发亮："你也，学我说话。"

盛夜行就快要跟不上路见星的脑回路了，只得按照他的意思来："学你说话。"

"说话！"路见星大声道。一直都是他爱从别人说的话里面瞎抓重点，现在盛夜行开始学他了，路见星还觉得挺好玩儿，每走两三步就回头看一看，直接在街巷里伸胳膊去勾盛夜行的手腕。

校服宽松，两个人的手臂又摇摇晃晃的，真牵在一起也没多少人注意。

盛夜行放心地让路见星牵着，学唐寒的语气，无奈笑道："说话啊——路见星——"

"说话啊，路见星！"路见星自己也喊。

盛夜行像没完了似的，继续学唐寒平时劝自己的样子，压低声线道："冷静啊——盛夜行——"

这次路见星没有学舌，反倒猛地停住脚步，转过身来，直挺挺地撞上身后的胸膛，还用手臂紧抱住了盛夜行："发泄！不憋！"

也不要委屈自己。没什么好丢人的。

路见星依稀记得，自己抄过的关爱手册里说过，像盛夜行这种病患，一般在发作结束后都会自责万分，内心愧对天愧对地，时间一长了就容易自我厌弃。

听完路见星说的话，盛夜行没憋住，叹了一口气。平时，他是不喜欢让路见星听到他叹气的。他被抱得浑身暖和，轻捏着路见星的后脖颈，手略有些颤抖："你说你要是……"盛夜行知道不该继续说下去，于是止住了话。

你要是没生病多好啊。

路见星却像听懂了，"嗯"了一声。

平安夜那天，市二没有举办活动。

盛夜行照常接路见星"下班"回到宿舍，在床上望着路见星埋头练字帖的背影发愣。

因为路见星的字歪扭得太过分，盛夜行给他拿了本字帖让他练练，这半个多月下来还算有些成效。路见星练得认真至极，还有点儿爱上了描绘。

想想去年平安夜，路见星还在一脸蒙地和自己吃力表达：圣诞树、红绿色、苹果、礼物……这才一年多，他就可以在便笺上写一句"节日快乐"了。

平安夜对路见星来说就是"吃苹果节"，但他认为苹果没有雪梨好吃，就干脆买了个梨回来，结果被盛夜行教训了一顿，说梨可不能随便送人，"离"的寓意不好。

路见星搞不清楚什么寓意，眉头一皱，举刀就要削梨，吓得盛夜行火速把大雪梨削得漂漂亮亮的。

今年市二学生宿舍的平安夜并没有往年那么过于闹腾。

这半年内，情况较为严重的高三七班学生陆续走了不少，各有各的去处，留下来的又面临高考，整栋楼都安静了许多。

高一、高二的小学弟们倒是不知道从哪里搬了棵圣诞树放到楼梯口，在熄灯前还叫盛夜行下楼去帮他们把一个条纹彩球挂到树顶。

挂完圣诞树回到寝室，盛夜行关了所有灯，和路见星裹着被子站在阳台上，打开窗。他们一边看楼下热热闹闹，一边吃梨。

"平安夜，有圣诞老人要给你送礼物，"盛夜行挨着路见星的耳畔呼了一口气，热得他痒痒，"今晚我们就都别睡了。"

"你想要什么？告诉我，"盛夜行沉着嗓音说道，"什么都给你。"

路见星长这么大最想要的是"感受"。

他要怎么表达，要怎么去形容："我最想要的，在这一年里，你已经一点点地慢慢地给了我。"

不仅仅是盛夜行，包括李定西、顾群山、林听、展飞、唐寒老师等同学和老师，包括学生宿舍的明叔、张妈，还有学校小吃街上那些和蔼可亲的叔叔阿姨，都在生活的每一个细节上给了他努力下去的勇气。

这种"感受"微乎其微，但他察觉到了。

路见星的喉咙里发出"呜呜"的声音，不像哭也不像笑，手臂在盛夜行身后胡乱地绞起来。

每当这种时候，盛夜行既痛苦又快乐。

他真切地享受着路见星的"需要"，又无法忍受住心脏的抽痛。

盛夜行伸手安抚路见星，没话找话："唐寒老师说你并不是没有共情能力，那你猜猜，我现在是什么心情？"

"幸，福。"路见星闷闷地答。

盛夜行安抚道："嗯，幸福可不能算是'心情'。"

"我好幸福啊，"路见星语速快了点儿，自顾自地说，"我好幸福！"

跨年夜那天，市里下了一场雪。

学校预先策划举办的元旦迎新晚会并没有如期举行，高一、高二的学生早早地回了家，高三的学生"留校"，正挑灯夜战。

顾群山一边咬笔一边摇头，说："咱学校这得是什么精神，连元旦都不让过了？"

林听把新发下来的文综卷给他，说："这你就不知道了吧，人一生呢，有七八十个元旦节，为了你的远大前程，耽误一次怎么了？就你这觉悟还想考大学呢？考大专去吧你。"

一听这话，本来就没什么信心的顾群山不满了："大专怎么了？我看大专挺好的。"

"是挺好的。"林听拿橡皮擦擦掉铅笔字迹，"那你就别跟我们一块儿上锦大了。"

"别啊……我还想考呢，"顾群山越说越想哭，缩了缩脖子，"但我考不上啊……"

"人家见星儿都猛涨了些分数，争点儿气吧你。"林听说。

顾群山捂住脸："不是都说自闭症儿童是天才嘛，我能跟人家比？"

林听看了看明明随时都在努力看书的路见星，小声道："以偏概全。"

哪有什么真正的天才，不过是在偷偷努力罢了。努力过的人，老天爷才愿意帮他。

今夜喜逢两个年份的交接，雪花漫过树梢，草木湿润。

偌大的操场上空无一人。南方通常是不怎么下雪的，但今夜下雪了，从夜色降临开始。

用唐寒的话来说，就是这场雪虽可有可无，但是个好兆头。

雪下得大了些，高三七班也不上课了，一群孩子压根儿坐不住，从教室里跌跌撞撞地狂奔出来，冲到楼层大平台上，伸出手去接雪花，有的直接仰头探出舌头去尝，被冰到后就眯起眼笑。

路见星就是其中一个。他尝到味儿后，慌张地在周遭寻找什么，像想拿个盆接点儿回去。寻找无果，他就用双手手掌接了些，但那些雪花很快就被他体温融化成雪水了，他回到教室里，把这些雪水倾倒在盛夜行桌上。

雪水冰凉，惊得正在睡觉的盛夜行猛然醒来，盯住桌面上的水渍，愣了。

这是做什么？

"下雪，"路见星靠着他坐下来，悄悄把脸颊凑过去，"下雪了。"

果然，路见星的举动永远无法预料。

"这是雪吧？给我捧进来了？"

"啊。"

盛夜行这才明白方才的水是什么，松了口气："我陪你去看。"

两个人偷偷地从教室后门溜出去，没有去操场，也没有去走廊大平台，而是从消防梯上了教学楼天台。此时天台上已积了薄薄一层白雪。

"星空。"路见星说。

盛夜行怔愣片刻，闻言抬头向上看。天空是深蓝色的底，浅白的"光"——换一个方式看雪夜，确实还挺像星空的。盛夜行笑着摇摇头，牵着他的手蹲下来。

"你来了一年了都没点儿长进，"盛夜行说着反话，捏一把路见星的脸蛋儿，"倒越来越可爱了。"

路见星没听出来盛夜行是在夸他，木木讷讷地回："啊。"

"前段时间，晚上六点到十点，我不在你身边，你自己一定克服了很多困难……比如自己吃饭、自己冥想，有时候我有事接不了你，你还得自己从叔叔阿姨租的房子里回宿舍，我每次都怕你丢了。"盛夜行说着，放慢语速，"等这最后一个月训练完，我就和我们校队教练说一声，我不打了。"

"干什么？"

那你干什么？

"准时准点接送你上下学啊，绝对站好最后一班岗，"盛夜行紧盯住路见星，"这可是我坚持了一整年的事。"

也是我也许要再坚持好多年的事。

毕竟"好好学习"不仅限于学生时代，这辈子有很多事需要不断学习。

"哦。"路见星又应一声，不知道在答应谁，"好。"他看着盛夜行头顶的雪，忍不住伸手抓了一把那片扎手的白，抓完发现上面还有，就笑了笑，指着说："像爷爷。"

因为两个人蹲着，天台上的一些水箱、太阳能板等大型物件才能将他们显得渺小的身影遮挡严实。

盛夜行没学路见星的样子去抹掉对方头顶的白雪，倒是很紧张，他深吸一口气，说："哎，你知不知道，结婚是什么？"

"长大要做的事！"路见星说。

"那，"盛夜行沉了沉语调，"我们就选择不长大。"

"好。"

"那你知不知道，在结婚的仪式上，大家会祝福什么？"

路见星摇头。

"会说，"盛夜行的眼神柔和起来，"白头偕老。"

路见星只听明白一个"白头"，突然眼睛弯弯，里边亮亮的，他小声极了，指了指自己和盛夜行的头顶，像在说什么秘密："是……这样吗？"

"是啊。"盛夜行点头。

路见星"哦"了一声，花了几分钟反应过来，讲话的音量越压越低："可我不想长大。"

"那我们小声点儿说，"盛夜行快笑出来了，憋着，"悄悄地。"

语毕，他只觉唇畔冰冰凉的。

他们在静悄悄的雪夜，静悄悄地看对方。

片刻后，新的一年来临了。

市里的雪，自从跨年夜后没再下过。

唐寒老师说，世间好物不坚牢，只看到美的一瞬间也是好的。

因为给路见星单独辅导比较费劲，一节课的内容被家教老师拆成两节课上。一回到宿舍，路见星就把家教老师布置的作业拿出来，洗漱完就趴着做，经常做着做着就睡着了，趴在桌上一动不动。盛夜行靠在床上看他睡着了，就爬下床去把他叫醒，让他去床上睡。

李定西在医院里参加了一个元旦活动，要求诗歌朗诵，结果他慷慨激昂到录小视频的手都在颤抖。他估计是情绪稍微上来了点儿，自我感觉良好，录完视频还发到微信群里，让好兄弟们再录一个鼓掌视频，让他享受一下被众星捧月的快乐。

在特别关照李定西这方面，这群人"绝不手软"，专门聚到学校走廊上录了个视频，又点赞又鼓掌，发到朋友圈后被不少朋友嘲笑了一波。

展飞还在朋友圈质问："你们为什么录视频不叫上我？"

盛夜行说："你还是好好儿读书吧，全村的希望了。"

展飞自从招飞体检过了之后，年级组就对他比较重视，说今年能不能出一个就看他的成绩了。展飞撇开了所有的娱乐活动，每天的学习劲头比路见星还猛。

新年伊始，盛夜行带路见星又跑了趟城北的寺庙，算是还去年许下的愿。

时间快到他们措手不及。

今年谁也没背谁，双双默契起来，一步步地往上爬。路见星协调能力差些，他爬得鬓角起汗也没叫停，硬撑着，到了殿内直挺挺地跪下去，嘴里不知道小声嘀咕了什么。

盛夜行在下山时，旁敲侧击地想要问出路见星又许了什么愿，结果路见星闭着嘴不说，紧皱眉头，倒是认认真真地教育了句："说出来，就不灵。"

盛夜行见好就收："那我再猜猜，想跟盛夜行念同一所大学这种？"

路见星："……"

怎么什么都知道？太没面子了！

"看你的表情我就知道猜对了，"盛夜行控制住上扬的唇角，"要是我只考上'家里蹲'大学怎么办？"

路见星正在一阶一阶地下山。他蒙了。

盛夜行猜到他听不懂，又说："就是在家里蹲着……考不上大学。"

听他这么说，路见星顿了顿脚步，语气抗拒："我，也家里蹲。"

"你这样可不行，"盛夜行牵住路见星的小拇指，"小尾巴也不是你这么当的。"

路见星抬了抬眼皮，从鼻腔里把声音哼出来似的："谁是你小尾巴？"

"我是你的小尾巴，"盛夜行假装唉声叹气的，"行了吧？"

路见星点点头没说话，只是眯着眼笑。不过，他还真有点儿不习惯盛夜行不在身边的生活。

从前年到现在，一年多过去，他们生命中一些原本不被重视的东西已经在悄悄改变。

盛夜行给了他很多父母都给不了的。

成长就是这样吧，身边的每个人都会给自己上一课。

摩托车在城郊穿山过水，路见星从头盔里窥视着马路上的来往车辆，身子轻飘，第一次有了种不安定感。换作以前，"不安定感"会使他慌张，甚至流汗，但现在他抱着的这个人能抚平他的好多不愉快。

冬天的风冷，刮得脸疼。盛夜行在出发前给路见星戴好帽子系好带子，又给他戴了个泡沫口罩，说现在明星都戴这款，特别酷。

路见星就闹不明白了：都戴头盔了还戴什么口罩？

"全副武装"后，路见星差点儿被捂得喘不过气来，拿湿纸巾擦了擦头盔，一路规规矩矩地看"窗外"的风景。

他想起现在有不少人养小宠物，就喜欢背个书包，让宠物从书包上的透明半球里探出头来看世界。

好好儿一高中室友，就被养成小宠物了。

他这么认为着，心情挺好。风吹着，他闭着眼想着旋律，用手指在盛夜行的腹部腰间轻轻地敲打，像在按钢琴琴键。

盛夜行侧头看了眼，问他："弹什么呢？"

Kiss The Rain。

路见星没说出来。以前他念小学的时候，一到放学时间，校园广播站就放这首歌。

就算这么多年过去了，听到这首歌，他还有一种童年在操场上奔跑的感觉。

回宿舍之前，盛夜行领路见星去吃了顿烤鱼。

路见星从小怕被鱼刺卡住，路爸路妈没怎么给他吃过鱼，要吃就给他吃那种刺大且少的鲇鱼，而且为了避免辛辣刺激，基本都是做鱼汤喂他喝。时间一长，路见星喝腻了，长大了连嘴巴都不愿意张，后来家里干脆就不做鱼了。

盛夜行比较细心，他要了两双筷子，左右手并用，把鱼刺一根一根挑出来，再把鱼肉夹给路见星吃。两人就这么吃，一顿饭吃了两个小时。

吃得路见星撑得在路边蹲着，说不出话。他一起身，盛夜行就想笑，两个人在冬日的夜风里笑了一路，最后笑到路见星实在是岔气，站不起来了，盛夜行又让他坐在摩托车上，推着走了一小段路。

从下一个巷口拐过去，就到学校宿舍了。

冬夜寒冷，八九点的郊区街上没什么人。农历年关在即，主管城乡综合治理的工作人员来过一拨儿，将那些临街小摊铺全部轰走了。

每年都是这样，返乡的返乡，罢工的罢工，好像一到新年，所有人一年所受的好与不好就皆为泡沫，苦难迎来终结，人们常怀一颗感恩之心，期待下一年的来临。

路见星爱市二的生命力，也爱学校附近大街小巷间的烟火气。

寒风凛冽，整条街的"人味儿"瞬间全无，只剩昏黄的路灯以及寥寥人影。

路见星吃了点儿健胃消食片，舒坦了，抱住盛夜行不撒手。

他留意这条路上的每一个井盖、每一处屋檐，像在看一位老朋友。

"哈——"他张嘴哈出一口气，空出一只手去抓白雾。没抓到，他又再伸手："哈——"

"干什么你？"盛夜行在前面笑，"抱紧点儿，别摔了。"

"小盛！"远处突然传来一声叫喊。

盛夜行放慢车速，把车停下来。他取下头盔往前看。

是张妈穿着件羽绒服站在路边，笑眯眯的。

盛夜行看到她手里拎的保温盒："您看雨哥去？"

雨哥是张妈的儿子，上个月出了车祸，受了点儿伤，现在还在医院躺着。以前他没受伤的时候，盛夜行周末晚归时经常碰到他来接张妈回家。

"嗯，送点儿汤过去。"张妈答应一声，又望向盛夜行车后座。

路见星讪讪戴着口罩和头盔，乖乖地挥挥手，喊了声："张妈好。"

"哎哟，张妈这真是老了，"她往后一退，像被吓到了，用手顺顺气，"你看我这眼睛，我以为你摩托上载着一大姑娘！"

"是我室友。"盛夜行大方地笑笑。

"见星嘛，我知道！"张妈说着，像想起了李定西，又有点儿哽咽了，"你说室友，我就想起定西……多好多阳光一孩子，也不知道他什么时候能回来。"

盛夜行忍住叹息,劝慰道:"总会回来的,您别太担心。"

眼看时间已晚,盛夜行本来想自己骑车把张妈送到方便打车的路口去,但又考虑到路见星离了自己不行,干脆就用手机叫了辆车把张妈直接送到医院住院部。张妈上车之后,盛夜行绕到驾驶室,敲了敲车窗玻璃,嘱咐了司机一番。

他说,乘客年纪大,麻烦他开慢点儿,刹车别踩太急。他问司机大概多久能到。司机说需要四十分钟,盛夜行说,那行,四十分钟后他会给乘客打电话问是否已安全抵达。

安排好一切,盛夜行目送那辆车离去。

然后,他把路见星从"猎路者"上抱下来,帮他把头盔解了下来,伸手撩开他的衣摆,再掀开他的卫衣、毛衣,最后摸到他光滑的小腹,揉了揉。

盛夜行说:"下来一起推着车走回去吧,你还得消化一会儿。你肚子还鼓着。"

路见星一阵沉默。离出餐厅才半小时,哪有消化那么快的?

路见星被他冰冷的手摸得浑身打战:"冷。"

"你看你腰上,一点儿肉都没有,"盛夜行又摸到他腰侧,真在嫌弃似的,"以后你都吃这么饱就好了。"

路见星一下子笑了起来:"那……每次都走不动了。"

见他还望着张妈离去的方向,盛夜行伸手去推车,让他跟在自己身侧,问:"你是不是不太能理解为什么要这么做?"

"啊,嗯。"路见星愣住。

"'感恩',你知道什么意思吗?"盛夜行眼看快到宿舍门口了,放慢了速度。

路见星点头:"嗯。"

但其实他是不懂的。要他对爸妈做什么、对唐寒老师做什么、对张妈明叔做什么，他常常都是蒙的。

盛夜行没再接话，路见星也不说话了，低头看两个人一前一后的脚步。

两个人一起拐进了宿舍小区。宿舍楼下照明灯敞亮，明叔从保安室里望了俩人一眼，低头在花名册上的两个名字后画了钩。

停好车，盛夜行把车钥匙揣进兜里，戴上冲锋衣衣帽，去拽路见星的袖子："上楼。"

踏进宿舍楼时，盛夜行喊了一嗓子，声控灯亮了。

路见星还站在楼梯口，不往里走，小声问："为什么？"

为什么要为张妈做那些事？

本不该有这样的疑问，但路见星其实想知道的远不止这个。

盛夜行戴着帽子，背对着楼道光源，整张脸隐没在暗处，他的篮球鞋有一下没一下地踏在台阶上，发出很大的声响。路见星看不太清他的表情。

"因为……其实我挺不愿意和你说这个，因为'谢谢'这两个字是我教你的。"盛夜行慢慢地说，"有时候我希望你懂得怎么表达感谢，有时候又不想。"

路见星继续把问题抛给他："为什么？"

"我总觉得，你这样，是上天欠你的。你明明应该得到所有的好。"盛夜行说。

路见星接不上话了。他理解这两句话都要费好大的力气。

盛夜行继续说："我想，你知道怎么'得到'就好了，不需要去'给予'，那样会让你累，也让你苦恼。"

见他对不说话了，盛夜行就当刚才什么都没说过，下了两个台阶去牵他："跟我回去，别想了。"

破天荒的是，路见星执拗地站在那儿，一动不动，咬着牙说："我想，一个人——"

下意识以为"一个人"是别的意思，盛夜行回头就说："不行！"

"……坐坐。"

路见星把后边两个字说完，倔脾气也上来了，甩开盛夜行的钳制，非要坐在楼梯上。

盛夜行又去拽他的手："回去了，外边冷。"

路见星的嗓音尖锐了起来："不！"

盛夜行突然像是耐心耗尽，再次去拉扯他："回去。"

两个人虽然身高相当，但体形和力道仍有差距，这一下路见星挣脱得艰难，费了好大的劲儿才甩开盛夜行的手臂。

手疼。

路见星低头看手腕，上面明显已有了一道红痕。

楼道内暗下的声控灯亮了起来。盛夜行回到之前的位置，表情阴郁地看着他。

两人沉默了一会儿，楼道里的灯又暗了。

盛夜行粗重的呼吸声在漆黑一片的小空间里清晰可闻。他皱紧眉头，用手撑着楼道护栏，选择让自己安静下来。只须稍微一声咳嗽，灯就亮了。

路见星也是个犟脾气，坐在地上愣是不动，垂头看着地面，浑身冷得发抖。

他瞧着脚尖，用手绕着鞋带玩儿："你先上去。"

"回去，我累了。"盛夜行留下这么一句，回头往楼上走了几个台阶。

路见星丝毫不受影响，还是坐在那儿不动，手一直放在膝盖上。

通风口的风一吹，吹得冰冰凉的。这下盛夜行没管他，直接回了宿舍。

没过几分钟，楼道灯从五楼向下一路被踩亮，路见星抬头往上望，能看到每一层的灯光如萤火——直到一楼亮灯，盛夜行才气喘吁吁地停下脚步。这时他手里拎着一件外套。

他把外套披在路见星肩膀上，在楼道里摁响打火机，点了一根烟，但没抽，就把烟搁在脚边，盯着它燃。

两个人都坐在楼道里喘气，谁也不开口讲话。

他们的身影好像被风得交叠在一起，极像荧屏上才会出现的场景。

盛夜行突然站了起来。他下了一个台阶，稍稍弯下腰，伸胳膊去拽路见星的衣领，硬生生把路见星拽了起来。

接着，他拿出了十二三岁时带自行车翻墙的力气，头顶着路见星的腰身，长肌肉的胳膊没白费力气，猛地使劲儿，路见星直接被他扛米袋似的扛到肩上了。

盛夜行抬起右脚，踩着楼梯，沉下身子，一只手好好儿护稳路见星，告诫似的说："别乱动。"

路见星是真不敢乱动，这种老式居民楼地都是水泥铺的，万一摔下去就是两个人都遭殃。力气再大，带个人上楼梯还是需要费点儿劲儿，盛夜行靠着栏杆，把每一步都踩稳，背心都汗湿了。

每上一层，路见星就搂着盛夜行的脖子"嘿""哈"，把声控灯叫亮。

宿舍门没关，盛夜行伸腿把门踢开，忽然说："你冷暴力我！"

"没！"否认完毕，路见星瞬间感到天旋地转，被盛夜行掐着腰放下来。

双脚一落地，路见星就挣扎着要甩开钳制，却还是被盛夜行拽紧了，动弹不得，气得哼哧吐气。

盛夜行单手拽着路见星，另一只空闲的手臂把寝室内有靠背的木凳拉过来，一屁股坐上去。虽然看不清盛夜行的表情，但路见星能想象出来，他现在肯定跟个大爷似的。

盛夜行一向强势，但没有这么不顾路见星疼不疼过。

寝室内的灯都关着，唯一的光源是宿舍楼外的路灯。盛夜行犯浑，路见星也不是吃素的，他下意识弯起手肘挡开，腕子打到盛夜行的脖颈，疼得后者剧烈咳嗽了几声，但盛夜行还是生拉硬拽着把路见星拖回凳子上。

似乎是在楼道里受凉了，路见星嗓音有些哑："你欺负我……"

你怎么能这么欺负我？

他手上一用力，勒着盛夜行后脖颈的指尖划下一道红痕，疼得盛夜行一缩脖子。

两个人面对面愣了几秒，急得一个眼红、一个脸红，原本干燥的空气开始潮湿。

冬日，人与人之间最需要体温的慰藉。不过，两个人怎么就打着闹着就急眼了……

路见星逐渐察觉到，他们之间的朋友关系还需要依靠势均力敌地互相制服来平衡。

少年之间的武力碰撞让他们更兴奋。

"难受……"路见星低低地叫了出来，像是很疼，踮着脚想站起来，眉心拧成一团。

盛夜行欠揍地问："疼吗？"

"疼。"路见星狠狠地捶了他的背一下。

盛夜行头一次觉得自己离路见星这么近。

他不再是孤独星球上的某个人，自己也不是。

Chapter 36 玫瑰

你是彩色。

"咚咚。"寝室门又响了。两个人不约而同地抬头对视一眼。

盛夜行低骂了一声，抬起头往门那儿望："谁？"

门又被敲了两下，外边传来顾群山的声音："老大——我来给你们拔罐！"

"等一会儿。"盛夜行回应完，去拧了条热毛巾，把路见星脸上的汗擦干净。

路见星安静地让他擦，一边特乖地递上卫生纸。

顾群山又喊："老大！好了没呀？"

盛夜行还没回话，路见星先从凳子上跳下来，特顺畅地去开门。盛夜行松了一口气。

还好。要是走不动路就不好了，肯定很疼。

"路哥，路哥晚上好……"他尴尬地晃了晃手里的工具，"我，我真是来拔罐的。"

盛夜行提高音量："你？拔罐？"

"嗯啊！"

"多少钱一次？"

"我这免费的！不过，以后你们可以当回头客。"顾群山说，"唐寒老师说，我学习还需要加把劲儿，但要是高考没考好的话，可以另谋出路。"

盛夜行给他找了把凳子坐："你这曲线救国的门路也太野了。"

"高中毕业学历嘛，"顾群山不好意思地挠挠头，"先找点儿事做。"

盛夜行挑眉看他手里拿着的"凶器"，艰难开口道："真是拔罐？"

这跟蓄意谋杀差不多。

"气罐！"顾群山把从网上买的工具一股脑倒在李定西的空书桌上，"快快快，你们谁先趴下？"

盛夜行看了眼路见星，对方似乎跃跃欲试。可是路见星胳膊上还有他的指痕，不成。

可是，路见星正在解开衣服领口。盛夜行眼尖，瞄到了。

盛夜行撩起衣摆，特爽快地一脱，赢在穿得少，将整个完美腰腹露出来："我先！"

"啧，赶上好事你就抢先……"顾群山嘀咕。

"我是怕你把路见星折腾坏了，"盛夜行瞪了一眼顾群山，把脱下来的长袖系在腰间，"我选择先受死。"

顾群山无语道："我就不该来……"

盛夜行冷哼一声："你也知道。"

看到他们俩有事做了，路见星扶着腰坐下来，摊开作业本，打算看几眼英语作业。

七手八脚地乱搞了一会儿，顾群山总算把气罐固定在盛夜行的背上了，又赶紧拿手机出来看下一步该怎么做。

路见星像是怕顾群山把盛夜行的皮扒了似的，一脸警惕，时不时回头瞄一瞄。

顾群山边拔罐，边给盛夜行讲 NBA 球星的人生经历。坐在一旁边写英语作文边听的路见星听得还挺入神。

拔罐结束，盛夜行去洗漱间洗了把脸。顾群山还没走，靠在衣柜边试图和路见星唠嗑。这么久了，和路见星无障碍唠嗑一直是他的一个人生目标。

他的微信群像是都没屏蔽，手机一直震个不停。

盛夜行被闹得烦了，说："你看看消息。"

"哎，唐寒老师发诊断成绩了。"顾群山掏出手机研究，"老大，你进步不小啊！你是不是偷偷补课了？"

盛夜行咬住牙刷，笑得特帅："我闲暇时间不都跟你在一块儿吗？"

"我也想进步！"顾群山握拳。

"如果你找的人能让你变得更优秀，那才是找对了。"说完，盛夜行把嘴里的泡沫吐了，扯纸巾擦擦唇角，继续得瑟，"比如我和路见星。"

拔罐完毕，宿舍楼里也响起了熄灯口号。盛夜行侧卧在床上，看着路见星动作生涩地给自己掖被子，他在黑夜中也懒得抑制得意之色，笑着问他刚才洗澡摔跤了，屁股还疼不疼。

路见星不吭声，本来不疼了，被问得又疼了起来。

"我明儿给你买点儿药好了，我搜搜得涂什么药……"

路见星闻言，背对着盛夜行，闭眼要装睡。

盛夜行查药的心情都没了，把手机扔到床脚，故意大声说道："行，深夜座谈会取消，我也睡了。"

"别呀。"路见星回了一声，立刻转过身来瞅着他，"疼。"

"你终于舍得说了？我就说，哪儿有不疼的。"盛夜行急得坐起来，"哪儿疼？"

"哪儿都疼。"

"哪里最疼？我先给你揉揉。"

路见星摇摇头。

虽然床帘内光线很暗，两个人都看不清对方的脸，路见星也非常安静，但盛夜行就是知道他在笑。

毕竟路见星只要一弯唇角，盛夜行的世界就好似在发光。

"我先。"躺下后,路见星闭上眼,紧张地捏住被角,"我先睡。"

"你睡着了我再睡?"盛夜行问他。

"嗯。"不知道怎的,最近好几次路见星都睡得很晚,闭上眼无法入眠,睁着眼又看见盛夜行安静地睡着了,心里就发慌,难受。

盛夜行没吭声,表示没答应。他把手肘撑在身侧,含糊道:"我很困了。"

而且他不能再这么惯着路见星了。

他最近常常陷入一种莫名的焦躁,想推着路见星成长,又舍不得下手。

路见星察觉不到盛夜行的"不乐意",就当他默认了,头往盛夜行怀里一拱,蹭了又蹭,没几分钟就能一头栽进睡梦中。

学习压力大,天气又冷,市二学生同冷空气斗智斗勇,没多久就有人裹着棉被来教室了。

盛夜行忘性依旧大,常常出了门才想起没穿羽绒服,一回头,就见路见星手上正搭着一件,面色凝重地瞧着他。

寝室里各个位置,"厚衣服""带钥匙""带伞""装热水"等字样的便笺越来越多……路见星越担心盛夜行,就越发说不出口。

一月底有一天,市里下了雨,盛夜行又忘了带伞,只得找班上的人借。

哪知道路见星像被拨动了哪根弦,伞一撑开就被他挥手打掉了。

他背靠在雨水冲刷过的教学楼墙砖上,边躲边说:"这不是,我们的伞。"

"我们的伞,我忘带了。暂时用一下。"盛夜行举着伞靠过去。

路见星还是躲,语气愠怒:"伞!"

"伞在这儿!"

"这不是!我们的!伞!"他固执地重复,冲进雨中。

盛夜行心头钝痛，顿觉挫败，当下就把这伞还给了同学，脱下校服外套，往雨里冲。

一路顶着校服外套回到宿舍，路见星进门就冲到阳台上，拿起原本晾好的伞，抹了抹眼睛。

他表达不出自己的感受。这种感受也是他自己察觉不到的。

他像被黑暗掐住喉咙，却喊不出一句"救我"。他手上全是雨水，脸上也是，这一抹，本来就不怎么干净的雨水全进了眼眶，没一会儿眼睛就发炎了。

盛夜行有点儿急，撩起路见星的校服就凑过去，两个人头发湿漉漉的。

盛夜行看到他的眼睛又红又肿，问："哭了？"

路见星本来不想哭的。被这么一说，他心里难过的感觉突然更强烈了，眼睛一挤，眼泪真的滑了出来。

"还真哭了，"盛夜行心疼坏了，"哭什么哭，不就是没拿伞嘛。"说的是斥责的话，表情也凶巴巴，但他的语气温柔得不行。

路见星乱擦两下脸蛋儿，艰难地抬眼："是雨。"

没有哭，是雨！

从那以后直到放寒假，市二都没再下过大雨。

偶尔有毛毛细雨飘落下来，路见星不打伞，也不再提醒盛夜行带伞，两个人默契地把内搭卫衣的帽衫全扣脑门上，在小雨中并肩走。

两人穿的长袖卫衣是盛夜行买的，只是颜色不同，盛夜行故意把自己那件蓝色买成 XL 码的，路见星的红色买成 L 码，免得两人分配时有异议。

两个本就出色的男生穿着款式差不多的亮色衣服，自然在校园里也较为显眼。专门议论这事儿的人不太多，在班里被问到，盛夜行也大方承认两人穿的是同款。

倒是在老师办公室里，会有外班班主任探头过来问："唐寒，你们班形影不离那俩男生，怎么穿的一样？"

唐寒喝茶："那叫兄弟装。"

"女生还能理解，男生这样是不是有点儿怪？"老师继续说。

"哥俩好，"唐寒在翻报纸，丝毫不觉不妥，"也没违反校纪校规吧？"

说闲话的老师被呛了一句，坐到一旁，不再吭声。

今年春节来得晚，刚好和情人节同一天。

市二学校在市里三环外，部分学生住宿，学校里有不少外省外市来的学生。考虑到之前中秋、清明、端午这些节假日都没放几天假，学校就多给学生们放了一周的假。这么一来，高三年级的寒假从一周顺利变为半个月，还不到二月中旬，这假就开始放了。

放假前，冬夏回过一趟市二，还是瞒着父母来的。他说他爸妈都不希望他再回到这个地方，避免被影响，再一刺激复发，又得在这儿读高中。冬夏说，他特别想去精神病院看看李定西，但他爸妈不让他去。

半年多不见，冬夏看起来比从前圆润了不少，跟在爸妈身边，气色也好了。

"哎，老大，"冬夏临走时，在校门口和盛夜行说话，"你们不在，我的高中生活都无趣了。"

"什么才叫有趣？"盛夜行反问他。

"嗯……有奔头，有故事，有刺激，"冬夏不好意思地笑笑，"有……有病。"

盛夜行咬着烟，说："这可没什么好的。"

冬夏叹了一口气，掏出打火机给他点烟："老大，我真觉得你挺聪明的，要不然休学一年好好养病，再稳定一点儿，明年转到我们普通高中算了。说不定能考个好大学呢。"

"没什么用，"盛夜行说，"我这辈子，就得好好治病。"

治不好就算了，治别人去。至少路见星是肉眼可见地有进步。

感觉到氛围凝重，继承活跃气氛这一优良传统的顾群山出马了。

他细声细气地开始装："夜行学长，听说您去年考得特别好，请问您对我们这届学弟学妹有什么关于高考的建议呢？"

盛夜行一脸冷漠，接过电子烟当话筒，字正腔圆地说："高考不是唯一的出路。"

"你这不行，思想就不端正。"

"怎么不端正了？"

顾群山："还记得我们那标语吗？'小就小了，弯就弯了，花儿朵朵开'……"

盛夜行嗤笑道："多惨，别人都在寻思上清华还是上北大的时候，我在担心自己能不能考上大学。"

越长大，心态越不平衡。有时候又想得挺开的。但有时候就特别恨自己。

可能这就是病。

是药三分毒，多年服用药物的影响已远远不止记忆力有所衰退，还渗透到了生活的方方面面。以前他用药物维持的时候，医生就说："现在你还年轻，感受不到，等以后老了就明白了。"

祸兮福所倚，福兮祸所伏。对他来说，都是祸兮福兮，危在旦夕。

"我再拜托你们一件事，"冬夏插话，"听说你们下周要去看李定西……能不能别告诉他我回市二看你们了？"

在场的人都能猜到原因，盛夜行也没多说，应道："行啊。"

为避免被爸妈发现，冬夏没能留下吃饭，就搭着公交车悄悄回家了。

一群男生随便找个地儿聚餐。米粉店里人不多，路见星坐在那里并没有觉得烦躁。他的那份米粉就在眼前，但他没吃也没搅合，玩儿醋瓶子就玩了好几分钟。

"怎么了？怎么不吃了？"顾群山捧着自己那份，一屁股坐在盛夜行旁边的凳子上："哎，对了，老大，我看你家见星儿这段时间吃东西吃得特别多……"

"我儿子正在长身体呢。"说着，盛夜行瞥他一眼，"再说了，你能不能小点儿声？他不怎么能听人讲话，但不代表什么都听不见。我告诉你，这种年纪的小男孩儿，自尊心特别强……"

听他这护犊子语气，顾群山总觉得怪怪的："老大，你不会真有那方面的癖好吧？"

盛夜行："哪方面？"

"就是让他叫你'爸爸'什……什么的……"顾群山越说声越小，最后调了静音。

"顾群山，"盛夜行冷笑，"我可以让你叫我'爸爸'。"

"那还是不了，不了，"赶紧吃一口米粉，顾群山擦擦嘴，"这影响多不好！"

盛夜行伸手捏了捏兄弟的后脖颈，继续垂眼，把路见星的米粉拌好。

"男人不拽，注定被甩。"说完这一句，顾群山幽幽地将视线挪向路见星，又挪回盛夜行脸上，"你能不能拽一点儿？你看路见星，多拽。"

盛夜行闻言，还真的看了眼路见星。这个小朋友正面无表情地坐在凳子上抱臂，完全一副等吃喝的大爷架势，还真的有点儿拽。

盛夜行咳嗽一声，压低嗓音对顾群山说："你看看桌下呢。"

听他这么说，顾群山低头往桌下一看："哎哟。"

盛夜行的腿正被路见星拿脚尖有一下没一下，"讨好"似的轻轻踢着。

顾群山抬头又看路见星，突然觉得路见星的眼神有点儿可怜，他是真的饿了。那眼神像在说："哥哥，还没拌好吗？"

小鹿斑比眼！像他路哥给人欺负了。

顾群山扭头跟盛夜行咬耳朵："他怎么不往你腿中间踢？"

盛夜行："……"

那还得了？！

李定西所住的医院条件不错。从病房的窗户往外看，医院草坪上的杂草似乎才修剪过。一片新绿中立着块刻字石，上面写着"新生"。

窗帘被人用力拉上，盛夜行收回视线，又看向在病床上吃馄饨的李定西。好兄弟的头发长长不少，聚在后脖颈上，用黑色发卡固定在一处。

盛夜行想起路见星曾经有一段时间没剪头发，一去理发店就像进了任人宰杀的屠场，指甲快把掌心抠烂了。问他为什么不剪，他也不给解释，直到刘海儿快扫到眼，路见星才把下巴扬起来一点儿，做一个剪刀手势。

李定西烦躁地抓了一把头发。盛夜行把买好的汽水递过去，问他："放弃形象了？"

"不想剪头发。"李定西喝了一口。汽水带给舌尖的颤动感使他不舒服，好似雨水滴答拍打着他的神经，但他全身麻木，大脑做不了任何事。

见李定西皱眉，盛夜行把那瓶只喝了一口的汽水放回桌柜上："为什么？"

"不要！"

"可是，你这样看起来太颓废了。这不是你。"

"我不想从身上拿掉任何东西。"

中二台词。

好，生病的朋友需要更多的照顾。

盛夜行走了神，继续看窗外的绿。

冬日已过，又一年春季悄然来临。要是不关病房的窗户，院里的树会把一些叶片吹进来，它们如小天鹅般旋转着落在纯白的床单上。

李定西持续烦躁着，挥开一片叶子："春天来了，夏天也不会远。热起来浑身黏黏腻腻，我不喜欢！"

叶片落到病房的地上，路见星见状低头，将一片叶子捡起来，在手心摊开，指尖翻转，叠出一个四不像。没人猜得到他叠了个什么，包括盛夜行。

李定西接过这个四不像，还是对路见星说了句："谢谢！"

路见星弯弯唇角，眉眼吹来春风。李定西佩服路见星有一种特殊能力：总能不动声色地将周围的气氛缓和，并用自己的办法悄悄治愈他人。

李定西想起来身边好不容易有了可以说话的人，捡起方才的话题继续说："夏天要游泳，对吧？你们高考完会陪我游泳的，对吧？"

"你以前很喜欢夏天的。"盛夜行渐渐习惯他的跳跃式谈话。

李定西的回答牛头不对马嘴："我现在也很好。"

他激动得想一个鲤鱼打挺从床上坐起来。他一动作，枕头就挪了位。

盛夜行面无表情地从枕头下摸出一根烟，并用指缝夹住，在空气旋出弧度，收入衣兜。

李定西眼神躲闪了一下。他看起来可怜巴巴的："老大……我就剩这个了。"

盛夜行叹了口气，说："不好，别抽了。"

他是过来人，知道吸烟代表什么。盛夜行想过，要是把他颓丧时抽过的烟头都搜集起来，大概能堆积出曾经蠢货般的自己——

活在烟雾缭绕的环境中，逃避现实需要他承担的责任。

李定西的那根烟是他好不容易和病友讨来的："就一根，你都要收？"

"收，"盛夜行摩挲着烟嘴，"都湿了，还抽？"

"湿了啊……"李定西失望至极，"是汗水吧？"

盛夜行讶异："汗水？"

"晚上会做噩梦。"李定西简单地一语带过。

医院里晚上八点熄灯入睡，他还没适应猫头鹰的作息，常常耗到十点。黑夜带给李定西很多幻想，例如蝙蝠、鬼神、翻窗进入精神病院偷东西的强盗。

李定西每晚做噩梦，会把被褥当作束缚自己的绳索，一边挣扎一边被困于此。惊醒后，他胸膛起伏着，把满脖颈的汗擦到床单上，再躲进被窝里流眼泪。

神爱世人，他想。

那天从医院出来，盛夜行网购了一支电子烟，托人送到李定西手里。

二月，展飞复试过了，简单地在微信群内通知一声，并祝大家新年快乐。

市二已经放了寒假。除夕那天，路见星的父母在知道盛夜行的家庭情况后，盛情邀请他去家里过年。盛夜行权衡再三后选择了拒绝。

父母对幼崽的保护性嗅觉极其敏感。盛夜行胆子再大、再野，也知道轻重。

那晚，电视里说"辞旧迎新"，倒计时从十数到一。

市里二三环有市民放了烟火，一簇紧接着一簇，城市的夜幕点缀着星光。烟火绚烂，不断地点亮天际，路见星眼底的光也随之变幻。

但他没看烟火，他的注意力全在楼下。他趴在校外出租屋的阳台上，往下望。

数到"一"结束，路见星听到了弟弟奶声奶气的欢呼声，听到父母在招呼自己进屋，听到无数朵烟花绽放……听到自己的手机响了。

盛夜行正拿着手机站在楼下，抬头朝楼上看。接通电话，路见星比盛夜行抢先说了"新年快乐"，之后两个人的通话陷入短暂的沉默。

全世界静得仿佛只剩呼吸声。路见星什么也没说。

"看见烟火了吗？"盛夜行仰头，"明年我放给你看。"

"我不喜欢这个。"路见星觉得吵。

盛夜行下意识道："那你喜欢什么？"

喜欢和大家在一起。

"啊。"单音节，路见星以此作为回答。对他来说，打电话算是一件困难的事。

路见星趴在窗边往下看得吃力，大半个身子露在外边，随时都有可能掉下去。

这时候，盛夜行的脑海涌出一个怪异的想法——跳下来吧。

跳下来。结束这一切。

一阵沉默后，盛夜行在黑暗之中望他，低声说："尼斯湖水怪。"

"……"

"我只看得到你的半边影子，"盛夜行感谢烟花，烟花的亮度让他短暂看清路见星被照亮的脸，"你还记得吗？上学期唐寒老师放纪录片，有一只水怪的影像……它也像你这样，很小心地在水面探出头。"

甚至有点儿可爱。

"哦。"意外地，路见星仿佛理解了，在窗边歪着头笑。

他学怪物，小小地"嗷"了一声，只有他自己听得见。

路见星不在乎父母在客厅里冲自己喊了什么，也不在乎零点时分应该欢呼庆祝，只在乎盛夜行在楼下傻站了一个半小时。

"新春佳节，我们与家人团聚——"电视机里的主持人说。

路见星瞬间把这个黑色小方盒归类为不喜欢的物品。

他掰着手指算自己的家人。

爸、妈、流鼻涕的弟弟……楼下的盛夜行！路见星一激灵，又往下探头。

"今晚你就和叔叔阿姨住，乖一点儿，好不好？"盛夜行哄他。

路见星点头。他忘了他们是在打电话。

"好不好？"盛夜行又问。

路见星张张嘴，好半天才回应："不好。"

落下话音的瞬间，他那张被上天偏爱的面孔被紫红色烟花照亮。

新年，路见星的黑发理得很短，露出原本被遮掩住的眉毛，偏白的脖颈也露了出来。

他扭头看看烟花，眼神淡淡的。

万家灯火，阖家欢乐。他的盛夜行哥哥在一栋居民楼下，却没有一扇门可以进。

路见星感觉胸口被巨石压着，不明白这是什么感受。

他张嘴，闭嘴，用嘴巴呼吸，用鼻子呼吸，仍旧没能缓解难过。他又趴好，在妈妈招呼自己回客厅吃水果时"嗯"了一声。

盛夜行穿着一身薄款红冲锋衣，是年前舅妈寄来的，说新年穿这个喜气。

而从路见星这个角度看，盛夜行像他家楼下的一摊血。

盛夜行没察觉到路见星的呼吸逐渐急促，他把遮住嘴唇的领口放下来，从衣兜内拿出什么东西。路见星在四楼看见他蹲了下去。

盛夜行把那个东西小心地用废报纸托举好，放在地上。

他长长地松一口气，说："新年礼物。"

说完，他踮起脚招了招手，指指小区门口。

盛夜行走了。

路见星从四楼下来，扶着楼梯一步步地走下楼，另一只手里还拎着垃圾袋。他告诉妈妈，下楼扔垃圾。到了楼下，路见星在单元门门口找到了盛夜行给他的新年礼物。

一支木雕的玫瑰，虽然雕得……不太好看，也没有上色！

路见星小心地捧着它，再一步一步地上楼。

"老路，你看你儿子捡了个什么回来！"路妈看一眼路见星手里攥的木玫瑰，摊开柔软的手掌，"可以给妈妈看看吗？"

路见星摇摇头。他把玫瑰攥得更紧，还好盛夜行没有把玫瑰花刺也雕出来。可能是技术没有那么好？想到这儿，路见星笑了一下。

路爸爸看他不愿意给，就多瞅了几眼，没说话，低头继续给小儿子喂饭。

回到房间，路见星掏出手机看盛夜行发来的微信。

是很长的一段文字。

路见星翻开草稿本，字迹工整地把盛夜行发的文字誊抄了一遍。他抄得很慢，慢到路妈妈敲门进来时，还以为儿子在认真写作业。

路见星喝完热牛奶，路妈妈关了他卧室的灯，说："新年快乐，早点儿休息。"

路见星动作利索地爬上床，再把睡衣撩起来，整个背脊贴着冰冷的墙，眼神定定地在房间内环视一圈，没有找到可以躲进去的衣柜。

躺了一个小时，他又爬了起来，把台灯打开，趴在床上，把盛夜行发的文字又抄了一遍。

路见星现在会看书，也要做阅读理解。阅读文学类书籍时，他与常人不同，经常要抄写一遍才能稍微有一点儿模糊的理解。每抄几个字，他就得停一下。

新年的第一天，他抄到凌晨两三点。

他记得有一段这么说：

> 我问过你，我们是什么颜色。你说你是透明的，而我是彩色的。我今天想要告诉你的是，在你那里，我永远是透明的，你是什么颜色，我就是什么颜色。

就像今天的玫瑰没有颜色。我们是什么颜色，取决于对方。

你快乐所以我快乐，你痛苦所以我痛苦。

十八岁的路见星还不太明白，他们不仅是兄弟，还是依赖互存的家人。

他们是捆在一起纠缠的绳索，是雪峰之巅离太阳最近的薄冰。

大年初七，高三七班下半期开学。

路见星把那支木雕玫瑰放在抽屉里，时不时拿出来看一眼，常常把干净的手掌弄得乌黑。玫瑰杆会掉色。

大年初一那天，路见星把家里放的黑墨水瓶翻出来，一口气全部倒进自己洗脸的盆子里，再把盛夜行送的木玫瑰扔进去。然后，他徒手捞出了玫瑰。

路见星拍了张照片，手滑，把照片发到了朋友圈。

在医院修养的李定西回复说："谁家玫瑰花被雷劈了？（疑问）"

路见星脸上被手抹得像丛林迷彩，洗了三天没洗干净，就这样挂着几道灰灰的痕迹直到初七开学。盛夜行来接他时，结结实实吓了一跳。

去上学的路上，盛夜行拿微信给路妈妈发了条语音："阿姨，您应该把家里的颜料都收起来，我怕他爱上人体彩绘。"

路见星睁大眼，在旁边说："人体彩绘？"

"没什么。"盛夜行趁周围没人，抱了他一下。

路见星没表达出来的是，他在花店没见过黑色的玫瑰，与满街血红色玫瑰花相比，它是最珍贵的。

Chapter 37 繁星

他们好像又回到去年夏天。

木雕玫瑰染上了黑色。

路见星每天要花几分钟洗手。为了方便将手上的墨迹去掉，他身上揣着块香皂，专门用小袋子装着。

再三请求后，路见星总算答应把他独一无二的"黑玫瑰"摆放在宿舍里。

每周一、三、五带去教室，二、四、六放在寝室里，剩下周日，他选择把它拿去出租屋。

路见星盯着黑玫瑰写试卷。这导致了他视力不稳定，经常感到眼睛酸痛。

黑玫瑰取代了作业本页脚吐芯子的红色小蛇，成了路见星在草稿上"为非作歹"的又一标志性印记。

黑玫瑰和自己的兄弟木雕摩托车放在一起。车屁股和枝干屁股上歪扭地写着盛夜行的生日，像在宣告自己的生父是何许人也。

带木雕上学的坏毛病暂时告别了路见星，而不愿意放弃拿香皂这个问题又接踵而至。

香皂的味道很好闻。盛夜行一靠近路见星，就能闻到这股清香，活像个变态大哥哥。上课时，盛夜行看到路见星又把香皂袋拿出来，就从抽屉里摸出美工刀说："香皂给我，哥哥给你雕个东西。"

路见星没见过拿香皂刻小玩意儿的，顿时愣住了。

"香皂花。"盛夜行自言自语完毕，把香皂拿过来放好。

他刚拿到香皂，前座正在翘凳子的顾群山不小心碰翻了路见星的水杯。水洒得过快，盛夜行的手也打湿了，香皂变成了鱼，因为被握得太紧，从盛夜行手里滑了出去。

"捡一下！捡一下！"顾群山喊着弯腰去抓，他的手也滑，香皂溜得更远了。

"这香皂会动？"

"那是因为手上有水……"

"哎呀，好脏……"

半个班的同学纷纷弯腰，加入了抓香皂的快乐插曲。

路见星满桌子都是水，还在原地发蒙。

教室内乱成一团，任课老师用教鞭使劲儿敲击黑板，怒喝："都安静！"

"啊——"有女生在混乱中尖叫。

最后，香皂被顾群山截住，截去了办公室。

任课老师在班上问："谁把香皂弄到学校来的？怎么不把家里空调遥控板也带来？！"

路见星面无表情地站起来，摸了会儿衣兜。他错把斥责听成了命令。

稍后，他真的摸出一个小巧玲珑的空调遥控板，放在桌面上。有同学开始憋笑。

"我来试试能不能用。"盛夜行接茬儿。

他摁了下一下开关，教室悬挂的壁式空调"嘀——"了一声。

全班大笑。不一会儿，任课老师也跟着笑。

快乐如潮水，将他们的压力和对未来不确定的恐惧短暂地吞没。

"你啊。"盛夜行叹了口气，在桌下捏住路见星的小拇指，蹭了蹭。

他看向窗外，恰好有阳光洒满桌面。

路见星追随盛夜行的视线，然后他垂着眼，再伸出手，掌心扣在微微发烫的木桌上，看着阳光将他的指甲照得透亮。

盛夜行想起了儿时妈妈晾在院里的金丝绒裙边。

校门口时兴"刮刮乐"彩票，老板揣个钱袋，一边收钱一边笑，腰包日渐鼓囊，终于吸引了路见星的注意力。路见星一口气扯了六张卡片下来。

周围刮卡片的同学散到一边去，有的垂头丧气，有的笑容满面，都在交智商税。

盛夜行这么想着，还是从校服兜里夹了个钢镚儿，抵着未知的卡片，轻声说："你刮刮。"

"乐。"路见星补充道。

他全神贯注地盯紧那几张卡片，活像等试卷的学生，正摩拳擦掌准备一显身手。

六张卡片上分别是几只动物的剪影，对应的是兑奖数额。

盛夜行说他去店内看看对照表。

兔子——谢谢惠顾。

绵羊——五块钱。

他摇摇头走出来，把钱叠在一起递给老板，拜托他等会儿把这几张钞票"奖励"给路见星。

"兔子是一百元，绵羊是五十元。你刮到了两只兔子、四只绵羊，那就是四百元。"盛夜行坦然自若，说谎不打草稿。

路见星低头，刮出了五百元大奖，是头熊猫。盛夜行拿着彩票，又进了次小卖部，确认这五百元是真的中了。老板在一旁满脸痛苦地捂住腰包。

领了中奖钱，路见星很开心，坐在摩托车后座晃腿。

盛夜行说，路见星这段时间越活越倒回去。他吃饭笨拙，偶尔还掉饭粒在身上。擦干净后，路见星会不好意思地傻乐。有进步，路见星的自信心强了一点儿，自然也不再那么谨慎，有时候在路上走都能撞墙，痛得捂住额头站在路边好半天。盛夜行又心疼又想笑。

好的是，路见星说话的声量和频率好些了，但是语调还是没多大区别，但盛夜行经过一年多的相处，已经能完全理解他的意思。

在学习上，路见星没兴趣的或者没接受的，半个标点符号都写不出来，但对能看进去的知识他掌握得很好。唐寒说，他这是在往好的方向发展。

三月平平淡淡，他们之间却轰轰烈烈。

盛夜行开始试着把路见星送回他父母身边过夜。

两个人夜晚待在一起的日子虽成了奢侈，但极好地保证了双方的睡眠。

路见星躺在床上仰头看宿舍床帘顶端挂着的一小盏昏黄的夜灯。

夜灯起先是一盏，慢慢被摇晃成两盏、三盏——重影交叠，路见星闭眼，像是这一刻就要进入梦乡。

他在室内望见了满天繁星。

盛夜行为了路见星，用摩托车换了辆电瓶车，用于捆腰固定的校服渐渐被路见星听话的双臂所代替，车把手上会很不酷地挂一点儿好吃的好喝的——路见星的嘀咕取代了盛夜行曾追求的风声。

他在小小世界中为他倾尽一切。

四月初，市二门口的小商贩被负责综合治理的工作人员清走了。

校门外的路宽阔笔直，通往另外一个世界。

学校给特殊班级新订购的感统训练教具起了新作用，不少孩子开始接受"训练"，并且主动想要为之努力。唐寒说，高一新入校的学弟学妹们适应得很不错。唐寒还说，这方面训练的最佳时期是七岁以前，人在这个阶段学习最快。

盛夜行常带路见星去高一看看。高一那位班主任的办公桌上常出现一些零食和饮料，基本都是高三七班的学生放的。

爱是相互的。他们感谢一切给予过他们帮助的人。

四月底，伴随三次鼓掌声，路见星终于在班级里做到了不最后一个交卷。

因此，盛夜行请班上同学吃了顿烤肉，埋单花了四位数，他还和路见星开玩笑，说接下来一个月得天天吃面条。

路见星一听吃面条还挺兴奋，一到放学就往面馆里坐。

这样一吃面条就吃到月底，盛夜行差点儿吃吐了。

五月初，李定西在微信群发起群通话，说他又转了个病区，月亮灯每晚都亮，说他给病友说他自闭症兄弟的传奇经历，结果人家不信。

五月底，天气渐热。恍惚间，他们好像又回到去年夏天。

在市二教学楼走廊上陪盛夜行喝汽水的人变成了路见星，只是一个讲话，另一个搭腔，再一起仰头看云朵在蓝天上飘浮。

路见星一会儿说这朵像头熊，一会儿说那朵像匹马。

盛夜行看得晕乎乎的，一扭头，看到一颗汗珠自路见星的下巴滑至脖颈上。

宿舍的温度升高，空调的降温作用并不明显。

路见星叹气，撩起短袖去冲澡，睫毛上都有汗。他的腹肌比前年来的时候更加结实，脱衣服的动作也更加利索。

他洗完澡，宿舍空气中的兰花香消失，取而代之的是盛夜行身上的香水味儿。

盛夜行问："还记得你把我的香水拿开水泡了吗？"

"是我送你的。"路见星反驳。

"那你还记得你把一整个寝室的鞋带都系了吗？"

路见星点头，又摇头："是你录视频让我学……"

"那下次，"盛夜行坏笑道，"我给你录点儿别的？"

"不说了，"路见星仰头，"不说了。"

也许是因为太累，收拾完床铺，路见星已经蜷缩在床尾睡着了。

一年来，路见星流眼泪的次数屈指可数。

盛夜行突然明白，好多看似孤独的人，其实连眼泪都没流过。

Chapter 38　高考

他夺下我视线里的金奖杯。

··

高考前的那一晚，一切如往日一样平常。每一年的六月六号都如此。

盛夜行想起以前自己上高一、高二的时候，还觉得高考离自己非常远，并且不屑于参与这场考试。

往年六月六号，他们一群半大的男孩儿在夜里飞街、喝酒、淋雨，把干燥的身躯打湿，沉醉于夏天的晚上。这是他的青春期。

从车棚里取回落灰的"猎路者"，盛夜行发现摩托车都旧了。

高考完再换一辆吧。盛夜行这么想着，有些不舍。他用抹布擦干净座。

风吹着，他们在校外三环路的辅道上飞驰而过。

微信电话的通知声响了一路。当微信电话第七次因为无人接通而挂断时，盛夜行庆幸自己没有在车后座安一个大音响，音响下连着彩色跑马灯，彩条飘带迎风乱舞。拿洋酒洗车的事他做不出了，盛夜行怀疑当年自己的脑门被高压水枪射中过。

找好晚餐店，盛夜行领着他们那群人靠在路边，规规矩矩把车停好。

手机还在他裤兜内震动，顾群山摸出一根棒棒糖含住："接吧。万一有什么急事。"

盛夜行按下接听键，手机屏幕粘上了他掌心的汗。

"明天高考了，你们不得喝个夜啤酒庆祝一下？"李定西在微信群中如是说。

"虽然市二很好，但我明年不想回了。对了，市二还不收复读生。"队友说。

"高考加油啊各位！"另一位队友说。

"八号晚上给我留个卡座吧。"盛夜行说。

吃完夜宵，盛夜行在回去的路上问路见星："要参加人生中最重要的一次考试了，什么感觉？"

"嗯？"迟疑了一秒，路见星第一次那么快做出回答，"快乐！"

盛夜行以为他会说"紧张"之类的词。

天天傻乐！不过也好。

"对，你没说错，"盛夜行点头表示赞同，抬手单臂搂住路见星，朗声道，"考完了，我们将拥有夏天、西瓜、汽水，还有冻在冰柜里永远不化的冰块。"

"冰块。"路见星抬眼，夏风如羽毛点过他的睫毛间。

盛夜行收好手机，赶在九点之前把路见星送回了出租屋。

"明天七点我来接你。"盛夜行取下头盔，"我给你带早餐。"

路见星抿唇："拜拜。"

盛夜行讶异于这种道别方式的轻松，还不太习惯路见星这么说。

他戴好头盔，故意从透明罩里眨眼电路见星："走了。"

路见星点头，站在黑夜里目送他潇洒离去。

一年中，六月往往是不同寻常的。六月过完意味着半年过完了，下半年又是崭新的。

会发生什么呢？

路见星第一次如此期待新生活。

在高考前这一夜，他在黑暗中睁眼，挥舞手臂，不知道在抓什么。

他将被褥裹紧全身，尽量不让背脊触碰冰冷墙壁。

他折腾到十一二点，困意姗姗来迟，疲惫抚摸他的眼睛。

高考这天，天大地大，考生最大。

盛夜行平时要花半小时才买得到的花卷，今天五分钟就买到了，老板认识他，更喜欢他清清爽爽的学生样，赶紧又塞给他几个豆沙馅儿的馒头。

七点，路见星准时出现在楼下，身边是僵硬的路家父母。

他们儿子确定要坐摩托车去高考考场？头盔够硬？超速的话，儿子会飞出去吗？真的可以骑这种摩托车去参加高考吗？

读懂路家父母的眼神，盛夜行为自己辩解道："叔叔阿姨，这是我自己的车，和街上那些野摩不一样，我骑车挺慢的，很安全。"

我这后座都快变成你们儿子专属的了。

这句自然没说，盛夜行没什么耐心。他直接略过路家父母的意见，戴头盔，扣绳带，扬着下巴招呼路见星上车："赶紧。"

路见星很乖，跨上车就往脑袋上戴头盔。

像教育小孩儿一样，盛夜行用手肘顶了顶身后："和叔叔阿姨道别。"

"拜拜。"又是拜拜！

面对担忧的父母，路见星没有再多说什么，只是伸出胳膊抱紧盛夜行的腰，与妈妈交换了一个让他放心的眼神。

深呼吸，吐气。唐寒老师说这是缓解紧张的好办法。

最后半年的抱佛脚行为帮不了太大的忙，路见星明白。

学习很难，但一想到或许能继续与盛夜行一起念书，他就有了干劲和信心。

其他的他都不在乎。

高考考场设在离市二不远的一所学校，路见星不熟悉环境，坐立不安。

铃声响起，他动作略显笨拙地拿出准考证、笔袋，再盯着窗外蓝天飘浮的白云，足足发了十分钟的呆。

第二天考试，他依旧如此，考前例行眺望远方。眺望够了，他才舍得动笔。

高考对路见星而言和平时的考试没什么两样，所以他做得轻松，写完也不检查，直接交卷走人。

他能把每个空白都填满，就已取得了最大的胜利。他也做过堆积如山的试卷，经历过无数个摇头晃脑背诗的夜，只是别人一倍的功夫他要用双倍的努力去做，还不一定有效。

老师尽力了，他也尽力了。这一段青春尽力了，就够了。

下午最后一门考试结束的铃声响起，路见星捏着填涂机读卡的笔，在教室门口的墙上印铅点，又拿橡皮去擦。

考生如潮水般涌出教室，路见星的发鬓被炎夏和人群打湿。他步履缓慢地走到楼梯口，看到盛夜行穿着一身蓝色的短袖，拿着准考证，正站在楼梯口等他。

就是在这个时候，明明所有人都在往楼下走，盛夜行却贴着楼梯栏杆，礼貌地一声声地说"借过"。

几乎是两年前，盛夜行站在高一些的台阶，满脸不耐烦。

两年后，换路见星站在楼上，把手掌心的座位号条捏成一团。

"盛夜行。"路见星主动下了一个台阶，喊道。

今天天气很好。

他们用固体胶把准考证黏成手环，并肩走在有火烧云的夕阳下。

甜蜜在耳畔欢呼。

他们的高中生活到此结束。

高考完，路家父母先回了隔壁省市，说等成绩出来、毕业典礼结束后再开车过来接路见星回去。

展飞参加了招飞最后一次定选，李定西正在准备八月出院，冬夏忙着升学，顾群山还在研究除了拔罐以外，能有什么适合他的职业。

夏天匆匆忙忙，热意从南涌到北。全新的空气环绕着整座城市与整条三环路。

盛夜行的摩托车后座被阳光晒得发烫，他在考虑要不要给路见星弄个冰的座垫。

六月中旬，顾群山来透露小道消息，说唐寒老师终于解放了，在忙完他们这一届之后，相亲了一次。

一群男生跑到唐寒老师相亲的那家咖啡馆里，找到其他座位，监控一样地审视那个陌生的男人。

唐寒最开始没看到他们，倒是听到顾群山打了个响亮的喷嚏，一下就听出来了。

然后她大大方方地跟对方介绍："我学生，后面那桌。"

"这是盛夜行，这是冬夏，这是顾群山，这是路见星……"

听到唐寒点名，路见星第一个站起来，顾群山把他摁了回去。

见识了相亲事件，路见星对男女之间的关系有了新的了解。

晚上洗完澡，两个人窝在沙发上看了一场投影小电影。

盛夜行在戒烟，嘴里只能咬一根顾群山送过来的牛奶味儿电子烟，粉红色的。

他一低头，烟雾漫上路见星的侧脸。

他又想起高考完那天的蓝天白云。他被鹌甜的烟雾呛到想流眼泪。

盛夜行又想起那个命题。

路见星根本就不是透明的、彩色的，他应该是最纯粹的白色。

"今天你学到了不少新东西。你告诉我，"盛夜行靠近，不死心地问，"我是你的谁？"

路见星断断续续地答："弟……弟弟。"

盛夜行想把路见星这张气人的嘴封上："再说？"

"是哥哥还是弟弟？"路见星懵懂地反问。

盛夜行闭眼："算是……哥哥。"

"我不想当弟弟。"路见星皱眉。

"只能是哥哥。"盛夜行把脸凑近，妄图增加杀伤力。

毕竟快奔二十的人了，嗓音已更成熟，稍往下压，如钟声撞入心间。

"哦，"路见星眉眼弯弯，"原来是哥哥。"

意识到被耍了，盛夜行选择闭麦。他不讲话，路见星也不跟他讲。

路见星开始低头玩儿顾群山送给他的高难度拼图。拼图是一张全市地图，将城市浓缩成五个小小的环。他已经把三环拼好了。拼图水平极其高超，他眼尖手快，只看到个航站楼就能把机场拼出来。

"说真的，"盛夜行把火车站的那一块给他，"我有个很好奇的点……"

"嗯。"路见星把火车站的拼图拼到动物园那儿去。

"你是什么时候拿我当朋友的？"盛夜行见他不吭声，继续诱导，"能说说吗？"

听到这个问题，路见星的双手从交叉的姿势变为互相捏掌心，掌心藏着一块拼图。

回忆里，盛夜行的样子太多种多样——

他踢进一个篮球，从教室后门进入，捡起我面前的卡片，说我和他的名字很相配。

后来，我们就被配成了一组。

他骑着引以为傲的臭屁摩托车，飞驰在夜里，孤独如风，身后却载着我。

于是他慢下速度，从亡命徒变成承运宝藏的博物馆押送员。

他不惜以伤害自己来控制病症发作，会痛、会哭、会流血流汗，会认真记关于治疗我的笔记。

他在各个领域发光发热，他值得一切最美好的称赞。

他夺下我视线里的金奖杯。

盛夜行在等路见星开口。

路见星没有表达，也没有把这些场景与盛夜行的问题联系到一起。

望着盛夜行满含期待的眼神，他抿着嘴唇微微发笑。

"你不说也没关系，我太急了……这种事需要慢慢来，我知道。"盛夜行遮掩不住失望的神色，但还是继续说，"希望我今年的生日礼物可以是你的答案。"

Chapter 39 蓝灯

我会一直在你身边。

高考成绩下来那天，路见星眼角点的是一颗蓝痣。

一提起成绩，他就捂住心口，望着盛夜行笑。

很幸运，他们虽然都没考上本科，但读了同一所大学。

上锦大的专科，他们还有三年和一辈子的时间可以待在一起。

填志愿对他们来说并不需要费太多精力，唐寒看了一遍他们填的志愿，就说可以这么填。

唐寒说："盛夜行，你要是少开点儿摩托就不至于读专科了。"

盛夜行心想："不开摩托我也上不了重点本科啊。"

展飞的军校录取书来得早，他选择了市里一家还不错的中餐馆请客。

从地铁口出来，盛夜行被风吹得有点儿冷。他只穿了件背心，以前背部留下的伤疤结痂脱落，稍稍一扯，满背都是浅粉色的痕迹。

路见星伸手摸上去，叹了口气。

"有时候我挺舍不得市二的，总感觉在这里才是最真实的。每个人都有希望。"展飞说，"以前我觉得这种群体离我太远，真正接触之后发现大家好像也没什么两样。"

毕业典礼结束后，市里搞采访的那群人又来了一次。

其中有一个是去年见过路见星的，所以这次提前准备了问题，还去咨询过唐寒，说想看看能不能采访路见星。毕竟这是个考上专科的"星儿"，和市二的毕业典礼一起报道一下，能给很多处境艰难的家庭一些鼓励。

唐寒花了半个小时，和路见星沟通，说了采访的目的和内容。可是采访对于现阶段的路见星来说，还是有些困难。外界信息，是他"质的障碍"，属于选择性接收。

一场简单的问答完毕，路见星没有表现出去年的恐惧和排斥，倒是安安静静地坐完这五分钟。

"加油哦。"

路见星只说了这三个字。

他不太明白这三个字的重要性，讲完就站起来往采访室内张望，想找盛夜行的身影。

被寻找的人正靠着门框边，眼神复杂地看着他，有喜悦，有满足，有说不出的情绪。

偌大的教室化作深海，阳光照在海面上，海底波纹闪动。

路见星口中说出的每个字都是蚌壳内耀眼的珍珠，等待鱼群庆贺。

七月的市二非常安静，只剩新高三的学生还在埋头苦读。

蝉鸣鸟叫，绿意流淌。市二校园内，似乎有永不止息的生命力。

唐寒说，有几个教育中心招暑期志愿者，包吃住，出勤按天算。展飞和庄柔报了名。

展飞八月初就要去大学报道，七月还算空闲。他想，在自由的时间内做些有意义的事情。虽然他属于普通班级，但长期与特殊班的兄弟们厮混，三年下来，他对这个群体已经有了自己的见解，也愿意去为他们做点儿什么。

盛夜行他们知道这个消息后，专程去展飞志愿服务的教育中心看他和庄柔。展飞是助教，平时就帮老师做一些简单的工作。由于他是教育中心少见的男性，而且年纪轻轻，许多不到十岁的小孩都喜欢跟他玩。

很多年后，他还能想起当时敲门的感觉。

当时，路见星和几个大男孩儿站在他身后，身前是一扇彩色半敞开的门。

"开门看看吧，"展飞在他们身旁说，"我跟他们说了有几个哥哥要来拜访他们。"

"你说了我们的问题没有？"盛夜行小声道。

"说了的，"展飞笑笑，"可是这并不重要。"是的，不重要。

"别紧张，"庄柔小声说着，目光移到盛夜行握住路见星的手上，"你……"

盛夜行感觉到被注视，笑了："嗯？"

庄柔看懂他眼里的意思，摇摇头："没什么，快进去吧。"

盛夜行轻轻推开门，一只手牵着路见星，另一只手放在胸前给孩子们打招呼。

"哥哥好——"几个小天使们软绵绵地喊，也有不吭声的。

顾群山跟在路见星身后，看起来有些紧张。他们拿话筒挨个儿做自我介绍，觉得在全校大会上念检讨都没这么害怕出错。

冬夏拎着一个塑料袋，从里面拿买好的盲盒，给座位上端坐的小朋友每个人发一个。

展飞蹲下，耐心地给他们解释。庄柔靠在门边。

展飞说："盲盒里面有一个会陪伴我们的小玩具。每个人拿到的可能会不一样，但都要喜欢它们，要把它们带回家，并且好好照顾它们，可以吗？"

"可以——"童声清澈，像一枚枚银币落进盛满希望的许愿池。

阳光从教室窗口悄悄泻入。路见星站在黑板前，望着一室的人。

少年身躯生机勃勃，如苍绿立在蓝天白云间。

已经成年的他们正努力成长为参天大树，想要用枝叶辟出阴凉。坐在各自位置的小朋友们是嫩草，他们柔软，他们迎风生长。

没错。每个家庭的宝贝都不一样。

新生命降临人世，理应得到最纯净的祝愿。

他会照顾好自己，也会照顾好盛夜行。

除了庄柔和展飞所在的教育中心，顾群山看着社区提供的地址，领他们去了其他几家小规模教育机构。社区的人说这种机构很"紧俏"，有些教学资历好一点儿的，想进去念书比去重点高中还难。

展飞请了半天假，说要跟他们去看看其他地方。于是，几个大男孩儿拎着几大袋日用品、文具上了一座座楼，联系各个中心负责人，再把这些特殊的礼物送过去。

有些教育中心会安防护网、防撞的软包边角，门大多选择木质，因为靠用头撞门方式发泄的小朋友不在少数。

路见星全程没怎么讲话，只是慢慢地跟着他们，想起自己小时候的许多事情。

有一个由幼儿园改造的教育中心环境条件不错，在感统训练室内有专门用于捏橡皮泥的小木桌。盛夜行说去抽根烟，路见星便盘腿坐在干净的软垫上，和一个怯生生的小女孩儿一起将橡皮泥捏成各种形状。

"这个。"路见星开口。

小女孩儿把白橡皮泥揉开，用指尖捏出弧形，软软地形容："啊，饺子。"

路见星愣了几秒，然后抿唇，笨拙地把小女孩儿薅下来的橡皮泥揉搓成团，用自己的方式描述它："汤圆。"

片刻后，路见星收获了一个带甜味儿的笑容，芬芳扑鼻的花朵托着他的心脏。

在安全通道里，盛夜行靠着楼梯口，和展飞一起抽电子烟。

展飞说，等到八月去报道，就要开始为期两个月生不如死的军训，根本不可能抽烟。盛夜行说，这是他自己选的路，自己坚持点儿保家卫国吧。

展飞把盛夜行的身子翻过来，用审视的目光看他背脊上的疤，摇摇头说，可惜了。

"没疤我也不可能去，"盛夜行低头，"精神病这一关就过不了。"

展飞提高声音："你都好多了。"

盛夜行点头："不可能根治，我只是现阶段运气很好。"

"你啊……"展飞把烟收了，揣进包内，"自己有病，还找个患自闭症的弟弟带。和我一样走上一条不归路。"

"那不一样。"盛夜行打断了他的话。

展飞皱眉："怎么不一样？他的感知是生理上有问题，你很明白。但愿下次我回来的时候，见星儿能比现在开朗八个度。他用一年的时间告诉了我，他那样的病，不代表永久性沉默和毫无感知。"

"不管他知不知道，我很想保护他。"盛夜行觉得这可能是他和展飞近几年最后一次谈心，索性开口说了平时不会讲的话。

"他呢？"

"或许也是吧。"

展飞"嗯"了一声，说："你觉得值得就好，这话我和你说过无数次。"

"他的生活很难自理，几乎不可能独立。放假前，叔叔阿姨找我谈过一次。"

"说了什么？"

"他们说：'夜行，你是路见星最好的朋友，也是他唯一的朋友……'我否认了，我说，不止我一个，路见星还有很多朋友。如果在一个学校的话，我会照顾好他。叔叔阿姨还说给我一点儿补贴，我说，好。"盛夜行说着，摊开手，摸自己掌心浅浅的"亲情线"，笑了笑，"我打算帮路见星存起来。"

展飞觉得盛夜行和以前有些不一样了，又说不上来为什么会这样："你这是又当爸爸，又当哥哥，还当保镖。"

"叔叔阿姨不会抛弃他。他们只是担心，将来他们不在了，路见星怎么办。"

"我们这里很多家长也这么说。"展飞抬起眼，看着安全通道门上生锈的铁链，长长地叹气，"他们担心孩子没有去处，因为真正能与社会接轨、能自理的孩子太少了。"

"嗯。"盛夜行沉默。

"你也要加油，在这儿工作一段时间……算是了结了你的一个心愿。我看过唐寒老师发的朋友圈：'教育本身意味着一棵树摇动另一棵树，一朵云推动另一朵云，一个灵魂唤醒另一个灵魂。'"盛夜行难得倾诉一番。

"是啊。"

"雅斯贝尔斯说的。"

"夜行。"展飞叫他。

"你说。"

"等八月我去报道了，可能一年才能回来一次，你有空的话，带见星儿过去看看。"

盛夜行点点头，说："你也……带上我的梦想。"

以后他们就是两个世界的人了，一个为了理想和抱负，另一个为了爱和希望。

展飞双手合十，然后伸出一只手举起来："闯荡平安。"

抬胳膊，单手回握，两个人的手捏紧。

盛夜行说："起落平安。"

抽完烟回去时，盛夜行和展飞看见路见星还在陪那个小女孩儿玩。

他们很少交流，各自玩儿橡皮泥，时不时看看对方。小女孩儿好奇地眨眼，路见星腼腆地笑。

那时夕阳西下，橙红色的光在室内柔和地流动，画面很美。

展飞有些相信唐寒老师在学校进行宣讲时的说法。

天使从来都不在天上，在人间。

天使光芒万丈。

当晚，盛夜行和路见星回到了出租屋，开始收拾东西。

马上要到八月了，他们得搬到盛夜行在城南的家里去。

等到了八月中旬，位于市中心的锦大就要开学了。路见星听说那所大学沿河，晚上能去河边散步，他兴奋得在出租屋内大喊大叫，盛夜行单手根本按不住他。

夜里，他们最后一次靠在沙发上看投影电影。

这次是一部青春片，盛夜行觉得有必要让路见星接触一些主流片子。

屏幕上，两个穿蓝色校服的人骑着自行车从绿树间穿过，短发的女孩儿大笑，身后的男孩儿按住车铃，"叮叮叮——"地掠过她。影片最后，他们一起步入婚姻的殿堂。

看着男女主角一起接受了那么多人的祝福，路见星怔住了。

他突然想长大了。

在电影结尾，女主角将捧花抱紧，双眼满是热泪，声音清脆："我遇见你——"

盛夜行拿遥控板关掉了电影，翻身靠在路见星身侧，接过女主角的台词："我遇见你，就像……就像在夜晚一直朝着最亮的那颗星星走。"

路见星点头："啊。"

"啊什么啊？快说，"盛夜行问他，"会怎么样？"

路见星捂住半张脸，露出眼睛眨了眨："会天亮。"

"……"

路见星止不住地笑。他靠在盛夜行怀里，身子止不住地下滑，靠成半躺的姿势。

他又被盛夜行反手拉回来。

"不及格，"盛夜行佯装愤怒，用指关节敲他的脑袋，"再说一次！"

"我会陪着你。"等待好一会儿，路见星这么说。

盛夜行突然仰起头来，迟迟没做出其他动作。他像在看天花板是否漏水。

天花板倒没漏水。他的眼睛漏水了。

路见星紧张到不敢呼吸。

空气像静止了，时间被按下了暂停键。

"啊。"路见星难以感知到盛夜行的情绪，干巴巴地又重复道，"陪着你。"

这一夜，他们睡得迷迷糊糊。

半夜，空调设置的温度不够高，窗户也没关严实，寒风钻入房内，凉得路见星蜷缩着身子，躲在盛夜行这个热源身侧。

记得去年这时天气也冷，他却还是固执地要用背靠着墙壁。这是他保护自己的方式。

今年，有一点儿不一样。

Chapter 40 再回首

比如我和路见星。

盛夜行觉得，蓝色的星星代表着和路见星同样的群体。

蓝色应该象征希望，而非忧郁。

路见星点痣的习惯依旧保持着，但蓝色出现的频率已经很低，几乎不再出现。

最开始，他还会因为"白桃苏打气泡水不好喝""白鞋被淤泥弄脏了""晾衣服两天了还没干"这些事点蓝痣，但这种心态很快就被盛夜行严肃地纠正了。

八月，展飞去了学校，李定西出院，已经被摧残得坑坑洼洼的月球灯被他带回了家，继续被他蹂躏和疼爱。

盛夜行和路见星去了大学报道，顾群山在家里人的帮助下找了份工作，开始为期三个月的试用期。

九月，盛夜行在大学申请了外宿。因为理由充分、之前就读的高中写过情况说明书，校方考虑再三，批准了他们的外宿请求。

十月，国庆节，李定西带着父母到市二道谢，唐寒荣获"市级优秀教师"称号。

盛夜行带着路见星回舅妈家吃饭。盛开不再看动画片了，而是开始看记录频道。她郑重地鞠躬，感谢路见星陪她哥哥度过一天又一天，一年又一年。

女孩儿扎着蝴蝶结的小辫子翻飞起舞，花开了。

十一月，盛夜行满二十周岁，邀请以前的兄弟们一起搓了顿火锅。

路见星被辣得喝了好几口可乐，却还是把袖子撸起来，说还能再吃点儿！

当晚，路见星把"我什么时候拿你当朋友的"这个问题的答案写在纸条上，偷偷塞到盛夜行的枕头底下。

月底，盛夜行在路见星的努力暗示下才发现这张倒霉的纸条。

同年十二月，市里又下了一场雪。

这场雪不大不小，刚好又能白了脑袋。

他们不再蹲在雪里对视。

盛夜行带路见星去滑雪，一路牵着他走，怕他摔屁股。

转年，盛夜行二十一岁，路见星二十岁。

一月，曾经的高三七班同学趁着寒假，举行了第一次同学会。

展飞没有回来。

参加完同学会的这天晚上，盛夜行和路见星站在曾经散过步的河边。路见星怕这条河结冰了，靠在护栏边往下望，满眼好奇。看着河流静淌，他回忆起许多往事。

篮球场、市二宿舍、烧烤店、湿地公园、地铁，他们年少时代的缩影，被牢牢地烙印入时光里。

这座城市的光影、日夜、垂至河畔堤坝的柳条、不灭的路灯。

路见星在看风景，盛夜行在看他。

十岁时的自己，趴在落灰的地板上吃药，指尖全是抠墙皮抠出的血，世界旋转，痛苦是他年幼的倒影。

家里院内的狗在叫，他的额角渗血，世界被涂抹成暗红色，他叫得不如狗吠的声大。

后来再大一些，盛夜行会打架，会把嘲笑他的孩子揍得爬不起来。其他孩子在他身后追，舅舅拎着那些孩子的衣领，让他们滚远一点儿。

盛夜行跨上舅舅的自行车，蹬出了摩托车的架势。不久，他跳下车，把防身的美术刀倒插在泥土里，绕过巷口，面无表情，蹲下来抹眼泪。

第一辆摩托车是黑色的，盛夜行现在都还记得。

也许是因为名字和性格的关系，他一向酷爱黑夜的颜色，忽略繁星点点。

在市二待了那么久，他见过许多人，听过许多事，沉醉于每一个翻墙出去过夜的日子。

他戴帽衫、夹烟、骑摩托车，在诊所处理身上不该有的伤口，再一脸阴郁地回教室上课。

他咬紧牙关，发誓要自己控制自己的人生。

第一次吃药时，盛夜行问舅舅："为什么要吃药？"

舅舅说："你生病了，夜行。"

盛夜行吞下药，抹去脸上的灰，双眼发红发胀。

病痛如毒蛇猛兽，撕扯他的理智，咬断他的最后一道防线。他扑到舅舅身上，试图拿台灯灯座砸烂自己的头。临到被送到医院捆起来，盛夜行都在问为什么。

然后，一纸诊断书飘到他眼前。命运打断了他的手腕。

后来的后来，路见星捡起河边的落叶，说指尖停留着蝴蝶。

"你不该是星星，"盛夜行早就想说了，也不管路见星能否懂得，"你应该是月亮。"

他刚说完，来送客的同学朝盛夜行打招呼："夜行，这就回去了？"

"嗯，他不能太晚睡。"盛夜行点头，抱歉地笑了笑。

同学继续道："路挺远的，你俩慢走啊。"

盛夜行朗声回答："放心，我们并肩走的，丢不了。"

坐地铁回去的路上，路见星太累，靠着盛夜行睡着了。

盛夜行把他的帽檐压下来，拒绝了地铁上陌生人的拍摄请求，做了个"嘘"的手势。

长夜漫漫，星河天悬。

这年路见星二十岁，盛夜行二十一岁。

路见星是江湖河海上唯一的灯塔，不放过暗处彼此过往的船。

展飞的常服从球衣变成了制服。他能空闲下来与家人朋友联系的时间很少，偶尔在同学群里冒个泡，大多都是报平安的话。

时间一久，盛夜行把自己和路见星每个月去教育中心的情况写成长段文字，发给展飞看。展飞看完扣"1"，再说"安好勿念"。

生活琐碎，展飞在群里发的消息简单利落，几乎是每周例行一次报平安。

盛夜行发给他几张路见星在教育中心给小朋友们画黑板报的照片，还有庄柔和路见星一起准备圣诞礼物的照片。

他说，路见星还记得往年圣诞节自己收的礼物，记得"苹果"是"平安"的意思。

盛夜行还说："展飞，路见星让我送你一个苹果。"

展飞发来一张抹掉肩章的军装照，深蓝色衬着晒黑的他。他说他们跳伞，磕草坪、磕水泥地，每次都能在空中想起和盛夜行他们一起骑车过天桥过马路的感觉。

在空中，自由给了他一切。

盛夜行把这张照片裱起来放在家里的储物架上。

架子上边除了展飞的照片，还有他们在校篮球队时留下的一些纪念品，比如那次和普通高中学生比赛时夺得的金奖杯。

储存路见星的小纸条和手写作文的文件袋被放在最显眼的位置。

盛夜行将那个文件袋开了个口，并且每天要求路见星右手握笔，字迹工整地抄写一些文字，再投进去。

房子很大，两百多平方米，跃层。

路见星爬楼梯不太方便，所有规划就干脆挪到了一楼，还有大大的书房，里边有盛夜行拿来放摩托车周边商品的架子。

那辆即将退休的"猎路者"被放在车库里，盛夜行还专门安了个高压水枪。路见星也洗车，站在盛夜行身旁，洗着洗着，一条篮球裤就被淋湿了。

上大学的这些时间里，盛夜行学会了做饭，经常半裸着上身系围裙在厨房里做饭。顾群山经常来做客，捂着眼就喊"有伤风化"。

二〇二二年，盛夜行二十二岁，路见星二十一岁，大三毕业。

毕业后，他们回市二的教师宿舍见了一次唐寒，唐寒已经和当年的相亲对象结婚，怀孕在家。

路见星送上了他攒钱买的婴幼儿套装礼盒。

盛夜行和唐寒说了很多话，从六年前到现在，从十六岁到二十二岁。

离开唐寒家时，路见星和盛夜行路过市二的学生宿舍，不约而同地停下了脚步。

朋友圈里有唐寒老师发的新动态，还是那包含深意的五个字——能让许多学生铭记在心的五个字。

是唐寒在入校第一天就说的五个字："市二出奇迹。"

再一刷朋友圈，盛夜行发了一条新的纯文字动态，紧随其后——

比如我和路见星。

"咔。"锁屏，路见星关上手机。他把头转到一边深呼吸，再转眼看盛夜行。

盛夜行站在他身边看着他，用指腹抹掉路见星不自知的泪。

也许是泪，也许是他刚刚打了个哈欠，路见星自己都不知道。

他们还会创造很多奇迹。

他们把家里的花篮涂成了黑色，每周换三十四朵玫瑰。他们做了市二篮球架造型的木雕，把西瓜整个放进冰箱里冷冻，把家里大门的密码锁设成特别的日期。他们在冬天里光脚奔跑，在小花园里躲瓢泼大雨。

或许有一天，路见星能给盛夜行写一封信。

非要说是从什么时候开始拿盛夜行当家人的，路见星真的没有概念。

恍惚中，他想起那一年元旦晚会，学校舞台大屏幕上有全校对他铺天盖地的祝福，有他们这群特殊少年对未来美好的憧憬。

所有同学把手机手电筒打开，举起来摇晃，形成比宇宙纪录片里还美的壮丽星河。

那时候，路见星回头。

为了看盛夜行，眼神和现在一样。

谢谢你，我的光。

也谢谢自己，成为你的光。

我是你的月亮。
还是你的星星！

宇宙、银河、太阳，都不重要。
和你相遇，是我成长里最美妙的勇敢事迹。

如果盛夜行没有狂躁症

他触碰到了天使，他躺在星空下。

1

二〇二〇年春节，全民抗疫。

西南地区的疫情不算特别严重，但全国人民居家隔离的号令也足够盛夜行和路见星在家里待一段时间，一切似乎都进入了静止状态。

由于疫情，部分路段封路，坐高铁的人多，盛夜行不太放心坐高铁回重庆过年，所以给路见星的父母打去问候电话，说今年就不回去了。当盛夜行把这一决定告诉路见星时，路见星不太懂，只是看了盛夜行几眼，又踩着睡裤裤脚，跌跌撞撞地跑到阳台上，趴着往外看，一撮汗湿的头发黏在左边面颊上。

由于奔跑的缘故，他的脸还是红的，微微喘着气，他是不明白的，对周遭发生的一切仍然不太明白。他不知道什么是看不见的病毒，不知道不回家过年是多么遗憾的事，不知道自己手中被退掉的高铁票代表着这个时代一个重大历史事件的发生。

回到家之后，路见星踩在家门石板上，垂下眼眸，看着脚边被雨水淋湿的青苔，问盛夜行："怎么？"

一时间，紧张的气氛缓和了不少。

盛夜行知道他只是想问"发生了什么"，但每次都会说"怎么"，语气还总是那么拽，加之表情虔诚无比，让人完全没有任何脾气。

从上大学开始，因为没再住校，盛夜行领着他天天回家，社区附近的婶婶叔叔都说这小孩儿乖，家里做了什么好吃的都习惯性送来双份，人人怀揣善意，完全不在乎他本身的问题。

"现在外面很多人都得病了，"盛夜行已经忘了是第几遍告诉他，

"而且这种病会让一部分人的生命结束，也会传染给其他人。"

"哦。"路见星似懂非懂地点头。

抗疫期间，两个人没什么事做，盛夜行获取外界信息的渠道只有手机，他经常翻着新闻，一看就是几个小时。路见星也没事做，就靠在旁边看他翻，盛夜行也耐心地讲给他听，说说外面发生了什么事。

过了会儿，路见星握着茶杯感受热水带来的舒适感，又对盛夜行发问："口罩？"

"出门要戴，在家就不用戴了。"盛夜行把好不容易托人买来的口罩叠好，放在门口的鞋柜上，"你出门一定要告诉我，我陪你一起出去，知道吗？"

路见星点头。

这么多年下来，路见星已经可以自己出门了，但他身上仍然佩戴着安装着定位系统的手表。

这一年冬天是暖冬。

掐指算下来，盛夜行和路见星已经真正地离开校园一年之久。现在的大学对他们来说都算不上校园，因为这里是一所普通的全日制学校，没有为他们而开设的特殊班级，没有和同学们过多的交流，有的只是再平凡不过的大学生活，以及比大部分同学早起两个小时的日日夜夜。

二十岁是个小分水岭，当一个人的年龄从"十"字开头变成"二十"开头，会发现整个世界都发生了翻天覆地的变化。

这是唐寒老师告诉盛夜行的。

2

从今天晨起，盛夜行就感觉自己哪里不一样了。

和往常一样，他习惯性地去厨房盛了一杯温水喝。喝完之后，他把今天要服用的药拿出来摆好，再去给路见星拿今天出门需要穿的衣服。

"见星？"他洗漱完毕，朝卧室内喊了一声。

卧室内没有回应，只见一座人形小山包挪了挪。

叹了一口气，盛夜行走到床边再叫一声："路见星？"

"嗯。"果然只有被叫大名，他才会有反应。

"今天……有一件很重要的事情要发生。"盛夜行扭头，看到日历已经撕到了"4月4日"，小声道，"等会儿十点的时候，外面的马路上会有很多人按喇叭，我们所居住的城市上空也会有警报声，但是你不用害怕，这些都是为了纪念。"

"纪念？"路见星捡他话里的重点去重复。

"对，"盛夜行紧盯着他，"对一些为了帮助别人而失去生命的人，还有一些不幸生病去世的人表示哀悼。"

"哀——悼——"路见星张嘴，用舌尖拉长这两个字，他眼神纯澈，像不是很明白这个词的含义，却还是又强调一遍，"哀悼。"

盛夜行摸摸他的眉眼："对。"

许久没理发，路见星的眉毛和眼睛都被遮住了不少，早上起床总需要拿个小夹子夹起来。

沉默一阵后，路见星在床上愣着躺了好一会儿，才慢吞吞地起床穿衣，钻进卫生间洗漱。

盛夜行看了看时间，指针已到九点二十分。

桌上的药还一颗不少。

3

一到冬天，城南主干道会落同往年一样的银杏叶，金黄遍地，漫天铺开一层层宛如旭日初升的光。现下正是春末，道路两旁的粉红漫天飞舞，城市以往的热闹不再，路上只剩低头匆匆赶路的人们。

盛夜行把窗户关上，又检查了一遍其他房间的门窗，再把家里一楼、二楼摆在桌面上能抓着砸的易碎物品全部拿软布包好收起来，叹了口气。

如果等下外界的声音实在太响，路见星一定会受不了的。

路见星一难受，盛夜行的情绪就乱了。

"耳塞，耳塞在哪儿……"盛夜行扒拉着柜子里放口罩等防疫物品的储物盒翻找，他看见路见星像往常一般趴在阳台上，转头朝自己投来好奇的目光，便开始解释，"在给你找耳塞，等下声音响起来了，你听到的音量就会弱一些。"

路见星怔怔地靠在阳台边，摇摇头。

没理解他的意思，盛夜行问："什么？"

路见星没答话，只是摇头。

九点五十五分，离防空警报拉响还剩最后五分钟，还剩最后一扇窗户没有关。

由于太久没有出门，路见星养成了每天趴在二楼阳台上往外看的习惯。他和盛夜行的住所在小区靠内侧，远离马路，但在深夜里时常会听见不远处高架桥上的喇叭长鸣。

盛夜行做好了万全的准备，把耳塞一个一个地放进路见星耳朵："走，我们进屋找个角落蹲下来。"

说完，盛夜行去拽路见星的手，却发现拽不动他。

路见星的另一只手正死死地抓住窗边围栏，也不讲话，只是摇头，眼神不断在盛夜行与街道之间徘徊。

"有过。"路见星突然说。

"什么有过？"盛夜行低头把手机拿出来看了看时间，九点五十六分，还有四分钟。见拉不动人，他只能把厚外套脱下来暂时罩在路见星头上，用袖口在下巴处系了个结："以前也发生过一样的事吗？"

"小学，"路见星被裹得像个粽子，转头又站到窗前，"汶川。"

"你还记得？"

点完头，路见星顶着盛夜行的外套站直身子，伸长脖子往窗外望。盛夜行明白他没有要走的意思，便学着他的样子站到他身边，小声道："等会儿声音一响，你可以把头低下来。这是表示默哀的意思。"

盛夜行明白，有些事，他总要让路见星尝试着去做，哪怕他知道能完成的可能性微乎其微。

"如果你感觉到不舒服，我们就进屋躲躲，"盛夜行抬起手，用温热的手掌轻轻攥住路见星在裤缝边乱碰的手指，继续补充说明，"你如果害怕，就往我身边靠，我帮你捂耳朵。"

也不知道路见星听懂没有，他只是用力回握了一下盛夜行的手，再抬头将目光放远，时而看看天空，时而望马路上飞驰而过的车辆。

4

十点整，城市上空拉起响彻天际的防空警报。

盛夜行明显感觉到在警报和车辆鸣笛声响起的那一瞬间，路见星整个人抖了一下，随即往自己身上靠过来，再巨颤着大口呼吸。

外面的世界在这一秒内静止，时间随流云唱起不绝的哀歌。

"嘟——"

从小路见星就对鸣笛声比较敏感，现在的鸣笛声又比常日高了许多分贝，路见星听得头冒冷汗，抓住盛夜行衣袖的力度大了许多。

盛夜行看他抖得太厉害，悄声道："不想进去吗？"

路见星屏住呼吸，学着盛夜行的样子垂下头："就在，这里。"

"嘟——嘟——"

空旷的街道上，车辆鸣笛声依旧不绝。

所有情绪被哀伤笼罩。

尖锐的声音化作无数无脸鬼怪的呐喊扎入耳膜，路见星的手指顺着盛夜行的衣袖线往下滑，一点儿一点儿地，直至滑到他掌心内，再控制不住地狠狠掐着。

霎时间，刺痛的灼热感爬满了盛夜行的手背，他疼得一下猛地抬起头。他好久没有体会过这么明晰的痛，说上一次是十多年前也不为过。自从被病症占据身体，他对疼痛这一方面几乎是麻木的。

"呃。"盛夜行用另一只手掐住这只手的手腕，深吸了好几口气，缓缓平静下来，仰起头，眼底红成一片，用力把涌进眼眶的生理泪水强压下去。

"嘟——嘟——嘟——"
防空警报声和鸣笛声持续着。

路见星强撑着大口喘气，眼睛里一层层雾气涌起，脑袋仍然低垂。他松开了手，置身事外似的，长呼出一口气，再闭上眼。

在盛夜行的视线里，路见星安静地站在那里，低着头，闭着眼，像是在祈祷什么，也像是在随着所有人一起哀伤他不明白的事。

在这一瞬间，盛夜行有些迷茫，他甚至不知道路见星到底懂还是不懂。

5

十点零三分，城市上空的警报声消失，生活仿佛又回到正轨。

盛夜行撑住膝盖，耳畔吹过窗外无意间漏进的风，这风有些热了，和前些年在学校后池塘吹到的温度差不多。

天气已经开始转暖。

他后退一步，撤到离路见星好几米远的饭厅去，下意识转身面对墙壁。他反复调整呼吸，颤抖着手，那块被掐的地方已经红了。这一瞬间，以往会在脑海里疯狂爆发的烟火一闪而逝，驱使四肢做出违心行动的力量也荡然无存，他怔怔地扶住墙，垂着脑袋，将发抖的喘气变作了绵长的呼吸。

盛夜行担心自己会发作。

在非常容易被激怒的情况下，盛夜行需要很大的自制力才能控制住自己，但今天几乎没有费什么力气就控制住了。他正要回头，突然感觉身后有人用手指戳了一下自己的后腰。

"啊。"是路见星发出的单音节。他抓住盛夜行的手臂，加重力道，又重复一遍自己的官方提问方式："怎么？"

"我……"盛夜行指了指手臂，怎么都没想明白今天的特殊性。

我为什么感觉到了疼痛？

"路见星。"盛夜行喊。

听见他的声音，路见星条件反射地稍稍侧过脸。

"你……有没有某一天突然，突然就……"想来想去，盛夜行找不到合适的形容词，闭上了嘴。也对，如果有的话也只是"某一天"，代表着这一天已经过去，当下的路见星是理解不了的。

路见星听不懂，但还是艰难地去回答他的话："就？"

"就……就，"盛夜行感觉难言的痛楚从心底涌上喉头，宛如一根鱼刺堵住了他所有想说的话，"感觉仿佛一切都可以重新开始？"

"今天。"路见星说完，眼睛弯弯的。

盛夜行突然想起桌上没有吃的药，使劲儿摇了摇感觉空荡荡的脑袋，伸手捧住路见星的脸，凑近了询问："路见星，你刚刚为什么低头？"

"想……"路见星乖巧地比画，"想。"

盛夜行知道在他做出反常举动时追问是最好的选择："想什么？"

"纪念，"路见星把比画到无处安放的手放在胸口，将音量变小了些，"人。"

盛夜行问："什么人？"

这对于路见星来说好像就有点儿难度，他没出声，只是又非常大声地喊："人哇！"

破天荒地，盛夜行出了神，没有接下一句话。

反倒是路见星皱着眉，费劲儿地思考了许久，从脑子里艰难地挑选出几个词语凑成一句零零散散、不通顺的话，再磕磕巴巴地讲出来："人……病了，可怜。医生，帮我，帮人。病人……"

路见星被捧着脸蛋儿，对上盛夜行的眼睛，"啊"了好一会儿，用手指指着自己，说了句完整的话："我也是病人。"

见盛夜行不答话，路见星发出单音节："哈？"

"嗯。"盛夜行连忙应答，然后鼻尖一酸，把头低下去。

这一瞬间，他也不知道自己在给谁祈祷。

6

很多年后，盛夜行还记得二十岁那年春天的阳台仿佛是露天的，风吹得他脖颈微微发凉。

外面的世界不再因为鸣笛声和警报声而吵闹，平日里的"噪音"变作悲壮的交响曲，所有陌生人的心连在一起，平凡、善良又积极，都为同一件事寂静了一百二十秒。

时间与风在那一瞬间静止了。

那天他好像没有生病，他好像好了，路见星也像从来没有生过病。

他触碰到了天使，他躺在星空下。

写在尾声

TEBIE GUANXING

跨越冬、春、夏，它完结了。

动笔之前，我认真思考过，如果身边有这么两个"不普通"的男孩子，他们会是什么样的。

不只是对方，他们的亲人和朋友也在善意地提供帮助。两个男孩长成了男人。

故事收尾，生活继续，校园文永不完结。

聚散终有时，后会有期。

出奇迹的不只是市二、小路和夜行，还有我们的身边、我和你。

东田直树先生在自白书中写道："我并非寄希望于有一天可以变成普通人。我也和大家一样，明天会到来。我坚信今天的幸福会连接着明天的幸福，现在的笑脸是十分重要的。"

希望和爱是光，能让人变得更好。

感谢成长！

"因为你，我悄悄地长大。"

罗再说

2022 年 12 月

后记

曾经想过，和 2019 年的他们再见面是什么感觉？

或许是已经淡去的记忆与人设，是编辑老师发过来一条特签建议后我蒙圈的"我写过这句吗"的恍惚，是偶尔刷医疗纪录片时听到"星星的孩子"时片刻愣神……

现在的他们，已经大学毕业。他们真真正正融入了社会，面对新的、更艰巨的挑战。

这四年来，我经常收到一些私信，有不少读者说自己在这本书里收获了勇气、信心。每每看到这些消息，我都会想起这个故事，想起盛夜行和路见星去过的北京、一起看过的初雪、一个又一个难熬的夜……

他们永远在前方等着我。不必回头，一起走过的路都已在身后。

为了这本书而创建的网络歌单《观星你》，从来没删除过，我也未遗忘。

《特别观星》是我创作时间跨度比较大的一本书，历经冬、春，最终在夏季完结。记得那个时候的我，打字飞快，思如泉涌，像站在旁观者的角度去讲述故事。有时候深夜一两点回到家，我还要躺在床上赶更新；有时候状态不好，进入瓶颈，一遍又一遍地在"作话"里道歉。幸好最后如约迎来了讲完故事的那一天。

很感恩那时的自己，能创造出路见星、盛夜行这样一两句话无法概括的"好朋友"，他们是我在低谷时常常挂念的人，也是我想要蹲下来摸摸头、触其柔软内心的人。

路见星在长大，盛夜行在长大，我亦然。

我们期待着崭新的未来，在次次失败中摸爬滚打，质疑过，怨恨过，但一直相信自己是命运的主角，走在不断摔倒再爬起来的路上。

这一版本的《特别观星》出版之路坎坷、漫长，我时常会觉得出版之日遥遥无期。

现在，我也终于迎来了能在线上书店、各大平台看见它的这一天。

希望它继续化作漫天划过的流星，承载着少年的勇气和热爱，留在大家身边。

我也是。

哪怕在黑夜之中，我也会遥望点点繁星，与你们相伴前行。

最后，放下最能代表这本书的两句话——

"和你相遇，是我成长里最美妙的勇敢事迹。"

"因为你，我悄悄地长大。"

小再

写于 2023 年 7 月 杭州盛夏

图书在版编目（CIP）数据

特别观星：全 2 册 / 罗再说著 . — 北京：北京燕
山出版社 , 2024.2

ISBN 978-7-5402-6939-5

Ⅰ . ①特… Ⅱ . ①罗… Ⅲ . ①长篇小说－中国－当代
Ⅳ . ① I247.5

中国国家版本馆 CIP 数据核字（2023）第 086909 号

特别观星：全 2 册

作　　者：罗再说
责任编辑：吴蕴豪　　谢志明
封面设计：白砚川
出版发行：北京燕山出版社有限公司
社　　址：北京市西城区椿树街道琉璃厂西街 20 号
邮　　编：100052
电　　话：010-65240430（总编室）
印　　刷：万卷书坊印刷（天津）有限公司
开　　本：880mm×1230mm　1/32
字　　数：469 千字
印　　张：17.5
版　　次：2024 年 2 月第 1 版
印　　次：2024 年 2 月第 1 次印刷
ISBN 978-7-5402-6939-5
定　　价：69.80 元（全 2 册）